Vanessa Montfort

DER CLUB DER SCHLECHTEN TÖCHTER

Vanessa Montfort

DER CLUB DER SCHLECHTEN TÖCHTER

Roman

Aus dem Spanischen übersetzt
von Anja Rüdiger

THIELE

Für Marie-Lise Gazarian, die Matriarchin meiner New Yorker Familie. Danke, dass du mich mit deiner Intelligenz und deiner Liebe für Schriftsteller genährt hast. Ich werde dich weiterhin zwischen den Wolkenkratzern suchen.

Für meine geliebte Freundin und Agentin Antonia Kerrigan, dafür, dass sie mir geholfen hat, zu wachsen und daran zu glauben, dass alles möglich ist.

Bis wir uns wiedersehen.

Aber die Mutter ist ja auch unsere erste Geliebte. Ihre Arme. Ihre Augen. Ihre Brust. Ihr Körper. Und wenn wir sie später hassen, nehmen wir diese Wut mit in unsere anderen Geliebten. Und wenn wir sie verlieren, wo finden wir sie dann wieder?

JEANETTE WINTERSON

Wer sah jemals einen munteren Hund in einer verdrießlichen Familie oder einen traurigen in einer glücklichen? Mürrische Leute haben mürrische Hunde, gefährliche Leute gefährliche.

ARTHUR CONAN DOYLE

Mein Gott, meine Mutter ist achtzig. Wir stehen still, sehen uns an. Sie zuckt die Achseln und setzt sich auf die Couch in ihrem Wohnzimmer.

VIVIAN GORNICK

Meine Mutter liebte Kinder – sie hätte alles darum gegeben, wenn ich eines geblieben wäre.

GROUCHO MARX

Meine Mutter, die mir im Angesicht der Kälte des Todes sagte: »Kind, zieh dich warm an.«

PILAR ÉCIJA

Wenn man an den Ort seiner Kindheit zurückkehrt, kommt einem alles viel kleiner vor. Die Proportionen haben sich verändert, vor allem aber das Ausmaß der Gefühle. Deshalb hätten die vier Heldinnen dieser Geschichte niemals erwartet, dass sie nach zwanzig Jahren auf dem Platz, der früher einmal ihr ganzes Universum war, ein Abenteuer erleben würden, das so viel größer war als alle Geheimnisse, die sie damals dort als Kinder gemeinsam enträtselten.

Die Plaza de Oriente … Es gibt auf der Welt nur vier Plätze, die diesen Namen tragen, aber von allen ist die Plaza de Oriente in Madrid der einzige Platz, der wie ein kaputter Kompass nach Westen ausgerichtet ist. Vielleicht hat er deswegen die Menschen, die dort wohnen, im Laufe der Jahre so sehr zusammengeschweißt und ihnen manchmal auch ein bisschen die Orientierung genommen. Auf jeden Fall hat er ihnen wunderbare Sonnenuntergänge beschert, bei denen man träumen und sich verlieben kann.

Es ist sicher kein Zufall, dass das Theater an der Plaza de Oriente seinen Ursprung in einer Agora hat – dem zentralen Fest-, Versammlungs- und Marktplatz der griechischen Antike. Der gesamte Platz wirkt wie ein Theater und zieht kleine und große Persönlichkeiten an. Wenn die Anwohner auf die Straße gehen, ist es fast so, als würden sie eine Bühne betreten. Sie tun es in dem Bewusstsein, dass das Licht, das auf sie fällt, zu jeder Jahreszeit wunderschön ist, aber auch unerbittlich, wenn es darum geht, jedes Detail von dem, was sie machen, zu beleuchten. Noch wissen sie nicht, was heute gespielt wird – ist es ein Drama oder eine Komödie.

Das Universum hat immer einen Plan.

Es gibt Menschen, die davon überzeugt sind, dass das uns zugedachte Schicksal uns am Ende immer finden wird. Das ist auch in dieser Geschichte so, nur geht es hier weniger um das Schicksal als um längst fällige Gespräche, die nie geführt worden sind.

Mónica

Vorsicht vor der wilden Bestie

In der Regel bemerkten die Verdächtigen gar nicht, dass der kleine Hund sich ihnen genähert hatte. Mit seinen gerade mal zwei Kilo Gewicht und einer Höhe von einer knappen Handbreit über dem Boden war er nicht wirklich das, was man von einem Polizeihund erwartet, auch wenn er bei genauerem Hinsehen den gefährlichen Charme eines Rottweilers im Bonsai-Format ausstrahlte. In der Regel unterschätzten sie ihn. Wenn er anfing, an ihren Hosenbeinen zu schnüffeln, witzelten sie: »Ui, Vorsicht vor der wilden Bestie!«

Sie hatten ja keine Ahnung, was gleich passieren würde.

Mónica genoss das Schauspiel jedes Mal wie eine Filmpremiere. Allerdings wurde das wunderbare Szenario an diesem Morgen empfindlich gestört. Ihr Handy zeigte eine Reihe von Anrufen an, die alle von ihrer Mutter stammten, die wie stets mit ihrem unübertrefflichen Gefühl fürs perfekte Timing hartnäckig versuchte, sie zu erreichen. Diesmal hatte sie bereits fünf Mal angerufen. Und das konnte Mónica an diesem schwülen Morgen auf dem Madrider Flughafen so gar nicht gebrauchen.

Seufzend steckte sie ihr Handy weg und folgte ihrem Kollegen von der Polizei und dem verdächtigen Passagier in den Durchsuchungsraum.

Im Allgemeinen machte der Verdächtige, wenn es sich um einen Kleinkriminellen oder einen Anfänger handelte, den Fehler, den lustigen kleinen Hund mit Hätscheleien bestechen zu wollen oder ihm etwas von dem mitgebrachten Schinken anzubieten, doch darauf ließ sich Fiera, wie der Chihuahua angesichts seines wilden Temperaments hieß, grundsätzlich nicht ein.

»Bitte fassen Sie den Hund nicht an!« Die Stimme des Polizeibeamten hallte in dem kleinen Raum wider.

Daraufhin ließ Mónica die Kleine von der Leine und rief: »Such, Fiera!« Und wenn Fiera dann entschlossen das Gepäck durchschnüffelte und mit kategorischem Bellen den Ort anzeigte, wo die Beamten suchen sollten, war der Moment gekommen, in dem der Verdächtige zusammenbrach.

Genau so war es auch an diesem Morgen, nur dass der Fund diesmal wirklich außergewöhnlich war. Wie üblich richtete Fiera auf Mónicas Befehl hin ihre Gremlin-Ohren nach außen und suchte nach den Trüffeln, bis sie Witterung aufgenommen hatte. Ohne zu zögern, stürzte sie sich dann auf die Anzugtasche des Mannes und machte sich mit ihren Krallen über den Reißverschluss her, bis er nachgab.

In der Tasche befand sich das prunkvolle Kostüm eines Toreros.

Der Mann mit dem Bierbauch begann zu schwitzen.

»Wir kommen von einem Stierkampf in Mexiko zurück. Ich begleite das Team des Toreros«, erklärte er, während der Chihuahua mit der Akribie eines Modeschöpfers jede Naht und jede Stickerei der Jacke untersuchte, bis er offensichtlich zu einem eindeutigen Schluss kam und, ohne zweimal darüber nachzudenken, die spitzen Zähne wie eine Furie in das Innenfutter hieb und daran herumzerrte.

»Aber was macht denn dieser grässliche Köter?! Die Jacke ist ein Vermögen wert!« Der Mann versuchte Fiera zu verscheuchen, wurde jedoch aufgefordert, sich hinzusetzen.

»Ich werde meinen Job verlieren, kapieren Sie das nicht?«, maulte er.

»Da haben Sie wohl recht: Das hier ist wirklich ein Vermögen wert, und Sie werden *garantiert* Ihren Job verlieren«, sagte Mónica unbeeindruckt und wandte sich dann an ihren Kollegen. »Das Zeug ist im Futter versteckt, und ich bin mir ziemlich sicher, dass, wenn die Kleidung gereinigt wird, noch ein paar Kilo mehr dabei herauskommen, weil sie garantiert mit Kokain imprägniert ist.«

Der Polizeibeamte grinste.

»Dann werden wir das gute Stück besser in die Reinigung unseres Vertrauens bringen«, meinte er, während er dem Mann mit dem Bierbauch die Handschellen anlegte.

Mónicas Handy begann erneut hartnäckig zu brummen. *Mama*, stand auf dem Display, das jetzt einen Videoanruf ankündigte. Sie drückte den Anruf weg. Wie oft hatte sie ihrer Mutter schon gesagt, dass sie nicht einfach diese Video-Calls machen sollte. Außerdem wusste sie ganz genau, dass sie bei der Arbeit war. Entnervt blies sich Mónica den langen Pony aus der Stirn. Sie atmete tief durch und tätschelte ihrem Hund zärtlich das runde Köpfchen, woraufhin sich dieser schwanzwedelnd aufrichtete und seine Vorderpfoten mit einem glücklichen Winseln gegen ihr Bein stemmte.

Fiera war ganz offensichtlich der Meinung, dass es mindestens so viel Spaß machte, im Gepäck der Fluggäste nach diesem ammoniakartigen Zeug zu fahnden, wie Lachsleckerli aus dem albernen Spielzeug zu befreien, das ihr Frauchen immer in der Wohnung versteckte.

Wenn es erst mal so weit war, dass die Flughafenpolizei die Drogen gefunden hatte, ging der Festgenommene in der Regel dazu über, sich ahnungslos zu stellen und empört nach einem Anwalt zu verlangen. Doch in diesem Fall gestand der Übeltäter sofort – es blieb ihm wohl auch nichts anderes übrig, nachdem Fiera knurrend an seinen Händen herumgeschnüffelt und die Beamten mit einem weiteren Bellen dazu aufgefordert hatte, den Gehstock, auf den er sich stützte, auseinanderzunehmen, in dessen Hohlraum sie die unverwechselbaren kleinen Plastiktütchen mit dem weißen Pulver fanden. Natürlich versicherte der Drogenschmuggler nun mit jammernder Stimme, dass man ihn gezwungen hatte, den Kurier zu spielen.

Was für eine Enttäuschung, dachte Mónica, nachdem das Ganze so originell angefangen hatte.

Die Guten – zumindest in diesem Fall – verließen mit ihren Spürhunden den Durchsuchungsraum. Der Böse – oder vielleicht auch nur der Ungeschickte? – blieb drinnen fluchend zurück.

»Na, wer ist die Schlauste?«, sagte der Polizeibeamte, der Antolián hieß und nicht nur ein Faible für den kleinen Hund, sondern auch für dessen Frauchen hatte. Er beugte sich anbiedernd zu dem Chihuahua hinunter, der sofort einen misstrauischen Satz nach hinten machte.

Mónica verschränkte die Arme vor der Brust und schüttelte den Kopf.

»Wie oft habe ich es dir schon gesagt, Antolián? Lass es einfach. Heb sie nicht hoch, sie mag das nicht. Sie ist ein Polizeihund.«

»Aber wenn sie mich so ansieht mit ihren süßen braunen Knopfaugen …«

»Mag sein, aber sie hat in diesem Jahr mehr Drogenschmuggler gestellt als dein Riesenhund.«

Antolián richtete sich gehorsam wieder auf. »Ich verstehe nicht, warum Sherlock nichts gewittert hat. Wie kann das sein?«

Mónica blickte zu dem Schäferhund hinüber, der, nachdem er endlich auch einmal Beachtung fand, zu ihr herübertrottete und seine lange braune Schnauze gegen ihre Hand stupste, um ihr dann die Finger zu lecken, deren Geruch er außerordentlich gern mochte. Mónicas Hände dufteten immer so schön nach Lavendel.

»Keine Sorge, du musst nur etwas mehr mit ihm arbeiten«, meinte sie ausweichend. »Heute war Sherlock jedenfalls sehr aufmerksam. Sicher hat er viel gelernt. Was meinst du? Wollen wir einen Kaffee trinken gehen?«

Seite an Seite marschierten sie über die glänzenden Bodenfliesen der Ankunftshalle zur Starbucks-Filiale.

Antolián schaute mit bewundernden Blicken dem kleinen Chihuahua hinterher, der fröhlich tänzelnd vorauslief.

»Wie macht sie das eigentlich?«, erkundigte er sich dann ein wenig unwirsch bei seiner Kollegin.

Mónica zuckte die Achseln.

»Fiera?« Sofort wandte sich das Hündchen um wie ein gehorsamer Soldat. »Sie hatte schon immer ein erstaunliches Gespür für Rauschmittel. Vielleicht fällt es deinem Sherlock leichter, Falschgeld zu wittern – oder menschliche Überreste.«

Antolián schüttelte sich entsetzt.

»Aber mir nicht. Ich kann nicht mal einen Taubenkadaver hochheben, ohne dass sich mir der Magen umdreht.«

Sie gingen weiter. Fiera führte den kleinen Trupp ein paar Schritte vor Sherlock an und reckte immer wieder ihre kleine spitze Schnauze in die Luft angesichts all der olfaktorischen Eindrücke, die auf sie einströmten, ohne auch nur zu ahnen, dass sie schon sehr bald gemeinsam mit ihrem Frauchen erste Erfahrungen im Aufspüren eines toten Menschen machen würde. Plötzlich zog es sie unaufhaltsam zu einer eindeutig verdächtigen Gruppe Menschen hin, die ihnen mit Rollkoffern und Rucksäcken entgegenkam. Sie fing an, wie besessen zu bellen.

»Soll ich diese Leute aufhalten? Meinst du, sie hat was gewittert?«, fragte Antolián.

»Nein.« Mónica zog an der Leine. »Aus, Fiera!«

Die tiefsitzende Abneigung ihres Hundes gegen allzu runde Köpfe, zu denen Glatzen, rasierte Schädel, Buddhisten, Motorradfahrer mit Helm und offensichtlich auch Hare-Krishna-Jünger zählten wie die, die gerade von den Gepäckbändern kamen, wurde allmählich zum Problem. Aber natürlich konnte sie das Antolián nicht erzählen. Fiera würde sofort ihren nahezu mythischen Status als Spürhund verlieren, wenn bekannt wurde, dass all diese Menschen allein wegen ihrer Kopfform für sie verdächtig waren.

Genau diesen Moment wählte Mónicas Mutter, um erneut telefonisch die Aufmerksamkeit ihrer Tochter zu erzwingen. Inzwischen hatte sie bereits sechsmal angerufen. Das bedeutete, dass sie es mindestens noch zwei oder drei Mal versuchen würde, bevor sie Ruhe gab, und vielleicht noch weitere zehn Mal, um ihren persönlichen Rekord zu brechen. Ein paar Stunden später würde sie es wieder probieren, und dann würde Mónica den Anruf annehmen. *Wenn sie hier fertig war.* Im Moment musste sie mit ihrem Kollegen von der Polizei die Runde machen und sich auf ihre Arbeit konzentrieren, auch wenn ihr dies nicht so ganz gelang. In letzter Zeit tat es ihr leid, tagsüber so wenig Zeit für ihre Mutter zu haben. Meistens rief sie sie erst zurück, wenn sie abends ins Bett fiel und viel zu müde für ein Telefonat war. Und wenn sie ihre Mutter am Wochenende besuchte, schafften sie es gerade so, immer an denselben Orten eine Kleinigkeit zu essen, während sie nebenher ihre WhatsApp-Nachrichten checkte. Aber sie würde es wiedergutmachen. Schon bald. In einigen Wochen würde sie die offizielle Lizenz als Trainerin für die Ausbildung von Spezialhunden bekommen, und dann würde sie für alles wieder mehr Zeit haben. Auch für ihre Mutter.

Mónica sah sich nach Antolián um, der gerade seinem Hund hinterherspurtete. Sherlock hatte sich losgerissen und rannte mit schleifender Leine und großen Sprüngen auf den McDonald's zu. Ein paar Sekunden später waren erschreckte Schreie aus der Küche zu hören.

Mónica seufzte. Warum durfte Antolián an dem Auswahlverfahren für den Polizeidienst teilnehmen und sie nicht? Nur wegen ein paar Zentimetern Körpergröße, die ihr fehlten? Es war absolut ungerecht, dass achtzig Zentimeter über ihr Schicksal entscheiden sollten. Aber immerhin hatte sie sich einen Namen als Trainerin der Hundestaffel gemacht.

Das Einzige, was ihr noch fehlte, war diese Lizenz … Und ein guter Fall. Ein guter Fall, und alles wäre perfekt. Dann könnte sie den Job am Flughafen an den Nagel hängen, dachte Mónica und band ihre widerspenstige Mähne erneut zum Pferdeschwanz. Dann könnte sie sich den täglichen zweistündigen Stau ersparen und stattdessen ganz gemütlich auf dem Sofa ihren Lieblingsautor Raymond Chandler lesen, während Fiera an einem dieser Hühnerknochen herumknabbern würde, die sie so liebte.

Ein *echter* Fall, präzisierte Mónica für sich.

Sie winkte Antolián zu, als sie ihn unter vielen Entschuldigungen aus dem McDonald's kommen sah. Schimpfend zog er Sherlock mit sich, der zufrieden an einem Hamburger kaute.

In Flughäfen gab es keine wirklich rätselhaften Fälle oder Verbrechen mit Stil, überlegte sie weiter, während die beiden näher kamen. Drogenschmuggler waren längst nicht so glamourös wie die alten Mafiosi, nicht mal in der Version auf Netflix. Die lebten an der Costa del Sol, und die armen Schweine, die sie am Flughafen erwischten, waren diejenigen, die für ein paar Hundert Euro an ihrer Stelle ins Gefängnis wanderten.

Antolián erteilte Sherlock einen Befehl, der sich jedoch nicht rührte und genüsslich die letzten Reste seines Burgers verspeiste. Mónica warf ihrem Kollegen einen nachsichtigen Blick zu. Antolián musste einfach ein wenig entschiedener sein, fand sie. Dann wandte sie sich an Fiera:

»Los, Fiera! Such!«

Fiera lief sofort los, um die übliche Runde zu machen und sämtliche Mülleimer zu inspizieren. Antolián sah ihr einigermaßen fassungslos nach.

»Ich hab mal gegoogelt, es gibt normalerweise kaum Polizeihunde dieser Rasse«, sagte er. »Ich meine – sie ist doch ein Chihuahua, oder? Dreifarbig, Apfelkopf …«, zählte er eifrig die Merkmale auf – wie ein Schüler, der seine Hausaufgaben besonderes gut gemacht hat.

»Natürlich ist sie einer, auch wenn sie keine Papiere hat«, entgegnete Mónica und beobachtete stolz, wie gründlich ihr Hund seine Aufgabe erfüllte.

Noch immer dachte sie manchmal an den Tag, an dem sie Fiera gefunden hatte.

Eigentlich war sie auf der Suche nach einem Collie oder einem Rottweiler gewesen, um ihn zu trainieren. Doch am Ende hatte sie diesen winzigen, hyperaktiven Chihuahua zu ihrem Gefährten erkoren, der nach Popcorn roch und wie eine Katze schnurrte, wenn man ihn hinter seinen viel zu großen Ohren kraulte. Und das hatte seinen Grund. Schon als Kind hatte Mónica Tiere beinah genauso gern gemocht wie Geheimnisse. Es war immer ihr Traum gewesen, Polizistin zu werden, um sich dann für die Reiterstaffel ausbilden zu lassen. Doch die Realität ist manchmal grausam, und so musste sie, als sie ausgewachsen war, feststellen, dass sie die körperlichen Vorgaben nicht erfüllte, denn sie war einfach zu klein. Das war der Grund, warum sie sich zur Trainerin für Schutzhunde ausbilden ließ, um so wenigstens am Rande mit interessanten Fällen zu tun zu haben. Und wer hätte gedacht, dass sie eines Nachts, als sie eine illegale Zuchtstation am Stadtrand von Madrid stilllegen sollte, in diesem kleinen Hund ihr Alter Ego finden würde. Er war der einzig Muntere in dieser Hölle von kranken und verendeten Welpen, und seine schwarzen Knopfaugen schauten sie glänzend an, als sie ihn im Schein ihrer Taschenlampe zwischen feuchten Zeitungen fand.

Sobald sie das kleine, gerade mal vierhundert Gramm wiegende Wesen auf den Arm nahm, hatte es sich zitternd in ihren Mantel gekuschelt, und seitdem waren sie unzertrennlich.

Sie war sich erst sicher gewesen, dass das Tierchen wirklich ein Hund war, als es gebellt hatte.

Mónica erinnerte sich noch gut an das spöttische Gelächter ihrer Kollegen im Auto, als sie auf dem Rückweg fragte, ob sie das Hündchen behalten dürfe. Endlich hatte sie einen Hund gefunden, der größenmäßig zu ihr passte, scherzten sie.

Zu Hause hatte sie den winzigen Hund eingehend betrachtet und zwei Namen in Erwägung gezogen: Gizmo oder Baby Yoda. Doch am nächsten Tag, nachdem sie festgestellt hatte, dass es sich um ein Weibchen handelte, und vor allem, nachdem dieses Weibchen versucht hatte, von ihren Armen zu springen, um sie gegenüber einem aggressiven Pitbull zu verteidigen, der beim Tierarzt auf seine Impfung wartete und den Schreck seines Lebens bekam, als der kleine Hund todesmutig die spitzen Zähne fletschte, beschloss sie, es Fiera – Raubtier – zu nennen. Natürlich hatte das nicht gerade dazu beigetragen, die Witzeleien im Kommissariat zu beenden, die erneut losbrachen, als sie zum ersten Mal gemeinsam auftraten und die winzige Kreatur ihre kleine Schnauze aus dem halb geöffneten Reißverschluss ihres Rucksacks herausstreckte.

»Pass auf mit dieser Todesmaschine!«, sagten die einen. »Ich habe schon größere Filets gegessen«, witzelten die anderen. Und während alle lachten, beschäftigte sich das unbeirrbare Frauchen damit, sich über ihre neue Gefährtin schlauzumachen, die einer sehr alten mexikanischen Rasse angehörte, welche, wie man am fünften Finger ihrer Pfote erkennen konnte, eng mit dem Wolf verwandt und eigentlich ein Jagdhund war, nur eben … ein *sehr kleiner* Jagdhund.

Jedenfalls brachte die Sache mit dem Jagdhund Mónica auf die zündende Idee.

Sie würde Fiera so trainieren, dass niemand es mehr wagte, sie wegen ihrer Größe auszulachen, schwor sie sich. Sie würde beweisen, dass Fiera kein Schoßhündchen war, sondern dass sie ein guter Polizeihund sein konnte, der beste von allen. Und das war ihr auch gelungen.

So viel Instinkt in gerade mal einem Kilo Hund!, hatte Mónica an dem Tag gedacht, als sie den jungen Hund mit erhobener Schnauze jaulen hörte, während ein Krankenwagen vorbeifuhr. Dann folgten die langen Jogging-Strecken durch den Parque del Oeste, das eine Ende der Leine am Gürtel und das andere an dem kleinen Floh befestigt, der fröhlich um sie herumsprang. Das Hündchen, das auf ihrem Bauch lag und sich ihren Bewegungen anpasste, während sie ihre Sit-ups machte. Dann kam der Tag, an dem Mónica auffiel, dass Fiera ihre Stretching-Übungen beim Yoga nachmachte, und dieser Abend im Café Garibaldi, an dem jener zwielichtige Typ den Fehler gemacht hatte, seine Hand in ihren Rucksack zu stecken, und etwas unerwartet Wütendes, das darin verborgen war, mit seinen spitzen Zähnen zuschnappte, woraufhin er entsetzt aufheulte und die Flucht ergriff. Wobei Fiera es sich nicht nehmen ließ, ganz aus ihrem Versteck aufzutauchen und ihm wie rasend hinterherzubellen.

»Jetzt hat sie Blut geleckt«, hatte Antolián später lachend auf dem Präsidium gesagt, als er von dem Vorfall hörte.

Und da es zumindest keine Vorschriften darüber gab, was die Größe eines angehenden Polizeihundes betraf, durfte Fiera im Gegensatz zu Mónica an sämtlichen Prüfungen teilnehmen, die sie entgegen aller Vorhersagen mit Bravour bestand, sodass sie nun der einzige Chihuahua im Dienst der Madrider Polizei war. Ihre Spezialität war das Aufspüren von Rauschgift, und wenn alles gut ging, würde sie Mónica nach der bestandenen Ausbildung helfen, andere vierbeinige Eleven auf die unterschiedlichen Aufgaben im Polizeidienst vorzubereiten. Inzwischen bemerkte Mónica bereits erste bewundernde Blicke, wenn sie mit Fiera ihre Runde im Flughafen machte. Es hatte sich herumgesprochen, dass ihrem kleinen Genie nichts entging.

Ein ausgiebiges Knurren, und gleich darauf rannte der Chihuahua los, um den Flughafenangestellten anzubellen, der eine endlose Reihe an Gepäckwagen vor sich herschob.

»Wenn ich nur die Hälfte von ihrem Selbstbewusstsein hätte, wäre ich schon längst zum Kommissar befördert worden«, sagte Antolián und hob anerkennend seinen Kaffeebecher.

Wieder brummte es, und das Handy in Mónicas Rucksack leuchtete auf. Die einzige Möglichkeit, diesen Terror zu stoppen, war, ans Telefon zu gehen und sich das übliche »Wie geht es dir, heute, Liebes, was machst du gerade?« anzuhören. Dann würde sie seufzend antworten: »Ich *arbeite*, Mama. Ist es dringend, oder kann ich dich nach dem Abendessen zurückrufen?«, was das Redebedürfnis der Anruferin keineswegs befriedigen und Mónica mit einem schlechten Gewissen zurücklassen würde. Doch heute sollte es anders sein.

»Komm, geh schon ran! Schließlich hat man nur eine Mutter.« Antolián zwinkerte ihr zu.

»Zum Glück nur eine.« Mónica trank einen Schluck Kaffee, bevor sie das Gespräch annahm. »Mama, entschuldige, aber könntest du dich für einen Moment gedulden?«, sagte sie im nächsten Moment. »Gerade ruft das Kommissariat an …«

Das klang nach einer Ausrede, war aber keine. Mónica tippte auf die grüne Taste, um gleich darauf Curros Stimme zu hören.

»Mónica, gut, dass wir dich erreichen.« Er räusperte sich. »Also … die Kollegen sind gerade in der Wohnung deiner Mutter.«

Sie stellte die Lautsprecherfunktion ein.

»Was du nicht sagst. Spar dir dein Vormittagsspäßchen lieber für Antolián auf. Darauf falle ich nicht rein. Ich habe meine Mutter gerade auf der anderen Leitung.«

»Dann rede mit ihr«, insistierte Curro in ernsterem Ton als üblich.

Mónica meinte zu spüren, wie ihr Herz für einen Moment aussetzte.

»Was ist passiert? Ist alles in Ordnung mit meiner Mutter?«

»Sprich selbst mit ihr.«

Mónica tippte nervös auf ihrem Handy herum, um zum vorherigen Gespräch zurückzukehren.

»Mama?«

»Ich habe versucht dich zu erreichen, aber du gehst ja nie ran!«

»Mama, geht es dir gut?« Sie merkte, wie sich ihre Stimme überschlug.

»Mir ja, aber ich kann dir versichern, dass das bei dem Mann in meinem Badezimmer nicht der Fall ist.«

Antolián trat interessiert näher.

»Welcher Mann, Mama?« Mónica massierte sich ihren Nacken, der sich plötzlich versteifte. »Was ist denn passiert, um Himmels willen?«

»Ich weiß es nicht.« Sie hörte, wie ihre Mutter genervt die Luft ausstieß. »Ich habe echt genug davon, allen zu sagen, dass ich es *auch nicht weiß*.«

»Ist gut, Mama, ist ja gut, bleib ganz ruhig. Ich komme sofort.«

Eine halbe Stunde später stand Mónica mit Fiera vor der Wohnung ihrer Mutter Elisa, wo die Polizei bereits dabei war, die Tür zu versiegeln.

Der Tote in der Badewanne

»Der Hund darf hier nicht rein.«

Mónica hob ihr Kinn und Fiera ihre kleine Schnauze.

»Der Hund ist ein Polizeihund, und diese Dame dort ist meine Mutter.«

Der Polizist trat zurück. Im Hintergrund machte der Inspektor ihm ein Zeichen, die beiden durchzulassen.

Das Erste, was Mónica sah, war ihre Mutter in ihrem Emmanuelle-Vintage-Sessel, die unvermeidliche Tasse Kaffee in der Hand, als ob sie sich gerade eine amerikanische Krimiserie ansehen würde.

Sie hatte ihren Trenchcoat noch an und über ihren Knien lag die Wolldecke mit dem Schottenmuster, obwohl es gar nicht kalt war.

»Mama, geht es dir gut?« Mit ein paar Schritten war Mónica bei ihrer Mutter.

Fiera sprang ebenfalls zu der Frau im Sessel und wedelte zu ihren Füßen heftig mit dem Schwanz.

Elisa empfing sie beide mit glänzenden Augen – wie an jedem anderen Tag, an dem sie überraschenderweise zum Mittagessen erschienen.

»Hallo, mein Schatz …«, sagte sie zu ihrer Tochter. Und dann fuhr sie mit zärtlicher Stimme, an den Hund gerichtet, fort: »Da ist ja unser kleiner Star.«

Mónica umarmte ihre Mutter und schüttelte dann dem Inspektor die Hand. Später würde sie sich nur noch an diese Hand erinnern, die aussah wie die eines Wolfsmenschen, haarig und mit großen Knochen.

Nachdem sie sich begrüßt hatten, richtete der Inspektor sich auf und meinte:

»Man hat mir im Kommissariat in der Calle de Leganitos bereits gesagt, dass Sie eine Kollegin sind. Daher muss ich Sie sicher nicht darauf hinweisen, dass Ihre Mitarbeit an diesem Fall wegen Befangenheit ausgeschlossen ist.«

Mónica nickte nervös. An diesem *Fall? Welchem Fall?*

Fiera, die ebenfalls beunruhigt war, sprang auf Elisas Schoß, deren Oberschenkel so viel weicher waren als die ihres Frauchens. Im selben Moment ertönte ein lang gezogenes Fauchen, das aus dem Regal kam, wo Elisas Katze Isis saß und auf sich aufmerksam machte. Antolián, der gerade zur Tür hereinkam, fuhr erschrocken zusammen. »Wow, was für eine beeindruckende Katze!«, war sein einziger Kommentar. Die Katze nahm das Kompliment huldvoll entgegen und legte ihren Schwanz wie einen Schal um den getigerten Körper.

Elisa hob beruhigend die Hand, was Isis mit zusammengekniffenen Augen registrierte.

»Sie tut nichts«, versicherte sie. »Wir sind nur gerade beide ein wenig nervös.«

Fiera schaute interessiert nach oben und erwiderte den Blick aus den schmalen gelben Augen mit einem freundlichen Winseln, doch Isis beschränkte sich darauf, dieses irdische, unterwürfige Wesen wie eine Herrscherin zu mustern.

»Würden Sie mir bitte folgen?«, fragte der Inspektor jetzt mit einer auffordernden Geste.

Er ging durch den langen Flur, der zum Schlafzimmer führte, und Mónica und Antolián folgten ihm schweigend. Im angrenzenden Badezimmer stand ein weiterer Polizist mit einer Kamera in der Hand über die Badewanne gebeugt. Das Sonnenlicht, das durch das Fenster zum Hof hereinfiel, sandte bunte Farbkugeln in den Raum. Für einen Moment hatte Mónica das Gefühl, der Fotosession einer

Modezeitschrift beizuwohnen, allerdings erlaubte die Steifheit des Models nur eine einzige Pose. Später würde sie sich an diesen Moment in einer bestimmten Reihenfolge erinnern. Zuerst an den irritierenden Geruch nach verbranntem Huhn, dann an das dichte lockige Haar auf dem Rand der Badewanne, den Arm, der bis zur Badematte herunterhing, und das zerbrochene Weinglas auf dem goldfarbenen Marmorboden, für dessen Auswahl ihre Mutter ein halbes Jahrhundert gebraucht hatte.

»Oh, verdammt!«, hörte sie Antolián sagen.

Mónica verschlug es den Atem.

»Aber … wer ist das?«, brachte sie schließlich mit dem bisschen an Luft hervor, das ihr noch geblieben war.

»Sie kennen ihn auch nicht?« Der Inspektor wies auf das bleiche Gesicht des Toten und forderte sie auf, näher zu treten. »Sind Sie sicher? Bitte schauen Sie noch mal genau hin.«

Mónica nickte und schüttelte widersprüchlicherweise gleich darauf den Kopf, während ihre dunklen Augen weitere Details aufnahmen. Ein zweites, noch mit Wein gefülltes Glas auf dem Badewannenrand. Die geschlossenen Augen des Mannes, der etwas über dreißig gewesen sein mochte. Die seltsame Meditationshaltung. Der Mund, der in einem sanften Lächeln erstarrt war.

Auf dem Boden lag der perlgraue Bademantel ihres Vaters.

Fiera lief darauf zu und schnüffelte interessiert an dem Frotteestoff. Was hatte das alles zu bedeuten? Sie streifte um die Badewanne herum, wobei ihre Schnauze beinah die Hand des Toten berührte. Ein Zittern durchlief ihren kleinen dunklen Körper, das rasch zu einem leisen Knurren wurde. Anschließend machte sie ein paar Tippelschritte nach hinten und ließ sich auf dem Turnschuh ihres Frauchens nieder.

Dieser Geruch nach verwelkten Blumen rief unheilvolle Erinnerungen an die Zuchtstation in ihr wach. Sie durchsuchte ihr gesamtes olfaktorisches Archiv. Was für ein äußerst seltsamer und neuer Geruch. Sie kannte ihn, aber irgendwie auch nicht.

»Ihre Mutter behauptet ebenfalls, das Opfer nicht zu kennen«, erklärte der Inspektor und forderte Mónica dann höflich auf, wieder zurück ins Wohnzimmer zu gehen. »Wie es scheint, hat sie die beiden letzten Nächte auf dem Weingut einer Freundin verbracht …«

»Ja, bei Margarita.« Mónica nickte. »Das ist eine ihrer engsten Freundinnen. Sie hat mich gegen elf Uhr abends von dort aus angerufen. Aber sagen Sie, weiß man schon, wer der Tote ist und wie er sich hier Zugang verschafft hat?«

Der Inspektor blieb an der Badezimmertür stehen.

»Wir haben seinen Ausweis gefunden«, erklärte der Polizist mit der Kamera. »Einen Pass mit doppelter Staatsangehörigkeit, der mexikanischen und der spanischen. Sein Name ist Orlando Pontes, und bisher wissen wir nur, dass er regelmäßig die Hunde im Viertel ausgeführt hat.« Er deutete stirnrunzelnd auf Fiera. »Ihren Hund etwa auch?«

Mónica schüttelte den Kopf.

»Nein, ich wohne schon seit zwanzig Jahren nicht mehr hier. Meine Mutter mochte eigentlich überhaupt keine Hunde, bis ich die Kleine hier adoptiert habe.«

Der Inspektor kramte in seiner Tasche, als suchte er dort nach einer Erklärung. »Irgendwie passt das alles nicht zusammen«, meinte er dann, »aber es gibt jedenfalls keine Anzeichen von Gewaltanwendung. Das Ladekabel des Handys war noch in der Steckdose, und das Handy selbst wurde in der Badewanne gefunden. Natürlich werden wir es noch untersuchen«, versicherte er. »Im Moment deutet alles darauf hin, dass das Opfer einen tödlichen Stromschlag erlitten hat. Das wird die Autopsie sicherlich bestätigen.«

Laut Elisa war die Wohnung dunkel geblieben, als sie nach Hause gekommen war und versucht hatte, das Licht anzumachen. Sie hatte im Stromkasten an der Tür nachgesehen und festgestellt, dass die Sicherung herausgesprungen war. »Das bestärkt unsere These, dass es einen Kurzschluss gegeben haben muss«, meinte der Inspektor nachdenklich. Erst als sie in ihr Schlafzimmer gegangen sei, habe sie den Mann im Bad gefunden. Aber nichts davon erkläre, was er dort wollte und wie er in die Wohnung hineingelangen konnte, da die Tür abgeschlossen war.

»Und der Schlüssel wurde noch nicht gefunden«, fügte der Inspektor hinzu, zuckte mit den Schultern und zog die Badezimmertür hinter sich zu.

Aus dem Wohnzimmer konnte Mónica die melodische und seltsam träge Stimme ihrer Mutter hören.

»Das ist meine Tochter, von der ich Ihnen schon erzählt habe, die, die schon immer Polizistin werden wollte.«

»Das stimmt doch gar nicht, Mama«, stellte Mónica mit einem gequälten Lächeln eilig richtig, während sie das Zimmer betrat.

Elisa, die inzwischen auf dem Sofa saß, klopfte auf das Polster, damit sie neben ihr Platz nahm, und versicherte hartnäckig: »Doch, tut es. Als Kind hast du das immer wieder gesagt.« Dann meinte sie, an den Polizisten gerichtet: »Sie war so niedlich als kleines Mädchen.«

»Mama, bitte ...« Ebenfalls an den Polizisten gerichtet, erklärte Mónica: »Für den Polizeidienst hat es leider nicht gereicht.«

»Na ja«, entgegnete er beinah mitleidig, »seien Sie nicht so streng mit sich selbst.«

»Das bin ich nicht, ich rede von der Größe. Ich bin zu klein.«

Elisa deutete mit dem Zeigefinger auf den Türrahmen, an dem mehrere mit Bleistift angebrachte Striche zu sehen waren. »Ich habe sie achtzehn Jahre lang gemessen«, sagte sie stolz und trank den Rest ihres Kaffees.

Mónica atmete tief durch und rief nach ihrem Hund, der sofort herbeilief. An dieser Stelle hielt Antolián es für angebracht, seine Kollegin zu unterstützen, und erklärte, dass sie eine der besten Trainerinnen der Hundestaffel sei.

»*Die* Beste«, präzisierte Elisa.

»Und dieser kleine Hund hier spürt jede Droge auf«, fuhr Antolián fort, zeigte auf Fiera und zwinkerte Elisa zu. »Er ist der beste Spürhund, den ich kenne.«

Daraufhin meinte der Inspektor, dass es in diesem Fall vielleicht nützlich sein könnte, wenn der Hund sich mal ein bisschen in der Wohnung umsehen würde. Wenn er schon mal da sei. Falls sie etwas übersehen hätten.

Fiera verschwand mit der Nase am Boden sofort im Flur.

»Aber das ist ein Chihuahua«, protestierte der andere Polizist. »Und wenn er eine emotionale Bindung zu der Verdächtigen hat, kann er kaum objektiv sein.«

Der Inspektor ließ nacheinander die Knöchel seiner riesigen Finger knacken. »Die Dame ist keine Verdächtige.«

Diese Feststellung schien Elisa außerordentlich zu beruhigen, und sie bedankte sich mit einem mütterlichen Lächeln.

»Unter uns gesagt, sind Badewannen heute, in der Zeit der Handys und der Selfies, zu einer regelrechten Todesfalle geworden«, erklärte der Inspektor.

»Das kann man wohl sagen«, pflichtete ihm sein Kollege bei. »Aber das war auch früher schon so. Wie viele berühmte Persönlichkeiten sind in der Badewanne gestorben: Jim Morrison, Whitney Houston, Al Capone …«

Der Inspektor unterbrach ihn mit einem ungeduldigen Winken.

»Alles spricht dafür, dass es sich hier um einen Unfall handelt«, fuhr er fort. »Aber natürlich ist es unsere Pflicht zu untersuchen, wie der Tote hier hereingekommen ist und warum. Vielleicht hatte er mehrere Häuser im Visier und gesehen, wie Ihre Mutter vor zwei Tagen mit ihrer Reisetasche das Haus verlassen hat. Wer weiß das schon?«

»Jedenfalls ist er aus irgendeinem Grund hier eingedrungen und dann einem Stromschlag erlegen«, fasste Antolián die Sache zusammen.

»Wenn das Ergebnis der Autopsie dies bestätigt und es keinen Grund zu der Annahme gibt, dass es sich um einen Mord handelt, wird der Fall bald abgeschlossen sein«, fuhr der Inspektor fort. »Wir möchten Ihnen wirklich so wenige Umstände wie möglich machen, Señora.«

Mónica sah zu ihrer Mutter hinüber, die gerade ihre Tasse auf dem Couchtisch abstellte und ihr einen hilfesuchenden Blick zuwarf.

»Trotzdem ist es wichtig, dass Sie noch einmal genau nachsehen, ob irgendetwas fehlt. Manche Einbrecher hinterlassen eine Art Signatur, indem sie auf den Teppich urinieren oder etwas an die Wand kritzeln. Vielleicht hatte dieser hier die Angewohnheit, seinen Einbruch mit einem Glas Wein in der Badewanne des Bestohlenen zu feiern.«

Der Inspektor zuckte mit den Schultern.

»Sie sagten, Sie sind verheiratet?«, fragte er dann, an Elisa gerichtet.

»Da bin ich mir nicht so sicher.«

»Mama!«, protestierte Mónica, bevor sie sich an den Inspektor wandte. »Ja, natürlich ist sie verheiratet. Mein Vater ist in Cádiz, in unserem Ferienhaus. Er macht dort Urlaub.«

»Er macht unentwegt Urlaub.« Elisa verzog den Mund.

»Er flüchtet manchmal gern …«, fing Mónica an.

»Im wahrsten Sinne des Wortes«, fiel ihre Mutter ihr erneut ins Wort.

»… ans Meer«, beendete Mónica den Satz. »Das Segeln entspannt ihn.«

Sie warf ihrer Mutter einen mörderischen Blick zu.

Sie habe ihren Mann bisher nicht erreichen können, erklärte Elisa verdrossen, was ihre Tochter damit entschuldigte, dass er sicher auf See sei und keinen Empfang habe, woraufhin Elisa meinte, dass dies seit seiner Pensionierung der Dauerzustand sei.

»Ich glaube, mein Blutdruck schießt gerade in die Höhe«, stellte sie dann fest und fächerte sich mit der Hand Luft zu. »Dürfte ich kurz ins Bad gehen? Ich meine in das Bad, das *nicht* besetzt ist?«

Es war ein geschmackloser Scherz, genau wie der spöttische Unterton, den sie anschlug. Dennoch sah Mónica, wie die Polizisten nur mühsam ein Lächeln unterdrückten. Sie hörte ihre Mutter mit der Polizistin plaudern, die sich im Flur aufhielt. Fiera war von ihrer Spurensuche zurückgekehrt, ohne Ergebnisse, wie es aussah, da sie aufs Sofa sprang und sich dort niederließ, nachdem sie überprüft hatte, welches der Kissen bereits angewärmt worden war. Dann räkelte sie sich zufrieden.

Eine halbe Stunde später verließ der Tote in einem schwarzen Leichensack die Wohnung, und die Polizei wies Elisa ein Hotel in der Nähe zu, in dem sie die nächsten Nächte verbringen konnte, bis die Wohnung wieder freigegeben und gereinigt worden war. Mónica beschloss, so lange bei ihrer Mutter zu bleiben. Sie wurden gebeten, sich zur Verfügung zu halten, falls weitere Fragen aufkamen. Die Polizei würde den Toten und den Tatort gründlich untersuchen und sich bemühen, mögliche Verwandte des Mannes ausfindig zu machen, an die man die Leiche später übergeben konnte.

»Ein ganz schöner Schlamassel«, seufzte der Inspektor, als er sich verabschiedete. »Sie haben großes Glück gehabt, Señora. Wer weiß, was passiert wäre, wenn der Eindringling noch am Leben gewesen wäre, als Sie nach Hause gekommen sind.«

»Obwohl er eigentlich ganz harmlos aussieht«, meinte Elisa mit einer Güte, die sie allen außer ihrer Tochter gewährte.

Mónica war die empathischen Anfälle ihrer Mutter gewohnt, die sie jedem entgegenbrachte, den sie für hilflos hielt. Dies zeichnete sie aus, war aber auch eine Schwäche, die dazu führte, dass sie in die Probleme anderer hineingezogen wurde, bis sie selbst Probleme bekam. Viele Probleme.

Der andere Polizist wartete auf dem Treppenabsatz, bis sie ein paar Sachen zusammengepackt hatten, wobei er versuchte, Pin und Pon abzuschütteln, das Ehepaar aus der Wohnung gegenüber, das bei weit geöffneter Tür seit Stunden jeden mit Fragen bombardierte, der auch nur in ihre Nähe kam.

»Diese beiden Aasgeier in ihren blöden Jogginganzügen«, murmelte Elisa. »Endlich haben sie eine Leiche gefunden, die sie fleddern können.«

Im Laufe der Jahre war es Mónica immer schwerer gefallen, die beiden Eheleute voneinander zu unterscheiden, da sie gleich groß waren und auch sonst von identischer körperlicher Beschaffenheit mit ihrem Topfschnitt und dem ausdruckslosen Gesicht der Pinypon-Figuren, von denen sie ihre Spitznamen hatten. Jedenfalls bat Mónica ihre Mutter darum, sich beim Verlassen der Wohnung jeden Kommentar zu verkneifen, da das genau das war, worauf diese Spitzel warteten – eine lohnenswerte Information, auf die sie sich stürzen konnten. Es war allgemein bekannt, dass die beiden schlimmer waren als jedes Klatschblättchen, sodass es besser war, ihnen kein Futter zu liefern.

Ihre Mutter nickte und gab ihr ausnahmsweise einmal recht, und während sie zusammen ins Schlafzimmer gingen, um ein paar Sachen zusammenzupacken, erklärte sie, dass diese Leute schlimmer waren als der spanische Geheimdienst, da sie nicht nur alles wussten, was im Viertel passierte, sondern auch noch jede Menge hinzudichteten.

Elisa nahm eine Hose aus dem Schrank, die genauso aussah wie die, die sie anhatte, zog ihr Nachthemd unter dem Kissen hervor und wühlte auf der Suche nach einem Beruhigungsmittel in der Nachttischschublade.

»Lass mich mal schauen, Mama.« Mónica legte den Arm um ihre Mutter.

In diesem Moment hörte sie Fiera winseln, und als Mónica dem Winseln nachging, fand sie ihr Hündchen auf die Hinterbeine aufgerichtet im Wohnzimmer vor, wo es am Couchtisch schnüffelte. Auf dem Tisch lagen ein paar Wohnzeitschriften, in denen ihre Mutter herumblätterte, während sie sich im Fernsehen einen Film nach dem anderen ansah. Und neben der Kaffeetasse sah sie … Ah, das war es! »Du hast Hunger, mhm?«, sagte sie, als sie den Keks entdeckte, der auf einem kleinen Teller lag.

Fiera sah sie ungeduldig an und stellte sich erneut auf die Hinterbeine, als ob sie im nächsten Moment auf den Tisch springen wolle.

»Nein, Fiera, nein!«, sagte Mónica streng, und der Hund warf ihr einen vorwurfsvollen Blick zu, der ganz offensichtlich die Frage enthielt, warum es nur so schwierig war, sich bei ihrem Frauchen verständlich zu machen.

Erst nachdem Mónica den Keks weggenommen und die Krümel von dem Taschenkalender, der darunter lag, weggefegt hatte, fiel es ihr auf: Ein Kalender? Seit wann benutzte ihre Mutter einen Kalender?

Sie rühmte sich doch immer, so etwas nicht zu brauchen.

Dieser hier war ziemlich abgenutzt und blau – mit einem Lesebändchen in der gleichen Farbe zwischen den Seiten.

Neugierig schlug sie den Kalender auf. Das blaue Lesebändchen markierte den Vortag, den 19. Oktober. In einer schrägen Schrift, die ganz offensichtlich nicht die ihrer Mutter war, stand dort ein Name, der ihr sofort ins Auge sprang: *Elisa.*

Sie beugte sich vor und las genauer: *Elisa, 18:00 Uhr.* Und in der Zeile darüber: *Massage.* Und am Tag davor: *10.00 Uhr Spaziergang mit Dolores und Oxi.* Und darunter: *Pavlova und Bowie im Paso a Dos abholen.*

Mónica klappte den Kalender zu. Sie spürte, wie ihr das Herz bis zum Halse schlug, während sich Fiera, die ihre Aufregung wohl auch spürte, wieder auf ihren Turnschuh setzte.

Mónica hatte keine Ahnung, warum sie es tat, doch sie steckte den Kalender einfach ein.

Wenige Minuten später, nachdem sie aufs Regal geklettert war, um die wütende Göttin Isis in ihre Transportbox zu stecken, verließ sie mit ihrer Mutter, der Katze, dem Hund und der Tasche mit der Kleidung die Wohnung. Als sie sich von den Polizisten verabschiedete, zögerte sie eine Sekunde, sagte jedoch nichts. Und als sie den Aufzugknopf drückte, wusste sie, dass es bereits zu spät war.

Was sie da jedoch noch nicht ahnte, war, dass in diesem Moment einer jener »echten« Fälle begann, die sie so sehr herbeigesehnt hatte.

Ich habe das Recht, mit dem Gedanken zu leben, dass die Welt auch ihre schönen Seiten hat

Wären Elisa und Mónica auf dem Weg von der Calle de Bailén zur Plaza de Oriente jemandem aufgefallen, hätte er geglaubt, eine Mutter und eine Tochter beim üblichen Nachmittagsspaziergang zu sehen, nicht aber, dass sie vom Tatort eines möglichen Verbrechens kamen. Mónica ging ein paar Schritte voraus und schleppte wie ein Sherpa die acht Kilo schwere Katze, während das Gewicht des Kalenders, den sie heimlich in ihre Tasche gesteckt hatte, sehr viel schwerer wog. Die Namen aus der Vergangenheit, die er enthielt, hatten sich in ihre Netzhaut eingebrannt wie der Abspann eines Films, von dem sie nicht sicher war, ob sie ihn wirklich sehen wollte. Tatsächlich hatte dieser Nachmittag inzwischen die psychedelische Textur eines Albtraums angenommen. Sie blieb einen Moment stehen, um sich auszuruhen, und ging weiter, als sie die Schritte ihrer Mutter hinter sich hörte, die, auf ihren Regenschirm gestützt, hinter ihr herkam. Sogar Fiera schien zu verstehen, dass sie Elisa nicht aus den Augen verlieren durfte, da sie auf sie aufpasste und nicht wie gewöhnlich alle paar Meter stehen blieb, um irgendeinen großen Hund anzuknurren.

Während sie die breite Straße entlanggingen, öffnete sich die Plaza de Oriente vor ihnen wie ein Schmuckkästchen. Was für ein Anblick!, dachte Mónica, deren Herzschlag sich allmählich wieder normalisiert hatte. Dieser Platz mit seinen orangefarbenen und violetten Sonnenuntergängen, die wie gemalt waren. Noch immer waren hier, wenn es dunkel wurde, die Rufe der Pfauen zu hören, die wie riesige exotische Früchte in den Bäumen am Palacio Real hingen. Als sie noch Kinder waren und die Uhr nicht lesen konnten, waren diese Vögel die Wächter gewesen, die ihnen anzeigten, wann es Zeit war, zum Abendessen nach Hause zu gehen, während die Katzen nach draußen schlüpften, um die Nacht zum Tag zu machen.

Mónica liebte diesen Platz immer noch, auch wenn es eine Zeit gegeben hatte, in der sie sich von seiner Herrschaft befreien musste. Alle, die jemals an ihm gewohnt hatten, wussten, dass er eine Macht ausübte, der man sich nicht entziehen konnte. Die Plaza de Oriente war wie eine jener verführerischen reifen Frauen, für die es keine Tageszeit gibt, an der sie sich nicht von ihrer besten Seite zeigen, und keine Jahreszeit, in der sie sich nicht mit nahezu beleidigender Eleganz kleiden. Am Morgen öffneten sich die Türen hinter den Balkonen zur Straße wie ein Adventskalender, und am Abend erhellte sich ein Fenster nach dem anderen, bis sie die Fragmente der Leben enthüllten, die dort zu Hause waren. Auf dem Platz schlugen sich Fahrrad fahrende Kinder die Knie auf, wurde mit Murmeln und Schachfiguren gespielt, doch von allen Beschäftigungen, die Mónica sich für ihre drei Freunde ausgedacht hatte, war ihre liebste die Ergründung der Geschichten und Geheimnisse gewesen, die diese riesige Schatzkiste barg.

Ein Stolpern, das Mónica beinah zu Boden fallen ließ, holte sie in die Gegenwart zurück. Wo mochte Orlando, der Hundeausführer, gewohnt haben? Auch hier an der Plaza? Und seit wann?

Sie wusste nur, dass der Kalender seit Januar dieses Jahres in Gebrauch gewesen war. Was bedeutete, dass der Tote schon eine ganze Weile in Madrid gelebt haben musste.

Elisa hörte, wie ihre Tochter leise seufzte, und meinte, ihr die Sehnsucht nach der Vergangenheit ansehen zu können.

»Soll ich dir ein Eis kaufen?«

Das entlockte Mónica zum ersten Mal an diesem seltsamen Tag ein Lächeln. Der Kiosk, an dem sie früher immer ihre Süßigkeiten bekommen hatten, existierte immer noch. Die schwere Eisenkonstruktion verschwand im Winter wie durch Zauberhand, und ihre Rückkehr kündigte den Beginn des Frühlings an, weil die Bäume mit ihr zu blühen begannen.

Mónica fiel der Gegensatz zwischen dem verschnörkelten Eisenbau und der wuchtigen Harley ins Auge, die danebenstand.

»Der Kiosk wird jetzt von dem Sohn der Besitzerin geführt«, erklärte Elisa. Dann warf sie ihrer Tochter einen verschwörerischen Blick zu. »Weißt du noch, wie ihr den Nonnen damals Eis gebracht habt?«

»Oje. Ja, das war eine von Ruths Missionen«, erinnerte sich Mónica lachend.

»Du meinst, mit denen sie ihre Mutter beeindrucken wollte.«

»Aber nein. Sie hatte es sich einfach in den Kopf gesetzt, ›Gutes zu tun‹. Und wir mussten alle mitmachen bei ihren Missionen. Allerdings waren die Nonnen gar nicht so begeistert von dem Eis.«

»Wahrscheinlich hätten sie viel lieber Lammbraten und Meeresfrüchte gegessen.«

Mónica sah nach oben. Ruths Wohnung, beziehungsweise die ihrer Mutter Margarita, nahm den gesamten zweiten Stock des Gebäudes neben dem Teatro Real ein. Ruth war immer die Letzte gewesen, die zum Spielen herunterkam, und die Erste, die wieder hinaufmusste. Im Wohnzimmer brannte Licht, und die drei mittleren Balkone bildeten ein

Triptychon, das von einem Maler der flämischen Schule hätte stammen können. Hinter den Fenstern sah man Kronleuchter und Wandteppiche, und auf einem beleuchteten Bücherregal schimmerte eine chinesische Vase.

»Margarita hat sich vor Kurzem am grauen Star operieren lassen«, erzählte ihre Mutter. »Es wurde aber auch Zeit. Sie hat sich von mir immer die Menükarten im Restaurant vorlesen lassen, blind wie sie war, ich kannte die Dinger schon alle auswendig.«

»Sieht sie denn jetzt wieder besser?«, wollte Mónica wissen.

Elisa nickte. »Ja, wie ein Habicht. Glücklicherweise ist alles gut verlaufen.«

Sie gingen ein paar Schritte weiter.

»Wusstest du übrigens, dass Ruth sich ihre Praxis im früheren Dienstbotenbereich des Hauses eingerichtet hat? Seit der Pandemie möchte sie lieber in der Nähe ihrer Mutter sein.«

Mónica versuchte, sich von dieser Bemerkung nicht provozieren zu lassen, was ihr jedoch nicht gelang, genauso wenig, wie ihre Mutter von dem Thema abzubringen, dass Margarita angeblich von ihrer Tochter Miete kassierte. »Dabei lässt sie ihre nichtsnutzigen Söhne kostenlos in den unteren Etagen wohnen.«

»Nenn sie nicht so, Mama.«

»Ich nenne sie so, wie ihre Mutter es tut – meine nichtsnutzigen Söhne. Ich kann mich nicht mal mehr an ihre Namen erinnern, wenn ich sie überhaupt irgendwann einmal gewusst habe.« Elisa schüttelte den Kopf. »Ich verstehe Margarita nicht. Bei dem, was ihre Tochter alles geschafft hat. So ein tüchtiges Mädchen.«

»Hast du zufällig ihre Telefonnummer?«, fragte Mónica. »Wenn ich schon ein paar Tage hier am Platz bin, würde ich mich gern mit Ruth treffen.«

Elisa griff erfreut nach dem Arm ihrer Tochter.

»Du wirst ein paar Tage bleiben?«

»Ja, ich bleibe bei dir im Hotel, bis du wieder in deine Wohnung kannst.«

Elisa ging sichtlich vergnügt weiter.

Das muss ich wohl, dachte Mónica. Und ich muss unbedingt alle anrufen.

Wen sie kürzlich noch von der alten Vierer-Bande gesehen hatte, war Gabriel. Dank einer kuriosen Begegnung im Zara-Laden am Flughafen. Das war gerade mal einen Monat her. Seiner Meinung nach hätte die Szene gut in eine britische Komödie gepasst. Nach dem Bezahlen hatte die Verkäuferin nämlich ihre beiden Kreditkarten vertauscht, und sie hatten erstaunt den Namen des jeweils anderen gelesen und die Köpfe gehoben.

»Mónica?«

»Gabriel?«

Sie in ihrer Hundetrainerinnen-Jacke und er in seiner Flugbegleiter-Uniform. Sie hatten verblüfft gelacht und kurz miteinander geredet, ihre Telefonnummern ausgetauscht und ausgemacht, bald mal wieder wie in den alten Zeiten im Café del Real etwas trinken zu gehen.

Sie hatte ihn nach seiner Mutter gefragt. »Mehr oder weniger gut«, hatte er mit spürbarer Sorge gesagt. »Seit der Pandemie sind die Depressionen schlimmer geworden.«

Wie es aussah, war Dolores nun bei Ruth in Behandlung, nachdem diese ihre Praxis in ihr altes Viertel verlegt hatte. Zunächst hatte Dolores es wohl etwas befremdlich gefunden, bei der Kindheitsfreundin ihres Sohnes in die Therapie zu gehen. Doch dann war Ruth gleich bei der ersten Sitzung so aufbauend und nett gewesen, dass sie ihre Befangenheit rasch verloren hatte. Deshalb waren er und Ruth auch wieder in Kontakt. Die größte Veränderung im Leben seiner Mutter aber war, dass sie sich einen Hund angeschafft hatte. »Damit ist sie wohl nicht die Einzige«, hatte Mónica gesagt. »Ich möchte nicht wissen, wie viele Leute sich während des Lockdowns einen Hund zugelegt haben.«

Doch im Fall von Dolores unterstützte das Tier ihre Therapie, wie Gabriel ihr erklärt hatte, weil es sie zwang, täglich mit dem Hund spazieren zu gehen und ihn regelmäßig zu füttern. Der neue Begleiter seiner Mutter war eine Bulldogge, die unter Diabetes litt und schnell ermüdete, aber sehr verschmust war. Ihr Name, den sich offenbar Ruth ausgedacht hatte, war ein wenig gewöhnungsbedürftig: Oxitocina.

Oxytocin war das Hormon für das Wohlbefinden, das das Tier bei seinem Frauchen auslöste. Außerdem erinnerte es Dolores daran, ihre Glukosetabletten zu nehmen, weil der Hund selbst auch welche brauchte.

Mónica hatte gelächelt.

»Die liebe Ruth war schon immer sehr einfallsreich, wenn es um Namen ging. ›Pin und Pon‹ stammt doch auch von ihr, oder? Sie hat jedem auf dem Platz einen Spitznamen verpasst, bevor sie zum Studium nach Barcelona gegangen ist.«

Oxitocina … *Oxi* … Plötzlich fiel Mónica wieder ein, dass genau dieses Wort auch auf der Seite in dem Kalender des Toten gestanden hatte, in den sie nur rasch einen Blick hatte werfen können. Wie es aussah, hatte dieser Orlando den Hund und sein Frauchen bei ihren Spaziergängen begleitet.

Mutter und Tochter gingen weiter in Richtung des Café de Oriente. Elisa mochte jeden Ort, an dem es Lichterketten gab.

»Alles, was glänzt, zieht dich magisch an«, scherzte Mónica, »wie bei einer Elster.«

»Na, besten Dank. Fällt dir kein anderes Tier ein?«, protestierte Elisa. Wobei sie das Café wirklich mochte. Es war nicht zu laut, und die Terrasse lud zum Verweilen ein.

Sie überquerten den Platz, um nach einem freien Tisch Ausschau zu halten. Seit der Pandemie waren die Sitzplätze draußen besonders gefragt. Inzwischen gab es überall Heizpilze, und auch bei kühlerem Wetter waren die Terrassen gut gefüllt.

Mónica wandte sich nach ihrer Mutter um, die zum Telefonieren stehen geblieben war – wahrscheinlich sprach sie gerade mit ihrem Vater.

Im Grunde beruhigte es sie, dass ihre Eltern sich ab und zu eine Auszeit gönnten, weil sie wusste, dass es ihnen nicht guttat, zu viel Zeit miteinander zu verbringen. Sie brauchten diesen Rhythmus von Entfernung und Nähe. Wenn sie zu lange zusammen waren, wurden sie verrückt wie zwei Tiere im Käfig, doch wenn sie länger als einen Monat getrennt waren, vermissten sie sich. Wann waren sie eigentlich zu dem Schluss gekommen, es dauerhaft zusammen in einer Wohnung aushalten zu können? Wären sie in diesem Jahrhundert geboren, wären sie sicher eines jener modernen Paare gewesen, die als Dauerverlobte jeder ein unabhängiges Leben führten. In den 1970er-Jahren hingegen war es schon verdächtig, getrennte Betten zu haben, geschweige denn getrennt zu leben.

Elisa hing immer noch am Handy und sprach mit leiser Stimme und gerunzelter Stirn. Mónica ging zögernd ein paar Schritte auf sie zu, um auch ein paar Worte mit ihrem Vater zu sprechen. Doch dann dachte sie, dass ihre Mutter ihr das sicher übelnehmen würde. So war es immer gewesen. Ihre Mutter hatte sie seit ihrer Geburt als ihr persönliches Eigentum betrachtet, und ihr Vater hatte sich zurückgezogen und war nach und nach im eigenen Haus zu einer Randfigur geworden. Das bedeutete aber auch, dass sie im

Fall eines Konflikts immer auf der Seite ihrer Mutter stehen musste, unabhängig davon, was sie selbst dachte. Alles andere wäre in Elisas Augen einem Hochverrat gleichgekommen. Die Folge war, dass sie sich an kaum einen Moment der Zweisamkeit mit ihrem Vater erinnern konnte. In fünfundvierzig Jahren hatte es nur eine gemeinsame Reise und hin und wieder einen Spaziergang zu zweit gegeben.

Ihre Mutter kam zum Ende des Gesprächs, und Mónica beschloss, dass es vernünftiger war, ihren Vater später vom Hotel aus anzurufen, um in Ruhe mit ihm reden zu können.

Als sie die Ecke gegenüber dem Teatro Real erreichten, fiel ihr das Schild des Tanzstudios Paso a Dos ins Auge. Der erste Eintrag am letzten Tag im Leben des Kalenderbesitzers hatte ihn zu diesem Ort geführt. Dort war er mit Dolores und ihrem Hund verabredet gewesen und, wie sie annahm, auch mit Suselens Mutter Ágata und deren Hund.

»Wie heißt eigentlich Ágatas Hund, Mama?«

»Warum willst du *das* denn wissen?«

Aus ihren Überlegungen gerissen, wurde Mónica bewusst, dass ihre Frage seltsam klingen musste.

»Ach, nur so …«, improvisierte sie. »Ich meinte gerade an der Tür ihres Tanzstudios einen Hund gesehen zu haben.«

»Ja, kann sein. Das arme Vieh sieht genauso dürr aus wie sie. Einer von diesen Hunden, die von Jägern unter so schrecklichen Bedingungen gezüchtet werden …«

»Ein Spanischer Windhund«, sagte Mónica.

»Genau.«

Als Fiera diese Worte hörte, blieb sie angespannt stehen. »Spanischer Windhund« bedeutete Jagd. »Spanischer Windhund« bedeutete, laut zu bellen, ohne wegzulaufen, damit er einen nicht mit einem Kaninchen verwechselte. Sie winselte leise.

Mónica strich ihr beruhigend übers Fell. »Nein, meine Kleine, es ist kein Spanischer Windhund in der Nähe, alles ist gut«, sagte sie, und kurze Zeit später trabte Fiera wieder brav neben ihr her, während ihre riesigen Ohren jedes Geräusch, das von links oder rechts kam, aufnahmen und sie jedes nicht identifizierbare Objekt beschnüffelte, denn man wusste ja nie.

Die Art und Weise, wie Fiera die Welt betrachtete, versorgte sie mit allen möglichen Informationen. Denn die Welt war voll von offensichtlichen Dingen, die niemand jemals bemerkte, wie Arthur Conan Doyle einmal so treffend gesagt hatte. Ihr kleiner Hund nahm jedenfalls nichts für selbstverständlich. Nicht mal das, was schon immer da gewesen war. Fiera betrachtete die Welt, als sähe sie sie zum ersten Mal. Und war es nicht genau das, was jeder gute Ermittler tun sollte?

Mónica runzelte nachdenklich die Stirn. Wenn sie herausfinden wollte, was vor sich ging, musste sie den Platz, *ihren Platz*, mit neuen Augen betrachten, aber das war wirklich schwierig. Denn egal, woran ihr Blick hängen blieb – alles war mit der Patina der Erinnerung aus den unterschiedlichsten Phasen ihres Lebens überzogen. Auf der linken Seite die Almudena-Kathedrale und der Viadukt. Die Feierlichkeiten bei den *Fiestas de San Isidro* und *minis de calimocho* – Cola und Rotwein in Litergläsern – mit Churros auf der großen Wiese. Auf der rechten Seite die Plaza de la Encarnación mit ihren Reliquien und ein gutes Stück dahinter der Parque del Oeste mit den ersten Knutschereien mit Marcos im Gras. Dann ihre Öko-Phase, als sie sich nachts ins Delfinarium geschlichen hatten, um die Wände mit Graffiti zu besprühen. Und die Sonnenuntergänge in der Seilbahn, wo sie zu viert geschworen hatten, immer zusammenzubleiben.

Doch der feierliche Schwur hatte später keine Rolle mehr gespielt. So wie fast jedes Versprechen aus der Kinderzeit.

Es würde seltsam sein, sich nach all den Jahren wiederzusehen, aber nach dieser merkwürdigen und doch etwas beunruhigenden Sache mit dem Toten in der Badewanne ihrer Mutter musste sie die alte Viererbande wieder zusammentrommeln.

Dabei würde es mit Suselen sicher am schwierigsten werden. Wie Elisa ihr erzählt hatte, hatte es im Viertel viel Gerede gegeben, als ihre alte Schulfreundin zur letzten Opernpremiere in Madrid, in der sie als Solistin aufgetreten war, ihre eigene Mutter nicht eingeladen hatte. Vor allem weil Ágata direkt gegenüber vom Theater ihr Tanzstudio betrieb. Mónica fiel es schwer, das zu glauben – nicht bei ihrer so schüchternen und immer zuvorkommenden Freundin. Deshalb hatte sie nur verärgert abgewunken. »Ach, was wissen die Leute schon!«

Das Letzte, was sie von Suselen erfahren hatte, war, dass sie mit ihrem Mann und ihrer Tochter in London lebte, aber wegen der Pandemie und des Brexits nach Madrid zurückkehren wollte.

»Da ist kein Platz mehr!«, brummte Elisa, auf ihren Regenschirm gestützt.

»Wo? In Madrid?«, fragte Mónica verwundert. »Du meinst, wenn man einmal geht, kann man nicht mehr zurückkommen?«

»Nein, Dummchen, auf der Terrasse ist kein Platz mehr frei.«

Sie baten den Kellner um einen Stuhl, während sie darauf warteten, dass ein deutsches Paar aufstand, das sich gerade stritt und eilig bezahlen wollte. Mónica nahm Fiera auf den Arm, um zu vermeiden, dass Isis sie aus ihrer Transportbox heraus weiter anfauchte.

Nach all den Stunden hatte die Göttin ihre Hoheit verloren und klang jetzt eher wie ein Ballon, aus dem die Luft entwich.

Doch kaum dass der Kellner den Tisch abgewischt hatte, stürzten sich drei Frauen darauf, die gerade aus dem Theater kamen.

»Entschuldigen Sie, aber wir warten schon seit einer Weile auf diesen Tisch«, sagte Mónica freundlich.

Die drei wandten sich zu ihnen um wie die Hexen aus *Macbeth* und betrachteten den aus Mutter, Tochter und zwei Tieren bestehenden Trupp von oben herab.

»Na ja, wir haben Sie nicht gesehen«, sagte die Erste.

»Der Kellner hat gar nichts gesagt«, meinte die Zweite.

»Seit wann kann man auf der Terrasse reservieren?«, brummte die Dritte.

Daraufhin machte Elisa einen Schritt auf das Trio zu und sagte mit entschlossener Miene: »Hören Sie, wir haben gerade einen Toten in meiner Wohnung gefunden, und es war ein sehr langer Tag. Daher haben wir überhaupt keine Lust, weiter mit Ihnen herumzudiskutieren.«

Das war frech, aber effektiv. Die Hexen schwirrten mit ihren Schirmen ab, um sich einen Platz im Inneren des Cafés zu suchen. Elisa jedoch hatte es die Laune verdorben, und sie warf ihre Sachen auf den Tisch, um ihren Unmut zu unterstreichen.

»Weißt du, manchmal hasse ich diese Stadt!«

»Und dieses snobistische Viertel sicher auch«, ergänzte Mónica, die die Litanei, die nun folgen würde, nur allzu gut kannte.

»Genau. Hier gibt es nur noch Snobs und Touristen!«, entgegnete Elisa aufgebracht. »Und wir Bewohner, die wir das ganze Leben hier verbracht haben, werden rausgedrängt.« Gereizt riss sie ihren Trenchcoat auf und zog dann ein Päckchen Zigaretten aus der Tasche.

»Die Leute sind unmöglich!«, setzte Mónica den zweistimmigen Monolog fort.

»Ja, die Leute werden immer schlimmer.«

Mónica legte beide Hände auf den Tisch, und der kühle Marmor beruhigte ihren Puls.

»Sehr gut, Mama, aber wie ich dir schon so oft gesagt habe, möchte ich nicht immer nur hören, dass die Welt schlecht ist. Also wenn es dir nichts ausmacht: Mir gefällt dieser Platz. Du hattest ja auch die Möglichkeit, so in deiner Stadt und deinem Viertel zu leben, wie du es wolltest.«

Aber sicher. Nur war laut Elisa jetzt alles ganz anders. *Früher* war alles besser gewesen. Da hatte jeder Rücksicht auf den anderen genommen, es war ein freundliches Miteinander gewesen. Mónica konnte dieses *Früher* allmählich nicht mehr hören – dieses *Früher*, das Elisa, die von Natur aus unzufrieden war, nun in leuchtende Farben tauchte und das ihr, wie Mónica vermutete, damals, als *Früher* die Gegenwart war, sicher auch nicht gefallen hatte.

Sie beobachtete ihre Mutter, die sich abmühte, mit ihrem Smartphone den QR-Code zu scannen, der sich schon halb vom Tisch gelöst hatte, während sie selbst zur normalen Speisekarte griff.

»Ich habe das Recht, mit dem Gedanken zu leben, dass die Welt auch ihre schönen Seiten hat«, sagte sie noch einmal, als sie die Karte aufschlug.

Doch Elisa hörte ihr schon gar nicht mehr zu. Sie hatte einen anderen Tisch im Blick, der gerade frei geworden war, und fragte sich, ob sie nicht umziehen sollten. Sicher war die Aussicht auf den Platz von dort aus besser, und sie würden nicht so im Durchzug sitzen.

Jetzt beginnt der übliche Tanz, sagte sich Mónica. Wie konnte man überhaupt im Freien im Durchzug sitzen? Und wieso legte ihre Mutter auf einmal Wert auf gute Sicht?

»Hast du nicht gerade gesagt, dass der Platz dir nicht mehr gefällt?«, fragte sie.

»Aber dir gefällt er doch.«

»Aber ich lege keinen Wert auf eine gute Aussicht, Mama.«

»So einen Unsinn habe ich ja noch nie gehört«, erklärte Elisa.

Mónica schaute auf Fiera, die friedlich zu ihren Füßen hockte, Isis, die endlich ruhig in ihrer Transportbox saß, die Reisetasche, die Regenschirme … und hörte wie aus weiter Ferne, wie ihre Mutter sich weiter beschwerte, weil ihr jetzt auch noch zu kalt war. Sie rief nach dem Kellner. »Könnten Sie bitte den Heizpilz hier herüberstellen?« Und dann mit einem Blick nach oben zur Lautsprecherbox. »Und diesen Lärm abstellen? Man muss ja schreien, wenn man sich unterhalten will.«

Der Kellner machte sich ans Werk, und Mónica beschloss, ihrer Mutter in dem verzweifelten Versuch, sie abzulenken, die Speisekarte vorzulesen.

»Lass gut sein, Kind. Ich habe dir doch schon gesagt, dass ich die Speisekarte auswendig kenne.«

»Aber ich nicht, Mama, und ich würde sie gern laut lesen.« Sie verschanzte sich hinter der Karte. »Ich habe schon immer gern Speisekarten laut vorgelesen, wusstest du das nicht? Ich liebe das.«

Elisa zündete sich eine weitere Zigarette an, und Mónica suchte in ihrer Tasche nach ihrer Brille und stieß dabei gegen den harten Einband des Taschenkalenders. Mühsam gelang es ihr, den Impuls zu unterdrücken, in den Waschraum zu gehen, um noch einen Blick hineinzuwerfen. Geduld war die wichtigste Tugend eines guten Ermittlers. Schon bald würden sie im Hotel sein. Außerdem würde sie besser denken können, wenn sie etwas gegessen hatte. Im Moment war es viel wichtiger, ihre Mutter unter die Lupe zu nehmen.

Was verbarg sie vor ihr?

Schon immer hatte ihre Mutter zur Geheimniskrämerei geneigt. Und sie hatte auch ihre Tochter zum Lügen angestiftet. Eigentlich ging es immer nur um kleine Schwindeleien – um falsche Uhrzeiten oder Dinge, die sie gekauft hatten, oder eine erfundene Ausrede, um die Schule früher verlassen zu können, damit sie zusammen zu einem Konzert im Teatro Real gehen konnten. All diese Dinge wurden verheimlicht – ihrem Vater und ihren Großeltern gegenüber und auch in der Schule. Das Problem war nur, dass sich das ganze Leben aus all diesen kleinen Lügen zusammensetzte, sodass Mónica irgendwann das Gefühl hatte, dass sie einen Teil ihres Lebens im Geheimen führte. Und manchmal ertappte sie sich noch heute dabei, dass sie dieses sektiererische Verhalten selbst übernommen hatte – beispielsweise wenn es darum ging, Dinge, die nicht so gut gelaufen waren, zu verschweigen, um ihre Mutter nicht zu enttäuschen.

Bisher hatte Mónica noch nie darüber nachgedacht, warum ihre Mutter aus allem ein Geheimnis machte. Fürchtete sie das Urteil der anderen? Oder wollte sie nur niemanden beunruhigen? Verschwieg sie ihr deshalb auch jetzt, dass sie den Mann, der tot in ihrer Badewanne gelegen hatte, kannte? Und wenn dem so war, dann doch sicher aus einem harmlosen Grund. Also wieso traute sie sich dann nicht, sie direkt danach zu fragen?

Ihre Mutter war eine Meisterin, wenn es darum ging, Sachverhalte zu verschleiern, aber in diesem Fall ging es nicht um familiäre Dinge. Wenn sie der Polizei gegenüber verschwieg, dass sie den Toten kannte, ging sie eindeutig zu weit. Sie musste an ihr Gewissen appellieren. Denn genau für solche Fälle hatte man ja ein Gewissen. Aber ihre Mutter durfte auch nicht das Gefühl bekommen, dass sie sie irgendwie kritisierte oder gar verurteilte. Verurteilte sie ihre Mutter? Vielleicht versuchte diese nur, sie zu schützen. Das wäre typisch für sie, zu denken, dass sie jede Situation unter Kontrolle hatte, egal, ob sie sie selbst oder andere betraf.

Da waren sie wieder wie ein lästiger Virus, ihre Schuldgefühle.

Wollte sie etwa ihre eigene Mutter ausspionieren? Ihre Mutter, die sie mit Herz und Seele großgezogen hatte? Und hatte sie ihr nicht eine glückliche Kindheit geschenkt? Wenn sie nun den zerbrechlichen Körper ihrer Mutter betrachtete, die nicht größer war als sie selbst, war es kaum zu glauben, dass diese Frau für sie immer ein Fels in der Brandung gewesen war. Ihre Mutter konnte der liebevollste Mensch auf der Welt sein und gleichzeitig furchterregend, wenn sie enttäuscht wurde oder etwas nicht so lief, wie sie es sich vorgestellt hatte. Hielt sie es denn wirklich für möglich, dass ihre Mutter in den Fall verwickelt war? Nein, das nicht. Wobei ihr durchaus bewusst war, dass Elisa ein Faible für Kriminalromane hatte, und sie kannte auch ihre Wutausbrüche. Sie wusste, dass ihre Mutter sich schrecklich langweilte. Ihr unruhiger Geist und ihre analytischen Fähigkeiten überforderten die meisten Menschen. Nur Mónica nicht. Laut Elisa gab es nur einen Menschen, der ihr gewachsen war, und das war ihre Tochter.

Ihre Tochter war auch der einzige Mensch auf der Erde, der sie nicht enttäuscht hatte.

So hatte sie sie erzogen.

Ihre Erwartungen an andere Menschen waren einfach zu hoch, das war alles. Ihre Angst, das, was sie liebte, zu verlieren, verhinderte oft, dass sie die Gegenwart genoss. Und die Folge war, dass sie sie auch den anderen verdarb. Vor allem bei Gelegenheiten wie Weihnachten oder auf Reisen oder bei jeder Geburtstagsfeier, wenn das Essen anbrannte oder die Reservierung in dem Restaurant, das sie ausgesucht hatte, nicht möglich war oder wenn ihr Geschenk nicht die erwartete Freude auslöste. Kurz gesagt, wenn der Film nicht nach ihrem Drehbuch ablief. Und weil alle anderen sich ihren Vorstellungen anpassen mussten, führte das zu unangenehmen Situationen. Das hatte einige ihrer Freunde abgeschreckt und manchmal auch ihren Mann. Mónica war die Einzige, die sie nicht enttäuschte, und das aus einem einzigen Grund: weil sie am Ende immer nachgab. Das hatte jedoch mit der Zeit zu dem Problem geführt, dass sie, sosehr sie sich auch anstrengte, zunehmend überfordert war.

Sie war für ihre Mutter zu einer Art Freizeitpark geworden, der ununterbrochen geöffnet hatte.

Manchmal, wenn sie das Gefühl hatte, dass ihr alles zu viel wurde, ermunterte sie ihre Mutter, eingeschlafene Freundschaften wiederaufleben zu lassen. Sie schickte ihr Angebote von Kursen oder Veranstaltungen, die sie interessieren könnten und wo sie Menschen kennenlernen konnte, die genauso unternehmungslustig waren wie sie. So hatte Elisa sich zu einem Zeichen-, einem Englisch-, einem Archäologie- und einem Kurs für angewandte Psychologie angemeldet. Das Problem war nur, dass sie sich zwar zunächst darauf freute, wenn das Ganze jedoch konkret wurde, stets nach einem vorgeschobenen Grund suchte, weshalb die Sache dann doch nichts für sie war. Entweder war der Raum zu deprimierend oder die anderen Teilnehmer waren nervig oder der Kursleiter redete nur Blödsinn. Oft genug hatte sie fragwürdige Leute zu sich nach Hause eingeladen, die sie zwar nicht wirklich kannte, aber für interessant hielt. Leute, die auf irgendeine Art ihrer Aufmerksamkeit und Hilfe bedurften. Dann machte sie sich deren Probleme zu eigen, bis sie völlig erschöpft war und nicht mehr wusste, wie sie sie wieder loswerden konnte.

Wie sie sie wieder loswerden konnte …

Mónicas Gedanken richteten sich mit einigem Unbehagen auf den Toten in der Badewanne.

»Mama?«

»Ja, mein Schatz.« Elisa legte den Kopf zurück und stieß den Rauch ihrer Zigarette aus.

»Stimmt es wirklich, dass du diesen Mann nicht gekannt hast?«

Ihre Mutter drückte die Zigarette auf der Untertasse ihres Kamillentees aus.

»Natürlich habe ich das *nicht.*« Sie lächelte. »Mach dir nicht so viele Sorgen, Kind. Alles wird gut.«

Mónica atmete erleichtert auf. Nur ihre Mutter war in der Lage, diese magische Beschwörungsformel so zu sagen, dass sich jegliche Befürchtung genauso in Luft auflöste wie der Rauch ihrer Zigarette. Zumindest für eine Weile.

Später, im Hotel, würde Mónica die Einträge in dem Kalender in Ruhe studieren und dann ihre alten Gefährten anrufen: Ruth, Gabriel und Suselen. Sie war sich sicher, dass es für alles eine Erklärung gab, aber wie früher kam sie nicht von alleine darauf. Sie brauchte ihre Freunde.

Plötzlich hob Fiera den Kopf. Eine weiße Schutzmaske segelte, von oben kommend, an ihnen vorbei. Mutter und Tochter sahen gedankenverloren zu, wie das dreieckige Stückchen Stoff wie ein kleiner Fallschirm heruntersank und schließlich auf der Plaza de Oriente landete.

Wer weiß, was der einen oder der anderen in diesem Moment durch den Kopf ging. Jedenfalls lächelten sie sich an, als ob sie gerade gemeinsam etwas Schönes erlebt hätten.

Hunde lügen nicht

Hunde lügen nicht.
Hunde irren sich nie.
Hunde verstehen unsere Welt nicht.

Mónica lag in ihrem Hotelzimmer auf dem Bett und konnte den Blick nicht von den Einträgen in Orlandos Kalender abwenden, während sie mit ihrer Freundin Ruth telefonierte.

»Wie schön, von dir zu hören, auch wenn die Umstände nicht gerade angenehm sind.«

»Ich freue mich auch. Wie lange haben wir uns nicht mehr gesehen? Unglaublich, wie schnell die Zeit vergeht.«

Mónica stellte die Lautsprecherfunktion ihres Handys an und streckte sich auf dem duftenden Laken des Hotelbetts aus. Die angenehme Stimme ihrer Freundin drang an ihr Ohr, und während sie sich unterhielten und Ruth aufmerksam ihrer Erzählung lauschte, ging Mónica durch den Kopf, dass sie es als Psychiaterin offenbar gewohnt war zuzuhören.

»Sag mir einfach, wie ich dir helfen kann, ich mache das gern.« Ruth schien einen Schluck zu trinken. »Ich könnte beispielsweise mit deiner Mutter reden, damit sie den Schock besser verarbeiten kann, was auch immer.«

»Ich werde es ihr ausrichten, vielen Dank«, sagte Mónica.

Dass sie ihre Freundin Ruth als Erste angerufen hatte, war kein Zufall. Im Kalender des Toten, den sie sich im Hotelzimmer noch einmal vorgenommen hatte, war sie nämlich über folgenden Eintrag gestolpert:

Hunde verstehen unsere Welt nicht. Dennoch nehmen sie das, was wir fühlen, manchmal besser wahr als wir selbst, das ist ihr Instinkt. Hunde sind sehr emotional. Deshalb ist Margarita wohl auch in der Lage, Bowie ihre Gefühle zu zeigen, und ihrer Tochter nicht.

Und die Tochter war in diesem Fall ganz offensichtlich Ruth.

»Sag mal, kanntest du diesen Orlando eigentlich?«

Mónica bemühte sich, ihre Stimme möglichst beiläufig klingen zu lassen.

»Na ja, *kennen* ist vielleicht zu viel gesagt. Ich habe ihn manchmal gesehen, wenn er Bowie bei meiner Mutter abgeholt hat, um ihn auszuführen.« Ruth schwieg einen Moment und überlegte. »Er schien ein höflicher Mensch zu sein. Irgendwie sympathisch.«

»Also denkst du nicht, dass er ein Einbrecher war?«

Erneutes Schweigen. Was das anging, hatte ihre Freundin sich nicht verändert. Ruth hatte mal wieder die Pausentaste gedrückt, um zu überlegen. Das hatte sie schon als junges Mädchen getan, und sie hatten sich oft darüber lustig gemacht. Mónica streckte die Hand aus und hob Fiera aufs Bett. Sie begann sofort, mit den Hinterbeinen das Federbett aufzuwühlen, während ihr Frauchen mit dem Hotelkissen kämpfte. Der Hund drehte sich dreimal um sich selbst und legte sich dann hin. Eine Sekunde später stand er wieder auf und beschnupperte das restliche Gelände.

»Hm. Schwer zu sagen, welche Absichten er hatte«, fuhr Ruth schließlich fort. »Ich habe ihn ja nur ein paarmal gesehen.«

»Aber was sagt der professionelle Blick der Psychiaterin?«, fragte Mónica. »Und was hielt deine Mutter eigentlich von Orlando?«, ergänzte sie.

»Du weißt ja, dass Mama sehr verschlossen ist.« Etwas knisterte in der Nähe des Telefons. »Sie hat nur gesagt, dass er immer sehr hilfsbereit war und dass die Hunde ihn vergöttert haben. Er durfte meine Mutter sogar Marga nennen, was sie normalerweise hasst. Hast du denn irgendeinen Verdacht?«

Mónica war kurz davor, ihrer alten Freundin zu gestehen, dass sie den Taschenkalender des toten Mannes heimlich eingesteckt hatte, ohne der Polizei etwas davon zu sagen. Aber nein, nein, nein. Vorsicht! Sie hatten sich zu lange nicht gesehen, um zuzugeben, dass sie ein Beweismittel unterschlagen hatte.

»Ach … Nichts Konkretes«, meinte sie unbestimmt. »Ich würde nur gern mehr über ihn wissen, um sicherzugehen, dass die Annahme der Polizei stimmt.«

»Und was nimmt die Polizei an?«

»Sie glauben, dass es ein Einbruch war, der durch ein Unglück vereitelt wurde.«

Während sie weiterredete, fielen Ruth die polizeilichen Fachbegriffe auf, die ihre Freundin benutzte. Natürlich hatte jeder von ihnen sich in der langen Zeit, in der sie sich nicht gesehen hatten, verändert. Sie würden sich sicher viel zu erzählen haben, wenn sie jetzt wieder alle zusammenkamen. Sie verabredeten, sich Ende der Woche im *Caripén* zu treffen und auch den anderen Bescheid zu sagen. Schließlich war das immer ihr Stammlokal gewesen, bevor ihre Wege sich nach dem Abitur getrennt hatten. Und auch wenn der Anlass ein wenig makaber war, würde dieses längst fällig Wiedersehen sicher schön werden.

Als sie das Gespräch beendet hatten, nahm Ruth eine Melatonin-Tablette und stupste ihren Mann Teo an, der auf dem Bauch lag und schnarchte wie ein Bär. Sie besprühte ihr Kissen und ihren Mann mit einem Lavendel-Aroma, das angeblich direkt auf den Hypothalamus wirkte und für tiefen Schlaf sorgte. Dann stellte sie die Regen-App auf ihrem Smartphone ein, um den Kopf von den Resten der Dramen anderer Leute zu befreien. An diesem Tag beschäftigte sie natürlich vor allem der seltsame Vorfall in Elisas Wohnung. Trotz des beruhigenden Geräuschs des Regens wanderten ihre Gedanken wieder zu dem Toten in der Badewanne. Dann dachte sie eine Weile über Mónica nach. Was ihre Neigung zum Detektivspielen anging, hatte sich ihre Freundin aus Kindertagen überhaupt nicht verändert. Sie war immer schon von Rätseln und Geheimnissen aller Art fasziniert gewesen. Nur dass es sich diesmal um einen richtigen Fall handelte, der sich unglücklicherweise auch noch in ihrem eigenen Zuhause ereignet hatte. Dabei kam Ruth ein Gespräch in den Sinn, das sie am Mittag mit ihrer Mutter geführt hatte.

Margarita hatte sich in die Hand geschnitten. Angeblich, weil sie versucht hatte, ein Glas aus dem oberen Regal zu nehmen, das dann auf die Küchenanrichte gefallen war. Ruth hörte sie lauter schimpfen, als es zu ihrer üblichen Contenance passte, so als ob sie unbedingt wollte, dass ihre Tochter es mitbekam: »Warum muss diese Frau auch immer alles ganz nach oben räumen?«

»Und warum hast du Elsa nicht um Hilfe gebeten? Dafür ist sie doch da?«, hatte Ruth gefragt.

»Weil ich mir manchmal auch ein wenig Privatsphäre wünsche.«

Margarita hatte sich mit der unverletzten Hand über das perlmuttfarbene Haar gestrichen. Ausnahmsweise hatte sie das Sauerstoffmessgerät mal nicht am Finger, das sie seit einigen Jahren wie einen ihrer vielen Ringe immer trug.

Ruth kam mit der Hausapotheke ins Wohnzimmer.

»Mama, lass mich mal nachsehen, komm, wir müssen die Wunde gut verbinden, damit es richtig heilt«, bot sie an.

»Nein, ich gehe in die Praxis. Mir ist lieber, wenn sich das ein richtiger Arzt ansieht.«

Touché. Margarita hatte ihr Talent für den Fechtsport eindeutig nicht verloren. Ruth spürte den Stich ihres Degens im Herz.

»Mama, ich *bin* eine richtige Ärztin.«

»Ja, sicher, Kind … aber du verstehst schon, wie ich es meine.«

Ruth seufzte und schloss die Augen. Klar, in den Augen ihrer Mutter war ein »richtiger Arzt« nicht jemand, der fünf Jahre Medizin studiert und dann noch den Facharzt für Psychiatrie gemacht hatte. Ein »richtiger Arzt« war zum Beispiel ihr Cousin Carlos, der im fünften Anlauf das Examen bestanden hatte und nun als Hausarzt arbeitete.

Ruth öffnete wieder die Augen und starrte in die Dunkelheit. Die grüne Matrix von Teos Wecker zeigte ihr, dass es schon viel zu spät war, und verwandelte ihr Schlafzimmer in ein Raumschiff. Vielleicht würde das Treffen mit Mónica und den anderen ihr helfen, im kollektiven Gedächtnis ihrer Freunde einen Moment zu finden, in dem ihre Mutter mal stolz auf sie gewesen war.

Auch Gabriel, den Mónica gleich als Nächstes angerufen hatte, wollte zu dem Treffen der vier Freunde kommen. Wobei Mónica sein Zögern bemerkte, als sie ihn bat, doch auch seine Mutter Dolores nach dem Toten zu fragen. Immerhin hatte der verstorbene Orlando ja auch ihren Hund ausgeführt und ihm laut Gabriel am Morgen sogar die nötige Insulinspritze gegeben. Seit seine Mutter Oxi hatte und die Pandemie endlich überstanden war, wirke sie etwas stabiler, hatte er gesagt. Und dass er nun endlich mal wieder durchatmen könne. Sie hatten noch eine Weile geredet, und dann hatte Mónica nachdenklich aufgelegt. Wie es schien, hatte jeder von ihnen so seine Probleme mit den Müttern.

Nachdem er das Gespräch beendet hatte, legte Gabriel die Uniform der Fluggesellschaft über den Stuhl im Schlafzimmer, dazu ein Paar Kaschmirsocken mit gewagtem Muster und seine Sportuhr. Dreißigtausend Schritte heute, nicht schlecht. Der neue Terminal am Flughafen war so riesig, dass weiterer Sport gar nicht mehr nötig war. Er nahm seine Schlafmaske und die Ohrstöpsel aus der Nachttischschublade, denn eigentlich konnte er nur noch vollkommen isoliert von der Außenwelt einschlafen. Allerdings würde er sich wohl umgewöhnen müssen, damit er seine Mutter hörte, wenn sie ihn anrief.

Wobei seine größte Sorge war, wenn sie *nicht* anrief.

Inzwischen war er kaum noch in der Lage, in Ruhe den Tag zu beginnen, wenn er nicht wusste, wie es ihr ging. Wenn er einmal anrief und sie nicht erreichte, fühlte er sich unwohl. Das zweite Mal versetzte ihn in Alarmbereitschaft. Wenn Dolores beim dritten Anruf auch nicht ans Telefon ging, meldete er sich bei ihrer Freundin Elisa, deren Wohnung zwei Stockwerke über der ihren lag, um diese zu bitten, hinunterzugehen und an ihrer Tür zu klopfen. Und wenn er dann immer noch nichts von seiner Mutter hörte, ließ er alles stehen und liegen und raste im Tempo eines Rettungswagens zu ihrem Haus an der Plaza de Oriente. Unterwegs benachrichtigte er seine Schwester, die die Sache immer herunterzuspielen versuchte, um ja nicht in das zu verfallen, was sie »die alten Abhängigkeiten« nannte. Heute aber war ihm seine Mutter trotz des verstörenden Grunds seines Besuches außergewöhnlich ruhig erschienen. Er hatte ein wenig Angst vor ihrer Reaktion gehabt, weil er nicht wusste, wie nahe ihr der tote Hundeausführer gestanden hatte.

»Der arme Orlando. Ich bin gern ein Stück mit ihm gegangen, wenn er Oxi ausgeführt hat«, hatte sie nur geseufzt und sich dann über ihr dünnes fedriges Haar gestrichen. »Er hat mir beigebracht, meinen Hund zu verstehen.«

Das Antidepressivum hatte sie ein wenig verschliffen sprechen lassen. Und als sie später etwas unsicher auf Socken durch den Flur getapst war – eine kleine Gestalt mit zerzaustem kurzem Haar –, war sie ihm wie ein kleines Kind vorgekommen.

»Mama, zieh dir bitte Schuhe an. Sonst wirst du wieder ausrutschen, und dann haben wir den Salat.«

»Ja, gleich. Ich weiß nicht, wo ich meine Hausschuhe gelassen habe.«

An all das musste Gabriel denken, als er jetzt im Bett lag. Dann stand er auf und ging noch mal ins Bad, weil er sein Nachtserum vergessen hatte. Vorsichtig öffnete er das Fläschchen und blickte kurz in den Spiegel. Irgendwie freute er sich auf das Treffen mit den anderen. Er strich sich das glatte dunkle Haar zurück. Seit er Mónica zufällig auf dem Flughafen begegnet war, hatte er sich ein Wiedersehen mit ihr ausgemalt. Sie war wie ein Stern, der ihn an einen unbekannten Ort führte. Wenige Tage zuvor hatte seine Mutter ihm noch erzählt, dass sie am Zollbereich arbeitete. Es war unglaublich, dass sie sich in den letzten drei Jahren nie über den Weg gelaufen waren, auch wenn er natürlich mehr Zeit in der Luft verbrachte als am Boden.

Mónica war wunderhübsch gewesen, wobei er sich nicht getraut hatte, es ihr zu sagen.

Tatsächlich hatte sie sich kaum verändert. Die Zeit hatte ihre Züge ein wenig markanter gemacht, dachte er, während er sie mit dem Bild der jungen Mónica verglich, das er im Gedächtnis hatte. Und sie stellte immer noch die gleichen Fragen im Inspector-Columbo-Stil, die ihn schon damals so amüsiert hatten.

Vor dem Spiegel stehend, beschloss er, die Ohrstöpsel herauszunehmen. Je früher er sich daran gewöhnte, ohne die Dinger zu schlafen, desto besser. Dann wälzte er sich ein paar Stunden schlaflos im Bett hin und her. Er musste

Ruth unbedingt fragen, was er nehmen konnte, um besser einschlafen zu können.

Irgendwann kam er zur Ruhe und hatte das angenehme Gefühl, in der Leere zu schweben.

Er träumte die ganze Nacht von seiner Mutter.

Es war schon fast elf Uhr, als es Mónica endlich gelang, Suselen zu erreichen. Am Klingelton erkannte sie, dass sie sich in Spanien befinden musste. Und sie meldete sich auch auf Spanisch. Als Mónica sagte »Ich bin's, Mónica!«, brauchte ihre Freundin ein paar Sekunden, bis ihr einfiel, wer sie war, und fing an sich zu entschuldigen.

»Das ist doch ganz normal, wir haben uns ja auch ewig nicht gesehen«, sagte Mónica. »Ich habe es da leichter, weil ich auf Instagram und in der Presse immer von deinen Erfolgen lese.«

»Ich benutze die sozialen Medien nur aus beruflichen Gründen«, entgegnete Suselen sofort, und es klang fast so wie eine Verteidigung. »Einige Male habe ich einen Kommentar von dir gesehen. Es tut mir leid, dass ich nie darauf reagiert habe. Ich bin furchtbar schlecht in solchen Dingen.«

Dann erzählte sie, dass sie tatsächlich mit ihrer Familie nach Spanien gezogen war. Vor einem Monat. Nach Majadahonda.

»Wir hatten das hektische Leben in London und den ewigen Regen satt«, erklärte sie. »Wir wollten auch mal wieder einen Sommer. Und nach der Pandemie haben wir beschlossen, dass wir unbedingt einen Garten brauchen.«

Sie schien mit ihrem neuen Leben zufrieden. Und ihre Tochter hatte schon neue Freunde gefunden.

»Wie alt ist Dafne jetzt eigentlich?«, fragte Mónica. »Dreizehn? Unglaublich!«

Von diesem Moment an verlief das Gespräch angenehm und zwanglos. Etwas formeller als mit den anderen beiden vielleicht, weil es Mónica nicht leichtfiel, die Jüngste aus der alten Clique, die immer so still und nachdenklich gewesen war, mit der geschulten, selbstsicheren Stimme der Frau am Telefon zusammenzubringen, die inzwischen eine gefeierte Opernsängerin war und in hellen Arpeggien lachte.

Doch von einem gewissen Moment an nahm das Gespräch eine andere Richtung. Zunächst war Suselen freudig überrascht von ihrem Anruf gewesen und hatte sogar angeboten, das lang ersehnte Wiedersehen der vier Freunde in ihrem neuen Zuhause stattfinden zu lassen, wo sie ihnen Gurkensandwiches und Scones zum Tee servieren würde. In die Stadt zu kommen war eher schlecht, denn leider hatte sie kein Hybrid- oder Elektroauto, weswegen sie nicht ins Zentrum von Madrid fahren durfte, und mit der Metro kam sie auch noch nicht klar. Irgendwann begriff Mónica, dass Suselen es um jeden Preis vermeiden wollte, in ihr früheres Viertel an der Plaza de Oriente zu kommen, wo für sie offenbar eine rote Linie verlief, die sie nicht mehr überschreiten wollte.

»Es tut mir wirklich sehr leid, dass Elisa das durchmachen muss. Einen toten Mann im Badezimmer vorzufinden, meine Güte! Das muss ein ziemlicher Schreck für deine Mutter gewesen sein. Bitte umarme sie ganz fest von mir.« Und dann, ein wenig distanzierter: »Aber ich weiß eigentlich nicht, wie ich dir in dieser Sache helfen könnte, Mónica. Seit ein paar Jahren habe ich den Kontakt zu meiner Mutter so gut wie abgebrochen und werde sie wohl kaum auf diese Sache ansprechen können.«

Sie war nach Spanien zurückgekehrt, um hier in Ruhe mit ihrer Familie leben zu können, hatte sie am Ende des Gesprächs gesagt. Als ob ihre Mutter kein Teil dieser Familie wäre und die räumliche Distanz zur Plaza de Oriente und zu Ágata entscheidend dafür war, dass das auch so blieb.

Hatten sich die Dinge so sehr verändert?, fragte sich Mónica, als sie ihr Handy weglegte.

Für sie alle war dieser Platz einmal wie ein Zuhause gewesen, wo sie zusammen gespielt und von dem aus sie die Welt erkundet hatten. Aber vielleicht war sie die Einzige, die diesen Teil ihrer Kindheit hütete wie einen kostbaren Schatz, während die anderen all diese Erinnerungen offenbar längst hinter sich gelassen hatten.

Das Gespräch mit Suselen hatte Mónica irgendwie traurig gestimmt. Was war los mit ihr? Wollte sie zusammen mit den anderen einen Fall lösen? Oder sehnte sie sich einfach nur nach der unbeschwerten Zeit an der Plaza de Oriente zurück, in der alles möglich gewesen war. Na ja, was soll's, dachte sie dann. Immerhin war es ihr gelungen, Suselen zu überreden, ins *Caripén* zu kommen.

Mónica klappte den blauen Taschenkalender zu, der einmal Orlando Pontes gehört hatte.

Auf der ersten Seite hatte nur sein Name gestanden, neben seiner Telefonnummer, falls der Kalender verloren gehen sollte. Welch eine Ironie des Schicksals, dass nun der Kalender noch da war und Orlando nicht mehr, überlegte Mónica, während sie die Hand ausstreckte, um das Büchlein auf den Nachttisch zu legen. In diesem Moment fiel etwas zu Boden. Etwas, das im Inneren das Kalenders gesteckt haben musste. Das metallische Geräusch schreckte auch Fiera auf. Beide beugten sie sich vor, um zu sehen, was da unten lag.

Es war ein Schlüssel.

Wieso war er ihr nicht früher aufgefallen? Mónica untersuchte den Kalender. Der Schlüssel musste in einer der Einbandklappen gesteckt haben. Dann legte sie sich wieder aufs Bett und betrachtete ihn nachdenklich. Fiera war neben sie gesprungen und schnupperte neugierig daran herum. Zum Glück war es nicht der Wohnungsschlüssel ihrer Mutter, stellte Mónica erleichtert fest. Ob es Orlandos Wohnungsschlüssel war? Sie strich mit dem Finger über den grob gezackten Bart des Schlüssels. Er hatte eine eigenartige Form, und am Kopf war er rot. Wo mochte dieser Orlando wohl gewohnt haben? Fiera schob ihre kleine, warme Schnauze in Mónicas Achselhöhle und drängte sich an sie.

»Orlando Pontes, wer bist du?«, flüsterte Mónica in das Ohr ihres Baby Yoda. Fiera hob den Kopf und sah sie mit einem Ausdruck unendlicher Weisheit an. Doch auch sie schien keine Antwort auf diese Frage zu haben. Jedenfalls noch nicht. Sie winselte leise, dann schloss sie die Augen.

Das, was im *Caripén* passiert, bleibt im *Caripén*

Dieser Spruch, der seit ewigen Zeiten auf dem fluoreszierenden Schild über der Theke hing, war zu ihrem Motto geworden, als sie die Bar nach ihrem achtzehnten Geburtstag zu ihrem Stammlokal erkoren hatten. Das *Caripén* mit dem an der Eingangstür angeketteten pinkfarbenen Bären, der gewölbeartigen Decke aus Naturstein und den berühmten Flamenco-Abenden mit Lola Flores und El Pescadilla und den Jazzkonzerten, die längst der Vergangenheit angehörten. Im neuen Jahrtausend war das Lokal als französisches Bistro wiederauferstanden, das zum Ärger aller, die auf der Straße der Sehnsucht weiter dorthin pilgerten, nicht mehr die Erlaubnis erhielt, Musikveranstaltungen abzuhalten, obwohl der Keller einst wie ein Resonanzkasten gebaut worden war.

»Wenn diese Wände reden könnten …«, sagten die Gäste manchmal mit bedeutungsvollen Mienen. Was unsere Freunde nur bestätigen konnten. In diesem Lokal hatte jeder Spiegel einst das Bild der eingeschworenen »Vier Freunde« eingefangen. Hier hatten sie schüchtern ihren ersten legalen Cuba Libre bestellt. Und hier saßen sie nun zwanzig Jahre später an demselben Tisch, an dem sie sich in jenem Sommer verabschiedet hatten, der für sie alle ein Wendepunkt im Leben gewesen war.

Gabriel war als Erster angekommen und hatte überlegt, noch einmal eine Runde um den Block zu drehen, damit es nicht so aussah, als könne er es nicht erwarten. Er habe berufsbedingt eine innere Uhr, hatte er verlegen lächelnd erklärt, als Mónica und Ruth im nächsten Moment zusammen ins *Caripén* gekommen waren, weil sie sich, wie sie betonten, beim Überqueren des Platzes zufällig getroffen hatten. Es sollte wohl nicht so aussehen, als hätten sie sich vorher verabredet. Sie zogen ihn damit auf, dass er sich für seine Pünktlichkeit entschuldigte, dann standen sie da und versicherten sich gegenseitig, wie gut er aussah – so, als ob er gar nicht anwesend wäre. Das Alter stehe ihm gut, genauso wie die Ponyfrisur und der Kontrast zwischen seinem schwarzen Haar und den blauen Augen. Und noch kein einziges graues Haar! Er habe ja immer schon ein wenig wie Keanu Reeves ausgesehen, aber jetzt sei die Ähnlichkeit noch stärker – auch wenn er von der Statur her etwas kleiner sei als der Schauspieler, stellte Ruth fest. Und dieses grüne Jackett sei wirklich toll, meinte Mónica bewundernd, hatte er das nicht gekauft, als sie sich neulich am Flughafen getroffen hatten?

»Das war wirklich ein glücklicher Zufall«, meinte Ruth. »Ihr habt euch genau eine Woche, nachdem ich hier meine neue Praxis eröffnet habe, getroffen – kurz nachdem Gabriel mich gefragt hat, ob Dolores zu mir in die Therapie kommen kann.«

»Und ein paar Tage, nachdem meine Mutter mir erzählt hat, dass Suselen in der neuen Saison hier im Teatro Real auftreten wird«, fügte Mónica erfreut hinzu.

Und genau in diesem Moment stimmte eine Mezzosopran-Stimme hinter ihnen den alten Song *Serendipity* an – den Soundtrack ihrer Jugend.

Die Frau, zu der die Stimme gehörte, war Suselen, auch wenn ihre Freunde sie nicht sofort wiedererkannten. Und es war nicht nur ihr Äußeres, das sich radikal verändert hatte, sondern auch ihre Haltung. Verblüfft sahen die drei Freunde zu, wie Suselen sich mit dem Selbstbewusstsein einer Löwin auf sie zu bewegte. Hoheitsvoll, als würde sie eine Bühne betreten. Das lange Haar hatte sie zu einem hohen Pferdeschwanz gebunden, und die kastanienbraunen Locken fielen ihr kaskadengleich auf den Rücken. Sie trug hohe Stiefel und eine orangefarbene Lederjacke im Vintage-Look. Nichts war mehr von dem schüchternen Mädchen übrig, das stets darum bemüht gewesen war, möglichst keine Aufmerksamkeit zu erregen.

Ruth starrte verblüfft auf Suselens freizügigen Ausschnitt, der ihren vollen Busen perfekt in Szene setzte. So etwas hätte ihr ihre Mutter Ágata früher niemals gestattet. Mit diesem Mieder sieht sie aus, als wäre sie direkt der Französischen Revolution entsprungen, schoss es ihr durch den Kopf, und sie konnte nicht anders, als ihre Freundin mit ihrem eigenen Spiegelbild zu vergleichen: kurzes, hinter die Ohren gekämmtes blondes Haar, eine kleine Brille mit zierlichem Gestell, weiße Bluse und Kordhose. Es war, als hätten sie die Rollen getauscht. Man hätte sagen können, dass jetzt Ruth diejenige war, die nicht auffallen wollte. Kaum zu glauben, wenn man bedachte, wie es früher gewesen war …

Wie immer, wenn man sich plötzlich der Vergangenheit gegenübersieht, stellte sich bei allen ein Moment der Verlegenheit ein, in dem sie nicht wussten, wie sie sich begrüßen sollten. Mónica setzte zu einer Umarmung an, während Gabriel allen die Hand hinstreckte, woraufhin Ruth mit irritiertem Gesichtsausdruck die Lippen spitzte, weil ein Küsschen auf die Wange vielleicht doch angebracht gewesen wäre, wo sich nun endlich die Gelegenheit bot. Diese herzliche, durchaus übliche und doch nicht zu intime Art der Begrüßung schien Anklang zu finden, und nachdem das erledigt war, setzten sich alle hin und redeten ein wenig über ihr unverhofftes Zusammentreffen, bis der Wein serviert wurde, der aus Madrid kam. Dieser sei, wie Suselen versicherte, inzwischen richtig gut, und sie betonte, wie sehr sie in London die günstigen spanischen Preise vermisst habe.

»Also ich finde es schön, dass wir uns endlich alle mal wiedersehen«, nahm Mónica den Faden wieder auf. »Es war höchste Zeit, meint ihr nicht?«

Ruths Augen hinter den Brillengläsern lächelten. »Ihr wisst ja, dass ich immer die Rationalste von uns gewesen bin, aber geht es euch auch so, dass ihr euch immer öfter mit Leuten aus einer bestimmten Phase eures Lebens trefft?«

Alle nickten verhalten ... Aber was wolle sie damit sagen, fragte Gabriel, während er sich den Pony aus der Stirn strich. Gab es denn etwas Konkretes zu besprechen? Suselen stieß ein Lachen aus und rollte theatralisch mit den Augen. Hatte es für Mónica nicht immer etwas gegeben, das dringend geklärt werden musste?

Mónica lachte mit über diese Anspielung auf alte Zeiten und kramte in ihrer Tasche.

»Nicht dass ihr noch denkt, dass *ich* diesen Mann umgebracht habe, um einen Vorwand zu haben, mich mit euch zu treffen.«

»Umgebracht?«, wunderte sich Gabriel. »Ich dachte, es sei ein Unfall gewesen. Ist der Fall denn nicht abgeschlossen?«

»Na ja«, meinte Mónica, »so wirklich abgeschlossen ist der Fall noch nicht.«

Ruth drückte einen Anruf auf ihrem Handy weg.

»Siehst du, schon hast du uns neugierig gemacht. Du hast dich echt kein bisschen verändert.«

»Ach ... Zwanzig Jahre ist doch nichts«, meinte Suselen mit einer wegwerfenden Handbewegung, und alle lachten.

Doch in Ruths Fall traf das wohl nicht so ganz zu. Sie war zum Studieren nach Barcelona gegangen und als Psychiaterin und Psychotherapeutin mit einem Bauunternehmer verheiratet nach Madrid zurückgekehrt. Ihr Mann hatte seine Firma während der Wirtschaftskrise im Jahr 2007 schließen müssen. Aber sie hatten sich ihr Nest gebaut mit zwei Söhnen, Zwillingen, die sie in den ersten Jahren extrem gefordert hatten.

»Ich glaube, ich habe mich auf Familientherapien spezialisiert, um mit der ganzen Situation fertigzuwerden«, erklärte Ruth lächelnd.

Und Gabriel … Gabriel war seinem Wunsch, die Welt zu bereisen, gefolgt, und nichts hatte ihn davon abbringen können. Irgendwann hatte er seinen Rucksack gegen einen Kabinenkoffer getauscht und, ohne zu zögern, das Konservatorium verlassen, um als Steward ins Flugzeug zu steigen. Alle erinnerten sich noch gut an seine ersten Reisen, von denen er ihnen immer etwas möglichst Exotisches mitgebracht hatte.

»Erinnert ihr euch noch daran, wie Gabriel uns diese brasilianischen String-Tangas mitgebracht hat und wir heimlich für einen Tag nach Valencia gefahren sind, um sie einzuweihen?«, fragte Suselen lachend.

»Im Grunde haben wir die Diskotheken Valencias erst berühmt gemacht«, fügte Ruth hinzu. »Mein Gott, das war das erste Mal, dass ich oben ohne am Strand war. Wenn meine Mutter das gewusst hätte, hätte sie mich enterbt.«

»Seht ihr? Ihr könnt euch nicht beklagen«, meinte Gabriel grinsend. »Ihr konntet immer auf mich zählen.«

Mónica stieß ihn vergnügt in die Seite.

»Stimmt, du warst immer unsere beste Freundin.«

Gabriel rutschte unbehaglich auf seinem Stuhl hin und her. Während die anderen weiterredeten, knibbelte er das Etikett von der Weinflasche ab. Also so hatten sie ihn in Erinnerung, dachte er. Als ihre »beste Freundin«. Nur weil er einen guten Geschmack hatte? Weil er immer für sie da gewesen war? Weil er immer ein offenes Ohr für sie gehabt hatte, wenn sie von ihren familiären Streitigkeiten erzählten oder ihm ihr Herz ausschütteten, wenn sie Liebeskummer hatten? Ihn hatten sie nie nach seinem Liebesleben gefragt, als hätten sie sich abgesprochen, und auch jetzt taten sie es nicht. Auch er sagte nichts, als jede von ihnen nun kurz über ihre positiven oder negativen Herzensangelegenheiten sprach.

Was Beziehungen anging, war Gabriel nach wie vor ein Buch mit sieben Siegeln für die anderen. Ruth hatte sogar neulich, ihre beruflichen Prinzipien vergessend, versucht, Gabriels Mutter auszufragen, doch Dolores hatte sofort angefangen ihren wunderbaren Sohn zu preisen – wie sehr er sich um sie kümmere und dass er wirklich *alles* für sie tue –, um am Ende mit theatralischer Miene zu verkünden: »Wenn er nicht wäre, dann ...«

Sie hatte ihren Satz nicht beendet, aber das Leben ihres Sohnes, der immer nur für sie da war, war offenbar schon lange vorbei. Wie es aussah, hatte Gabriel kein eigenes Leben, anders als seine Schwester, die sich rechtzeitig von der Mutter gelöst hatte. Denn mit Dolores' Tochter war es nicht das Gleiche. Die war viel weniger einfühlsam. Gabriel hingegen kam sofort zu ihr, wenn er aus dem Flugzeug gestiegen war. »Er ist so ein Engel!«, wiederholte sie mit geröteten Augen bei jeder möglichen Gelegenheit während der Therapiestunden. Und Engel waren nun mal asexuell, überlegte Ruth. Ja, für sie alle war Gabriel immer eine Art Schutzengel gewesen.

Doch dann wandte sie die Aufmerksamkeit wieder den anderen zu. Inzwischen hatte sich das Gespräch auf Suselen konzentriert, die sicher das abenteuerlichste Leben von ihnen allen führte. Wie war es, wenn man in den größten Opernhäusern der ganzen Welt auftrat? Wenn man in South Kensington gelebt hatte und im Hyde Park spazieren gegangen war? In den letzten Jahren hatte ihre Freundin von früher einen turbohaften Aufstieg hingelegt und war zu einer gefragten Opernsängerin geworden, die mit berühmten Dirigenten wie Ceccato, Barenboim oder Petrenko zusammenarbeitete.

»Und wie ist es so?«

»Na ja, alles in allem …«, begann Suselen grinsend, »ist es weniger toll, als man denkt. Ich rede wenig, weil ich ständig meine Stimme schonen muss, ich schlafe in jeder Künstlergarderobe ein, um mich vom Jetlag zu erholen, und ernähre mich auf der Basis von Caterings mit laktosefreien Proteinen und ohne Zitrusfrüchte, weil die meine Schleimhäute reizen. Und, ach ja, mittlerweile verabscheue ich Blumenduft.« Das sorgte für Gelächter. »Im Ernst, die Welt der Oper besteht nur aus Superlativen. Zu den Premieren bekomme ich so viele Blumensträuße, dass ich manchmal das Gefühl habe, zugeworfen statt beglückwünscht zu werden, und wenn ich auf Reisen bin, vermisse ich Dafne und meinen Big Ben.« Wobei Letzterer Suselens britischer Ehemann war.

Ruth hörte zu und betrachtete ihre Freundin weiterhin mit professionellem Interesse. Wo war das verschreckte kleine Mädchen von damals geblieben? Was für eine großartige Entwicklung Suselen gemacht hatte, dachte die Therapeutin beeindruckt und ein wenig neidisch. Damals war sie immer Suselens Vorbild gewesen, und die Kleine hatte an ihr gehangen wie an einer älteren Schwester.

Ruth war nicht die Einzige, die an diesem Abend im Erinnerungsalbum ihrer Kindheit blätterte.

Nach der zweiten Runde Wein wurden auch die anderen wieder zu den abenteuerlustigen Kindern, die sie einmal gewesen waren.

»Erinnert ihr euch noch an unseren Schwur?« Mónica hob den kleinen Finger wie eine Antenne.

Alle anderen hängten sich mit ihren kleinen Fingern ein, sodass sie eine Kette bildeten.

»Auf die vier Freunde!«

Ein nostalgisches Lächeln schlich sich auf ihre Lippen, und für einen Moment hörten sie auf, Fremde zu sein.

Damals hatten sie sich »Vier Freunde« genannt, nach Enid Blytons »Fünf Freunde«-Romanen. Das fünfte Mitglied der Bande im Buch war ein Hund, und sie hatten keinen Hund. Aber alles andere stimmte genau überein. Auch wenn Gefahr im Verzug war, verpassten sie nie eine Mahlzeit, und sie tranken Ginger Ale, weil es in Spanien kein richtiges Ingwerbier gab.

In jener Parallelwelt gab es keine Erwachsenen, keine Scheidungen, keine wirtschaftlichen Probleme. Aber das, was sie vor allem von den Helden in Enid Blytons Kinderbüchern unterschied, war, dass für diese die Zeit stehen blieb und sie ihre Abenteuer auf ewig genießen konnten, während sich für die Freunde im wirklichen Leben alles veränderte. Stipendien, Umzüge, das Studium in anderen Städten, Liebeskummer. An irgendeinem Punkt hatten sie sich voneinander entfernt, waren ihrer Wege gegangen und hatten die kindlichen Abenteuer und Geheimnisse von damals aufgegeben.

Doch jetzt lagen die Dinge anders. Die »Fünf Freunde« aus dem Buch hatten niemals in einem Fall ermitteln müssen, in den ihre Mütter verwickelt waren, wie es Mónica gerade vorsichtig angedeutet hatte. Der beunruhigende Vorfall in Elisas Wohnung machte nach wie vor keinen Sinn. Auch nicht für die Polizei. Wobei Mónica wusste, dass gerade die Polizei im Stadtzentrum völlig überlastet war und es eine Weile dauern würde, bis sie sich ausführlich mit der Sache beschäftigen konnte. Allerdings konnte das für sie von Vorteil sein, weil es ihnen Zeit für eigene Ermittlungen gab. Denn es schien einfach zu absurd, dass dieser Mann aus welchem Grund auch immer irgendwie und ohne Schlüssel in die Wohnung gekommen und dort durch einen Unfall in der vollen Badewanne ums Leben gekommen sein sollte.

»Ich glaube, meine Mutter verheimlicht mir irgendetwas«, meinte Mónica. »Und ich denke, sie ist nicht die Einzige.«

Mit dieser Bemerkung löste sie eine gewisse Unruhe aus.

»Was soll das heißen, sie ist nicht die Einzige?«, wollte Gabriel wissen. »Und wie kommst du darauf?«

Mónica wurde es plötzlich ganz heiß. Wie sollte sie ihren Freunden von ihrem Verdacht berichten, ohne zu gestehen, dass sie den Kalender des Toten unterschlagen hatte.

»Ich … ich habe meine Gründe«, sagte sie schließlich. »Und ich brauche eure Hilfe. Eure Mütter sind die einzigen Freundinnen, die meine Mutter im Viertel hat, und es wäre sehr nützlich, wenn ihr vorsichtig versuchen könntet, alles über diesen Mann zu erfahren, der ihre Hunde ausgeführt hat, bevor die Polizei auf die Idee kommt.«

Nach einem kurzen Schweigen ergriff diejenige das Wort, bei der es am unwahrscheinlichsten war, dass sie Mónicas Bitte nachkommen würde.

»Wir sind nicht mehr die Kinder von damals, die auf der Plaza de Oriente Detektiv gespielt haben«, sagte Suselen. »Dieser Mann ist wirklich tot, und das ist ein Fall für die Polizei. Natürlich verstehe ich, wie unangenehm das Ganze für deine Mutter ist, aber …«

»Nicht nur für meine Mutter«, platzte Mónica heraus.

Die anderen sahen sich verstört an.

»Was meinst du damit?«, fragte Gabriel schließlich, dem wieder eingefallen war, dass Dolores den toten Hundeausführer manchmal begleitet hatte.

»Mónica, weißt du vielleicht noch etwas, was du uns bisher nicht erzählt hast?«, wollte Ruth wissen und sah sie prüfend an.

»Du bist doch bei der Polizei«, fügte Suselen leicht misstrauisch hinzu. »Da hört man sicher das ein oder andere.«

»Ich bin nicht bei der Polizei, ich arbeite nur für sie«, entgegnete Mónica, und dann konnte sie nicht länger an sich halten. »Wenn ihr es genau wissen wollt … Ich habe in der Wohnung meiner Mutter etwas gefunden und … an mich genommen.«

Suselen rang die Hände wie bei einer ihrer Arien.

»Du hast ein *Beweismittel* unterschlagen?« Sie sah die anderen entsetzt an. »Wir werden alle in Schwierigkeiten geraten …«

Daraufhin erzählte Mónica die ganze Geschichte: wie Fiera den Taschenkalender entdeckt hatte und was sie selbst darin an Informationen gefunden hatte. Soweit sie es beurteilen konnte (die Handschrift des Mexikaners war sehr unleserlich), enthielt das Buch eine bunte Mischung aus Terminen, Zeichnungen und Notizen über das Verhalten der Hunde, die Orlando Pontes ausgeführt hatte, aber auch über deren Frauchen. Insbesondere über bestimmte Frauchen, nämlich Dolores, Margarita, Ágata und Elisa.

»Und daher bin ich mir sicher, dass meine Mutter gelogen hat. Denn sie hat behauptet, den Toten nicht zu kennen«, schloss sie.

»Aber dass er die Hunde unserer Mütter ausgeführt hat, bedeutet doch nicht automatisch, dass sie etwas darüber wissen«, sagte Gabriel, darum bemüht, seine psychisch instabile Mutter möglichst aus der Sache herauszuhalten.

Mónica sah ihm in die Augen.

»Gabriel, nur wenn ich mehr über diesen Mann weiß, kann ich mir vielleicht erklären, warum meine Mutter behauptet hat, ihn nicht zu kennen.«

Erneut trat Schweigen ein, das nur vom Klappern des Bestecks an den anderen Tischen und dem Lachen der Kellner unterbrochen wurde.

»Und warum erzählst du es nicht einfach der Polizei?«, schlug Suselen vor.

»Das mit meiner Mutter?«

»Nein, dass du den Kalender gefunden hast«, entgegnete Suselen und rückte ihr Mieder zurecht.

»Weil Elisa ganz offenbar gelogen hat«, meinte Gabriel.

Woraufhin Ruth Mónica besorgt fragte:

»Willst du damit andeuten, dass deine Mutter in die Sache verwickelt sein könnte?«

»Vielleicht ist sie irgendwie da mit reingezogen worden«, entgegnete Mónica. »Und nicht nur sie«, fügte sie hinzu. Entschlossen stützte sie die Ellbogen auf den Tisch wie früher, wenn sie ihren Freunden einen Fall erläutert hatte. »Kommt schon, das ist unsere Gelegenheit herauszufinden, was wirklich passiert ist. Seid ihr denn gar nicht neugierig?«, fragte sie mit funkelnden Augen.

»Ehrlich gesagt, nein«, entgegnete Suselen. »Denn dieses Geheimnis zu lösen könnte zu der Einsicht führen, dass eine unserer Mütter noch verrückter ist, als wir gedacht haben.«

Von der Straße war eine Polizeisirene zu hören, als ob irgendein unsichtbarer Regisseur für die passende Atmosphäre sorgen wollte. Das Lokal leerte sich allmählich, und der Kellner fragte, ob sie noch etwas bestellen wollten. Gabriel bat um die Rechnung, und Mónica wurde unruhig.

»Hört mal«, sagte sie und schob die Gläser und Flaschen beiseite, die zwischen ihnen standen. »Die Polizei möchte es sich so einfach wie möglich machen, um den Fall abschließen zu können. Ich will nur wissen, wer dieser Orlando war, und wenn uns nichts Verdächtiges auffällt, vergessen wir die Sache. Damit meine ich zum Beispiel, ob er Familie hatte.« Sie sah Suselen an. »Hatte er Probleme?« Sie warf Ruth einen auffordernden Blick zu. »Und hatte er die in Mexiko, wo er lange gelebt hat, oder hier?«, fragte sie, an Gabriel gewandt. »Fest steht: Alle unsere Mütter standen mit diesem Mann in Kontakt, der unter sehr mysteriösen Umständen ums Leben gekommen ist. Ich finde, wir sollten die Dinge selbst in die Hand nehmen, nur so können wir ganz beruhigt sein. Ich glaube nicht, dass das eine große Sache ist oder viel Zeit in Anspruch nimmt, aber ich brauche eure Hilfe.«

Suselen sah auf ihrem Handy nach der Uhrzeit und griff nach ihrer Tasche, als habe sie es plötzlich eilig.

»Da irrst du dich, Mónica, und es tut mir leid, wenn ich so direkt bin.« Sie nahm ihre Kreditkarte aus dem Portemonnaie. »Es würde vielleicht nicht viel Zeit in Anspruch nehmen, für mich wäre es aber durchaus eine große Sache. Es geht nicht darum, dass ich dir nicht helfen will, aber ich kann es nicht. In den letzten drei Jahren hatte ich kaum Kontakt zu meiner Mutter, wie ich dir bereits gesagt habe. Das weiß auch Ruth. Von ihr erfahre ich hin und wieder, ob es meiner Mutter gut geht.«

Es folgte eine ungemütliche Stille. Die Art von Stille, die eintritt, wenn man den wichtigen Teil einer Geschichte verpasst hat.

»Vielleicht wäre das eine gute Gelegenheit, dich ihr wieder anzunähern«, sagte Mónica und bereute es sofort, als sie sah, wie die Augen ihrer Freundin sich verdunkelten.

»Und warum denkst du, dass ich das will?« Suselen stand auf. »Ich brauche keine solche Gelegenheit. Es ist zu viel passiert.«

Doch da der Instinkt einer Hundetrainerin dem eines Jagdhundes fast gleichkommt, versuchte Mónica es mit einem weiteren Argument: Und wenn sie etwas erfahren würden, was Ágata in Gefahr brachte? Hatte sie darüber schon nachgedacht?

»In Gefahr?« Suselen lachte gekünstelt. »Meine Mutter? Die wäre kaltschnäuzig genug, diesen Typen umzubringen und danach in aller Ruhe ihren Ballettunterricht zu geben. Aber warum sollte sie so etwas tun? Das ist lächerlich. Du siehst Gespenster, Mónica. Du kannst doch nicht im Ernst erwarten, dass wir unsere eigenen Mütter ausspionieren.«

»Ich weiß«, meinte Mónica beschwichtigend. »Ich weiß, was ihr denkt, mir geht es doch genauso. Es fühlt sich nicht besonders gut an, der eigenen Mutter zu misstrauen und ihr Informationen zu entlocken. Das ist … einfach furchtbar. Es gibt uns das Gefühl, schlechte Töchter zu sein. Wieder mal.«

Sie sah zu Gabriel hinüber und versuchte ein Lächeln.

»Ich hoffe, es ist in Ordnung, wenn ich dich in unseren Club der schlechten Töchter mit einschließe.«

Dieser Kommentar sorgte für ein wenig Entspannung in der Gruppe. Am Ende ging es immer um Schuldgefühle, und jeder von ihnen hatte aus einem anderen Grund ein schlechtes Gewissen.

Gabriel wollte seine Mutter auf keinen Fall aufregen. Sie war sowieso eine Wackelkandidatin, und er hatte keine Lust auf einen erneuten Absturz. Ruth ihrerseits war sich ziemlich sicher, dass ihre Mutter Margarita wegen ihres Klassenbewusstseins mit dem jungen Mann sowieso höchstens ein paar Worte ausgetauscht hatte, wenn er gekommen war, um Bowie abzuholen. Aber sie hatte ihn auch Besorgungen erledigen lassen. Und für Suselen war allein die Vorstellung, überhaupt mit ihrer Mutter zu sprechen, undenkbar, geschweige denn, sie um eine Auskunft zu bitten.

Mónica sah ihre skeptischen Blicke und versuchte es noch ein letztes Mal.

»Hört mal, ich möchte doch nur, dass wir im Gespräch bleiben, falls es irgendetwas Neues gibt. Können wir uns zumindest darauf einigen?«

Die anderen nickten. Das konnten sie natürlich machen, und das Einfachste war wohl eine WhatsApp-Gruppe. Auf diese Weise würden sie auch abgesehen von »dem Fall« in Verbindung bleiben.

Als sie das *Caripén* verließen, fegte ein ungemütlicher Windstoß die ersten Blätter von den Bäumen, sodass sie sich eilig voneinander verabschiedeten.

Mónica ging zurück zum Hotel, in dem sie immer noch mit ihrer Mutter wohnte. Bisher war die Wohnung noch nicht wieder freigeben worden. Sie schlug den Kragen ihres Trenchcoats hoch, wie es jeder der von ihr bewunderten Detektive gemacht hätte, die in einem ewigen Herbst zu leben schienen.

Während ihre Schritte einsam auf dem Pflaster widerhallten, musste sie daran denken, dass alle ihre Freunde so sicher gewirkt hatten, was ihre Mütter anging, und sie fühlte sich plötzlich ganz furchtbar. Traute sie nicht mal ihrer eigenen Mutter? Andererseits waren ihre Bedenken doch nicht völlig aus der Luft gegriffen. Schließlich hatten auch Mörder Mütter, Kinder und Freunde.

Was wusste man schon von den Menschen, die einen umgaben? »Er schien so ein netter Kerl zu sein«, sagte jedes Mal der Nachbar, wenn er nach dem Mann von nebenan gefragt wurde, der seinen Geschäftspartner ermordet hatte und dessen Einzelteile in der Gefriertruhe aufbewahrte. Wer wusste schon, ob er Tür an Tür mit einem Psychopathen lebte? Oder mit einem Drogendealer? Die nette Frau mit den vielen Rezepten, die immer in die Apotheke kam, konnte der Todesengel sein, der die alten Leute umbrachte, um die sie sich kümmerte. Gab es eine Garantie dafür, dass man sich sicher fühlen konnte? Dass die Nachbarn ein normales Leben führten? Wie wollte man wissen, wer die Wahrheit sagte und wer nicht?

Hunde lügen nicht. Hunde irren sich nie.

Wieder kam ihr der Eintrag von Orlando in seinem Notizkalender in den Sinn. Vielleicht war dies die erste Spur, der sie nachgehen sollte.

Wie viele Dinge gab es, die man über seine eigene Mutter nicht wusste, fragte sich Gabriel auf dem Weg zu seiner Wohnung. Welche Geheimnisse wurden in jeder Familie verschwiegen? Es gab Leute, die die unglaublichsten Dinge machten. Sie stiegen auf die höchsten Berge oder tauchten in die tiefsten Tiefen der Meere. Aber sie waren nicht in der Lage, den Grund für die Traurigkeit in ihrem eigenen Haus zu erkennen.

Was ist überhaupt ein Geheimnis, dachte Ruth, als sie dreimal den Schlüssel ihrer Sicherheitstür umdrehte. Etwas Unerklärliches? Etwas Unbekanntes? Und was war aufregender, als das Unbekannte herauszufinden? Entdeckungen zu machen? War es nicht genau das, was die Menschheit vorangebracht hatte? Die Neugier, der Wunsch, etwas herauszufinden, die Besessenheit von der Wissenschaft und der Philosophie? Ihre eigene Besessenheit, Menschen zu heilen und herauszufinden, was sich auf der dunklen Seite des Mondes verbarg? Oder wer ausreichende Gründe gehabt haben könnte, um jemanden umzubringen?

Für Ruth war das größte Geheimnis nach wie vor das menschliche Gehirn. Und das, was in fest verschlossenen Schubladen im Unterbewusstsein verborgen war. Schubladen, in denen niemand nachzuschauen wagte – falls es überhaupt einen Schlüssel dafür gab. Und wo war eigentlich der Schlüssel zum Herzen ihrer Mutter?

Doch beschließen wir den Abend mit Suselen. Es war schwer zu sagen, ob die Tränen in ihren Augen dem plötzlichen kalten Wind geschuldet waren oder ob es dafür einen anderen Grund gab. Auf jeden Fall war sie ziemlich aufgewühlt, als sie am Künstlereingang des Teatro Real vorbeiging. Sie blieb einen Moment stehen, um eine Gruppe Bühnentechniker, die rauchend an der Tür standen und sie erkannten, mit Autogrammen zu versorgen. Gegenüber, in der *Taberna del Alabardero*, fegten die Kellner den Boden und räumten die Stühle hoch. Wie viele Tassen Kaffee hatte sie dort, auf der Samtbank am Fenster getrunken, sehnsüchtig hinübergestarrt und davon geträumt, irgendwann einmal selbst den Bühneneingang des Theaters zu durchschreiten. Tatsächlich hatte sie nach den Vorstellungen dort ausgeharrt, weil die Bodega einen Blick auf die Welt gewährte, zu der sie so gern gehören wollte. Wie oft hatte sie sich vorgestellt, dass ihr Foto eines Tages an der Wand zwischen denen von Karajan und Paco de Lucía hängen würde, ohne wirklich daran zu glauben. Und selbst jetzt musste sie nur um die Ecke gehen und das Schild des Tanzstudios Paso a Dos sehen, damit ihre Träume zerplatzten. Denn von dort aus erstreckte sich das Nichts der *Unendlichen Geschichte*, das in der Lage war, alles zu pulverisieren, an dem es vorbeikam.

»Wovor hast du Angst, Suselen?«, schalt sie sich selbst. »Dein Traum ist bereits Wirklichkeit geworden. Du hast alles erreicht, was du erreichen wolltest.« Und doch war da diese irrationale Angst, dass ihre Mutter alles wieder zerstören könnte.

»Denken Sie daran«, hörte sie ihren Therapeuten sagen, »Sie sind es, die Ihrer Mutter die Macht dazu gibt. Wenn Sie ihr die Macht nicht geben, hat sie keine.«

Suselen blickte auf das Schild, auf dem die beiden »s« fehlten, als würde jemand mit verstopfter Nase den Namen des Tanzstudios ihrer Mutter aussprechen.

Sie betrachtete ihr Spiegelbild im Fenster und erinnerte sich mit einem bitteren Geschmack im Mund daran, dass ihr die engen Tutus, die hellrosafarbenen Strumpfhosen und die weichen transparenten Gazestoffe nie gepasst hatten, genau wie die Ballettschuhe aus rosafarbenem Satin. Sie wurde immer gezwungen, schwarze Leggins zu tragen, und ein lockeres Shirt, das ihre runden Formen versteckte, mit der Ausrede, dass sie den männlichen Tänzer für den Unterricht der älteren Schülerinnen ersetzen musste.

Das war das Einzige, was ihre Mutter ihr von der Kunst, die sie zu lieben behauptete, beibrachte: die Tanzpartnerinnen zu stützen, während diese ihre Körper in wunderschönen Arabesken entfalteten, sie an der Taille zu halten, wenn sie sich wie Kreisel drehten, und sie in die Luft zu stemmen. Bis Gabriel in den Ballettunterricht gekommen war. Danach hatte Ágata ihre Tochter nicht einmal mehr dafür gebraucht. Vielleicht konnten sie jetzt, nachdem sie ihren alten Freund wiedergetroffen hatte, einmal mit ihm darüber reden. »Vielleicht jetzt«, sagte sie zu ihrem Spiegelbild und schüttelte den Gedanken ab.

Sie näherte ihr Gesicht der Scheibe und spürte das kühle Glas an der Stirn. Das Studio lag im Dunkeln. Sie hob den Blick zum Zwischengeschoss und hörte wieder die kritische Stimme ihrer Mutter, die aus der Vergangenheit an ihr Ohr drang. »Das kannst du mit deiner Figur nicht tragen, Kind.«

An jenem Tag hatte sie ihre neue Bluse weinend in den Mülleimer geworfen.

»Für so was bist du zu groß und hast viel zu viel Busen. Keine Ahnung, wo du den herhast. Um Gottes willen, den müssen wir verdecken, das sieht ja ordinär aus.«

Die ganze Pubertät über musste sie weite T-Shirts und unförmige Hosen anziehen, sodass sie fast wie ein Junge aussah. Und sie hatte ihren weiblichen Körper verwünscht, bis sie erwachsen wurde.

Ein Windstoß zerrte an ihrem Mantel, bis er schließlich aufging. Suselen spürte, wie der Wind angenehm kühl über ihre Haut strich.

Dann hob sie entschlossen den Kopf. Jetzt würde niemand sie mehr ändern, sagte sie sich. Jetzt würde ihr niemand mehr befehlen, sich zu verstecken. War das nicht der richtige Moment, um keine Angst mehr zu haben?

Sie drückte auf die Klingel.

»Ja?« Ágatas Stimme klang scharf und metallisch durch die Gegensprechanlage.

»Mama, ich bin's.«

Du hast dich schon immer nur um andere gekümmert

Die steile Treppe roch nach Feuchtigkeit und nach dem Harz, das Ágatas Schülerinnen auf die Spitzen ihrer Schuhe gaben, damit sie nicht ausrutschten. Jenseits der Glastür konnte Suselen im Halbdunkel die Stange vor dem Spiegel sehen, der noch immer an derselben Stelle kaputt war und stets das unförmige Bild von ihr wiedergegeben hatte, dessen sie sich so schämte. »Zieh den Bauch ein, Su!«, hörte sie ihre Mutter schreien, die dabei mit dem Stock auf den Boden schlug. »Halt dich gerade, Su! Ein bisschen mehr Körperspannung!«

Sie ging langsam die Stufen hinauf, wobei sie darauf achtete, mit den Absätzen nicht in den Ritzen im Holz stecken zu bleiben. Die Treppe führte zu Ágatas Refugium.

Dem Ort, zu dem ihre Tochter nur hinaufgehen durfte, wenn sie vom Fuß der Treppe aus um Erlaubnis bat. Hier trank Ágata Bier und schwarzen Tee und rauchte wie ein Schlot. Was sie im Übrigen auch während des Unterrichts tat, wo sie in der einen Hand ihre Zigarette oder irgendein Gesöff hielt und in der anderen den Stock ihres geliebten Chequetti. »Un … deux … trois …« Sie rühmte sich dafür, von ihm unterrichtet worden zu sein.

»Er war der Beste, weil er der Härteste war. Der Meister der Schmerzen«, pflegte sie mit einem sardonischen Lächeln zu sagen.

Am Ende des Unterrichts sah das Klavier an der Wand aus wie die Theke einer Bar, voller leerer Flaschen und überquellender Aschenbecher, die der selbstlose Pianist einsammelte, der den Unterricht begleitete. Jener große, stille Mann, der Ágata jahrelang treu ergeben war, ihre Verachtung ertrug und sie ins Bett brachte, wenn sie so betrunken war, dass sie allein nicht mehr die Treppe hinaufkam. Bis er eines Tages plötzlich verschwand. Wie alle anderen.

Als Suselen die Tür zum Refugium ihrer Mutter öffnete, lag auch dieses im Halbdunkel. Die einzigen Lichtquellen waren zwei rote Lampenschirme und der flackernde Fernseher, auf dem Ágata abends ihre Serien sah. Das hatte sie schon damals getan, und Suselen vermutete, dass sie nach Sue Ellen aus ihrer damaligen Lieblingsserie *Dallas* benannt war, nur dass Ágata den Namen offenbar falsch verstanden hatte.

In dem Moment tauchte ihre Mutter hinter dem Vorhang auf, der die winzige Küche von dem Wohnraum abtrennte.

»Ich mache gerade Tee. Möchtest du einen?«

Sie trug klobige Stiefel und war ganz in Schwarz gekleidet, was ihre extreme Magerkeit betonte. Ihr Rollkragenpullover steckte in einer weiten Hose im japanischen Stil. Das lange weiße Haar war zu einem Zopf geflochten, die blasse Haut ungeschminkt.

»Hallo, Mutter.«

Ágata musterte sie mit einem geringschätzigen Lächeln.

»Du siehst gut aus«, stellte sie dann fest. »Man merkt, dass das Leben es gut mit dir meint.«

»Ja, jetzt schon«, entgegnete Suselen.

Ihre Mutter forderte sie auf, Platz zu nehmen.

Wo denn, dachte Suselen. Sie hatte an diesem Ort niemals einen Platz gehabt, sodass sie sich jetzt beinahe auf den Spanischen Windhund gesetzt hätte, der gut getarnt zwischen den Kissen hockte.

»Ah, das ist Pavlova. Sie ist Fremden gegenüber sehr scheu.« Ágata betonte das Wort »Fremde«.

Suselen hatte kein gutes Verhältnis zu Hunden, weshalb sie sich lieber fernhielt. Trotzdem fiel ihr auf, dass das Tier genauso mager war wie ihre Mutter. Dann hörte sie ein seltsames, irgendwie unangenehmes Geräusch, das von dem Hund zu kommen schien, der weiterhin so reglos dasaß, dass er aussah wie gemalt.

»Das sind ihre Zähne«, erklärte Ágata unbeeindruckt. »Es ist mir nicht gelungen, es ihr abzugewöhnen. Das ist so ein Tick von ihr. Sie klappert mit den Zähnen. Aber normalerweise macht sie das nur bei Männern. Frauen sind ihr lieber. Sie mag keine tiefen Stimmen, du weißt schon, das Testosteron. Angeblich liegt es daran, dass sie von Männern gejagt und getreten wurde.«

Suselen sah zu ihrer Mutter hinüber. Ihr Körper war noch immer durchtrainiert, und sie war sehr zierlich, was früher die Männer immer angezogen hatte.

Ágata ging zu der Hündin hinüber und streichelte sie. Noch nie zuvor hatte Suselen sie ein weibliches Wesen liebkosen sehen. Dann setzte ihre Mutter sich neben das Tier und stützte sich auf dessen Rücken, als wäre er eine Armlehne. Zusammen sahen sie aus wie eine seltsame mythologische Kreatur mit spitzen Knochen.

»Was verschafft mir die Ehre?«

»Ich bin gekommen, weil Mónica sich Sorgen macht. Du hast sicher schon gehört, was in der Wohnung ihrer Mutter passiert ist.«

»Mónica macht sich immer Sorgen um ihre Mutter. Wie könnte es auch anders sein. Elisa passiert ja auch immer irgendwas. Aber ich wette, es geht ihr bestens.« Ágata kräuselte spöttisch die Lippen »Elisa genießt nichts mehr, als den große Aufritt zu haben. Vor allem, wenn ihre Tochter im Publikum ist.«

»Wie auch immer. Ich habe die Gelegenheit genutzt, um mich mit den anderen zu treffen, und dachte, ich sehe mal nach dir.«

Ágata lächelte bissig.

»Für deine Freunde lässt du alles stehen und liegen. Sehr gut. Deshalb mögen dich auch alle. Du hast dich schon immer nur um andere gekümmert.«

Suselen sah ihre Mutter herausfordernd an. Weil sie mich nicht ständig kritisieren, dachte sie und war kurz davor, es auszusprechen und dann einfach zu gehen. Was hatte sie denn erwartet? Dass sie sich freudig in die Arme fallen würden? Warum bin ich hier?, fragte sie sich. Und überraschenderweise fand sie eine Antwort in ihrem Inneren. Sie war hier, weil sie das Bedürfnis hatte, ihre Mutter zu fragen, was sie eigentlich falsch gemacht hatte. Das war es. Was sie getan hatte, dass sie sie nicht lieben konnte. Dann würde sie ihr normales Leben endlich weiterführen können.

Aber dies war offenbar nicht der richtige Moment, denn bevor sie noch etwas sagen konnte, schlug Ágata erneut zu.

»Bist du eigentlich noch mit Ben zusammen?« Sie klimperte unschuldig mit ihren langen Wimpern.

»Ja, Mutter, natürlich bin ich noch mit Ben zusammen.«

Ihre Mutter legte entschuldigend die Hände aneinander.

»Ich habe das nicht böse gemeint, aber Ruth hat mir erzählt, dass ihr nach Spanien umgezogen seid, und da habe ich schon das Schlimmste befürchtet.«

»Keine Sorge. Es geht uns gut. Dafne übrigens auch. Sie ist jetzt schon dreizehn Jahre alt.«

Ágata nickte langsam. Sie nahm den Teebeutel aus der Tasse und legte ihn umständlich auf einen alten Teller. In diesem Moment hätte Suselen sie gern daran erinnert, warum sie beschlossen hatte, mit ihrer Tochter nicht mehr herzukommen. »Du warst schon immer eine Drama-Queen«, hatte ihre Mutter ihr damals vorgeworfen und ein ordinäres

Lachen ausgestoßen, während sie zusah, wie ihre Tochter mit der Kleinen im Arm aus dem Auto gestiegen war. »Du bist diejenige, die ihr Angst macht, du müsstest mal dein Gesicht sehen«, hatte sie hinzugefügt, um das, was ein Vorher und ein Nachher markierte, herunterzuspielen.

Sie spürte Ágatas Blick auf sich ruhen.

»*Genieße es, solange du kannst*«, sagte Suselen, doch ihre Mutter schien sie nicht zu verstehen. »Das hast du damals zu mir gesagt, als ich dir erzählt habe, dass ich Ben heiraten werde.«

Ágata zuckte mit den Schultern.

»Na ja, das, was dir passiert ist, ist ja auch unglaublich. Du hast einen Mann verlassen und zur Belohnung den Mann deines Lebens getroffen. Ich habe immer schon gesagt, dass du unter einem guten Stern geboren bist.«

»Dann liegt es wohl daran«, entgegnete Suselen knapp. Sie entschied sich, den Tee anzunehmen, den ihre Mutter ihr angeboten hatte. Der Hund betrachtete sie aufmerksam und wirkte dabei so starr und anorexisch, als wollte er sagen: Ich bin eigentlich gar nicht da. Und vielleicht weil Suselen dieses Gefühl so vertraut war, streckte sie die Hand nach dem Tier aus, bis dieses blinzelnd die spitze Schnauze ein wenig näherte. Um seinen Hals hing eine edle Marke mit seinem Namen. Erstaunlich, dass Ágata so etwas kaufte.

»Die ist von dem jungen Mann, der sie ausgeführt hat«, sagte Ágata, als ob sie ihre Gedanken gelesen hätte. »Der aus der Badewanne.« Sie reichte ihrer Tochter die gefüllte Teetasse. »Du siehst wirklich gut aus.«

Suselen lächelte zum ersten Mal. Komplimente von ihrer Mutter war sie nicht gewohnt.

»Man sieht dir an, dass du gesund bist. Das war ich früher auch mal – schön und gesund, aber nach deiner Geburt nicht mehr, du hast mir alles genommen.« Ágata lachte, um als Witz zu tarnen, was keiner war. Genau wie an dem

Tag, als sie aus dem Auto ausgestiegen war. Genau wie an jenem Tag.

Doch für einen ersten Versuch war es gar nicht schlecht gelaufen. Suselen blickte auf die Uhr und entschuldigte sich. Ihr sei gar nicht aufgefallen, wie spät es schon war. Sie stellte den unberührten Tee auf den Tisch und legte eine Karte mit ihrer neuen Telefonnummer daneben.

»Kommst du bald mal wieder in die Gegend?«

»Ja, aber keine Sorge, dann gebe ich dir vorher Bescheid, damit du rechtzeitig die Flucht ergreifen kannst.«

Ágata machte einen Schritt auf sie zu und gab ihr unerwarteterweise einen Kuss auf die Wange. Ihre Lippen waren kalt. Dann ging sie voraus und knipste das Licht im Treppenhaus an. Damit sie mit ihren hohen Absätzen nicht noch die Treppe herunterfalle, sagte sie mit einem despektierlichen Blick auf ihre Schuhe. Sonst würde es noch Gerede geben.

Nachdem Suselen am Taxistand in einen der wartenden Wagen gestiegen war, brachte sie zunächst kein Wort heraus. Und nachdem es ihr gelungen war, dem Fahrer irgendwie mitzuteilen, wohin sie wollte, richtete sie eine WhatsApp-Gruppe ein.

Mitten in der Nacht erhielten Gabriel, Mónica und Ruth eine Mitteilung, die sie nicht erwartet hatten. Der Name der Gruppe überraschte allerdings keinen von ihnen. Neben dem alten Foto, an das sie sich nicht erinnerten und das sie alle lächelnd unter einer Magnolie zeigte, stand:

Die schlechten Töchter.

Woran erkennt man, ob eine Katze einen mag?

»Woran erkennt man eigentlich, ob eine Katze einen mag?«, fragte Mónica, als sie sich zum Ausgehen fertig machten.

»Woran erkennt man das bei einem Menschen?«, entgegnete Elisa.

Dann streckte sie die Hand aus, um die Göttin zu streicheln, die eingerollt auf einem Sessel im Hotelzimmer lag. »Schau dir diese Anmut an«, hörte Mónica sie murmeln. Isis verabschiedete sich gern herablassend von einem Möbelstück aus. Sie liebte es, ihr Köpfchen gegen die Hand ihres Frauchens zu stupsen. Auf diese Art markierte sie, was ihr gehörte. Die Menschen hielten das fälschlicherweise für Zuneigung, aber Liebe und Besitz lagen ja nicht allzu weit auseinander. Elisa gehörte ihr, so wie alles andere in der Wohnung, angefangen mit dem Sofa, dem Kühlschrank und dieser runden Schachtel im Schlafzimmer, in der ein feiner Hut aus kuscheliger Wolle lag, auf dem sie seit Monaten zusammengerollt schlief. Was zum Glück noch keiner gemerkt hatte. Isis schnurrte zufrieden, als Elisa ihr noch einmal über das Fell strich. Sie kniff behaglich die Augen zusammen, bis sie unten ein leises Winseln hörte.

Fiera stand an der Tür und sah flehend zu Mónica auf. Sie würde sie doch nicht zusammen mit diesem Raubtier zurücklassen, oder? Die Antwort erhielt sie, als die Tür mit einem Knall ins Schloss fiel.

Elisa ging mit schnellem Schritt voran, ohne sich nach ihrer Tochter umzusehen. Wenige Minuten später klopfte sie, auf den Empfangstresen in der Arztpraxis gestützt und ihrer morgendlichen Laune gemäß, laut an die Scheibe, hinter der die Arzthelferin telefonierte. Mónica seufzte und machte eine beruhigende Geste.

Zuerst hatte ihre Mutter darauf bestanden, dass sie zum Arzt ging, obwohl Mónica ihr versichert hatte, dass es sich nur um eine ganz normale Erkältung handelte. Dann hatte sie darauf bestanden, sie zu begleiten, obwohl Mónica lieber allein gegangen wäre, und nun wollte sie auch noch mit ins Sprechzimmer. Mónica wusste, was das bedeutete.

»Du sagst kein Wort«, warnte sie ihre Mutter, als sie das Wartezimmer betraten.

Elisa setzte ihre Schutzmaske auf und schaute sie unschuldig an.

»Ich? Das habe ich nicht vor, und außerdem versteht mich mit diesem Ding sowieso keiner.«

»Ehrlich, Mama. Du weißt, dass ich Arztbesuche generell hasse. Je schneller wir hier wieder raus sind, desto besser.«

»Ich werde kein Wort sagen, Kind, mein Gott, was hast du denn nur? Immer so empfindlich.«

Das Wartezimmer erinnerte Mónica an die Wartehalle im Flughafen, nur dass der Altersdurchschnitt vierzig Jahre höher war und keiner einen Koffer dabeihatte. Nach fast einer Stunde Wartezeit trat eine Frau mit verschlafenem Blick in die Tür und quäkte ihren Namen. Gleich darauf fügte sie hinzu:

»Hallo, Elisa, ich wusste gar nicht, dass Sie einen Termin haben, meine Liebe.«

Elisa stand eilig auf und stellte richtig, dass es um ihre Tochter ging, sie aber, da sie jetzt schon einmal da war, gleich ein paar Rezepte mitnehmen könne, die die Ärztin ihr ausstellen solle.

Mónica hörte verblüfft zu. Die Sache fängt ja schon gut an, dachte sie, als sie ihrer Mutter ins Sprechzimmer folgte.

»Ich wollte gar nicht kommen, den Test hätte ich ja auch zu Hause machen können«, entschuldigte sie sich. »Jetzt im Herbst sind wieder viele Grippeviren unterwegs …«

»Ich habe dir ja gesagt, dass es auf der Terrasse in dem Café zu kalt war«, fiel ihre Mutter ihr ins Wort und erklärte dann, an die Ärztin gewandt: »Meine Tochter wollte unter keinen Umständen, dass ich den Kellner nach einer Decke frage, und jetzt haben wir den Salat …«

Mónica warf ihrer Mutter einen mörderischen Blick zu.

»Das hat damit überhaupt nichts zu tun«, widersprach sie. »Mir *war* nicht kalt.« Sie lächelte der Ärztin zu, um sie auf ihre Seite zu ziehen. »Ich bin mir sicher, dass ich mir einen Virus eingefangen habe, ich habe auch ein bisschen Magenschmerzen.«

»Haben Sie das öfter?«, wollte die Ärztin wissen.

»Das liegt in der Familie«, riss Elisa das Gespräch wieder an sich. »Ich habe eine chronische Gastritis, und gestern der Knoblauch in der Tintenfischsauce, die ja eh schon schwer verdaulich ist … Knoblauch vertrage ich gar nicht.«

Die Ärztin nickte und hörte interessiert zu.

»Ja, Mama. Aber ich vertrage Knoblauch sehr gut. Es geht ja um mich. Ich habe einfach nur Grippesymptome.«

»Ja, ja, das soll die Ärztin entscheiden.«

Elisa tauschte mit der Frau im weißen Kittel einen einvernehmlichen Blick aus, und Mónica spürte, wie ihr die Galle hochkam, was nicht am Tintenfisch lag, sondern an der leisen Wut, die in ihr aufstieg. In diesem Moment fragte die Ärztin, ob sie schon einmal an Covid erkrankt sei. Und nach einem kurzen Zögern gestand Mónica, dass es sie vor ein paar Monaten zum ersten Mal erwischt hätte.

Elisa wandte sich überrascht um.

»Du hast mir gar nicht gesagt, dass du Corona hattest.«

»Ich wollte dich nicht beunruhigen, Mama.«

»Warum hast du es mir verschwiegen?«

»Weil du, wenn du dir Sorgen machst, unerträglich bist und dir einredest, dass es mir nicht gut geht, obwohl das nicht stimmt, und ich mich am Ende dann um dich kümmern muss.«

»Wie wenig du mich doch kennst …«, beschwerte sich Elisa und sagte dann, wieder an die Ärztin gewandt: »Hat eine Mutter nicht das Recht, so etwas zu erfahren? Na ja, ich denke, dass ich es dann wohl auch hatte.«

»Warum? Warum sollst du es auch gehabt haben?«, fragte Mónica, die unter dem strengen Blick der Ärztin unbehaglich auf ihrem Stuhl hin und her rutschte.

Das ist ja wohl die Höhe, dachte sie und sog empört die wenige Luft ein, die sie durch ihre zugeschwollenen Naschleimhäute noch bekam. Warf ihre Mutter ihr jetzt vor, sie angesteckt zu haben, obwohl sie sich in dieser Zeit gar nicht gesehen hatten? Ihre Mutter redete weiter auf die Ärztin ein, und Mónica hatte plötzlich wieder dieses Gefühl, das sie öfters überkam, wenn sie mit ihrer Mutter irgendwo war: Sie hörte auf, ein eigenständiger Mensch zu sein, und fühlte sich nur noch wie ein Anhängsel ihrer Mutter. Ein Gefühl, das sich noch intensivierte, als Elisa jetzt die Krankheit ihrer Tochter analysierte und die Ärztin ihr andächtig zuhörte. Das Ganze gipfelte darin, dass sie Elisa zu einer Magenspiegelung überwies, weil angeblich auch sie Schmerzen am Mageneingang verspürte.

»Soll ich Ihrer Tochter vorsichtshalber auch eine Überweisung ausstellen?«

Elisa fand, dass das eine gute Idee war.

»Mama, ich warte dann draußen auf dich.«

Mónica stand auf, nickte der Ärztin zu und verließ erbost das Sprechzimmer. Ihre Mutter war einfach unmöglich, und sie tappte immer wieder in die Falle! Wann würde ihre Mutter endlich begreifen, dass sie nicht eine Einheit mit zwei Köpfen waren?

Das war das letzte Mal, wiederholte Mónica wie ein Mantra für sich, als sie wieder auf der Straße waren. Das allerletzte Mal! Ich werde dieses übergriffige Verhalten nicht länger hinnehmen. Und Elisa, der immerhin auffiel, dass ihre Tochter kein Wort mehr sagte, fragte, ob sie nicht einen Kaffee trinken gehen sollten.

Sie überquerten die Puerta del Sol, wichen einer verhaltenen Rentner-Demo aus und folgten der Calle del Arenal bis zur Plaza de Ópera. Elisa plauderte angeregt über die letzten gegenseitigen Beschimpfungen der Politiker im Fernsehen und das niedrige Niveau im Wahlkampf, bis sie zehn Minuten später ihrer Tochter an den Arm fasste.

»Hör mal, ist irgendwas?«

Mónica blieb abrupt stehen. »Allerdings«, sagte sie und machte sich los. »Nämlich, dass du mir nie wirklich zuhörst. Dass du nie meine Entscheidungen respektierst. Dass du dir immer, wenn ich dir etwas Wichtiges erzähle, etwas ausdenkst, um im Plural reden zu können.«

»Aber du erzählst mir doch gar nichts«, entgegnete ihre Mutter. »Du hast mir ja zuerst auch nichts von deinen Hitzewallungen erzählt, dabei könnte das die Prä-Menopause sein.«

»Ist sie aber nicht.«

»Ich hätte dich beruhigen können.«

»Du? Aber Mama, du bist das Gegenteil von jemandem, der andere Menschen beruhigt.«

»Jetzt bist du schon wieder so nervös. Ich hatte damals auch viele Symptome, weißt du, und es sind andere ...«

Mónica atmete tief durch. Jetzt ging das schon wieder los!

»Mama, wie kriege ich in deinen Kopf, dass du nicht meine Gebrauchsanleitung bist, um mich selbst zu verstehen. Ich habe es dir nicht gesagt, weil es mir nicht wichtig erschien.«

»Für mich ist es aber wichtig«, beharrte Elisa.

»Was?«

»Es zu wissen.«

»Gut, Mama, aber für mich ist nicht wichtig, dass du es weißt. Ich erinnere mich noch gut, dass du, als ich vierzehn war, deinen Freundinnen erzählt hast, dass ich endlich meine Periode hätte. Hast du irgendwann mal darüber nachgedacht, wie ich mich in diesem Moment gefühlt habe?«

Elisa schüttelte lächelnd den Kopf, mit dieser besonderen Art der Zärtlichkeit, mit der Mütter ihre Herablassung tarnen.

»Jetzt übertreib doch nicht so, Mónica. Für andere Mütter und Töchter ist es vollkommen natürlich, solche Dinge zu teilen.«

»Dein Drang, alles wissen zu wollen, ist alles andere als natürlich, Mama.«

»Aha«, lautete die einzige Antwort, dann bewegte Elisa ihren kleinen Körper hektisch die Straße hinunter, und man konnte ihr ansehen, dass sie eingeschnappt war.

Mónica trottete zehn Minuten lang wie ein Schaf hinter ihr her, bis sie das Schweigen nicht länger ertrug. Im Grunde war es ja keine große Sache, sagte sie sich. Möglicherweise hatte sie wirklich ein bisschen übertrieben. Ihre Mutter machte gerade eine schwere Zeit durch, sie war wegen der Leiche in ihrer Badewanne vielleicht noch traumatisiert, und dann konnte sie nicht mal in ihre Wohnung. Und am Ende des Tages würde sie sich ja doch nicht ändern …

»Wohin gehen wir denn?«, fragte sie schließlich, um das Eis zu brechen.

»An einen Ort, an dem wir vergessen können, wie hässlich die Welt ist«, antwortete Elisa, ohne ihre Tochter eines Blickes zu würdigen.

»Liegt dieser Ort außerhalb des Sonnensystems? Weil ich meine Moonboots gerade nicht anhabe.«

Mónica meinte wahrzunehmen, dass ihre Mutter ein Lächeln unterdrückte, während sie noch schneller lief.

»Außerhalb von Madrid? Im Metaversum?«, fragte sie ermutigt, während sie versuchte, mit ihr Schritt zu halten.

Doch Elisa sagte kein Wort und blieb erst stehen, als sie das Hotel *Palacio de los Duques* erreicht hatten, wo sie sich in den Garten aus dem achtzehnten Jahrhundert setzten.

»Kind, ich bin nicht so gebrechlich, wie du denkst«, sagte Elisa und fegte die Blätter von einem der Tische. »Lass mich doch einfach noch eine Weile deine Mutter sein.«

Und selbstverständlich fühlte Mónica sich gleich wieder schlecht. Denn das Problem lag bei ihr, weil sie keine Grenzen ziehen konnte. Sie wusste einfach nicht, wie. Was das anging, war Isis viel besser, wie Mónica erstaunt festgestellt hatte. Wenn Elisa in ihren Bereich eindrang, fauchte sie, was ihr Frauchen sofort verstand und wofür es sich sogar entschuldigte.

»Und die kleine Fiera hat in meiner Wohnung nichts gefunden, was es diesen verwirrten Polizisten ein wenig leichter machen würde?«, hörte sie Elisa plötzlich fragen.

Mónica gefror das Blut in den Adern. Hatte ihre Mutter das gefragt, weil sie die Sache mit dem Notizkalender wusste? Oder einfach nur aus Interesse? Oder weil sie etwas ahnte?

»Was meinst du?«

Ihre Mutter strich sich zerstreut ein wenig Butter auf das geröstete Brot, das sie bestellt hatte.

»Ich weiß nicht. So etwas wie einen Beweis oder eine Spur, die verraten könnte, was dieser Mann vorhatte oder was ihm passiert ist.«

Mónica sah sie neugierig an.

»Das heißt, du glaubst auch nicht, dass er dich einfach nur bestehlen wollte?«

Elisa zog eine Augenbraue hoch.

»*Auch* nicht?« Sie fegte sich lächelnd ein paar Krümel von der Kleidung. Mónica war wirklich eine würdige Tochter ihrer Mutter. »Na, hör mal«, fügte sie dann hinzu und biss in ihr Brot. »Ein Dieb wäre doch wohl mit einer größeren Tasche gekommen, einer Sporttasche zum Beispiel, um die Beute mitzunehmen, und nicht mit einem ollen Rucksack mit ein paar wenigen Dingen drin. Denke ich zumindest.«

Und er hätte seinen Kalender bestimmt nicht auf dem Tisch liegen lassen, dachte Mónica.

»Mit ein paar wenigen Dingen drin?«, erkundigte sie sich. »Weißt du, was im Rucksack war?«

»Die Polizisten haben ihn durchgesehen, ja.«

»Und?«

Elisa strengte ihr Gedächtnis an. »Eine von der Sonne total ausgebleichte Basecap, etwas zum Drüberziehen, eine Hundeleine, eine Banane … Außerdem«, fuhr sie dann fort, »haben einige Nachbarn wohl ausgesagt, dass er in unserem Viertel gewohnt hat. Und welcher Dieb treibt sein Unwesen schon gleich nebenan.«

Beide schwiegen nachdenklich. Da war etwas dran. Wenn der junge Mann über die Hunde Wohnungen ausspioniert hätte, die er ausrauben wollte, hätte er sich sicher eine entferntere Gegend ausgesucht, wo er keinen Verdacht erregte.

»Und ist bekannt, wo genau er gewohnt hat?«, fragte Mónica wie nebenbei.

Elisa schüttelte den Kopf. »Ich habe keine Ahnung, ich hatte ja gar nichts mit ihm zu tun. Aber vielleicht wissen Margarita, Ágata oder Dolores mehr, denn er hat ja wohl ihre Hunde ausgeführt. Ich meine sogar, dass Margarita ihren Hund manchmal bei ihm gelassen hat, wenn sie zum Baden nach Sotogrande gefahren ist.«

Mónica lehnte sich in ihrem Stuhl zurück und runzelte die Stirn, und ihre Mutter betrachtete sie besorgt. Sie fragte sich, wohin das Ganze noch führen würde, was sie sich jedoch nicht anmerken ließ, da sie sich im Grunde ihres Herzens freute, in den Augen ihrer Tochter endlich wieder jenes verräterische Funkeln zu sehen.

Sie kannte Mónica ganz genau. Und daher wusste sie, dass ihre Tochter etwas vor ihr verbarg. Offenbar hatte sie ein mächtiges Ass im Ärmel. Und genauso wusste auch Mónica, dass ihre Mutter ihr etwas verheimlichte, weil sie sie ebenso gut kannte. Allerdings konnte sie die Dimensionen des Ganzen noch nicht abschätzen. In der ersten Nacht im Hotel hatte Mónica zwischendurch immer wieder in Orlandos Kalender geblättert und versucht, aus den Einträgen irgendwelche Schlüsse zu ziehen. Was gar nicht so einfach war, da sich seine Beobachtungen, die die Welt der Hunde und deren Besitzerinnen betraf, mit Notizen zu Arztterminen, Telefonnummern und irgendwelchen Kürzeln abwechselten, die sich offenbar auf Orte, Straßen oder Personen bezogen. Außerdem hatte dieser Mann eine furchtbare Klaue, was die Lektüre nicht einfacher machte. Daher hatte Monica sich eine Fotokopie gemacht, um die Namen und die Daten der Leute aus dem Viertel, die mehrfach vorkamen, zu markieren sowie das, was sie nicht lesen konnte, und um ein paar Sätze zu unterstreichen, die ihr aufgefallen waren. Von Letzteren hatte sie Fotos gemacht, um sie täglich in die WhatsApp-Gruppe einzustellen, was, wie sie zugeben musste, eine Taktik war, damit ihre Freunde am Ball blieben und nach und nach mehr über das Objekt ihrer Ermittlungen erfuhren. Aber eines war gewiss: Wenn sie sich auf den Inhalt dieses Kalenders stützte, war die Theorie mit dem Einbrecher so gut wie widerlegt.

»Mama, ist dir klar, dass die Polizei, wenn sie die These mit dem Einbruch und dem Unfall anzweifelt, sich erneut fragen wird, warum dieser Mann in deiner Wohnung war?

Hast du gar keine Angst, dass sie dich irgendwie mit seinem Tod in Verbindung bringen werden?«

»Darum rede ich ja nur mit dir darüber.« Elisa betrachtete ihre Tochter mit einem komplizenhaften Lächeln.

Mónica musste kurz an den seltsamen Schlüssel denken, den sie gefunden hatte, und fragte sich, wo genau dieser Orlando eigentlich gewohnt hatte. Und so versank sie erneut für eine Weile in ihre Grübeleien, bis etwas Rundes von der Größe eines Tennisballs auf einem Tisch in ihrer Nähe aufschlug, an dem ein Touristenpaar mit zwei Kindern gerade einen Eintopf aß. Die Eltern sprangen schreiend auf, das kleinere der Kinder fing an zu weinen, und der Kellner stürzte, entsetzt und um Entschuldigung bittend, mit dem Tablett in der Hand herbei, um den Suppentopf abzuräumen, in dem der Kopf einer Taube schwamm.

»Das habe ich befürchtet«, flüsterte Elisa.

»Was? Dass es tote Vögel regnet? Den Beginn der Apokalypse?«

»Nein. Die Falken.«

»Die Falken?«, wiederholte Mónica wie der Chor in der griechischen Tragödie.

»Ja, früher waren die Tauben das Problem. Und in letzter Zeit tun sich die Falken zusammen, um die Tauben anzugreifen.«

Der Nachteil lag klar auf der Hand: Statt der hungrigen Tauben, die das Essen vom Teller der Gäste pickten, fielen nun ihre blutigen Köpfe vom Himmel.

»Na ja, was soll's! Ich habe dir ja gesagt, dass dieses Viertel schon immer sehr speziell war.«

Vor den verblüfften Augen ihrer Tochter stand Elisa auf und legte einen Zwanzig-Euro-Schein auf den Tisch.

Jedes Lebewesen verdient eine zweite Chance

Folgendes hatte Orlando am 30. Oktober des vergangenen Jahres in seinem Kalender notiert:

Ich hatte Probleme und habe dafür bezahlt. Aber nur mit der Hilfe meines Hundes konnte ich die Schwierigkeiten überwinden. Er war das einzige Lebewesen, das mir eine zweite Chance gab. Daher weiß ich, dass es keine bösen Hunde gibt. Nun muss ich sie dabei unterstützen, anderen Menschen helfen zu können. Das bin ich ihnen schuldig. Niemand verdient die Todesspritze. Ein Tierheim ist der Vorhof zur Hölle.

»Und trotzdem meinst du, dass er kein Einbrecher war?«, fragte Gabriel.

»Na ja, ich denke, dass das im übertragenen Sinne gemeint ist.« Mónica fotografierte die Notiz.

Es gefiel ihr, ihren Freund auf dem Rand des Brunnens sitzen zu sehen wie früher als Kind – nur dass jetzt seine Beine nicht mehr in der Luft baumelten.

»Auch wenn das nicht ausschließt, dass er schon mal eingefahren ist.« Mónica setzte sich ihre Mütze auf, und Gabriel sah sie überrascht an.

»*Eingefahren*. Wow. Man hört, in welchen Kreisen du dich inzwischen herumtreibst«, meinte er lächelnd.

Mónica tippte auf die Stelle im Kalender, wo Orlando eine Telefonnummer notiert hatte. Es war die eines Tierschutzvereins, der Hunde rettete: Safecan. Sie selbst hatte den Verein, der für herrenlose Hunde ein neues Zuhause suchte, bereits mit einer Geldspende unterstützt. Er vermittelte unter anderem Spanische Windhunde.

Aufgeregt erzählte sie Gabriel, dass Ágata seit Kurzem offenbar genau einen solchen Hund hatte, woraufhin Gabriel mit einer drolligen kleinen Grimasse eine Augenbraue hochzog. Sie würden Suselen fragen müssen, ob Orlando ihrer Mutter den Hund vermittelt hatte. Inzwischen sprach sie ja anscheinend wieder mit Ágata.

Mónica blickte in den Himmel. Was Suselen wohl dazu gebracht hatte, ihre Meinung zu ändern? Sie trommelte mit den Fingernägeln auf den Rand des Brunnens.

»Ich werde diesen Verein heute Nachmittag mal kontaktieren, das bringt uns vielleicht einen Schritt weiter«, sagte sie und stand auf. »Gehen wir ein Stück?«

Gabriel nickte. Das würde ihnen wie in alten Zeiten beim Denken helfen.

Sie gingen den gleichen sokratischen Weg wie früher. Ihre Schritte führten sie vom Rand des Platzes in die Mitte. Sie gingen die alte Straßenbahnlinie entlang, die schon Geschichte gewesen war, als sie Kinder waren. Die Schienen waren längst herausgerissen worden, doch sie folgten der alten Spur bis zum Monumento al Cabo Noval. Dort blieb Mónica stehen.

»Erinnerst du dich noch an unsere Turniere?«

»Wie könnte ich die vergessen?«, meinte Gabriel und streckte sich. »Wir haben zusammen einige davon gewonnen.«

Sie waren schon immer ein gutes Team. Früher hatten sich die Kinder auf dem Platz in zwei Gruppen aufgeteilt. Die einen zum Fußball- und die anderen zum Murmelspiel.

Mónica lief zu dem rechteckigen Murmelfeld hinüber und war einen Moment lang versucht, wie früher auf die Knie zu gehen und mit den Händen Kuhlen zu graben, um ihre Lieblingsmurmeln aus buntem Glas hineinrollen zu lassen. Ihr alter Gefährte begleitete sie auf dieser Zeitreise. Als er acht Jahre alt war, hatte er versucht, den Inhalt seines ganzen Murmelsacks gegen eine einzige dicke Murmel mit Goldsprenkeln im Inneren einzutauschen. Eine solche Murmel hatte er noch nie gesehen. Sie war zu schwer, um damit zu gewinnen, aber er konnte den Blick nicht von ihr abwenden, wenn seine Freundin sie über den Sandboden rollen ließ.

Die Erinnerung an die kostbare goldene Murmel ließ sie beide lächeln.

»Ja, die war wirklich vollkommen.« Mónicas Mutter hatte sie damals auf dem *Rastro*, dem Flohmarkt der Stadt, gekauft. Das war die Zeit gewesen, als Mónica keine rosafarbenen Küken mehr haben wollte.

»Erinnerst du dich an die rosafarbenen Küken?«

Gabriel schüttelte traurig den Kopf. Er selbst hatte ein grünes Küken gehabt, und der Gedanke, dass diese gerade geborenen kleinen Hühnchen gefärbt wurden, war schrecklich. Ganz zu schweigen von den bunten Fischen, die in durchsichtigen Plastiktüten verkauft wurden, und davon, dass sie alle einen Sommer über ein Fischglas mit einer Meeresschildkröte hatten. Mit längeren Fingernägeln als Michael Jackson im *Thriller*-Video. Für eine Weile hatten diese kleinen Reptilien die Murmeln abgelöst, und sie hatten Rennen veranstaltet. Ruth hatte ihnen ganz professionell eine Nummer auf den Panzer geklebt, wie Gabriel sich lächelnd erinnerte. Mónica war jedoch bereits wieder von ihrer Zeitreise zurückgekehrt und hielt nun nachdenklich den mysteriösen Schlüssel in der Hand.

»Den habe ich gestern in der Einbandklappe des Kalenders gefunden.«

Gabriel starrte auf das neue Beweisstück.

»Ist das der vom toten Einbrecher?«

Mónica nickte und erzählte, wie sie den Schlüssel durch Zufall entdeckt hatte und dass ihre Mutter der Meinung war, dass der mysteriöse Orlando im selben Viertel wie sie gewohnt hatte.

»Darf ich mal sehen?« Gabriel begutachtete den Schlüssel eingehend.

»Der ist ziemlich ungewöhnlich, oder? Diese groben Zähne.«

»Er scheint recht alt zu sein«, meinte Gabriel und runzelte die Stirn.

»Glaubst du, er hat den Schlüssel zu seiner Zelle in Guantánamo als Andenken behalten?«, witzelte Mónica.

Was sie nicht ahnen konnte, war, dass Gabriel nicht nur über den Schlüssel nachdachte, sondern auch darüber, wo er ihn vorher schon einmal gesehen hatte.

»Vielleicht weiß deine Mutter, wo Orlando gewohnt hat«, machte Mónica einen Vorstoß. »Und wir sollten aufhören, ihn immer ›den toten Einbrecher‹ zu nennen. Wer weiß, ob er wirklich ein Einbrecher war?«

Gabriel war einverstanden. Allerdings nicht so sehr damit, seine Mutter zu befragen. Er richtete den Blick auf das unendliche Blau, das sich hinter dem Palacio Real erstreckte. Dolores war in den letzten Tagen immer erst am späten Vormittag aufgestanden, und das war kein gutes Zeichen. Nebenbei hörte er mit halbem Ohr seiner Freundin zu.

»Es wäre doch hilfreich, wenn wir uns in seiner Wohnung umsehen könnten. Dort gibt es sicher jede Menge Hinweise.«

Gabriel wandte Mónica erst wieder seine volle Aufmerksamkeit zu, als sie eine Fluse von seiner Militärjacke zupfte. Eine Geste, die ihm irgendwie gefiel.

»Wo findest du bloß immer diese coolen Sachen?«, fragte sie. Wir sollten doch mal wieder zusammen einkaufen gehen.«

Der Spaziergang über die Plaza de Oriente, der ihren Gedanken auf die Sprünge helfen sollte, verlief üblicherweise spiralförmig nach innen, was sie, passend zum Zustand ihrer Gehirne, als Nächstes in das Gartenlabyrinth führte. Gabriel hielt Mónica die Hand hin, um mit ihr durch einen schmalen Durchgang zwischen den Büschen zu schlüpfen. Eine Geste, die ihr irgendwie gefiel.

»Würdest du wirklich einfach so in die Wohnung dieses Orlandos eindringen und sie durchsuchen?«, fragte Gabriel, während er ein paar Zweige zur Seite bog. »Ganz schön mutig. Offenbar bist du mit den Jahren noch verrückter geworden, als du es damals schon warst.«

Das Labyrinth hingegen hatte mit den Jahren eindeutig an Faszination verloren, was daran lag, dass die Büsche ihnen nun nur noch bis zur Taille reichten.

»Weißt du noch, wie wir hier früher, wenn es geregnet hat, immer nach Schnecken gesucht haben? Achtung!« Mónica wies auf ein Tierchen, das gerade träge ihren Weg kreuzte, damit Gabriel nicht darauf trat.

»Ja, du, um sie zu retten, und ich, um sie zu kochen. Das hat die Suche noch viel spannender gemacht«, entgegnete Gabriel.

Mónica gab vor, sich übergeben zu müssen, und ihr Freund lachte.

Es ist immer rührend, an die Kindheit zu denken. Die Zeit der Unschuld, die darin besteht, vieles nicht zu wissen, Gutes und Schlechtes, aber vor allem das Schlechte. Damals ahnten sie nicht, dass sich Gabriels Leben schon bald für immer verändern sollte. Nur wenige Monate später ließen sich seine Eltern scheiden und das Sorgerecht wurde zunächst den Großeltern zugesprochen. Und das bedeutete, dass Dolores von dem großen Haus am Paseo de Rosales in die düstere Portierswohnung an der Plaza de la Encarnación ziehen musste, wo sie am Wochenende Besuch von ihren Kindern erhielt.

Vielleicht war Gabriel auch deshalb jetzt an den Ort zurückgekehrt, wo er sich immer ganz sicher gefühlt hatte – ins Zentrum des Labyrinths, wo sie unter den üppigen Ästen einer Magnolie, die so alt war wie der Platz, ihr Hauptquartier aufgeschlagen hatten. Dort hatten sie Beweismittel gesammelt, ihre Taschenlampen und andere Hilfsmittel für ihre Ermittlungen aufbewahrt, ihre Schlüsse gezogen und so viele überraschende Erkenntnisse über das Leben und über sich selbst geteilt.

Inzwischen waren sie nicht mehr die Einzigen, die die Magie dieses Baumes entdeckt hatten. Irgendein Obdachloser hatte seine Decken dort ausgebreitet und eine Tüte mit Lebensmitteln und seine Kleidung in die Äste gehängt. Dennoch war dieser Ort für sie immer noch etwas Besonderes, und Gabriel fand endlich den Mut, Mónica nach ihrem damaligen Freund Marcos zu fragen.

»Was soll ich sagen?« Mónica ließ sich unter dem Baum nieder. »Es hat einfach nicht funktioniert. Wir waren zu jung und haben Freundschaft mit Liebe verwechselt, nehme ich an.«

»Das tut mir leid«, sagte Gabriel. »Wir waren alle der Meinung, dass das mit euch für immer hält.«

»Na ja, ich nicht«, gestand Mónica.

»Wer hätte das gedacht, als ich euch zum letzten Mal zusammen gesehen habe?«

»Wir waren unerträglich, Gabriel.«

»Ja, das stimmt«, gab er zu und zog eine Grimasse. »Ein bisschen schon.«

Sie mussten lachen. Mónica hatte die Sache längst überwunden.

»Dennoch hatten wir ein paar schöne gemeinsame Jahre«, fuhr sie fort. »Und das Einzige, was mir wirklich leidtut, ist, dass wir viel zu lange gebraucht haben, um uns zu trennen. Es sollte verboten sein, unter dreißig eine ernsthafte Beziehung zu haben, findest du nicht?« Sie schüttelte den Kopf. »Genauso wie die Religion zu wählen und sich für einen endgültigen Beruf zu entscheiden.«

Gedankenverloren spielte sie mit den glänzenden Blättern des Baumes herum. »In der zweiten Etappe des Lebens ist alles viel echter, weil man selbst erwachsener wird«, fuhr sie im Brustton der Überzeugung fort. »Man hat schon einige Erfahrungen gemacht und auch einige Verluste erlitten. Nichts, was man in jungen Jahren angeht, ist wirklich echt.«

»Auch nicht die Freundschaft?«, fragte Gabriel ernst.

Sie sah ihn an.

»Nein, auch die wohl nicht«, entgegnete Mónica mit einem kleinen traurigen Lächeln. »Sonst hätten wir mit unserem Wiedersehen doch nicht zwanzig Jahre lang gewartet, oder?«

Gabriel spürte einen Kloß im Hals. Vielleicht weil für ihn die »Vier Freunde« viel mehr waren als nur eine Erinnerung.

»Und du?«, wollte Mónica daraufhin wissen. »Du stellst ziemlich viele Fragen dafür, dass du selbst so wenig erzählst.«

»Du weißt ja, dass ich immer lieber zugehört habe.«

»Ja, aber es ist nun mal so, dass Freundschaft nur im Austausch funktioniert. Das nennt man Vertrautheit. Ich erzähle dir von meinen Fehlschlägen und du mir von deinen.«

»Aber hast du nicht eben gesagt, dass wir gar keine echten Freunde mehr sind?«, spottete er.

Es war nichts zu machen. Gabriel war immer noch genauso verschlossen wie damals. Das größte Geheimnis, das die Plaza de Oriente zu bieten hatte, hatte wohl in der düsteren Portierswohnung gewohnt. Und es war Mónica nie gelungen, es zu entschlüsseln.

Trotz allem hatten sie, nachdem sie sich noch eine Weile unterhalten hatten, das Gefühl, sich besser zu verstehen als jemals zuvor. Ihre Reise ins Erwachsenenleben war ähnlicher verlaufen, als sie erwartet hatten. Gabriel war zum rettenden Anker seiner Mutter geworden und Mónica zum Freizeitpark von ihrer. An jenem Nachmittag redeten sie viel über Dolores und Elisa. Und dabei kam sehr schnell heraus, dass ihre Mütter in der derzeitigen Phase ihres Lebens ihre größte Sorge waren.

»Aber es kann doch nicht sein, dass wir unser ganzes Leben auf unsere Mütter ausrichten«, sagte Gabriel.

Womit er bei Mónica auf offene Ohren stieß.

Es war schon seltsam, dass ihre beiden Mütter sich mehr und mehr aus dem Leben zurückgezogen hatten. Dolores war nach ein paar unglücklichen, zermürbenden Arbeitsverhältnissen so überfordert gewesen, dass sie nur noch ihre Ruhe haben wollte.

Sie hatte sich mit Alkohol getröstet, zuerst mit Wein und später mit Gin. Auch Elisa hatte den Weg verlassen, den sie in jungen Jahren eingeschlagen hatte, und nach und nach alle ihre eigenen Projekte aufgegeben, um sich nur noch um die Belange ihrer Tochter zu kümmern. Niemand hatte das von ihr verlangt, aber vielleicht hatte sie das Gefühl, es tun zu müssen. Dabei hatte keine von beiden Frauen sich dazu berufen gefühlt, zu kochen oder Strümpfe zu stopfen, was dem damaligen Verständnis nach eigentlich zu den sogenannten »Mutterpflichten« gehörte. Elisa, weil sie auf die Unterstützung ihrer Schwiegermutter zählen konnte, und Dolores, weil sie einfach keine Zeit hatte. Sie hatte Gabriel, als er neun Jahre alt war, gezeigt, wie man mit jener neuen magischen Erfindung mit dem Namen Mikrowelle, die alle Mütter als ein Geschenk des Himmels betrachteten, Fertiggerichte warm machte. Dennoch hatten ihre beiden Mütter sie auf der Basis ihrer Werte und der

Freiheit erzogen und ein Vertrauensverhältnis geschaffen, das sie, davon waren sie überzeugt, vor vielen Gefahren bewahrt hatte.

Wieso hatten die Mütter aufgehört, sich regelmäßig zu treffen? Nicht nur Elisa und Dolores, sondern auch Margarita und Ágata. Früher waren oft alle Kinder der Obhut von Ruths Kindermädchen anvertraut worden, während ihre Mütter zusammen ausgegangen waren, zum Abendessen, ins Kino oder um gemeinsam etwas zu trinken. Aber irgendwann hatte das aufgehört. Laut Gabriel hatte seine Mutter von da an noch mehr getrunken und jegliches Zeitgefühl verloren und Elisa …

»Sie ist mit mir zu allen möglichen Kursen gegangen«, erinnerte sich Mónica. »In erster Linie wohl, um mich zu beschäftigen. Ich muss also ziemlich faul gewesen sein.«

Daher hatte Elisa beschlossen, ihr Gesellschaft zu leisten. Und indem sie das Leben ihrer Tochter lebte, hatte das ihre auch wieder einen Sinn. Nur dass die Tochter nun, als Erwachsene, das Problem hatte, dass ihre selbstlose Mutter sie einfach nicht loslassen konnte.

Dolores war ein ganz anderer Fall. Für sie war ihr Sohn zu einer Art Droge geworden, von der sie abhängig war. Sie war süchtig nach ihm. Laut Gabriel verursachte seine Abwesenheit bei ihr die gleichen Entzugserscheinungen wie der Alkohol. Alles hatte damit angefangen, dass sie immer wieder beteuerte, dass er ihr einziges Glück sei, vor allem, wenn er andere Verpflichtungen hatte und von einem Flug zum nächsten hetzte. Dieser Satz, der auf den ersten Blick eigentlich wertschätzend und liebevoll klang, bekam bei Dolores den Beigeschmack einer griechischen Tragödie. Denn nur wenn Gabriel in der Nähe war, konnte sie glücklich sein.

»Und wenn ich nicht da bin, ist sie unglücklich«, stellte er seufzend fest.

Und dieses Unglück war nicht zu übersehen, vor allem wenn Dolores der Welt entfloh. Wenn sie behauptete, dass die morgendlichen Geräusche, die vielen Menschen, die unterwegs waren, und all das grelle Licht sie deprimierten.

»Manchmal denke ich, dass meine Mutter ein Vampir ist«, scherzte Gabriel.

Doch in Wahrheit wusste er, dass die Scheu seiner Mutter, aus dem Haus zu gehen, nichts mit der Angst vor dem Tageslicht zu tun hatte, sondern weil ihr schlicht und ergreifend die Motivation fehlte, sich morgens aus dem Bett zu erheben. Und weil ihr Schweigen ihn stets beunruhigte, begann er den Tag mit einem Anruf bei ihr.

»Wie geht's dir heute Morgen, Mama?«, lautete seine Frage nach einem Lebenszeichen. »Ich bin einsam – wie immer«, war die übliche Antwort.

»Na, dann haben wir es ja beide richtig toll getroffen«, erklärte Mónica seufzend.

Sie mussten diese Nabelschnur durchtrennen, zur Not mit einer Axt. Gabriel, der nicht leben konnte, ohne seine Mutter zu überwachen, und Mónica, die nicht leben konnte, ohne von ihrer Mutter überwacht zu werden. Im Grunde beneideten sie ihre beiden Freundinnen. Ruth und Suselen hatten sich früher manchmal darüber beklagt, dass sich ihre Mütter nicht ausreichend um sie kümmerten, aber wenigstens fühlten sie sich jetzt nicht schuldig, weil sie ihr eigenes Leben lebten.

Nachdem Mónica und Gabriel an jenem Nachmittag zu diesem Schluss gekommen waren, während sie wie die Kinder unter der riesigen Magnolie saßen, umarmten sie sich spontan. Doch sie zuckten gleich wieder zurück, als hätten sie einen Stromschlag bekommen. Sie, weil sie unter seiner Kleidung nicht diesen kräftigen, muskulösen Körper erwartet hatte, und er, weil der Duft ihres Haars ihn an vergangene Siestas im Park erinnerte.

»Gut«, sagte Mónica und schnellte hoch wie eine Feder. »Ich glaube, wir sollten das Labyrinth verlassen und uns jetzt auf unsere Ermittlungen konzentrieren.«

Gabriel lehnte sich an den Baumstamm und zog amüsiert die Augenbrauen hoch. »Unsere Ermittlungen?«

Doch Mónica schien es ernst zu meinen. »Ja, zum Beispiel könnten wir ein paar Leute befragen. Natürlich ohne Verdacht zu erregen«, erklärte sie, während sie sich eine Piniennadel aus dem Haar zog. »Wenn wir nur wüssten, in welche Tür dieser Schlüssel passt ...« Mónica lächelte ihn an wie früher das kleine Mädchen mit den meerblauen Augen. »Ich bin mir sicher, dass wir dann die richtigen Hinweise finden würden, um diesen rätselhaften Fall lösen zu können. So wie früher.«

Den letzten Satz hörte Gabriel mit verträumtem Blick. Denn wer hat sich noch nie vorgestellt, die Zeit zurückdrehen zu können, um den Mut zu finden, alles zu sagen und zu tun, was er versäumt hatte? Etwas in dieser Art verspürte Gabriel gerade. Und wenn dies, wie Orlando in seinem Kalender geschrieben hatte, seine zweite Chance war? Er schluckte, bevor er das tat, von dem er sich nicht sicher war, ob er es tun wollte.

»Du meinst, du würdest dich wirklich trauen reinzugehen?«

»In seine Wohnung?«, fragte Mónica überrascht. »Aber sicher. Und du auch.«

Gabriel seufzte, weil er wusste, dass es stimmte. Sie war Sherlock Holmes und er ihr Dr. Watson. So war es immer schon gewesen.

»Und wenn es gar kein Wohnungsschlüssel ist?«, platzte er heraus.

Mónica hob fragend den Blick, und er nahm das Licht ihrer Augen in sich auf. Lange Zeit hatte er von diesem Licht gelebt.

Er war sich nicht hundert Prozent sicher, aber er meinte sich zu erinnern. Diesen Schlüssel hatte er als Kind im Schrank in der Portierswohnung gesehen.

»Es kann sein, dass ich mich irre, aber ich glaube, dass dieser Schlüssel zu unserem Abstellraum auf dem Dachboden passt.«

Ein paar Sekunden betrachteten sie einvernehmlich den Schlüssel, während ihre Herzen ein wenig schneller schlugen, und nahmen sich vor, ihn auszuprobieren, bevor der Club der schlechten Töchter sich das nächste Mal treffen würde.

Alle Frauen verdienen es, mindestens acht Jahre lang Witwe zu sein

Hunde sorgen dafür, dass wir uns einander annähern, sie verringern die sozialen Unterschiede zwischen den Menschen. Wenn sie sich schwanzwedelnd begrüßen, zwingen sie uns, ganz selbstverständlich mit Leuten zu reden, mit denen wir sonst nie ins Gespräch kommen würden.

Aus Orlandos Notiz vom 1. November ging hervor, dass Margarita und Dolores ihm gestanden hatten, dass sie sich in vierzig Jahren niemals direkt miteinander verabredet hatten, sondern immer nur über Elisa. Doch wenn sie gemeinsam auf der Bank am Platz darauf warteten, dass Orlando ihnen ihre Hunde zurückbrachte, hatten sie den Zeitpunkt, nach oben zu gehen, immer weiter hinausgeschoben, während sie ihren Lieblingen beim Spielen zusahen.

Das hatte bei Elisa einen ihrer unendlichen Wutanfälle ausgelöst. »Denk mal nicht, dass Margarita *mir* Bescheid sagt, wenn sie zusammen in die Oper gehen«, hatte sie zu Mónica gesagt, die sie nach Hause begleitete, nachdem die Polizei ihre Wohnung freigegeben hatte. »Nicht, dass ich auf Margarita angewiesen wäre, ich kenne genug Leute, die ihr Abo verfallen lassen, aber seit sie beide diese Hunde haben, fragt sie offenbar lieber Dolores.« Ihr Ton triefte vor Sarkasmus. »Dabei hat sie Dolores vorher nie eines Blickes gewürdigt. Mehr noch: Sie wollte sie nicht mal dabeihaben.«

Elisa wusste gar nicht mehr, wie oft sie sich über Margarita geärgert hatte, weil diese sie ausdrücklich darum gebeten hatte, Dolores nicht zum Abendessen mitzubringen, angeblich, weil sie sich in ihrem Haus nicht wohlfühlen würde. »Die beiden haben sich immer nur bei mir getroffen«, fuhr Elisa mit ihrer Tirade fort.

Sie schloss die Haustür auf. »Ich freue mich für Dolores, versteh mich nicht falsch, Kind, sicher tut ein wenig Unterhaltung ihr gut. Aber dass sie mich so einfach ausschließen …«

Mónica hörte sich den aufgebrachten Monolog ihrer Mutter schweigend an.

Elisa war wirklich sauer. Sie drückte mehrfach auf den Rufknopf des Aufzugs, betrat ihn, als er da war, mit entschiedenem Schritt und schimpfte weiter.

»Dabei habe ich mich so um Margarita gekümmert, als ihr Mann gestorben ist. Dolores kann ich das nicht vorwerfen, sie hat sich schon immer von allem verführen lassen, was neu war, und jetzt, da es ihr nicht mehr ganz so schlecht geht … Aber wenn sie betrunken war und Hilfe brauchte, war ich immer für sie da.«

Elisa betrachtete verdrossen ihre Falten im Spiegel, als ob ihre Freundinnen auch daran schuld wären.

Mónica versuchte, die Sache herunterzuspielen, obwohl sie wusste, dass ihre Mutter recht hatte. Sie war als Freundin immer zur Stelle, genauso wie sie es als Mutter gewesen war, und sie erwartete oder, besser gesagt, forderte, das Gleiche auch für sich.

»Dabei war nichts anderes zu erwarten gewesen.« Ungehalten kratzte Elisa den Rest des Polizeisiegels von der Tür und öffnete sie dann. »Das Einzige, was Margarita interessiert, ist, den Schein zu wahren, so war sie schon immer. Sie behandelt Hunde besser als Menschen.«

Mónica trat in den Flur und stellte die Reisetasche ab. Offensichtlich hatte ihre Mutter der unendlichen Liste der Menschen, die sie enttäuscht hatten, einen neuen Namen hinzugefügt. Dann öffnete sie Isis' Transportbox, die wie ein Blitz herausschoss und dann in der Wohnung umhertigerte und die Spuren der Sterblichen beschnüffelte, die es gewagt hatten, ihren Tempel zu entweihen, jedes Objekt, jedes Möbelstück, jeden Teppich.

Auch Mutter und Tochter schauten sich um – Mónica an die Wand gelehnt und Elisa auf ihrem Emmanuelle-Vintage-Sessel thronend – und stellten fest, die Polizei hatte alles sauber und aufgeräumt hinterlassen. Es sah aus, als ob nichts passiert wäre, und mit einem Mal kam ihnen die Wohnung ganz seltsam vor, wie ein Filmset nach Drehschluss.

»Wirst du dich hier auch wieder wohlfühlen, Mama?«, fragte Mónica.

Elisa zuckte mit den Schultern. »Ja«, sagte sie nicht gerade überzeugt. »Und wenn nicht, was soll's? Ich hab ja keine andere Wahl, oder?«

Mónica half ihrer Mutter, die Tasche auszupacken, und begleitete sie dann an den »Tatort«, der vormals ihr Badezimmer gewesen war. Sie versuchte dort nicht Orlandos Leiche vor sich zu sehen, was ihr nur bedingt gelang. Mónica war in Erinnerung geblieben, wie friedlich der Tote gewirkt hatte. Ganz anders, als man es sich bei jemandem vorstellte, der durch einen Elektroschock gestorben war.

Elisa bat ihre Tochter, ihr mit der Venensalbe zu helfen, da sie nach den Tagen im Hotel sehr schwere Beine hatte.

»Mama, das ist Zahnpasta«, sagte Mónica, als sie die Tube in der Hand hielt.

»Dann frag mich bitte nicht, womit ich mir heute Morgen die Zähne geputzt habe.«

Beide zogen es vor, nicht weiter darüber nachzudenken. Die letzten Tage waren sehr chaotisch gewesen.

Während Elisa sich wieder in ihrer Wohnung einrichtete, überlegte Mónica in ihrer Eigenschaft als Veranstaltungsplanerin, wie sie ihre Mutter am besten aufheitern und zerstreuen konnte, und durchsuchte das Internet nach entsprechenden Möglichkeiten für die folgenden Tage. Außerdem informierte sie in ihrer Eigenschaft als offizielle Vermittlerin Ruth über den Konflikt *intermaters* – wie sie ihn zu nennen beschlossen hatte –, um sie zu fragen, ob sie in dieser Sache etwas tun konnten. An diesem Nachmittag würde Elisa sowieso zu ihr in die Praxis gehen. Vielleicht konnten sie eine zufällige Begegnung der beiden Mütter arrangieren, nebenbei über das Orlando-Thema reden und schauen, was dabei herauskam.

Außerdem nutzte Mónica die Gelegenheit, um bei Safecan anzurufen, der Tierschutzorganisation, die Orlando in seinem Kalender erwähnt hatte. Dabei erfuhr sie von einer freundlichen Dame am anderen Ende der Leitung, dass die Polizei bereits dort gewesen war und sich nach Orlando erkundigt hatte. So hatten sie vom tragischen Ende des Hundeausführers erfahren und versicherten, dass ihnen die ganze Sache sehr leidtue. Sie hatten den Toten nicht besonders gut gekannt, aber er war immer wieder mal dort gewesen, um für Bekannte einen Hund auszusuchen, wie er sagte. Sie durften keine Auskunft darüber erteilen, für wen, könnten aber bestätigen, dass auch ein Spanischer Windhund darunter gewesen war. Orlando habe viele Hunde untergebracht. Er sei ein guter Mensch gewesen und habe sich hervorragend mit Hunden ausgekannt.

Dieses etwas schwammige Gespräch ließ Mónica alles andere als kalt. Dieser Mann hatte also viele Hunde untergebracht, bevor er in der Badewanne ihrer Mutter gestorben war. Aber bei wem? Und vor allem: warum? Und war es reine Tierliebe, oder steckte etwas anderes dahinter?

Während Elisa damit beschäftigt war, Margarita stillschweigend zu hassen, hatte diese ihre auffälligste Designer-Handtasche aus dem Schrank genommen. Sie besaß ein paar Dutzend davon und benutzte sie nur zu bestimmten Anlässen, zum Beispiel bei Notarterminen oder bei einem Mittagessen im Ritz. An diesem Tag zog sie eine Tasche von Dior hervor. Die würde gehen. Sie wischte mit einem Tuch darüber, steckte die Bankunterlagen hinein, und nachdem sie Bowie, der sie mit der Leine im Maul auffordernd ansah – »Jetzt nicht, mein Lieber« –, freundschaftlich den Rücken geklopft hatte, verließ sie eilig das Haus.

Diese Taschen gaben ihr Sicherheit.

Genauso wie sich mit ein paar Zentimeter hohen Absätzen ein wenig größer zu schummeln. Sie konnte es sich nicht mehr erlauben, in diesen Läden einzukaufen, aber die Taschen waren sehr nützlich, wenn sie sich einem unangenehmen Gespräch stellen musste.

»Ach, Pepe«, sagte sie und bekreuzigte sich vor dem großen Spiegel im Eingangsbereich des Hauses. »Ich werde dir nie verzeihen, dass du mir diesen Streich gespielt hast und vor mir gestorben bist.«

Dann nickte sie dem Portier zu, der sich wie immer aus Sympathie ebenfalls bekreuzigte, wenn er sah, dass sie es tat.

Als Ruth kam, war ihre Mutter bereits zurück und saß, ihr den Rücken zugewandt, auf dem Balkon, wo sie, Bowie zu ihren Füßen, die Zeitung las. Auf dem Esszimmertisch hatte sie Dutzende Rechnungen ausgebreitet, die vom Finanzamt waren und das Haus betrafen. Alle waren längst fällig und von ihrer Mutter mit ihrer bereits leicht zittrigen Schrift unterschrieben worden. Dabei fielen Ruth auch einige Beträge ins Auge, die sich zu einer atemberaubenden Summe addierten.

»Erinnerst du dich noch, dass du mich früher immer gebeten hast, dir Geschichten über die Plaza de Oriente zu erzählen?«, fragte ihre Mutter.

Ruth legte ihre Tasche und ihren Mantel auf einen Sessel. »Ja, natürlich.« Sie ging zu Margarita hinüber, die ihr die Wange zum Kuss bot. »Du hast meine Freunde immer sehr beeindruckt. Niemand weiß so viel über diesen Platz wie du.«

Margarita lächelte müde. Es hatte etwas Feudales, wie sie da auf dem Balkon thronte und ihre Ländereien betrachtete. Der Spiegel an der Wand hinter ihr holte den Palacio Real direkt ins Wohnzimmer. Ruth erinnerte sich nicht mehr daran, wer die Idee zum ersten Mal gehabt hatte, aber es vermittelte den optischen Eindruck, als lebten sie selbst in dem königlichen Palast.

Sie setzte sich auf die Armlehne und wies zum Original hinüber.

»Dort im zweiten Stock hat deine Freundin Beatriz gewohnt, richtig?«

Ihre Mutter nickte. »Ja, dort ist sie zusammen mit ihren Geschwistern aufgewachsen, obwohl sie keine Prinzessin war. Schon seltsam. Das war die einzige Familie, die nach Karl V. im Palacio Real gewohnt hat. Nicht einmal die Könige sind dort eingezogen. Und als wir Kinder waren, bin ich mit Beatriz und ihren Geschwistern im Thronsaal herumgetollt, bis ihre Mutter uns informiert hat, dass die Touristen kamen.« Margarita lächelte verschmitzt.

Beatriz' Eltern waren die Verwalter der Gebäude, und sie selbst war fast fünfzig Jahre lang Protokollchefin gewesen.

»Ich glaube, ich habe vor Kurzem erst in den Nachrichten gesehen, wie das Königspaar ihr zum achtzigsten Geburtstag gratuliert hat«, meinte Ruth.

»Nein, sie war in den Nachrichten, weil sie gestorben ist«, widersprach ihre Mutter mit schroffer Stimme.

Ruth sah sie erschreckt an. »Beatriz ist gestorben?«

Ihre Mutter nickte. »In letzter Zeit sterben alle«, klagte sie. »Angeblich sollen es noch die Folgen vom Coronavirus gewesen sein, aber ich bin mir sicher, dass die Ärmste vor Kummer gestorben ist. Sie hat nur einen Monat vorher ihre Mutter verloren, die hundertzehn Jahre alt geworden ist. Und Beatriz hat ihre Mutter vergöttert.«

Margarita streichelte über das weiße Fell ihres Hundes. »Das arme Mädchen«, fügte sie hinzu, während ihr Hund sich zu seiner beeindruckenden Größe aufrichtete, um den Kopf auf das Knie seines Frauchens zu legen.

Bowie war ein Geschenk ihrer Kinder gewesen, nachdem sie Witwe geworden war. Zuerst hatte Ruth ihr eine Reise mit allen Kindern vorgeschlagen. »Bist du verrückt! Mit deinen Brüdern doch nicht!«, hatte die Matriarchin daraufhin mit ihrer allseits bekannten Ehrlichkeit erklärt.

Sie hatte den Hund selbst ausgewählt. Und so hatte ihr der kleine weiße Welpe mit den tapsigen Pfoten die Freude gebracht, die sie in jener Zeit gebraucht hatte.

»Niemand sonst ist mir so treu ergeben«, betonte Margarita, während sie über den schönen Kopf des Tieres strich.

Das war einer jener Momente, in denen Ruth ihr gesamtes Fachwissen im Bereich der Familienpsychologie einsetzen musste, um die Spitzen, mit denen ihre Mutter ihre Gespräche zu würzen pflegte, nicht persönlich zu nehmen.

»Der Geliebte von Dolores Ibárruri ist übrigens ebenfalls gestorben. Mit vierundneunzig.« Margarita machte eine wegwerfende Handbewegung. »Während des Bürgerkrieges soll er auch im Palast gewohnt haben, als sie ihr Büro dort hatte. Deine Freundin Mónica soll mal ihre Mutter nach ihm fragen. Der war eine Zeit lang ganz schön hinter ihr her. Aber sie hat ihn nie beachtet, glaube ich.«

Ruth spitzte die Ohren.

»Und was ist mit Orlando?«, platzte sie heraus.

»Was meinst du?«, fragte ihre Mutter überrascht.

»Na, dass Elisa mit Orlando auch nicht so viel zu tun hatte wie ihr anderen. Oder doch?«

Margarita zögerte einen Moment, als ob ihr etwas auf der Zunge liege. Schließlich sagt sie:

»Elisa ist eine alte Intrigantin, und wenn sie nicht überall mit dabei ist, ist sie sauer. Ich weiß nicht, was sie ihrer Tochter erzählt hat, aber sie soll sie nicht allzu ernst nehmen.«

Margarita strich sich das Haar zurück. Ehrlich gesagt, interessierte sie im Moment kein bisschen, was Elisa tat oder nicht tat. Denn sie hatte gerade wirklich andere Probleme. Sie richtete den Blick erneut auf die Plaza de Oriente.

»Schau dir diese Menschenmassen an, da ist fast kein Durchkommen mehr. Und da haben die Leute sich Sorgen gemacht, ob sich der Tourismus nach der Pandemie noch mal erholt. Kannst du dich erinnern, als hier noch Autos entlangfahren durften? Was ich schon alles von diesem Balkon aus gesehen habe! Die ganze neuere Geschichte Spaniens ist zu meinen Füßen vorbeiflaniert, ohne dass ich mich auch nur einen Zentimeter bewegen musste. All die Feierlichkeiten habe ich ganz aus der Nähe miterlebt und sogar den Putschversuch, als die Militärs den Senat umstellt hatten.« Margarita wies mit ihrem knochigen Finger in die entsprechende Richtung. »Euer Vater hat völlig außer sich angerufen und wollte wissen, wo ihr seid, und ich habe euch von diesem Balkon aus gleich heraufgerufen.«

Ruth erinnerte sich noch gut an den Kanon der Mütter, der an jenem Tag durch die Luft gehallt war wie der Chor der trojanischen Frauen. Das war das erste Mal gewesen, dass sie gespürt hatte, wie sich Gefahr anfühlte.

Sie merkte, dass ihre Mutter das Gespräch genoss, die guten und die weniger guten Erinnerungen. Als sie noch ein Kind war, waren Momente wie dieser die einzigen gewesen, in denen sie ihre Mutter für sich hatte, denn ihre Brüder langweilten solche Geschichten, sodass sie sich unter den üblichen Rangeleien immer schnell verzogen.

Das kurze Summen einer eingehenden Nachricht war zu hören. Ruth steckte die Hand in die Tasche ihres Blazers und schaute unauffällig auf das Display ihres Handys. Doch dort war nichts zu sehen. Als sie den Blick wieder hob, stellte sie fest, dass ihre Mutter das Gleiche tat wie sie, um dann eine Nachricht zu beantworten. Dabei wurde Ruth bewusst, dass dies zum ersten Mal in ihrem Beisein vorkam. Außerdem kam es ihr so vor, dass ihre Mutter ein Lächeln unterdrückte. Anschließend schien sie sich allerdings beobachtet zu fühlen, denn sie schob ihr Handy rasch unter das Kissen, auf das sie sich stützte, und warf einen genervten Blick auf die Rechnungen, die auf dem Tisch lagen. Doch Ruth wollte das Thema mit dem Haus in diesem Moment, da ihre Mutter so gut gelaunt war, nicht zur Sprache bringen. Vor allem nicht nach dem unschönen Gespräch vom Vortag …

Alles hatte damit begonnen, dass Ruth gesagt hatte: »Mama, ich glaube, wir sollten darüber nachdenken, das Haus zu verkaufen.« Und da sie nicht ahnte, was sie damit auslösen würde, hatte sie noch hinzugefügt: »Die Miete, die ich dir für die Praxisräume zahle, wird nicht ausreichen, um es zu unterhalten.«

Margarita hatte neben der Uhr an der Wand innegehalten, die genau in dem Moment stehen geblieben war, als ihr Mann starb.

»Ich werde das Haus nicht verkaufen. Aber keine Sorge, ihr werdet euer Erbe schon bald antreten können, du und deine nichtsnutzigen Brüder.«

Ruth presste die Lippen zusammen und zählte bis zehn. Sie übte fleißig, damit derartige Kommentare ihr nicht mehr wehtaten. Natürlich verstand sie ihre Mutter, die in diesem Haus geboren war. Genau wie ihre Mutter und ihre Großmutter. Auch Ruth fiel es nicht leicht, sich von dem Haus zu trennen, aber sie fürchtete, dass ihre Mutter ihr die wirkliche finanzielle Lage verschwieg, und das raubte ihr den Schlaf.

Daher hatte sie sich noch einen Schritt weiter vorgewagt und vorgeschlagen, die Wohnungen in den unteren Stockwerken zu vermieten. Ihre Mutter hatte mit zusammengebissenen Zähnen gemurmelt:

»Und deine Brüder?«

Daraufhin hatte Ruth sich nicht mehr zurückhalten können. Dann sollten ihre Brüder eben endlich Miete zahlen oder sich eine andere Bleibe suchen.

Margarita hatte sie nur missbilligend angesehen.

»Damit das ein für alle Mal klar ist: Solange ich noch lebe, bestimme ich, wer hier wohnt. Wie kann man so herzlos sein? Du kannst die Armen doch nicht vor die Tür setzen.«

Anschließend hatte sie vorwurfsvoll ihr Puls-Oximeter hervorgeholt und es sich wie eine futuristische Frucht auf ihrem langen Zeigefinger drapiert.

Die Armen, hatte Ruth wütend gedacht, ihre armen kleinen Brüder! Die gratis in Wohnungen lebten, die sie selbst sich niemals hätte leisten können, und mit deren Miete ihre Mutter genug Einnahmen gehabt hätte, um im Alter in Ruhe und Frieden zu leben. Doch der Gipfel der Ironie war, dass die Herren Schmarotzer es sich zudem noch erlauben konnten, ihre Mutter so gut wie nie zu besuchen. Sie wahrten Margarita gegenüber einen sogenannten »Sicherheitsabstand«. »Weil sie immer so streng ist«, jammerte der eine. »Weil sie einem ständig Vorwürfe macht«, stöhnte der andere. Ja, ihre armen, armen Brüder, hatte Ruth erbost gedacht.

»Jetzt schau nicht so sauertöpfisch drein«, hatte ihre Mutter gesagt. »Bei dir habe ich immer gewusst, dass du deinen Weg machen wirst, aber sie … Ich habe mir immer Sorgen gemacht, was aus ihnen wird.«

Und genau das war der Punkt, sagte sich Ruth. Sie war die einzige Tochter, und da ihre Mutter sich niemals Sorgen um sie machen musste, warum hätte sie sich dann um sie kümmern sollen? Ruth hatte eine entsprechende Bemerkung heruntergeschluckt und sich ein Glas Wasser aus dem Murano-Krug eingeschenkt, um ihre Gefühle unter Kontrolle zu bringen. Sie war doch immer schon auf sich gestellt gewesen, wen wunderte es da, dass sie nicht in der Lage war, sich helfen zu lassen, hatte sie weiter überlegt. Seit sie in dieses Haus zurückgekehrt war, wenn auch nur zum Arbeiten, war es ihr immer deutlicher bewusst geworden: Sie war quasi allein aufgewachsen, hatte sich unsichtbar gemacht, war das Kind gewesen, dass nie Probleme machte, weil ihre Mutter mit ihren beiden Brüdern schon genug Ärger hatte. Und mit den Jahren war sie zu einer Expertin darin geworden, ihre eigenen Bedürfnisse zurückzustellen. Sie kam schon alleine klar, dabei wusste sie, wie wichtig es war, anderen zu vertrauen. Doch was machte man, wenn man dieses Vertrauen als Kind nicht gelernt hatte, wenn einem niemand beigebracht hatte, zu vertrauen, hatte sie sich mit einem Blick auf die Frau gefragt, die mit unerschütterlicher Miene vor ihr saß. Nein, sie fühlte sich nicht wohl damit, von jemandem abhängig zu sein. Und das war nicht gesund.

Sie hatten dann nicht weiter darüber gesprochen. Und wie immer, wenn Ruth sich mit ihrer Mutter nicht verständigen konnte, war sie mit einem beängstigenden Gefühl der Leere nach Hause zurückgekehrt. Und da sie nicht in der Lage gewesen war, diese Sache mit ihr auszudiskutieren, führte sie nachts im Bett zwei oder drei Gespräche mit ihr, in denen sie ihr im Nachhinein alles sagte, was ihr einfiel. Jetzt würde sie nichts mehr dazu sagen, da es nun keinen Sinn mehr hatte. Das Einzige, was sie damit bewirken würde, war, dass Margarita endgültig davon überzeugt wäre, dass ihre Tochter wirklich nicht mehr alle Tassen im Schrank hatte.

Dafür war Ruth an diesem Morgen ihrem Mann gegenüber ausgerastet, als sie die Kinder zur Schule gefahren hatten. Sie war noch immer sehr aufgewühlt deswegen, aber das war Margarita natürlich nicht aufgefallen, weil sie sie nie fragte, wie es ihr ging. Also nutzte Ruth das Schweigen ihrer Mutter, das nur schwer zu durchschauen war, um etwas zu tun, was sie sonst nie tat: Sie erzählte ihr von ihren Sorgen.

»Ich habe Probleme mit Teo«, fasste sie das Ganze zusammen. »In letzter Zeit explodiere ich wegen jeder Kleinigkeit.«

Margarita wandte ihrer Tochter ihr Profil zu, was diese als Bereitschaft deutete, ihr zuzuhören. Tatsächlich habe es mit einer ganz blöden Sache angefangen, begann Ruth. Ihr Mann hatte sie gefragt, ob sie beim Auto Öl nachgefüllt hätte, und sie hatte völlig überreagiert:

»Natürlich! Hältst du mich für blöd? Denkst du, ich würde ohne Öl herumfahren? Ich habe dir doch gesagt, dass ich mich darum kümmere. Warum, verdammt noch mal, glaubst du mir nie, wenn ich etwas sage?«

Erst als Ruth es ihrer Mutter gegenüber aussprach, wurde ihr klar, wieso sie so heftig reagiert hatte. Sie reagierte immer allergisch, wenn sie das Gefühl hatte, dass man ihr nicht glaubte oder sie nicht genügend wertschätzte. Es war genau wie damals mit ihrer Mutter. Sie fühlte sich ungerecht behandelt, und jetzt war Teo sauer.

Wie sollte er auch verstehen, dass ihre völlig überzogene Reaktion daher rührte, dass ihre Mutter ihr immer zu verstehen gegeben hatte, dass sie ihr nicht glaubte, wenn sie ihr versichert hatte, dass sie ihre Aufgaben erledigt hatte? Dass sie ihr nicht vertraute. In der Psychoanalyse nannte man so etwas Übertragung.

Aber das erzählte Ruth Margarita natürlich nicht, sie erzählte ihr nur von dem morgendlichen Streit. Von ihrem

Kummer. Warum? Wer weiß das schon. Vielleicht um ihr Mitgefühl zu wecken. Sich ihr irgendwie anzunähern. Sie war damit aufgewachsen, ihrer Mutter einerseits gefallen zu wollen und ihr anderseits böse zu sein, weil sie ihre Tochter nie wirklich wahrnahm.

All das ging Ruth durch den Kopf, während sie von ihren ehelichen Problemen erzählte. Und entgegen jeder Erwartung hört Margarita schweigend zu. Es war schon seltsam, dass sie sie nicht mehrfach unterbrach, um irgendwelche Allgemeinplätze von sich zu geben, wie sie es immer tat, wenn man ihr etwas Wichtiges sagen wollte, weil sie jegliche Art von intimen Geständnissen als äußerst unangenehm empfand.

Ob sie eingeschlafen ist?, fragte sich Ruth und war kurz davor, ihrer Mutter einen Stoß zu versetzen. Margarita saß unbeweglich in ihrem Lehnstuhl auf dem Balkon und hatte die Augen geschlossen. Ob sie gestorben war? Auch nicht, denn jetzt blinzelte sie. Und als Ruth sich schon freuen wollte, weil sie dachte, dass ihre Mutter ihr einen Rat geben wollte, sagte sie auf einmal: »Alle Frauen verdienen es, mindestens acht Jahre lang Witwe zu sein.«

»Mama!«

»Was?« Margarita hob ihre schlanken Hände. »Das ist die reine Wahrheit! Um ein wenig Ruhe und Frieden zu haben.«

»Darf ich dich daran erinnern, dass du von meinem Vater sprichst.«

»Und ich habe ihn sehr geliebt. Aber die Männer sind sehr anstrengend«, fuhr sie mit äußerst langsamen Wimpernschlägen fort. »Der einzige Sinn der Ehe ist, sich fortzupflanzen, und das hast du ja schon gemacht, also …«

Ruth konnte nicht glauben, was sie da hörte. Sie trat ans Geländer und drehte sich dann um, um ihrer Mutter ins Gesicht sehen zu können.

»Wenn du das denkst, warum hast du mir dann nicht eher gesagt, dass die Männer so sind?«

Margarita faltete in aller Ruhe ihre Zeitung zusammen.

»Weil du dann nicht geheiratet hättest.«

»Du bist eine Verräterin.«

»Nein, ich bin nur praktisch.« Sie warf die Zeitung in den Papierkorb.

»Und was ist mit weiblicher Solidarität? Schon mal gehört?«

Margaritas berühmtes Mona-Lisa-Lächeln erschien auf ihrem Gesicht, und Ruth begann, die Geduld zu verlieren.

»Weißt du, Mama, du hättest mir ruhig mal ein paar Dinge sagen können, zum Beispiel, dass eine Entbindung ein verdammter Snuff-Film ist und dass Kinder mörderische Fantasien in einem wecken, vor allem, wenn man zu Hause arbeitet.«

»Wenn ich dir das alles gesagt hätte, hättest du höchstwahrscheinlich keine Kinder bekommen«, meinte Margarita und fügte versöhnlich hinzu: »Und jetzt hör auf, das Opfer zu spielen. Wenn deine Ehe nicht mehr funktioniert, liegt das vielleicht daran, dass du nie zu Hause bist.«

Ruth spürte, wie sie sämtliche Kräfte verließen. War eine Mutter nicht der Mensch, der seinen Kindern half, sicher durchs Leben zu gehen? Also worauf hatte ihre Mutter sie vorbereitet? Auf nichts. Und jetzt rückte sie ganz lapidar damit heraus, dass alle Frauen ein paar glückliche Witwenjahre verdienten? Das war der Hammer. Und das Schlimmste war, dass sie ihr recht geben musste! Männer *waren* anstrengend! Was gibt es zu essen? Gehst du schon ins Bett? Wo ist mein Pullover? Okay, so war Teo. Aber ihr Vater doch nicht … Zumindest hatte sie ihn so nicht in Erinnerung.

Während Ruth noch in ihren inneren Monolog vertieft war, dachte Margarita, dass sie in Wahrheit immer noch wütend auf ihren Pepe war, weil er sie als Witwe zurückgelassen hatte. Ihr Mann war derjenige gewesen, der sich um all diese beängstigenden Papiere gekümmert hatte. Margarita hatte davon niemals etwas wissen wollen, daher hatte sie auch keine Ahnung gehabt, dass er ihre Rentenversicherungen und ihr Erspartes zu Geld gemacht hatte.

»Also – was machen wir jetzt?«, sagte sie und riss ihre Tochter damit aus ihren Gedanken. »Gehen wir dem Thema noch länger aus dem Weg, oder kommen wir zur Sache? Ich habe nicht mal mehr die Rente deines Vaters. Nur noch ein großes, altes Haus, das in die Jahre gekommen ist, so wie ich.«

Ruth ging zurück ins Wohnzimmer, um sich auf den hellen Samtsessel zu setzen, nachdem sie die vielen Satinkissen zur Seite getan hatte. Dann atmete sie tief durch und sagte:

»Deshalb habe ich vorgeschlagen, das Haus zu verkaufen, Mama, damit du dir ein kleineres Haus kaufen kannst und genug Geld hast, um davon zu leben.«

»Ich bin eine Señora.« Margarita richtete sich in ihrem Lehnstuhl auf, um dies zu unterstreichen. »Ich kann nicht wie du an *irgendeinem* Ort leben. Diese Viertel deprimieren mich.«

Ruth machte ihre Atemübungen. Es reichte für heute, sagte sie sich.

»Mama, ich muss jetzt in die Praxis, es ist höchste Zeit.«

»Warte einen Moment, ich brauche Hilfe«, sagte Margarita und deutete auf die Papiere, die auf dem Esstisch ausgebreitet waren.

»Dann sag deinen Söhnen, dass sie heraufkommen sollen.«

Ruth griff nach ihrer Tasche.

Margarita stützte sich auf die Armlehnen ihres Stuhls. »So etwas können die Jungs nicht«, murmelte sie leicht ungehalten. »Und ich will auch nicht, dass sie von der ganzen

Misere erfahren. Der eine würde bei dem Gedanken, dass er bald unter der Brücke schlafen muss, einen Herzinfarkt bekommen, während der andere sich schon auf sein Erbe freut. Außerdem haben sie feste Arbeitszeiten.«

»Genau. Sie haben feste Arbeitszeiten. Als Beamte. Ich nicht. Ich bin selbstständig, Mama.« Ruth stand auf und öffnete die Tür zum Dienstbotentrakt, wo sich ihre Praxis befand.

»Wenn du dich für den öffentlichen Dienst beworben hättest, wie ich es dir gesagt habe, wäre dein Leben nicht so unsicher.«

»Mama, ich verdiene viel mehr als meine Brüder. Und jetzt hör auf damit. Warum sollte ich ein Gespräch fortsetzen, das ich mit achtzehn Jahren geführt habe? Um zwölf kommt mein erster Patient.«

»Dann sag ab und verschieb den Termin auf einen anderen Tag.«

Ruth gab ihrer Mutter einen Kuss auf die Wange.

»Andere Kinder sind anhänglicher ...«, sagte Margarita vorwurfsvoll, während ihrer Tochter ein dezenter Veilchenduft entgegenwehte.

»Das sagst du mir?«, fragte Ruth verletzt. Sie war es doch, die jedes Mal Himmel und Hölle in Bewegung setzte, um da zu sein, wenn ihre Mutter sie brauchte! In ihrem Wunsch nach Wertschätzung war sie zu jedem Opfer bereit. Und wer ließ ihre Mutter im letzten Moment immer hängen? Na, wer wohl?! Aber natürlich behielt Ruth all diese Proteste wie immer für sich und sagte nur:

»Ich gehe mal davon aus, dass du damit deine Söhne meinst. Frag dich mal, warum?«

»Gut, also: Warum?«

»Nein, Mutter, du sollst dich fragen, warum deine Söhne nicht mehr an dir hängen.« Immer wenn Ruth ihre Mutter »Mutter« nannte, war das ein Zeichen, dass die Grenze überschritten war. Nun war Ruth nicht mehr zu bremsen: Warum hatte sie ihre Söhne so verwöhnt und ihnen alles so leicht gemacht und ihr dagegen alles so schwer? Warum wohnten sie immer noch zu Hause? Warum besuchten sie sie nicht? Vielleicht weil sie ihnen stets in Erinnerung rief, wie nutzlos sie waren?

»Also schön, dann ist eben alles meine Schuld«, sagte Margarita mit der Miene eines Opferlamms.

»Nein, Mama. Ich sage nur, dass du an dem Ganzen nicht unschuldig bist.«

Dann bremste sich Ruth, denn sie hatte etwas in den Augen ihrer Mutter entdeckt, was sie darin vorher noch nie gesehen hatte: Angst.

Margarita öffnete die Handflächen und betrachtete sie mit einer solchen Aufmerksamkeit, als wolle sie darin lesen. Und in gewisser Weise war es auch so. Die Vergangenheit, die Gegenwart und die Zukunft waren für Margarita zu einer einzigen Zeit zusammengeflossen, aber sie wusste, dass ihre Tochter noch nicht bereit war, es zu erfahren. Deshalb sagte sie nur sehr langsam:

»Das Einzige, was ich sicher weiß, ist, dass ich nicht darum betteln werde, dass meine Söhne mich besuchen.«

Es folgte eine dichte, schmerzhafte Stille.

Ruth legte ihrer Mutter eine Hand auf die Schulter und spürte die spitzen Knochen unter der dünnen Haut.

»Mama, mach dir keine Sorgen, wir werden einen Weg finden, das Haus zu halten, ja?«

Margarita legte ihre Hand auf die ihrer Tochter.

»Ich werde in eine Seniorenresidenz gehen.«

War das eine neue Drohung, um sie zu manipulieren?, fragte sich Ruth.

»Eine, in der mich niemand kennt«, fuhr ihre Mutter fort. »Ich möchte nicht, dass die Leute davon erfahren. Und es ist eine Residenz, in der nicht so viele alte Leute sind.«

»Ein Studentenwohnheim also?« Ruth bereute ihre Äußerung sofort.

Ihre Mutter lachte auch nicht über den Scherz. Stattdessen richtete sie einen nachdenklichen Blick auf ihre Tochter. Erst wenn sie ihr die Broschüre zeigen würde, die unter ihrem Kopfkissen versteckt war, würde Ruth verstehen, dass sie es ernst meinte.

»Orlando hat mich auf die Idee gebracht.«

Orlando?, fragte sich Ruth überrascht. Waren die beiden so vertraut miteinander gewesen?

»Er war so jung und hatte schon so viele Probleme, aber er wollte nie für irgendjemanden eine Last sein«, fuhr ihre Mutter fort und hielt ihren Blick. »Und ich will auch keine Last sein. Ich möchte nur einen Ort hier in der Nähe finden, wo mich niemand kennt, damit die Leute nicht wissen, wie einsam ich mich fühle.«

Nachdem Margarita dies gesagt hatte, wandte sie sich wieder dem Leben auf der Plaza zu und ließ ihre Tochter mit unzähligen neuen Fragen im Kopf einfach stehen.

Jeder könnte verdächtig sein

Nachdem das Gespräch mit ihrer Mutter Ruth dazu gebracht hatte, das Croissant aus der *Botillería*, das sie zum Frühstück hatte essen wollen, gegen einen Kräutertee und ein Anxiolitikum einzutauschen, war die erste Therapiestunde mit Elisa äußerst aufschlussreich.

Elisa kam ohne Mónica.

Ihre Tochter würde sie nach der Stunde abholen, erklärte Ruths neue »Patientin« in munterem Ton. Elisa trug einen kecken kleinen Hut, der sie einige Jahre jünger machte, als sie wirklich war. Sie sah blendend aus, stellte Ruth fest. Und sie war überrascht – sie wusste noch nicht, ob positiv oder negativ –, dass der älteren Dame zumindest nach außen hin keine Spuren des traumatisierenden Ereignisses anzumerken waren. Da die Sache mit dem toten Einbrecher in der Badewanne gerade erst passiert war, konnte es natürlich sein, dass Elisa noch unter Schock stand. Jedenfalls hatte sie mit Mónica verabredet, dass sie mit ihr über den Vorfall reden würde. Ohne jedoch Details preiszugeben. Es war sowieso schon äußerst fragwürdig, dass man als Therapeutin mit mehreren Mitgliedern einer Familie sprach, aber die ärztliche Schweigepflicht zu brechen war ein Vergehen. Sie hatte sich mit Mónica darauf geeinigt, dass sie sie nur informieren würde, wenn sie etwas herausfinden sollte, was eine echte Gefahr für ihre Mutter darstellte.

So waren sie verblieben.

Ruth befragte Elisa also sehr behutsam, wie sie Orlandos Tod empfunden hatte und in welcher Beziehung sie zu diesem Mann gestanden hatte. Überraschenderweise konnte Ruth, als sie mit Elisa über den Vorfall sprach, bei ihr keine Spur von Entsetzen oder Trauer feststellen. Dabei war Mónicas Mutter ohne jeden Zweifel eine extrem empathische Frau, und da es sich um den Tod eines jungen Mannes handelte – egal, ob sie ihn gekannt hatte oder nicht –, konnte man durchaus von einem tragischen Ereignis sprechen. Elisas Kommentar jedoch war eher gelassen, beinah buddhistisch.

»Wer weiß das schon, Ruth«, sagte Elisa mit einem weisen Blick. »Manchmal ist das, was geschieht, vielleicht das Beste.«

»Was willst du damit sagen, Elisa?«

»Dass niemand von uns eine Ahnung hat, was ihn in der Zukunft erwartet. Wir setzen immer voraus, dass ein langes Leben das beste Leben ist.« Sie trank einen Schluck Wasser aus dem Glas, das Ruth ihren Patienten immer hinstellte. »Dabei bedeutet leben auch Verlust, Kampf, Schmerz und Enttäuschung.«

Ruth betrachtete ihre neue Patientin über die Brille hinweg. Hatte Mónicas Mutter möglicherweise eine depressive Verstimmung? Aber sie klang nicht so. Ruth wünschte sich nichts mehr, als Elisa helfen zu können, die früher eine Art Ersatzmutter für sie gewesen war. Egal, ob das Ganze nun auf ein Geständnis oder eine Aussprache hinauslief. Allerdings wurde ihr bei dem Gedanken, welche Rolle sie anschließend bei der ganzen Sache spielen würde, etwas mulmig zumute. Denn egal, was Mónicas Mutter ihr über den toten Einbrecher – wenn er denn überhaupt ein Einbrecher gewesen war – erzählen würde, sie fühlte sich nicht in der Lage, sie anzuzeigen.

Elisa sah sie liebevoll an, als hätte sie ihre Gedanken gelesen, während sie die kleinen Antistressbälle untersuchte, die auf Ruths Schreibtisch lagen.

»Sieh mal an, wer hätte das gedacht, als ich euch beide mit euren Zöpfen aus der Schule abgeholt habe …«

Ruth lächelte. Das würde noch schwieriger werden als mit Dolores. Wie sollte sie dieser Frau helfen, wenn sie in ihr noch das kleine Mädchen mit den kurzen Strümpfen und der Schuluniform sah?

»Tja, das Leben steckt voller Überraschungen …« Ruth gab sich so professionell wie möglich. »Elisa, bevor wir anfangen, möchte ich, dass du weißt, dass nichts von dem, was du hier sagst …«

»Gegen mich verwendet wird?«, fiel ihre Patientin ihr ins Wort und zupfte sich eine imaginäre Fluse vom Hut. »Das hört sich an, als würdest du mir meine Rechte vorlesen.«

Ruth lehnte sich lächelnd in ihrem Sessel zurück. Ihr fiel auf, dass Elisa weder ihren Mantel noch den Hut abgelegt hatte, was den Eindruck machte, als wolle sie jeden Moment wieder gehen.

»Es steht mir nicht zu, dir deine Rechte vorzulesen.« Um Normalität vorzutäuschen, schlug sie ein in Leder gebundenes Notizbuch auf. »Ich habe nur angeboten, dir dabei zu helfen, alles herauszufinden, was dich von dem, was in deiner Wohnung passiert ist, belasten könnte. Damit keine traumatischen Gefühle zurückbleiben. Also erzähl mir einfach alles, was du möchtest.«

Elisa schien ein paar Sekunden lang nach den richtigen Worten zu suchen und sagte dann:

»Ich ertrage es nicht, wenn andere Mitleid mit mir haben. Ich möchte anderen nicht leidtun.«

Ruth war überrascht, wie schnell sie zum Thema kam. Auch wenn es ein ganz anderes Thema war, als sie erwartet hatte.

»Wem glaubst du denn leidzutun?«

»Allen.« Elisa beugte sich ein wenig vor. »Man wird siebzig, und auf einmal fangen die Ärzte an, einen zu bevormunden, die Kellner reden mit einem, als wäre man ein kleines Kind, Verkäufer reden in übertriebener Lautstärke, obwohl man kein Hörgerät trägt ... Ich habe die Nase voll davon, dass ältere Leute wie Opfer behandelt werden.«

Ruth nickte, während sie sich Notizen machte. Gewiss, für ihre siebzig Jahre war Elisa eine sehr agile Frau, und ihr zierlicher Körper ließ sie jünger erscheinen. Sie konnte gut verstehen, dass ihr gewisse Verhaltensweisen ihres Umfelds missfielen.

»Und wie würdest du gern wahrgenommen werden?«, fragte sie.

Elisa lächelte bei dem Gedanken an etwas, das an diesem Morgen geschehen war.

»Möchtest du es mir erzählen?« Ruth warf ihr erneut einen Blick über den Rand ihrer Brille mit dem filigranen Gestell zu.

Elisa nickte und lächelte beinahe schelmisch. Dann bat sie Ruth, Mónica nichts davon zu erzählen, weil sich ihre Tochter nur aufregen würde.

»Keine Sorge«, versicherte Ruth. »Selbst wenn ich es wollte, dürfte ich es nicht. Ärztliche Schweigepflicht.«

Elisa nickte zufrieden.

»Unter uns gesagt, hält sich der Sinn für Humor bei meiner Tochter ziemlich in Grenzen«, begann sie und zwinkerte ihrer Therapeutin zu.

Und dann legte Mónicas Mutter los und erzählte von dem kleinen Abenteuer, das sie wenige Stunden zuvor bei sich zu Hause erlebt hatte.

Wie sich herausstellte, hatte der Kurzschluss dafür gesorgt, dass ihr Router verrücktspielte, sodass sie beim Telefonanbieter anrufen und einen Techniker bestellen musste.

»Der tätowierte junge Mann kam rein, ohne mir guten Tag zu sagen, und fragte, wo das Ding für das Internet sei«, fuhr Elisa fort. »Und dann fing er an, mir den betreffenden Apparat zu beschreiben. Wie immer viel zu laut und viel zu langsam, sodass es äußerst mühsam war, ihm zu folgen, weil das Prädikat erst zehn Minuten nach dem Subjekt des Satzes kam. ›Sie meinen den Router?‹, fragte ich, nachdem ich schon eine ganze Weile darauf gezeigt hatte.« Elisa runzelte die Stirn und sah Ruth an. »Wenn ich etwas noch mehr hasse, als bemitleidet zu werden, dann, wenn man mich wie eine Idiotin behandelt. Du verstehst mich sicher.« Sie wartete, bis Ruth zustimmend nickte. »Dann hat dieser Typ sich einen Kopfhörer aufgesetzt, aus dem hämmernde Musik zu hören war, die mich ganz nervös machte, ist hinter dem Fernsehschrank auf die Knie gegangen und hat mir seinen halben Hintern und eine noch hässlichere Tätowierung in Form eines Skorpions entgegengestreckt, ein Anblick, der meinen Sinn für Ästhetik wirklich beleidigte. Eine halbe Stunde blieb er so hocken und drehte mir schnaufend seinen Allerwertesten zu, als ob ich gar nicht da wäre.« Elisa ließ sich in ihrem Sessel zurückfallen und schlug sich mit ihren Händen empört auf die Oberschenkel. »Jedenfalls ging mir das Ganze gewaltig auf den Zeiger. Also habe ich ihn schließlich am Rücken angetippt. ›Entschuldigen Sie‹, habe ich gefragt, ›könnten Sie mir sagen, woran es liegt?‹ Woraufhin er sich nicht mal die Mühe machte, sich umzudrehen, sondern nur unwirsch brummte, dass er gleich fertig wäre. Er hatte eindeutig keine Lust, mir irgendetwas zu erklären, weil ich seiner Meinung nach ja doch kein Wort verstehen würde. Also habe ich mich in meinen Sessel gesetzt, ihn betrachtet, wie er da mit seiner verrutschten Jeans vor mir kauerte, und meine Fantasie spielen lassen …«

»Du hast deine *Fantasie* spielen lassen?«, fragte Ruth von ihrem Platz hinter dem Schreibtisch aus und hatte Mühe, die Augenbrauen nicht hochzuziehen.

»Ja«, fuhr Elisa in vertraulichem Ton fort. »Ich habe so überlegt, dass es diesem armen Jungen wahrscheinlich gar nicht bewusst ist, dass er sich mir völlig ausliefert. Und das nur, weil er denkt, dass ich eine hilflose alte Frau bin. Würde er sich anderen Leuten gegenüber genauso verhalten? In anderen Häusern? Bei Kunden, die jünger sind, Männern gegenüber? Also bin ich aufgestanden und hab ihn wieder angetippt.« Elisa deutete eine Geste an. »Er hat sich genervt zu mir umgedreht und gemeint, die Sache sei gleich erledigt. Da habe ich die Chance genutzt und ihm, bevor er sich wieder seine Kopfhörer aufsetzte, vor den Latz geknallt: ›Und wenn *Sie* derjenige wären, der gleich erledigt ist?‹ Er hat mich verständnislos angestarrt, und da habe ich es ihm erklärt: ›Was, wenn Ihr letztes Stündchen geschlagen hätte?‹ Du hättest mal sein verwirrtes Gesicht sehen sollen.« Elisa lächelte. »Also habe ich ihm meine Überlegung dargelegt: ›Sie sind einfach so davon ausgegangen, dass ich eine hilflose alte Frau bin, und deshalb haben Sie mir eine halbe Stunde lang den Rücken zugekehrt. Aber was wäre, wenn ich diese Bronzestatue genommen und Ihnen damit auf den Kopf geschlagen hätte?‹ Er hat mich einigermaßen verblüfft angesehen. ›Oh Mann‹, meinte er dann, ›aber warum sollten Sie so etwas tun, Señora?‹ Und dann hat er sich wieder den Kabeln zugewandt. Aber seine Kopfhörer hat er nicht wieder aufgesetzt. Das hat mir Mut gemacht, ich habe mich wieder in den Sessel gesetzt und weitergeredet: ›Ich könnte auch diesen großen Amethyst dort nehmen, denn der wiegt sieben Kilo und ist ganz schön spitz. Oder mit dem Nudelholz den Skorpion auf Ihrem Hintern erschlagen, den ich mir schon die ganze Zeit ansehen muss.‹« Auf Elisas Gesicht lag nun ein Ausdruck der Befriedigung. »Der Junge hat sich die Hose so weit hochgezogen, wie es nur ging, und immer wieder zu mir rübergeschielt. Und glaub mir, Ruth, der hat mich auf einmal ganz anders angesehen. ›Kann ich Ihnen etwas anbieten?‹, habe ich freundlich gefragt. ›Ein Glas Wasser vielleicht?‹ Aber er hat abgelehnt, und dann hat es gepiepst, und er hat überprüft, ob der Fernseher wieder ging. Aber da ich nun schon mal so weit gekommen war, habe ich meine These auch abgeschlossen: ›Ich habe Ihnen das gesagt, damit Sie nicht mehr so leichtgläubig sind. Sie müssen bedenken, dass Sie mich nicht kennen und ganz allein mit mir in der Wohnung sind. Für mich wäre es ein Leichtes zu behaupten, dass Sie mich angegriffen haben und dass ich in Notwehr handeln musste. Merken Sie sich das, junger Mann: Niemand ist wehrlos, und jeder könnte verdächtig sein.‹ Er hat ganz langsam genickt und mich dann gefragt, ob er mir bei Netflix denselben Film einstellen soll, der gerade lief, als der Strom ausgefallen ist. Ich habe Ja gesagt, obwohl ich keine Ahnung hatte, wovon er sprach, da ich nicht mal weiß, wie man Netflix bedient. Bevor wir uns verabschiedet haben, habe ich ihm zwanzig Euro Trinkgeld gegeben, die er ganz vorsichtig entgegengenommen hat, als er schon in der Tür stand. So wie jemand, der ein wildes Tier füttert. Und ehrlich gesagt hat er mir da ein wenig leidgetan, deshalb habe ich ganz treuherzig geguckt und gesagt: ›Ich hoffe, ich habe Sie nicht erschreckt, ich habe das nur zu Ihrem Besten gesagt.‹ Er wirkte erleichtert und hat mich zum ersten Mal verhalten angelächelt. ›Ist schon in Ordnung, Señora‹, meinte er, ›aber Sie haben mir echt einen ganz schönen Schreck eingejagt …‹«

Als Elisa ihre Erzählung beendet hatte, lächelte sie stolz, weil Ruth aufgehört hatte, sich Notizen zu machen, und sie mit dem gleichen Gesichtsausdruck ansah wie der nette Techniker.

»Jetzt können wir anfangen.« Elisa kramte in ihrer Tasche nach einem Bonbon. »Jetzt siehst du jedenfalls nicht mehr die arme, traumatisierte Mutter deiner Freundin in mir.«

Ruth wusste nicht, was sie sagen sollte. Sie dachte nur noch daran, dass sie eine Nachricht an die WhatsApp-Gruppe schicken musste. Und zwar dringend. Die vier Freunde mussten sich so schnell wie möglich treffen.

Als Ruth hinter Elisa die Praxis verließ, wartete Mónica bereits im Wohnzimmer mit einer Tasse Kaffee in der Hand neben Margarita, die im Rollstuhl saß.

Warum macht sie das immer, wenn ich Besuch bekomme?, fragte sich Ruth verzweifelt, als sie ihre Mutter in der Kameliendamen-Pose sah. Nicht nur, dass es ein ganz schönes Theater gegeben hatte, als ihre Mutter den Rollstuhl nicht mehr zurückgeben wollte, nachdem ihr gebrochener Knöchel geheilt war. Sie hatte das blöde Ding nun in ihren Alltag integriert wie so viele andere Krankenhausutensilien, und das machte Ruth ganz verrückt.

Welche Art von Befriedigung zog ihre Mutter eigentlich aus Zuckermessgeräten oder Tenso- und Puls-Oximetern? Vielleicht sollte dazu mal jemand eine Feldstudie machen.

Aber das mit dem Rollstuhl ging wirklich zu weit.

Nach der Operation war Margarita schon nach einer Woche ohne Hilfe aufgestanden und problemlos gelaufen. Doch selbst nach einem Jahr behauptete sie, den Rollstuhl noch zu brauchen. Jeder andere wäre froh gewesen, das Ding nicht mehr sehen zu müssen, aber Margarita schien es zu gefallen, sich von Elsa damit durch den Park schieben zu lassen. Dann grüßte sie aus ihrem rollenden Gefährt so hoheitsvoll die Nachbarn, als säße sie in einer Kutsche. Und jedes Mal, wenn Besuch kam, sprang sie eilig in ihren Rollstuhl.

Wie auch an diesem Morgen.

Jeder, der sie nicht Minuten zuvor in der Küche herumspringen gesehen hätte, hätte gedacht, dass ihre letzten

Tage gekommen waren. Wenn sie so vor einem saß, mit der schlaff herunterhängenden Hand, die fast den afghanischen Teppich berührte, dachten alle: Die arme Margarita. Sie ist so hinfällig geworden.

Mónica und Ruth umarmten sich kurz und flüsterten sich gegenseitig ein »Wir müssen reden« zu. Dann betrachteten sie ihre Mütter mit einem gezwungenen Lächeln.

»Ich habe eben noch zu Ruth gesagt, wie ich euch immer vom Lycée Français abgeholt habe und ihr mit euren Zöpfen wie Zwillinge aussaht«, erklärte Elisa und dann, an Margarita gewandt: »Erinnerst du dich, Marga, dass ich die beiden immer zur Schule gebracht habe und Ruth mich gebeten hat, ihr auch diese Zöpfe zu flechten?«

Margarita schlug die Beine übereinander und verschränkte dann die Arme vor der Brust. Sie verknotete sie fast ineinander.

»Ja, und erinnerst du dich noch daran, dass ich die Mädchen jeden Dienstag zum Reiten gebracht habe?«

»Na ja, dein Hausmädchen hat sie gebracht, um genau zu sein.«

»Das zählt so, als ob ich sie selbst gebracht hätte, weil ich als Einzige Mitglied im Country-Club war. Damals waren die Zwillinge gerade geboren, weißt du noch?«

Die Töchter folgten dem scheinbar harmlosen Dialog wie einem Tennismatch. War das etwa ein kodiertes Gespräch?

Zum Abschied begleitete Margarita sie, wie es sich gehörte, zur Tür.

»Ich habe mich sehr gefreut, dich zu sehen, Mónica«, sagte sie und gab ihr einen Kuss auf die Wange. »Sicher bist du deiner Mutter eine große Hilfe in dieser … lästigen Angelegenheit. Denn wie ich annehme, redet ihr darüber.«

Elisa richtete ihren Blick wie einen spitzen Pfeil zuerst auf Margarita und dann auf ihre Tochter.

Letztere nickte zuerst und schüttelte dann eilig den Kopf.

»Na ja«, stotterte Mónica. »Tatsächlich reden wir nicht sehr viel über die Sache. Deshalb hatte ich meiner Mutter ja auch geraten, mal mit Ruth zu sprechen.«

»Und da gibt es keine anderen Therapeuten?«, fragte Margarita lächelnd.

Elisa trat einen Schritt zurück.

»Doch sicher, aber deine Tochter ist die Beste. Sie hat mir sehr geholfen«, versicherte sie und nickte Ruth zu. »Das war wirklich sehr professionell. Ich würde gern noch einmal wiederkommen.« Dann wandte sie sich an Margarita und sagte entschlossen: »Es stimmt, dass es Dinge gibt, die man besser einem Therapeuten erzählt und nicht seinen Verwandten oder Freunden. Denn die sind letztendlich immer auf irgendeine Weise in die Sache verwickelt, stimmt's?«

»Du musst es wissen«, entgegnete Margarita mit einem großmütigen Lächeln, das alle als Warnung verstanden.

So verabschiedeten sich die beiden älteren Damen vor dem Aufzug und ließen ihre Töchter mit der Wissbegierde zurück, mit der man auf die nächste Folge einer spannenden Serie wartet.

Liebesbeziehungen sind eine andere Sache

Hunde wissen, was sie fühlen, ohne das Bedürfnis zu haben, ihre Gefühle durch den Filter des Verstandes laufen zu lassen. Daher versuche ich, von ihnen zu lernen. Und ich beneide sie darum, sich ausdrücken zu können, ohne alles mit Worten zu verfälschen.

Alles war dermaßen perfekt geplant, dass es Jessica Fletcher aus *Mord ist ihr Hobby* eine Freude gewesen wäre. Tatsächlich wäre wohl jeder Held aus ihren Lieblingsromanen und -filmen auf sie stolz gewesen. Gabriel hatte seinen Smart am Vorabend in einem strategisch so gelegenen Winkel geparkt, dass er von Elisas schräg stehendem Balkon nicht zu sehen war. Dort unten wollte er sich mit Mónica um Punkt neun Uhr morgens treffen. Anschließend würden sie in die Portierswohnung gehen, um die Schlüssel zu den Türen auf dem Dachboden zu überprüfen. Dolores leide unter Schlaflosigkeit und nehme Schlafmittel, weshalb sie immer erst zur Mittagszeit aufstehe, hatte Gabriel versichert.

Wenn die Schlüssel übereinstimmten, wartete die nächste Herausforderung im zweiten Stock auf sie in Form von Elisa. Diese gehe immer erst gegen ein Uhr einkaufen, hatte Mónica gewarnt. Deshalb mussten sie, wenn sie nach oben gingen, nicht nur darauf achten, ihr nicht zufällig im Treppenhaus zu begegnen, sondern auch darauf, dass Isis sie nicht verriet. Letzteres meine sie doch wohl nicht ernst, hatte Gabriel amüsiert gesagt. Doch, die Möglichkeit bestehe durchaus, da das verdammte Katzenvieh immer aufs Regal klettere und ein sehr charakteristisches Fauchen ausstoße, wenn es Mónica witterte. Daher wusste Elisa immer, wenn ihre Tochter im Anmarsch war.

Wie üblich hörte sich der Plan in der Theorie gut an, nur dass die Ermittler in ihren Lieblingskrimis weder mit dem Hund rausmussten noch irgendwelche anderen Jobs hatten, mit denen sie sich ihren Lebensunterhalt verdienten. Vor allen Dingen aber hatten sie keine Mütter. Jedenfalls konnte man sagen, dass der Morgen für Gabriel und Mónica nicht optimal verlaufen war, und schon gar nicht wie im Roman, sodass sie es beide nicht pünktlich zum vereinbarten Treffpunkt schafften.

Als Gabriel nach einem überaus anstrengenden Flug von Brasilien nach Madrid endlich in sein Auto gestiegen war und sich anschickte, seine Müdigkeit mit einem Caffè Latte von Starbucks zu bekämpfen, klopfte plötzlich aus dem Nichts eine Hand an die Scheibe. Vor Schreck zuckte er derart heftig zusammen, dass er einen Teil des Kaffees über sein teures italienisches Hemd schüttete. Dann erst entdeckte er Mónica, die wie ein Schimpanse neben seinem Auto hockte und ihm mit Handzeichen zu verstehen gab, dass er die Beifahrertür öffnen solle.

Er entriegelte die Tür, und sie kroch auf den Sitz.

»Meine Güte, Mónica! Was *machst* du da?!«

»Ja, was? Willst du, dass man mich sieht?«

»Und willst du, dass ich einen Herzinfarkt kriege?«

»Warum hast du die Tür nicht aufgemacht?«

»Weil ich dich nicht gesehen habe, Mensch! Wie lange bist du schon hier?«

»Ich warte schon seit einer Stunde auf dich. Ich bin früher gekommen und habe mich hinter der Statue von Lope de Vega versteckt«, erklärte sie vorwurfsvoll.

»Klar, das hätte ich ahnen müssen«, sagte Gabriel. Dass Mónica immer so theatralisch sein musste! »Du hast mich zu Tode erschreckt«, meinte er, während er mit einem Taschentuch an den Kaffeeflecken auf seinem Hemd herumwischte. »Ich bin etwas zu spät dran, entschuldige bitte, aber ich musste mir unbedingt noch einen Kaffee kaufen, um überhaupt noch was auf die Reihe zu kriegen. Mein Flug war der Horror – wie ein Remake von *Die unglaubliche Reise in einem verrückten Flugzeug.*«

Mónica zog die Augenbrauen hoch. »Ehrlich? Der Pilot ist ohnmächtig geworden, und du musstest die Maschine landen?«

Doch es war noch schlimmer gewesen: Nach dem Abendessen hatten sie in der Kabine die Lichter gelöscht, und plötzlich waren Schreie zu hören gewesen, gefolgt von Schatten, die sich hysterisch etwas vom Körper schüttelten. Wie sich herausstellte, war einem Passagier ein Frettchen entwischt, das nichts Besseres zu tun hatte, als von Kopf zu Kopf in Richtung Business Class zu hüpfen.

Mónica bat um einen Schluck Kaffee. »Ich hasse es, in der Economy Class zu fliegen.« Dann verzog sie das Gesicht. »Igitt, trinkst du immer noch Milch zum Frühstück?«

»Caffè Latte«, korrigierte Gabriel sie. Dann lehnte er sich seufzend im Sitz zurück. »Du hättest mal sehen müssen, wie wir dem Vieh hinterhergerannt sind und versucht haben, es mit allem zu bestechen, was uns zur Verfügung stand: Möhren, Erdnüssen, Brotstückchen … Aber das blöde Vieh ließ sich nicht einfangen.«

Mónica öffnete den Trenchcoat, den sie in letzter Zeit ständig trug.

»Kein Wunder, ihr habt ihm ja nur vegetarisches Zeug angeboten, und Frettchen sind Fleischfresser.«

»Du machst dir keine Vorstellung, was das für ein Geschrei war, ich bin immer noch ganz fertig«, sagte Gabriel und rieb sich gähnend die Augen.

»Und du machst dir keine Vorstellung, was für ein Geschrei meine Mutter veranstaltet hat.«

»Deine Mutter? Warum?« Gabriel machte ihr ein Zeichen, dass sie sich ducken mussten. »Vorsicht, ein Bewohner verlässt das Haus.«

»Nicht irgendein Bewohner«, erklärte Mónica, »sondern Pon, die eine Hälfte unseres Hausklatschblättchens.«

Sie drückten sich kichernd in die Sitze und schauten in Richtung Kloster, und dann begann Mónica mit leiser Stimme zu erzählen.

Sie hatte gerade das Haus verlassen, um sich auf den Weg zum vereinbarten Treffpunkt zu machen, als mal wieder einer dieser überfallartigen Videoanrufe ihrer Mutter kam. Da Samstag war, wollte sie sich mit Mónica treffen, um ihr einen Vorgeschmack auf ihr Geburtstagsgeschenk zu geben, das sie in der *Tienda del Espía* gekauft hatte, wo man eine komplette Spionageausrüstung bekommen konnte. Auch wenn es bis zu dem großen Tag noch zwei Monate hin waren.

Gabriels Augen leuchteten auf, und er sah aus wie ein kleiner Junge.

»Den Laden gibt es noch? Ich habe ihn geliebt!«

Mónica verdrehte die Augen. »Klar, ich habe ihn auch geliebt. Als Kind war ich verrückt nach den Stiften mit Aufnahmefunktion, dem Detektiv-Set zur Spurensicherung, den Buchtresoren, und es gab sogar einen Nachbau des Schuhtelefons von Agent 86. Aber darum geht es nicht, Gabriel, sondern darum, warum sie das tut. Daher habe ich mich bedankt und ihr gesagt, dass ich lieber etwas anderes hätte, das ich besser gebrauchen könne.«

Daraufhin hatte Mónica an der Miene ihrer Mutter gesehen, wie der Tsunami aufzog. Mit der Zeit hatte sie wie fast alle anderen in Elisas Umgebung einen inneren Seismografen entwickelt, mit dem es ihr gelang, ihre Wutanfälle vorauszusehen. In dem kleinen Display ihres Handys verfinsterte sich das Gesicht ihrer Mutter, die nun vorwurfsvoll sagte:

»Aber Kind, ich habe mich so gefreut, als ich das Geschenk für dich gekauft habe. Warum machst du immer alles kaputt.«

»Ach Gott, die Arme …«, meinte Gabriel voller Mitleid.

»Nein, nicht die Arme«, fiel Mónica ihm ins Wort. »Lass dich nicht einseifen. Gabriel. Was das angeht, ist meine Mutter eine Meisterin. Ich habe ihr tausend Mal gesagt, dass es mein Kindheitstraum war, Ermittlerin bei der Polizei zu werden, dass es aber nicht möglich war. Und sie weiß, wie schwer es für mich gewesen ist, diesen Traum zu begraben, als ich nicht mal zur Aufnahmeprüfung bei der Polizei zugelassen wurde. Aber ich habe die Enttäuschung verarbeitet und sie … eben nicht. Sie kann einfach nicht akzeptieren, dass ihre Tochter für irgendetwas *nicht* geeignet ist. Genauso wie sie immer noch böse auf Marcos ist und ihn für einen unverschämten Menschen hält, weil ich damals entschieden habe, ihm mein Auto zu überlassen. Immer wieder kommt sie mit dem Thema an. Dabei ist das schon zehn Jahre her. Verstehst du, was ich meine? Sie lässt einfach nicht zu, dass ich ein Kapitel meines eigenen Lebens abschließe. Früher hat sie für mich immer die Kleidung gekauft, die ihr selbst gefallen hat. Und um sie nicht zu enttäuschen, habe ich nichts gesagt, bis ich eines Tages in den Spiegel geschaut und gar nicht mehr mich gesehen habe. Stattdessen lächelte mir eine triumphierende Mini-Elisa entgegen. Meine erste Rebellion bestand darin, mich so zu kleiden, wie es mir gefiel.«

»Eigentlich schade«, meinte Gabriel. »Ich meine … Sei nicht sauer, aber deine Mutter hat wirklich einen exzellenten Geschmack, du könntest dich auch etwas modischer anziehen.«

»Sehr witzig.« Mónica schüttelte gereizt den Kopf, und ihr halblanger glänzender Bob erinnerte Gabriel ein wenig an Uma Thurman in *Pulp Fiction*.

»Jedenfalls war ich ja schon auf dem Weg und hab mich zusammengerissen, weil es ein Videoanruf war. Und sie hat dauernd gefragt, in welcher Straße ich mich befinde, und dann habe ich die Geduld verloren, weil ich das Gefühl hatte, nicht mit meiner Mutter, sondern mit einem GPS zu reden. Sie will über jeden meiner Schritte informiert sein und möchte am liebsten alles kontrollieren. Seit Neustem quält sie mich mit diesen Video-Calls, die sie für sich entdeckt hat. Big Brother is watching you – oder sollte ich besser sagen Big Mother? ›Ich bin gerade nicht im Stadtzentrum‹, habe ich gelogen und versucht den Winkel der Kamera zu verkleinern. Aber meine Mutter hat nicht lockergelassen. ›Sind das nicht die Sabatini-Gärten im Hintergrund?‹« Mónica holte Luft. »›Nein, sind sie nicht‹, habe ich ungeduldig versichert. Aber meine Mutter war stur wie ein Panzer. ›Ich kann dich doch begleiten, wenn du etwas zu erledigen hast, und nebenbei gebe ich dir das Geschenk. So machen wir es. Wo sollen wir uns treffen? Ach, und mir ist auch wieder eingefallen, wer etwas über Orlando wissen könnte, Kind.‹ Und genau in dem Moment war das Hupen eines Busses zu hören, der mich beinah überfahren hat. ›Was war denn das?‹, hat meine Mutter gerufen. ›Pass doch auf, wenn du die Straße überquerst, Mónica!‹ Und da bin ich ausgerastet. Ich habe das Handy so dicht vor meinen Mund gehalten, dass sie mein Gaumenzäpfchen vibrieren sehen konnte, und habe geschrien: ›Mama, ich kann nicht aufpassen, weil ich mit dir telefoniere! Und ich habe dir gesagt, dass ich heute keine Zeit habe! Und ich will auch keine Geschenke mehr aus diesem Geschäft!‹ Daraufhin hat sie mich mit zusammengekniffenen Lippen angesehen, hat das Handy vor Wut auf den Boden geworfen, und dann war die Verbindung weg.« Mónica machte eine Pause. »Offenbar ist es kaputtgegangen.«

Gabriel sah sie mit großen Augen an.

»Ich weiß, was du denkst«, sagte Mónica. »Daran habe ich auch schon gedacht. Und es ist nicht das erste Mal, dass das passiert ist.« Sie nickte nachdenklich. »In der Elektronikabteilung der FNAC bekommt meine Mutter inzwischen Mengenrabatt. Das Handy ist ihr liebster Sündenbock. Wenn sie irgendeine App nicht findet oder am Morgen von irgendeinem Call-Center geweckt wird, muss das Handy dran glauben.«

Möglicherweise hatte Mónica dieses mütterliche Laster seit dem Vorfall mit dem Toten in der Badewanne irgendwie verdrängt, doch nun kam ihr ein beängstigender Gedanke.

»Wer weiß, was in der Wohnung meiner Mutter wirklich passiert ist«, meinte sie zögernd. »Vielleicht wollte dieser Mann sie bestehlen, und sie hat sich verteidigt. Oder sie hat ihn in der Badewanne vorgefunden, sie haben sich gestritten, und sie hat das Telefon spontan ins Wasser geworfen, ohne über die Folgen nachzudenken.«

Gabriel hörte zu und dachte nach.

»Glaubst du, dass sie ihn unabsichtlich getötet hat?«

Mónica seufzte, während sie geometrische Figuren an die beschlagene Autoscheibe malte.

»Und jetzt Angst hat, dass alles rauskommt?«, fügte er nach ein paar Sekunden hinzu.

»Ich weiß es nicht. Aber was ich weiß, ist, dass ich keine Lust mehr habe, immer ihre Probleme zu lösen. Die Probleme, in die sie sich hineinmanövriert, wenn sie sich langweilt. Ich bin immer dran, verstehst du? Wenn es ein Problem gibt, wende dich einfach an Mónica. Sie kriegt das schon hin«, erklärte sie aufgebracht.

»Und warum lässt du es nicht einfach?«, fragte Gabriel ruhig.

»Weil ich glaube, dass sie das von mir erwartet!«, entgegnete Mónica und war selbst ein wenig überrascht von ihrer Aussage. Dann fuhr sie etwas leiser fort:

»Die fröhliche, organisationsfreudige Mónica zu sein. Das ist es. Denn wenn ich diese Erwartung nicht erfülle, habe ich Angst, nicht geliebt zu werden.«

Gabriel schwieg, während Mónica die Fensterscheibe herunterließ. Er hätte ihr gern gesagt, dass sie ihm ruhig von ihren Schwierigkeiten erzählen konnte. Von ihren Schwächen. So wie früher manchmal. Dass er sie deswegen nicht weniger, sondern mehr geliebt hatte, viel mehr sogar … Doch stattdessen betrachtete er sie mit einem neuen Gefühl, dem Wunsch, sie zu beschützen. Nein, befahl er sich selbst, nein! Sie ist eine Frau und nicht deine Mutter, und sonst musst du niemanden beschützen. Nur … diese verletzliche Mónica hatte er so lange nicht mehr gesehen …

»Ich war immer ein pflegeleichtes Kind«, fuhr sie fort und schluckte. »Als Baby habe ich nie geweint, niemals ein Spielzeug gefordert, und später habe ich nie die Schule geschwänzt. Die Rebellen waren andere. Und meine Mutter war die beste Mutter der Welt, bis ich erwachsen wurde. Aber dann hat sie angefangen, mich an dieser Nabelschnur zu sich zu ziehen, als wolle sie um jeden Preis verhindern, dass ich ein eigenes Leben führe. Und jetzt habe ich einmal nicht aufgepasst, nachdem ich mich endlich mal mehr auf mich konzentriert habe, um mich auf meine Prüfung vorzubereiten, und dann wird in ihrer Badewanne dieser Tote gefunden!«

Ihre Lippen fingen an zu zittern, und Gabriel legte ihr rasch den Zeigefinger auf den Mund.

»Schhhh. Ganz ruhig«, unterbrach er sie. »Sowas darfst du nicht einmal denken. Red dir nichts ein, das ist meine Rolle, schon vergessen? Ich bin doch der Schutzengel, der, egal, was er tut, das Gefühl hat, seine Pflicht nicht zu erfüllen. Außerdem denke ich, dass du voreilige Schlüsse ziehst.«

»Ich weiß nicht mehr, was ich denken soll, Gabriel«, seufzte Mónica und knetete ihre Hände. »Eigentlich kann meine Mutter nicht mal einer Fliege etwas zuleide tun, aber ich kann mir durchaus vorstellen, dass sie in einem Wutanfall ein Handy nach jemandem wirft, das dann dummerweise in die Badewanne gefallen ist.«

Gabriel setzte sich auf.

»Na ja, auch wenn deine Mutter im Handy-Werfen ganz offensichtlich einige Erfahrung hat, kann ich mir nicht vorstellen, dass sie in der Lage wäre, dir und der Polizei das Unschuldslamm vorzuspielen. Dafür müsste sie schon ziemlich verrückt sein.«

Sie lachten.

Das stimmt, dachte Mónica erleichtert. Und trotzdem … In diesem Moment klingelte ihr Handy. *Mama.*

»Wenn man vom Teufel spricht«, sagte Gabriel grinsend, und Mónica bat ihn mit einer Geste zu schweigen. Diesmal war es kein Videoanruf.

»Ja, Mama? Was ist denn? Ist es dringend?«, meldete sich Mónica knapp.

»Wir sind vorhin ja unterbrochen worden, Liebes«, meinte Elisa zuckersüß.

»Ah, was ist passiert? Ein Funkloch?«

»Ich merke schon, du schmollst.« Elisa klang ruhig, sogar freundlich.

»Was soll ich machen, Mama? Anscheinend habe ich deine Fähigkeit, in der nächsten Minute so zu tun, als sei nichts gewesen, nicht geerbt.«

»Kind, du übertreibst.«

»Ach ja?« Mónica sah Gabriel mit großen Augen an. »Darf ich dich daran erinnern, dass du diejenige warst, die vor ein paar Minuten herumgeschrien und ihr Handy vor Wut auf den Boden geworfen hat?«

»Meine Güte, das blöde Ding ist mir aus der Hand gerutscht …« Elisa schwieg einen Moment. »Und ich habe auch nicht geschrien, das ist einfach mein Temperament. So bin ich nun mal.«

»Dann ändere dich.« Mónica war drauf und dran, sie abzuwürgen, aber dann fiel ihr etwas ein. Sie musste strategisch denken.

»Und … was machst du gerade? Gehst du gleich einkaufen?« Sie zeigte Gabriel den erhobenen Daumen.

»Was soll das denn jetzt?«

Mónica zögerte einen Moment.

»Nichts«, sagte sie dann. »Das ist nur eine der typischen Fragen, wie du sie mir immer stellst, Mama. Du willst ja auch immer alles genau wissen.« Sie hörte, wie ihre Mutter entnervt seufzte.

»Nein, ich gehe nicht einkaufen. Ich habe jetzt keine Lust mehr. Und es ist mir ganz egal, ob ich etwas zu essen habe oder nicht.«

»Großartig, Mama, auf diese Weise kannst du bestimmt eine Woche überleben. Aber hör nicht auf zu trinken, denn sonst bist du in zwei Tagen tot.« Das machte Elisa offensichtlich sprachlos. »Dann mach's gut, Mama, ich muss jetzt auflegen.«

»Jetzt geht's los«, sagte Mónica und schloss eilig das Fenster, da ihre Mutter, wenn sie schlecht gelaunt war, meistens eine Runde an der frischen Luft drehte, und damit war der Weg zum Dachboden frei. Sie stiegen vorsichtig aus dem Auto und hielten dann beide abrupt inne.

»Ich kann es nicht glauben«, zischte Gabriel seiner Freundin zu. »Was macht der denn hier?«

Mit dem übertriebenen Lächeln eines Clowns kam der alte Vogelmann auf sie zu.

»Den gibt es noch?«, murmelte Mónica entgeistert.

»Schön, dich zu sehen, Mädchen! Wie geht es deiner Mutter?«, fragte der Vogelmann höflich und lauter, als die beiden Hobby-Detektive es sich gewünscht hätten.

Wie üblich war er in eine Wolke aus um ihn herumwirbelnden Spatzen gehüllt, die ihn überallhin begleitete.

»Die Ärmste muss ja einen furchtbaren Schrecken bekommen haben«, fuhr er fort. »Dieser Junge war wirklich nett, und er konnte einfach alles. Als ich ihn zum letzten Mal gesehen habe, war er gerade da oben damit beschäftigt, ein Schutznetz anzubringen, das wohl für die Katze sein sollte.« Er zeigte zu Elisas Balkon hoch.

Diese neue Enthüllung ließen die beiden Hobby-Detektive lieber unkommentiert. Jetzt musste erst einmal der Dachboden unter die Lupe genommen werden.

Mónica kannte das Schloss noch gut, das Gabriel leise wie ein Dieb öffnete. Wie oft hatte sie ihm dabei zugesehen, wenn sie nach einer langen Nacht im Morgengrauen zurückgekehrt waren. Die alte Portierswohnung lag im Halbdunkel, aber Mónica fiel sofort die Tapete mit dem Rautenmuster auf, die einen schwindelig machte, wenn man zu lange darauf starrte, und die gebeizten Mahagonimöbel, die seit den Siebzigerjahren hier offenbar ihren Dornröschenschlaf hielten.

»Tut mir leid, dass es so muffig riecht«, entschuldigte sich Gabriel, »aber immerhin habe ich erreicht, dass sie die Putzfrau reinlässt.«

Ein schweres Keuchen näherte sich durch den Flur. Dann spürte Mónica, dass etwas um ihren Fußknöchel sabberte.

»Hallo Oxitocina.«

Gabriel zog liebevoll an einer der Hängebacken der Bulldogge und hielt ihr etwas hin, das er aus seiner Tasche hervorgezogen hatte. Der Hund schnupperte daran – KNOCHEN,

KNOCHEN, KNOCHEN – und ließ sich dann zu seinen Füßen nieder, um gierig daran zu kauen.

»Äußerst vorausschauend und professionell«, flüsterte Mónica ihrem Freund zu. Gabriel hatte wirklich ein Händchen für Vierbeiner, genau wie ihr Kollege Antolián.

Gabriel nahm sie bei der Hand, um sie zwischen den Möbeln und allem möglichen anderen Kram, mit dem die Wohnung vollgestopft war, in die Küche zu führen. Dort öffnete er einen kleinen Schrank, machte die Taschenlampenfunktion seines Handys an und leuchtete hinein.

Die Schlüssel zu den Räumen auf dem Dachboden hingen brav in Reih und Glied jeder unter seinem Buchstaben. Es fehlte keiner, wie Gabriel überrascht feststellte. Orlandos Schlüssel musste also nachgemacht worden sein, schloss Mónica und nahm ihn aus der Tasche. Der rote Kopf, die groben Zähne, alles passte, aber es war unmöglich festzustellen, welcher der Dachbodenschlüssel aus dem Schränkchen das Original war.

In diesem Moment hörten sie Dolores husten, und Oxitocina tapste träge Richtung Schlafzimmer.

»Wir müssen raufgehen«, sagte Gabriel.

Der Flur auf dem Dachboden war wie immer voller Staub. Die nebeneinanderliegenden alten Türen verloren sich in den Schatten, und vom Dach war das Gurren der Tauben zu hören. Als sie noch Kinder waren, war dies die perfekte Szenerie gewesen, um sich ein furchtbares Irrenhaus auszumalen oder ein geheimnisvolles Internat oder die unergründlichen Zellen des benachbarten Klosters. Keiner wollte der Erste sein, der um die Ecke bog, denn dort befand sich die Grenze zum Unbekannten, wo zweifellos Gespenster und arme Seelen hausten. Allerdings endete der Gang in einer kleinen, versteckten Terrasse unter dem Dach, die in ihrer Jugendzeit ein wichtiger Treffpunkt gewesen war.

So sorgfältig, als ob es sich um Aschenputtels Schuh handelte, probierten sie den Schlüssel an allen Türen aus, angefangen an der zu Elisas Dachbodenkammer, in die er nicht passte. Hatte sie das Schloss vielleicht austauschen lassen?

So ging es ihnen bei einer Tür nach der anderen, bis sie schließlich zu der letzten kamen, die direkt neben der Terrasse lag.

»Das ist unser Dachboden«, stellte Gabriel fast im selben Moment fest, in dem sich der Schlüssel im Schloss drehen ließ.

Was hatte das zu bedeuten, und gab es der Geschichte eine neue Wendung?, fragten sich die beiden Hobby-Detektive, als sie die Dachkammer zögernd betraten und Gabriel den Kopf einzog, um ihn sich nicht an den Dachbalken zu stoßen. Ein winziges, schlecht schließendes Fenster war die einzige Lichtquelle im Raum, der deutlich aufgeräumter und sauberer war, als er ihn in Erinnerung hatte. Im hinteren Teil waren unter der Dachschräge Koffer, Kisten und anderer Krempel aufgestapelt. Doch der Rest war in ein kurioses, aber gemütliches kleines Zimmer verwandelt worden, das mit den Fragmenten seiner Kindheit eingerichtet war. Er erkannte den Ohrensessel seines Vaters wieder, den jemand mit ein paar Kissen bestückt hatte, die einmal auf dem Bett seiner Schwester gelegen hatten. Eine Stehlampe ohne Schirm, die wahrscheinlich in schlaflosen Lesenächten für Licht gesorgt hatte. Die Bettcouch mit der Teddybären-Bettwäsche, in die er sich als Kind so oft gekuschelt hatte und auf der jetzt ein Buch über Hunde in der Verhaltensforschung lag. Und sogar der alte Kühlschrank stand in einer Ecke und funktionierte noch. Mónica öffnete ihn. Darin befanden sich einige zuckerfreie Getränke, eine Dose grüne Oliven und noch nicht abgelaufene Hafermilch. An einem Kleiderständer mit Bügeln hingen zwei Fleecejacken, Jeans und mehrere Mützen. Alles in Größe XL. Der Zimmerbewohner hatte neben einem kleinen Öl-Radiator sogar einen Teppich ausgerollt, auf dem ein Yoga-Sitzkissen und ein Paar Hanteln darauf schließen ließen, dass er sowohl seine Muskeln trainiert als auch meditiert hatte. Letzteres wurde durch einen kleinen Buddha untermauert, der auf einer Umzugskiste stand und von zwei heruntergebrannten Kerzen flankiert war. An der Wand hingen an mehreren Nägeln Trainingsleinen, Halsbänder in verschiedenen Größen und Hundespielzeug.

»Hat er hier gewohnt?«, fragte Mónica – was eher eine rhetorische Frage war.

»Auf dem Dachboden meiner Mutter?«, ergänzte Gabriel, der es noch nicht fassen konnte.

Sie machten sich an die Spurensuche. Aber nach was genau suchten sie?

»Nach allem, was dir oder deiner Mutter gehört«, sagte Mónica. »Ich vertraue auf dein Gedächtnis.«

Eine Stunde später saßen sie einigermaßen sprachlos auf dem Teppich, von all dem umgeben, was sie für Beweismaterial hielten. Nun ging es darum, das Puzzle zusammenzusetzen.

Sie teilten sich die Arbeit auf.

Mónica sortierte alles, und Gabriel notierte die Beschreibung in seinem Handy.

»Das erste Beweisstück deutet darauf hin, dass er Drogen konsumiert hat«, sagte Mónica und hielt zwei durchsichtige Plastiktütchen hoch. »Das hier ist Marihuana, und was in dem anderen Tütchen ist, weiß ich nicht. Ich hätte Fiera mitbringen sollen. Aber in diesem Koffer hier …«

Sie zog einen Schuhbeutel hervor und nahm ein paar kleine Päckchen heraus.

»Was ist das?«, fragte Gabriel mit heiserer Stimme.

»Das sind Samen«, antwortete Mónica und roch daran. »Ob er die wohl aus Mexiko mitgebracht hat? Ich habe keine Ahnung, wie er all das Zeug herschaffen konnte. Das könnte darauf hinweisen, dass er ein Drogenschmuggler war.«

Gabriel legte sich die Hand an die Stirn, als ob ihm schwindelig wäre.

»Meine Mutter hat einen *Drogenschmuggler* bei sich untergebracht?«, sagte er und wurde blass.

»Ganz ruhig, Gabriel. Lass uns keine voreiligen Schlüsse ziehen. Vielleicht wusste deine Mutter gar nichts davon«, meinte Mónica und wühlte weiter in dem Koffer.

Sie stieß auf eine große Anzahl an Tablettenschachteln ohne Beipackzettel, die alle dasselbe Medikament enthielten. Mónica nahm ihr Handy heraus und rief die Liste von Betäubungsmitteln auf.

»Die Mühe kannst du dir sparen. Das sind Antidepressiva«, erklärte Gabriel zu ihrer Überraschung. »Die nimmt meine Mutter seit Jahren.«

»Dolores? Bist du sicher?« Mónica machte ein Foto. »Ob er für all das Zeug Rezepte hatte? Wie ist er wohl an eine solche Menge gekommen? Und wozu?«

Es gab noch ein Beweismittel, das sie ziemlich verstört hatte, als sie es gefunden hatten: eine grüne Mappe mit Margaritas Bankunterlagen. Gabriel hatte sie durchgesehen. Es handelte sich um unbezahlte Rechnungen und Mitteilungen des Finanzamts. Welches Interesse konnte Orlando an diesen Dingen gehabt haben? Ob er sie aus dem Briefkasten genommen oder aus Margaritas Wohnung entwendet hatte?

Und dann war da noch das Foto von Suselen. Ein Autogrammbild der Opern-Diva in Positur, mit weit geöffnetem Mund und dramatischem Gesichtsausdruck, das jedoch seltsamerweise in Suselens Namen von ihrer Mutter Ágata unterschrieben worden war.

»Und solche Bilder sind für die Fans?«, fragte Gabriel. »Das macht einem ja mehr Angst als ein Passfoto von Hannibal Lecter.«

Außerdem hatte Orlando das Programmheft eines früheren Konzerts von Suselen. Es handelte sich just um die Aufführung, zu der Ágata nicht eingeladen worden war – mit einer Eintrittskarte, die als Lesezeichen in dem Programmheft steckte. Ein Drogenschmuggler, der die Oper liebte? Wollte er mit Ágata dorthin gehen? Oder an ihrer Stelle?

»Ich weiß nicht, was das alles zu bedeuten hat«, sagte Gabriel verwirrt. »Ich bin völlig überfordert. Ich muss sofort mit meiner Mutter reden.« Er stand auf.

»Nein.« Mónica griff nach seiner Jeans, um ihn zurückzuhalten. »Was wir jetzt sofort tun müssen, ist, Fotos an die Gruppe zu schicken und uns mit den anderen zu verabreden. Wir sollten mit ihnen reden, bevor wir eine falsche Entscheidung treffen.«

Doch Gabriel drehte ihr weiter den Rücken zu und ging ein paar Schritte Richtung Tür, während er vor sich hin fluchte und sich die Haare raufte.

»Scheiße, Scheiße, Scheiße, ich kann es nicht glauben. Scheiße, scheiße, scheiße!«

»Was?«, fragte Mónica ungeduldig. »Hast du jetzt das Tourette-Syndrom? Ich bitte dich doch nur, einen Schritt nach dem anderen zu machen. Das alles macht deine Mutter nicht zu einer Verdächtigen ... Na ja, vielleicht ein bisschen. Auf jeden Fall wissen wir jetzt schon ein wenig mehr«, schloss sie versöhnlich.

Gabriel blieb vor der Tür stehen.

»Auf jeden Fall sind wir beide Vollidioten«, entgegnete er. »Diese Tür ist von innen nicht zu öffnen. Das geht nur von außen, und wir haben sie fest zugezogen.«

»Was?«, schrie Mónica auf.

Eine halbe Stunde später ließen sie sich nach mehreren erfolglosen Versuchen, die Tür mit allen möglichen Hilfsmitteln aufzubekommen, erneut auf den Teppich sinken. Sie konnten jemanden anrufen, aber wie sollten sie erklären, was sie hier oben zu suchen hatten und mit welchem Schlüssel sie hereingekommen waren?

Gabriel machte einen neuen Versuch, bei dem er mit einem Draht im Schloss herumstocherte – er hatte bereits alle Tricks angewandt, die er gelernt hatte, um ein verunglücktes Flugzeug von innen zu öffnen –, während Mónica laut überlegte.

»Das kleine Fenster geht doch auf die Terrasse hinaus. Das ist es! Wir schreiben den anderen. Sie müssen sich nur irgendwie ins Haus schmuggeln. Um ins Dachgeschoss und auf die Terrasse zu gelangen, brauchen sie keinen Schlüssel. Und wenn sie da sind, werfen wir den Schlüssel aus dem Fenster, und sie schließen die Tür auf. Sicher erinnern sie sich noch an die kleine Dachterrasse hinter dem Speicher.«

Die würde ich niemals vergessen, schrieb Ruth, nachdem sie die etwas bizarre Nachricht erhalten hatte. *Immerhin war diese kleine Dachterrasse im Sommer unser Zufluchtsort. Aber was, zum Teufel, macht ihr da?*

Das Blöde war nur, dass sie beide erst am Abend kommen konnten, wie Suselen mit einer üppigen Anzahl von unter Tränen lachenden Smileys erklärte, da Ruth Sprechstunde und sie Probe hatte. *Also überlegt euch ein paar interessante Gesprächsthemen, wobei ich mir sicher bin, dass ihr zwei euch nicht langweilen werdet. Wir bringen etwas zu essen mit und treffen uns dort wie in alten Zeiten. Wie wäre es mit Marshmallows, Gummibärchen und Colafläschchen?* Und noch ein Rudel Smileys, die sich die Lippen leckten.

Also öffneten Mónica und Gabriel eine Flasche Mineralwasser – Geschenk des Hauses dank Orlando – und machten es sich auf der Schlafcouch bequem.

Sie betrachteten die Überreste der Vergangenheit, die sich um sie herum häuften. Dieser Dachboden war ein Museum. Dolores hatte alles aufbewahrt.

»War das deine alte Carrera-Bahn?«, fragte Mónica und strich mit der Hand über den Deckel einer Schachtel, auf der ein Rennauto abgebildet war.

Gabriel richtete sich auf, um einen Blick darauf zu werfen. Die Carrera-Bahn hatte seiner Schwester immer besser gefallen als ihm, aber vielleicht gab's ja noch … Er schob ein paar Taschen mit alter Kleidung beiseite und, ja, da war sie, seine alte Spielzeugkiste.

Er öffnete sie so vorsichtig, als wäre er das Kind aus *Toy Story* und hätte Angst, die Spielzeuge aufzuwecken. Und dann begrüßte er eines nach dem anderen, bevor er sie an seine Freundin weitergab. Eine Prinzessin Leia und ein Darth Vader aus einem Happy Meal von McDonald's, der Game Boy, an dem sie sich mit Tetris die Finger wund gespielt hatten. Claudias Tamagotchi – »Darum musste ich mich kümmern, weil meine Schwester es dreimal hat verhungern lassen« –, zwei Barbies im Negligé mit abgeschnittenem Haar, ein Zauberwürfel mit ziemlich abgekratzten Farben – »Weil ich versucht habe zu schummeln«, gab Gabriel zu. Und so defilierte ein Spielzeug nach dem anderen vor ihren in die Kindheit gerichteten Augen vorbei, bis Mónica das entdeckte, was ihrer beider Lieblingsspielzeug gewesen war: das Lego-Set *Wilder Westen*.

»Oh Mann! Erinnerst du dich noch an Diamond Town?«

So hatten sie ihre original nachgebaute Westernstadt in Miniaturversion genannt, die ihnen als Kulisse für einen Western in mehreren Folgen diente. Sie hatten Zäune gebastelt und Berge aus Steinen und echtem Moos gebaut, das sie aus Elisas Weihnachtskrippe entwendet hatten. Vor dieser Landschaft hatten ihre Helden gegen Indianer gekämpft, ihr Vieh von den Canyons am Spielplatz mit den

Schaukeln bis zu den Wasserfällen in den Sabatini-Gärten getrieben, waren gestorben und hatten sich verliebt. Ja, tatsächlich hatten sie sich auch verliebt.

Mónica konnte nicht widerstehen und kippte die Kiste auf dem Teppich aus.

Wie damals suchte Gabriel die passenden Legosteine heraus, und Mónica setzte sie so fantasievoll wie möglich zusammen, was sozusagen eine Metapher für ihre Beziehung war. Und wie damals reichte dies aus, um Gabriel ein Lächeln zu entlocken.

Mónica kannte ihren alten Freund nur zu gut. Sie ahnte, was in ihm vorging, und wusste, dass die Sorge um seine Mutter in diesem Moment alles andere überwog. Aber ihr war auch klar, dass Gabriels übermäßiger Beschützerinstinkt ihre Ermittlungen gefährden konnte. Denn falls er vorzeitig irgendetwas verriet oder Dolores in Alarmbereitschaft versetzte, würden sie nie erfahren, was wirklich passiert war.

»Du bist nicht der Einzige, der sie schützen will«, versicherte Mónica ihrem Freund, während sie ein Legopferd auf ihn zu galoppieren ließ.

»Ich weiß. Aber ich habe Angst, dass die ganze Sache sie wieder destabilisiert.« Er atmete tief durch. »Schließlich ist die Beziehung zu meiner Mutter die längste, die ich je mit einer Frau hatte.«

Dieses Geständnis führte dazu, dass Mónica den Blick hob und ihre vom Staub geröteten Augen auf ihn richtete. Das war mal eine interessante Enthüllung.

»Die längste?«, wiederholte sie, als hätte sie nicht richtig verstanden.

Dabei wollte sie eigentlich fragen: »Mit einer *Frau*?«

Gabriels Geheimnistuerei, was sein Liebesleben anging, war mit der des Pentagons zu vergleichen. Und das, was seine drei Freundinnen eines Tages aus seiner Akte zu erfahren erwarteten, war ganz eindeutig, dass er auf Männer stand.

Also machte Mónica das, was jeder an ihrer Stelle getan hätte. Sie durchforstete die Archive ihres Gedächtnisses unauffällig nach dem, was dort in Bezug auf Gabriel abgespeichert war. Denn möglicherweise waren all diese Dinge nun in einem anderen Licht zu betrachten.

Mit fünf Jahren hatte Gabriel ihr eine Margerite geschenkt, die er am Rand der Plaza de Oriente gepflückt hatte. Mit zehn Jahren hatten sie die Siesta zusammen verbracht, während ihre Mütter Karten spielten. Mit siebzehn hatten sie nackt im Lago de Balsaín gebadet. Mit achtzehn hatte sie ihn gebeten, in der Apotheke für sie Kondome zu kaufen. Sie wollte gerüstet sein. Sie war schon ein paarmal kurz davor gewesen, und Marcos hatte sich gerade ein Auto gekauft …

Gabriel sah sie lächelnd an. »Was ist los?«

»Nichts.« Mónica bemühte sich, in die Gegenwart und zu den Augen ihres Freundes zurückzukehren, die von einem noch intensiveren Blau zu sein schienen als früher und zum ersten Mal von seinen Gefühlen sprachen. »Nein, es ist nur, dass … Ich meine – warum hast du uns nie eine deiner Freundinnen vorgestellt?«

Er schob die Teile der halb zusammengebauten Autorennbahn zur Seite und streckte sich auf dem Teppich aus.

»Weil es nie eine Freundin gab, mit der es mir wirklich ernst war. Aber … warum fragst du?«

»Nur so.« Sie wurde rot, während Gabriel kurz einige Schulfreundinnen aufzählte, mit denen er die Schule geschwänzt hatte, um heimlich ins Kino zu gehen oder in den Parque del Oeste, wo sie manchmal übermütig geworden waren.

»Erinnerst du dich an Lidia?«

Mónica riss überrascht die Augen auf.

»Lidia mit den Gummilippen?«

Gabriel nickte.

»Du hast mit der Gummilippe geschlafen?«

»Oder an Carmela, die Tochter des Verwalters des Klosters? Oder an Alma, die beim selben Lehrer Klavierunterricht hatte wie ich. Sie hat mich entjungfert.«

Mónica konnte es nicht glauben.

»Aber wieso hast du nie was gesagt? Wir haben dir immer alles erzählt!«, sagte sie vorwurfsvoll und richtete sich auf den Knien auf.

»Ihr habt mich eben nie danach gefragt.«

»Natürlich nicht. Das hätten wir nie getan.«

»Weil ihr eifersüchtig geworden wäret«, meinte Gabriel lachend.

»Klar. Aber nur, weil wir gefürchtet hätten, dass sie uns unseren Platz als deine besten Freundinnen streitig machen könnten. Liebesbeziehungen sind etwas anderes. Das wäre keine Konkurrenz gewesen. Wir hätten sie gut behandelt, hätten sie getröstet, nachdem du Schluss gemacht hast, hätten dir als Alibi gedient oder um sie eifersüchtig zu machen. All das, was beste Freundinnen eben so tun, verdammt!«

Über diese ungewöhnliche Vorstellung mussten beide lachen, weil sie im Grunde wussten, dass sie gar nicht so ungewöhnlich war. Denn im Leben der vier Freunde hatte es eine ganze Reihe von Flirts, One-Night-Stands und Beziehungen gegeben. Und dennoch kamen sie sich mit einem Mal vor wie die Helden aus einem Enid-Blyton-Roman, die beim Kontakt mit der realen Welt dreißig Jahre gealtert waren und trotzdem die gleichen Streiche wie früher machten.

»Ich nehme an, wenn die Richtige dabei gewesen wäre, hätte ich es euch sicher erzählt.« Gabriel zuckte mit den Schultern. »Irgendwie habe ich kein Glück gehabt. Die Mädchen waren immer gleich so fordernd.«

Mónica war überrascht und bat um ein Beispiel, woraufhin Gabriel sich in vagen Erklärungen verstrickte. Dass sie mit ihm sofort in Urlaub hatten fahren oder ihm ihre Freunde und ihre Familie hatten vorstellen wollen, während er lieber allein verreiste. Und sie waren immer gleich hysterisch geworden, wenn er nicht über seine Gefühle sprach.

»Aber mit uns hast du all das getan, Gabi. Ich meine, du bist mit uns in Urlaub gefahren. Du hast unsere Freunde und unsere Familien kennengelernt und hast sogar manchmal über deine Gefühle gesprochen.«

»Aber ihr wart ja auch meine besten Freundinnen.« Und dann wiederholte er lächelnd:

»Liebesbeziehungen sind etwas anderes.«

Er zwinkerte Mónica zu und suchte im schwachen Licht der kleinen Dachluke nach einer Erklärung. Am Ende war es wohl so gewesen, dass er immer flüchtete, wenn er den geringsten Druck verspürte.

Den gleichen Druck, den seine Mutter auf ihn ausübte, nahm Mónica an. Denn wenn einer die Beziehung zwischen Gabriel und seiner Mutter kannte, dann sie.

Gabriel war kurze Zeit, nachdem sich seine Eltern getrennt hatten, zu seiner Mutter gezogen. Zuerst hatte er nur an den Wochenenden bei ihr gewohnt, da seine Großmutter väterlicherseits das Sorgerecht für ihn und seine Schwester bekommen hatte. Irgendwann, als sie sich besser kannten, hatte er ihr erzählt, dass man sie gezwungen hatte, vor Gericht auszusagen, bei wem sie leben wollten. Natürlich waren das noch andere Zeiten gewesen, in denen man Kinder unter Druck setzte, eine Erklärung abzugeben, anstatt auf ihre verletzlichen Seelen Rücksicht zu nehmen. Jedenfalls hatten beide gesagt, dass sie am liebsten bei ihrer Großmutter leben wollten. Denn was sonst sollten zwei Kinder tun, die, so jung sie auch waren, doch begriffen hatten, dass ihre Eltern sich unter den gegebenen Umständen nicht um sie kümmern konnten.

Schon im Jahr vor der Scheidung waren sie ohne Pausenbrot zur Schule gegangen und mussten sich mit den Almosen der anderen Kinder zufriedengeben. An vielen Nachmittagen hatten die Geschwister nach Schulschluss mit sehnsüchtigem Blick in der Pförtnerloge gewartet, weil ihre Mutter vergessen hatte, sie abzuholen. Die Eltern hatten angefangen zu trinken. Ihr Vater aus Scham, weil er seine Arbeit verloren hatte, und Dolores, weil sie einfach nicht mehr konnte.

Als ihr Vater ihrer Mutter schließlich die Wahrheit gestanden hatte, hatten die Kinder sich in einem Bett zusammengekauert und sich die Ohren zugehalten, um die ganzen hässlichen Streitereien nicht zu hören. Und wie sollten sie jetzt die Miete bezahlen?, hatte Dolores in einer Mischung aus Wut und Verzweiflung geschrien. Warum hatte er es ihr nicht früher gesagt? Sie hätte gut reden, sie wisse doch gar nichts, hatte der Vater aufgebracht zurückgeschrien.

So hatte Gabriel zwei Leben gelebt: Unter der Woche wohnte er – wie auch sein Vater – im herrschaftlichen Haus seiner Großmutter am Paseo de Rosales und am Wochenende bei seiner Mutter in der dunklen Portierswohnung, die sie von ihrer Mutter geerbt hatte.

Seit damals hatte Gabriel seiner Mutter gegenüber Schuldgefühle. Denn seit dieser Zeit hatte er mitansehen müssen, wie Dolores am Rand eines tiefen Abgrunds wandelte. Ein Jahr später widerrief er seine Aussage, um dauerhaft bei seiner Mutter zu leben, angeblich, weil er sie brauchte. Dabei wusste der zwölfjährige Junge ganz genau, dass es in Wirklichkeit seine Mutter war, die ihn brauchte.

»Von diesem Tag an ist die Abhängigkeit immer stärker geworden«, meinte Gabriel, der an der Bettwäsche lehnte, auf der er früher die Teddybären gezählt hatte, wenn er nicht einschlafen konnte. »Ich hatte schon gar keine Lust mehr, ihr irgendein Mädchen vorzustellen, weil sie sich sofort einmischte. Und als ich angefangen habe mit dem Fliegen, hat sie mich auf so eine subtile Art total unter Druck gesetzt. ›Ich möchte ja nur, dass du glücklich bist, und wenn wir uns nun seltener sehen, werde ich das akzeptieren. Aber natürlich mache ich mir Sorgen. Du bist doch alles, was ich habe.‹« Gabriel lächelte freudlos. »Aber ihre eigentliche Sorge war nicht ›Wird mein Sohn glücklich sein?‹, sondern ›Wo werde ich dann meinen Platz haben?‹.« Er richtete den Blick seiner schönen blauen Augen auf das kleine Fenster. »Es wäre etwas anderes, wenn wir beide ein ausgefülltes Leben hätten. So hat es keiner von uns.«

Mónica hörte zu, während eine Erinnerung nach der anderen ihr durch den Kopf schoss und sie versuchte, alles neu zu sortieren.

»Weißt du noch?«, fragte sie plötzlich.

Als Gabriel sah, dass Mónica die Weihnachtskugel in den Händen hielt, wusste er sofort, was sie meinte.

An einem kalten Dezembertag hatte Dolores die beiden auf den Dachboden geschickt, um den Schmuck für den großen Weihnachtsbaum zu holen, der im Hauseingang stand. Traditionsgemäß wurde er von allen Kindern und Jugendlichen des Hauses gemeinsam geschmückt. Sie waren damals sechzehn Jahre alt, und Mónica hatte Gabriel um etwas Ungewöhnliches gebeten: Sie wollte mit ihm küssen üben.

»Wie bitte?«, hatte Gabriel beunruhigt gefragt.

»Ja, bitte«, hatte sie in dem gleichen flehenden Ton gesagt, in dem sie ihn um ein Bonbon bat. Am Abend wollte sie Fabio, ihren ersten Freund, der ein Jahr älter war als sie, zum ersten Mal küssen. Und sie hatte ihn angelogen und behauptet, sie hätte schon mal geküsst. Und da war ihr Gabriel eingefallen. Mit Gabriel wäre die Sache harmlos und sie konnte ihm vertrauen. Außerdem hatte er sicher schon Erfahrung, was das Küssen anging.

Ihr Freund, ihr bester Freund, versuchte alles, um sie davon zu überzeugen, dass das keine gute Idee war. Einen ersten Kuss musste man nicht üben, man musste sich einfach überraschen lassen. Sie versuchte, sich zu rechtfertigen, um ihr Ziel zu erreichen. Es wäre ja in Wirklichkeit kein richtiger Kuss, sondern nur so etwas wie eine Generalprobe. Dieses Argument ließ ihn nachgeben, zumal Mónica so panisch und ängstlich wirkte, dass er wie so oft nicht Nein sagen konnte.

Und so hatten sie zögernd oben auf dem Dachboden voreinander gestanden, das Licht war durch das kleine Fenster gefallen fast wie jetzt, und Gabriel hatte die Tür hinter ihnen angelehnt. »Pass auf, dass sie nicht zufällt, sonst sind wir eingeschlossen.« Er hatte zärtlich ihr Kinn angehoben und seine Lippen den ihren genähert, die so süß und weich waren wie Himbeeren, bis sie ihren Mund öffnete. Beide würden sich für immer an den Geschmack dieses Kusses erinnern, weil sie vorher Schokolade stibitzt hatten.

»Das war mein erster Kuss«, sagte Mónica.

»Es war auch mein erster Kuss.«

Das gestand er ihr erst jetzt, nachdem sie sich in der Zukunft wiedergetroffen hatten, die nun die Gegenwart war. Während sie zwischen Legosteinen auf dem alten Teppich saßen. Mónica erinnerte sich plötzlich wieder an das aufregende Kribbeln, das sie empfunden hatte, als sie ihren besten Freund küsste, und das sie später, bei dem Jungen, den sie zu ihrer ersten Liebe erkoren hatte, vermisst hatte.

Gabriels Augen hatten den Farbton des wolkigen Nachmittags angenommen, während er für sich beharrlich wiederholte, dass es keine zweiten Chancen gäbe.

Warum hast du ihm damals nicht gesagt, was du empfunden hast?, fragte sich Mónica, als sie an diesen Kuss dachte, der nur ein paar Sekunden gedauert hatte und dessen herzklopfender Nachhall sie ihr ganzes Leben lang begleitet hatte. Und wenn sie nur dieses eine Mal nicht zulassen würde, dass die Vernunft ihre Gefühle leitete? So wie Orlando es in seinen Kalender geschrieben hatte?

Hunde wissen, was sie fühlen, ohne das Bedürfnis zu haben, ihre Gefühle durch den Filter des Verstandes laufen zu lassen, schoss es ihr durch den Kopf.

Oder gab es doch eine zweite Chance, überlegte Gabriel weiter? Vielleicht hatten sie gerade eine Tür aufgestoßen, vielleicht konnten sie von diesem Punkt an den Rest ihrer Geschichte gemeinsam bestimmen. Während er es noch dachte, hatte sich sein Körper schon dem von Mónica genähert, bis sie beide die Wärme des anderen spürten …

Ein Klopfen am Fenster ließ sie aufschrecken.

»Hallihallo! Das Rettungsteam ist da«, rief Suselen von der Terrasse aus, während ihr Gesicht hinter der Scheibe auftauchte.

Deine Mutter handelt mit Drogen, und meine ist eine Geisha

»Meine Mutter hat bestimmt irgendein Verbrechen begangen«, erklärte Suselen unheilvoll und bat um eine weitere Flasche Bier.

Ruth wühlte mit steifen Fingern im Eis des Getränkekühlers und verzog das Gesicht.

»Warum sagst du sowas?«, fragte sie.

»Weil sie eine Psychopathin ist.«

Das war für Ruth überhaupt kein Grund. »Fünf Prozent der Bevölkerung sind Psychopathen und gehen nicht gleich mit einem Messer auf die Menschheit los«, sagte sie beruhigend.

Suselen, die ihren Blick unbehaglich auf das alte Programmheft gerichtet hielt, das Orlando aufbewahrt hatte, war sich da nicht so sicher.

»Mein Gott, habt ihr das Autogramm gesehen, das meine Mutter in meinem Namen gegeben hat?« Sie warf das lange Haar zurück und erschauderte. »Das ist wie eine umgekehrte Version von *Psycho*, findet ihr nicht?«

Sie jedenfalls konnte sich gut vorstellen, dass ihre Mutter den armen Mann unter Vortäuschung eines romantischen Abends mit ihrer Tochter, der berühmten Sängerin, in Elisas Wohnung gelockt hatte. Schließlich waren ja auch zwei Gläser am Tatort gefunden worden. Ágata wusste genau, wie man etwas richtig in Szene setzte. Und dann hatte sie sich mit einer dunkel gelockten Perücke von hinten angeschlichen und zack, war die Falle zugeschnappt! Nur dass sie statt eines Messers ein Handy benutzt hatte und statt der Dusche die Badewanne. Eine neue Variante von Hitchcocks Klassiker in den Zeiten moderner Telekommunikation. Laut Suselens Hypothese würde ihre Mutter nach einem Monolog à la Norman Baytes und die Stimme ihrer einzigen Tochter imitierend, als Nächstes sie töten, während sie völlig außer sich die Arie der Dalila – *a portare la morte* – sang. Und natürlich würde sie Suselens mumifizierte Leiche im Keller ihres Tanzstudios aufbewahren, wo sie ihre Stunden gab – was für sie sicher sehr reizvoll wäre, weil ihre Schülerinnen dann sozusagen auf ihrem Grab *Giselle* tanzen würden.

»Außerdem war meine Mutter immer schon eifersüchtig auf Elisa«, sagte Suselen, während sie mit einem ihrer kunstvoll lackierten Fingernägel eine Limettenscheibe in den Flaschenhals ihres Corona-Biers schob. »Ich würde ihr durchaus zutrauen, dass sie ihr was anhängen will.«

Mónica kam mit zwei Decken aus Dolores' Dachkammer auf die Terrasse zurück.

»Auf meine Mutter? Warum sollte sie auf meine Mutter eifersüchtig sein?«

»Na, warum wohl? Weil Elisa einen toleranten Mann wie deinen Vater hat. Weil sie eine Wohnung wie die eure hat. Und weil sie eine Tochter wie dich hat«, erklärte Suselen, während sie unter eine der Decken kroch und einen weiteren Schluck von ihrem Bier nahm. »Also eine Familie mit einem Vater, der seine Frau nicht verprügelt, wenn seine Fußballmannschaft verliert, und der nicht einfach eines Tages verschwindet. Eine ganz normale Familie eben.«

»Eine ganz normale Familie?«, fragte Mónica. »Darf ich dich daran erinnern, dass wir hier sind, weil in der Badewanne dieser ›ganz normalen‹ Familie eine Leiche gefunden wurde und mein Vater es nicht einmal für nötig befunden hat, seinen Urlaub zu unterbrechen.«

Hätte man das Bild der vier Freunde auf der Dachterrasse aus der Ferne betrachtet, hätte man denken können, dass es sich um vier Jugendliche handelte, die sich am Wochenende einen feucht-fröhlichen Abend gönnten. Wie oft gehen wir sehnsüchtig in Gedanken in jene Zeit zurück, um noch einmal diese Verbundenheit zu spüren. Zu jenen elektrisierenden Momenten, in denen die Freunde für uns das Zentrum des Universums sind.

Und etwas in der Art schienen die vier auch tatsächlich zu empfinden, denn auch wenn der Anlass ihres Treffens ein eher verstörender war, zauberte ihnen das Gemeinschaftsgefühl doch einen Ausdruck des Glücks ins Gesicht, als sie so angeregt miteinander diskutierten

Nur Gabriel sagte nichts. Er stand am Geländer und betrachtete das nächtliche Madrid, das sich ihm von der Dachterrasse aus bot, mit so etwas wie dem Blubbern einer Brausetablette in der Brust. Dort hinten war das Telefónica-Gebäude und da das des Círculo de Bellas Artes. Und dort müsste eigentlich sein alter Schulhof zu sehen sein, aber es waren nur der von Straßenlaternen erleuchtete Weg und die weißen Sonnenschirme im Garten des Hotels zu sehen.

»Habt ihr auch schon von den Tauben gehört, die jetzt kopflos auf die Leute fallen?«, fragte Mónica, um die Stimmung ein wenig aufzuheitern.

Gabriel wandte sich verblüfft um. »Nein, wovon bitte sprichst du?«

Mónica erzählte, was sie und ihre Mutter im Café erlebt hatten.

Und dann reisten sie in der Vergangenheit zu jenem Tag zurück, als sie diesen verstecken Aussichtspunkt unterm Dach entdeckt hatten.

»Es war immer so wundervoll hier. Bis sie uns beim Rauchen erwischt haben«, erinnerte sich Suselen und fuhr, an Ruth gewandt, fort:

»Ich frage mich bis heute, warum du uns verpetzt hast.« Ruth putzte umständlich ihre Brille.

»Ich habe euch nicht verpetzt, ich habe mich nur selbst bezichtigt, was nicht das Gleiche ist. Wahrscheinlich wollte ich, dass meine Mutter mich endlich mal bemerkt, auch wenn das bedeutet hätte, dass sie mich bestraft.«

»Und hast du es geschafft? Ich zumindest hatte drei Monate Hausarrest.«

»Nein, ich glaube, es war ihr egal, was ich machte. Sie hat mich nur noch etwas weniger beachtet als sonst«, erklärte Ruth seufzend.

»Aber Margarita war doch die perfekte Mutter!«, sagte Gabriel überrascht. »Bei deinen Geburtstagspartys gab es Clowns und die tollsten Kuchen, in den Ferien seid für drei Monate nach Málaga gefahren, und du hattest ein E-Bike in Blaumetallic, weswegen alle Jungs ganz scharf auf dich waren.«

»Na, besten Dank«, protestierte Ruth. »Du meinst also tatsächlich, die waren nur wegen meines Fahrrads mit mir zusammen?«

Die anderen lachten, und Ruth sah sich einen Moment, wie sie mit ausgestreckten Beinen und dem Wind im Gesicht den San-Vicente-Hügel hinuntersauste.

»Außerdem heißt das nicht, dass meine Mutter nicht da war, wenn ich sie gebraucht habe«, kam Ruth wieder zum Thema. »Ich kann mich nur nicht daran erinnern, dass sie sich mal freiwillig mit mir beschäftigt hat. Ich war nicht einsam, aber da war so eine Leere. Eine Leere, wo meine Mutter hätte sein sollen.«

Gabriel setzte sich neben sie.

»Also wenn ich an diese Zeit denke, fällt mir ein, dass meine Mutter viel Zeit im Bett verbracht hat und dass mein Vater gesagt hat, ich soll sie in Ruhe lassen, weil es ihr nicht gut geht.«

Er rieb sich die Hände. Wann genau hatte Dolores beschlossen, im Bett liegen zu bleiben? Wann hatte er sie verloren? Denn bevor sie morgens nicht mehr aufstehen wollte, um ihm das Frühstück zu machen, konnte er sich an glückliche Tage erinnern, an denen sie sich Spiele für ihn ausgedacht und mit ihm gelacht hatte. Doch als die Zeit kam, in der sie nach ihrem Sohn auch ihren schwankenden Mann ins Bett bringen musste, war ihre Miene abwesend und leidend geworden, hatte sie begonnen, Tabletten im Nähkästchen zu verstecken, und Gabriel hatte sich eigene Spiele ausdenken müssen.

Suselen seufzte laut.

»Also, dann sind wir alle vier geliefert. Deine Mutter handelt mit Drogen, und meine ist eine Geisha.« Sie wies auf die beiden anderen. »Ruths Mutter kümmert sich nicht um sie, und Mónicas Mutter verfolgt sie auf Schritt und Tritt.«

Also stießen sie darauf an, erneut vereint zu sein, wenn auch nicht gerade unter den glücklichsten Umständen. Darauf, dass sie schlechte Töchter waren. Weil, was sie auch taten, es niemals reichen würde. Weil sie nun bereit waren, ihre Mütter auszuspionieren. Wenn auch, um sie zu beschützen. Oder um sich selbst zu schützen oder um endlich zu ihnen vorzudringen.

»Was soll's? Was wir auch tun, wir können die Zeit nicht zurückdrehen, um mit unseren Müttern von damals zu reden«, meinte Gabriel seufzend.

»Aber das ist nicht das Problem«, warf Ruth ein. »Lasst es mich euch erklären.«

Alle sahen sie erwartungsvoll an.

»Es stimmt, dass wir von unseren Müttern gelernt haben, wie wir uns anderen Menschen gegenüber verhalten und wie wir unsere Gefühle ausdrücken sollen. Wir haben von ihnen gelernt, wo die Grenzen sind und welche roten

Linien wir nicht überschreiten dürfen. Aber auch, wie man mit dem Scheitern umgeht, mit Erwartungen, Idealen, Verlust und Trauer.«

»Dann ist ja alles umso schlimmer«, murmelte Suselen.

»Nein«, entgegnete Ruth unbeirrt. »Der Irrtum liegt darin zu glauben, dass die Mutter, die dich gut oder schlecht erzogen hat, dies heute und in der Zukunft auch noch tun muss oder darf. Stattdessen muss man die Beziehung neu definieren, und zwar aus der Sicht von zwei Erwachsenen, die sich an ihre neuen Rollen anpassen müssen. Unsere Mütter müssen uns neu kennenlernen, denn natürlich sind wir zunächst das Resultat unserer Erziehung, aber eben auch unserer Entwicklung danach, dessen, was wir selbst aus uns gemacht haben. Wenn wir nicht mal zulassen, dass unsere Mütter dieses Ich, zu dem wir geworden sind, kennenlernen, wird dieses neue Ich sich sehr einsam fühlen. Und von unseren Müttern und der Welt isoliert.«

»Einsam und liebesbedürftig wie der anorexische Windhund meiner Mutter. Zum Glück habe ich meinen Big Ben und meine kleine Dafne«, sagte Suselen.

Ihr Kommentar ließ Mónica zusammenzucken, als hätte sie sich an einem Bügeleisen verbrannt. Weil sie weder das eine noch das andere hatte. Aber das fiel Suselen gar nicht auf, die gerade dabei war, vehement auf Ruths Erklärungen einzugehen: »Das ist ja alles schön und gut und sicher richtig, aber was ist, wenn deine Mutter dieses neue ›Ich‹ gar nicht kennenlernen *will*, weder früher noch heute? Habe ich euch mal von dem Tag erzählt, an dem meine Mutter ihre gerade geborene Enkelin besucht hat?«, fragte sie und räusperte sich wie vor einem Konzert. »Nein? Dann sollte ich euch das nicht vorenthalten. Meine Tochter war ein Frühchen und hat unter dem Atemnotsyndrom gelitten. Meine Mutter kam erst zwei Tage nach der Geburt angerauscht, weil sie montags und dienstags bis abends unterrichtet, wie sie mir gesagt hat. Und gleich nachdem sie mich gesehen hat, hat sie mit freundlicher Stimme erklärt, wie gut ich schon wieder aussehen würde. Ich habe mit zitternder Hand nach ihrer Hand gegriffen, weil meine Mutter zum ersten Mal in ihrem Leben stolz auf mich zu sein schien. Genau das hatte ich gebraucht, ein Zeichen ihrer Unterstützung, der Zärtlichkeit, etwas, das mir Kraft gab. Wie sehr hatte ich das gebraucht! Seit der Entbindung musste ich die Tränen zurückhalten, weil ich es mir nicht erlauben konnte, vor meinem Kind zu weinen, das meiner Freude bedurfte, um zu überleben. Aber dann betonte meine Mutter noch mal, wie gut ich mich von dem Kaiserschnitt erholt hätte, mein Bauch sei ja schon wieder ganz flach.«

Suselen machte eine Pause und schüttelte, noch immer ungläubig, den Kopf. »Könnt ihr das glauben? Kein Wort über mein krankes Baby oder darüber, wie ich mich in dieser Situation fühlen musste. Sie war eiskalt.« Suselen lächelte traurig. »Und jetzt? Widerspricht mir noch einer, wenn ich behaupte, dass meine Mutter mit größter Wahrscheinlichkeit in diese ganze unerfreuliche Sache verwickelt ist?«

Ohne es zu wollen, zwang sie auch die anderen, ihre Mütter nicht in erster Linie als Mütter zu sehen, sondern als mögliche Verdächtige in einem Mordfall.

Alle vier dachten sie mit einem Mal an die seltsame Atmosphäre, die jedes Mal herrschte, wenn ihre Mütter zusammen waren. Unvollendete Sätze, Auslassungspunkte, die danach schrien, gefüllt zu werden, Blicke, mit denen sie abzuschätzen schienen, was sie sagen konnten, wenn andere zuhörten. Nur dass all dies jetzt eine neue Brisanz hatte.

Ganz offensichtlich wussten ihre Mütter viel über einander, da sie, als ihre Kinder klein waren, fast jeden Tag zusammen gewesen waren. Und ganz offensichtlich gab es Dinge, die sie wussten und über die sie einvernehmlich schwiegen wie alte Geheimagenten. Möglicherweise, weil die Kinder erwachsen wurden. So etwas kommt vor.

Vielleicht waren sie, die Kinder, die wahre Verbindung zwischen den vier Müttern gewesen. Dabei hatten sie sich immer als Vorwand der geheimniskrämerischen Zusammenkünfte gesehen, die unter so unterschiedlichen Frauen durchaus seltsam waren.

»Es ist höchste Zeit, etwas zu unternehmen«, rief Mónica und klatschte in die Hände.

Sie gingen noch mal durch, was jeder von ihnen bisher herausgefunden hatte.

Der Besuch auf dem Dachboden hatte neue Weichen gestellt. Nun war Elisa nicht mehr die einzige Verdächtige, nur weil der Tote in ihrer Wohnung gefunden worden war.

»Wobei wir immer noch keine Erklärung dafür haben, wie dieser sogenannte Einbrecher überhaupt in die Wohnung gekommen ist, obwohl Elisa die Tür zwei Mal abgeschlossen hat«, meinte Gabriel, »und auch nicht dafür, warum Elisa gelogen und behauptet hat, dass sie den Mann nicht kennt.«

Schließlich hatte der Vogelmann ihnen erzählt, dass Orlando erst vor Kurzem ein Katzennetz an Elisas Balkon angebracht hatte.

»Und meine Mutter, die Elisas Unschuld bezeugen könnte, ist sauer auf sie«, ergänzte Ruth. »Vielleicht hat das auch mit dieser Sache zu tun. Sie hat Elisa in meiner Gegenwart eine ›Intrigantin‹ genannt, auch wenn sie weiterhin bestätigt, dass sie in der entsprechenden Nacht zusammen auf dem Weingut waren.«

Suselen berichtete, dass Ágata auch noch ein Körnchen zu der Sache beigetragen hatte. Sie hatte erklärt, dass Elisa nun endlich das Publikum habe, das sie sich immer gewünscht hatte, was ihre Art war, sie als Narzisstin zu bezeichnen. Und dass es ihr sicher gut gefalle, wenn sich ihre Tochter Sorgen um sie machte.

»*Das* hat sie gesagt?«, fragte Mónica überrascht.

Allerdings hatte sich unter Orlandos Sachen nichts gefunden, das auf Elisa hingedeutet hätte, aber jede Menge Hinweise auf die anderen. Elisa war nur ein Mal in seinem Kalender erwähnt.

»Aber in welcher Beziehung stand er zu den anderen?«, fragte Mónica und blickte in die Runde.

Das war die große Frage, und um diese zu beantworten, brauchte sie die anderen. Bisher hatte sie über Safecan nur die Bestätigung erhalten, dass Orlando Ágata den Windhund vermittelt hatte, als einen von mehreren Hunden, die er in der Nachbarschaft unterbringen konnte.

»Er hat dem Tier sogar ein Halsband mit seinem Namen geschenkt«, eröffnete Suselen den anderen. »Scheint euch das nicht etwas übertrieben?«

Schließlich hatte er auf dem Dachboden gelebt und offenbar nicht viel Geld. Vielleicht hatte er sich damit bei Ágata bedankt. Immerhin hatte sie im Namen ihrer Tochter die Autogrammkarte unterschrieben, was Suselens Meinung nach der Gipfel war, egal, warum sie das getan hatte. Und Orlando hatte sie auf der Bühne gesehen.

»Und dann ist da noch deine Mutter«, fuhr Mónica, an Ruth gewandt, fort, »für die er anscheinend regelmäßig zur Bank gegangen ist, ohne dass es sie gestört hat, was er auf diese Art erfahren könnte.«

Dies schien Ruth tatsächlich Unbehagen zu bereiten.

»Meine Mutter passt bei finanziellen Dingen auf wie ein Luchs, und doch hat sie diesem Fremden mehr vertraut als mir«, klagte sie. »Erst in dieser Woche habe ich erfahren, wie heikel ihre finanzielle Situation wirklich ist. Und vielleicht hat sie es mir auch nur deshalb erzählt, weil Orlando sich jetzt nicht mehr darum kümmern kann.« Und dann rückte Ruth mit der Neuigkeit heraus, die ihr den Schlaf raubte:

»Auf Orlandos Rat hin hat meine Mutter beschlossen, in eine Seniorenresidenz zu ziehen.«

»Doña Margarita Gual in einer Seniorenresidenz?«, vergewisserte sich Gabriel und runzelte die Stirn.

Ruth nickte, wobei sie sich noch nicht ganz sicher war, ob ihre Mutter diese Bombe nur hatte platzen lassen, um irgendetwas damit zu erreichen.

Auch Mónica konnte ihre Überraschung nicht verbergen.

»Ehrlich gesagt macht mir das aus ganz egoistischen Gründen Sorgen, weil ich fürchte, dass es meine Mutter sehr mitnehmen wird«, meinte Gabriel jetzt.

»Hier kommt also wieder Dolores ins Spiel«, sagte Mónica und ging ihre Notizen durch.

Obwohl sie wusste, dass es ihren Freund ängstigen würde, seine Mutter mal etwas genauer unter die Lupe zu nehmen, zeigte sie die Fotos der Beweismittel, die auch Dolores zur Verdächtigen machten. Dolores musste gewusst haben, dass Orlando auf dem Dachboden gewohnt hatte.

»Es könnte doch so abgelaufen sein, dass sie ihm den nachgemachten Schlüssel gegeben und ihm die Möbel zur Verfügung gestellt hat«, vermutete Mónica, »und um sich zu bedanken, hat er ihr Oxitocina besorgt.«

»Er hat für sie Oxitocina besorgt?«, wollte Suselen wissen.

»Oxitocina und noch etwas ...«, deutete Mónica an, die ihr Handy als Lichtquelle nutzte.

»Noch etwas?«, fragte Ruth.

»Laut der Tierschutzorganisation hat er ihr nicht nur den Hund besorgt«, erklärte Mónica, »sondern er hat ihn auch auf eine besondere Weise trainiert. Aber weder Gabriel noch ich konnten bisher herausfinden, mit welchem Ziel.«

Mónica beleuchtete einige Dokumente, die sie gefunden hatten.

»Laut seinem Pass ist Orlando vor etwa einem Jahr nach Spanien gekommen. Ich weiß nicht, wie es euch geht, aber mich überrascht sehr, dass er in der kurzen Zeit einen so großen Einfluss auf unsere Mütter bekommen konnte.«

Ruth bat, sich die Dokumente ansehen zu dürfen. Sie hatte schon immer ein Faible für forensische Psychiatrie gehabt und war davon überzeugt, dass man am Äußeren eines Menschen eine kriminelle Neigung sehen konnte. Deshalb betrachtete sie Orlandos kantige Züge, doch er hatte weder zusammengewachsene Augenbrauen noch ein vorstehendes Kinn. Er sah einfach nur gut aus.

»Die Zeit, die er hier im Viertel verbracht hat, spielt im Grunde keine Rolle«, erklärte sie, während sie weiterhin das Gesicht studierte, das mit ihr zu reden begann. »Es gibt Menschen mit einer derartigen Empathie, dass sie in der Lage sind, in sehr kurzer Zeit sehr enge Beziehungen zu knüpfen. Und das nicht nur mit guten Absichten.«

Suselen verpasste ihr einen Stoß mit dem Ellbogen.

»Sehr enge Beziehungen, Frau Doktor?«

Die anderen begannen Ruth aufzuziehen. Früher war sie bei den Jungen sehr begehrt gewesen.

»Aber die Zeiten sind vorbei, meine Lieben«, sagte sie. »Wenn ich heute einen Typen in einer Bar anlächle, denkt er, ich bin die Kellnerin, und bestellt ein Bier.«

»Aber das stimmt doch gar nicht!«, rief Suselen. »Komm, versuch es mal mit Gabriel, das wäre mal eine richtige Herausforderung.«

Mónica schloss die Augen. Bitte nicht! Suselen hatte wirklich die Gabe, in jedes Fettnäpfchen zu treten. Vergeblich versuchte sie, das Thema zu wechseln.

»Ich bin nicht schwul, okay!«, erklärte Gabriel und wandte sich zu seinen drei Freundinnen um, als stünde er vor Gericht.

Sogar die Vögel auf der Plaza stellten abrupt ihren Gesang ein. Und das ferne Geräusch der Autos auf dem alten Pflaster verhallte im Hintergrund.

»Ich bin nicht schwul«, wiederholte er mit fester Stimme. »Ich sage das nur, falls ihr das noch immer denkt. Ich mag es, mich gut anzuziehen, ich höre euch gern zu, aber ich rede nicht gern über meine Gefühle. Ich bin zwar gerade nicht mit einer Frau zusammen, aber auch nicht mit einem Kerl. Und dass ich mich nicht auf euch gestürzt habe, als ihr oben ohne am Strand von Valencia lagt, war nur der Tatsache geschuldet, dass ihr meine Freundinnen seid. Jetzt fragt mich nicht, wie oft ich mir einen runterhole, weil ich das nicht sagen werde. Aber ja, ich stehe auf Frauen, sogar sehr, also seid vorsichtig mit dem, was ihr mit mir anstellt, denn euch könnte eine Überraschung erwarten.«

Die drei Frauen verharrten so unbeweglich im Kerzenschein, dass sie aussahen wie ein Gemälde. Bis Suselen ihre Flasche hob.

»Na ja, dann trinken wir auf den Mann, der so oft wie kein anderer unsere Brüste gesehen hat!«

Alle brachen in Gelächter aus, und Mónica und Gabriel tauschten einen Blick, der so flüchtig war wie die Sternschnuppe, die sie genau an diesem Ort einmal zusammen am Himmel gesehen hatten.

»Erinnert ihr euch noch an die Sternschnuppe?« Ruth stand auf. »So eine helle habe ich noch nie gesehen. Hast du das alte Fernrohr noch?«

Gabriel ging, um in der Dachbodenkammer danach zu suchen – wobei das Ding damals schon zum alten Eisen gehört hatte –, während sich Suselen und Mónica zu erinnern versuchten, was sie sich gewünscht hatten.

Gabriel kam zurück und packte das Fernrohr aus.

»Wollt ihr mal einen Blick riskieren? Man muss hinter dem Rücken mit dem Blick auf den Vollmond das Wasser eines Brunnens berühren, und wenn die Erde die Umlaufbahn des Halleyschen Kometen kreuzt, regnet es Sternschnuppen, die gute Neuigkeiten bringen.« Gabriel schaute durch das Fernrohr in den nächtlichen Himmel. »Schon die alten Ägypter und die Azteken haben daran geglaubt.«

»Aber diese Sternschnuppe war wirklich etwas Besonderes«, beharrte Ruth. »Weil wir vier sie zusammen gesehen haben. Sie war so groß … Und jeder von uns hat sich etwas gewünscht. Wie kann es sein, dass wir es nicht mehr wissen?«

»Vielleicht war es irgendwann nicht mehr von Bedeutung«, sagte Gabriel traurig.

»Und wenn es doch von Bedeutung war, wird es uns wieder einfallen«, meinte Suselen.

Sie hatten so viel Spaß an diesem Abend, dass Mónica den Fall ganz vergaß. Doch dann erhielt sie einen Anruf aus dem Kommissariat. Es war Antolián, der, obwohl es schon so spät war, noch arbeitete.

»Hast du einen Moment?«, flüsterte er von irgendwoher, wo es hallte.

»Ja, was ist los?« Mónica stützte sich aufs Geländer und sprach mit leiser Stimme.

»Das hast du nicht von mir, okay, Mónica? Diesen Anruf hat es nicht gegeben, verstehst du?« Er machte eine Pause. »Wir haben gerade die Ergebnisse der Autopsie bekommen.«

»Und?« Ihr Herz schlug schneller.

Nach einer Weile sagte Antolián sehr leise: »Der Typ in der Badewanne … Der war schon tot, als er gestorben ist.«

Mónica wandte ihren Freunden, die sie aufmerksam ansahen, den Rücken zu.

»Was soll das denn heißen, Antolián? Das macht doch keinen Sinn.«

»Ja und nein.« Dann erklärte er: »Dieser Mann ist an der Überdosis eines Medikaments gestorben, und erst danach hat er den Stromschlag in der Badewanne erlitten. Noch steht nicht fest, wie viel Zeit zwischen dem ersten und dem zweiten Tod vergangen ist, um es mal so auszudrücken. Das Medikament war, in Wasser aufgelöst, in einem Glas, das zerbrochen auf dem Boden lag. Du erinnerst dich sicher.«

Mónica hörte zu, konnte sich aber nur schlecht konzentrieren, weil sie das Gefühl hatte, dass ihr dazu der Sauerstoff im Gehirn fehlte. Laut Antolián hatte das Opfer große Mengen dieses Medikaments konsumiert, was zu Atemlähmung und Kreislaufversagen geführt hatte.

»Wenn er unter dem Einfluss des Medikaments versucht hätte, über das Handy Hilfe zu rufen, ohne daran zu denken, dass es am Ladekabel hing, und in diesem Moment den Stromschlag erlitten hätte, hätte das zu Muskelkontraktionen, Verbrennungen und schließlich zum Herzstillstand geführt«, fuhr Antolián fort. »Aber so ist er nicht gestorben.«

»Ist das sicher?«, fragte Mónica, was die anderen noch neugieriger machte.

»Ja.« Antolián machte eine Pause. »Ich weiß nicht, Mónica, all das ist ziemlich seltsam. Wir haben die Unfall-Hypothese noch nicht ganz ausgeschlossen, aber für mich macht das keinen Sinn.«

Mónicas Gehirn arbeitete jetzt auf Hochtouren, und sie versuchte, die neuen Puzzleteile an den richtigen Stellen einzufügen.

»Jemand könnte versucht haben, ihn durch einen Stromschlag zu töten, ohne zu wissen, dass er bereits tot war«, sagte sie nachdenklich. »Oder jemand hat ihn vergiftet und ist dann noch mal zurückgekehrt, um sicherzugehen, dass er tot ist.«

»Um dann das Handy ins Wasser zu werfen, damit es wie ein Unfall aussieht«, vollendete Antolián ihren Gedankengang. »Aber warum sollte der Täter das erst später gemacht haben. Warum nicht gleich?«, meinte er dann.

Mónica dachte ein paar Sekunden nach, ohne das Bild aus dem Kopf zu bekommen, das sich dort eingebrannt zu haben schien.

»Vielleicht weil er im ersten Moment nicht die Kraft hatte, sich der Sache zu stellen.«

Am anderen Ende der Leitung verabschiedete Antolián jemanden. Dann sagte er flüsternd:

»Mónica, ich denke, ich muss dir nicht sagen, wie die polizeilichen Ermittlungen von nun an verlaufen werden. Wenn du also parallel ebenfalls weiterermittelst, pass bitte auf!«

Als Mónica das Gespräch beendete, starrten die anderen drei sie erwartungsvoll an.

Mónica schluckte. Was, wenn sich herausstellen würde, dass Orlando an einer Überdosis des Medikaments gestorben war, das auch Dolores nahm?

»Freunde, ich fürchte, dass der Fall eine unvorhergesehene Wendung genommen hat«, sagte sie, bevor sie sich hinsetzte, um den schlechten Töchtern die Neuigkeiten mitzuteilen.

GABRIEL

Wozu brauche ich einen Therapeuten, wenn ich dich habe?

Jeder Hund kommt in unser Leben, um eine Leere zu füllen. Sie kommen nicht von allein. Wir rufen sie. Und ich sehe mich als jemanden, der diese wunderbaren Begleiter den Menschen zuführt, die sie brauchen. Vom ersten Moment an konnte ich diese Leere bei Dolores spüren, die nichts mit ihrem Sohn zu tun hat, wie sie denkt, sondern mit ihr selbst.

Das Foto von diesem Eintrag in Orlandos Kalender schickte Mónica am Morgen nach ihrem feucht-fröhlichen nächtlichen Treffen auf der Dachterrasse an die WhatsApp-Gruppe der schlechten Töchter.

Einige Minuten später schrieb Suselen: *Hey, was für ein Hundeausführer! Der entpuppt sich ja als Philosoph!* Ruth teilte mit, dass sie durchaus an Therapiehunde glaube, nur Gabriel meldete sich nicht. Denn zu diesem Zeitpunkt hatte er bereits den ganzen Morgen über versucht, seine Mutter zu erreichen. Schließlich hatte er sich mit einem Kloß im Hals bemüht, ein Uber zu bestellen, was nicht klappte, weil er gleichzeitig versuchte, Elisa anzurufen, doch die hatte ihr Handy ausgeschaltet. Letztendlich hatte er das Gewerkschaftstreffen, zu dem er eigentlich hatte gehen wollen, abgesagt und war, auf das Schlimmste gefasst, zum Haus seiner Mutter geeilt.

Als er mit seinem Schlüssel die Wohnungstür aufschloss, kniff er die Augen zusammen, als könnte er so all die Bilder vertreiben, die ihm seit Jahren Albträume bereiteten. Dann hörte er den Fernseher.

Er trat leise in die Wohnung, wie um keine schlafenden Gespenster zu wecken. Und am Ende des Flurs sah er durch die halb geöffnete Tür die bloßen Füße seiner Mutter ... die im Wohnzimmer auf dem Sofa mehr hing als saß.

»Was machst du denn so früh schon hier?«, fragte sie, während Oxitocina träge zu ihm herübertrottete, um ihn zu begrüßen.

Gabriel merkte, wie er für einen Moment vor Erleichterung in sich zusammensackte. Mit hängenden Schultern ging er zum Sofa hinüber und gab seiner Mutter einen Kuss aufs Haar.

»Das Gewerkschaftstreffen wurde abgesagt, und da dachte ich, ich schaue mal vorbei«, log er, während die Wut in ihm aufstieg. »Ich habe ganz oft bei dir angerufen, Mama. Warum gehst du denn nicht ans Telefon?«

Dolores sah ihn leidenschaftslos an.

»Ich weiß nicht, wahrscheinlich ist das Handy kaputt. Ich hab gar nichts gehört.«

Nachdem Gabriel nun wusste, dass seine Mutter keinen Herzinfarkt erlitten hatte, überflog er den Chat in der WhatsApp-Gruppe und auch das, was Orlando über ihn und Dolores geschrieben hatte. Seine Freundinnen könnten ruhig etwas mitfühlender sein, dachte er. Sie schienen zu vergessen, dass es immerhin um seine Mutter ging. Er schimpfte leise vor sich hin, während er unauffällig seinen Laptop öffnete. Trotz des frühmorgendlichen Schreckens und obwohl er noch sehr aufgewühlt war, bemühte er sich, seiner Rolle als Dr. Watson gerecht zu werden.

Er warf einen kurzen Blick zu seiner Mutter hinüber, die weiterhin träge auf dem Sofa saß und fernsah – zumindest starrte sie auf den Bildschirm, genau wie der Hund, der faul auf einem ihrer Füße lag.

Es war klar, dass Dolores in den Augen der Gruppe nun die Hauptverdächtige war.

Deshalb musste er so schnell wie möglich beweisen, dass das nicht stimmte.

Weil er wusste, dass es so war.

Wusste er es wirklich?

Er gab Orlandos Namen in die Datenbank der Fluggesellschaft ein. Den Zugang hatte er von diesem Anne-Hathaway-Verschnitt aus der Verwaltung bekommen, die ihn jedes Mal anbaggerte, wenn sie sich über den Weg liefen. Hoffnungsvoll begann er allen Orlandos nachzuspüren, was sich als schwieriger erwies, als er gedacht hatte. Gabriel seufzte und mahnte sich zur Geduld.

Es war nicht leicht, sich in dieser Wohnung zu konzentrieren.

Das war es noch nie gewesen. Außerdem hatte seine Mutter ganz offensichtlich keinen guten Tag. Sie hielt die Fernbedienung wie eine Waffe auf den Bildschirm gerichtet und schoss auf gut Glück auf Talkshows, Werbefilme und Wettervorhersagen, während sie aus dem Augenwinkel ihren Sohn am Laptop beobachtete. Bis sie auf einmal ohne offensichtlichen Grund eine der Decken über den Kopf zog, die man im Flugzeug bekam.

Gabriel klappte den Laptop zu.

»Erzählst du mir, was los ist, Mama?«

Unter der Decke hörte er sie schnaufend atmen.

»Nein, du bist ja beschäftigt«, erklang es dumpf und ein wenig beleidigt.

»Stört dich das?«

»Nein, was mich stört, ist das Licht.«

Gabriel hob den Blick zu dem schwachen Licht, das sich trotz des fast komplett heruntergelassenen Bambusrollos ins Zimmer stahl. Er hatte sich schon immer gefragt, warum Dolores den Balkon, den es auch im Hochparterre gab, nicht nutzte. Einige der Nachbarn hatten ihre Balkone mit Blumen bepflanzt oder ein paar Stühle hinausgestellt, um draußen zu lesen oder einen Kaffee zu trinken. Doch bei seiner Mutter war das alte Bambusrollo, das inzwischen schon etwas in die Jahre gekommen war, immer heruntergelassen.

»Ich bin gekommen, damit wir ein wenig Zeit zusammen verbringen können, Mama.«

»Das sehe ich.«

Gut, die Botschaft war angekommen. Es hatte sie gestört, dass er aufs Handy geschaut und am Computer gearbeitet hatte, denn wenn er zu Besuch kam, erwartete sie seine volle Aufmerksamkeit. Das Problem war nur, dass er die fünfzehn Tage im Monat, an denen er nicht flog, auch für seine Dinge nutzen musste, und da er ständig bei seiner Mutter zu Besuch war, musste er manchmal eben auch dort etwas machen. Dabei wusste er, dass der eigentliche Grund für die schlechte Verfassung seiner Mutter den Namen Claudia trug, den seiner Schwester, die nur ein Jahr jünger war als er.

Als er mit ihr geredet hatte, war sie wütend geworden.

»Jetzt sag mir nicht, dass ich Mama öfter anrufen soll«, hatte sie gesagt. »Und dass ich sie nicht aus den wichtigen Dingen in meinem Leben ausschließen soll.«

Er hatte versucht, den vernünftigen großen Bruder zu geben. Er wusste, dass sie gerade mit den Hormonen zu kämpfen hatte. Aber seine Schwester hatte geschimpft wie ein Rohrspatz und hatte keines seiner Argumente gelten lassen.

»Vielleicht hättest du ihr einfach früher erzählen sollen, dass du unbedingt ein Kind willst.«

»Weißt du, wie schwer es für mich war, schwanger zu werden? Mit siebenundvierzig Jahren? Und willst du wissen, was sie zu mir gesagt hat, als sie erfahren hat, dass ich schwanger bin?«

Gabriel hatte das Handy zum anderen Ohr gewechselt. Nein, eigentlich wollte er es nicht wissen. Weil ihm klar war, wie schlecht Dolores derartige Überraschungen verkraftete, die sie dann immer an ihm ausließ.

»Sie hat angefangen zu weinen«, rief seine Schwester am anderen Ende der Leitung aus. »Zu weinen, Gabi! Aber natürlich nicht vor Freude. Und dann hat sie gesagt, wie ich in meinem Alter meine Freiheit aufgeben könnte! Ob ich verrückt geworden sei und was für eine Enttäuschung das für sie wäre! Sie hat wirklich ›Enttäuschung‹ gesagt«, wiederholte Claudia, woraufhin er versucht hatte, die Sache herunterzuspielen.

»Sie weiß manchmal nicht, was sie sagt, Claudia. Und es kam für sie einfach sehr überraschend. Wenn du ihr früher erzählt hättest, was du vorhast, so wie ich es dir geraten habe, hätte sie sich innerlich darauf vorbereiten können …«

Doch Claudia fiel ihm ins Wort.

»Wenn ich ihr früher davon erzählt hätte, hätte sie mir so einen Stress gemacht, dass ich gar nicht schwanger geworden wäre, und das weißt du ganz genau.«

Gabriel goss den Rest des Kaffees vom Vortag aus der Kaffeekanne in eine Tasse und stellte diese in die Mikrowelle. Natürlich hatte seine Schwester recht. Andererseits hatte sie mit der Schwangerschaft sehr lange gewartet, weil sie das Kind nicht ohne Vater aufziehen wollte. Und dass sie den richtigen Partner nicht gefunden hatte, war natürlich Pech, aber es war auch nicht gerecht, dafür Dolores die Schuld zu geben.

Während er den metallisch schmeckenden Kaffeerest trank, kam ihm der Gedanke, seinen ungeplanten Besuch an diesem Morgen zu nutzen, um das Ablaufdatum der Medikamente seiner Mutter zu überprüfen und so festzustellen, ob sie aus dem gleichen Warenposten stammten wie die, an denen Orlando gestorben war.

Zwischendurch traf eine neue Nachricht von Mónica ein, die der WhatsApp-Gruppe mitteilte, dass laut ihrem Kollegen Antolián der Leichnam nun, nach der Autopsie, nach Mexiko überführt werden sollte. Dort würden dessen Mutter und Schwester die sterblichen Überreste des jungen Mannes in Empfang nehmen. Diese waren bestürzt und sehr traurig, aber auch davon überzeugt, dass sich Orlandos Seele bereits im Paradies befinde.

Diese Information hinterließ bei Gabriel einen bitteren Geschmack. Zum einen, weil dieser Antolián immer mehr zu Mónicas wichtigstem Komplizen bei den Ermittlungen zu werden schien, und zum anderen, weil Orlandos Familie ähnlich wie seine aus Mutter, Sohn und Tochter bestanden hatte. Und nun konnten die beiden Frauen ihren Sohn und Bruder in einer Holzkiste in Empfang nehmen.

Das war sogar noch dramatischer als das, was gerade in seiner Familie passierte.

Im Grunde wusste er, dass die Reaktion seiner Mutter Claudia gegenüber mit ihrer Angst vor dem Verlassenwerden zu erklären war. Sie fürchtete die Konkurrenz, das war alles. Ihre Tochter würde nicht mehr für sie da sein und sie bemuttern können, wenn sie erst mal selbst ein Kind hatte. Aber natürlich verstand er auch Claudia, die zutiefst verletzt war über die Reaktion ihrer Mutter, als sie ihr erzählt hatte, dass sie ein Kind bekommen würde. Sein Herz hatte sich schmerzhaft zusammengezogen, als seine Schwester schluchzend gesagt hatte: »Als hätten wir ihr das Leben verdorben, Gabi. Was waren wir? Zwei Fehler?« Claudia hatte nicht vergessen, was ihr Vater oft gesagt hatte. Nämlich dass Dolores, bevor sie Mutter wurde, eine fröhliche Frau gewesen war. »Wie schade, dass wir ihr die Freude genommen haben«, klagte seine Schwester, bevor ihr die Stimme versagte und sie das Gespräch beendete.

Gabriel betrachtete das reglose Bündel unter der Decke neben sich und beschloss, dass es an der Zeit war, Oxitocina als Joker einzusetzen. Er machte dem Hund ein Zeichen, dass er aufstehen sollte, und er gehorchte träge. Gabriel hob ein Ende der Decke an, bis die faltigen Hände seiner Mutter sichtbar wurden, die neben ihren in Kompressionsstrümpfen steckenden Beinen ruhten. Der Hund betrachtete sie neugierig und legte den Kopf schief. Ah, Verstecken spielen! Er schob seinen Kopf unter die Decke. Dann war das Geräusch seiner leckenden Zunge zu hören und das Kichern von Dolores.

Schließlich tauchte sie mit wirrem Haar wieder auf.

»Du hast heute einen Termin bei Ruth«, erinnerte Gabriel seine Mutter, während er den Laptop wieder einsteckte.

»Wozu brauche ich einen Therapeuten, wenn ich dich habe?«

»Weil ich nicht dein Therapeut sein möchte, Mama …«

Er wollte noch mehr sagen, aber Dolores unterbrach ihn mit einem Zungenschnalzen.

»Entschuldige, ich bin davon ausgegangen, dass mein Sohn mir zuhören will.«

»Natürlich höre ich dir zu, Mama, aber ich kann dich nicht behandeln. Und diese Verantwortung möchte ich auch nicht übernehmen.«

»Dabei bist du der Einzige, der mir wirklich zuhört. Du bist mein Retter.«

Gabriel spürte das ganze Gewicht des Lebens seiner Mutter auf seinen Schultern.

»Es ist wichtig, dass jemand kontrolliert, welche Medikamente du nimmst«, sagte er mühsam. »Du nimmst doch deine Medikamente, oder? Wo sind die übrigens?«

Dolores zupfte an ein paar vertrockneten Hortensien herum, die mindestens so alt waren wie ihr Sohn. Gabriel wusste, dass es keinen Sinn hatte, weiterzureden, weil er auf taube Ohren stoßen würde. Daher bat er seine Mutter nur freundlich, ihm eine der Tablettenschachteln zu zeigen. Hatte sie das Haltbarkeitsdatum überprüft? Dolores wies auf die Anrichte.

»Übrigens, was ist denn nun mit deinem Handy?«, fuhr Gabriel fort. »Weißt du, wo es ist?«

Dolores nickte, wühlte zwischen den Kissen und zog das Telefon wie durch Zauberhand hervor. »Ich glaube, der Klingelton funktioniert nicht mehr«, sagte sie, »deshalb höre ich die Anrufe nicht.«

»Gib mal her, ich schau's mir an.«

Gabriel nahm das Handy, um die Einstellungen zu überprüfen, und nutzte die Gelegenheit, um einen Blick auf den Chatverlauf seiner Mutter zu werfen.

Nachdem seine Mutter mit den dringend notwendigen Therapiestunden begonnen hatte, hatte Ruth ihm gesagt, Dolores misstraue jedem außer ihm. Und nun brach er ihr Vertrauen, indem er praktisch vor ihren Augen in ihrer Privatsphäre herumschnüffelte – wenn auch aus einem wichtigen Grund, wie er sich zur Beruhigung seines Gewissens sagte. Dennoch fühlte er sich schuldig, als er sich jetzt ihren Chat mit Orlando ansah. Denn auf den ersten Blick existierte ein solcher, und auch sein Profilfoto war noch zu sehen, doch … der Chat war leer. Gelöscht! Überrascht zog er die Augenbrauen hoch. Doch zum Glück war in der Cloud eine Sicherheitskopie gespeichert, und diese übertrug Gabriel auf sein Handy.

»Sie vertraut nur dir«, hörte er die Stimme seines Gewissen sagen. Und genau das hatte er auch Ruth erklärt. Dolores' mangelndes Vertrauen in die Menschen war absolut verständlich. Denn die entscheidenden Informationen in ihrem Leben waren ihr stets verschwiegen worden.

Warum? Aus Angst vor ihrer Zerbrechlichkeit.

»Zum Beispiel?«, hatte Ruth ihn interessiert gefragt.

»Zum Beispiel, dass sie adoptiert wurde«, antwortete Gabriel zu Ruths Verblüffung.

Bevor Dolores' Vater gestorben war, hatte er seinem Schwiegersohn erzählt, dass Dolores nicht seine leibliche Tochter sei. Er und seine Frau konnten keine Kinder bekommen, weshalb er sich an einen befreundeten Gynäkologen gewandt hatte. Der hatte ihnen das Baby besorgt. Das war in der Nachkriegszeit nicht schwer, denn die Anzahl der Waisen und die Armut waren groß, und die glücklichen zukünftigen Eltern, die bereits nicht mehr ganz jung waren, hatten keine weiteren Fragen gestellt. Und damit auch niemand anderes Fragen stellte, waren sie einige Monate später umgezogen und hatten die Kleine als ihr leibliches Kind ausgegeben. Und da sich herausstellte, dass das Mädchen emotional so zerbrechlich war wie ein Libellenflügel, hielten sie es auch für besser, ihm nicht die Wahrheit zu sagen. Dolores musste geschützt werden. So wurde das Familiengeheimnis an die nächste Generation weitergegeben, ohne dass diejenige, die es betraf, davon erfuhr. Sie sollten sie um jeden Preis schützen, hörten Claudia und Gabriel aus dem Mund ihres Vaters, als die Eltern sich scheiden ließen. Das war auch der Grund, warum Dolores' Erbe von ihrem Mann verwaltet wurde und warum dieser ihr so lange verschwieg, dass er seine Arbeit verloren hatte. Um sie zu schützen. Stattdessen wurden, um den Schein zu wahren, die Ersparnisse aufgebraucht, nachdem die Schulden allzu erdrückend geworden waren. Und später wurde Dolores' Eigentum verkauft, damit die Kinder weiter auf die private Schule gehen, Dolores im Sommer ans Meer fahren und die monatliche Miete bezahlt werden konnten. Bis sie schließlich ruiniert waren. Und Dolores, die die ganze Zeit vor allem Unglück beschützt worden war, stand von einem Tag auf den anderen vor einem Scherbenhaufen.

Daraufhin hatte sie die Portierswohnung bezogen, das Einzige, was ihr noch geblieben war. Und ihren Kummer im Alkohol ertränkt.

»Du hast mir die Geschichte deiner Mutter erzählt«, sagte Ruth daraufhin. »Und jetzt erzähl mir mal deine.«

In diesem Moment hatte Gabriel das Gefühl gehabt, mit einem Fallschirm auf dem Rücken aus einem Flugzeug gestoßen zu werden. Und er ließ sich in seine eigenen Abgründe fallen.

»Ich war acht Jahre alt. Meine Mutter verabschiedete uns an der Tür der Portierswohnung. Es war der Tag, an dem das Urteil gesprochen worden war. Meine Eltern hatten das Sorgerecht verloren. Ich wusste, dass es meine Schuld war, weil ich dem Richter gesagt hatte, dass es für uns alle das Beste wäre, wenn wir erst mal bei meiner Großmutter wohnen würden.«

Er hatte seine Freundin aus Kindertagen unglücklich angesehen.

»Ich habe es getan, um meinen Eltern zu helfen, verstehst du? Damit sie sich erholen konnten. Wovon? Von uns. Im Grunde lässt sich alles in einem einzigen Bild zusammenfassen, das ich in vielen Nächten vor mir sah, wenn ich die Augen geschlossen hatte, das ich immer wieder vor mir hatte, wenn ich sie in den folgenden Jahren besuchte: meine Mutter, wie sie traurig in diesem dunklen Hauseingang steht und sich mit dem Ausdruck des Unverständnisses im Gesicht von uns verabschiedet.«

»Du konntest sie nicht retten«, hatte Ruth zu ihm gesagt. »Du warst damals noch ein Kind.«

Die Worte einer Psychologin. Er nickte unwillkürlich, als er jetzt wieder daran dachte. Und sie hatte ja recht. Er war damals acht Jahre alt, und es war ein Zeichen von Reife und Großzügigkeit seinerseits, dass er sich um seine Mutter gekümmert hatte. Und nun war es an der Zeit, dass er seinen eigenen Weg ging und sich erlaubte, auch mal zu scheitern.

Gabriel näherte sich mit einer der Tablettenschachteln dem Fenster. Dann sah er, dass es die gleichen waren wie die, die sie in Orlandos Koffer gefunden hatten. Sogar die Chargennummer stimmte überein. Er war wie vor den Kopf geschlagen. Wie war das möglich? Er musste erst wieder einen klaren Gedanken fassen, bevor er es den anderen erzählen würde.

Er wandte sich zu seiner Mutter um, die Oxitocina das Halsband anlegte, während diese aufgeregt mit dem Schwanz wedelte.

»Mónica hat mir gesagt, dass sie die Hunde ausführt, bis ihr jemand anderen gefunden habt«, meinte er. »Aber sie hat darum gebeten, dass ihr sie zum Kiosk bringt, damit sie nicht jeden einzeln zu Hause abholen muss.«

Dolores richtete sich wieder auf.

»Ich habe gedacht, dass du das machen könntest, mein Junge«, entgegnete sie und lächelte müde.

In diesem Moment musste Gabriel wieder an einen Eintrag Orlandos denken, den Mónica ihm geschickt hatte.

Dolores leidet unter Agoraphobie. Sie hat Angst, die Wohnung zu verlassen. Angst, nach draußen zu gehen. Ich wusste sofort, dass sie nicht die Wahrheit sagt, als sie versicherte, Oxitocina zweimal am Tag auszuführen, da der Hund so lange Krallen hatte. Ich habe ihr erklärt, dass der Hund rausgehen muss, um gesund zu bleiben. Und dann habe ich angeboten, ihn gratis auszuführen, wenn sie hin und wieder mit nach draußen kommt und auf der Plaza de Oriente auf mich wartet.

Gabriel stand, die Arme vor der Brust verschränkt, im Wohnzimmer.

»Du solltest Oxi selbst rausbringen, Mama, weil sie dich braucht und weil du ab und zu mal die Wohnung verlassen musst.« Er fürchtete, die Geduld zu verlieren. »Du musst doch mal was anderes sehen als nur mich und den Hund. Und du hast mir auch versprochen, zur Therapie zu gehen, das musst du wirklich machen, Mama, denn ich kann langsam nicht mehr …«

»Weißt du, was ich am besten machen sollte?«, fiel Dolores ihm ins Wort. »Mich aus dem Weg schaffen. Das ist es doch, was ihr alle wollt. Dann seid ihr mich endlich los. Am besten jage ich mir eine Kugel in den Kopf. Das Jagdgewehr deines Vaters muss hier noch irgendwo im Schrank sein.«

Unwillkürlich sah Gabriel zu dem Schränkchen mit den Schlüsseln.

»Nein, ist es nicht. Es ist auf dem Dachboden, aber es ist nicht geladen. Wenn du die Kugeln dafür auftreiben kannst, dann mach es bitte im Wohnzimmer und nicht im Flur, weil das Blut so schlecht von der Tapete abgeht.«

Nicht zum ersten Mal erreichte er mit seiner Strategie, dass sie sich beruhigte.

»Das heißt, du willst, dass ich sterbe?«

»Nein, du bist hier doch diejenige, die anscheinend sterben will.«

»So wenig liegt dir an mir?«, fragte Dolores, und dann sagte sie plötzlich: »Woher weißt du eigentlich, dass das Jagdgewehr auf dem Dachboden ist?«

Verdammt!, dachte Gabriel. Vorsicht!

»So wenig liegt dir an mir, meinst du wohl?«, sagte er schnell. »Du bist es doch, die sich aus dem Staub machen will. Du hast zwei Kinder, die dich lieben und sich um dich kümmern, eine Wohnung im schönsten Viertel von Madrid, die wir sehr hübsch renovieren könnten, wenn dir nicht lieber wäre, dass dir eines Tages die Decke auf den Kopf fällt …«

»Gut, aber wer hat dir gesagt, dass ich das so wollte? Ich wollte andere Dinge.«

Gabriel spürte, dass er tatsächlich nicht mehr konnte. Auch das hatte er Ruth gesagt, weil es das wahre Monster war, das sich seit seiner Kindheit unter seinem Bett versteckte. Dass seine Mutter jedes Jahr im Herbst drohte, sich umzubringen. Und sie hatte genügend Medikamente zur Verfügung, um einen Elefanten einzuschläfern.

Ruth hatte versucht, ihn zu beruhigen. Wenn Dolores seit Jahren Medikamente nahm, hätte sie es ja schon längst tun können, hatte sie in ruhigem Ton gesagt. Im Allgemeinen seien solche Drohungen nur Hilferufe, die sicher immer dann erfolgten, wenn er in seiner Aufmerksamkeit nachließ.

»Aber was, wenn sie es wirklich einmal tut?«, hatte Gabriel gefragt und Ruth unglücklich angesehen.

Ruth hatte zum Fenster hinausgeschaut. Auf der Plaza waren die kahlen Bäume zu sehen – ein Anblick, der ihre depressiven Patienten noch schwermütiger machte.

»Du kannst sie nicht retten«, hatte sie mit eindringlicher Stimme wiederholt. »Wenn sich jemand selbst zerstören will, kann man nichts tun, um es zu verhindern. Wir sind keine Götter«, schloss sie, bevor sie ihren Freund umarmte. »Vergiss das nicht.«

Der Sitz in der Königlichen Akademie des Lebens

»Also, dass mir hier keiner wegstirbt, ich zähle nach«, sagte Pablo mit verschmitztem Gesichtsausdruck durch das Fenster seines Kiosks. »Passt auf euch auf, ja?«

Zu dieser frühen Stunde ließen sich die ältesten Bewohner an der Plaza de Oriente bereits wie hundertjährige Galapagos-Schildkröten die Sonne ins Gesicht scheinen.

Mónica betrachtete die alten Leute, die zwischen den Statuen von Ordoño I. und Wilfredo saßen. Diese Steinbank war schon immer so etwas wie eine Ehrenloge für die ältesten Nachbarn im Viertel gewesen. Sowas wie ein Sitz in der Königlichen Akademie des Lebens. Die Bank bot Platz für fünf, sodass sich immer nur eine weitere Person dorthin setzen konnte, wenn eine andere aufstand.

Hin und wieder verließ Pablo seinen Kiosk, schlenderte zu den Alten hinüber und bot ihnen eine Flasche Wasser oder ein anderes Erfrischungsgetränk an, damit sie nicht dehydrierten. Wenn ihre erwachsenen Kinder oder ihre Betreuer nicht hinsahen, war auch schon mal das ein oder andere Bierchen darunter.

Während der Pandemie hatte er angefangen, Witze über den Tod zu machen, die sich beim Ältestenrat des Platzes großer Beliebtheit erfreuten. Das sei die einzige Art und Weise, ihn zu vertreiben, meinte er immer, und so brachte er sie eine Weile zum Lachen.

»Hallooo, da sind ja die Big Five«, flüsterte Gabriel, der unauffällig hinter sie getreten war, spöttisch. »Das ist wie ein Sechser im Lotto. Mach ein Foto, die erwischt man nur selten alle auf einmal.«

Mónica verspürte ein nervöses Kribbeln, als er jetzt den Schlüssel zum Dachboden in die Tasche ihrer Jeans schob und sie für einen kurzen Moment seine Hand an ihrem Hintern spürte.

Vor ihnen saßen wie auf der Reservebank im Stadion der Vogelmann, die geschwätzigen Nachbarn Pin und Pon mit zwei farblich unterschiedlichen Regenhüten, René, der französische Philosoph, der in seinem Rollstuhl gekommen war, und Margarita, die – nachdem einige Todesfälle Lücken in die Reihen gerissen hatten –, gerade in den erlesenen Kreis der Ältesten aufgenommen worden war. Diese hatte soeben Gabriel entdeckt, in dessen Schlepptau sich die immer leicht betäubt wirkende Dolores und die hechelnde Oxitocina befanden, und stellte entzückt fest, wie gut er in seiner Flugbegleiter-Uniform aussehe.

Gabriel grinste und begrüßte Mónica mit zwei flüchtigen Wangenküssen. Dann ging er vor Fiera in die Hocke.

»Na, meine Kleine?«

Fiera begutachtete das Männchen aus der Perspektive ihrer zwanzig Zentimeter. Gar nicht übel, dieser Zweibeiner! Dann begann ihr Herz zu rasen, und ihre Augen wurden so groß, dass sie fast ihr gesamtes Gesicht einnahmen. Da war ja wieder dieser wunderbare Husky!

Sie begann zu jaulen, um die Aufmerksamkeit ihres Frauchens zu erregen.

»Ist ja gut, ist ja gut.« Mónica zwinkerte Gabriel zu. »Wie es scheint, hat Fiera ihre große Liebe entdeckt.«

Bowie linste mit seinen zweifarbigen Augen – eines grün, eines blau – hinter Margarita hervor, und Fiera raste auf ihn zu, das Stöckchen im Maul, das sie gerade im Park gefunden hatte.

Margarita winkte die jungen Leute heran.

»Meine Güte, es kommt mir vor wie gestern, dass ihr beiden hier herumgetollt seid, während wir Mütter hier saßen und auf euch aufgepasst haben, stimmt's, Dolores?« Sie nickte ihrer Freundin zu, und ihre Augen funkelten. »Und jetzt müsst ihr auf uns aufpassen.«

Gabriel und Mónica lachten, ohne zu wissen, was sie sagen sollten.

Dolores verzog das Gesicht zu einer kleinen Grimasse.

»Ja, und sie waren immer von oben bis unten voller Sand, und ihre Fingernägel waren nicht mehr sauber zu kriegen«, sagte sie und zog an ihrem Schal, als wollte sie sich damit strangulieren.

»Und dauernd haben sie irgendwelche Krankheiten angeschleppt«, ließ sich eine missbilligende Stimme hören. Es war Ágata, die mit einem schwarzen Wollturban auf dem Kopf näher trat und zu der kleinen Gruppe am Kiosk stieß, gefolgt von Pavlova, ihrem dürren Windhund, der im Partnerlook mit seinem Frauchen ging und eine Art Rollkragenpullover über den Rippen trug. »Suselen zumindest hatte mehr Parasiten als ein Hund: Würmer, Zecken, Läuse. Ekelhaft!«

»Ágata!«, sagte Margarita tadelnd.

»Das ist bei Kindern völlig normal«, verteidigte Gabriel seine Freundin. »Ruth hat Mónica immer ›Miss Greenpeace‹ genannt, weil wir wegen ihr alle möglichen Viecher retten mussten.«

»Wegen mir?« Mónica stieß ihn scherzhaft in die Seite.

Margarita lächelte, und ihre Augen glänzten belustigt. Ihr weißes Haar umschwebte ihr rosiges Gesicht wie eine Wolke aus Zuckerwatte.

Sie ist immer noch so hübsch, dachte Mónica, und ihr Blick ruhte einen Moment bewundernd auf dem beigefarbenen Wollkleid, dem dazu passenden Mantel, den Perlenohrringen und der Schmetterlingsbrosche, die auf dem

Seidentuch steckte, bevor sie sich vorbeugte und Margarita mit zwei Wangenküssen begrüßte.

»Wo ist denn Ruth?«, fragte sie.

»Sie wartet in der Praxis auf Dolores.« Margarita hob eine ihrer hellen Augenbrauen.

Ágata wandte sich wie eine zuschnappende Schlange an Dolores, die etwas unbeteiligt neben Gabriel stand.

»Dolores, hast du gehört? Nun geh schon, du wirst erwartet.« Sie schubste ihre Freundin in die entsprechende Richtung und schüttelte den Kopf. »Die Arme, die ganze Sache mit Orlando setzt ihr natürlich zu …« Sie ließ den Satz unbeendet und schaute bedeutungsvoll, und Mónica fragte sich, was hier eigentlich vorging.

Dolores reagierte nur mit einem »Mir zusetzen?« und wurde dann rot wie eine Tomate. Margarita gab ihren Freundinnen mit einer unauffälligen Geste zu verstehen, dass sie es dabei bewenden lassen sollten.

»Der arme Kerl, ich habe ihn gemocht«, sagte Pablo von seinem Kiosk aus. »Wobei er sich in jungen Jahren wohl einiges geleistet haben muss, was er später bereut hat«, schloss er mit einem hintergründigen Lächeln.

Gabriel und Mónica drehten sich wie zwei Parabolantennen zu ihm um und fragten wie aus einem Munde:

»Wie kommst du denn darauf?«

»Na wie wohl«, entgegnete Pablo und zuckte mit den Schultern. »Weil in diesem Viertel jeder meinen Kiosk mit einem Beichtstuhl verwechselt. Die Leute kennen keine Gnade, weil sie wissen, dass ich hier in meinem Häuschen gefangen bin und dass ich zuhören muss, und wenn sie ihr Herz ausschütten wollen, kommen sie unter dem Vorwand, den Müll runterzubringen oder den Hund auszuführen, bei mir vorbei und bleiben manchmal für Stunden.«

Jedenfalls konnte Pablo sich noch gut an einen Nachmittag erinnern, an dem Orlando mit den Hunden vom

Spaziergang zurückgekommen war und irgendwie deprimiert wirkte. Er ging nicht mit dem üblichen sportlichen Schritt, sondern schlurfte so traurig über die Plaza de Oriente, als hätte er einen Krieg verloren.

»Und als ich ihn gefragt habe, was los ist, blieb er eine Weile am Kiosk stehen und erzählte mir von seiner Mutter, die nach Mexiko ausgewandert war, als er und seine Schwester noch klein waren, und dem vielen Kummer, den er der armen Frau bereitet hatte, als er jünger war. Er erklärte mir, dass er nach Spanien zurückgekommen sei, um ihr weiteren Kummer zu ersparen und um ihr zu beweisen, dass er allein im Leben zurechtkommen konnte.«

Pablo trank seinen Kaffee aus und warf den Pappbecher in den Mülleimer.

Pin und Pon sagten wie immer kein Wort und lauerten darauf, irgendetwas mitzukriegen, was sie gegen andere verwenden konnten, und Mónica und Gabriel versuchten, diese Neuigkeit zu verarbeiten und gleichzeitig darauf zu achten, wie die anderen reagierten.

Doch Margarita richtete sich nur stumm ihr Halstuch und schien offenbar zu denken, dass man lieber den Mund hielt, wenn jemand gestorben war, während Dolores angelegentlich auf die Uhr sah und sagte, dass sie nun gehen müsse. Und Ágata beschränkte sich darauf, über Pavlovas knochigen Rücken zu streicheln, die scheu den Blick abwendete, als ob sie mehr wüsste, als ihre stumme Gegenwart versprach.

Als Mónica gerade eine Frage stellen wollte, entdeckte sie ihre Mutter, die über den Platz auf sie zukam, den Kopf leicht nach vorn geschoben, als ob sie einen Angriff plane.

»Schaut mal!«, sagte Ágata, »Lady Macbeth ist im Anmarsch.«

Was diese offenbar gehört hatte. Schimpfend kam sie auf die kleine Gruppe zu.

»Ach was! Ist heute etwa Eigentümerversammlung?«, fragte sie gereizt und dann, an ihre Tochter gewandt:

»Du hast mir ja gar nicht gesagt, dass du heute Morgen kommst.«

Angesichts des vorwurfsvollen mütterlichen Blicks fühlte sich Mónica, als wäre sie wieder fünfzehn Jahre alt und beim Rauchen erwischt worden. Sie hätte sie gleich noch angerufen, entschuldigte sie sich, sie habe angeboten, die Hunde der anderen auszuführen, bis diese jemand anderen gefunden hatten. Klar, es ist ja auch viel schöner, mit den Hunden spazieren zu gehen als mit der eigenen Mutter, schien Elisa zu denken, während sie missmutig unter ihrem orangefarbenen Hütchen hervorschaute und erst einen Blick auf die Hunde und dann auf die dazugehörenden Frauchen warf.

»Gut«, sagte sie dann. »Dann wünsche ich zumindest den Hunden viel Spaß. Ich muss los, denn ich bin sehr beschäftigt.«

Sie bedachte Dolores mit einem mitleidigen Blick und meinte: »Ach, könntest du mir den Schlüssel zu meiner Wohnung bitte zurückgeben, Dolores? In den Tagen, an denen ich nicht da war, sind alle meine Pflanzen vertrocknet, und jetzt brauchst du auch nicht mehr raufkommen, um sie zu gießen.«

Mónica und Gabriel sahen sich an. Dolores hatte einen Schlüssel zu Elisas Wohnung? Vielleicht hatte sie dann die Tür für Orlando aufgeschlossen.

»Ich werfe ihn dir in den Briefkasten«, entgegnete Dolores, ohne den Blick zu heben.

Margarita wandte sich an Elisa. »Lass es nicht an ihr aus. Es ist meine Schuld. Ich habe dir das mit den Hunden nicht gesagt, weil du sie eh nicht magst.«

»Da hast du wohl recht. Abgesehen von dieser kleinen Süßen hier.« Elisa streckte die Hand aus, damit Fiera ihre Finger lecken konnte.

Der dröhnende Klang der Kirchturmglocken schallte von der Plaza de la Encarnación herüber, um die Mittagsstunde anzuzeigen, gefolgt von denen der Kathedrale, die wiederum die Real Basílica de San Francisco el Grande ansteckte, und auf der Plaza de Oriente und oben auf den Balkonen begannen die Hunde zu jaulen. Ein perfekter vielstimmiger Kanon, der sich seit Jahrhunderten täglich wiederholte und die Bewohner des Platzes für ein paar Sekunden innehalten ließ. Mónica hatte sich immer vorgestellt, dass in diesen wenigen Momenten des Stillstands jeden Tag ein Wunder geschah. Deshalb griff sie, von einem kindlichen Instinkt geleitet, nach der Hand ihrer Mutter und drückte sie, genauso wie anschließend die Hände von Dolores, Ágata und Margarita, bis auf ihren Gesichtern ein Lächeln erschien. Die Beschwörung hat funktioniert, sagte sich Mónica. Sie funktionierte fast immer. Genau wie eine liebevolle Berührung.

Als die Glocken verklangen, hob der Vogelmann die Arme wie ein Priester. Doch anstatt eine improvisierte Friedenszeremonie zu zelebrieren, rief er damit seine Getreuen herbei, die sofort um ihn herumflogen.

»Meine armen Vögelchen«, rief er klagend aus. »Sie sind völlig verschreckt von dem Getöse. Ist den Nonnen der Finger am Knopf kleben geblieben? Diese blöden Glocken!«, sagte er und zerstörte mit einem Schlag den besonderen Moment.

Gabriel verabschiedete sich eilig, weil der Shuttle zum Flughafen gekommen war und er einen anstrengenden Langstreckenflug vor sich hatte. Jeder wusste, dass auf jedem Flug nach Buenos Aires mindestens eine alte Frau ohnmächtig wurde, fünfundneunzig Prozent der Passagiere um ein Glas Wasser baten, weil ihnen schlecht war, und sich in der Business Class niemand die Mühe machte, auf die Speisekarte zu schauen, sondern ihm mit abstrusen Fragen den letzten Nerv raubte. Mónica wünschte ihm einen guten Flug und verabschiedete sich von den *Golden Girls*, wie Ruth sie getauft hatte. Dann griff sie nach dem Bündel an Leinen, an deren Enden die Hunde hingen, die so unterschiedlich waren, dass sie unwillkürlich schmunzelte: die rundliche, brave Oxitocina, Bowie, der blonde Aristokrat, die unsichere, knochige Pavlova und die wachsame Fiera, die, nachdem sie alle anderen mit einem strengen Bellen zur Ordnung gerufen hatte, die Führung übernahm. Während Mónica mit ihren vorausstrebenden Zöglingen die Plaza de Oriente verließ, ging ihr durch den Kopf, wie besorgt Gabriel jetzt sein musste. Seine Mutter hatte als Einzige kein Alibi, dafür aber einen Schlüssel zum Tatort, der nur zwei Stockwerke über ihrer Wohnung lag.

Der Brunnen der ewigen Jugend

Der Spaziergang tat Mónica gut, und nach einer Weile bekam sie einen freien Kopf, und der beunruhigende Gedanke, dass die Polizei die Ermittlungen wieder aufnehmen und vielleicht nicht lockerlassen würde, verblasste ein wenig.

Stattdessen musste sie daran denken, wie sie im Real Cinema einmal *Mary Poppins* gesehen hatte und dieses Universum, das allen anderen Kindern magisch erschienen war, ihr vollkommen vertraut vorgekommen war. Das erlebe ich jeden Tag, hatte sie gedacht, während auf der Leinwand Schornsteinfeger, Pferdekutschen, Musiker und Maler zu sehen waren, wie sie ihr immer auf dem Weg zur Schule begegneten. Damals hatte sie besonders die Straßenkünstler gemocht, von denen einige um den Brunnen herum ihre Bilder malten und andere ihre Instrumente spielten oder sangen.

Nun ließ sie die Labyrinthe und den Palast mit den tanzenden Pferden und den Touristenmassen hinter sich und grüßte im Vorbeigehen die Gärtner. Wie es ihrer Mutter gehe, fragten sie, während sie die Beete machten, auf denen bunte Alpenveilchen wuchsen. »Was für ein Schreck, das mit dem Einbrecher!«, meinte einer mit einem riesigen Rechen in den Händen. »Konntet ihr schon nach Hause zurückkehren?«, wollte der Verwalter des Klosters wissen, als sie auf der Wiese für Fiera einen Ball warf. Neben ihnen trieb eine der Taubenbanden, die das Viertel auf den Kopf stellten, ihr Unwesen und stahl einem in eine Decke gewickelten schlafenden Bettler das Essen.

Alles war wie immer, und die Einzige, die fehlte, war Mary Poppins, jene märchenhafte Gestalt, die in die Stadt kam, um das Leben der Bewohner zu verändern, und dann wieder verschwand.

»Wie Orlando«, sagte Mónica laut, und die vier Hunde wandten die Köpfe um und wedelten spontan mit den Schwänzen. War Orlando ihre Mary Poppins gewesen?

Plötzlich sah sie jemanden, der aus der Vergangenheit zurückgekehrt zu sein schien, und sie wurde von einer spontanen Nostalgie ergriffen. War das etwa Octavio Sexto? Ja, er war es! Wie immer saß er mit seinem Rauschebart konzentriert hinter seiner Leinwand.

Octavio Sexto war stets ein großer Geschichtenerzähler gewesen, weshalb er immer von einer Horde von Kindern umgeben war, die an seinen Lippen hingen, während er seine Märchen erzählte. Einst hatte er Mónica versichert, dass auf diesem Platz niemand starb, der nicht mindestens hundert Jahre alt war. »Das liegt an dem Wasser, das aus dem Brunnen kommt«, hatte er mit seiner tiefen Stimme gesagt.

Versonnen setzte sich Mónica neben ihn, um die Hunde aus dem Brunnen trinken zu lassen, den sie seit damals den »Brunnen der ewigen Jugend« nannten. Für eine Weile hatten sie auch gedacht, dass Paquito, der angeblich älteste Spatz der Welt, der im *Café de Oriente* lebte, das Geheimnis des magischen Brunnens kannte. Der Legende nach war Paquito mindestens fünfundzwanzig Jahre lang immer wieder fotografiert worden. Doch dann hatten die »Vier Freunde« die fotografischen Quellen, die der Wirt des Cafés zum Beweis anführte, genauer studiert, und ihre Ermittlungen hatten ergeben, dass der erste Paquito hellbraune Flügel und der letzte dunkelbraune Flügel hatte, was darauf hinwies, dass es sich um eine Paquita handelte. Offensichtlich war der Vogel also ersetzt worden.

Diese Erinnerung brachte Mónica zum Lächeln, genau wie der Anblick von Fiera, die, auf den Hinterbeinen stehend, vergeblich versuchte, den Rand des Brunnens zu erreichen. Doch als sie ihr zur Hilfe eilte, hatte sie schon ein anderes Ziel entdeckt: ein kleines Mädchen, das ihr entgegenstrebte.

»Schau mal, Mama, eine Katze an der Leine!«

Fiera ließ das Mädchen nicht aus den Augen und stieß das heiserste Bellen aus, das sie in ihrem Repertoire hatte.

Entsetzt ergriff das Mädchen die Flucht. »Mama! Mama! Die Katze bellt!«

Diese neuerliche Respektlosigkeit veranlasste Fiera, das kleine Mädchen um den Brunnen herum zu jagen.

Mónica verbiss sich ein Lachen. Diesmal würde sie ihren Hund nicht schimpfen. Schließlich erteilte Fiera dem Mädchen gerade eine kostenlose Biologie-Stunde. Stattdessen zog sie Orlandos Kalender aus der Tasche, den sie immer bei sich trug und der für sie zu einer Art I-Ging-Buch geworden war, dessen Weisheiten sie wie ein Orakel nutzte. Willkürlich schlug sie eine Seite auf und stieß auf folgenden Text:

Ein Hund spiegelt die Familie. Wer sah jemals einen munteren Hund in einer verdrießlichen Familie oder einen traurigen in einer glücklichen? Mürrische Leute haben mürrische Hunde, gefährliche Leute gefährliche.

Der Spruch stammte von Arthur Conan Doyle.

Was die Hunde am Brunnen anging, konnte man sagen, dass er recht hatte. Doch dann rannte das hysterisch kreischende Mädchen, gefolgt von einem zähnefletschenden Chihuahua, der immerhin ihr Wohnungsgenosse war, an ihr vorbei und sie schüttelte den Kopf und murmelte:

»Na ja, Sir Conan Doyle, Ausnahmen bestätigen die Regel, nicht wahr?!« Dann wandte sie sich wieder Orlandos Notizen zu.

Das überlebenswichtige Grundbedürfnis eines Welpen ist Sicherheit. Genau wie ein menschliches Baby wird er nicht mit der Fähigkeit zu lieben geboren, sondern mit der Wahrnehmung von Gefahr. Da er noch so klein ist, empfindet er die Welt als gefährlich. Und sowohl das Gefühl von Sicherheit als auch Liebe kann er nur von der Mutter empfangen.

Mónica machte ein Foto von der Kalenderseite. Das würde der Spruch des Tages in der What'sApp-Gruppe der schlechten Töchter sein. Doch Orlandos Überlegung ging noch weiter.

Wenn die Mutter ein vorhersehbares, beständiges Wesen ist, das für sein Kind keine Gefahr darstellt, wird sie selbst an einem gefährlichen Ort zu einer Oase der Geborgenheit. Wenn nicht, löst sie Panik und Angst aus. Ich merke sofort, wenn in einem Haushalt Gewalt angewendet wird.

Suselen las die Nachricht, während sie in ihrer Garderobe darauf wartete, zur Probe gerufen zu werden. Der Satz mit der häuslichen Gewalt sprang ihr sofort ins Auge.

Ruth las den abfotografierten Eintrag aus Orlandos Notizkalender, während sie in ihrer Praxis auf Dolores wartete.

Wenn ich einem Hund zum ersten Mal begegne, mache ich bestimmte Handbewegungen und erhebe immer mal wieder die Stimme. Den Hundebesitzern fällt das nicht auf, die Hunde dagegen reagieren immer darauf. Deshalb weiß ich genau, was mit S. und D. los ist.

Ruth erschauderte und öffnete ihren Laptop. Konnte das sein? Die Anfangsbuchstaben der Namen passten. Ja, sie wusste, wer gemeint war. Und das bedeutete, dass die einzigen Zeugen, die wussten, was in diesem Haus geschah, ein kleiner Junge und ein Hund waren. Ohne eine Sekunde zu verlieren, wählte sie Mónicas Handynummer, die sich in diesem Moment auf einer Wiese in den Jardines de las Vistillas befand.

»Ich wollte dich auch gerade anrufen«, sagte Mónica, als sie sich meldete. »Könntest du Dolores wohl eine Weile beschäftigen, wenn sie gleich zu dir kommt?«

»Ja, sicher, aber ich muss mit dir über etwas anderes reden.«

»Aus!«, befahl Mónica Oxitocina, die an ihrem Bein hochsprang, um ein Leckerli zu bekommen.

»Was?«, entgegnete Ruth verwundert.

»Los jetzt!« Mónica zog an Fieras Leine.

»Schon gut«, entgegnete Ruth, »ich werde dich nicht lange aufhalten. Aber als ich den Eintrag gesehen habe, den du uns geschickt hast ...«

»Stopp!«, schrie Mónica Bowie an, der an einem Loch herumbuddelte.

Ruth verstummte erneut. Ihre Freundin war heute etwas einsilbig.

»Setz dich!«, befahl Mónica, und Bowie gehorchte.

»Was soll das?«, fragte Ruth. »Ich sitze bereits.«

»Entschuldige, was hast du gesagt?«, fragte Mónica und versuchte sich auf das Gespräch zu konzentrieren, während sie Pavlova über den Rücken streichelte. »Hör mal, ich möchte dich nur bitten, Dolores nach ihrer Stunde noch eine Weile aufzuhalten. Ich habe mich mit Suselen verabredet, um ihre Wohnung zu durchsuchen.«

»Warum denn das?«, fragte Ruth irritiert. »Wie wollt ihr überhaupt in die Wohnung kommen?«

»Keine Sorge, Gabriel hat uns den Schlüssel überlassen, wir müssen ein paar Dinge herausfinden ...«

Ruth runzelte die Stirn.

»Aber ich habe doch angerufen. Mónica, du benimmst dich sehr seltsam.« Ruth begann an einer Selleriestange zu knabbern. »Es geht um etwas, was nicht mit unserem Fall zu tun hat. Glaube ich zumindest. Jedenfalls habe ich die Anfangsbuchstaben der Namen auf dem Foto gesehen, das du uns geschickt hast. Und ich glaube, ich weiß, wer gemeint ist, und derjenige braucht Hilfe. Und zwar dringend.«

Es ging darum, dass Ruth einen fünfjährigen Jungen namens Dani behandelt hatte, der unter Krampfanfällen litt. Allerdings war im Gehirn des Kindes nichts festzustellen, sodass es sich nicht um Epilepsie handeln konnte. Der Junge sei ausgesprochen lieb und niedlich gewesen, erzählte Ruth ihrer Freundin, und die Mutter schien mit dem Problem überfordert zu sein.

»Und dann kam der Junge einmal mit einem gebrochenen Arm zur Sprechstunde und sie mit einer genähten Platzwunde über der Augenbraue, was mich das Schlimmste befürchten ließ. Ich bat die Mutter, kurz mit ihr allein sprechen zu können, und habe so lange nachgefragt, bis sie mir alles erzählt hat. Sara, so heißt die Mutter, berichtete mir, dass ihr Ex-Mann jedes Mal, wenn sie den Jungen bei ihm abholte, drohte, sie beide zu töten. Dass sie sich nicht mehr allein auf die Straße traut und dass dieser Mistkerl seinen Sohn an einem Wochenende derart misshandelt hat, dass er das Bewusstsein verlor. Seither hat der Junge diese Anfälle. Das Problem ist nur, dass der Kleine der einzige Zeuge ist und bei dem einzigen Mal, als Sara eine Anzeige erstatten wollte, kein Wort gesagt hat. Als die Polizei ihn befragt hat, hatte er wieder einen dieser Anfälle. Die Mutter behauptet jetzt zwar, dass alles wieder gut ist. Aber das glaube ich nicht, Mónica, weil ich die beiden kaum noch zu Gesicht kriege. Orlandos Aufzeichnungen interpretiere ich so, dass er am Verhalten des Hundes, der früher bei der Familie gelebt hat und den der Vater beim Auszug mitgenommen hat, etwas erkannt hat, aber wir können ja schlecht zugeben, dass wir den Kalender haben, oder?«

»Lass mich über eine andere Lösung nachdenken«, sagte Mónica, während sie ein Stöckchen warf, dem alle vier Hunde über die Wiese nachjagten. *Hunde lügen nicht*, erinnerte sie sich. *Hunde nehmen unsere Gefühle instinktiv wahr.* Und dann kam ihr eine Idee.

»Hast du schon mal von Gerichtshunden gehört?«, fragte sie.

»Nein«, sagte Ruth.

»Wenn du die Mutter davon überzeugen kannst, zum Gericht an der Plaza de Castilla zu kommen, denke ich, dass wir den beiden helfen können.«

Mónica und Ruth wurden von einem seltsamen Glücksgefühl erfasst, wie damals, als sie auf der Wiese, über die jetzt die Hunde tollten, nach vierblättrigen Kleeblättern gesucht hatten. Ruth hatte immer welche gefunden, ihr Glück aber stets mit den anderen geteilt. Ihrer Theorie nach wurde der, der sie fand, zum Glücksbringer und konnte wie eine gute Fee die Wünsche der anderen erfüllen.

»Aber ich habe meistens gepfuscht«, gestand sie jetzt lachend. »Ich habe das vierte Blatt mit Spucke angeklebt.«

Mónica saß lächelnd auf der Wiese. Aha. Hatte sie es doch gewusst!

»Das macht nichts, meine liebe Ruth, manchmal muss man dem Glück eben auf die Sprünge helfen.« Zufrieden ließ sich Mónica die Oktobersonne ins Gesicht scheinen. »Für uns warst du jedenfalls immer die Glücksfee. Und ich verspreche dir, dass wir diesem Jungen helfen werden. Damit er auch wieder glücklich werden kann.«

In diesem Moment verstand Mónica, was sie und ihre Freunde auch nach all den Jahren noch verband.

Der Garten der Lüste

»Pass auf, Dolores, irgendwann machst du einen Fehler, und dann bringst du dich aus Versehen wirklich um.«

Ruth sah ihre Patientin an, die wieder bei ihrem Lieblingsthema angelangt war, das sie euphemistisch immer »meinen Abgang« nannte. Ruth glaubte zwar, dass Dolores durchaus in der Lage gewesen wäre, ihrem Leben ein Ende zu setzen, gleichzeitig war sie sich aber sicher, dass sie es eigentlich gar nicht wollte.

»Um gegen unseren Urinstinkt der Selbsterhaltung zu handeln, müssen wir für mindestens eine Sekunde wirklich verrückt sein«, hatte sie Gabriel erklärt, um ihn zu beruhigen. Daher war es ihrer Meinung nach auch ausgeschlossen, dass Dolores aufgrund der Medikamente, die sie nahm, die Kontrolle verloren und einen Mord begangen haben könnte.

Mónica und Suselen waren da jedoch anderer Meinung. Schließlich schreckte Dolores nicht davor zurück, sich durch Selbstmorddrohungen äußerst dramatisch zu inszenieren, wie Suselen meinte, und zwar mit dem Ziel, die Aufmerksamkeit ihres Sohnes zu erregen.

»Und vielleicht war das mit Orlando auch so ein Versuch.«

»Nein, ich glaube nicht, dass Dolores in der Lage ist, sich selbst oder anderen wirklichen Schaden zuzufügen«, hatte Ruth mit fester Stimme gesagt.

Etwas anderes war es natürlich, wenn es ungewollt zu einem solchen Zwischenfall kam. Sie würde nie die Patientin vergessen, die mit einem Sprung aus dem Fenster angeblich Selbstmord begangen hatte. Allerdings hatte Ruth, als die Leiche abgeholt wurde, erklärt, dass es sich nicht um Selbstmord, sondern um einen Unfall gehandelt hatte, auch wenn die Polizei aufgrund von früheren Selbstmorddrohungen hartnäckig das Gegenteil behauptete. Doch Ruth konnte einen unumstößlichen Beweis vorbringen, der die Polizei schließlich überzeugte: die Fingernägel. Welcher Selbstmörder brach sich die Fingernägel ab, weil er versuchte, sich am Blumenkasten festzuklammern?

Andererseits hatte Dolores kein Alibi, und zudem hatte sie den Schlüssel zu Elisas Wohnung gehabt, was sie zur Verdächtigen machte. Dementsprechend galt es zu ermitteln. Dabei war es Ruths Aufgabe, ihrer Patientin während der Therapiestunde auf den Zahn zu fühlen, wobei sie sich etwas unbehaglich fühlte, denn den anderen etwas zu erzählen, bedeutete gegen die ärztliche Schweigepflicht zu verstoßen.

Und nun saß Dolores in ihrem Sprechzimmer und betrachtete stirnrunzelnd ihre Hände, als ob diese an ihrem möglichen »Abgang« schuld wären.

»Der einzige Grund, warum ich es noch nicht getan habe, ist Oxi«, seufzte sie voller Selbstmitleid.

»Und was ist mit deinem Sohn?«, provozierte Ruth. »Und mit dir selbst?«

Dolores schüttelte den Kopf, und Ruth fiel auf, dass sie sich nicht gekämmt hatte.

»Mein Sohn braucht mich nicht, für den bin ich bloß eine Last. Aber Oxi braucht mich.«

Und genau aus diesem Grund hat Orlando ihr den Hund besorgt, schoss es Ruth durch den Kopf. Oxi war nicht nur eine freundliche Hausgenossin. Sie war der Grund, warum Dolores morgens aufstand. Um mit ihr spazieren zu gehen und um Essen zu machen, das sie anschließend verspeisten.

Wie paradox, dass ein menschliches Wesen, das sich selbst nicht wertschätzte, nur dann reagierte, wenn es einem anderen Lebewesen helfen musste.

»Gabriel hat mir erzählt, dass du seit Jahren Medikamente nimmst. Zeigst du sie mir mal? Und wer hat sie dir verschrieben?«

Dolores erstarrte. Dann murmelte sie etwas von der Krankenversicherung und dass sie die Medikamente nahm, seit sie depressiv geworden war.

»Und wann war das?«, fragte Ruth nach.

»Na ja ... Eigentlich fing es nach der Geburt meiner Kinder an«, sagte Dolores leise.

»Nach der Geburt deiner Kinder?« Ruth konnte es nicht fassen. »Und seitdem nimmst du diese Medikamente?«

Sie nahm ihre Brille ab und setzte sich neben Dolores aufs Sofa.

Diese verschanzte sich hinter einem beschämten Schweigen. Auf diese Frage war sie nicht vorbereitet. Und sie konnte nicht die Wahrheit sagen, weil Margarita sie dann umbringen würde. Ruth erklärte ihr mit strenger Miene, wie wichtig es war, dass ihre Medikation überwacht wurde. In Zukunft würde sie als ihre Ärztin ihr im Rahmen der Therapie die Rezepte ausstellen.

»Ich hätte Orlando doch nie etwas zuleide tun können«, sagte Dolores plötzlich. »Ich habe ihn gern begleitet, wenn er mit Oxi spazieren gegangen ist. Er hat mir geholfen, das Leben ein bisschen auf seine Art zu sehen.«

»Auf seine Art?«, fragte Ruth überrascht.

»Ja. Er liebte das Leben. Ich habe nicht gewusst, dass man das Leben so sehr lieben kann.«

Während dieses erstaunliche Gespräch in Ruths Praxis stattfand, quälte sich Suselen durch die Probe. Der Dirigent war ein mittelmäßiger, ziemlich unsicherer Mann, der sich verhielt wie ein beleidigtes Kind, als sie ihn darauf hinwies, dass ein Teil ihres Parts nicht richtig transkribiert war.

Als sie nach der Probe das Theater durch den Künstlerausgang verließ, um sich mit Mónica zu treffen, hatte sie das Gefühl, einem U-Boot zu entsteigen und endlich wieder durchatmen zu können. Wie üblich kam ihre Freundin zu spät zum vereinbarten Treffpunkt, sodass Suselen die Zeit nutzte, um ein wenig über den Platz zu schlendern.

Auf der Plaza de Oriente wurde ihr von den Straßenmusikern zunächst *Der Tanz der Zuckerfee* in einer Version mit zwölf Gläsern geboten, ein Harfenist klampfte mehrere Songs von Deep Purple, und ein sehr alter, aber hervorragender Saxophonist spielte *A Long Goodbye*, und sie stimmte spontan ein und sang mit.

So fand Mónica ihre alte Schulfreundin vor – umgeben von einer Traube Passanten, die frenetisch applaudierten und die Geldkiste des überraschten Musikers mit Münzen füllten.

Mónica lächelte. Trotz ihrer früheren Schüchternheit hatte Suselen die Bühne immer schon geliebt. Es existierten noch Fotos davon, wie sie als Kinder in Margaritas Wohnzimmer *Singin' in the Rain* zum Besten gegeben hatten. Sie waren sogar so dreist gewesen, ihren Eltern fürs Zuhören ein paar Peseten abzuknöpfen. Suselen hatte ihre Freundinnen auf dem Klavier begleitet, sie hatte die Choreografie ausgearbeitet und ihnen die verschiedenen Stimmen beigebracht.

Das Ganze wäre ein absoluter Erfolg gewesen, wenn Ágata nicht bei *You Are My Lucky Star* den Raum verlassen hätte, um erst wiederzukommen, als alles vorbei war. Mónica erinnerte sich noch gut an Suselens unglückliches Gesicht, das sie hinter der Partitur verbarg, während sie sich bemühte weiterzuspielen, ohne in Tränen auszubrechen. Später hatte Ágata ihnen erklärt, dass sie nicht hatte bleiben können, weil so viele offene Regenschirme in einem geschlossenen Raum Unglück brachten.

Die beiden Freundinnen hakten einander unter.

»Als wären wir ein glückliches Paar«, scherzte Mónica.

Musicalmelodien singend überquerten sie die Plaza und brachen abrupt ab, als ihnen vom anderen Ende des Platzes Pin und Pon entgegenkamen.

»Verdammt, haben diese Leute kein Zuhause?«, schimpfte Mónica leise, während sie Fiera die Schnauze zuhielt, weil diese sich anschickte, die beiden wild anzubellen, wie sie es immer tat.

Rasch drückten sie sich in eine Hecke, und als das Ehepaar an ihnen vorübergegangen war, schickte sie eine Nachricht an Ruth, um sich zu vergewissern, dass Dolores noch bei ihr war.

Der Kauz ist noch im Olivenbaum, antwortete diese. *Keine Sorge, wir haben hier noch einiges zu klären.*

Wenige Minuten später betraten die beiden Freundinnen mit Gabriels Schlüssel die Portierswohnung, gefolgt von Fiera und Oxitocina, wobei Letztere sofort zum Wassernapf lief und dann nach ihrem Lieblingsknochen suchte. In der düsteren Wohnung, die einem Film von José Luis Garci die perfekte Kulisse geboten hätte, schlug ihnen ein muffiger Geruch entgegen.

»Hier riecht es wie in einem Roman von Dostojewski«, sagte Mónica schaudernd.

»Sollten wir dann nicht eine alte Frau töten wie in *Schuld und Sühne?*«

Suselen blieb mitten im Wohnzimmer stehen. »Okay, das war sehr schwarzer Humor.« Sie ließ den Blick schweifen. »Meine Güte, all diese Erinnerungen!«

Sie sah sich selbst zusammen mit Mónica und Gabriel auf dem abgewetzten Sofa mit den braunen Blumen vor dem Fernseher sitzen und *La Bola de Cristal* schauen. Am

Ende des Films hatten sie immer die Titelmusik mitgesungen, während sie Unmengen von Zwieback mit Butter und Zucker beschmiert und in heißen Kakao getunkt hatten. Was für ein Genuss!

Suselen hatte ihrer Mutter nie erzählt, was sie gegessen hatte. Und aus Angst, dass Ágata es mit ihrem Röntgenblick herausfinden würde, hatte sie sich später auf der Toilette den Finger in den Hals gesteckt, bevor sie nach Hause ging.

Mónica sah Suselen überrascht an, als diese so offen über ihre Bulimie sprach. Sie alle hatten es mitgekriegt und mit Suselen gelitten, aber sie hatten nie darüber gesprochen.

»Wonach suchen wir denn eigentlich genau?«, fragte Suselen, die ihre weibliche Figur nun selbstbewusst zeigte.

»Wir suchen nach gar nichts. Das wird sie tun.«

Mónica bückte sich und hielt Fiera Orlandos Kalender unter die Nase, den sie im Rucksack mitgebracht hatte. Der Hund steckte seine Schnauze in die Seiten und schnüffelte äußerst interessiert. Dann sah er winselnd zu Mónica auf, und noch bevor diese den Befehl SUCH ausgesprochen hatte, verschwand er mit aufgeregten kleinen Tippelschritten im Flur.

»Und jetzt?«, sagte Suselen, die ihre Stimme unwillkürlich zu einem Flüstern gesenkt hatte.

»Wir warten. Fiera wird uns wissen lassen, wenn sie etwas Interessantes gefunden hat.«

Suselen ließ sich auf dem braunen Sofa nieder. »A propos interessant – wir haben noch gar nicht über Gabriels Geständnis geredet.« Sie malte mit den Fingern Anführungszeichen in die Luft. »Wie findest du das? Unglaublich, oder?«

Mónica setzte sich neben sie. »Welches Geständnis meinst du? Dass er nicht schwul ist?«

Suselen schlug anmutig die Beine übereinander und nahm eine Talk-Show-Pose ein.

»Warum er wohl ausgerechnet jetzt damit herausgerückt ist? Es war, als wolle er es aus irgendeinem Grund unbedingt klarstellen, findest du nicht?« Sie sah Mónica fragend an.

Bevor sie weiterreden konnten, hörten sie, wie Fiera mit ihren Krallen über etwas Metallisches scharrte und dann das Quietschen einer Tür. Sie hielten den Atem an und waren kurz davor, sich hinterm Sofa zu verstecken. Doch es war falscher Alarm, das Geräusch kam aus dem oberen Stockwerk.

»Vielleicht sollten wir mal nachsehen«, meinte Mónica. Sie hatte nicht die Absicht, Suselen etwas von dem zu erzählen, was auf dem Dachboden passiert war – weder in der Vergangenheit noch in der Gegenwart –, und da kam ihr die kurze Unterbrechung gerade recht.

»Jetzt sehe ich vieles von dem, was wir damals erlebt haben, mit anderen Augen«, sagte Suselen nachdenklich.

Ohne zu wissen, warum, zog sich Mónica der Magen zusammen. Sie wollte gar nicht hören, warum ihre Freundin jetzt alles anders sah, aber man merkte, dass Suselen die Worte auf der Zunge brannten.

»Erinnerst du dich noch an den Abend, an dem ich heimlich von zu Hause abgehauen bin, um in die Disco zu gehen, ins Pachá?« Suselen drehte an einer ihrer langen Locken, und Mónica nickte unbehaglich. Ágata hatte ihrer Tochter die Discothekenbesuche verboten, bis sie fast zwanzig war.

»Na ja, an jenem Abend hatte ich meinen Schlüssel verloren und wollte meine Mutter nicht wecken, die ja gar nicht wusste, dass ich rausgegangen war. Und da es so heftig geregnet hat, haben wir die Nacht zusammen in Gabriels Auto verbracht.«

»Und?«, fragte Mónica mit klopfendem Herzen.

»Als ich aufgewacht bin, lagen wir beide halb nackt dicht beieinander auf dem Rücksitz unter einer Decke. Wir hatten unsere Shirts ausziehen müssen, damit sie trocknen konnten, und Gabriel war schon wach und hat mich irgendwie so komisch angesehen. Ich weiß noch, dass mich das irritiert hat. Und ich meine, gespürt zu haben, dass …«

»Was?«

»Na, dass er einen Steifen hatte, Mensch.« Suselen biss sich auf den Daumennagel und grinste. »Wer weiß, ob er sich nicht öfter einen runtergeholt hat, während er an uns dachte. Stell dir das mal vor.«

Mónica schüttelte den Kopf. Nein, das wollte sie sich ganz und gar nicht vorstellen. Gabriel war doch immer nur ihr Freund gewesen.

»Sei nicht albern, Suselen. Warum sollte es denn keine ganz normale Freundschaft zwischen einem Mann und einer Frau geben?«, entgegnete sie ein bisschen zu aufgeregt.

»Sag mal, bist du jetzt etwa sauer?«

»Sauer?« Mónica setzte ihr spöttischstes Lächeln auf. »Warum sollte ich?« Sie wickelte Fieras Leine um ihr Handgelenk, als ob sie sich selbst Handschellen anlegen wollte. »Es ist nur so, dass ich schon immer etwas gegen Vorurteile hatte.«

Aber genau das war ihnen bei Gabriel passiert. Sie hatten sich von ihren Vorurteilen leiten lassen. Weil er immer ein guter Freund war. Und weil ihn die Beziehung zu seiner Mutter geprägt hatte und er sich deshalb nicht binden wollte.

»Weißt du, ich hätte damals gern den wahren Gabriel kennengelernt und nicht den, den wir erfunden haben.«

Suselen hörte zu, ohne sie zu unterbrechen, und sah sie neugierig an.

»Bist du eifersüchtig?«

»Eifersüchtig?«, wiederholte Mónica pikiert und sprang vom Sofa auf, als hätte es Feuer gefangen.

»Ich glaube, du bist eifersüchtig, weil du denkst, dass zwischen uns damals etwas gelaufen ist.« Suselen legte den

Kopf schief und lächelte süffisant, als ob sie auf ein Geständnis wartete.

Da konnte sie lange warten! Mónica schwieg und hätte ihrer Freundin in diesem Moment am liebsten eine ihrer langen Korkenzieherlocken ausgerissen und sie damit erwürgt. Als ob Gabriel jemals Gefühle für Suselen gehabt hätte! Sie war damals doch nur ein kleines, verschüchtertes Mädchen, für das sie sich alle wie für eine jüngere Schwester verantwortlich gefühlt hatten. Wie kam sie jetzt dazu, mit einem Mal all die Schmetterlinge zu erschlagen, die in ihrem Bauch herumflatterten, seit sie und Gabriel sich versehentlich auf dem Dachboden eingeschlossen hatten?

Natürlich erzählte Mónica nichts davon. Außerdem war es nicht der richtige Moment. Sie hatten andere Dinge zu tun. Weil vielleicht eine ihrer Mütter eine Mörderin war. Und derzeit sah es so aus, als ob Dolores das große Los gezogen hätte.

Daher setzte Mónica ihr schönstes Lächeln auf und beschloss das Thema zu beenden:

»Red keinen Unsinn, Suselen. Gabriel war einer von uns, er war wie eine Schwester. Oder eben wie ein Bruder. Jedenfalls war er immer unser Freund, und das war das Wichtigste.«

In diesem Moment war ein leises Pingen zu hören. Eine Nachricht von Ruth, die ihr sehr gelegen kam.

Der Kauz kehrt zu seinem Baum zurück.

Mónica steckte ihr Handy in die Tasche. »Auf geht's! Wir müssen uns beeilen. Dolores ist im Anmarsch.«

Gleich darauf traf eine weitere Nachricht ein, diesmal von Gabriel.

Ich konnte den Chat meiner Mutter mit Orlando wiederherstellen. Ihr werdet nicht glauben, was ich herausgefunden habe!

Während sie die Nachricht lasen, liefen sie eilig durch den Flur.

»Fiera«, rief Mónica aufgeregt. »Fiera, wo steckst du?«

Suselen las noch einmal, was Gabriel der Gruppe geschrieben hatte. Was mochte er entdeckt haben, das ihn derart in Aufregung versetzte? Rasch schrieb sie zurück, dass er sie nicht so auf die Folter spannen solle. Und dann lief sie hinter Mónica her, um sie zu beruhigen. Dieser Hund konnte sich ja nicht in Luft aufgelöst haben. Wahrscheinlich war er in irgendeinen Schrank gekrochen.

Doch dann entdeckten sie Fiera in dem kleinen Innenhof. Dort, wo Dolores früher die Wäsche aufgehangen hatte, war jetzt ein kleiner Urwald aus Pflanzen, der sorgsam mit einer Plane überdacht war. Es gab sogar eine automatische Bewässerungsanlage, die so gar nicht zu dem verwahrlosten Zustand ihrer Wohnung passen wollte.

»Was macht sie da?«, fragte Suselen und wies auf Fiera, die an einem Blumenkübel hochgesprungen war und aufgeregt eine ihrer Vorderpfoten hob.

Das war ein Zeichen dafür, dass ihr etwas nicht koscher vorkam.

»Was willst du mir sagen, meine Kleine?«

Mónica ging neben Fiera auf die Knie, aus deren Schnauze ein paar grüne Stängel hingen.

Mónica verschränkte die Hände vor der Brust.

»Was soll das Fiera? Das ist jetzt nicht der richtige Moment.«

»Dein Hund frisst Gras?«, fragte Suselen. »Wie eine Kuh?«

»Nein.« Mónica versuchte Fiera das Grünzeug aus dem Maul zu ziehen.

»Hunde machen das, um sich den Magen zu reinigen.«

»Ach was, so wie ich mit meinem Gemüse-Smoothie?«, meinte Suselen bewundernd.

»Genau.« Mónica wandte sich wieder ihrem Chihuahua zu. »Aus!«, befahl sie, und schließlich spuckte Fiera ihrem

Frauchen den Inhalt ihres Mauls vor die Füße und streckte angeekelt die Zunge raus.

»Was soll das?«, schimpfte Mónica. »Das war sehr ungezogen!«

Doch dann stieg ihr der Geruch in die Nase. Das war kein normales Gras.

Fiera winselte aufgeregt. Dann verschwand sie in einem Busch, der eine weitere Reihe von Töpfen verbarg, und tauchte mit einer Pflanze im Maul wieder auf, die diesmal unverkennbar war.

»Marihuana?«, stießen Mónica und Suselen unisono hervor.

Und damit kein Zweifel blieb, stieß Fiera ihr typisches zweifaches Bellen aus, um den Fundort der Beute anzuzeigen, verschwand wieder in dem Busch und kam mit einem weiteren Beweisstück zurück.

»Coca?«

Fiera legte das Kinn auf den Boden und blickte freudig zu ihrem Frauchen auf. Endlich hatte sie die magischen Worte gesagt, und sie konnte die Suche beenden.

»Na ja, immerhin wissen wir jetzt, wo die Samen gelandet sind, die Orlando mitgebracht hat«, sagte Mónica. »Mannomann. Und was machen wir jetzt?«

Sie beeilte sich, ein Beweisstück von jeder Pflanze einzupacken, während Suselen wie eine japanische Touristin Fotos mit ihrem Handy machte.

»Wer hätte das von Dolores gedacht?«, sagte sie. »Sie sieht immer aus, als könnte sie kein Wässerchen trüben, während sie in ihrem Innenhof heimlich einen Cannabis-Garten angelegt hat! Jetzt haben wir es auch noch mit Drogenhandel zu tun!«

Beide waren sich einig, dass sie ihren Fund erst einmal genau untersuchen mussten, bevor sie die Fotos an die Gruppe schickten. Der arme Gabriel! Nun war seine Mutter tatsächlich zur konkurrenzlosen Hauptverdächtigen aufgestiegen. Und es war ja nicht das erste Mal, dass sie Drogen konsumierte. Wenn die Polizei ihre kleine Plantage entdeckte, würde sie kaum behaupten können, dass das alles für den Eigenbedarf war.

Mónica legte Fiera die Leine an, während Suselen im Wohnzimmer alles wieder so zurechtrückte, wie sie es vorgefunden hatten. Dann hielt sie mitten in der Bewegung inne.

»Sag mal, würdest du es Dolores zutrauen, unter Einwirkung von Drogen und Alkohol jemandem etwas anzutun?«, fragte sie zögernd. »Schließlich geht es um Dolores. *Unsere* Dolores.«

Mónica schüttelte zweifelnd den Kopf.

»Keine Ahnung. Das sollten wir vielleicht besser Ruth fragen.«

Stirnrunzelnd schaute sie Fiera hinterher, die gerade auf die Tür zum Innenhof zu hüpfte und voll gegen die Scheibe rumste. Anschließend sah sie ihr Frauchen mit glasigen Augen einfältig an.

»Ach du je!« Mónica nahm ihr Hündchen auf den Arm, das nun eifrig an etwas Unsichtbarem zu lecken begann. »Ich glaube, sie ist high. Schnell, wir müssen zum Tierarzt!«

Suselen griff nach ihrer Tasche und eilte ihrer Freundin nach.

»Dann sag mir mal, wie wir dem Arzt erklären sollen, dass dein Hund erst Marihuana, dann Coca und noch irgendein psychedelisches Kraut gefressen hat.«

Fiera hob die Schnauze und heulte wie ein kleiner Wolf.

Die beiden Freundinnen versuchten sie zu beruhigen und eilten zur Wohnungstür.

Ob sie sich irgendwann mal Gedanken darüber gemacht hatte, dass die Seele ihrer Tochter in der Hölle landen könnte?

Ruth war äußerst verwundert, als ihre Mutter sie bat, mit ihr in die Kirche zu gehen. Das tat sie doch sonst nie! Und schon gar nicht unter der Woche.

Das Ganze war umso verdächtiger, da Margarita in ihren achtzig Lebensjahren stets streng an ihren Gewohnheiten festgehalten hatte.

Jeden Morgen vor dem Aufstehen trank sie als Erstes ein Glas lauwarmes Wasser mit Zitrone, das Elsa ihr bereits auf den Nachttisch gestellt hatte.

Unterdessen streckte sich Bowie auf dem Bettvorleger aus, denn er war der Erste, der ihr am Morgen Guten Tag sagte, indem er sanft ihre Füße stupste. Margarita liebte es, seine weiche Schnauze an den Füßen zu spüren, bevor sie sich aus dem Bett schwang.

Anschließend trank sie – noch in ihrem Satinpyjama – einen Espresso ohne Zucker, um dann das Oximeter auf ihren Finger zu stecken und, ohne dass Bowie sie aus den Augen ließ, die Nachrichten im Radio zu hören.

Als Nächstes duschte sie, und bevor sie sich abtrocknete, rieb sie ihren Körper mit Mandelöl ein. Dann machte sie sich zurecht und ging, gefolgt von ihrem Hund, nach draußen, um ein bisschen spazieren zu gehen oder ein paar Einkäufe zu erledigen.

Am späten Vormittag nahm sie einen zweiten Kaffee und aß dazu ein frisch gebackenes Croissant in der *Botillería de*

Oriente, und in letzter Zeit hatte sich Dolores diesem Frühstück hin und wieder angeschlossen.

Wie bereits gesagt, hatte Margarita diese Abfolge bis auf winzige Veränderungen immer eingehalten, selbst an den Tagen, als sie entbunden hatte oder als ihr Mann beerdigt wurde. Denn letztendlich war es ja das Gesetz des Lebens und somit nichts Außergewöhnliches, irgendwann zu sterben.

An diesem Tag jedoch hatte die Meisterin der Routine nichts von all dem getan. Sie war eilig aufgestanden und hatte, ohne sich mit dem Frühstück aufzuhalten, ihren alten roten Balenciaga-Mantel aus dem Schrank genommen, der ihr so gut stand und den Ruth zuletzt als kleines Mädchen an ihr gesehen hatte. Dann hatte sie auf einer Bank vor der Kirche auf ihre Tochter gewartet.

Ruth begrüßte ihre Mutter mit zwei Wangenküssen.

»Wie schön, dass du kommen konntest«, sagte Margarita. »Weißt du, in letzter Zeit war ich nur selten in der Kirche, und ich habe das Bedürfnis, zur Beichte zu gehen. Sonst habe ich auf dieser Bank öfter auf Orlando gewartet, wenn er vom Spaziergang mit Bowie zurückkam. Ich war tatsächlich nicht mehr hier, seit er gestorben ist.«

Ruths sämtliche Sinne gerieten in Alarmbereitschaft. Sie sah ihre Mutter forschend an und konnte nicht glauben, tatsächlich so etwas wie ein Gefühl des Bedauerns aus ihren Worten herausgehört zu haben. Zur Sicherheit fragte sie: »War er denn religiös?«

Ihre Mutter strich sich über die Ärmel ihres Mantels und stand außerordentlich langsam auf. »Nun – in letzter Zeit kam er öfter hierher. Dann hat er Bowie und Oxi am Zaun festgebunden und ist mit Dolores zum Beten in die Kirche hineingegangen.«

»Willst du damit sagen, dass dieser Mann erst vor Kurzem katholisch geworden ist?«

»Ich will damit gar nichts sagen. Nur, dass er gern hergekommen ist. Man *wird* nicht einfach katholisch so, wie man ein Fan von Real Madrid wird, Ruth.«

Margarita trat in das Innere des Gotteshauses und ließ ihre Tochter wie immer einfach stehen. Drinnen ging sie bis zum Gitter am Altar, wo man ein paar Nonnen die Gesänge des Corpus üben hörte.

»Lass uns die Nonnen begrüßen«, hatte ihre Mutter früher immer gesagt. Als Kind hatte es Ruth fasziniert, die dunkel gekleideten Ordensschwestern allem Anschein nach glücklich in ihrem Käfig zu sehen. Damals waren es mindestens zwanzig gewesen. Jetzt zählte sie nur noch sechs – drei junge schwarze Nonnen und drei uralte winzige Weiblein.

Eine von ihnen, Schwester Ángela, kam zu ihnen herüber, um mit Margarita zu sprechen. Diese machte Ruth ein Zeichen, dass sie auf sie warten solle, während sie zur Beichte ging.

Ruth setzte sich in eine Bank und schloss die Augen.

Ihre Mutter hatte gesagt, dass sie das Bedürfnis habe, zur Beichte zu gehen. *Das Bedürfnis*? Machte sie sich etwa Sorgen um ihre Seele? Ihr ganzes Leben lang hatte sie Margarita niemals zur Beichte gehen sehen und schon gar nicht gehört, dass sie das Bedürfnis habe, was den Mythos ihres untadeligen moralischen Wesens nur zu untermauern schien. Darüber hinaus hatte Margarita auch sie nie gedrängt, zur Beichte zu gehen. Ob sie sich irgendwann mal Gedanken darüber gemacht hatte, dass die Seele ihrer Tochter in der Hölle landen könnte?

In diesem Moment erinnerte sich Ruth daran, wie ihre Mutter vor dem Einschlafen immer mit ihr gebetet hatte, als sie ein Kind war. »Müde bin ich, geh' zur Ruh, schließe beide Äuglein zu. Vater, lass die Augen Dein über meinem Bette sein.«

Während Ruth die Verse mit geschlossenen Augen vor sich hin murmelte, hatte sie den Eindruck, dass Gott ihr zuhörte. Und als sie die Augen wieder öffnete, saß ihre Mutter schon wieder neben ihr.

Ob sie eingeschlafen war? Ruth sah sich verwirrt um und entdeckte im Seitengang eine Gruppe Rollstuhlfahrer, die sich dort versammelt hatten.

»Das ist das Bild, das ich inzwischen von Gott habe«, sagte Margarita plötzlich. »Eine Gruppe Rollstuhlfahrer, die auf ein Wunder warten.«

Ruth wusste nicht, was sie dazu sagen sollte. Zweifelte ihre Mutter an der Existenz Gottes? Oder stand sie ihm, der, wie sie immer betont hatte, nach dem Tod ihres Mannes ihre Zuflucht gewesen war, inzwischen kritisch gegenüber?

Margarita hob den Blick zum Altaraufsatz, der von Christus gekrönt wurde. »Ich nehme an, dass das Blut des heiligen Pankratius immer noch viele Gläubige anzieht«, fügte sie spöttisch hinzu.

»Das des heiligen Pantaleon, meinst du«, korrigierte Ruth ihre Mutter. »Das Blut, das sich jedes Jahr verflüssigt, ist das des heiligen Pantaleon, Mama.«

»Das habe ich doch gesagt.«

Ruth sah sie irritiert an. Nicht weil ihre Mutter ihr widersprochen hatte, denn das tat sie immer, aber … Wie konnte sie den heiligen Pantaleon vergessen haben?

Ihre Mutter schien dem keine weitere Bedeutung beizumessen, denn sie erzählte weiter von der Priorin, die offenbar sehr angeschlagen war. »Die Arme. Wusstest du, dass sie unter Angina pectoris leidet. Sie muss schon sehr alt sein, unsere Schwester … äh …«

Sie verstummte und Ruth beschloss aus einem medizinischen Instinkt heraus, den Satz nicht für sie zu beenden.

»Schwester …?« Sie zog sanft an dem Faden, ohne ihrer Mutter zu helfen.

Margarita legte die Hände neben sich auf die Bank. Ruth bemerkte, dass sie ein wenig zitterten, doch sie ließ nicht locker.

»Du meinst doch deine Bekannte, die Priorin, mit der du eben gesprochen hast ...«

Margarita schwieg mit leicht beschleunigtem Atem, während sie augenscheinlich fieberhaft in ihrem Gedächtnis kramte. Schließlich hörte sie erneut die Stimme ihrer Tochter, die ihr forschend in die Augen sah.

»Mama, geht es dir gut?« Ruth sah Margarita fragend an.

Der Blick, den ihre Mutter ihr zurückgab, sagte ihr, dass dem nicht so war. Sie konnte sich ganz offensichtlich nicht an den Namen der Priorin erinnern. Sie wirkte abwesend, fast ein bisschen verzweifelt, während sie den doppelten Trauring an ihrem Ringfinger hin- und herdrehte, den sie trug, seit sie verwitwet war.

»Das ist nur deine Schuld, wegen deiner Angewohnheit, jedem einen Spitznamen zu geben«, murmelte sie schließlich vorwurfsvoll. »Du hast sie immer nur Batman genannt.«

Ruth lächelte, wenn auch besorgt. Natürlich lag die Schuld wie immer bei ihr. Um ihre Mutter zu beruhigen, fuhr sie damit fort, Erinnerungen heraufzubeschwören. Denn diese Kirche barg viele. Für sie beide.

Die weihrauchgeschwängerten Mitternachtsmessen an Weihnachten, ihre Hochzeit mit Teo, zu der die Kirche in ein Meer aus weißen Orangenblüten verwandelt worden war. Die Beerdigung ihres Vaters und die vielen schwarzen Schirme, die ihn draußen bei strömendem Regen auf dem Friedhof verabschiedet hatten. Dieser Ort war nicht nur wegen seiner Wunder bekannt. Als sie Kinder waren, hatte Margarita ihnen das Reliquiar gezeigt. Und was sie dort vorgefunden hatten, hatte ihre kindliche Fantasie entfacht: Fingernägel, Knochenteile, die unversehrten abgeschnittenen Zungen der Märtyrer von Saragossa und etwas, das Suselen monatelang Albträume verursacht hatte: vier kleine, von Trockenblumen umgebene Schädel, jeder in einer eigenen kleinen Urne.

»Das waren die ›Unschuldigen Kinder‹«, hatte Margarita erklärt, die damals vielleicht dreißig Jahre alt gewesen war und ein luftiges grünes Kleid mit weißen Punkten trug.

»Na, so unschuldig können sie ja nicht gewesen sein«, hatte die noch sehr kleine und sehr vorwitzige Mónica mit ihren Zöpfen daraufhin gesagt.

»Doch«, entgegnete Margarita, »sie waren so unschuldig, aber auch so ungezogen wie ihr, was damit endete, dass sie in ihren Bettchen verbrannt sind.«

Von da an war für die Mädchen der jährliche Tag der Unschuldigen Kinder am 28. Dezember kein heiterer Tag mehr, an dem man Leute veräppelte, sondern sie hatten regelmäßig für die armen Kinder gebetet.

»Das habt ihr wirklich getan?«, fragte Margarita amüsiert, als Ruth es ihr jetzt erzählte. »Mir war nicht klar, dass ich euch so sehr traumatisiert habe, dass ihr geläutert wart.«

Sie mussten lachen und legten erschreckt die Hand vor den Mund.

»Wobei ich dich garantiert nicht traumatisiert habe«, fuhr Margarita fort, »denn du warst immer die Rationalste in unserer Familie. Als du zwei Jahre alt warst, konnte man dir schon keine Märchen mehr erzählen, weil dir alles unglaubwürdig erschien.«

»Das nennt man doch nicht rational, Mama, sondern Asperger.«

»Du warst auch immer schon sehr schlagfertig.«

Jedenfalls war es eine Tatsache, dass es um die Plaza de Oriente herum schon immer viel Mysteriöses gegeben hatte.

Das Handy brummte, und Ruth blickte unauffällig auf den Chat der Gruppe. Die anderen hatten auf ein Video reagiert, das Gabriel eingestellt hatte. Sie zuckte zusammen, als sie es öffnete, weil dabei ein Reggae erklang, was dazu führte, dass einige Gläubige sich tadelnd zu ihnen umblickten und ihre Mutter den Blick auf das Display richtete. Es war ein Video, auf dem Dolores zu sehen war.

»Sie *tanzt?*«, wunderte sich Margarita.

Dazu hatte Gabriel geschrieben: *Kann mir das einer erklären?*, woraufhin Suselen mit *Ich ahne, zu wem die Stimme im Hintergrund gehört* reagiert hatte. Und Mónica mit *Zu Orlando?*

Margarita zog die Augenbrauen hoch und fragte:

»Das ist Dolores?«

Ruth bejahte zweifelnd. »Sie scheint irgendwo Tanzunterricht genommen zu haben«, improvisierte sie und steckte dann eilig ihr Handy weg.

In diesem Moment tauchte wie eine Marienerscheinung Gabriel in der Kirche auf.

»Oh mein Gott«, meinte Ruth, und es hätte wohl nirgendwo besser gepasst. »Wir waren verabredet, aber das ist mir völlig durchgegangen. Er sieht ziemlich ungehalten aus.«

Gabriel begrüßte Margarita mit einem Wangenkuss und wollte sich zu ihnen setzen, doch Ruth machte eine abwehrende Handbewegung.

»Ich habe nicht vor, zum Gottesdienst zu bleiben«, sagte sie und stand auf, in der Erwartung, dass er sie nach draußen begleiten würde. Doch das tat er nicht.

»Lass mich einen Moment ausruhen«, bat er müde. »Ich hatte einen total stressigen Tag, und der Frieden hier tut mir gut.«

»Siehst du, Kind? Noch einer, der katholisch geworden ist«, sagte Margarita spöttisch.

Bevor ihre Mutter Gabriel nach dem Video fragen konnte, versuchte Ruth das Gespräch in die richtige Richtung zu lenken.

»Ich habe meiner Mutter das von Dolores' *Tanzstunden* erzählt«, sagte sie und betonte jedes Wort. »Wegen des lustigen *Videos*, das du geschickt hast.«

Gabriel steckte die Hände in die Taschen. »Ach ja, der Tanzunterricht ... Na ja, das ist schon so lange her, dass meine Mutter sich nicht mal mehr daran erinnert. Aber ich habe das Video aufbewahrt, und da man sie selten so sieht ...«

Margarita kicherte. »Ja, *jetzt* sieht man sie selten so. Aber du hättest deine Mutter früher mal in der Disco sehen sollen. Wenn sie im *Joy Eslava* mit deinem Vater wie wild auf der Bühne getanzt hat. Die waren wie aufgezogen.«

Gabriel hörte mit großen Augen zu. Seine Mutter hatte ihm niemals erzählt, dass sie gern tanzte. Und er hatte es auch nie gesehen. Daher wäre er niemals auf den Gedanken gekommen. In der Portierswohnung gab es keine Fotos von früher. Anders als in der Wohnung davor, wie er sich schwach erinnern konnte. Kleine Fragmente des Glücks, die man aufstellt, um sie immer um sich zu haben.

Deshalb hatte Gabriel keine Ahnung, wie seine Mutter als junge Frau gewesen war.

Und sie erinnerte sich selbst wohl auch nicht mehr daran.

Doch diese Dolores existierte ganz offensichtlich immer noch. Sie hatte mit Orlando auf dem Dachboden wie verrückt getanzt und dabei wie ein junges Mädchen gelächelt. Das jedenfalls zeigte das Video, das er auf ihrem Handy gefunden hatte, als er die Datei wiederhergestellt hatte. Sie hatte sich der Musik so enthemmt hingegeben, wie sie nicht einmal war, wenn sie getrunken hatte. Denn wenn sie trank, tanzte sie nicht. Dann starrte sie nur traurig in einen imaginären Abgrund.

Ruth ihrerseits behielt für sich, was offensichtlich war: dass Dolores in diesem Video unter Einfluss eines Rauschmittels stand. Und das trug nicht gerade dazu bei, sie als Verdächtige ausschließen zu können. Mónica und Suselen hatten ihr erzählt, was sie auf dem Speicher entdeckt hatten. Doch bevor sie nicht überprüft hatten, ob die Samen aus Orlandos Koffer tatsächlich mit den Pflanzen übereinstimmten, die in Dolores' Innenhof wucherten, wollten sie Gabriel nichts davon erzählen.

Sie fragte sich, was er noch in dem Chat zwischen Dolores und Orlando entdeckt hatte. Und wenn er ihnen etwas verschwieg? Das wäre unverantwortlich, aber menschlich. Immerhin war Dolores seine Mutter.

»Also schön … Dann liegt das Tanzen wohl in der Familie«, meinte Gabriel plötzlich und riss sie aus ihren Gedanken. »Dieses Kloster ruft einige Erinnerungen wach, nicht wahr, Ruth?«

Sie erstarrte und betete, dass er nun nicht das erzählen würde, was sie befürchtete.

»Ach ja?«, fragte Margarita sichtlich interessiert.

»Aber klar«, fuhr Gabriel ahnungslos fort. »Weiß doch jeder, dass die Tür der Kirche der Ausgangspunkt für die Ausflüge ins Nachtleben von Valencia gewesen ist. Genau hier haben wir uns mit allem versorgt, um achtundvierzig Stunden durchzuhalten und von Disco zu Disco zu ziehen. Weißt du noch, Ruth?«

Sie schüttelte langsam den Kopf und warf ihm einen warnenden Blick zu, doch Gabriel war so richtig in Fahrt.

»Das waren noch Zeiten! Und heute sind wir spätestens um Mitternacht im Bett. Ich sehe dich noch vor mir, Ruth, in diesen enganliegenden schwarzen Leggins, die dir so gut gefallen haben, und Mónica mit dem zurückgegelten Haar, dem *Bones*-T-Shirt und der Portemonnaie-Kette, die wir alle so cool fanden. Weißt du noch?«, wiederholte er.

»Ich habe keine Ahnung, wovon du sprichst, Gabi«, murmelte sie, ohne ihre Mutter aus den Augen zu lassen.

»Mach dir keine Mühe, mein Lieber, in unserer Familie scheinen gerade alle das Gedächtnis verloren zu haben«, entgegnete Margarita mit einem boshaften Blick auf ihre Tochter. »Davon habe ich nichts gewusst und hätte lieber auch nicht erfahren, dass du dir die Haare rasiert hast wie Sinead O'Connor, aber das war ja nun mal nicht zu übersehen.«

Gabriel prustete los, und von den hinteren Bänken wurde um Ruhe gebeten.

»Ja, das war wirklich der Knaller!«

Ruth atmete tief durch. Das war einer ihrer bemitleidenswerten Versuche gewesen, die Aufmerksamkeit ihrer Mutter zu erregen, die sich nur um ihre schwierigen Brüder gekümmert hatte. Doch das Einzige, was sie damit erreicht hatte, war, dass Margarita sie ernst, aber eher desinteressiert angesehen und gesagt hatte:

»Nicht schlimm, Kind, die Haare wachsen ja nach.«

Und das war alles gewesen.

Ruth zog ihren Freund am Arm, der auf der Bank festgewachsen zu sein schien.

»Wir müssen jetzt los. Mach's gut, Mama.«

Es war besser, so schnell wie möglich zu verschwinden, da Gabriel plötzlich bereit schien, einige der peinlichsten Situationen aus ihrer Jugendzeit auszuplaudern.

»Das waren halt noch andere Zeiten«, meinte er, während Ruth versuchte, ihn aus der Kirche zu schleifen.

Auch Margarita stand auf. »Entschuldigt, dass ich dieses interessante Gespräch beenden muss, aber ich habe noch eine Verabredung, die sicher nicht so spannend ist wie eure, weil wir nur Karten spielen. Wobei … jetzt, da ich Dolores in Aktion gesehen habe, werde ich das mit den Tanzstunden mal ansprechen. Dort, wo wir uns treffen, ist genug Platz.«

»Dort?«, fragte Ruth unbehaglich.

»Ja, in der Seniorenresidenz, von der ich dir erzählt habe«, erklärte ihre Mutter und knöpfte den Kragen ihres roten Mantels zu.

»Ich erinnere mich nicht, dass du etwas von einer Seniorenresidenz erzählt hast, Mama.«

»Allmählich glaube ich, ich muss einen Termin beim Neurologen für dich machen, Kind.«

Margarita lächelte ihrer Tochter zu. »Ich gehe dorthin, weil es da Zeichenunterricht, Vorträge und Reha-Sport gibt. Und ich habe ein paar nette Leute kennengelernt, denen es so ähnlich geht wie mir. Zusammen mit ihnen bin ich auf der Suche nach etwas Dauerhaftem.«

Und mehr wollte sie nicht verraten.

Ruth und Gabriel verließen die Kirche, als hätten die Nonnen sie mit ihrem Schweigegelübde angesteckt. Stumm marschierten sie nebeneinander her, jeder in seine Gedanken vertieft. Es gab einiges, worüber sie sich Sorgen machten. Sie hatten auf einmal das beunruhigende Gefühl, ihre Mütter nicht wirklich zu kennen. Warum verhielten sie sich in letzter Zeit so merkwürdig? Und wie konnte das alles passieren? Wieso hatten sie die Veränderung nicht eher bemerkt, schließlich sahen sie sich doch ständig.

Ruth war immer um ihre Mutter bemüht, sie hatte sogar ihre Praxis in ihr Elternhaus verlegt, in der Hoffnung, dass Margarita sie endlich mal bemerkte. Und nun hatte sie mehr durch Zufall erfahren, dass ihre Mutter in eine *Seniorenresidenz* ging, wo sie *Freunde* gefunden hatte. Dabei hatte sie solche Einrichtungen bis vor Kurzem noch abfällig als *Altersheim* bezeichnet.

Gabriel seinerseits erkannte in der Frau, die Margarita beschrieben hatte, seine Mutter nicht wieder. Und genauso fremd war ihm die Frau, die sich von einem Typen, den sie kaum kannte, ungehemmt tanzend filmen ließ.

Ob seine Mutter wieder angefangen hatte zu trinken?

Das war das, was ihm die größte Angst machte. Vor allem, weil er sich nur allzu bewusst war, dass der Alkohol Dolores auf vermintes Gelände führen konnte. Um sich dann selbst Schaden zuzufügen. Und war es nicht auch eine Art und Weise, sich selbst Schaden zuzufügen, wenn man andere verletzte?

Alle Kinder sind Unfälle

Der Trennungsschmerz eines Welpen, den man zu früh der Mutter wegnimmt, ist mit dem eines ausgesetzten Hundes zu vergleichen. Es ist ein Gefühl dauerhaften Verlusts. Ein Gefühl tiefer Leere. Und das Gefühl der Leere ist ein emotionaler Zustand, der den Menschen extrem stark belastet. Abhängigkeit, auch die Suche nach Liebe, ist eine der vielen Arten, gegen diese Leere anzukämpfen …

Ruth und Gabriel gingen ziellos umher und ließen erst den Palacio Real hinter sich, dann die Kathedrale, bis sie schließlich an der Theke des *El Anciano Rey de los Vinos* landeten, einer Tapas-Bar, die sie an ihre Studienzeit erinnerte. Sie befand sich genau an der Ecke, an der der Viaducto de Segovia begann, die Brücke, von der früher so viele Selbstmörder in den Tod gesprungen waren und hinter der das herrschaftliche Opernviertel in das Bohème-Viertel La Latina überging. Damals hatten sie die Brücke jedes Mal überquert, wenn das Lokal zumachte, um zum Tanzen in den *Contra Club* weiterzuziehen. Als sie die Bar betraten, fiel ihnen auf, dass es dort nach wie vor nach Wermut roch. Inzwischen hatte Antonio, der Sohn des Wirts, den Laden übernommen. Er hatte nicht nur denselben Namen wie sein Vater, sondern sah aus wie ihm aus dem Gesicht geschnitten.

»Ich dachte, Klonen sei verboten«, scherzte Gabriel und organisierte im Vorbeigehen einen Barhocker für Ruth.

Unter dem Eindruck dieser beunruhigenden Ähnlichkeit erinnerten sie sich flüsternd daran, wie sehr der Fall des Schafs Dolly sie damals beeindruckt hatte, bis der Wirt sie mit dem gleichen lustigen Lächeln wie sein Vater und ebenso geröteten Augen fragte, was sie trinken wollten.

Sie bestellten zwei Gläser Wein aus der Ribera del Duero, denn mit der Zeit war ihr Geschmack anspruchsvoller geworden.

»Ich glaube, dass meine Mutter unter einem Frontallappensyndrom leidet«, platzte Ruth heraus.

Gabriel spießte ein Stück Tortilla auf, die auf dem gleichen Metallteller serviert wurde wie vor zwanzig Jahren.

»Und wieso glaubst du das?«

»Weil sie immer das Erste sagt, was ihr durch den Kopf schießt. Genau wie du übrigens. Das muss eine neue Epidemie sein.« Sie sah ihn verständnislos an. »Was sollte das eben in der Kirche, Gabi? Ist dir das Melatonin nicht bekommen? Oder hat der Weihrauch deine Zunge gelockert?«

Ihr Freund entschuldigte sich verlegen.

»Ich bin einfach ziemlich erschöpft. Da hab ich nicht so aufgepasst. Außerdem haben diese alten Geschichten heute doch gar keine Bedeutung mehr. Letztendlich erzählen wir unseren Eltern doch irgendwann alle, was wir früher angestellt haben, oder nicht? Ich habe immer das Gefühl, dass Dolores diese kleinen Geständnisse eher amüsieren.«

»Meine Mutter ist nicht so locker. Die wirft nicht mal abgelaufene Joghurts weg«, entgegnete Ruth. »Ich war kurz davor, dich umzubringen.«

»Vielleicht durch einen Stromschlag in der Badewanne mit einem Glas Wein in der Hand, wie es gerade Mode ist?«

Ruth, die immer noch über das seltsame Verhalten ihrer Mutter nachdachte, trank langsam einen Schluck Wein. Sie hatte das ungute Gefühl, dass irgendetwas nicht stimmte.

Das hätte Bowie mit seiner Spürnase ihr bestätigt, wenn sie ihn hätte fragen können. Denn in letzter Zeit wich er seinem Frauchen nicht mehr von der Seite. Anstatt ihr wie sonst wie ein Schatten zu folgen, trabte er nun voraus, als ob er sich sorgte, dass sie sich verlaufen könnte. Und obwohl er sie stundenlang beobachtete, war er nicht mehr in der Lage, ihre nächste Aktion vorherzusagen, da sie ihre Routinen änderte und auch ihre Körpersprache.

»Irgendwas stimmt da nicht«, sagte Ruth nun laut, »und das ist kein Scherz. Zum Beispiel habe ich meiner Mutter von Dolores' Unmut berichtet, nachdem Claudia ihr erzählt hatte, dass sie schwanger ist, und weißt du, was sie mir daraufhin gesagt hat?«

»Schieß los!«

»›Alle Kinder sind Unfälle, Kind‹, das hat sie gesagt.« Ruth leerte das halbe Weinglas in einem Zug. »Und dann hat sie mir einen Vortrag gehalten, dass das Problem unserer Generation sei, alles planen zu wollen, und dass die Natur so nicht funktioniert.«

Gabriel hob sein Glas.

»Dann auf uns Unfälle!« Sie stießen miteinander an. »Soll ich dir was sagen: Ich finde diese Einstellung deiner Mutter sehr befreiend.«

»Wie meinst du das?«, fragte Ruth, während sie mit der Hand ihr Glas bedeckte, damit der Wirt es nicht wieder füllte. Gabriel dagegen nahm das Angebot an.

»Ich würde lieber hören, dass ich ein Unfall war, anstatt immerzu gesagt zu bekommen, dass ich ein Engel bin oder dass ich meine Mutter gerettet habe.«

Ruths Gesichtszüge wurden ganz weich.

»Nein, schau mich nicht so an, so etwas ist kein Kompliment, sondern eine Last«, protestierte er.

Er kannte diesen Blick – so als wäre er ein süßes Kätzchen, das man einfach streicheln musste. Gabriel hätte Ruth gern gesagt, dass er diesen Blick hasste, woraufhin sie ihm sicher erklärt hätte, wie sehr er sich irrte. Denn Ruths Blick wollte einfach nur sagen, wie sehr sie seine sanften

Augen beruhigten, die immer leicht verschlafen und etwas lichtscheu wirkten. Genauso wie die Art, wie er ihr zuhörte, mit leicht zur Seite geneigtem Kopf, der nun zu einem Körper gehörte, der nicht mehr jungenhaft und schlaksig war, sondern kräftig und muskulös.

»Ich verstehe dich«, sagte sie schließlich. »Du hast das Gefühl, all das ersetzen zu müssen, was deine Mutter verloren hat, ihren Lebenspartner, ihren Vater, ihren Therapeuten, aber Gabi, das ist nicht deine Aufgabe. Du kannst die Probleme deiner Mutter nicht lösen.«

»Das stimmt.« Er nickte seufzend. »Seit Jahren versuche ich, mich nach ihren Bedürfnissen zu richten. Und was hat es gebracht? Entweder sie deckt jemanden oder sie hat einen Mord begangen.«

»Die Frage ist, warum du dich nie bei deiner Mutter darüber beklagt hast, dass sie dir, seit du ein Kind warst, diese Rolle aufzwingt. Auch uns gegenüber hast du immer eine emotionale Verantwortung empfunden, die dir gar nicht zukommt.«

Er schien überrascht. Offensichtlich hatte er ihre Beziehung nie so gesehen. Er suchte eine Weile nach den richtigen Worten.

»Du willst wissen, warum ich diese Rolle im Leben meiner Mutter akzeptiert habe? Ich glaube, weil sie mir furchtbar leidtut. Ich habe immer gedacht, dass wir sie alle im Stich gelassen haben. Doch inzwischen habe ich immer mehr das Gefühl, dass das ein Fass ohne Boden ist. Auch wenn ich tagelang versuche, sie aufzumuntern, oder mit ihr verreise, ist sie, wenn wir die Koffer für die Rückreise packen, bereits wieder deprimiert. Die glücklichen Momente scheinen sich mit Blitzgeschwindigkeit aufzulösen. Nichts hält vor, und ich fürchte, dass es immer schlimmer wird. Dass die Entzugserscheinungen immer früher kommen – fast wie bei den Drogen.«

Wie bei den Drogen, sagte sich Ruth. Ob sie Gabriel nicht doch schon erzählen sollte, was Suselen und Mónica im Innenhof von Dolores' Wohnung vorgefunden hatten?

Der tägliche Glockenkanon war zu hören, und eine Gruppe italienischer Touristen fiel in die Bar ein. Der Reiseführer erklärte mit quäkender Stimme, die von einem drahtlosen Mikrofon auf unerträgliche Weise verstärkt wurde, dass im Gebäude nebenan die mysteriöse Prinzessin Eboli gewohnt hatte.

»Jedenfalls kann es nicht sein, dass du dich mit dem Unglück deiner Mutter so belastest, Gabi«, sagte Ruth und fuhr sich mit den Fingern durch ihr kurzes hellblondes Haar.

»Dann sag mir aus professioneller Sicht, was der Grund für ihr Unglück ist, damit ich damit aufhören kann«, entgegnete er und legte erwartungsvoll eine Hand auf die Theke. »Hast du eine Idee?«

Sie zögerte einen Moment. Das war gefährliches Gelände.

»Den genauen Grund weiß ich noch nicht«, sagte sie schließlich, »aber es könnte sein, dass deine Mutter unter Cherophobie leidet.«

Gabriel erstarrte. »Bitte, was?«

Ruth schob ihr Weinglas beiseite und setzte zu einer Erklärung an:

»Ich glaube, dass Dolores Angst davor hat, glücklich zu sein. Deswegen sagt sie mit der Ausrede, dass es zu anstrengend sei, kurzfristig alles ab, was Spaß machen könnte. Doch das, was ihr eigentlich Angst macht, sind nicht die Menschen oder irgendwelche Aktivitäten, sondern der Irrglaube, dass etwas Schlimmes geschieht, wenn sie sich fallenlässt und glücklich ist. Macht das Sinn für dich? Für mich schon.«

»Ich bin so erschöpft von all dem, Ruth«, gestand er mit leerem Blick. »Weißt du, ich liebe sie so sehr, aber ich bin es so leid, sie immer wie einen Mehlsack herumzuschleppen;

nicht zu wissen, was los ist oder wie ich ihr helfen kann. Und jetzt sagst du mir, dass sie Angst davor hat, glücklich zu sein? Wie soll ich denn damit umgehen? Könnte es nicht eine einfache Höhenangst oder meinetwegen eine Clown-Phobie sein?«

»Gabriel …« Ruth drückte seine Hand. »Das ist nicht dein Kampf und nicht deine Schuld, sondern ein schlecht verdautes katholisches Erbe. Wenn du glücklich bist, musst du dafür zahlen. Aber das stimmt nicht. Und man kann etwas dagegen tun. Das wird deine Mutter viel Kraft und Arbeit kosten, aber es geht. Natürlich bist du erschöpft, aber du musst sie verstehen, wenn ihr euch gegenseitig helfen wollt. Du hast mich gefragt, was mit ihr los ist. Möchtest du meine Meinung hören? Glaubst du, das ist der richtige Moment?«

»Sie könnte in einen Mordfall verwickelt sein. Ja, das ist der richtige Moment. Definitiv.«

Ruth nickte. Dann fuhr sie fort: »Versetz dich für einen Moment in ihre Lage. Sie ist ein adoptiertes Wunschkind, und seit ihrer Geburt haben alle die Probleme, die sie direkt betroffen haben, vor ihr verschwiegen, um sie nicht zu belasten. Ihre Eltern haben ihr nicht erzählt, dass sie sie adoptiert haben, ihr Mann hat ihr verschwiegen, dass er arbeitslos ist. Und dann hat sie alles auf einmal verloren. Sie hat jegliche Sicherheit verloren, und die Probleme und das tägliche Leben haben sie überfordert. Auch ihre Kinder.«

Gabriel schaute nach draußen.

»Deine Mutter hat an einem Tag noch mit Puppen gespielt, und am nächsten Tag hatte sie zwei echte Kinder und war verwaist. Alles auf einmal. Sie hat mir erzählt, dass sie sehr verliebt war, als sie geheiratet hat, aber auch, dass es der Vorschlag ihrer Eltern war und dass dein Vater ein Freund der Familie gewesen ist. Das heißt, auch das hat sie nicht selbst entschieden. Sie haben ihr jegliche Verantwortung abgenommen.«

Ruth machte eine Pause und zögerte, da der Gesichtsausdruck ihres Freundes nichts Gutes verhieß. Sie beschloss, einen Gang zurückzuschalten.

»Und als ihr Mann zu trinken anfing und sie nicht mehr beschützen konnte, hat auch sie angefangen zu trinken. Dann hat sie sich in die Medikamentenabhängigkeit geflüchtet. Das ist eine Möglichkeit, vor der Leere und der Angst vor dem Leben zu fliehen. Und jetzt ist sie abhängig von ihrem Sohn, dem einzigen Menschen, der sie nicht im Stich gelassen hat. Dem Einzigen, dem sie vertrauen kann, weil er ihr die Wahrheit sagt.«

»Sag das nicht, dann fühle ich mich furchtbar«, bat Gabriel.

»Aber es ist die Wahrheit«, widersprach Ruth. »So wahr wie ihre Abhängigkeit auch dich abhängig gemacht hat. Und wenn du dich zu lösen versuchst, wird es problematisch. Weil sie jegliche Verantwortung an dich übertragen hat. Das höre ich jede Woche in der Therapiestunde. Von deinen herausragenden Fähigkeiten. Sie erhebt dich in den Stand eines Engels, um dich zu dem Erwachsenen in eurer Beziehung zu machen. Natürlich provoziert sie so Schuldgefühle bei dir, wenn du dich auch nur ein wenig von ihr entfernst. Du musst ja das Gefühl haben, ein Kind im Stich zu lassen.«

Ruths Urteil klang hart in dem plötzlich leeren Lokal, nachdem der Reiseführer seine Herde wieder nach draußen geleitet hatte. Ruth senkte ihre Stimme.

»Aber du musst dich nicht schuldig fühlen, Gabi, wenn du versuchst, deine eigene Geschichte zu schreiben und dein eigenes Leben zu leben.«

Gabriel hob die Hand, um etwas zu sagen. »Alles schön und gut, aber wenn ich das tue, erpresst sie mich, wenn auch unbewusst. Dann zeigt sie mir, wie verloren sie ohne mich ist, und vernachlässigt ihre Gesundheit, ihr Vermögen, ihren Papierkram ...«

Nun war Ruth diejenige, die ihn unterbrach.

»Gut, Gabi, aber jetzt möchte ich, dass du kurz daran denkst, was in dir vorgegangen ist, als du dieses Video gesehen und die gelöschten Nachrichten gelesen hast. Du bist in eine Co-Abhängigkeit geraten. Du musst deine Mutter überwachen. So wie ihre Eltern es getan haben. Du willst sie kontrollieren, festhalten.«

Gabriel schüttelte energsich den Kopf, aber Ruth sprach weiter.

»Es gibt da eine Frage, die ich mir immer wieder stelle, Gabi, und das ist wichtig, denn vielleicht liegt darin der Schlüssel zu allem: Warum, glaubst du, ist es Orlando gelungen, deiner Mutter die Angst davor, glücklich zu sein, zu nehmen? Wie hat er das gemacht? Es ist keine rhetorische Frage. Ich frage dich, weil ich es noch nicht herausgefunden habe, aber dieser Mann muss irgendetwas Besonderes an sich gehabt haben. Etwas, das Dolores vorher so noch nicht begegnet ist. Etwas, das wir nicht haben, Gabi, und das er nicht nur bei deiner Mutter eingesetzt hat, sondern auch bei meiner, und ebenso bei Elisa und Ágata, wenn nicht auch noch bei anderen.«

Gabriel leerte sein Weinglas in einem Zug und spürte, wie die Tannine durch seine Kehle rannen und für einen Moment seine Beklemmung linderten.

»Ich weiß nicht. Vielleicht dass er meine Mutter nicht vorverurteilt hat. Dass er ihr vertraut hat.«

Ruth nickte nachdenklich.

»Da könnte etwas dran sein.«

Gabriel seufzte.

»Es ist wirklich schade, dass wir ihn nicht kennengelernt haben«, sagte er mit schwerer Zunge.

»Aber unsere Mütter haben ihn gekannt«, meinte Ruth. »Laut Dolores ist sie nie zuvor jemandem begegnet, der das Leben so sehr geliebt hat. Und meine Mutter hat mir gestanden, dass Orlando ihr beigebracht hat, keine Last zu sein. Darin könnte der Schlüssel liegen.«

»Aber es ergibt doch keinen Sinn, dass Dolores etwas mit seinem Tod zu tun haben könnte, meinst du nicht?«

Ruth dachte einen Moment nach.

»Vielleicht nicht direkt, Gabi, aber meine Intuition sagt mir, dass sie etwas weiß und verschweigt. Das Profil deiner Mutter deutet nicht auf Aggressivität hin, aber auf Komplizenschaft.«

Ein unerwarteter Platzregen hielt sie wie alle anderen, die keinen Schirm dabeihatten, noch eine Weile in der Bar zurück. Ruth nutzte die Gelegenheit, um das Gespräch auf ein anderes Thema zu bringen.

»Und was ist mit dir, Gabriel, dem Erzengel, dem Retter seiner Freundinnen?«

Gabriel hatte den Blick auf ihr Spiegelbild in der nassen Scheibe gerichtet.

»Den kenne ich nicht.«

»Na, ich schon, auch wenn das sicher nur ein Teil von dir ist«, sagte Ruth leicht kokett. »Und ich würde gern auch den anderen Teil mal kennenlernen.«

»Die andere Seite des Mondes ist genauso öde und langweilig wie die, die du siehst, glaub mir.«

Ruth glaubte ihm kein Wort, bestellte aber erst mal ein paar Tapas, die äußerst verführerisch aussahen, während Gabriel scherzhaft fortfuhr:

»Wie es scheint, hat die Nachricht, dass ich nicht schwul bin, bei euch für mehr Aufruhr gesorgt als George Michaels Coming-out damals.«

Ruth versetzte ihm einen leichten Stoß und schalt ihn wegen seiner mangelnden Empathie. Immerhin hatten sie zu den Zeiten von Wham alle drei jede freie Stelle an den Wänden ihrer Zimmer mit Postern von diesem Sänger tapeziert, der ein Halbgott für sie gewesen war.

»Das war damals mein erster richtiger Liebeskummer, aber wechsle jetzt nicht das Thema.«

Gabriel nickte, und dann sagte er etwas Unerwartetes:

»Weißt du, dass deine Mutter für eine Weile dachte, dass zwischen uns etwas läuft?«

Ruth zog die Augenbrauen hoch. »Meine Mutter?«

Sie wäre niemals auf den Gedanken gekommen, dass Margarita sich einen Freund für ihre Tochter hätte vorstellen können, der nicht mindestens Mitglied im Country Club war.

Vielleicht hatte sie gar nicht so viele Vorurteile, wie sie dachte.

»Na ja, nicht wirklich«, meinte Gabriel mit einem ironischen Lächeln. »Sie hat mich darauf angesprochen, als ich dich abholen wollte, um mit dir den neuen *Indiana Jones* im Kino anzuschauen. Das weiß ich noch, als wäre es gestern gewesen.«

Margarita hatte ihn in die Bibliothek gebeten, während Ruth sich zurechtgemacht hatte, und ihn dann nach Dolores gefragt. Dann hatte sie behauptet, sich zu freuen, dass sie trotz der so unterschiedlichen »familiären Verhältnisse« so gut befreundet seien.

»Sie meinte, sie habe dich so erzogen«, zitierte Gabriel Margarita, »dass du bei deinen Freunden keine ›Unterschiede‹ machen sollst. Romantische Beziehungen hingegen würden nie funktionieren, wenn es diese Unterschiede gebe, weil Männer sich immer als die Stärkeren fühlen müssten. Die Stärkeren in jeder Hinsicht.«

Ruth errötete vor Scham und Wut und konnte kaum glauben, was sie da hörte.

»Wirklich? Diesen Unsinn hat sie dir erzählt?«

»Ja, und das war echt schade. Wir hätten die spanische Version von Romeo und Julia sein können«, sagte Gabriel mit weinseligem Lächeln.

Ruth jedoch war gar nicht zum Lachen, sie schimpfte leise über die diskriminierende, egoistische und manipulative Art ihrer Mutter, während Gabriel versuchte, die Sache herunterzuspielen. »Komm, du wirst dich doch jetzt nicht über so eine alte Sache aufregen.«

»Wie sollte ich nicht?«

»Was sollen wir denn sagen, wenn nicht einmal du die Konflikte mit deiner Mutter aus der Vergangenheit abhaken kannst?«

»Ich will sie nicht abhaken, ich hasse sie dafür, dass sie das gesagt hat«, schnaubte Ruth.

»Du kannst doch deine Mutter von damals nicht hassen.«

Ruth richtete ihren erzürnten Blick nach draußen, als ob sie erwartete, dass der Regen das Feuer in ihr löschen würde. Sie war es gar nicht mehr gewohnt, dass ihr jemand mal zuhörte. Der Nachteil an der Sache war, dass Gabriel sie nun mit ihren eigenen Argumenten schlug.

»Und wenn dieses Gespräch mit meiner Mutter nicht stattgefunden hätte?«, fragte sie. »Was wäre dann passiert?«

Sie sah seinen verwirrten Blick.

»Was ich sagen will, ist ...« Sie verstummte.

»Was?«

»Dass ich zu dieser Zeit, also nicht für lange, aber, na ja ...« Sie fuhr mit dem Finger am Rand ihres Weinglases entlang. »Für kurze Zeit war ich ein bisschen in dich verknallt.«

»Was?«, wiederholte Gabriel und lachte dümmlich.

Ruth lachte auch, obwohl ihr nicht wirklich danach war, denn in ihrem Inneren tobte ein Kampf.

Warum hast du das gesagt, Ruth, dachte sie. War sie jetzt diejenige, die unter einem Frontallappensyndrom litt? Zum Glück hatte Gabriel es nicht allzu ernst genommen. Aber warum, zum Teufel, *hatte* er es nicht ernst genommen? Natürlich spielte das jetzt sowieso keine Rolle mehr. Je länger Ruth darüber nachdachte, desto inständiger wünschte sie, nichts gesagt zu haben. Denn Gabriel war »einer von ihnen«, und das hätte ihre Gemeinschaft zerstört. Auch wenn sie nicht blutsverwandt waren und Gabriel nicht schwul, war irgendetwas Verbotenes an einer Liebesbeziehung mit ihm.

Tatsache war allerdings, dass sie nun, da sie ohne die tabuisierende Freundschaft von damals mit dem offiziell nicht schwulen Gabriel Wein trank, erneut das Kribbeln von damals spürte, als sie zur *Cuatro Rosas Bar* gefahren waren und nicht alle in Mónicas R 5 gepasst hatten. Gabriel hatte sonst immer auf dem Beifahrersitz gesessen, aber an diesem Tag saß er hinten und sie auf seinem Schoß, weil sie die Leichteste von allen gewesen war. Genau wie jetzt hatte sie damals eine in sich aufsteigende Hitze gespürt, als er schützend die Arme um sie gelegt hatte. Und er war ja auch ihr Schutzengel gewesen, aber nicht nur ihrer, sondern der von ihnen allen.

Was Orlando geschrieben hatte, stimmte: Die Menschen hatten ihren Instinkt ausgeschaltet, vor allem, was Gefahr und Anziehungskraft anging. Denn als Ruth aus ihrer Erinnerung auftauchte und wieder in die Gegenwart zurückkehrte, sah sie sich dem Gabriel des einundzwanzigsten Jahrhunderts gegenüber, der sie betrunken anlächelte.

Mit ein wenig Glück würde er sich am nächsten Tag nicht mehr daran erinnern, was sie gesagt hatte.

Was das anging, war sie den anderen immer überlegen gewesen. Sie betrank sich nie und hatte niemals an einem Joint gezogen. Die anderen hatten ihr das manchmal übelgenommen und sie als Spaßbremse beschimpft, aber was sollte sie tun? Schließlich war von der Tochter einer von Selbstkontrolle besessenen Mutter nichts anderes zu erwarten. Und nicht nur deshalb, sondern auch weil sie jetzt nicht mehr mit dem Gabriel von damals reden konnte und außerdem zwei Kinder und einen Ehemann hatte, der vielleicht nicht ihre große Liebe war, aber immerhin ihre Familie, ruderte sie zurück.

»Reingelegt. Hast du das etwa geglaubt?« Sie streckte ihm die vom Rotwein verfärbte Zunge raus.

Gabriel schien für einen Moment wieder nüchtern zu werden und blinzelte mehrmals.

»Verdammt …!«

»Das, was meine Mutter gesagt hat«, fügte sie hinzu und lachte gekünstelt.

Daraufhin begann Gabriel, der wirklich ziemlich angesäuselt war, mit ihr zu reden, als wäre sie seine Therapeutin.

»Weißt du, ich werfe euch nicht vor, dass ihr mich nie als Mann gesehen habt. Denn ich habe mich auch nicht so verhalten. Ihr wart meine Oase, meine Familie, und ich hatte immer Angst, die Stabilität zu verlieren, die ihr meinem Leben gegeben habt. Und nun ist so viel Zeit vergangen, wir haben uns alle verändert, aber ihr seid noch immer da wie die Bäume auf der Plaza de Oriente. Dass ich euch nie etwas von meinem Gefühlsleben erzählt habe, liegt nicht an mangelndem Vertrauen«, meinte er und biss sich auf die Lippe. »Sondern vielleicht daran, dass ich einfach noch nicht die Richtige gefunden habe.«

Die Richtige? Ruth hätte nicht mal sagen können, warum dieser Ausdruck sie so nervte. Aber sie musste ihn auf diesen Irrtum hinweisen.

»Und ist dir noch nie in den Sinn gekommen, warum du die ›Richtige‹ noch nicht gefunden hast?«

»Nein. Ehrlich gesagt, habe ich die Gründe meines Scheiterns nie analysiert. Das Einzige, was ich weiß, ist, dass alle Frauen in meinem Leben etwas von mir verlangen, was ich ihnen nicht geben kann, und auf einmal zerbrechlich, instabil und schutzbedürftig werden.«

Als Gabriel den beinahe feindseligen Gesichtsausdruck seiner Freundin bemerkte, die ihre Serviette zerpflückte, wurde ihm die Sache unangenehm.

»Was ist? Warum siehst du mich so an?«

»Die Antwort wird dir nicht gefallen.«

»Warum?«

»Weil ich da so meine eigene Theorie habe, warum es dir so ergeht.«

»Also warum«, beharrte er. »Kann es nicht einfach nur sein, dass ich immer ein bisschen Abstand brauche?«

Ruth zuckte mit den Schultern und schwieg, was Gabriel irritierte.

»Na los, sag mir, was du denkst.«

»Ich glaube nicht, dass deine Partnerinnen zu viel von dir verlangen, sondern, dass die Beziehungen sich einfach weiterentwickeln. Dabei entstehen emotionale Bindungen, die dich in Panik versetzen, weil du denkst, sie könnten zu einem Gefängnis werden, in dem du der Sklave eines anderen bist. So wie bei deiner Mutter.«

Gabriel blinzelte erneut, als ob er allergisch auf Ruths Worte reagierte, aber sie fuhr fort. »Diese Frauen haben mit deiner Mutter nur eines gemein, nämlich dass sie eben genau das sind: Frauen. Und jetzt gehst du bald auf die fünfzig zu und fragst dich, warum du die Richtige nicht gefunden hast. Nur wirst du niemals einen Grund für dein emotionales Scheitern finden, weil du in Wirklichkeit glaubst, in deinem Leben keinen Platz für eine Beziehung zu haben, oder fürchtest, dass sie zu einer Last werden könnte, weil du regelrecht darauf wartest, dass die Frau, um die es geht, zerbrechlich und abhängig von dir ist.« Ruth nahm nun kein Blatt mehr vor den Mund. »Und genau deswegen bist du auch der beste Freund überhaupt, weil du auf diese Weise weitestgehend außen vor bleibst und in der Schlacht des Lebens nicht in der ersten Reihe stehst. Denn in dieser Rolle bist du ersetzbar und nicht unverzichtbar.« Ruth holte Luft. »Du willst dich nicht dem Druck aussetzen, für jemanden einzigartig zu sein. In einer Paarbeziehung oder als Vater könntest du der Liebe nicht entgehen, und das führt dazu, dass du dich gefangen fühlst, auch wenn dem gar nicht so ist. Deshalb spielst du gern die Rolle des Frauenverstehers. Dabei ist das gar nicht deine Aufgabe. Ich glaube, dass du dir selbst die Möglichkeit versagst, eine Familie zu gründen, wie du sie als Kind nicht hattest. Und das ist schade, weil die Lösung deines Problems vielleicht genau darin liegt.«

Ruth legte ihre kühle Hand auf Gabriels heiße Wange. »Du sagst, dass du die Hoffnung aufgegeben hast, die Richtige zu finden. Aber ich bin mir sicher, wenn du lernst, anderen zu vertrauen, angefangen bei deiner Mutter, wirst du der Richtige für jemanden sein. Und diejenige wird dich finden.«

Als Ruth ihren Vortrag beendet hatte, trank sie den Rest ihres Weins aus. Gabriel sah aus, als hätte er einen Boxkampf verloren. Er versuchte durchzuatmen, was ihm jedoch nicht gelang. Er starrte auf die Regentropfen, die am Fenster heruntерglitten, und dann liefen ihm selbst die Tränen über die Wangen. Ruth wurde auf einmal klar, dass sie es zu weit getrieben hatte. Schuldbewusst stand sie auf und nahm ihren Freund in die Arme. Seine Tränen nässten den Kragen ihrer weißen Bluse, und in der kleinen Tapas-Bar stand die Zeit still. Doch jenseits der Fensterscheibe flogen die Minuten nur so dahin, und die Passanten unter ihren Regenschirmen eilten an der Bar vorbei wie Schauspieler in einem Stummfilm. Darunter auch Mónica, die, als sie die beiden sah, so schnell davonlief, als fürchtete sie, vom Blitz getroffen zu werden.

Und das nennt sich künstliche Intelligenz?

»Und das nennt sich künstliche Intelligenz?«

Elisa nahm mit genervtem Ausdruck ihre Brille ab, um die erste Schlacht des Tages zu schlagen. Den Kampf mit ihrem Smartphone, dem sie immer wieder ihr Gesicht annäherte in der Hoffnung, über Face-ID, verdammt noch mal, endlich ihren Bankzugang entsperren zu können. Mónica ihrerseits wühlte in der Kiste mit den Kaffeekapseln, um eine zu finden, die stark genug war, den Motor ihres Gehirns in Gang zu bringen, der allmählich ermüdete. Ohne Koffein im Körper konnte sie das Gezeter ihrer Mutter nicht länger ertragen.

»Das muss der sogenannte Clark-Kent-Effekt sein«, sagte Elisa gerade. »Wenn ich die Brille aufsetze, um etwas zu sehen, erkennt mich das Handy nicht. Erst wenn ich sie absetze, bin ich wieder ich selbst. Und was sagst du dazu?«

Während Elisa immer wieder ihre Brille auf und ab setzte, wurde sie immer wütender.

»Das ist der Gipfel der Intelligenz! Jetzt bin ich Elisa, jetzt nicht, jetzt bin ich es wieder …«

Mónica wandte ihrer Mutter noch immer den Rücken zu, da sie erst mal einen Schluck Kaffee brauchte.

»Aber mach dir keine Sorgen!«, fuhr ihre Mutter zunehmend erregt fort. »Ich bin absolut Herr der Lage. Trink du erst mal deinen Kaffee, das ist das Allerwichtigste.« Eine eindeutige Provokation.

»Ich glaube, ich nehme den irischen Kaffee«, murmelte Mónica und steckte umständlich die Kapsel in die Maschine.

Allein die Aussicht darauf, dass ihr gleich der Kaffeeduft in die Nase steigen würde, hatte eine beruhigende Wirkung, und da sie wusste, wie das Ganze enden würde, griff sie ein, bevor Elisa das Handy wieder auf den Boden feuerte. Sie entwand ihr das Gerät, tippte auf die Taste, die es erlaubte, den Zahlencode einzugeben, und gab es ihrer Mutter zurück.

Elisa verfolgte die Operation mit geblähten Nasenlöchern.

»Und jetzt? Was soll ich tun?«, schnaubte sie.

Mónica bat sie, ihre Pin einzugeben, wie sie es sicher schon öfter getan hatte.

Das machte die Handy-Mörderin nur noch wütender.

»Wie soll ich mich denn an die verdammte Pin erinnern! Die benutze ich doch gar nicht mehr, seit ich das mit meinem Gesicht mache! Was kann ich dafür, dass dieses Scheiß-Handy unter Amnesie leidet?«

»Kein Wunder, so wie du mit dem armen Ding umgehst«, entgegnete Mónica.

»Die Pin, diese verdammte Pin ...«, hörte sie ihre Mutter fluchen. Und wenn Elisa erst einmal anfing, Schimpfworte zu benutzen, explodierte sie bald. Doch dann griff überraschend das Schicksal ein. Vom Innenhof aus.

»Psst!«, befahl Elisa plötzlich und schlich auf Zehenspitzen zum Fenster. »Da wir gerade von Pin reden ...«

»Was?«, fragte Mónica.

»Sie streiten schon wieder.«

»Wer?«

»Pin und Pon!«

Die kreischende Stimme der Nachbarin war zu hören, die ihren ausnahmsweise schweigenden Ehemann zur Schnecke machte. Und der Monolog war alles andere als schön.

»Du bist ja so ein armer Kerl! Komm, bemitleide dich noch ein wenig, das kannst du doch so gut. Los, denn wenn ich rede ... Aber mach wenigstens den Mund zu. Wenn man dir beim Essen zusieht, wird einem ja schlecht.«

Mónica schloss das Fenster.

»Was machst du denn?«, beschwerte sich ihre Mutter.

»Ich will uns nicht den Appetit verderben, Mama.«

Sie stellte ihrer Mutter einen Teller mit geröstetem Brot hin.

»Jedenfalls freue ich mich, dass du dich mit Margarita wieder vertragen hast.«

Mónica drückte erneut auf den Knopf der Kaffeemaschine, und ihre Mutter kräuselte die Lippen.

»Margarita ist eine ziemlich hochmütige, egoistische Alte, aber … sie ist eben meine Alte.«

»Dein Gargamel, meinst du.«

Elisa wirkte für ein paar Sekunden verwirrt, dann grinste sie.

»Du bist ganz schön gemein.«

»Nein, ihre Tochter ist gemein, denn die hat sie so genannt.«

Mónica dachte, dass dies ihre Mutter, die für Klatsch und Tratsch immer zu haben war, sicher aufheitern würde, allerdings brach sie nicht in ihr typisches ansteckendes Lachen aus.

»Gargamel«, wiederholte Elisa immer wieder, auf der Küchenbank sitzend.

»Na, Mama, wieder gut drauf?«, fragte Mónica spöttisch.

»Ich bin nicht gut drauf«, entgegnete diese kichernd.

»Ich weiß genau, woran du denkst!«

»Woran denn, mein Kind?«

»An die Witze, die du nun mit Ágata und Dolores auf Margaritas Kosten machen wirst.«

»Wer sind die denn?« Elisa wischte sich mit einer Serviette die Lachtränen aus den Augen. Dann kam ihr ein neuer Gedanke. »Also, wenn Margarita Gargamel ist, dann seid ihr Mädchen die Schlümpfe, und Gabriel ist Schlumpfine. Ich finde, das passt super.«

»Das war ein ziemlich geschmackloser Kommentar, Mama.«

Elisa stand auf, stellte ihre Tasse in die Spüle und ließ das Wasser hineinlaufen. »Mein Gott, Kind, das war doch nur ein Wihitz. Schwulsein ist doch heute nichts Besonderes mehr. Und ein bisschen Humor gehört dazu.«

»Aber Gabriel ist keine Schlumpfine.« Mónica drehte den Wasserhahn zu. »Und lass das Wasser nicht einfach laufen, es ist knapp.«

In diesem Moment merkte Elisa, dass sie – unabhängig von dem ökologischen Aspekt – der Sache nachgehen musste. Tatsächlich war es ihr schnurzegal, ob Gabriel schwul war oder nicht, was ihr jedoch äußerst interessant erschien, war die Entschiedenheit, mit der Mónica klargestellt hatte, dass ihr Freund auf Frauen stand.

Mónica ihrerseits fiel sogleich der bohrende Blick ihrer Mutter auf. Genauso guckte Fiera, wenn sie ein Geräusch gehört hatte, das nicht zur üblichen urbanen Symphonie gehörte. Daher versuchte sie, das Thema zu wechseln.

»Ich habe mich einfach nur gefreut, dass du dich mit Margarita wieder vertragen hast«, sagte sie eilig. »Ich finde, du solltest dein Alibi nicht verprellen.«

Elisa verdrehte die Augen, und Mónica tat es ihr gleich.

In diesem Moment brummte Elisas Handy, das sich diesmal wie durch Zauberhand entsperrte.

»Ein Anruf für dich. Das muss dein schlechtes Gewissen sein«, sagte Mónica und wies auf das Smartphone. »Nun geh schon ran.«

Elisa gehorchte sichtlich erleichtert, ging aber aus irgendeinem Grund zum Telefonieren ins Schlafzimmer hinüber.

Tatsache war, dass Mónica keinen guten Tag hatte. In der Nacht hatte sie kaum ein Auge zugetan. Unter anderen

Umständen hätte sie Ruth gefragt, welches Schlafmittel sie ihr empfehlen könnte, aber die war ja der Grund für ihre schlaflose Nacht. Ihr Gedächtnis reproduzierte in Endlosschleife das Bild ihrer beiden Freunde, die sie in inniger Umarmung in dieser Tapas-Bar gesehen hatte. Und wenn sie doch mal kurz eingenickt war, hatte sie die gleiche Szene geträumt, allerdings mit der kleinen Abwandlung, dass die beiden ein Messer im Rücken hatten und sie wie der irre Mr Hyde im Regen die Flucht ergriff.

Ob sie mich gesehen haben?, fragte sie sich, während sie unaufhörlich in ihrem Kaffee rührte. Nein, sicher nicht, hoffentlich nicht, denn dann hätten sie sie bestimmt angerufen. Und wie hätte sie dann rechtfertigen sollen, wieso sie nicht Hallo gesagt, sondern die Flucht ergriffen hatte? Sie fühlte sich lächerlich und völlig neben der Spur.

Und das gefiel ihr gar nicht.

Mónica biss in eines der Anisplätzchen, die ihre Mutter in dem Schrank mit den Glukose-Tabletten aufbewahrte, als auch ihr Handy klingelte. Der Blick aufs Display sagte ihr, dass der Anrufer Antolián war, und sie ging sofort dran.

»Bist du auf?«, fragte er hastig. Sie wollte gerade etwas sagen, als er sich verbesserte: »Ich meine, sitzt du?«

»Ja«, antwortete sie verwirrt und senkte die Stimme. »Ich bin gerade bei meiner Mutter. Was ist los?«

»Wir haben eben Orlandos Strafregister-Auszug von den mexikanischen Behörden bekommen, und die Liste ist lang. Sehr lang. Diebstahl unter anderem.«

»Diebstahl?«, platzte Mónica heraus. Sie nahm ihren Kaffee und ging in den Flur. »Welche Art von Diebstahl? Mit Gewaltanwendung? In privaten Wohnungen?«

Laut Antolián war Orlando, als er noch minderjährig war, mehrfach wegen Diebstahl in Diskotheken festgenommen worden. Er hatte den Inhalt der gestohlenen Taschen in den Waschräumen ausgeleert, war also eine Art Taschendieb gewesen. An einer größeren Sache war er nur einmal beteiligt gewesen, beim Überfall auf eine Tankstelle durch eine bekannte Bande. Dafür hatte er im Gefängnis gesessen, aber nach kurzer Zeit hatte sich herausgestellt, dass er in die Sache eher ungewollt mit hineingezogen worden war.

»Aber verständlicherweise untermauert das die Einbruchshypothese«, erklärte Antolián.

Mónica lehnte sich nachdenklich an die Wand.

»Und wie passt diese Hypothese mit der Tatsache zusammen, dass der Einbrecher vor dem Stromschlag in der Badewanne an einer Überdosis Medikamente gestorben ist?«

Antolián schwieg eine Weile. Mónica hörte seine Schritte. Anscheinend ging er irgendwohin, wo er ungestört reden konnte. Dann erst fuhr er fort. »Der Kommissar ist jetzt felsenfest davon überzeugt, dass das Opfer zunächst in die Wohnung gegangen ist, um zu stehlen, und er hat zwei Theorien, wie es weitergegangen sein könnte. Die erste besagt, dass jemand, zum Beispiel deine Mutter, als sie ihn vorfand, zur Selbstverteidigung das an den Strom angesteckte Handy in die Wanne geworfen hat, ohne zu wissen, dass er bereits tot war. Aber das scheint auch dem Kommissar nicht sehr wahrscheinlich. Wenn du mich fragst, mag er deine Mutter irgendwie.« Antolián lachte unpassenderweise. »Laut der zweiten Theorie hatte Orlando bei dem Einbruch einen Komplizen. Jemanden, der die Gewohnheiten deiner Mutter kennt und leicht in die Wohnung gelangen konnte. Allerdings waren die Diebstähle in Orlandos Jugendzeit immer gewaltfrei und durch seine Drogensucht begründet. Später hat er eine Entziehungskur gemacht und gemeinnützige Arbeit erledigt. Nach der Gefängnisstrafe ist er nie wieder straffällig geworden. Und er war clean.«

Mónica versuchte die neuen Teile in das Puzzle einzubauen. Jemand sollte Orlando geholfen haben, bei ihrer Mutter einzubrechen?

»Aber wie soll er denn dann laut dem Kommissar zu Tode gekommen sein und warum?«

»Da sind natürlich noch viele Fragen offen«, sagte Antolián und räusperte sich. »Er könnte eingebrochen und an einer Überdosis gestorben sein. Die Medikamente, die in seinem Blut gefunden wurden, enthalten eine Substanz, die einem Wirkverstärker ähnelt, der in Mexiko in Kombination mit anderen Drogen wie Alkohol oder Koka eingenommen wird. Er hatte auch Reste von Koka im Körper, allerdings in einer sehr geringen Menge. Aber das alles erklärt den nachträglichen Stromschlag nicht.«

Mónica schwirrte der Kopf, doch es gelang ihr, ihre Gedanken so weit zu ordnen, dass sie weitere Fragen stellen konnte.

»Aber den Stromschlag könnte doch jemand verursacht haben, dem nicht klar war, dass Orlando bereits tot war, weil er die Beute vielleicht nicht teilen wollte oder weil Orlando zu viel wusste ...«

Sie hörte erneut Antoliáns Schritte, der nun das Präsidium verließ.

»Einer meiner Kollegen wird sich sicher noch einmal bei deiner Mutter melden, um nachzufragen, ob sie wirklich nichts vermisst. Jedenfalls nehmen wir gerade alle Einbrüche unter die Lupe, die sich in letzter Zeit in der Gegend ereignet haben.« Antolián räusperte sich erneut. »Wovon der Kommissar allerdings im Fall der Einbruchshypothese ausgeht, ist, dass der mögliche Komplize zum direkten Umfeld deiner Mutter gehört.«

Auf beiden Seiten der Leitung stellte sich Schweigen ein.

Mónica hörte Elisas Stimme aus dem Schlafzimmer, die leise etwas sagte, aus dem sie so etwas herauszuhören meinte wie: »Du musst extrem vorsichtig sein.« Das steigerte ihre Nervosität noch, die ihr bereits auf den Magen schlug.

»Antolián«, sagte sie schließlich. »Ich weiß gar nicht, wie ich dir danken soll.«

»Da wird dir schon was einfallen«, entgegnete er forsch und verbesserte sich gleich. »Ich meine, Sherlock braucht sicher hin und wieder mal eine kleine Trainingseinheit.«

Nachdem sie das Gespräch beendet hatten, ging Mónica wieder zurück in die Küche und hörte plötzlich aus dem Wohnzimmer eine rasche Abfolge beunruhigender Geräusche: trappelnde Pfoten, etwas, das heftig gegen einen Stuhl knallte, ein aggressives Fauchen und anschließend ein anhaltendes Bellen.

Als sie den Raum betrat, war ihre Mutter bereits da und sah einer wilden Verfolgungsjagd zu, die aus einem Action-Film hätte stammen können.

»Das ist unerträglich, wir sollten sie im Schlafzimmer einsperren«, sagten sie beide fast unisono.

Mit einem olympiareifen doppelten Salto landete die Katze provokativ direkt vor dem Chihuahua, der zu einem Stier in Liliputanergröße mutiert war und sich bellend auf sie stürzte, woraufhin eine erneute wilde Jagd folgte, die der in Pamplona an San Fermín in nichts nachstand. Isis schien völlig euphorisch, während Fiera sie kläffend umkreiste.

»Fiera, aus!«, rief Mónica, womit sie beide Tiere für einen Moment aufschreckte.

Diesen Moment nutzte Isis aus, um mit einem kühnen Satz auf den Esszimmertisch zu springen. Fiera sah bewundernd zu.

»Runter vom Esstisch, Isis!«, schimpfte Elisa, woraufhin sich die Göttin wie eine Sphinx in Positur brachte. »Warum tust du nie, was ich sage? Schau mal, wie brav Fiera ist!«

Mutter und Tochter gingen zurück in die Küche.

»In letzter Zeit ist diese Katze völlig durch den Wind«, beklagte sich Elisa. »Ich habe keine Ahnung, was mit ihr los ist.«

»Ich glaube, im Moment sind wir alle ziemlich aufgewühlt«, entgegnete Mónica. Vor allem ich, dachte sie. Sie war schon unruhig aufgewacht, und das Gespräch mit Antolián war sozusagen die Kirsche auf der Torte gewesen. Außerdem versetzte die Möglichkeit, dass zwischen Gabriel und Ruth etwas lief, sie in eine absurde Panik.

Nein, das gefiel ihr ganz und gar nicht – vor allem, weil es sie davon abhielt, sich auf den Fall zu konzentrieren. Warum belastete sie diese Sache eigentlich so sehr? Vielleicht weil sie glaubte, dass das mit Gabriel und Ruth ein Fehler war?

Das musste es sein!

Als gute Freundin machte sie sich natürlich Sorgen um die beiden.

Aber sie würde sich hüten, sich einzumischen. Denn auch wenn Ruth verheiratet war, war sie, verdammt noch mal, erwachsen!

Mónica knabberte aufgeregt an ihrem Anisplätzchen. Diese Geschichte würde nicht mal in einer Rom-Com funktionieren: das Wiedersehen mit einem Freund aus der Kindheit, woraus nach all den Jahren Liebe wurde. Die zweite Chance. Wie kitschig war das denn! Da wurde einem ja schlecht. Vielleicht störte es sie aber auch, dass Ruth keine Sekunde gezögert und sich gleich auf Gabriel gestürzt hatte, nachdem er sie hatte wissen lassen, dass er nicht schwul war.

Das Treffen auf der Dachterrasse, bei dem er sein Coming-out als Hetero hatte, war gerade mal einen Monat her. Und schon erlebten die beiden ihre peinliche Romanze. Hatten sie es so sehr nötig?

Aufgebracht drückte Mónica erneut auf den Knopf der Kaffeemaschine, die eine neue Dosis ihrer Lieblingsdroge ausspuckte. Dann konzentrierte sie sich darauf, etwas Zucker aus dem Glas zu nehmen, um den Kaffee zu süßen.

Was störte sie so sehr daran, dass die beiden möglicherweise zusammen waren? Wahrscheinlich war es die

Befürchtung, dass sie hinter ihrem Rücken über den Fall reden könnten. Dass sie sich nun, da Dolores die Hauptverdächtige war, verbünden könnten. Sie spürte ein Gefühl der Eifersucht in sich aufsteigen, das ganz offensichtlich der Tatsache geschuldet war, dass man sie einfach ausschloss. (Den wahren Grund ihrer Eifersucht ignorierte sie, weil er sie verwundbar gemacht hätte.)

Dabei wusste Gabriel wahrscheinlich viel mehr als alle anderen, nachdem er den Chat zwischen seiner Mutter und Orlando wiederhergestellt hatte.

Verdächtig, sehr verdächtig!

Sie hatte von Anfang an mit offenen Karten gespielt und den anderen von allen Beweisen erzählt, die zunächst auf Elisa hingewiesen hatten. Denn nur so konnten sie zusammen darüber nachdenken und den Fall lösen. Gabriel hingegen hatte es vorgezogen, sich erst einmal mit Ruth zu treffen, dachte sie trotzig. Der Frau, die zufällig seine Mutter behandelte.

Als Mónica den Blick hob, traf dieser auf ihre Mutter, die vor ihr stand und amüsiert auf den Zuckerlöffel starrte, der immer noch in der Luft schwebte.

»Kann ich dir helfen?«

Dann wurde sie ernst.

»Willst du es mir erzählen?«

Und Mónica beschloss, genau das zu tun. Warum nicht, schließlich wäre sie nicht die Erste, die die Regeln brach. Warum sollte sie ihr Wissen nicht mit ihrer Mutter teilen? Jetzt, da Dolores' Verstrickung in die Sache so gut wie sicher war, war der anfängliche Verdacht gegen Elisa eh hinfällig geworden. Und wenn die anderen ihren Mamas so sehr vertrauten, warum sollte sie dann nicht Elisas Spürnase nutzen? Ihre Mutter war der einzige Mensch, den sie kannte, der genauso schnell den Täter in einem Thriller entlarvte, wie Fiera Drogen aufspürte, also in knapp anderthalb Minuten.

Was Mónica in diesem Moment nicht wissen konnte, war, wie sehr sie sich in diesem Fall irrte und dass sie damit die Büchse der Pandora öffnen würde.

Jedenfalls stützte sie die Ellbogen auf den Küchentisch und informierte ihre Mutter über die Ergebnisse der Autopsie: dass Orlando um 21:00 Uhr an einer Überdosis Medikamente gestorben war, die er mit dem Wein zu sich genommen hatte, und dass der Stromschlag laut Aussage der Nachbarn nicht vor 22:30 Uhr erfolgt war, weil bis dahin das Licht im ganzen Haus noch gebrannt hatte. Erst dann waren die Sicherungen rausgeflogen. Daher lautete die offizielle Erklärung, dass der Tote in der Badewanne an einer Medikamentenvergiftung gestorben war.

Mónica beschloss, es dabei zu belassen und die Neuigkeiten über einen möglichen Komplizen aus dem Umfeld ihrer Mutter erst einmal für sich zu behalten, weil sie Elisas Neigung zur Paranoia kannte, die sie im Übrigen geerbt zu haben schien.

»Was für ein mieser Trip!«, stellte Elisa herzlos fest.

»Aber Mama! Wie redest du denn?!«

»Ich schaue zu viel Krimis, Kind.« Und dann fragte Elisa mit wachsender Neugierde und der gleichen Ungezwungenheit, mit der man über ein Ereignis aus der Tageszeitung spricht: »Und welche Beweise hat die Polizei sonst noch? Denn der Tod anderthalb Stunden vor dem Stromschlag schließt ja die Möglichkeit eines Unfalls aus.«

Der lockere Ton ihrer Mutter löste bei Mónica ein ähnlich seltsames Gefühl aus wie am Tag des Leichenfunds. Und was, wenn ihre Mutter das mit dem Einbruch geahnt hatte, früher zurückgekommen war und ein wenig nachgeholfen hatte, damit der Komplize oder die Komplizin nicht entdeckt wurde?

»Die ganze Sache ist so absurd, Mama, dass mir der Gedanke gekommen ist, dass du mich vielleicht auf eine falsche Spur leitest, um zu sehen, was passiert.«

Elisas Mundwinkel zuckten, und schließlich lachte sie. Das jedoch beruhigte Mónica keineswegs.

»Ach, meine Süße«, sagte ihre Mutter schließlich zärtlich, während sie mühsam durchatmete. »Ich habe doch noch nie falsche Spuren hinterlassen. Ich würde höchstens ein wenig nachhelfen, damit die Wahrheit ans Licht kommt.«

In diesem Moment bezweifelte Mónica, dass es eine gute Idee wäre, ihrer Mutter noch mehr Details über den Fall zu erzählen. Aber beging sie nicht Verrat an der eigenen Mutter, wenn sie nicht an deren Unschuld glaubte? Traute sie ihr wirklich zu, einen Mann umzubringen, weil sie ihn in ihrer Wohnung erwischt hatte, egal, ob er nun ein Einbrecher war oder nicht?

Ja, das tat sie. Oder doch nicht? Sie merkte, wie ihr schlechtes Gewissen übermächtig wurde.

Und am Ende setzte sie sich neben ihre Mutter und zählte die Beweise auf, die derzeit gegen Dolores vorlagen: Sie hatte verheimlicht, dass Orlando auf dem Dachboden wohnte, sie hatte die Medikamente, die Orlando getötet hatten, und sie hatte einen Schlüssel für Elisas Wohnung, wie sie selbst gesagt hatte.

Apropos.

»Warum hast du der Polizei eigentlich nicht erzählt, dass Dolores einen Schlüssel zu deiner Wohnung hat?«

»Moment mal, langsam.« Elisa fasste sich an den Kopf, als würde ihr das beim Nachdenken helfen. »Hast du gesagt, dass die Medikamente, die Dolores nimmt, die gleichen sind, die Orlando getötet haben?«

»Ja«, sagte Mónica ungeduldig. Und dann beging sie den Fehler, ihrer Mutter zu gestehen, dass sie das nicht übermäßig überrascht habe, da jeder von Dolores' Suchtproblemen wusste. Doch kaum hatte sie den Satz beendet, fiel ihr der wütende Gesichtsausdruck ihrer Mutter auf, die zudem noch mahnend den Zeigefinger gehoben hatte.

»Diese Respektlosigkeit verbitte ich mir, Mónica. Das ist ein Vorurteil meiner Freundin gegenüber, das ich nicht dulden werde, verstanden?«

Wenn ihre Mutter sie beim Vornamen nannte, war Vorsicht geboten.

»Jeder hat das Recht, seine Probleme zu überwinden, ohne dass es ihm ewig vorgehalten wird«, fuhr Elisa fort. »Dolores hat teuer für ihre Fehler bezahlt. Sie hat ihre Kinder verloren!«

Mónica schämte sich in Grund und Boden, aber ihre Mutter war noch nicht fertig.

»Was denken sich eigentlich alle! Dolores ist viel mehr als eine Süchtige. Sie ist ein guter Mensch, absolut loyal, und sie kann nicht mal einer Fliege etwas zuleide tun. Sie war immer fleißig, und niemand hat ihr etwas geschenkt. Und sie war immer hilfsbereit.«

Elisa fächerte sich mit der Karte eines Restaurants mit Lieferservice Luft zu.

»Solche Dinge regen mich furchtbar auf. Und schuld an allem sind Pin und Pon, diese Schwachmaten! Die nichts Besseres zu tun haben, als dauernd im Treppenhaus herumzuhängen und zu tratschen. Und das Schlimmste ist, dass sie mit ihrem dummen Geschwätz immer verhindert haben, dass Dolores ihren schlechten Ruf loswird. Denn ihre Version von ›dieser Frau in der Portierswohnung‹ ist das Erste, was sie jedem neuen Hausbewohner auftischen. Aber eines sage ich dir«, verkündete Elisa mit drohender Stimme. »Jedes Schwein kommt irgendwann zum Metzger, wie deine Großmutter immer sagte. Und egal, wie viel sie der Kirche spenden und wie oft sie zum Beichtstuhl rennen, eines Tages wird sich alles gegen sie richten, und dann erfahren wir von dem Dreck, den sie unter ihren Teppich gekehrt haben.« Sie holte tief Luft. »Und sollte ich ihnen jemals Gehör schenken, möchte ich, dass du das Fenster fest zumachst, verstanden?«

In solchen Momenten freute sich Mónica, dass Elisa ihre Mutter war und sich der gewaltige Zorn, den sie entwickeln konnte, nicht gegen sie richtete. Sie war sich sicher, dass Elisas flammende Verteidigungsrede aufrichtig war, denn sie wusste, wie loyal ihre Mutter gegenüber ihren Freundinnen war. Aber glaubte sie wirklich an Dolores' Unschuld? Oder wusste sie, dass sie mit Orlando unter einer Decke steckte, und war einfach nur bereit, ihr zu verzeihen?

Plötzlich sah sie ihre Mutter hinter dem Stuhl abtauchen, um ein verstaubtes Album hervorzuholen und sich wieder neben sie zu setzen. Als sie es aufschlug, mussten beide erst mal niesen.

»Ich werde dir zeigen, wer Dolores wirklich ist.«

Und da waren sie, auf einer Kreuzfahrt zu den griechischen Inseln, beide Frauen mit weißen Schlaghosen, jung und verführerisch, mit strahlenden Gesichtern und einer Blume im Haar.

Elisa lächelte.

»Damals hatte sie die Freude am Leben noch nicht verloren und schlief den ganzen Tag, weil sie nachts kein Auge zumachte. Zu der Zeit hat sie es noch nicht vorgezogen, zu Hause im Dunkeln vor dem Fernseher zu sitzen, anstatt mit ihren Freundinnen auszugehen. Nein«, fuhr Elisa traurig fort. »Damals war sie noch nicht die Frau, die niemanden zum Putzen in ihre Wohnung lässt, weil sie Angst hat, bestohlen zu werden, und sich nur von Sandwiches, Dosen und Joghurt ernährt. Meine arme Freundin …«, sagte sie und sah ihre Tochter mit einem merkwürdigen Blick an. »Was könnte man ihr stehlen, was ihr nicht schon längst genommen wurde.«

Eine äußerst kriminelle Angelegenheit

Die Dolores von damals hätte sich niemals vorstellen können, eine tragende Rolle in einem Kriminalfall zu spielen. Genauso wenig hätte sie gedacht, dass sie sich eines Tages so von ihrem Sohn verabschieden würde, als dieser ihre Wohnung verlassen wollte.

»Dir muss ja sehr viel an mir liegen, wenn du nur mal kurz vorbeischaust, um dann mit deinen Freundinnen auszugehen«, sagte sie.

Anschließend richtete sie den Blick wie eine Motte, die vom Licht angezogen wurde, wieder auf den Fernseher, in dem der x-te Streik des medizinischen Personals angekündigt wurde, weil das Gesundheitssystem kollabierte, dem sich nun auch die Polizei anschloss. Das Kommissariat in der Calle Leganitos war wegen Renovierungen geschlossen worden, und es war nicht genug Personal vorhanden, sodass sich Anzeigen und offene Fälle auf den Schreibtischen der Ermittler stapelten.

Dolores hörte jedoch nicht zu, sondern wartete neugierig, ob ihre Erpressung gewirkt hatte und sie die reumütigen Schritte ihres Sohnes hören würde, der durch den Flur zurückkam.

Doch diesmal schloss Gabriel mit schlechtem Gewissen die Tür der Portierswohnung hinter sich und ging die Treppe zu Elisas Wohnung hinauf. Als ihm dort die Tür geöffnet wurde, empfing ihn dieselbe übel gelaunte Mitbewohnerin wie als Kind, nur dass sie deutlich zugelegt hatte. Isis machte einen Katzenbuckel und fauchte ihn wütend an.

Schließlich wich die bengalische Göttin zurück und strich ihrem Frauchen um die Beine, ohne jedoch den Eindringling aus den Augen zu lassen.

»Kätzchen, du wirst mich noch zu Fall bringen«, protestiert Elisa zärtlich und machte einen Schritt zur Seite, und in dieser etwas seltsamen Choreografie gelangten sie in die Küche. Isis streckte sich vor der Tür aus, um klarzumachen, dass der Eindringling ihr Territorium nur mit ihrer Einwilligung wieder würde verlassen können.

»Wie schön, dich mal zu sehen, ohne dass du es eilig hast«, sagte Elisa zu Gabriel. »Wie gut er aussieht, nicht wahr, Mónica?«

»Willst du einen Kaffee?«, fragte Mónica, ohne auf den Kommentar ihrer Mutter einzugehen.

Doch Gabriel hatte schon genug Koffein im Körper, was seine zitternden Hände verrieten. Er wollte nur mit Mónica ins Wohnzimmer hinübergehen, um ihr den Chat zu zeigen, den er vom Handy seiner Mutter kopiert hatte und der jede Menge Sprengstoff enthielt. Deshalb begrüßte er erst einmal Fiera, die, als sie ihn sah, äußerst sexy die Hüften schwingend, mit dem Schwanz gewedelt hatte und ihm nun über die Hände leckte.

Elisa stellte zwei Tassen auf den Couchtisch im Wohnzimmer, auf dem Mónica den Kalender gefunden hatte, und bat beide, Platz zu nehmen. Gabriel und Mónica konnten nicht anders, als sich vorzustellen, wie Orlando auf diesem Sofa gesessen hatte. Eine Verabredung mit dem Tod?

Elisa, die keine Ahnung von ihren düsteren Gedanken hatte, kommentierte die Fotos in dem Album, mit dem sie immer noch beschäftigt war, wobei ihr durchaus auffiel, wie eigenartig ihre Tochter sich auf einmal verhielt.

Elisa wies auf ein Foto, auf dem sie als Kinder zu sehen waren und gerade versuchten auf eine pinkfarbene Luftmatratze im Schwimmbad zu klettern. »Ist das nicht süß?!«

Auf einem anderen Bild winkte Dolores im Sonnenblumen-Bikini in die Kamera. Auf dem nächsten hatte sie Gabriel auf dem Schoß und setzte ihm ein Mützchen auf, das so strahlend blau war wie seine Augen.

»Als dieses Foto gemacht wurde, hat deine Großmutter noch gelebt«, erinnerte sich Elisa. »Du hast sie oft in der alten Portierswohnung besucht. Erinnerst du dich?«

Gabriel nickte mit liebevollem Blick.

»Du hast großes Glück«, sagte er zu Mónica. »Ich habe kein einziges Foto aus meiner Kindheit. Meine Mutter hat sie alle verschwinden lassen.«

Daraufhin sah Elisa ihn unendlich liebevoll an und löste ein Foto, das sie selbst gemacht hatte, vorsichtig aus dem Album. Darauf waren Mutter und Sohn zu sehen, die sich am Strand von Rodalquilar Nase an Nase anlächelten. Beide mit den gleichen meerblauen Augen. Sie gab ihm das Foto.

Gabriel brachte kein Wort heraus. Nicht mal ein »Danke«. Er drückte nur gerührt Elisas Hand, als er diesen Teil des Rätsels, das sein Leben war, entgegennahm.

Mónica lächelte stolz. Das war die andere Version von ihrer Mutter, voller Liebe und Güte, sich siegreich über all das hinwegsetzend, was sich von den täglichen kleinen Bitterkeiten nährte.

Das Foto, das sie ganz spontan aus dem Album herausgenommen hatte, um es Gabriel zu schenken, zeigte eine Dolores, an die sich nicht einmal ihr Sohn wirklich erinnern konnte.

Aber Elisa war noch nicht fertig. Sie hatte für den Schluss noch eine Geheimwaffe in petto.

»Und schaut mal, das hier! Ihr seht so niedlich aus! Deine Mutter und ich haben euch in den ersten Jahren immer zusammen gebadet«, sagte sie zu Gabriel. »Seht euch an! Wie Gott euch schuf.« Sie zeigte auf ein Foto. »Erinnert ihr euch nicht?«

»Vage«, entgegnete Mónica und vermied den Blickkontakt mit Gabriel.

Wer hätte geahnt, dass diese beiden Kleinkinder, die damals strahlend zusammen in der Badewanne saßen, Jahrzehnte später beim Anblick dieses Fotos erotische Fantasien entwickeln würden. Beide bemühten sich hektisch, diese aus ihren Köpfen zu vertreiben, während Elisa ihre Reaktionen amüsiert beobachtete. Bingo, sagte sie sich, sie hatte richtig getippt. Sie kannte ihre Tochter eben besser, als sie sich jemals selbst kennen würde.

Auf einmal ertönte ein krachender Lärm hinter ihnen. Mehrere Bücher waren vom obersten Regalbrett heruntergefallen und hatten sie nur um wenige Zentimeter verfehlt.

»Was ist nur mit diesem Tier los?«, rief Mónica aus. »Will diese Katze uns umbringen?«

Daraufhin raste die Täterin wie eine Irre durch den Flur, teils über den Boden und teils an der Wand entlang, als trainierte sie für eine Katzen-Version von *Matrix*. Elisa legte sich erschreckt eine Hand auf die Brust.

»Meine Güte, ich habe ja gesagt, die Arme wird jeden Tag ein wenig verrückter.«

Im selben Moment spurtete die Göttin zurück ins Wohnzimmer, als wollte sie einen Rekord brechen, und hangelte sich geschickt an den Gardinen hoch wie an einer Kletterwand.

»Isis!«, rief Elisa verzweifelt aus. »Runter da! Sofort!«

Die Katze jedoch starrte ihr Frauchen nur herausfordernd an, wobei der transparente Organza-Stoff bereits erste durch ihre Krallen verursachte Risse aufwies. In dem Moment fielen Mónica die geweiteten Pupillen des Tiers auf, und auch die Art, wie es die Zunge aus dem Maul hängen ließ, kam ihr irgendwie bekannt vor. Sie warf einen Blick auf Fiera, deren Pupillen inzwischen wieder auf Normalgröße geschrumpft waren.

»Eine Katze lässt niemals die Zunge aus dem Maul hängen«, stellte sie fest.

Reflexartig stand Mónica auf und ging suchend durchs Wohnzimmer, gefolgt von ihrem Hund, der wusste, wonach sie Ausschau hielt. Anschließend trat sie auf den Balkon. Dort befanden sich neben dem Schutznetz, auf das der »Vogelmann« hingewiesen hatte, ein paar Töpfe mit Pflanzen. Eine davon fiel Fiera sofort ins Auge. Mónica bückte sich. Die Pflanze war angebissen und das von etwas, das deutlich größer sein musste als ein Insekt. Fiera bellte zweimal und rieb sich dann heftig an dem Stängel.

Mónica wandte sich an ihre Mutter.

»Was ist das für eine hässliche Pflanze?«

Elisa warf einen desinteressierten Blick auf das Gewächs.

»Oh, die hat mir Dolores geschenkt. Sie hat einen grünen Daumen, deshalb war sie öfter hier und hat das blöde Ding gegossen. Warum fragst du?«

»Mama, ich glaube, dass Isis völlig high ist.« Mónica schob Fiera zur Seite und riss ein Blatt der Pflanze ab. »Wenn ich mich nicht sehr irre, ist das Katzenminze. Das wirkt auf Katzen wie eine Droge. Damit hat auch Fiera schon ihre Erfahrungen gemacht.«

Elisa bemühte sich erfolglos, Isis zu beruhigen, die jetzt wie eine Wilde auf dem Sofa herumsprang. »Willst du damit sagen, dass ich eine drogensüchtige Katze habe? Nach all der Mühe, die ich in den Neunzigerjahren mit dir hatte, damit du nicht kiffst?« Dann hielt sie abrupt inne. »Oh mein Gott! Glaubst du etwa, dass wir es mit einem Fall von Drogenschmuggel zu tun haben?«

Mónica versuchte immer noch, Fiera von dem Blumentopf wegzukriegen. »Mama, du übertreibst. Nur weil Dolores auf deinen Balkon ein bisschen Katzenminze gestellt hat? Das ist keine illegale Droge. Außerdem wirkt sie nur bei Katzen.« Dann hob sie wie Hercule Poirot eine Augenbraue. »Oder gibt es da etwas, was du mir noch nicht erzählt hast?«

Elisa sah sie an, als verstünde sie die Frage nicht, aber Mónica war nicht entgangen, dass ihre Mutter sich gerade verplappert hatte und offensichtlich von der Existenz der »Plantage« in Dolores' Innenhof wusste.

Unterdessen war Gabriel sämtliche Farbe aus dem Gesicht gewichen, so als wäre er ein Chamäleon, das sich an die weiße Wand anpasste. »Ich muss euch etwas zeigen«, sagte er. »Euch beiden, weil ich deine Hilfe brauche, Elisa. Du musst mir ehrlich sagen, was das alles zu bedeuten hat. Hier.« Er hielt ihnen sein Handy entgegen.

»Das ist der WhatsApp-Chat zwischen meiner Mutter und Orlando.«

»Und du musst mir ehrlich sagen, woher du diesen Chat hast.« Elisa sah ihn streng an. »Weiß deine Mutter, dass du ihn kopiert hast?«

Gabriel richtete einen flehenden Blick auf sie.

»Wenn wir meiner Mutter helfen wollen, musst du dir das ansehen.«

Der erste Chatwechsel, den sie lasen, stammte von dem Tag vor Orlandos Tod. Er berichtete Dolores besorgt, dass er seinen Taschenkalender verloren hatte. Mónica und Gabriel wechselten keinen Blick. Von Elisa kam keine Reaktion.

Es ist wichtig, dass ich ihn wiederfinde, ging der Chat weiter, *bevor wir weitermachen*.

»Weitermachen womit?«, fragte Mónica.

Dolores erkundigte sich in dem Chat daraufhin, was denn in dem Kalender außer Orlandos Notizen über die Hunde so Besorgniserregendes drinstehe? In jedem Fall versprach sie, in ihrer Wohnung nachzusehen.

»Und das bedeutet doch wohl, dass Orlando regelmäßig in ihrer Wohnung war«, sagte Gabriel.

»Ja, logisch«, wandte Elisa ein. »Er hat Oxi schließlich oft genug bei deiner Mutter abgeholt, wenn sie keine Lust hatte, rauszugehen. Was ist denn daran nicht in Ordnung?«

»Nichts, Elisa, ich versuche nur, Antworten zu finden.«

»Indem du deine Mutter ausspionierst? Na toll!«

Mónica machte ihrer Mutter ein Zeichen, nicht so aggressiv zu sein. »Gabriel ist einfach besorgt um seine Mutter, und er hat allen Grund dazu.«

Aber Elisa hörte schon nicht mehr zu, sie konzentrierte sich wieder auf den Chat.

Einen Tag vor seinem Tod hatte Orlando Dolores eine beträchtliche Menge an Fotos geschickt. Darauf waren Dolores und Oxi in einem Krankenhaus zu sehen, umringt von dünnen Kindern unterschiedlichen Alters mit dunklen Schatten unter den Augen. Viele von ihnen hatten keine Haare und ihre kahlen Schädel mit lustigen bunten Tüchern bedeckt. Auf einigen der Bilder war auch Orlando zu sehen. In dem dazugehörenden Chatverlauf ging es um diese Kinder. Aber wer waren sie? Und was machten die beiden dort?

Elisa betrachtete die Fotos gleichmütig. Dann sagte sie zu Gabriels und Mónicas Überraschung:

»Dolores arbeitet seit einiger Zeit mit Oxitocina ehrenamtlich auf der Kinderkrebsstation des Hospital Niño Jesús. Das ist natürlich ziemlich kriminell.«

»Ehrenamtlich im Krankenhaus?«, fragte Gabriel verwirrt. »Davon hat meine Mutter mir nie etwas erzählt.«

Elisa zuckte mit den Schultern.

»Na, mir *hat* sie es erzählt. Da siehst du es. Übrigens war es Orlando, der dafür gesorgt hat, dass Oxitocina als Assistenzhund ausgebildet wird. Heißt das so? Damit sie Dolores überallhin begleiten kann. Und sie wurde auch für dieses Pilotprojekt im Krankenhaus trainiert. Das ist etwas sehr Schönes, was Dolores Freude macht. Das Krankenhaus stellt dafür einen sterilen Raum mit Spielzeug zur Verfügung, wo die Kinder ein paar Stunden in der Woche mit den Hunden spielen können. Sie kennen die Namen der Hunde und schreiben ihnen manchmal sogar Briefe. Anscheinend hat man herausgefunden, dass die Kinder so die Behandlung besser ertragen. Auf diese Art macht Oxitocina ihrem Namen alle Ehre.«

Mónica fiel in diesem Moment wieder ein, dass Orlando das Krankenhaus in seinem Kalender mehrmals erwähnt hatte. Und damit bekam auch der Satz, den sie noch am Morgen darin gelesen hatte und der ihr nicht mehr aus dem Kopf ging, einen ganz anderen Sinn.

Ob Hunde wissen, dass sie Hunde sind? Und ob ihnen bewusst ist, dass der Tod existiert? Auf jeden Fall wissen sie, wenn jemand gestorben oder krank ist. Ob sie manchmal an den Tod denken? Ich glaube, nicht. Und allein darum beneide ich sie. In letzter Zeit habe ich oft mit Margarita darüber geredet.

Was Oxitocina anging, macht das Ganze Sinn, dachte Mónica. Bulldoggen waren Familienhunde, die Kinder liebten. Wenn sie ein Kleinkind sahen, verhielten sie sich sehr empathisch, beschützend und waren sehr geduldig. Sie betrachtete ein weiteres Foto in dem Handy.

»Schaut mal, hier hat Orlando Dolores die Bescheinigung von Oxitocinas Befähigung zum Assistenzhund geschickt, unterschrieben von ...«, sie vergrößerte das Bild und ihre Augen wurden groß, »... *Ruth?*«

»Das kann nicht sein«, sagte Gabriel. »Lass mal sehen!«

Beide begutachteten das Schreiben ausführlich, und dann schüttelte Gabriel den Kopf. Das konnte nicht sein! Ruth wusste, dass seine Mutter zusammen mit Orlando ehrenamtlich im Krankenhaus gearbeitet hatte, und hatte nichts gesagt?

In diesem Moment stand Elisa mit entschiedener Miene auf.

»Mein Lieber, lass uns eine Sache klarstellen: Dass du Dolores' Sohn bist, heißt nicht, dass sie dir alles erzählen muss. Sie hat ein Recht auf Privatsphäre. Und Ruth ist nicht nur deine Freundin, sondern auch ihre Therapeutin. Schon mal was von ärztlicher Schweigepflicht gehört? Und was wäre denn passiert, wenn deine Mutter es dir erzählt hätte?«

Elisa verschränkte die Arme vor der Brust. »Ich werde es dir sagen und bei dieser Gelegenheit gleich auch, warum ich es dir und deiner Schwester nicht erzählt habe: Deine Mutter hat mir gesagt, dass sie fürchtet, dass du es ihr ausreden könntest, dass du glauben könntest, sie sei nicht in der Lage, das Leid dieser Kinder zu ertragen, ohne einen Rückfall zu bekommen, dass du sie zwingen könntest, zu erzählen, dass sie mal ein Alkoholproblem hatte, und dass du Orlando sowieso nicht vertraut hättest. ›Was will dieser Typ von dir?‹, hättest du gefragt. Oder nicht? ›Warum interessierst du dich dafür, wie diese Kinder unter der Chemotherapie leiden?‹ Du hättest es nicht in Ordnung gefunden. Aber so wie ich es sehe, ist das Einzige, was nicht in Ordnung ist, dass ihr die privaten Gespräche von anderen lest wie einen Roman. Ich werde Dolores nichts sagen, denn diese Enttäuschung möchte ich ihr ersparen.«

Gabriel und Mónica ließen die Köpfe hängen wie zwei Hunde, die auf den Teppich gepinkelt haben. Sie wussten, dass Elisa recht hatte. Dennoch warf Gabriel noch rasch einen Blick auf ein paar Fotos, die ihm besonders ins Auge fielen.

»Und das hier?«, fragte er.

Elisa stemmte mit militärischer Strenge die Hände in die Seiten. »Gabriel, lösch sofort diesen Chat, oder ich muss es doch deiner Mutter erzählen«, beharrte sie.

Und dann sahen Mutter und Tochter, was Gabriel so verblüfft hatte. Die Fotos zeigten Rezepte – Dutzende Rezepte für das starke Antidepressivum, das Dolores seit Jahren nahm, scheinbar ohne dass es ihr jemand verschrieben hatte. Das gleiche Medikament, das Ruth so in Sorge versetzt hatte, weil Dolores es seit Jahren unkontrolliert konsumierte. Und das in einer besonders hohen Dosis, verstärkt durch den Alkohol und vielleicht noch eine andere Substanz, Orlandos Leben beendet hatte.

»Sämtliche Rezepte sind von Ruth unterschrieben und abgestempelt worden«, sagte Gabriel fassungslos. Dann lehnte er sich zurück und ließ den Blick ins Ungewisse schweifen.

Die Ermittlungen würden von nun an in eine andere Richtung gehen.

Der Sonnenuntergang hüllte die Plaza de la Encarnación in ein bernsteinfarbenes Licht, sodass die Welt draußen so aussah wie auf dem Foto, das Elisa ihm geschenkt hatte. Er schloss die Augen. Was hätte er dafür gegeben, noch einmal so wenig über das Leben zu wissen wie damals.

RUTH

Großmutters chinesische Kugeln

Für Ruth war ihre Mutter schon immer ein Rätsel gewesen, aber in letzter Zeit war sie zu einem Rätsel innerhalb dieses Rätsels geworden. Es war acht Uhr morgens, als ihr Handy vibrierte.

Ich erwarte Dich in der Patisserie Santa Eulalia zum Frühstück …

Ruth streckte sich im Bett. Was die Auslassungspunkte am Ende des Satzes wohl sollten? Denn eigentlich kam so etwas in der Welt ihrer Mutter nicht vor.

Sie richtete sich auf und zog an ihrem Handy, um es vom Ladekabel zu lösen. Dann betrachtet sie das reglose Bündel neben sich, zu dem ihr Mann in letzter Zeit mutiert war. Der brummte nur »Stehst du schon auf?«, drehte sich um und schlief weiter.

Ruth hasste es, wenn ihr rhetorische Fragen gestellt wurden. Weil sie nicht zum Reden aufforderten. Weil sie keiner Antwort bedurften.

Welchen Sinn hatte ein »Guten Tag« oder ein Kuss, um den Tag positiv zu beginnen.

In Teos Welt keinen.

In der letzten Zeit hatte sie ihren Mann fast nur noch schlafend gesehen, und um ihrer Gewohnheit, allen Leuten Spitznamen zu geben, gerecht zu werden, beschloss sie, ihn »Das Bündel« zu nennen – natürlich nur, bis er wieder zu seiner alten Form auflief.

Sie angelte mit den Zehenspitzen nach ihren Filzpantoffeln und kalkulierte, wie lange es dauern würde, den Kindern Frühstück zu machen und sie zum Bus zu bringen. Erst dann antwortete sie ihrer Mutter. *Ich kann nicht vor 9.30, und um 10.30 beginnt meine Sprechstunde*, tippte sie und drückte anschließend auf *senden*. Bevor sie in die Dusche trat, hatte sie bereits die Antwort erhalten: *Na, dann komm halt um 9.00*.

Ruth seufzte. Ihre Mutter hörte ihr einfach nie zu. Und sie würde es wohl nie tun.

Nach dem Duschen betrachtete sie im Badezimmerspiegel ihren kleinen, markanten Mund und ihren nackten Körper. Er gefiel ihr noch immer. Ihre Brüste, die ihr früher zu klein erschienen waren, trugen heute stoisch die Last der Zeit und trotzten der Schwerkraft. Ihre Taille war nach den beiden Schwangerschaften etwas runder geworden, aber der kleine Bauch verlieh ihr Statur. Sie war sehr erfolgreich darin, sich selbst zu lieben, lobte sie sich und band ihr Haar zu einem kurzen Pferdeschwanz zusammen, der ihr in der Sprechstunde die erwünschte Sachlichkeit verlieh. Da ihr Spiegelbild bereits zu beschlagen begann und sie wie ein kleines weißes Gespenst verblasste, warf sie sich einen Kuss zu und schrieb auf das Glas: *Guten Tag, Ruth. Lächeln!* Da dies ein Zeichen von Selbstbeachtung war, das eine Belohnung verdiente, tat sie, was dort stand. Ein Lächeln, auch wenn es erzwungen war, aktivierte die Gesichtsmuskulatur und sandte dem Gehirn die Botschaft, Glückshormone auszuschütten. Und wenn sie erst ihrer Mutter gegenübersaß und ihr zuhörte, würde sie wissen, ob das stimmte oder nur Psychologen-Gewäsch war.

Als Ruth die Patisserie betrat, sah sie Margarita an einem Tisch hinten im Raum sitzen. Sie trug erneut einen Vintage-Mantel. Diesmal in Pastellrosa mit Dreiviertelärmeln und Rundkragen und dazu einen kleinen Hut im Jackie-Kennedy-Stil. Im Licht des riesigen Gitterfensters, das aus einem Schloss zu stammen schien, sah sie wunderschön aus, und Ruth fragte sich, wann ihre Mutter vom »rosaroten Panther« (ihr früherer Spitzname) zu Gargamel geworden war.

Margarita schien so in Gedanken versunken, dass sie ihre Tochter erst bemerkte, als sie vor ihr stand. Wie üblich reckte sie ihr das Gesicht entgegen, um den Kuss entgegenzunehmen, den Ruth ihr sanft auf die linke Wange drückte. Sie duftete nach *Diorissimo* und teurem Gesichtspuder, was Ruth auf einen Schlag an den Schminktisch ihrer Mutter zurückbrachte, an dem sie als kleines Mädchen so oft mit kurzen, dünnen baumelnden Beinen gesessen und das Kitzeln der Puderquaste genossen hatte, die nach *Madera de Oriente* duftete.

Nach diesem kurzen Ausflug in die Vergangenheit kehrte Ruth wieder ins Café zurück und wunderte sich, dass Bowie nicht wie sonst zu Füßen ihrer Mutter unter dem Tisch lag. Einer der größten Vorteile dieses Cafés war, dass Vierbeiner hier willkommen waren, und Bowie verschlang jedes Mal gierig die Spitze des Croissants, die sein Frauchen fallen ließ, bevor sie den Rest des Gebäcks aß und es in kleine Stückchen zupfte, damit es etwas länger vorhielt.

»Ich habe einen Kaffee mit Mandelmilch bestellt, aber ich fürchte, dass der Kellner ihn vergessen hat.«

Erst einmal Guten Tag zu sagen war nicht Margaritas Art.

Ruth hob die Hand und winkte. Der Kellner kam sofort, und nachdem er versichert hatte, dass die Señora noch nichts bei ihm geordert hatte, nahm er die Bestellung auf. Margarita widersprach ihm nicht und blickte nur leicht zerstreut aus dem Fenster.

»Du siehst sehr hübsch aus, Mama.«

Ihre Mutter wandte ihr immer noch nicht den Blick zu, sagte aber:

»Ein Friseur kann wahre Wunder vollbringen.«

Ruth wunderte sich, dass ihre Mutter schon beim Friseur gewesen war, nur um mit ihr zu frühstücken.

»Habe ich dir schon mal erzählt, dass dein Großvater oft hierherkam, um inkognito mit König Alfonso XIII. einen Kaffee zu trinken?«, fragte Margarita aus heiterem Himmel.

Ruth fragte sich jedes Mal, wenn sie das hörte, wie es für die beiden möglich gewesen war, an diesem Ort nicht erkannt zu werden. Ihr Großvater war der Oberkommandierende der Leibgarde und einer der engsten Freunde und Vertrauten des Königs gewesen. Zu jener Zeit hatten viele Angestellte des Königshauses in den Häusern rund um den Palast gelebt. Damals hatte das Gebäude, in dem sie wohnten, vollständig ihm gehört. Ruth nahm an, dass diese historische Anekdote ihrer Mutter als Einleitung zu der Erklärung diente, das Haus doch nicht zu verkaufen, und sie konnte es verstehen. Daher bestellte sie sich einen Espresso und beschränkte sich darauf, dem Gespräch seinen Lauf zu lassen.

Margarita gab sich weiter ihren Erinnerungen hin. Zu jener Zeit hieß die Patisserie noch *Tahons del Espejo*, genau wie die Straße. Und die Ruinen, die man hier unter dem Plexiglasboden sah, waren ein Teil der mittelalterlichen Stadtmauern Madrids. Beide blickten auf ihre Füße hinunter, die über den Mauerresten zu schweben schienen. Mit Bowie konnte man sich in diesem Bereich nicht niederlassen, weil ihm dann schwindelig wurde und er eine Stunde lang zitterte. Margarita liebte diese Patisserie wegen der schwanenförmigen Blätterteig-Tartelettes, wegen der leisen klassischen Musik und weil der Schriftsteller Mariano José de Larra hier sein Brot gekauft hatte und das sogar an dem Tag, an dem er sich über einem seiner Bücher erschossen hatte. »Wusstest du das? Genau in diesem Haus da drüben.« Margarita zeigte mit ihrem knochigen Finger auf einen alten Balkon des gegenüberliegenden Gebäudes. Das alles hatte durchaus etwas Romantisches.

»Ich wünschte, ich hätte dein Gedächtnis«, sagte Ruth.

Margaritas Lippen zitterten ein wenig. »Das wünschst du dir lieber nicht.«

Margarita wandte sich der Auslage zu. »Hast du keinen Hunger?«, fragte sie. »Vielleicht auf ein paar Butterplätzchen? Oder ein Möhren-Törtchen mit Nüssen? Die hast du als Kind immer so gern gegessen.«

»Mama, ich bin allergisch gegen Nüsse.«

»Ach ja? Seit wann denn das?«, erkundigte sich Margarita, und Ruth seufzte. Schon als Kind hatte sie diese Allergie gehabt und ihre Mutter seit Jahren immer wieder daran erinnert. In diesem Moment dankte Ruth dem Himmel, dass ihre Mutter sich nie dazu herabgelassen hatte zu kochen, da sie sonst sicher früh gestorben wäre.

Margarita sagte nichts weiter dazu, da sie versuchte, den Kellner auf sich aufmerksam zu machen.

»Liebes, wenn du schon mal hier bist, geh doch zur Verkaufstheke und hole ein paar süße Leckereien?«

Ruth lächelte ironisch. »Wenn du schon mal hier bist« bedeutete in der Sprache ihrer Mutter »Steh auf und mach etwas für mich«. Margarita bat niemals um etwas.

Natürlich gab das Alter ihr ein gewisses Recht dazu, aber auch schon früher hatte Ruth immer das Gefühl gehabt, dass für Margarita alle Menschen, einschließlich ihres Vaters, nur auf der Welt waren, um ihr zu dienen. Und das Schlimmste war, dass alle das immer getan hatten, um auch nur eine Sekunde ihre Aufmerksamkeit zu erlangen. Was sie selbst anging, war sie zu dem Schluss gelangt, dass sie von Anfang an keine Chance gehabt hatte. Als sie geboren wurde, war bereits nichts mehr zu machen, da ihre Mutter schon ihre Günstlinge hatte. Ihre Befehle waren wie

Pawlows Glocke. Ein reiner Reflex aufgrund von klassischer Konditionierung, wie Mónica sagen würde. Genau wie einen Hund, der kommt, wenn man eine Glocke erklingen lässt, und dann ein Leckerli erhält, hatte Margarita ihre Familie erzogen.

Und diese Glocke war sogar eines Tages real geworden.

Ihre Kinder hatten sie ihr gegeben, als sie sich beim Skilaufen das Bein gebrochen hatte. Aber wie bei anderen Gewohnheiten aus der Zeit der Rekonvaleszenz hatte sie Gefallen daran gefunden und sie behalten.

»Liebes, du bist näher dran, könntest du mir ein Glas Wasser bringen? Ich muss nämlich meine Medikamente nehmen.«

Es war unglaublich, wie oft Ruth beim gemeinsamen Fernsehen für ihre Mutter hatte aufstehen müssen, um ihr irgendwas zu bringen, von einer wärmenden Decke bis zu einer Tasse Tee: »Du wolltest dir doch sicher gerade auch einen machen, oder?« Allerdings bestellte sie nie alles auf einmal, sondern wartete, bis Ruth wieder saß, um ihrer Wunschliste noch etwas hinzuzufügen und dann noch etwas und noch etwas, bis sie völlig erschöpft war und von dem Film nichts mitbekommen hatte. Das Ganze wäre erträglicher gewesen, wenn ihre beiden Brüder in den Ohrensesseln rechts und links von ihrer Mutter nicht einfach eiskalt sitzen geblieben wären. Als sie damals *Ghostbusters* im Kino gesehen hatte, hatte sie sofort an ihre Familie gedacht, denn ihre Mutter hatte viel mit dem Gott Gozer gemeinsam und die Zwillinge mit den beiden Schreckenshunden an seiner Seite.

Was sprach gegen ihre Brüder?

Dass ihre Mutter nie etwas von ihnen gefordert hatte. Sie durften einfach so neben ihr sitzen, während sie ihnen gedankenverloren über die Köpfe strich.

Und was sprach für sie?

Dass Margarita, als sie erwachsen waren, auch ihnen das Leben zur Hölle gemacht hatte.

Ruth hatte sich als Jugendliche köstlich amüsiert, als sie ihre Mutter hatte sagen hören: »Die feministische Revolution hat mich eiskalt erwischt.« Deshalb hatte sie an dem Tag, an dem sie und ihre Freundinnen sich wiedergesehen hatten, zu ihnen gesagt: »Die feministische Revolution hat meine Mutter komplett überfahren, ich meine, sie hat sie wie ein Bus überrollt, sodass sie nichts davon mitgekriegt hat.« Und das nahm sie ihr heute noch übel. Ihrem Vater konnte sie alles verzeihen, aber ihrer Mutter, da sie eine Frau war, nicht. Natürlich war das ungerecht, aber es ließ sich nun mal nicht ändern.

Da Margarita ganz selbstverständlich davon ausging, dass alles ihr zu verdanken war – denn eine Mutter war heilig, der Tempel des Lebens, und man durfte ihr weder widersprechen noch sie kritisieren –, hatten sich Mónica und Ruth damals zwei Fantasiegestalten ausgedacht, die immer dann zum Leben erwachten, wenn sie es mit ihren Befehlen übertrieb. Zwei Geishas, die Ruth *Yake* und *Tuke* taufte und die jedem Befehl nachkamen, dies aber mit kleinen, raschen Trippelschritten taten, das Gewünschte mit einer übertriebenen Verbeugung überreichten und ständig mit japanischem Akzent »Sí, Señora« und »No, Señora« piepsten.

»Ihr seid beide einfach nur blöd!«, hatte Margarita jedes Mal irritiert gesagt, wenn sie sie mit dem ihr bereits bekannten maskenhaften Lächeln hatte auftauchen sehen.

Ruth stand auf und ging zum Verkaufstresen hinüber. Dort lagen die süßen Leckereien in militärischen Reihen wie ein köstliches Heer. Sie suchte etwas aus und konnte es sich nicht verkneifen, mit kurzen Schritten zu ihrer Mutter zurück zu trippeln und ihr das Tablett mit dem Apfeltörtchen wie ein Präsent mit einer kleinen Verbeugung zu überreichen. Margarita verdrehte lächelnd die Augen.

»Schon wieder dieser Quatsch?«

Doch Ruth wusste, dass die einzige Möglichkeit, sich mit ihrer Mutter zu verständigen, deren Sinn für Humor war. Tatsächlich war dieser möglicherweise auch das Einzige, was sie gemeinsam hatten – eine Gabe, die den männlichen Mitgliedern der Familie vorenthalten geblieben war.

»Weißt du noch, als Yake und Tuke Omas chinesische Liebeskugeln entdeckt haben?«

Margarita schlug sich die Hände an die Stirn und stieß ein gutturales Lachen aus, das sich in die Viola-Klänge der Hintergrundmusik mischte.

»Erinnere mich nicht daran, ich bekomme heute noch Schweißausbrüche.«

Diese Antiquität in der mit Schnitzereien verzierten Dose hatte immer auf dem Schreibtisch gestanden. Und kein Kind in der Familie war je auf den Gedanken gekommen, sie zu öffnen.

»Bis ihr beiden Rotznasen bei eurem üblichen Auftritt als Mini-Geishas damit in ein Abendessen geplatzt seid. Dein Vater hat fast einen Herzinfarkt bekommen, als sein Freund, der Botschafter, rot wie eine Tomate sagte: ›Ist es nicht ein wenig früh für diese Mädchen, sich mit Liebeskugeln zu beschäftigen?‹ Natürlich wussten weder dein Vater noch ich, was er meinte. Und um den Schaden zu begrenzen, habe ich mit der Würde, die ich noch aufbringen konnte, gesagt: ›Natürlich habe ich ihnen verboten, damit zu spielen. Diese Antiquität befindet sich schon seit über einem Jahrhundert im Besitz der Familie. Sie haben meiner Mutter gehört.‹«

Mutter und Tochter lachten. Wie modern die Großmutter doch gewesen war, stellten sie fest. Und wie rückständig Ruths Vater, der, als er zwei Tage später herausfand, was man mit den berühmten Kugeln so alles machen konnte, vor Scham beinah im Boden versunken wäre. Und sie hatten einfach so für alle zugänglich neben dem Brieföffner auf dem Schreibtisch gelegen. Unzählige Verträge hatte er unterzeichnet, nachdem er sich mit den Kugeln die Hände massiert hatte, weil er dachte, damit Stress abbauen zu können …

»Na ja, die helfen schon auch gegen Stress, Mama.«

Margarita traten vor Lachen die Tränen in die Augen. Sie tupfte sich mit einer Serviette die Wangen ab.

»Bitte hör auf, sonst verläuft mir die Wimperntusche.«

Wimperntusche?, fragte sich Ruth. Sonst trug ihre Mutter höchstens mal einen Hauch Rouge auf. Noch etwas, was sie nicht von ihr geerbt hatte, diese zarte, makellose Haut, die nur ein wenig Farbe auf den Wangen benötigte, um nicht allzu kühl zu wirken.

Margarita trank einen Schluck Wasser und räusperte sich. Es tat gut, mit jemandem in der Vergangenheit zu schwelgen, der die gleichen Erinnerungen hatte. Doch kurz darauf verging ihr das Lächeln, denn sie fürchtete, all das schon bald für immer zu verlieren. Sie stützte die Ellbogen auf den Tisch und sagte:

»Ja, es macht Spaß, sich an die Vergangenheit zu erinnern. Denn die Gegenwart verblasst für mich immer mehr, mein Kind.«

Sie hob den Blick, und ihre Augen, die an unruhigen Tagen grün wie Jade waren, wirkten traurig. Ruth sah sie schweigend an, ohne zu verstehen, was Margarita, die Königin der Selbstbeherrschung, ihr mitteilen wollte.

»Ich will kein Drama daraus machen und niemandem Angst einjagen«, sagte ihre Mutter schließlich, »aber ich muss es dir sagen, weil du die Einzige bist, die es verstehen und mir helfen wird. Denn es gibt viel zu organisieren. Wir müssen das Haus in drei Teile teilen. Und ich werde dich zur Verwalterin dieser Teile ernennen sowie auch für das Weingut und das Geld, das noch auf der Bank ist.«

»Mama ...«

»Ich habe mir Folgendes überlegt: Wir werden nur meine Wohnung verkaufen, die die größte und wertvollste ist, damit deine ›nutzlosen Brüder‹ nicht plötzlich das Dach über dem Kopf verlieren. Dich werde ich nach dem Verkauf der Wohnung auszahlen. Es ist schade, dass nicht alles in der Familie bleibt, aber so ist das Leben. Man kann nicht nur in der Vergangenheit leben. Das hat Orlando auch immer gesagt.« Sie lächelte wehmütig. »Na ja, ich schon, weil für mich bald nichts anderes mehr existieren wird.«

Margarita trank erneut einen Schluck Wasser.

»Eines noch, und das ist sehr wichtig. Du musst das Weingut behalten, ob du es nun nutzt oder nicht. Den Grund wirst du aus meinem Testament erfahren, aber du musst es mir versprechen.«

»Ich verspreche es dir«, sagte Ruth leise.

»Merk es dir gut, denn es kann sein, dass ich mich bald nicht mehr daran erinnern werde.«

»Mama ...«

Ruths Augen füllten sich mit Tränen, während ihre Mutter ihre kühle Hand auf die ihrer Tochter legte und sie so fest drückte, dass es beinah wehtat.

»Mein Kind, ich wünsche dir alle Kraft, die du brauchst. Aber du bist meine Tochter, und du wirst diese Kraft haben. Du bist die Einzige. Ich zähle auf dich.«

Ruth atmete tief durch, schloss die Augen und schluckte die Tränen hinunter.

»Seit wann weißt du es?«

»Seit einem Jahr.« Margarita lächelte müde. »Aber bisher habe ich keine großartigen Symptome gespürt. Manchmal habe ich so weiße Flecken, dann kann ich mich an bestimmte Dinge nicht erinnern, aber noch geht es mir gut.«

Sie hatte es nur Orlando erzählt. Daraufhin hatte er sich darum gekümmert, dass Bowie lernte, sie nach Hause zu bringen, wenn sie sich verlaufen hatte, und für sie das Handy, die Schlüssel und andere wichtige Dinge zu suchen. Orlando hatte ihr auch geraten, in ein Reha-Zentrum zu gehen, wo Übungen angeboten wurden, die helfen sollten, den Prozess des Vergessens zu verlangsamen. Andere Leute kennenzulernen, die unter der gleichen Krankheit litten, hatte ihr viel gebracht. Und Orlando hatte eine schöne Seniorenresidenz für sie gefunden, die in der Nähe lag und ihre Ansprüche erfüllte. Zunächst hatte Margarita nichts davon hören wollen, das Haus zu verkaufen, doch als sie neue Freunde fand, die diesen Schritt gegangen waren, hatte sie es zumindest in Erwägung gezogen.

Ruth versuchte all diese Informationen zu verdauen, und sie schmeckten bitter. Den Worten ihrer Mutter war genauso wenig etwas anzumerken wie ihrer Haltung; in diesem Moment wirkte sie wie immer unbesiegbar.

Schließlich wagte sie zu fragen: »Wie viel Zeit haben wir, Mama?«

»Von jetzt an wird es schnell gehen.«

»Wie schnell«, beharrte Ruth.

»Ein paar Monate. Vielleicht ein Jahr oder zwei.«

Ruth spürte, wie etwas in ihr zerbrach. Die letzte Hoffnung.

Margarita nahm ihrer Tochter das Versprechen ab, ihren Brüdern nichts von all dem zu erzählen. Sie sollten erst davon erfahren, wenn alles geregelt war.

Das Vibrieren von Ruths Handy verkündete den Eingang einer Nachricht in der WhatsApp-Gruppe. Da Ruth im Moment so gar nicht in der Stimmung war, Detektiv zu spielen, wollte sie das Handy gleich wieder wegstecken. Doch dann sah sie, dass sie direkt angesprochen war. Die Nachricht kam von Gabriel.

Ruth, kannst Du mir das erklären?

Rasch öffnete sie die Fotos, auf denen jede Menge Rezepte zu sehen waren. Sie stammten von ihr, von ihrem Rezeptblock. Sie erkannte den Stempel mit ihrer Betriebsstätten-Nummer. Und da war auch ihre Unterschrift, aber … Nein, das war gar nicht ihre. Wie konnte das sein? Die Art, das »t« zu verlängern, war eine der unnützen Kleinigkeiten, die sie von ihrer Mutter geerbt hatte.

Sie hob den Blick. Margarita sah wieder aus dem Fenster.

Aus dem Fenster blicken. Was sonst konnte ein Mensch ohne Hoffnung tun?

Hätte Ruth für einen Moment die Gedanken ihrer Mutter lesen können, hätte sie eine gewaltige Überraschung erlebt.

So wenig Vertrauen habt ihr in mich?

Keiner von ihnen hatte Ruth in den dreißig Jahren, die vergangen waren, seit sie sich mit Eimerchen und Schäufelchen in der Hand zum ersten Mal am Sandkasten auf der Plaza de Oriente begegnet waren, so verletzt gesehen. Sie betrat das *Caripén*, als alle anderen bereits an ihrem alten Stammtisch saßen, und beschränkte sich darauf, mit versteinertem Gesicht zur Begrüßung die Hand zu heben. Ruth, die fest an den positiven Effekt von achtsekündigen Umarmungen glaubte und sie in der Gruppe eingeführt hatte; Ruth, die Diplomatin, die immer die Verständigung suchte, wenn Mónica und Suselen in eine ihrer hitzigen Diskussionen verstrickt waren.

Nicht mal Gabriel war an diesem Abend wie sonst. Er versuchte, ein freundliches Gesicht zu machen, aber er sagte kein Wort, um sie zu beschwichtigen, wie er es sonst immer getan hatte. In der Art wie: »Dafür gibt es sicher eine Erklärung.« Diese Rolle hatte diesmal Suselen übernommen, die zwar nicht gerade zur Diplomatin geboren war, sich aber nicht vorstellen konnte, warum Ruth so unverantwortlich handeln und eine solche Menge an Rezepten für ein starkes, gefährliches Medikament ausstellen sollte. Wobei andererseits … Dolores war eine erwachsene Frau, und was sie mit den Tabletten anstellte, war allein ihre Sache.

»Allerdings ist es so, Suselen, dass sie sich manchmal nicht wie eine erwachsene Frau verhält«, hatte Gabriel eingewandt. »Du warst lange nicht hier, und es gibt Dinge, die du nicht weißt.«

Suselen hatte ihn mit zusammengekniffenen Lippen angesehen.

»Entschuldige mal bitte.« Gabriels Ton hatte ihr gar nicht gefallen. Nein. Und auch nicht, dass er ihr nicht das gleiche Vertrauen schenkte wie den anderen. »Wenn es hier Dinge gibt, die ihr alle wisst und ich nicht, denke ich nicht, dass ich sehr hilfreich sein kann. Und wie ich euch bei unserem ersten Treffen gesagt habe, ist das der einzige Grund, warum ich überhaupt hier bin: um euch zu helfen.«

Ja, es würde nicht gerade der entspannteste Abend werden, sagte sich Mónica, und obwohl sie die Erste war, die derzeit gewisse Vorbehalte gegenüber Ruth hatte, und das gleich aus mehreren Gründen (das Bild von Ruth und Gabriel, die sich heimlich in der Tapas-Bar getroffen hatten, stand ihr noch allzu deutlich vor Augen), wusste sie, dass sie sich zusammenraufen mussten. Denn wenn sich die alte Viererbande jetzt auflösen würde, würden sie nie wieder zusammenkommen und die Wahrheit erfahren.

»Leute, ich denke, wir sind *alle* hier, um uns gegenseitig zu helfen«, sagte sie also. »Ich weiß, dass es verstörend sein kann, wenn sich der Fokus der Ermittlungen von einer verdächtigen Person auf die nächste verschiebt. Aber so ist das in jedem guten Kriminalfall, wenn man der Wahrheit näherkommt. Lasst uns erst mal hören, was Ruth uns zu sagen hat.« Sie sah zu ihrer alten Schulfreundin hinüber, die sich gerade gesetzt hatte. »Niemand von uns verurteilt dich.«

Ruth hob den Blick, und man sah ihr an, dass sie nicht geschlafen hatte. Ihre Brillengläser bedeckten nur teilweise die dunklen Schatten unter den Augen, die sie aussehen ließen wie eine Gestalt aus einem Tim-Burton-Film.

»Als ich Gabriels Nachricht bekommen habe, war ich mitten in einem schwierigen Gespräch und musste gerade eine Neuigkeit verdauen, die mich, sagen wir mal … schlichtweg umgehauen hat.«

Dann erzählte sie, warum sie sich die Fotos auf ihrem Handy erst genauer ansehen konnte, *nachdem* sie ihre Mutter nach Hause begleitet hatte. In der Praxis hatte sie dann eines der Fotos vergrößert ausgedruckt, und es hatte sich bestätigt, was sie bereits befürchtet hatte.

»Es handelt sich um meinen Stempel und meine Betriebsstätten-Nummer, aber ich habe diese Rezepte nicht unterschrieben. Ehrlicherweise habe ich sie noch nie gesehen.« Ruth schaute einen nach dem anderen an und ließ ihren Blick schließlich auf Gabriel ruhen.

»Wie ich dir an dem Tag gesagt habe, als du mich nach meiner Diagnose in Bezug auf deine Mutter gefragt hast, Gabi, hat es mich sehr überrascht, dass sie dieses Medikament nimmt. Das ist ein sehr starkes Antidepressivum, das in Spanien seit Jahren kaum noch verschrieben wird.«

»Das heißt …«, unterbrach Suselen ihre Freundin, »du willst sagen, dass die Rezepte *gefälscht* sind?«

Ruth sah sie mit blitzenden Augen an.

»Warum gibt es nur Witze über Sopranistinnen? Weil die Mezzosopranistinnen so superschlau sind?«

Suselen lehnte sich auf ihrem Stuhl zurück und machte deutlich, dass Ruth ihre Wut nicht an ihr auslassen sollte. »Gelbe Karte«, sage sie, woraufhin Ruth sich entschuldigte. Eigentlich richtete sich ihr Zorn ja auch gegen die beiden anderen, deren WhatsApps einen deutlichen Vorwurf enthalten hatten, den sie nun auch in ihren Augen sah.

Gabriel hörte zu, ohne eine Miene zu verziehen. Schweigend strich er sich den dunklen Pony aus den Augen. Mónica hütete sich, etwas zu ihm zu sagen, damit es nicht so aussah, als hätten sie sich bereits ausgiebig über das Thema ausgetauscht. Daher wandte sie sich lieber direkt an Ruth.

»Okay. Und was ist deiner Meinung nach passiert …«

»Ich bin noch nicht fertig«, fiel Ruth ihr brüsk ins Wort. »Ich habe mir die Unterschrift sehr genau angeschaut. Ich bin mir sicher, dass es nicht meine ist, aber sie ist ihr sehr ähnlich.« Sie machte eine Pause und spürte die Spannung, die in der Luft lag. »Wenn ich mich nicht sehr täusche, stammt sie von meiner Mutter.«

Suselen und Mónica machten ihrer Verblüffung lautstark Luft, wobei weder Gabriel noch Ruth auf das hörten, was ihre Freunde sagten. Sie sahen sich über den Tisch hinweg an, während ihre Blicke ein schmerzhaftes, stummes Duell um Enttäuschung und Misstrauen ausfochten. Und es ist ja allgemein bekannt, wie sehr so etwas schmerzt, wenn es um einen Freund geht, mit dem man das Glück hatte aufzuwachsen. In einem solchen Fall gilt das Gleiche wie bei einem Sturz vom Pferd. Wenn man nicht sofort wieder aufsteigt, kehrt das Vertrauen vielleicht nie mehr zurück. Dessen war Gabriel sich offensichtlich bewusst, denn während die anderen beiden eine Hypothese nach der anderen abfeuerten, stand er auf, schob ein paar Stühle zur Seite, um zu Ruth zu gelangen, nahm ihre Hände, zog sie hoch und umarmte sie so fest, wie Mónica es ein paar Tage zuvor gesehen hatte. Dann bat er auch Mónica und Suselen dazu. »Eine Umarmung von acht Sekunden«, sagte er. Die dann deutlich länger dauerte, weil die schluchzende Ruth sich nicht lösen wollte.

Sie weinte.

Dabei war Ruths Herz, was Gefühle anging, ziemlich ausgetrocknet, weil sie es so sehr vor Gefühlen geschützt hatte. Ihr Herz war wie ein nicht benutzter Schwamm, der nach Jahren hart geworden ist. Niemand hatte ihr beigebracht, ihre Gefühle zu zeigen. Das war ihrer Mutter vorbehalten. Und bei ihrer Mutter konnte man das, was wirklich in ihr vorging, auch nur erahnen.

Erst einige Zeit später, nachdem Ruth sich wieder beruhigt hatte, konnte sie, während Suselen zärtlich ihre Hand hielt, erzählen, welche Befürchtungen diese Entdeckung in ihr ausgelöst hatte. Denn das Problem lag nicht nur darin, dass ihre Mutter ihre Unterschrift gefälscht hatte, sondern die Frage war ja vielmehr, seit wann sie dies tat und für wen.

»Für Orlando zum Beispiel«, sagte Mónica.

»Bitte?«

Mónica zeigte Ruth das Foto eines Dokuments, das sie angeblich unterschrieben hatte, damit der Hundeausführer seine spanische Gesundheitskarte wiederbekam.

Ruth putzte nachdenklich ihre Brille.

»Da ist noch was«, sagte sie und atmete tief durch, um die letzten Zweifel an ihrer Aufrichtigkeit auszuräumen. An Mónica gewandt, fuhr sie fort:

»An dem Tag, als du mich angerufen hast, um mir zu sagen, dass man einen Toten in der Badewanne deiner Mutter gefunden hat, hatte meine Mutter sich in die Hand geschnitten und wollte es zunächst vor mir verbergen. Dann hat sie behauptet, dass ihr ein Glas heruntergefallen sei, das zu weit oben im Regal stand.«

Weitere Erklärungen waren nicht nötig. Alle hatten den Tatort vor Augen: das Weinglas, in dem die Medikamente aufgelöst worden waren, und das andere Glas, in dem offenbar nur Wasser gewesen war, in Scherben auf dem Boden. War jemand bei Orlando gewesen, oder hatte er jemanden erwartet? Und wenn nicht, wozu dann das zweite Glas?

»Ich brauche jetzt auf jeden Fall ein zweites Glas«, sagte Ruth. »Ich glaube, das gilt auch für euch.«

Sie bestellte eine Runde Gin Tonics, um auf ihre Mutter anzustoßen, die mit einem Mal zur Hauptverdächtigen geworden war. Während sie die Gläser hoben, war Mónica kurz davor zu berichten, dass die Polizei wegen Orlandos Vorstrafenregister die Einbruchshypothese nun doch noch nicht ausgeschlossen hatte. Doch letztendlich sagte sie nichts, da die neue Hypothese die Mithilfe eines Komplizen mit einschloss und Margarita ganz offenbar finanzielle Probleme hatte.

Die arme Ruth würde an diesem Tag nicht noch mehr verkraften, sagte sich Mónica. Die Krankheit ihrer Mutter allein war schon schlimm genug. In der Patisserie *Santa Eulalia* hatte Margarita ihrer Tochter von den ersten Symptomen der Erkrankung erzählt. Sie nannte sie »weiße Flecken«, weil ein Teil des Tages verschwamm und ihr Gedächtnis das komplette Puzzle des Tages nicht mehr zusammensetzen konnte. Zum Beispiel wusste sie dann nicht mehr, wie sie nach Hause gekommen war oder worüber sie mit einem Nachbarn gesprochen hatte, dem sie kurz zuvor begegnet war. Und genauso könnte sie auch vergessen haben, dass sie mit Orlando in Elisas Wohnung gewesen war oder was danach passierte, überlegte Mónica. Aber aus welchem Grund sollte Margarita einem Mann etwas angetan haben, von dem sie so wertschätzend sprach?

Als hätten sie alle ein Schweigeabkommen getroffen, diesen Tag nicht noch schlimmer zu machen, schwelgten sie für den Rest des Abends lieber in Erinnerungen.

»Das stimmt nicht«, beklagte sich Suselen lachend. »Ich war zwar die Erste, die die Bücher von Enid Blyton gelesen hat, aber nicht *Fünf Freunde*, sondern *Hanni und Nanni*. Ich bin sozusagen mit den beiden aufgewachsen und habe davon geträumt, dass dieses Internat wirklich existiert und ich mit euch zusammen dorthin gehen würde. Aber ihr hattet ja nichts anderes im Kopf, als Detektiv zu spielen und eure blöden Fälle aufzuklären.«

»Wobei nur du deinem Ruf als Ermittlerin treu geblieben bist, Mónica.« Suselen schürzte die Lippen, um den Strohhalm des Longdrinks zu erwischen.

Mónica schüttelte den Kopf.

»Das wäre zu schön gewesen, aber dann hätte meine Mutter mich besser gießen müssen. Für die Polizei hat es leider nicht gereicht.«

Alle lachten, vor allem Gabriel.

»Wobei diese Detektivspiele sicher ein gutes Training fürs Leben waren«, fuhr Suselen fort. »Ich zumindest bin eine Meisterin darin, wenn es darum geht, Inszenierungen zu analysieren, und das nicht nur im Theater. Zum Beispiel an dem Tag, an dem ich in das Restaurant kam, in das Ben mich eingeladen hatte, als wir noch nicht verheiratet waren, und den für uns reservierten Tisch mit dem Blick auf *Big Ben* gesehen habe, wusste ich sofort, dass er um meine Hand anhalten würde. Er hat dafür einen Ort gewählt, von dem er wusste, dass ich ihn nie vergessen würde.«

Ihr Freundinnen seufzten sehnsüchtig, und Gabriel applaudierte.

»Deshalb halte ich mich für kompetent genug zu sagen, dass der Tatort meiner Meinung nach einige Ungereimtheiten aufweist.« Suselen runzelte die Stirn. »Es kam mir von Anfang an seltsam vor, dass ein Einbrecher seinen Notizkalender mit all den Eintragungen zum Ort des Verbrechens mitbringt. Und jetzt hat Gabi in dem Chat entdeckt, dass Orlando den Kalender schon am Tag vorher vermisst hat.«

Gabriel trommelte mit den Fingern auf den Tisch und sah Mónica an.

»Wieso hat deine Mutter ihn dann nicht gefunden?«, fragte er.

»Meine Mutter ist zwei Tage vor dem Mord mit Margarita aufs Weingut gefahren«, erinnerte sie ihn. »Und ich habe ihn nur dank Fiera entdeckt, denn er war unter mehreren Zeitschriften versteckt. Die hat wahrscheinlich die Putzfrau dorthin gelegt, die an dem Morgen da war, an dem meine Mutter abgereist ist.«

»Das klingt logisch«, meinte Suselen, nachdem sie mit dem Strohhalm geräuschvoll ihr Glas geleert hatte. »Zumal wir jetzt wissen, dass Orlando auch Elisa kannte und wenige Tage zuvor noch das Katzennetz auf ihrem Balkon angebracht hat. Aber wie ist das Handy in die Badewanne gekommen, wenn sich der Kurzschluss laut der Aussage der Nachbarn erst anderthalb Stunden nach dem angenommenen Todeszeitpunkt ereignet hat?«

Da sie gerade von Ungereimtheiten sprachen, fügte Mónica noch hinzu, dass es ihr im Fall eines Einbruchs nicht einleuchtete, warum Orlando sich so lange in der Wohnung aufgehalten hatte, obwohl ihr natürlich bekannt war, dass es Einbrecher gab, die am Tatort gewisse Rituale vollzogen. Sie aß ein paar Chips und leckte sich das Salz von den Fingern.

»Wenn er Elisas Gewohnheiten kannte, wusste er, dass sie weg war, aber nicht für wie lange. Diese Ausflüge mit Margarita macht sie nicht oft, und das Weingut liegt nur eine Stunde mit dem Auto von Madrid entfernt.«

»Gut, aber hat die Polizei den Fall nicht schon abgeschlossen?«, fragte Ruth.

»Nicht wirklich«, gab Mónica zu und sorgte damit für angespanntes Schweigen.

Daraufhin berichtete sie von dem Gespräch mit ihrem Kollegen, von Orlandos Vorstrafen aus seiner Jugendzeit und davon, dass sie selbst Dolores im Verdacht gehabt hatte, seine Komplizin bei dem Einbruch gewesen zu sein. Wobei nun vieles eher auf Margarita hindeutete.

»Jetzt, da Margarita im Fokus der Ermittlungen steht, müssen wir einige Dinge noch einmal überdenken«, sagte sie mit einem mitfühlenden Blick auf Ruth. »Zum Beispiel ob finanzielle Motive sie dazu gebracht haben könnten, mit Orlando einen Einbruch zu begehen. Und wenn bewiesen ist, dass Orlando bereits mindestens eine Stunde vor dem Stromschlag gestorben ist, müssen wir uns darüber Gedanken machen, wer ein Interesse daran gehabt haben könnte, ihn zu töten, denn das Handy kann ja nicht von allein in die Wanne gefallen sein.«

Ruth stützte erschöpft den Kopf in die Hände, und Suselen streichelte ihr übers Haar.

»Es tut mir leid, Ruth«, sagte Mónica.

Ruth hob eine Hand und flüsterte so etwas wie »Ist schon gut«.

Gabriel, dem bei Suselens Analyse des Tatorts etwas eingefallen war, meldete sich zu Wort, da auch er etwas beizusteuern hatte. »Letztendlich ist es ja bei jedem Flug so, dass eine Gruppe Menschen unterschiedlicher Nationalitäten und Glaubensrichtungen zusammen eingeschlossen und auf gewissermaßen unter Druck gesetzt werden. Für gewöhnlich brauche ich nur ein paar Sekunden, um den Passagier zu erkennen, der Probleme machen wird. Für sowas habe ich einen siebten Sinn. Was ich damit sagen will, ist, dass ich mir bei Margarita nicht vorstellen kann, dass sie in ein Verbrechen verwickelt sein soll. Und dann noch in der Wohnung ihrer Freundin!«

Ruth dankte Gabriel mit einem müden Lächeln für seine Unterstützung, war aber anderer Meinung.

»Vielleicht hat meine Mutter keinen anderen Ausweg mehr gesehen. Oder sie ist doch nicht mehr so klar im Kopf, wie es scheint ...«

Suselen und Gabriel sahen sie verwundert an, weil sie so über ihre Mutter sprach und weil ihre Augen erneut gerötet waren. Wusste ihre Freundin mehr, als sie gesagt hatte?

Gabriel versuchte, die Lage ein wenig zu entspannen, und beharrte darauf, dass er sich in einem Menschen normalerweise nicht irrte. »Ich habe genug Trainingsstunden in Sachen non-verbale Kommunikation hinter mir, um mir angesichts der Fotos und Videos in Orlandos Chat sicher zu sein, dass meine Mutter und ihn eine liebevolle Freundschaft verband, und zwar nur eine Freundschaft und nichts anderes.«

»Ich würde, was meine Mutter angeht, gern das Gleiche sagen, aber das kann ich nicht«, erklärte Ruth erschöpft. »Ich weiß nicht, was Margarita und Orlando getrieben haben, aber was ich weiß, ist, dass das Fälschen von Dokumenten eine Straftat ist. Und ehrlicherweise muss ich zugeben, dass sich meine Mutter in letzter Zeit seltsam verhalten hat. Sie hat finanzielle Probleme, und vielleicht gibt es da auch noch etwas anderes. Allerdings kann ich mir genauso wie Gabriel angesichts ihrer moralischen Integrität einfach nicht vorstellen, dass sie einem anderen Menschen mit Absicht einen Schaden zufügen könnte. Aber natürlich hätte ich auch nicht gedacht, dass sie Dokumente fälscht!«

Ruth legte sich die Hand auf die Stirn, weil sie das Gefühl hatte zu fiebern. Die anderen sahen sie mitleidig an. Keiner wollte in ihrer Haut stecken.

»Na ja, das mit der Gesundheitskarte war wohl eher ein Gefallen«, wandte Mónica ein. »Das macht sie nicht zu einem schlechten Menschen. Sie hat es sicher nicht als etwas Schlimmes empfunden.«

»Aber das mit den Tabletten«, flüsterte Ruth. »Das mit den Tabletten bringt andere Menschen in Gefahr, und vergesst nicht, dass Orlando daran gestorben ist. Deshalb muss ich diese Sache aufklären, bevor es die Polizei tut.«

In diesem Moment erregte etwas Mónicas Aufmerksamkeit – oder besser gesagt jemand. War das nicht …? Sie wandte sich an ihre Freunde, und alle drehten sich zu dem kahlköpfigen Mann um, der sich jetzt in einer unförmigen Lederjacke an die Theke setzte und einen Whisky bestellte. »Wie hieß dieser Typ noch mal, der als Junge so strunzdumm war?« Keiner der anderen wusste, wen sie meinte. »Oh, ich hab's … Nicolás Bordas!« Der Angesprochene wandte sich um, und alle vier senkten die Köpfe.

»Nicolás Bordas?«, wiederholte Ruth. »Mit dem war ich mal zusammen, und er sah super aus, war aber wirklich nicht das hellste Licht auf der Torte.«

Sie musterte den Mann an der Bar unauffällig. »Nein, das kann er nicht sein. Nicolás war damals schlank und rank, von oben bis unten tätowiert, mit gutgeschnittenem

Gesicht und langem Haar – der typische Jugendliche, der seine Mutter zur Verzweiflung bringt.«

»Gutaussehenden Männern sollte das Altern verboten werden«, beschwerte sich Suselen. »Was wohl mit ihm passiert ist?«

»Wahrscheinlich hat er sein Piercing verschluckt«, sagte Ruth. »Und daraufhin das bisschen Verstand verloren, das er noch hatte.«

Die anderen brachen in Gelächter aus.

»Das ist gar nicht zum Lachen«, fuhr Ruth fort. »So etwas passiert wirklich, und das kann sich aufs Gehirn auswirken. Ich kenne den Fall eines Jungen, der sich eine Erbse in die Nase gesteckt hat, und als er ein Jahr später an Asthma und Depressionen erkrankt ist, hat sich, nachdem er geröntgt wurde, herausgestellt, dass die Erbse in seiner Lunge Wurzeln geschlagen hatte.«

Mónica wollte weitere Details wissen, und Gabriel betrachtete sie stolz. Was wäre wohl aus ihnen geworden, wenn sie nicht so viel zusammen gelacht hätten?

Sie amüsierten sich noch eine ganze Weile, so sehr, dass Ruth nach einem weiteren Gin Tonic an die Luft gehen musste, zumindest sagte sie das. Mónica folgte ihr, da ihr auffiel, dass Ruth ihren Mantel nicht mitgenommen hatte. Draußen fand sie ihre Freundin vor dem stets beleuchteten Senatsgebäude, als warte sie dort auf etwas. Sie atmete tief ein und aus.

»Hier, damit dir nicht kalt wird«, sagte Mónica und legte ihr den Mantel über die Schultern. »Du weißt, dass du nicht allein bist, oder?«

Ruth lächelte ihr zu und wies dann mit dem Kinn auf eine schlanke Gestalt in Mantel und Hausschuhen, die die Straße heraufkam. Als sie zu ihnen gelangte, blieb sie stehen.

»Mónica, das ist Sara«, sagte Ruth, als habe sie die Frau erwartet. »Ich habe ihr gesagt, dass wir hier sind. Sie würde dich gern kennenlernen. Und da wir ja jetzt mit der ›Arbeit‹ fertig sind, habe ich ihr gerade eine Nachricht geschickt. Sie wohnt ganz in der Nähe.«

Mónica brauchte nicht lange, um zu verstehen, um wen es sich handelte. Das war Sara, die Frau, die von ihrem Ex-Mann misshandelt wurde. Ruth hatte am Telefon von ihr und ihrem kleinen Sohn gesprochen. Und Orlando hatte sie in seinem Kalender erwähnt, weil er am Verhalten ihres Hundes herausgefunden hatte, dass bei ihnen zu Hause etwas nicht in Ordnung war.

Unter der Laterne, die das bunte Schild des *Caripén* beleuchtete, hob die Frau ihr hübsches, blasses Gesicht, das auf der Höhe der Augen durch blaue Blutergüsse auf makabre Art verunstaltet war. Unter dem Mantel trug sie einen Arm in einer Schlinge.

»Ich weiß nicht, wer ihm die Haustür geöffnet hat, aber als ich reingekommen bin, war er schon drin«, flüsterte sie, als ob ihr Mann sie hören könnte. »Er hat mich geschlagen und dann die Treppe runtergeworfen. ›Wenn du zur Polizei gehst, bringe ich dich um, und niemand wird dir glauben!‹«

Mónica hörte atemlos zu.

»Aber es gibt einen Zeugen«, wandte Ruth ein. »Und Sara ist einverstanden, es zu versuchen.«

Mónica griff spontan nach der Hand der jungen Frau, die eiskalt war, und versuchte, ihr ein wenig Wärme zu geben. Inzwischen wusste sie, dass Orlando bereits erste Schritte unternommen hatte, um ihr zu helfen.

»Hallo, Sara, ich bin Mónica. Und wir sind für dich da.«

Die beiden Freundinnen brauchten sich nur anzusehen, um zu wissen, dass dies ein weiterer dringender Fall für den Club der schlechten Töchter war.

Dir werde ich es erzählen …

Sara wagte kaum noch, das Haus zu verlassen.

Sara erhielt täglich Drohungen.

Sara wurde sogar auf der Straße bedroht oder im Hauseingang oder in einem Auto, in das der Unbekannte, zu dem ihr Ex-Mann geworden war, sie hineinstieß und zusammen mit einem anderen Kerl verprügelte. Das war passiert, als sie ihren Sohn Dani abholen wollte, einen blonden, gut erzogenen Engel, der nicht mehr lächelte, obwohl er zu den Nachbarn immer freundlich war.

Dani weinte nie.

Dani sprach nur, wenn er dazu aufgefordert wurde.

Wenn sie das Haus verließen, klammerte er sich an die Hand seiner Mutter, und selbst auf dem Spielplatz, wenn er mit anderen Kindern spielte, musste er sie in der Nähe wissen. Nicht weil er fürchtete, sich zu verlaufen, sondern weil er Angst um sie hatte.

Deswegen rannte das Kind sofort zu ihr, wenn sich ein Mann neben sie auf die Bank setzte oder eine Gestalt aus den Büschen hervorkam. Als sie noch zu dritt zusammengelebt hatten, hatten die Nachbarn immer gesagt, was für eine nette Familie sie seien. Er arbeitete in einer Werbeagentur und sie beim Fernsehen, doch auf Wunsch ihres Mannes hatte sie ihren Job gekündigt. Damit sie sich ganz auf Dani konzentrieren konnte. Sie konnten es sich erlauben, hatte er gesagt.

Dafür war er da, hatte er gesagt. Um sich um sie zu kümmern.

Dafür war er da. Um sie zu isolieren, dachte er in Wirklichkeit.

Zu jener Zeit hatte er sich noch verstellt. Doch als Sara ihm widersprochen hatte, hatte er sie mit nassen Handtüchern geschlagen, weil er gehört hatte, dass das keine Spuren hinterließ. Er erinnerte sich nicht mehr daran, dass er das aus einem Mafiafilm hatte, den er als Jugendlicher gesehen und, ehrlich gesagt, ziemlich gut gefunden hatte. Und nun, mit vierzig Jahren, bot sich ihm die Gelegenheit, es bei der Frau anzuwenden, die er mehr liebte als alles andere auf der Welt.

Später, als ihm das mit dem Handtuch zu langweilig wurde, fand er es befriedigender, den Ledergürtel zu nehmen, den er extra dafür gekauft hatte. Er schlug sie an Körperstellen, wo es nicht auffiel, was nicht schwer war, da er darauf bestand, dass sie Kleidung trug, die ihre Arme und Beine bedeckte. Sie durfte sich auch nicht mehr die Fingernägel lackieren, schließlich war sie jetzt eine Mutter. Sie musste ihrem kleinen Sohn ein gutes Vorbild sein. Während Daniel, der sich zuerst in seinem Bettchen versteckte, später verzweifelt hinters Sofa krabbelte und mit fünf Jahren noch ins Bett machte, mit diesem Horror leben musste und versuchte, ihn irgendwie auszublenden. Was seinen Vater anging, war er völlig verstummt.

Der Anwalt, den Sara aufsuchte, als sie die Scheidung einreichte, riet ihr, mit dem Kind zu einem Psychologen zu gehen. Denn wenn Daniel sich wieder an eine dieser schlimmen Szenen erinnerte, die er ganz offensichtlich aus seinem Bewusstsein gestrichen hatte, und eine Aussage machen konnte, wäre das eine Möglichkeit gewesen, um diesen Mann für immer aus ihrem Leben zu verbannen.

Und so kam Ruth ins Spiel.

Die Sache war zu ihrem wichtigsten Fall geworden. Nicht nur, weil sie sicher war, dass Sara die Wahrheit sagte, auch die Symptome des Jungen passten zu häuslicher Gewalt: nächtliches Einnässen, Bauch- und Kopfschmerzen, Schlafstörungen, nächtliche Albträume, Asthma und Krampfanfälle …

Durch Orlandos Kalendereintrag, was die Sensibilität von Hunden bei diesem Thema anging, war Ruth auf die Idee gekommen, Mónica anzusprechen, die ja immerhin Hundetrainerin war und sich auskannte – und diese hatte ihr von den Gerichtshunden erzählt. Von solchen Hunden hatte Ruth noch nie etwas gehört, aber wie es schien, war ihr Einsatz in den USA bereits üblich. Und in Madrid wurde am Gericht an der Plaza de Castilla gerade ein Pilotprojekt durchgeführt. Dabei ging es darum, mithilfe von Hunden besonders verletzliche Zeugen dazu zu bringen, eine Aussage zu machen.

Vielleicht war das die Lösung. Es stand nicht weniger auf dem Spiel als Saras Leben.

Denn in der Gewaltspirale war es in dieser Familie zum Äußersten gekommen, und es kündigte sich eine Katastrophe an. Der nächste Angriff konnte tödlich sein, und dann würde dieses Kind in die Hände eines Monsters gelangen.

Madrid hatte sich für den nächsten Morgen die erste herbstliche Kälte ausgesucht.

Ruth kam früh und bestellte in einem düsteren Lokal hinter dem Gericht einen Kaffee. Dort wollte sie warten, bis Mónica ihr mit einer kurzen Nachricht ihre Ankunft mitteilen würde.

Ruth war nervös wie eine Anfängerin. Sie wusste, dass dies das letzte Ass war, das sie im Ärmel hatte. Wenn es nicht funktionieren würde, wären Mutter und Kind verloren. Zehn Minuten später erhielt sie Mónicas Nachricht: *Wir sind da.* Der Plural beruhigte sie, es war nicht leicht, einen Gerichtshund zu bekommen.

Ruth leerte ihre Kaffeetasse, legte ein paar Münzen auf die Theke und überquerte mit schnellen Schritten die Plaza de Castilla, wo ihre Freundin schon auf sie wartete. Wenige Minuten später sahen sie Dani, der an der Hand seiner Mutter mit hängendem Kopf näher kam.

An der Tür wurde er von León erwartet.

Einem großen goldfarbenen Labrador, der dem Kind, kaum dass er es witterte, einen sanften Blick aus seinen kastanienbraunen Augen schenkte, sich zu seinen Füßen niederlegte.

Dani wandte sich schüchtern an seine Mutter und fragte, ob er den Hund streicheln dürfte. Dann versenkte er seine kleine Hand im weichen Fell des Tieres, das den Kopf hob und genießerisch die Augen schloss.

»Das ist dein neuer Freund León, und heute passt ihr aufeinander auf. Gefällt dir das?«, fragte Mónica und hielt dem Jungen die Leine hin. »Er vertraut nur dir.«

Dani nickte mit glänzenden Augen und musste nur »Hallo, León« sagen, damit das Tier sich erhob, bereit, ihn bis zum Ende der Welt zu begleiten. So traten sie dicht nebeneinander durch die furchterregende Tür des Gerichts.

Im Gebäude fielen sie dem Personal sofort auf, denn die Anwesenheit eines *Dogtors* bedeutete, dass derjenige, der das Ende der Leine hielt, durch die Hölle ging.

Ruth ließ die beiden nicht aus den Augen. Sie waren etwa gleich groß und wirkten ganz ruhig, wobei sie wusste, dass das bei Dani nur eine mühsam aufrechterhaltene Fassade war. Sobald er das Haus verließ, wurde sein Gesicht zur Maske. Niemand ahnte, was er durchmachte und wie sehr er litt. Was es für ein Albtraum war, nach der Schule die dreißig Stufen hinaufzugehen, um den sicheren Zufluchtsort zu erreichen, den die Wohnung seiner Mutter darstellte. Es war ihm gelungen, seine Lehrer und die Nachbarn zu täuschen, sogar Ruth hatte kurz gezweifelt. León jedoch hatte die Angst des Kleinen sofort gewittert, und er würde ihn mit seinem Leben beschützen. Natürlich wusste er nicht, warum dieser kleine Junge eine solche Angst hatte. Er wäre nie darauf gekommen, dass sie daher rührte, dass er gegen seinen Vater aussagen sollte. Allein der Gedanke daran versetzte ihn in furchtbare Panik.

Ruth wusste, dass Kinder, die häusliche Gewalt erlebten, oft nicht mehr schlafen oder essen konnten, manchmal verletzten sie sich auch selbst. In Danis Fall hatte sein rebellierendes Unterbewusstsein sogar Krampfanfälle verursacht. Daher mussten sie mit äußerster Vorsicht vorgehen und hatten beschlossen, sich aufzuteilen.

Ruth ging neben Sara und drückte ermutigend ihren Arm. Und Mónica, die immer wieder fasziniert war, wenn sie einen *Dogtor* in Aktion sah, blieb an Danis Seite. Dabei hatte sie selbst die drei Hunde für die NGO trainiert, die als Gerichtshunde in Madrid eingesetzt wurden. Sie kannte León noch als Welpen. Schon bald war er ihr wegen seines ausgeglichenen Charakters und seiner Intelligenz aufgefallen. Beides war nötig, um einen Menschen beruhigen zu können.

»Soll ich dir ein Geheimnis verraten?«, fragte Mónica den kleinen Jungen, während sie durch den langen Gang mit dem Marmorboden gingen.

Dani nickt schüchtern. Mónica beugte sich zu ihm hinunter und flüsterte ihm ins Ohr: »León versteht unsere Sprache.«

Dani, der mit keinem Erwachsenen mehr ein Wort gewechselt hatte, sah den Hund beglückt an.

»Möchtest du etwas zu ihm sagen?«, schlug Mónica vor. »Du könntest ihn zum Beispiel fragen, ob er zufrieden ist.«

Daniel ließ sich darauf ein. »León?«, sagte er, und der Hund blieb sofort stehen und suchte seinen Blick.

»Bist du zufrieden?«

León wedelte mit seinem langen, haarigen Schwanz und ging einmal um den Jungen herum. Und als wäre das noch nicht genug, leckte er ihm über die Hand, was Dani zu gefallen schien.

Mónica und Ruth tauschten einen kurzen Blick. Der angstlösende Effekt ihres vierbeinigen Kollegen schien bereits eingesetzt zu haben.

»Soll ich dir noch ein Geheimnis verraten?«, fragte Mónica Dani leise, der begeistert nickte. »Du kannst ihm auch erzählen, wie du dich fühlst. Er versteht dich besser als jeder andere.«

Der Junge blinzelte vor Überraschung angesichts dieser Enthüllung, dann sagte er nur: »Komm, León.«

Der Hund lief neben ihm her, ohne den Körperkontakt zu verlieren, der dem Kind Sicherheit gab. Schließlich erreichten sie einen der drei Räume, die speziell für die Aussagen von besonders vulnerablen Personen ausgestattet waren. Ruth würde mit dem Kind und dem Hund in diesen Raum gehen, während alle anderen von einem angrenzenden Raum aus durch einen Einwegspiegel hineinsehen würden. Auch Danis Mutter verabschiedete sich an der Tür von ihm:

»Meinst du, du könntest dich einen Moment allein um León kümmern? Ich muss mal eben auf die Toilette.«

Dani zögerte kurz, doch als der Hund merkte, wie die Angst in dem Kind aufstieg, bot er ihm seine haarige Pfote, woraufhin der Junge die kurze Trennung von seiner Mutter akzeptierte.

Als sie zusammen vor dem Einwegspiegel standen, bot Mónica Sara einen Becher mit Wasser an und beruhigte sie damit, dass bisher alles perfekt gelaufen sei. Sara nahm den Becher entgegen, doch ihre Hände zitterten so sehr, dass sie ihn kaum zum Mund führen konnte.

»Ich möchte nur, dass ich jederzeit zu ihm hineingehen kann und dass sie sofort mit der Befragung aufhören, wenn er in Panik gerät«, sagte sie mit Tränen in den Augen. »Ich habe Angst, dass er einen Anfall bekommt. Bevor er einen Anfall bekommt, leckt er sich immer über die Lippen.«

Sara fiel der Becher aus den zitternden Händen, und sie entschuldigte sich vielmals.

»Du hast mein Wort.«

Mónica hob den Becher auf.

Der Ablauf sei ganz einfach, erklärte sie. Der Richter habe eingewilligt, dass der Hund den Jungen bei dem begleitete, was als »vorkonstituierte Beweisaufnahme« bezeichnet wurde. Wenn er aussagte, würde der Prozess eröffnet. Dani würde nur im Beisein seiner Psychologin sprechen, und alle anderen würden genau wie sie jenseits des Spiegels stehen. Saras Anwalt, der Richter, der Staatsanwalt und eine Sozialarbeiterin würden gleich kommen.

»So viele Leute?«, fragt Sara ängstlich und sah zu ihrem Sohn hinter der Scheibe, der so klein wirkte und keine Ahnung hatte, dass er wie eine Laborratte all diesen Blicken ausgesetzt war.

»Sara, er ist geschützt, und er sieht uns nicht. León passt auf ihn auf. Vertrau mir.«

Mónica hielt der Frau ein Formular hin, mit dem sie bestätigen sollte, dass ihr Sohn Tiere mochte und keine Tierhaarallergie hatte. Dann klopfte es an die Tür, und die anderen traten ein. Mónica und Saras Anwalt setzten sich neben Sara, und der Richter drückte auf einen Knopf.

In dem Raum, der wie ein gemütliches Wohnzimmer mit Büchern, Spielsachen und einem flauschigen Teppich ausgestattet war, spielten Ruth und Dani mit León, der beschlossen hatte, sie mit allen möglichen Kunststücken zu beeindrucken. Bis ein rotes Lämpchen anging, das Ruth anzeigte, dass sie mit der Befragung beginnen konnte. Auch dem Hund fiel das Licht auf. Er unterbrach das Spiel und setzte sich neben Dani, der auf dem Teppich saß und sich an seinen neuen Freund schmiegte.

Ruth nahm auf einem Sessel Platz, der in einiger Entfernung mit dem Rücken zu dem großen Spiegel stand. Ganz vorsichtig stellte sie erste Fragen. Zuerst erkundigte sie sich nach der Schule, nach Danis Freunden, den Nachbarn und kam dann langsam zu seinem Zuhause. Wie denn sein Zimmer aussehe? Von diesem Moment an sagte der Junge, der bis dahin sorglos alle Fragen beantwortet hatte, kein Wort mehr. Er streichelte den Hund und hörte zu, hielt den Kopf jedoch gesenkt. Was war sein liebstes Spielzeug? Was aß er gern zum Frühstück? Dann kam Ruth auf seine Mutter zu sprechen, wie war sie, wenn sie glücklich war, wie merkte er, dass sie unglücklich war. Und sein Vater? Wie nannte er seinen Vater?

Der Hund reagierte wie ein Seismograf. Er wandte Ruth den Blick zu, um sich zu vergewissern, dass nicht sie es war, die bei seinem Schützling dieses innere Beben ausgelöst hatte, da er sonst hätte eingreifen müssen. Dani begann leicht zu zittern.

»Du liebst deinen Papa sehr, nicht wahr?«, fuhr Ruth fort, wobei sie sich leicht aufrichtete. »Was ist mit ihm? Liebt er deine Mama? Warum zitterst du? Dani?«

Ruth ging zu dem Jungen hinüber, doch er krabbelte hinter den Hund. Sie verstand die Botschaft und zog sich wieder zurück.

Im Nachbarraum richtete sich Sara ängstlich auf und legte die Hand an die Scheibe. »Es funktioniert nicht. Wir hören besser auf. Seht mal, wie er den Mund bewegt. Das ist kein gutes Zeichen.«

Mónica drückte ihre Hand. »Wir machen ein paar Minuten Pause.« Dann drückte sie auf den Knopf, um Ruth zu signalisieren, dass sie den Raum verlassen solle, während Dani bei León blieb, der ihm seine Pfoten aufs Knie gelegt hatte.

Ruth trat zu den anderen und blickte Sara enttäuscht an. »Es tut mir so leid. Ich habe alles getan, was …«

Mónica bat sie mit einer Geste zu schweigen, und alle blickten in die gleiche Richtung, in den Raum, in dem Dani, deutlich ruhiger, vor dem Hund hockte. Er beugte sich zu León, und dann konnten alle ganz deutlich seine Kinderstimme hören.

»Dir werde ich es erzählen …«

Sara schlug sich die Hand vor den Mund, um ein Schluchzen zu ersticken.

León verstand den Satz zwar nicht, aber seine empfindliche Schnauze witterte die chemischen Stoffe, die der Körper des Kleinen aussandte. Sein Gehirn übersetzte blitzschnell jenen Cocktail aus Adrenalin, Glucocordicoiden und Cortisol, die Chemie der Angst, der Scham und des Leids. Dann leckte er dem Jungen übers Gesicht und schmeckte die Tränen, jene salzige Flüssigkeit, die andere Partikel enthielt als Schweiß oder das Wasser in seinem Napf und die dem Tier eine abgrundtiefe Traurigkeit übermittelte.

Das war nicht der Normalzustand eines kleinen Kindes.

Nein, absolut nicht.

Hier stimmte etwas nicht. León legte sich neben den Kleinen und ermutigte ihn mit einem Blick aus seinen bernsteinfarbenen Augen, sich an ihn zu kuscheln. Als sie aneinander lehnten, passte sich der Herzschlag des Hundes dem des Jungen an, um ihn dann langsam zu beruhigen. Dani legte sich vertrauensvoll auf diese große, warme Fellmatratze und fing an, im gleichen Rhythmus zu atmen, während er dem Hund von dem Horror erzählte, den er erlebt hatte. Er beschrieb die Bilder, die er in die hintersten Ecken seines Gehirns verbannt hatte – in einer Mischung aus Schmerz, Verzweiflung und Schuld –, Gefühle, die es im Leben eines Kindes gar nicht geben sollte. Als er fertig war, schlief er völlig erschöpft auf dem haarigen Bauch des Hundes ein, der nun ganz ruhig atmete.

Die gesamte Aussage war mit einem Mikrofon aufgenommen worden, das an Leóns Halsband befestigt war. Nach dem schockierenden Zeugnis, das der kleine Junge abgelegt hatte, kämpften die Erwachsenen hinter der Scheibe mit den Tränen.

Als Dani wieder aufwachte, ließen sie ihn noch fast eine Stunde lang mit dem Hund spielen. Das war das, was Mónica »den Zeugen emotional abschließen lassen« nannte. So, wie man eine Tür hinter sich schloss. Es war wichtig, dass diese Tür nicht offen blieb, wenn sie gingen. Dafür verfügte León über eine weitere Anzahl an Tricks, wie über den Teppich zu rollen, hinter den Sesseln im Raum Verstecken zu spielen und sich, alle viere nach oben gestreckt, auf den Rücken zu legen, um am Bauch gekrault zu werden.

»Schau mal, Mama!«, rief Dani seiner Mutter zu, als sie hereinkam. »Schau mal, was León alles kann! Er ist superschlau!«

Und während der Junge auf der einen Seite der Scheibe mit seinem neuen Freund Selfies machte, war das Gespräch zwischen dem Richter und der Sozialarbeiterin auf der anderen Seite des Spiegels deutlich weniger fröhlich. Dort wurde die Aussage beglaubigt, Dokumente wurden unterschrieben und Termine gemacht. Der Prozess konnte nun beginnen. Und draußen im Gang gestand Sara ihrem Anwalt ihre Angst, dass ihr vor dem Urteil noch etwas passieren könnte, was Mónica sehr nachdenklich zurückließ.

Als Dani aus seinem Zimmer kam, legte er Ruth und Mónica abwechselnd die kleinen Arme um den Hals.

»Wann kann ich wieder mit León spielen?«, fragte er mit einem hoffnungsvollen Blick, der ihnen ans Herz ging.

Beide dachten das Gleiche, nämlich dass das hoffentlich nicht nötig war.

»Wenn du ihn brauchst, wird León immer für dich da sein. Das verspreche ich dir«, sagte Mónica und gab dem Jungen einen Kuss aufs Haar.

León stellte die Ohren auf. Er wusste, dass von ihm die Rede war. Nicht nur, weil er seinen Namen hörte, denn das war etwas, was schon ein Welpe beherrschte, sondern wegen der Art, wie sie ihn ansahen, mit diesen großen Augen, und wegen all der Endorphine und des Serotonins, die er witterte, während er freudig mit dem Schwanz wedelte.

»Guter Hund«, sagte Mónica.

»Guter Hund«, wiederholte Dani.

Dann schlang er die Arme um den kräftigen Hals des Tieres, das seinen dicken Kopf auf die schmale Schulter des Jungen legte und ihm zum Abschied noch mal über die Wange leckte.

»Danke!« Sara umarmte Mónica.

»Danke!«, sagte auch Ruth und umarmte ihre Freundin.

»Dankt mir nicht zu früh«, sagte Mónica und wandte sich an Sara. »Es ist noch nicht vorbei. Jetzt geht es darum, wie wir dich am besten schützen können.«

Die beiden anderen wussten in diesem Moment nicht, wovon sie sprach, aber sie nickten. Und Mónica hatte einen Plan, zu dem sie durch einen Eintrag in Orlandos Kalender inspiriert worden war. Wenn *er* gedacht hatte, dass es funktionieren könnte, würde es vielleicht auch bei ihr klappen. Voller Dankbarkeit dachte Mónica an diesen Mann, der sich selbst als »Engelrufer« bezeichnet hatte, und als sie die Tür zu ihrer Wohnung aufschloss, murmelte sie:

»Schade, dass du den heutigen Tag nicht miterleben konntest, Orlando.«

Der Oberst hat niemanden, der ihm schreibt

Das Gebäude sah nicht wirklich aus wie eine Seniorenresidenz, sondern eher wie die Villa einer alten Studentenverbindung, wie man sie sich zum Beispiel in Boston vorstellt, mit einer geschichtsträchtigen Steintreppe am Eingang, einem Garten im englischen Stil zur Straße hin und einem hinter dem Haus. Der große Vorteil war laut der Prospekte, die sie in der Wohnung ihrer Mutter gefunden hatte, die Lage.

»Eine wahre Oase und doch nur einen Katzensprung von der Plaza de Oriente entfernt«, erklärte ihr die zierliche Residenzleiterin, eine Frau mittleren Alters, die ein mädchenhaftes Lächeln und schelmisch blitzende Augen hatte. Die Art Mensch also, von dem man sich am liebsten eine schlechte Nachricht überbringen ließ.

Die Leiterin der Residenz wusste, wie wichtig es für Margarita war, in der Nähe der Plaza de Oriente zu bleiben. Sie sprach über Ruths Mutter, als ob sie sie genauso gut kennen würde wie sie. Oder sogar besser. Das ärgerte Ruth irgendwie. Das verständnisvolle Lächeln dieser Frau schien jedem Argument, jeder Sorge, die sie hätte äußern können, zuvorzukommen. Was sie einerseits erleichterte und andererseits zu besonderer Wachsamkeit veranlasste. Sie hatte das ungute Gefühl, dass ihre Mutter in die Fänge einer Sekte geraten war.

»Das ist wirklich ein sehr schönes Gebäude«, gab sie zu und versuchte dem Ganzen den Anschein von Normalität zu geben, obwohl sie immer noch nicht so recht wusste, warum sie hierhergekommen war, ohne ihrer Mutter davon zu erzählen.

Es sei einer jener Paläste, die der Madrider Adel damals hatte bauen lassen, fuhr die Leiterin fort, die sie durch den Garten führte und nun wie eine Reiseleiterin sprach. Die meisten dieser herrschaftlichen Gebäude waren in Hotels umgewandelt worden oder in Museen wie das gleich nebenan liegende Museo Cerralbo. Die Frau deutete nach rechts, als ob man das Museum dort sehen könnte. Ruth wollte gerade sagen, dass ihre Familie bereits seit Generationen in einem dieser Paläste lebte, als ihr eine Gruppe älterer Menschen auffiel, die sich angeregt an der Eingangstür unterhielten. Ruth verspürte das Bedürfnis zu fragen, ob sie auch Bewohner der Residenz waren.

Die Leiterin kam ihr zuvor.

»Da drüben sehen Sie ein paar unserer glücklichen Bewohner. Sie verabreden sich manchmal im Haus und manchmal draußen. Wir behandeln alte Menschen nicht, als wären sie krank, wissen Sie? Sie sind nur alt.« Die Frau lächelte ihr sympathischstes Lächeln. »Und Seniorenresidenzen sind auch keine Elefantenfriedhöfe, in die sich die Ältesten zurückziehen, um zu sterben, wenn sie einsam und schwach sind.«

Vorsicht!, dachte Ruth, diese Frau ist in der Lage, meine Gedanken zu lesen. Daher schwieg sie lieber und versuchte, an möglichst nichts zu denken, während sie um ein paar Büsche und Hecken herumging, obwohl alles in ihr danach schrie, die Flucht zu ergreifen.

»Wir wehren uns gegen dieses Vorurteil«, fuhr die Leiterin fort, die von sich offenbar im Plural redete. »Und in den letzten Jahren hat sich das Bild zum Glück gewandelt. Inzwischen wird man nicht mehr einfach so ins ›Altersheim gesteckt‹. Man kann sich dafür entscheiden, ein Leben mit einem gewissen Service für ältere Menschen zu führen, der sich nicht auf Reha-Maßnahmen und Brettspiele reduziert. Bei uns kann man sich Vorträge oder Konzerte anhören oder an Leseclubs teilnehmen. Im Wohnbereich wird auf Privatsphäre geachtet, und es besteht wie im Fall Ihrer Mutter sogar die Möglichkeit, ein Haustier mitzubringen.«

»Das ist ja wunderbar!«, platzte Ruth heraus, ohne ihren Enthusiasmus verbergen zu können. Allein der Gedanke, wie schlimm es für ihre Mutter wäre, Bowie zurücklassen zu müssen, verursachte ihr Herzrasen. Nein, nein!, schalt sie sich im gleichen Moment. Sie durfte sich nicht auch noch einwickeln lassen! Sie musste wachsam sein! Dieser Ort musste irgendeinen Haken haben. Und diese dauerlächelnde Frau war die weibliche Version des Rattenfängers von Hameln.

»Unsere Bewohner können kommen und gehen, wie sie wollen, Pläne machen oder verreisen. Natürlich nur, wenn es ihre Gesundheit und ihr kognitiver Zustand erlauben. Deshalb ist die Residenz in bestimmte Stockwerke und Gebäude unterteilt. Es wohnen nicht einfach alle zusammen.«

Ah, das war die Falle! Ruth erschauderte.

»Das bedeutet, dass Ihre Mutter in diesem Haus in verschiedenen Bereichen leben wird«, fuhr die Leiterin fort, die nun wie eine Stewardess auf unterschiedliche Gebäude deutete. »Zunächst wird sie ihre eigene Wohnung haben und kann ihren Hund und ihre Möbel und andere persönliche Dinge mitbringen.« Ruth blickte auf ein paar Reihenhäuser mit kleinen Vorgärten. In einem davon lag eine Dame in einem Kaftan lesend in einer Hängematte.

Die Leiterin wies auf das Hauptgebäude. »Und wenn sie dann nicht mehr so selbstständig ist, wird sie in dieses Haus in eins der Stockwerke umziehen, wo sie entsprechend betreut werden kann.«

Bei diesen Worten traten Ruth Tränen in die Augen, weil sie die Horrorvorstellung, die sie enthielten, für sich übersetzte, nämlich das Eingesperrtsein und die Reduzierung der Welt auf ein paar Quadratmeter, so hübsch sie auch sein mochten.

Sie konnte nicht anders, als die Frau zu unterbrechen.

»Ich hoffe, dass meine Frage Sie nicht stört, aber wie und von wem wird denn die Entscheidung getroffen, wann der entsprechende Moment gekommen ist?«

Als ob die Leiterin all die Bilder sehen könnte, die sich hinter dieser Frage auftürmten, legte sie Ruth ihre kleine warme Hand in den Rücken, um sie einzuladen, mit ihr die Treppe zum Speiseraum hinaufzugehen.

»Machen Sie sich deswegen nicht jetzt schon Sorgen. So weit sind wir noch nicht. Aber Sie können ganz beruhigt sein, das haben wir alles mit Ihrer Mutter besprochen, und sie hat die entsprechenden Einwilligungen erteilt, dass der Hausarzt der Familie diese Entscheidung für sie treffen kann.«

Ruth fühlte sich wie vor den Kopf geschlagen.

Wollte diese Frau ihr wirklich weismachen, dass ihre Mutter, die Königin der Selbstkontrolle, ihrem Arzt die Ermächtigung erteilt hatte zu bestimmen, wann sie selbst nicht mehr entscheidungsfähig war? Und was war mit ihr? Warum hatte ihre Mutter nicht in Erwägung gezogen, ihrer Tochter die Vollmacht zu erteilen, dies zu entscheiden?

»Entschuldigen Sie«, sagte sie einigermaßen verstört. »Das ist das erste Mal, dass jemand aus meiner Familie in eine Seniorenresidenz zieht. Und ja, vielleicht habe ich viele Vorurteile, aber das Ganze ist ziemlich beängstigend für mich. Wahrscheinlich ist das auch der Grund, warum ich gekommen bin.«

Die Leiterin bat sie einzutreten. »Sie müssen sich nicht entschuldigen.«

In dem Gebäude duftete es nach frisch gewaschener Wäsche, und leise Geigenmusik erfüllte die Räume. Die

Leiterin grüßte hier und dort eine der in Weiß gekleideten Pflegerinnen oder einen Pfleger.

»Das ist eine Situation, an die sich sowohl die älteren Menschen als auch ihre Familienangehörigen erst einmal gewöhnen müssen«, erklärte sie. »Es ist völlig normal, dass Sie besorgt sind, aber wenn Sie Ihre Mutter erst einmal zufrieden in ihrer neuen Umgebung sehen, werden all die Zweifel und Sorgen vergehen.«

Ruth merkte, dass sie sich allmählich wohlzufühlen begann. Ob sie sich schon mal nach einem Platz für sich selbst erkundigen sollte? Aber wer waren diese Leute, dass sie über ihr Zuhause entschieden? Welche seltsame Macht übten sie auf ihre Familie aus? Und warum war sie gleichzeitig erleichtert und ängstlich?

Während all diese widerstreitenden Gefühle in ihr kämpften, hatte Ruth noch keine Ahnung, was diese Frau ihr als Nächstes erzählen würde. Etwas, was ihr im Leben nicht in den Sinn gekommen wäre. Etwas, was man nicht von einem fremden Menschen erfahren sollte.

»Das Wichtigste ist, nicht zu vergessen, dass sich Ihre Mutter freiwillig entschieden hat, hier einzuziehen. Zusammen mit ihrem Hund und ihrem Lebensgefährten. Auf diese Weise wird sie nicht nur gut umsorgt, sondern hat auch noch Gesellschaft.«

Auf einmal hatte Ruth das Gefühl, in einen Abgrund zu stürzen. Die Hintergrundgeräusche wirkten plötzlich bedrohlich, die friedliche Musik, die aus den Lautsprechern in den Gängen kam, klang nun feindselig, das Quietschen der Rollstuhlräder, die Anweisungen der Pfleger, das Lachen im Filmvorführraum, den sie gerade besichtigt hatten – alles erschien ihr auf einmal abschreckend und gefährlich. Und in ihrem Kopf hallte immer wieder die Stimme der Residenzleiterin wider, die von einem »Lebensgefährten« gesprochen hatte. Als sie endlich wieder in der

Lage war zu reagieren und gerade erklären wollte, dass es sich hier offensichtlich um einen Irrtum handeln musste, da ihr Vater bereits vor vielen Jahren verstorben sei, drangen die Worte der Leiterin wieder an ihr Ohr, die wie in einem fröhlichen Podcast immer noch über Margarita und ihren »Lebensgefährten« redete.

»Übrigens ist Ihre Mutter damit kein Einzelfall, ganz im Gegenteil«, fuhr sie mit großer Selbstverständlichkeit fort. »Es ist ja nur natürlich, dass zwischen unseren Bewohnern Bindungen entstehen. Sie lernen sich hier kennen, freunden sich an, und in vielen Fällen treffen sie die Entscheidung, dauerhaft zusammenzuleben. Weil es einfacher ist.« Die Leiterin lächelte. »Aber diese Geschichte ist besonders schön, denn als der Oberst vor zwei Jahren hier eingezogen ist, war er gerade verwitwet und hatte überhaupt keine Lebensfreude mehr.«

Der Oberst, registrierte Ruth.

»Er war stets schlecht gelaunt und hatte mit niemandem Kontakt. Er kam immer in Uniform zum Abendessen und hat allein am Tisch gesessen.«

All das erzählte die Leiterin in der Art eines Märchens und beschrieb detailreich den armen Witwer, der ziellos und mit verdrossener Miene mit seiner Pfeife im Mund durch den Garten marschiert war. »Sogar die Putzfrauen hatten Angst vor ihm«, sagte sie und kicherte mädchenhaft hinter vorgehaltener Hand. »Weil er ihnen ständig vorwarf, seine Sachen zu verlegen oder ihre Arbeit nicht ordentlich zu verrichten. Oder er beschwerte sich über den Lärm der Nachbarn. Doch dann hat er, auf meinen Rat hin, an einem Gesprächskreis zum Thema Geschichte teilgenommen, und dort hat er Margarita kennengelernt.«

Die Leiterin war sichtlich stolz auf ihre Verkupplungskünste. »Ich kann Ihnen versichern, dass wir hier schon viel erlebt haben, aber selten haben wir eine solche Verwandlung gesehen. Nicht mal seine Kinder konnten es glauben, und sie lieben Margarita sehr dafür.«

Ruths Gehirn stand kurz vor dem Kollaps. Seine Kinder? Die Leiterin jedoch schien ihren komatösen Zustand nicht zu bemerken, da sie weiterhin fröhlich beschwingt davon berichtete, dass der Oberst nach wie vor tadellos gekleidet war, aber nun im Anzug, jeden anlächelte, der ihm entgegenkam, und sogar seinen Geburtstag feiern wollte. Daher freue sich das ganze Team, sich um die beiden kümmern zu dürfen.

»Ist das nicht eine wundervolle Geschichte? Die Kinder beider Seiten können sich glücklich schätzen, ihre Eltern im Herbst ihres Lebens so glücklich und verliebt zu sehen. Es wäre auch nicht das erste Mal, dass unser Priester zwei unserer Bewohner traut.«

Ruth hätte sich fast an dem Kaffee verschluckt, von dem sie aufgeregt einen Schuck genommen hatte. *Heiraten?* Sie presste sich eine Serviette an die Lippen. Und während sie lautstark hustete, spürte sie, dass ihr der Inhalt einer halben Kaffeekapsel aus der Nase rann. Ihr schwirrte der Kopf. Deshalb konnte sie auch diese Frau nicht stoppen, die auf keinen Fall von ihrer Mutter sprechen konnte, auf gar keinen Fall, hier musste ein Irrtum vorliegen, und die sich gerade anschickte, ihr noch etwas zu erzählen, das sie *wirklich wunderwunderschön* fand.

»Wissen Sie, wie ihre Liebesgeschichte begonnen hat? Beziehungsweise wie wir erfahren haben, dass die beiden zusammen sind?«

Ruth schüttelte den Kopf, eigentlich um zu signalisieren, dass sie das *überhaupt nicht wissen wollte*, was die Leiterin der Residenz jedoch offensichtlich ganz anders interpretierte.

»Das war *so* süß!«, fuhr sie euphorisch fort. »Auf Anraten eines guten Freundes – Orlando, Sie kennen ihn sicher – wollte Margarita die Residenz mal für ein Wochenende ausprobieren und hier übernachten. Damals hat der Oberst ihre Mutter ins Theater eingeladen. Jedenfalls hat er am Tag danach den üblichen Aufstand gemacht und die Putzfrauen beschuldigt, sein Gebiss verlegt zu haben. Er war stinkwütend. Die Putzfrauen haben das ganze Zimmer abgesucht, jedoch ohne Erfolg. Sie haben sich sogar im Speiseraum und in den Waschräumen umgeschaut. Und auf einmal ist es wieder aufgetaucht. Und jetzt raten Sie mal, wo!« Die Frau lachte verschmitzt. »Genau! In der Wohnung, in der Margarita übernachtet hatte. Als sie es ihm zurückgegeben hat, ist der arme Oberst rot geworden wie eine Tomate. Also, wenn das nicht süß ist!«

Ruth schnappte nach Luft. Dann stieß sie mühsam hervor: »Das ist ein Witz, den Sie sicher allen Angehörigen von zukünftigen Bewohnern erzählen, oder?«

Die Residenzleiterin sah sie verständnislos an.

Nein, dachte Ruth. Schade. Es wäre ein guter Witz gewesen. Er hätte von ihr stammen können. Nur wie sollte sie dieser Frau nach ihrem begeisterten Vortrag über die Liebe im Herbst des Lebens klarmachen, dass sie, verdammt noch mal, keine Ahnung hatte, wovon sie sprach? Dass sie, »die Tochter der Braut«, nicht nur nicht über den neuen Mann im Leben ihrer Mutter informiert worden war, sondern auch erst vor zwei Wochen von der beginnenden Demenz ihrer Mutter erfahren hatte. Dass sie nichts davon gewusst hatte, dass sie sich tagsüber regelmäßig an diesem Ort aufgehalten und hier einen Freundeskreis gefunden hatte. Und das Schlimmste an all dem war, dass für Ruth selbst nun ein makabrer Countdown lief, ein Wettlauf mit der Zeit, die sozusagen noch kostbarer geworden war, weil sie sich so gewünscht hatte, dass ihre Mutter sie endlich richtig kennenlernte, bevor sie sie nicht mal mehr erkannte.

Nur deshalb hatte sie, finanzielle Gründe vorschiebend, ihre Praxis in das Haus ihrer Mutter verlegt. Weil sie sich ihr annähern wollte. Margarita sollte sie als Psychologin arbeiten sehen, ihren Alltag kennenlernen und stolz auf sie sein. Was hätte sie darum gegeben, ihre Mutter ein einziges Mal »Kind, ich bin stolz auf dich« sagen zu hören. Sie wollte endlich mit ihr die lang ersehnten Gespräche führen, von ihr gesehen werden, eine Bindung zu ihr aufbauen, auch wenn es spät war. Konflikte ließen sich nun mal nicht in Abwesenheit lösen, sondern nur in Anwesenheit. Und nun konnte sie wegen dieser blöden Seniorenresidenz, wegen dieser Frau, die immerzu lächelte, wegen Orlando, der der Ratgeber ihrer Mutter geworden war, und wegen eines Oberstleutnants, der sein Gebiss verlegte, nicht mehr bei ihrer Mutter sein – und das in einem Moment, in dem diese sie am meisten gebraucht hätte.

Tatsache war, dass die Nähe, die sie zu ihrer Mutter gesucht hatte, indem sie mit der Praxis zu ihr ins Haus gezogen war, nicht einmal dazu geführt hatte, dass sie sich ihr anvertraut hatte.

Nein, sie musste sich die Wahrheit von einer fremden Frau anhören, weil ihre Mutter die wirklich wichtigen Dinge offenbar lieber mit anderen teilte als mit ihrer eigenen Tochter.

»Ja, das ist allerdings eine wunderschöne Geschichte«, sagte Ruth und beschloss, den Rest ihrer beschämenden Gefühle für sich zu behalten. »Ich bin sicher, dass sie … ich meine, er … also beide … na ja, dass es ihnen hier sehr gefallen wird.«

Nach diesen Worten floh sie aus dem Büro der Residenzleiterin, die sie mit einem Lächeln verabschiedete, das ihr mitfühlend erschien. Warum? Ob Margarita diese Frau zu ihrer Botschafterin erkoren hatte? Genug, sie wollte nicht mehr daran denken. Es gab zu viel, was sie erst mal verdauen musste. Mit dem Gefühl, völlig neben sich zu stehen, ging sie in Richtung Plaza de Oriente und versuchte, ihrer

Aufregung Herr zu werden. Ganz ruhig, Ruth!, befahl sie sich selbst.

Wahrscheinlich hatte ihre Mutter all diese überstürzten Entscheidungen nur aufgrund ihres mentalen Verfalls getroffen, einschließlich dieser äußerst merkwürdigen Beziehung.

Als die Leiterin der Residenz gesagt hatte »Es wäre auch nicht das erste Mal, dass unser Priester zwei unserer Bewohner traut«, hatte sie da von einer Möglichkeit gesprochen, oder war die Hochzeit bereits in Planung? Nein, nein, nein, sie musste sich beruhigen und überlegen, was jetzt zu tun war. All das waren typische Anzeichen einer beginnenden Demenz, nichts weiter.

Sie runzelte die Stirn.

Konnte es ein, dass sich ihre Mutter wirklich noch einmal verliebt hatte?

Oder besser gesagt, war ihre Mutter wirklich noch *in der Lage*, sich zu verlieben?

Ruth musste sich auf eine Bank setzen und ihre Atemübungen machen. Sie gebot den Gedanken, die ihr durch den Kopf wirbelten, Einhalt. Sie hatte sich nicht zehn Jahre lang in *mindfulness* geübt, um sich nun ihre Mutter beim Sex mit einem griesgrämigen Oberst vorzustellen, der seinen zweiten Frühling feierte. Nein, schalt sie sich selbst. Sofort aufhören. Stopp! So tief wirst du nicht sinken!

Sie lächelte bitter. »Danke, Orlando!«, sagte sie dann und reckte die Arme gen Himmel. »Danke für deine *großartigen* Ideen und die *tollen* Ratschläge, die du meiner Mutter erteilt hast, du, der du in einem Jahr mehr über sie erfahren hast als ich in meinem ganzen Leben! Fick dich!«

Sie spürte, wie etwas auf ihren Mantel fiel. »Igitt!«, fluchte sie angeekelt. Sie fühlte sich auch so schon beschissen genug, da brauchte es nicht noch die freundliche Erinnerung dieser verdammten Vögel.

Entschlossen stand sie auf, schüttelte die Vogelkacke von ihrem Mantel und sah dann auf ihrem Handy nach der Uhrzeit. Mónica würde sicher bereits auf der Plaza de la Ópera auf sie warten. Umso besser. Sie musste ihrem Herzen unbedingt Luft machen, bevor sie noch verrückt wurde.

Denn da gab es noch etwas, das ihr Sorgen bereitete: Ihre Mutter war nur an einem Wochenende nicht zu Hause gewesen, und zwar an dem Wochenende, an dem Orlando gestorben war. Und wenn sie es nicht auf dem Weingut verbracht hatte, sondern in der Residenz mit diesem … Oberst, bedeutete das, dass sie ein Alibi hatte. Aber wo hatte dann Elisa das fragliche Wochenende verbracht?

Unsere Mütter und die Folgen.
Also wir.

Mónica saß auf der Plaza de Ópera und wartete auf Ruth. Auch sie hatte an Orlando gedacht, allerdings auf ganz andere Weise als ihre aufgebrachte Freundin. Versonnen blätterte sie im Notizbuch des Hundeausführers und nutzte die Zeit, um der Gruppe eine von Orlandos philosophischen Betrachtungen zu schicken.

Wie die Hunde haben wir gelernt, dass Aufmerksamkeit, Zärtlichkeit an das Wort »brav« und an Bedingungen geknüpft sind und man sich all dies verdienen muss, indem man sich auf eine bestimmte Art und Weise verhält. Doch das sollte nicht so sein. Ein Lebewesen, das man liebt, sollte man in erster Linie um seiner selbst willen lieben und weil es bei einem ist und erst dann wegen seines Verhaltens.

Mónica musste zugeben, dass ihre Begeisterung für Orlando und das, was in seinem Notizkalender stand, stetig stieg. Wäre der Kalender kein Beweisstück gewesen, hätte sie bereits alles darin unterstrichen und kommentiert. Stattdessen notierte sie sich vieles und machte Fotokopien.

Dieser Orlando hatte ausgesprochen viel über Hunde gewusst, viel mehr als jeder Verhaltensforscher, von dem sie schon mal etwas gelesen hatte. Sie wünschte, sie hätte in ihrer Ausbildung von jemandem wie ihm lernen können. Er hatte über eine Gabe verfügt, die bei ihm auf ganz natürliche Art vorhanden gewesen war, als hätte er intuitiv das

Wesen der Hunde erfasst. All das erweckte in Mónica eine eigenartige Sehnsucht.

Sie hatte fast das Gefühl, diesen Mann zu vermissen. Aber konnte man jemanden vermissen, den man nie gekannt hatte?

Auf eine gewisse Art und Weise war Orlando für sie zu einem Freund geworden. Einem verstorbenen Freund, zu dem sie nur eine ziemlich einseitige Beziehung aufrechterhalten konnte. Das war so, wie einen Schriftsteller zu lieben, indem man seine Bücher las, obwohl er bereits seit einem Jahrhundert unter der Erde lag.

Mit diesen Überlegungen beschäftigte sich Mónica gerade, als Ruth sich mit nachdenklicher Miene neben sie setzte. Den Blick in die Ferne gerichtet, tranken beide einen Triple Espresso aus der Starbucks-Filiale, deren Schild inzwischen die Fassade des Teatro Real zierte. Wer wohl auf diese glorreiche Idee gekommen war?

»Ich bin echt beeindruckt.« Mónica wärmte sich die Hände an dem heißen Kaffeebecher.

»Und ich kriege gleich einen Herzinfarkt«, setzte Ruth leidenschaftslos hinzu.

»Hat Margarita dir eigentlich erzählt, dass Orlando ihren Hund so abgerichtet hat, dass er sie zum Haus zurückbringt, wenn sie die Orientierung verloren hat?«, fragte Mónica.

Ruth, die bereits unter einem ihrer typischen stressbedingten Migräneanfällen litt, verdrehte die Augen.

»Ja … nein … ich weiß es nicht mehr, Mónica. Ich bin gerade ein wenig überfordert«, erklärte sie seufzend. »Und dieser Orlando ist so ziemlich der Letzte, mit dem ich mich beschäftigen möchte. Abgesehen davon, dass meine Mutter mit irgendeinem Oberst aus einer Seniorenresidenz zusammenziehen will, mit dem sie rumvögelt. Das ist einfach ungeheuerlich!«

Mónica prustete los.

»Tut mir leid«, sagte sie, »entschuldige bitte! Aber so, wie du es gesagt hast, war das wirklich witzig. Allerdings: Was ist daran so schlimm, wenn sie sich verliebt hat? Das könnte sie im Herbst ihres Lebens doch noch mal richtig glücklich machen.«

»Du verstehst das nicht, Mónica, meiner Mutter geht es nicht gut. Und das ist ein Teil des Problems, weil es sie wieder in den Fokus der Verdächtigen rückt.«

In diesem Moment beschloss Ruth, ihrer Freundin alles zu erzählen. Mónica hörte schweigend zu. Und dieses Schweigen war wohltuend und konnte nur von einer Freundin kommen, die wusste, dass das Einzige, was sie danach noch tun konnte, war, die andere in den Arm zu nehmen.

»Ich bin hier. Das weißt du, oder?«, sagte sie, während sie Ruth fest an sich drückte. »Ich bin für dich da, und ich lasse dich niemals im Stich.«

Mónica spürte, wie Ruth sich wie ein kleiner Vogel in ihre Arme schmiegte. Und in diesem Moment beschloss sie, ihrem Herzen einen Ruck zu geben und die kleinlichen Motive ihres Grolls zu vergessen. Sie hatte kein Recht dazu, ihrer Freundin vorzuwerfen, dass Gabriel und sie sich allein in der Tapas-Bar getroffen hatten. Nicht einmal, dass sie sich möglicherweise liebten. Tatsächlich kam es ihr nun ziemlich lächerlich vor, dass sie sich unter anderem mit Ruth verabredet hatte, um mit ihr über dieses Thema zu sprechen. Sie würde von sich aus nichts sagen. Und wenn Ruth die Sache ansprach, war es eben so. Ruth brauchte Gabriel jetzt dringender als sie. Sie würde ihre Mutter verlieren, und Gabriel schien eine Entscheidung getroffen zu haben.

Doch Ruth dachte gar nicht an Gabriel. Sie kämpfte an zu vielen Fronten, und am meisten beschäftigte sie die neue Beziehung ihrer Mutter, die ihr im Hinblick auf den zu erwartenden geistigen Verfall doch sehr besorgniserregend erschien.

»Wenn sie diesem Mann nichts von der Demenz gesagt hat, ist das schlecht. Und wenn sie es getan hat auch, denn dann könnte er ihre Krankheit ausnutzen. Außerdem hat er Kinder, die meine Mutter angeblich sehr mögen. Sie und das, was sie zu vererben hat, nehme ich an! Und was ist überhaupt aus ihren guten Manieren geworden? Normalerweise legt sie doch immer so viel Wert auf die Etikette. Man stellt seinen neuen Partner doch zu Hause vor, oder? Und nicht erst, wenn er praktisch schon ein Mitglied der Familie ist!«

Während Ruth mit ihren tragikomischen Ausführungen einer geriatrischen Romanze beschäftigt war, überlegte Mónica, inwieweit all diese neuen Informationen den Fall beeinflussten. Konnte Margarita aufgrund ihrer zunehmenden Vergesslichkeit vielleicht etwas getan haben, an das sie sich nicht mehr erinnerte? Andererseits hatte sie nun auf einmal ein Alibi, das wiederum das Alibi ihrer eigenen Mutter zunichte machte, denn wie es aussah, waren die beiden an dem besagten Wochenende nicht auf dem Weingut gewesen. Zumindest nicht gemeinsam. Margarita jedenfalls war in Madrid gewesen und hatte zwischendurch vielleicht die Möglichkeit gehabt, in Elisas Wohnung zu gehen und dort Orlando um die Ecke zu bringen, aus welchem Grund auch immer, aber – und damit widmete sich Mónica der Frage, die sie am meisten beunruhigte: Wo war Elisa zu der Zeit gewesen? In jedem Fall hatten beide gelogen, als sie behauptet hatten, zusammen auf dem Weingut gewesen zu sein.

Es war also klar, dass sie Komplizinnen waren. Aber bei was? Laut Antolián beschäftigte sich die Polizei immer noch mit der Einbruchshypothese. Wobei diese Hypothese sowohl ihr als auch ihrem Kollegen immer weniger plausibel erschien. Mónica war davon überzeugt, dass die temporäre Schließung des Kommissariats die Arbeit an dem Fall deutlich verlangsamte, aber auch davon, dass die Tatsache, dass Orlando ein Immigrant war und ein paar Vorstrafen hatte, für Vorurteile sorgte. Was unfair war, denn jeder konnte mal einen Fehler machen und sich bessern.

Mónica nahm einen großen Schluck von ihrem Kaffee. Sie hasste Ungerechtigkeit. Und genauso hasste sie es, bei ihren Überlegungen nicht weiterzukommen. Deswegen beschloss sie, ihre Gedanken mit Ruth zu teilen.

»Warum, glaubst du, hat deine Mutter gesagt, dass sie in der Nacht von Orlandos Tod mit meiner Mutter zusammen war, obwohl das nicht stimmt?«

»Du meinst meine Mutter? Margarita Gual?«, fragte Ruth spöttisch. »Wie soll ich das wissen? Wie es aussieht, weiß ich wohl am wenigsten über diese Frau.«

»Nein, ernsthaft.«

»Na ja, vielleicht damit niemand erfährt, dass sie einen Liebhaber hat. Oder um ihre Freundin zu decken«, sagte Ruth.

»Das scheinen mir zwei triftige Gründe zu sein«, überlegte Mónica laut. »Aber in dieser Seniorenresidenz gibt es doch sicher ein Register, in dem die Namen von Gästen eingetragen werden, oder?«

Ruth zuckte mit den Achseln. »Ich habe keine Ahnung, kann aber gerne nachfragen. Wobei sie dort Wert darauf legen, dass die Bewohner kommen und gehen können, wie sie wollen. Möglicherweise werden nur die Reservierungen eingetragen. Wie in einem Hotel.«

Mónica dachte nach. »Na ja, wenn uns das nicht weiterbringt, dann ...«, murmelte sie und sah ihre Freundin bittend an.

»Dann was?«, fragte Ruth.

»Dann bleibt uns nur, den Oberst zu fragen.« Mónica legte die Hand an die Stirn und machte einen militärischen Gruß.

Ruth stand abrupt auf.

»Nein, das ganz bestimmt nicht!«, entgegnete sie und winkte entsetzt ab. Doch Mónica wusste, dass ihre Freundin am Ende auf den Vorschlag eingehen würde, nicht nur, weil sie außerordentlich vernünftig war, sondern auch weil sie jeden Grund hatte, die Wahrheit herauszufinden. Sie beobachtete ihre Freundin, die sich nach der anfänglichen Aufwallung wieder auf die Bank setzte und zu überlegen schien. Drei, zwei, eins … Mónica warf den Köder aus.

»Und sind unsere Ermittlungen nicht der perfekte Grund, um den Mann kennenzulernen, der das Herz deiner Mutter erobert hat?«

Ruth schwieg zunächst und blickte geradeaus, als gäbe es dort etwas Besonderes zu sehen. Was eindeutig nicht der Fall war. Beide betrachteten sie das hässliche Hotel, das dort gebaut worden war, wo vorher der Tempel ihrer kindlichen Fantasie gestanden hatte.

»Ich hatte ja keine Ahnung, dass das *Real Cinema* abgerissen werden sollte«, sagte Mónica, als ob sie die Beerdigung eines geliebten Menschen verpasst hätte.

Das war eine Schande, klagten sie beide, wirklich furchtbar und so traurig. Das Kino, *ihr Kino*, hatte während der Pandemie seine Türen geschlossen und war, zur Überraschung der Anwohner, zwei Jahre später abgerissen worden. In dem ehemals größten Kino Spaniens, in das bereits König Alfonso XIII. gegangen war, hatten sie damals alle zusammen *Der weiße Hai*, *Zurück in die Zukunft*, *Indiana Jones* und *Dirty Dancing* gesehen.

»Und danach hat Delfina, eine von Gabriels ›rein platonischen Freundinnen‹, leider ihre Vorderzähne verloren«, erinnerte sich Mónica.

»Was? Delfina war auch mal mit Gabriel zusammen?«, fragte Ruth überrascht.

»Ja, und kurz danach haben sie Babys finale Tanzpose im Sabatini-Brunnen nachgestellt, ohne darüber nachzudenken, dass das Wasser dort nicht gerade tief ist und dass Gabriel derartige Hebefiguren noch nicht wirklich oft geübt hatte. Mannomann, was für ein Sturz! Und auf einmal sah sie aus wie ein zahnloser Vampir. Das ganze Blut, das war echt krass!«

Nach diesem Vorfall hatten ihre Mütter ihnen für eine ganze Weile verboten, in die Sabatini-Gärten zu gehen. Na ja, deswegen und weil es Gerüchte gab, dass die AIDS-infizierten Heroinabhängigen dort ihre gebrauchten Nadeln mit der Spitze nach oben vergruben, um sich wegen was auch immer zu rächen.

»So hat man uns die Angst vorm Sex eingebläut, genauso wie vorher unseren Müttern mit der Strafe Gottes, die sie ereilen würde.«

Ein Skater flitzte vorbei, und am Bühneneingang des Theaters hielt ein Lastwagen, um Requisiten abzuladen.

»Apropos, wann hat Suselen eigentlich Premiere?«, fragte Ruth. »Sie hat uns ja gebeten zu kommen. Ob sie uns die Eintrittskarten besorgen kann, oder sollen wir welche kaufen? Und hoffentlich lädt sie diesmal auch ihre Mutter ein.«

Ágata war in den letzten beiden Wochen sehr zurückhaltend gewesen. Abgesehen von den morgendlichen Spaziergängen mit ihrem Hund hatte sie sich kaum im Viertel sehen lassen. Doch Ruth wusste, dass Suselen und ihre Mutter regelmäßig Nachrichten austauschten. Nachrichten, die sie Margarita niemals schreiben sah. Wobei sie sicher auch Textnachrichten von ihrem Oberst erhielt. Die sie wahrscheinlich heimlich beantwortete.

»Ich finde, du kannst dich nicht beschweren, denn mit oder ohne AIDS warst du diejenige von uns, die sich am meisten amüsiert hat«, kam Mónica zum Thema zurück. »Im Gegensatz zu mir. Ich wurde sozusagen mit einem festen Freund geboren.«

»Aber jetzt bist du frei, du könntest also alles nachholen.«

»Das habe ich zuerst auch getan, aber inzwischen habe ich die Lust daran verloren. Außerdem fehlt mir die Zeit, und ich halte mich nur noch selten an Orten auf, wo man interessante Männer kennenlernt. Und im Internet findet man nur Typen, die entweder an einem One-Night-Stand interessiert sind oder eine Therapeutin suchen.«

»Dann könnten wir uns ja zusammentun«, schlug Ruth vor. »Du bist der Köder, und wenn sie anbeißen, schickst du sie zu mir.« Sie zeigte auf die Ecke, an der sich das Kino befunden hatte. »Weißt du noch, das *Palace*?«

Das *Palace* war eine Diskothek für frisch Getrennte gewesen, in der man zusammen tanzte und ein paar Etappen des Kennenlernens überspringen konnte. Es war schon lange geschlossen.

»Damals kamen die Leute uns uralt vor, erinnerst du dich noch? Wie gut wir eine solche Disco hier jetzt brauchen könnten«, meinte Ruth versonnen.

Mónica wunderte sich, dass sie im Plural sprach und nie von ihrer Familie erzählte. Das sah ganz nach einer Ehekrise aus. Ob das wohl mit Gabriel zu tun hatte?

Schweigend tranken sie von ihrem inzwischen kalt gewordenen Kaffee, bis das Vibrieren eines Handys zu hören war und beide auf ihre Smartphones schauten.

»Pech gehabt. Es ist deine Mutter«, sagte Ruth, woraufhin Mónica gequält lächelte. »Sag ihr nicht, dass wir zusammen sind. Ich glaube, sie ahnen, dass wir ihnen hinterherspionieren.«

Mónica ging ran und schaltete ihre Stimme automatisch einen Gang runter, um ihr zu signalisieren, dass sie nicht in der Stimmung war, sich die übliche Litanei an Klagen anzuhören. Die morgendlichen Telefongespräche mit ihrer Mutter waren in der Regel alles andere als angenehm.

»Hallo Mama, wie geht's dir?«, fragte sie automatisch.

»Na ja, schlecht, wie auch sonst?«
»Wie hast du geschlafen?«
»Ganz schlecht.«
»Ist was passiert?«
»Ja, das Leben. Das Leben ist passiert.«

Mónica wollte schon fragen, ob sie etwas tun könnte, fand dann jedoch, dass das zu viel des Guten gewesen wäre, weshalb sie einen Vorschlag machte, von dem sie wusste, dass er Elisa nicht gefallen würde.

»Warum gehst du nicht ein bisschen raus?«
»Rausgehen? Warum?«
»Weil dir sonst die Decke auf den Kopf fällt und du dich beklagen wirst, dass du nur vor dem Fernseher hängst.«
»Aber wohin soll ich denn gehen?«
»Ich weiß nicht, Mama.«
»Es ist doch kalt draußen, oder nicht?«
»Nicht sehr.«
»Ah, nicht?«
»Nein.«
»Aber warum soll ich runtergehen, um immer dieselben Gesichter zu sehen. Ich kenne keine Leute, die mich interessieren.«

Wie üblich wusste Mónica nicht, was sie darauf sagen sollte. Warum kannte ihre Mutter keine »interessanten« Leute. Wo versteckten sie sich? Für eine Weile hatte sie versucht, die fehlenden Leute zu ersetzen, hatte aber schon bald gemerkt, dass sich da eine riesige Lücke auftat, die sie niemals füllen konnte.

»Und du? Was machst du heute?«, fragte Elisa.
»Na ja, arbeiten, Mama. Unter der Woche arbeite ich.«
»Gut, dann lasse ich dich wohl besser in Ruhe, du hast sicher viel zu tun und keine Zeit für mich.« Sie seufzte tief. »Also ich weiß nicht, ob ich noch rausgehe. Letztendlich, warum? Und mit wem?«

Als das Gespräch beendet war, fühlte sich Mónica schuldig. Schuldig, weil sie lebte und arbeitete, und noch mehr, weil sie gerade eben nicht arbeitete, sondern am späten Vormittag mit einer Freundin einen Kaffee trank, um etwas über die mögliche Beteiligung ihrer Mutter an einem Verbrechen herauszufinden. Da war es nur richtig, dies nicht auch noch zu genießen, redete sie sich ein, um sich nicht noch schlechter zu fühlen.

Während des kurzen Telefongesprächs hatte Ruth ihre Freundin beobachtet. Ihre deprimierte Miene sprach Bände.

»Alles gut?«

»Nein.«

»Was ist los?«

»Ach, keine Ahnung. Ich fühle mich irgendwie schlecht. Die Gespräche mit meiner Mutter ziehen mich manchmal total runter. Wenn sie frustriert ist, steckt sie mich automatisch an.« Mónica stand auf. »Ich mach mich jetzt mal besser auf den Weg, ich hab noch jede Menge zu tun, um mich auf die Prüfung vorzubereiten.« Sie zuckte mit den Schultern. »Vielleicht kann ich ja kurzfristig noch irgendwelche Eintrittskarten ergattern, um mit ihr irgendwo hinzugehen.«

Ruth zog ihre Freundin am Jackenärmel, damit sie sich wieder hinsetzte.

»Glaubst du, das ist die Lösung? Dass du jedes Mal wie ein Rettungssanitäter losrennst, wenn deine Mutter nichts mit sich anzufangen weiß?«

»Ich will das ja eigentlich gar nicht. Sie versteht einfach nicht, dass, wenn sie so mit mir spricht …«

»Natürlich versteht sie das, wenn auch nur unterschwellig. Und genau deshalb tut sie es. Sie weiß genau, auf welche Knöpfe sie drücken muss. Und du fühlst dich so, weil du nichts tun kannst, um ihr Leben zu ändern, weil es nicht dein Leben ist. Mangelnde Befriedigung kommt durch die Risse, meine Liebe. Ich meine die Wunden, die all die ungelebten Träume hinterlassen, all das, was wir nicht gewagt haben, nie angegangen sind, all die nicht geführten Gespräche … Deshalb muss man das aus der Welt schaffen. Es ist niemals zu spät, so zu leben, wie man leben will, und nicht so, wie andere es einem sagen. Sonst bekommt man später die Quittung dafür.«

»Also was kann ich tun?«

»Du? Nur das, was du für dich tun kannst, genau wie sie.« Ruth schwieg einen Moment. »Warum ziehst du dir nicht endlich das Korsett aus, Mónica? Das denke ich, seit ich dich kenne, und das sind inzwischen fünfunddreißig Jahre. Vielleicht ist es deine Aufgabe, dich nicht länger um alles zu kümmern und alles kontrollieren zu wollen, du perfektes Mädchen.«

Erneut schreckte der Skater sie auf, der mit seinem Board lautstark auf den Boden sprang.

Mónica wandte sich zu ihm um.

»He! Könntest du dir vielleicht woanders den Hals brechen? Das ist eine Fußgängerzone! Schau mal da: eine alte Frau, ein Hund, ein Kinderwagen, ein Blinder …«

Der Junge zeigte ihr den Stinkefinger. Sie zeigte auf sich selbst und sagte: »Pass nur auf, ich arbeite für die Polizei.«

Der Skater hielt an und entfernte sich eilig mit dem Board unter dem Arm.

»Ich fürchte, ich kriege das einfach nicht hin, Ruth«, sagte Mónica bekümmert.

Die riesigen Hintertüren des Theaters öffneten sich, und sie mussten die Bank wechseln. Vor ihren Augen wurden Kisten, Kabel und Teile eines Waldes vorbeigetragen.

Ruth lächelte ihre Freundin an. »Deine Mutter hat dich fest im Griff, meine Liebe. Das ist mir während eures kurzen Telefongesprächs sofort aufgefallen.«

»Ach ja?« Mónica rieb sich nervös die Fingerknöchel. »Dann erklär es mir bitte, denn ich fühle mich ganz mies.«

Ruth setzte ihre Brille auf und musterte sie nachdenklich. »Weißt du, es gibt etwas aus Orlandos Kalender, das auf uns alle zutrifft.«

Mónica sah ihre Freundin überrascht an. Hatte selbst die rationale Ruth die Einträge aus dem Kalender, die sie manchmal an die Gruppe schickte, studiert?

»Um einen Menschen zu manipulieren, auch wenn es unbewusst geschieht, muss man Folgendes tun: Zuerst muss man seine Fähigkeit, rational zu denken, ausschalten«, fuhr Ruth fort. »Wie macht man das? In zwei Schritten. Der erste Schritt besteht darin, den anderen mit einem emotionalen Ausbruch unter Druck zu setzen, sodass sein Gehirn blockiert und er sich gezwungen sieht, schnell Entscheidungen zu treffen, ohne an die Folgen zu denken. Das ist ein direkter Angriff auf die Amygdala.« Ruth zeigte auf eine Stelle oberhalb ihres Ohrs. »Die verarbeitet externe Impulse und leitet die vegetativen Reaktionen dazu ein. Manche Mütter erreichen das, indem sie weinen – so wie Dolores. Andere beklagen sich oder werden wütend so wie deine, und wieder andere wie meine zum Beispiel reagieren mit Vorwürfen, wenn man ihre Befehle nicht sofort befolgt. Aber Kinder sind auch nicht besser. Denn jedes Kind lernt schon früh, was man mit einem Wutanfall erreichen kann. All das kann man mit einem Wort zusammenfassen: Kontrolle. Und aufgrund von Druck nachzugeben ist in diesem Fall das Schlimmste, was du machen kannst. Auch wenn es kurzzeitig beiden Seiten den Stress nimmt. Schritt zwei: Nach dem Angriff auf die Amygdala und dem Blockieren des Gehirns wird dezent um etwas gebeten oder etwas vorgeschlagen. *Und was machst du heute?* Dabei kennt deine Mutter deine Arbeitszeiten ganz genau, und sie weiß, dass du wegen der Prüfung jede Menge zu tun hast. Und dann kommt der dritte Schritt: die emotionale Erpressung. *Also ich weiß nicht, ob ich noch rausgehe. Letzt-*

endlich, warum? Und mit wem?« Ruth breitete die Arme aus. »Und wie reagieren wir? Wir machen, ohne darüber nachzudenken, das, was sie wollen, auch wenn es uns eigentlich zu viel ist.«

Mónica sah ihre Freundin verblüfft an.

»Wo warst du all die Jahre über? Ich hätte mir ein Vermögen sparen können, das ich für meine Therapeuten ausgegeben habe.«

Ruth grinste. »Moment mal, wer hat gesagt, dass ich das umsonst mache?«

Beide lachten.

Ein Windstoß ließ die trockenen Blätter auf dem Boden aufwirbeln. Allmählich war der nahende Winter zu spüren. Ihnen war kalt geworden. Und wenn sie sich noch einen Kaffee kauften und ein Stück zusammen gingen?

Schweigen schlenderten sie die Calle del Arenal entlang, bis Ruth eine Erinnerung kam, die ihr ein Lächeln ins Gesicht zauberte.

»Weißt du noch, als uns beiden am selben Tag der erste Zahn ausgefallen ist und unsere Mütter uns zum Haus des *Ratoncito Pérez* gebracht haben, der Zahnmaus aus dem Märchen?«

»Na ja, dir ist der Zahn ausgefallen, während ich die ganze Nacht daran wackeln musste, um ihn rauszukriegen.«

Die Sache mit der Zahnmaus hatte sie fast noch mehr begeistert als das Warten auf den Nikolaus. Wenn einem ein Zahn ausfiel, legte man ihn unters Kissen, und in der Nacht kam die niedliche Zahnmaus und tauschte den Zahn gegen ein kleines Geschenk aus. Das war einfach magisch.

»Wir alle glaubten, sie schon mal gesehen zu haben, und wenn es nur die Schwanzspitze war, die durchs Fenster verschwand.«

Was sie damals jedoch noch nicht wussten, war, dass die Kinder in ihrem Viertel ein ganz besonderes Privileg genossen. Denn die berühmte Maus wohnte in einem Haus in der Nachbarschaft, sodass man ihr Mauseloch besichtigen konnte. Das Haus musste hier ganz in der Nähe gewesen sein, sagten sie sich und begutachteten jeden Bordstein und jedes Schaufenster. Vielleicht hatten sich ihre Mütter das alles aber auch nur ausgedacht. Die Maus und das Haus. Nach dem, was sie zuletzt über sie herausgefunden hatten, war klar, dass diese Frauen sehr einfallsreich waren.

»Hier, schau mal! Es gibt sie noch!«, rief Mónica in kindlicher Freude aus.

»Wir haben sie gefunden!«, stellte Ruth fest und schaute erfreut auf die getäfelte grüne Fassade, vor der sie jetzt standen.

An diesem Ort hatten sie an den Händen ihrer Mütter das »Rätsel um die Zahnmaus« gelöst. Wer hätte gedacht, dass der berühmte Nager ausgerechnet in Madrid wohnte und tatsächlich eine eigene kleine Eingangstür ganz unten in der hölzernen grünen Fassade des Hauses mit der Nummer 8 in der Calle del Arenal hatte? Es gab sogar ein winziges Türschild, auf dem sein Name stand. Inzwischen hatte die Stadtverwaltung an der Wand noch ein Schild angebracht.

HIER LEBT
IN EINER KEKSDOSE
IN DER CONFITERÍA PRAST
RATÓN PÉREZ
WIE IN DEM MÄRCHEN,
DAS PADRE COLOMA
FÜR DAS KIND SCHRIEB,
DAS EINMAL KÖNIG
ALFONSO XIII.
WERDEN SOLLTE

Begeistert wie zwei kleine Mädchen googelten sie das Haus und die Maus. Und so erfuhren sie, dass es inzwischen im ersten Stock der Galerie ein der Zahnmaus gewidmetes Museum gab und sogar einen kleinen Briefkasten, in den man die Milchzähne legen konnte.

»Was sie wohl mit den ganzen Zähnen machen? Ist das nicht ein bisschen makaber? Vielleicht war diese Zahnmaus gar nicht so nett«, meinte Mónica und zog sich ihren Schal fester um den Hals, während Ruth sie weiterschob und sich über sie und den Fall um die blutrünstige Zahnmaus lustig machte, den sie wahrscheinlich schon im Kopf hatte.

»Ich werde nicht zulassen, dass du mit deinem Faible für kriminelle Machenschaften noch den Ruf der Superhelden unserer Kindheit ruinierst.«

Mónica lachte. »Deine Mutter war wirklich eine großartige Geschichtenerzählerin«, sagte sie dann.

Als Kinder hatten es die vier Freunde geliebt, bei Ruth zu Hause etwas zu essen und sich anschließend um den Kamin zu versammeln, wo Margarita unter ihrem eigenen Porträt ihre Fantasie spielen und irgendeine geheimnisvolle Geschichte aus dem Viertel wiederauferstehen ließ, die es wert war, ergründet zu werden.

»Ja, das konnte sie wirklich gut«, meinte Ruth lächelnd.

Doch noch während sie es sagte, kam die glückliche Erinnerung wie ein Bumerang zurück und traf sie mitten ins Herz. Ruth hatte einmal gelesen, dass der Tod eines alten Menschen wie ein Brand in einer Bibliothek ist. Und nun hatte sie das Gefühl, dass bereits ein brennendes Streichholz über dem wunderbaren Archiv aller Geschichten schwebte, die ihre Mutter ausmachten. Es war furchtbar, sie sich sterbenskrank vorzustellen oder – noch schlimmer! – ohne Erinnerung. Irgendein grausamer Gott hatte ein Chronometer in Gang gesetzt, das ihnen vielleicht keine

Zeit mehr für die noch ausstehenden Gespräche ließ, keine Zeit, sich wirklich kennenzulernen.

Ruth blieb mitten auf der Straße stehen, als wüsste sie nicht, wo sie entlanggehen sollte. »Ich habe weder ihr gutes Gedächtnis geerbt noch die Farbe ihrer Augen noch ihre Eleganz«, sagte sie mit traurigem Blick. »Nur das krankhafte Bedürfnis nach Bestätigung.«

»Und die zu hohen Anforderungen an sich selbst, wenn du mir erlaubst, das zu sagen«, hakte Mónica ein. »Und das ist etwas, das *du* unbedingt in den Griff kriegen musst.«

»Das und diesen verdammten Perfektionismus.« Ruth betrachtete ihr Spiegelbild in einem Schaufenster voller hässlicher Schuhe mit marktschreierischen Preisschildern. »Was bringen mir all meine Titel, Mónica? Oder meine Stipendien oder die Vorträge im Ausland. Haben sie das Bild verbessert, das meine Mutter von mir hat? Ich werde es niemals erfahren. Ich habe sie mit einer Wertschätzung von Orlando sprechen hören, die sie mir, bei allem, was ich geleistet habe, nie entgegengebracht hat. Ich habe geradezu angefangen, ihn zu hassen. Ich bin schrecklich, oder?«

»Nein, dein Perfektionismus ist schrecklich.«

»Es ist noch schlimmer«, versicherte Ruth. »Der Perfektionismus lässt den wirklichen Menschen vereinsamen.« Sie seufzte. »Manchmal fühle ich mich wie eine Betrügerin.«

»Wie meinst du das?«

»Na ja, in letzter Zeit ertappe ich mich immer wieder dabei, dass ich für meine Patienten Ratschläge aus der Trickkiste ziehe, die ich bei mir selbst nicht anwenden kann.« Ruth lehnte sich neben dem Schaufenster an die Wand. »Ich sage ihnen immer, dass erwachsen zu sein bedeutet, die Verantwortung für sich selbst zu übernehmen, ohne seinen Eltern die Schuld an allem zu geben, was nicht klappt. Dass Reife bedeutet, eine Möglichkeit zu finden, das Fehlende zu ergänzen und unsere eigene Persönlichkeit selbst zu vollenden. Und was mache ich selbst?«

Mónica sah ins Schaufenster und strich sich den Pony aus dem Gesicht.

»Na ja, in diesem Fall sind wir zwei unreife reife Frauen, die mit Macht auf die vierzig zugehen.«

Ruth musste lächeln.

»Aber deine Mutter hat dich doch immer in allem unterstützt«, sagte sie dann. »Und sie schätzt dich, was sie dir immer wieder beweist.«

»Was beweist sie mir?«, fragte Mónica. »Weißt du, wie gefährlich es ist, wenn man stillschweigend nur das Beste von dir erwartet? Meine Mutter erwartet, ohne zu fordern, und weigert sich, das zu sehen, was ich wirklich bin.«

Elisa hatte sie immer als »die perfekte Tochter« bezeichnet. Sie hatte ihr das Lesen beigebracht, bevor sie in die Schule kam, das Malen, bevor sie Zeichenunterricht hatte. Sie war ihr Lebenswerk.

»Für mich war es unverzeihlich, an das, was sie in mir sah, nicht heranzukommen. Ist es immer noch«, sagte Mónica schulterzuckend. »Und das Schlimmste ist, dass ich allmählich dahinterkomme, dass es im Grunde gar nicht ihre Erwartung ist, sondern meine Erwartung an mich selbst. Jedenfalls hat sie dafür gesorgt, dass ich mir wie eine Hochstaplerin vorkomme.«

Es war nicht zu leugnen, dass sie, obwohl ihre Mütter sie auf gegensätzliche Art erzogen hatten, als Erwachsene am gleichen Ort gelandet waren. Das war für Ruth sehr erhellend, weshalb sie den Gedanken fortspann.

»Erinnerst du dich an das erste Mal, an dem du dich so gefühlt hast?«, fragte sie.

Mónica überlegte eine Weile.

»Ich weiß nicht, ob es wirklich das erste Mal war, und vielleicht ist es nur eine dumme Anekdote, aber der Gedanke, dass ich irgendwie nicht gut genug bin, kam mir in den Sinn, als meine Mutter mir ein Shampoo mit einem beißenden Geruch gab, das *Reflex* hieß. Erst Jahre später wurde mir klar, dass das Shampoo so gerochen hat, weil es Wasserstoffperoxyd und Kamille enthielt, um das Haar ein wenig aufzuhellen. Damit es kastanienbraun war und ihrem ähnlicher. Meine Mutter behauptet heute noch, dass ich mit kastanienbraunem Haar geboren wurde. Und das stimmt nicht!«, beschwerte sich Mónica. »Es war aufgehellt. Mein Haar war immer so dunkel wie meine Augen, wie das Haar meines Vaters. Und was blieb davon bei mir hängen?« Mónica tippte sich an die Schläfe. »Dass ich so, wie ich bin, nicht gut genug bin. Dass meine Mutter mich lieber kastanienbraun haben will. Dass sie mich so mehr liebt. Und so habe ich mein Haar brav aufgehellt, bis ich das verdammte Shampoo eines Tages in den Müll geworfen habe. Es ist mir sehr schwergefallen, zu meinem dunklen Haar zu stehen. Und so hat meine Mutter noch viele andere Dinge erfunden, die sie bei mir gern gesehen hätte. Und eines Tages stehst du morgens auf und stellst fest, dass du gar nicht einen Meter siebzig groß bist, kein kastanienbraunes Haar hast, diese Prüfung für den öffentlichen Dienst gar nicht machen willst und weder verantwortungsvoll noch geduldig bist. Und du fühlst dich wie eine verdammte Hochstaplerin, die alle enttäuschen wird.«

Ruth wusste nicht, ob ihre Freundin die Dramatik ihres Geständnisses nicht vielleicht ein bisschen übertrieb, dennoch war sie besorgt.

»Aber Mónica. Was sagst du denn da? Ich habe dich mit diesen Hunden und diesem Kind arbeiten sehen. Das werde ich mein ganzes Leben nicht vergessen. Was du machst, ist beeindruckend.«

»Ja, und es ist mein Leben.« Mónica legte die Hände zusammen und verbeugte sich dankbar. »Und ich glaube an das, was ich tue, Ruth, aber in mir lebt immer noch diese Mónica, die ihren Traum nicht verwirklichen konnte und nicht die große Kommissarin geworden ist. Die Mónica, die glaubt, dass alles, was sie tut, nur von geringer Bedeutung ist. Die Mónica, die eine bessere Tochter sein sollte. Und weißt du, was die Ironie an der Sache ist?« Sie machte eine Pause, als ob das, was jetzt folgen würde, ihr peinlich sei. »Dass ich mich dabei ertappe, wie ich dieses Muster bei Fiera wiederhole. Und sie ist ein Hund! Im Grunde führe ich über einen winzigen Chihuahua das Leben, das ich nicht erreichen konnte. Ist das nicht völlig irre?«

»Nein. So etwas nennt man Übertragung.«

Mónica sah sie fragend an.

»Das bedeutet, dass jemand alte, oftmals verdrängte Gefühle, Erwartungen und Wünsche unbewusst auf neue soziale Beziehungen überträgt.«

Mónica hörte entsetzt zu.

»Ich will damit nicht sagen, dass das bei dir der Fall ist. Aber du solltest dieses Muster unterbrechen, sowohl was deine Mutter und dich als auch Fiera und dich betrifft, bevor du anfängst, aus ihrem Napf zu fressen«, schloss Ruth lächelnd und warf einem Musiker ein paar Münzen zu, während sie weiterschlenderten.

Doch wem ging es nicht so? Leben wir nicht alle in einer Welt, in der wir schon früh lernen, was es bedeutet, zu gewinnen oder zu verlieren? Immer die maßlosen und unrealistischen Erwartungen anderer erfüllen zu wollen kann eine gefährliche Falle sein. Weil man sie am Ende niemals erfüllen kann. Dessen war Mónica sich nun bewusst. Und auch Ruth wusste es, auch wenn sie für einen Moment in diese Falle getappt war, in der irrwitzigen Hoffnung, dass es sie ihrer Mutter näherbringen würde.

Sie hakte sich bei ihrer Freundin unter. »Man kann nicht sein ganzes Leben lang zu beweisen versuchen, dass man zu allem in der Lage ist. Um es wem zu beweisen? Nein. Das hat etwas Krankes. Und das sage ich, weil ich selbst darunter leide.« Sie versuchte, die richtigen Worte zu finden. »Das ist das, was Orlando meint, wenn er schreibt, dass man um seiner selbst willen geliebt werden soll. Wir beide sind aus unterschiedlichen Gründen zu der Überzeugung gelangt, dass wir nur wegen dem, was wir tun, liebenswert sind, und nicht wegen dem, was wir sind. Oder? Und dieser Mangel an Zuneigung macht mich zu einem Menschen, der das Risiko scheut, obwohl das gar nicht in meiner Natur liegt. Aber ich ertrage es nun mal nicht, zu scheitern oder kritisiert zu werden. Du liebe Zeit! Ich habe das Gefühl, dass ich gerade von meiner Mutter rede.«

Für einen Moment wirkte Ruth merklich verwirrt, und Mónica wusste nicht, was sie zu dieser Flut an Geständnissen sagen sollte.

»Tja. Wie es aussieht, sind wir zwei Versager, meine Liebe«, sagte sie schließlich. »Da ist Hopfen und Malz verloren.«

»Das glaube ich nicht«, entgegnete Ruth mit plötzlichem Ernst. »Aber die einzige Möglichkeit, diesen Teufelskreis zu durchbrechen, liegt wohl darin, dass alle Beteiligten, also wir und unsere Mütter, sich gegenseitig dabei helfen, aufrichtig zu sein.«

»Und wie macht man das?«, fragte Mónica.

Ruth tippte ihr mit der Fingerspitze gegen die Brust. »Das setzt voraus, dass man offen und ehrlich ist und dasselbe auch seinen Müttern zugesteht. Damit sie uns von ihren Sehnsüchten und Ängsten in dieser Phase ihres Lebens erzählen, aber nicht in Form von Klagen oder Vorwürfen. Sowohl wir als auch unsere Mütter haben sich seit dem Tag unserer Geburt verändert.« Ruth wich einer Horde Touristen auf Fahrrädern aus, die sie fast umgefahren hätten. »Schau, ich glaube nicht an das Schicksal, aber daran, dass man vom Leben konditioniert wird. Nur darf man sich nicht versklaven lassen, und jeder Mensch ist dafür verantwortlich, was er im Laufe dieses großen Abenteuers, das sich Leben nennt, aus sich macht. Und das erste Anzeichen dafür, dass jemand geistig unreif ist, zeigt sich darin, dass er den Menschen, die ihn umgeben, die Schuld an seinem missglückten Leben gibt. Wie zum Beispiel …«

»Die unnützen Brüder«, sagten sie im Chor.

Ein Hundeausführer kreuzte ihren Weg. Gleich darauf folgte ein zweiter, der sie ein wenig an Orlando erinnerte. Sie schauten ihm nach, und der junge Mann straffte seinen Körper. Offenbar hatte er ihre Blicke missverstanden, sagten sich die Freundinnen lachend.

»Wobei der Typ eigentlich ganz süß aussah«, stellte Ruth augenzwinkernd fest. »Vielleicht geht er mal mit mir spazieren.«

Doch das plötzliche Auftauchen des gutaussehenden Hundeausführers sorgte bei den beiden Freundinnen nicht nur für eine Ausschüttung der Endorphine, sondern brachte sie auch zu einer neuen Frage.

Wie war es Orlando bei so viel Konkurrenz eigentlich gelungen, in so kurzer Zeit so viele Kundinnen zu finden, überlegte Mónica. Hatte er eine Anzeige aufgegeben? Oder hatte er nur die Hunde ausgeführt, die er selbst vermittelt hatte? An Menschen, die vielleicht seine Hilfe brauchten? Und wenn dem so war, warum hatte er sich dann ausgerechnet für ihre Mütter entschieden?

In diesem Moment hatte Mónica keine Ahnung, dass sie gerade an einem zentralen Punkt der Ermittlungen angelangt war.

Sie gingen noch eine Weile untergehakt weiter, bis sie zur Puerta del Sol gelangten. Dort verabschiedeten sie sich, denn Ruth musste zu einem Großeinkauf in den Supermarkt, damit ihr Nachwuchs nicht verhungerte.

Und da wagte Mónica endlich, ihr die Frage zu stellen, die sie schon den ganzen Morgen über beschäftigt hatte, nämlich ob bei ihr zu Hause alles in Ordnung war.

Ruth schien diese Einmischung in ihr Privatleben nicht zu stören, aber sie überraschte Mónica mit einer Gegenfrage.

»War bei dir und Marcos denn alles in Ordnung?«

Mónica überlegte.

»Ich denke, nicht«, sagte sie nach ein paar Sekunden. »Sonst hätte ich unsere Beziehung wohl nicht beendet.«

»Aber das denkst du jetzt«, hakte Ruth nach. »Hast du ihn verlassen, weil etwas nicht in Ordnung war?«

»Wir haben uns nicht gestritten, wenn du das meinst. Es war einfach vorbei.« Sie sah ihre Freundin zögernd an.

Ruth verlagerte ihr Gewicht von einem Bein auf das andere. Auf einmal war sie sehr erschöpft vom Gehen, und ihre Schuhe drückten.

»Na ja, es reicht mir gerade irgendwie«, sagte sie schließlich.

Mónica lächelte. Ruth hatte schon immer das Talent gehabt, komplizierte Gefühle mit einfachen Worten auszudrücken.

Daher wagte sie sich noch einen Schritt weiter vor.

»Sag mal, Ruth … nur so aus Neugierde … und weil wir jetzt wissen, was wir wissen«, stotterte sie ein wenig herum und versuchte es wie einen Scherz klingen zu lassen. »Hast du dich mal gefragt, wie es gewesen wäre, wenn eine von uns dreien mit Gabriel zusammengekommen wäre?«

Der in Ruths Augen eingebaute Scanner schaltete sich automatisch hinter ihren Brillengläsern ein. Ja, sie scannte ihre Freundin und ihre Frage Schicht für Schicht. Dann zog sie die Augenbrauen hoch.

»Mónica, du willst mich doch eigentlich etwas anderes fragen, oder?«

»Aber nein …«

»Mónica, ich kenne dich.«

Mónicas Hände begannen zu schwitzen. »Also gut.« Sie wappnete sich für das, was kommen würde, und steckte die Hände in die Manteltaschen. »Ich wollte dir nur sagen, dass es mir nichts ausmacht, dass ihr zusammen seid, Gabriel und du. Aber bitte tut euch nicht gegenseitig weh. Denn ich mag euch beide sehr und will euch nicht gleich wieder verlieren, nachdem ich euch wiedergefunden habe.«

Nun war Ruth perplex, aber gleichzeitig war sie auch froh. Sie ahnte, welche Überwindung dieser Satz die im Grunde ihres Herzens sehr stolze Mónica gekostet haben musste. Deshalb stellte sie die Sache gleich richtig.

»Gabriel ist an mir nicht interessiert, also keine Sorge. Außerdem möchte ich gerade jetzt meine Ehe nicht aufs Spiel setzen. Es sei denn, Chris Hemsworth hätte ein Auge auf mich geworfen.«

Mónica wirkte merklich erleichtert, auch wenn sie es zu überspielen versuchte. Das Gespräch endete mit einer Umarmung, die deutlich länger als acht Sekunden dauerte, und bevor sie die Aufgaben in den weiteren Ermittlungen aufteilten, drückte Ruth Mónicas Hand.

»Es war sehr schön, dass wir mal wieder unter uns waren«, sagte sie. »Du warst doch immer meine Schwester.«

Mónica lächelte liebevoll.

»Das bin ich noch immer.«

Manchmal muss man das Gesetz brechen, um das Richtige zu tun

Wie gut es nach dem Regen auf dem Platz roch! Und wie eindrucksvoll die Magnolie war, die das Herz der Labyrinthe bildete! Ruth fiel auf, dass die steinernen Könige mit einem lustigen Federschmuck im Stil der Belle Époque auf dem Kopf aufgewacht waren. Erst als sie, kurzsichtig wie sie war, näher herankam, stellte sie fest, dass auf den royalen Köpfen jeweils eine Taube saß.

An diesem Morgen hatte sie sich vor dem Spiegel ausgesprochen gut gefallen. Es war gar nicht nötig gewesen, sich zum Lächeln zu zwingen. Sie hatte sogar Lust, in ihre Praxis zu gehen. Oder besser gesagt, zum Haus ihrer Mutter.

Vielleicht hatte das Gespräch mit Mónica am Vortag ihr Herz erleichtert, hatte sie gedacht, während sie einen Orangensaft getrunken und weitere drei ausgepresst hatte, die sie fürsorglich mit einer Serviette bedeckte – eine Gewohnheit, die sie von ihrem Kindermädchen übernommen hatte. Damit die Vitamine nicht verloren gingen.

Das Gefühl, die Welt erobern zu können, verschwand nicht, als sie an der Plaza de Oriente aus dem Auto stieg. Der Platz erschien ihr sogar sauberer als sonst, als ob durch einen mysteriösen Abfluss alle negativen Erinnerungen davongeschwommen wären. Sie wollte ihre Mutter sehen, unbedingt, und mit ihrer neuen ausgedehnten Bereitschaft zur Versöhnung über all die Fragezeichen reden, die sich in den letzten Tagen oder besser gesagt Jahren in ihr angehäuft hatten. Sicher gab es für alles eine Erklärung. Dafür, dass Orlando alles über ihre Finanzen wusste, für die Sache mit den Rezepten, und die Beziehung zu dem Oberst war wahrscheinlich doch nichts Ernstes. Du wirst schon sehen, munterte sie sich selbst auf, als wäre sie ihre eigene Therapeutin.

Mit der Hand, in der sie keine Akten trug, winkte sie dem Portier grüßend zu. »Du wirst schon sehen«, sagte sie zu ihrem Spiegelbild im Aufzug. »Auch wenn die wohlmeinende Leiterin der Seniorenresidenz noch so sehr von dieser Liebesgeschichte schwärmt.«

Sie kannte ihre Mutter.

Sie war ihre Tochter. Sie durfte nie vergessen, dass sie ihre Tochter war.

Bevor Ruth die Tür öffnete, atmete sie mehrmals bewusst ein und aus und befahl sich, ihre positive Haltung beizubehalten, wenn sie zum Thema kamen. Sie musste davon ausgehen, dass Margarita ausweichend, wenn nicht sogar aggressiv reagieren würde. Deshalb hatte sie sich mental wie ein Soldat auf die entscheidende Schlacht vorbereitet. Denn wenn sie auf die Reaktionen ihrer Mutter gefasst war, würden sie nicht so wehtun und alles würde gut gehen.

Zum ersten Mal würde sie ihre Mutter um Erklärungen bitten und nicht umgekehrt.

Zum ersten Mal musste sie ihr klarmachen, dass ihr Handeln ernsthafte Folgen mit sich bringen konnte. Zum ersten Mal wusste sie Dinge, von denen ihre Mutter nicht wusste, dass sie sie herausgefunden hatte. Dennoch glaubte sie an deren Unschuld. Sie wollte mit ganzem Herzen daran glauben. Allerdings war sie sich sicher, dass dieses Gespräch entscheidend sein würde. Und sie irrte sich nicht.

Als sie schließlich die Tür öffnete, hatte sie das Gefühl, dass diese tonnenschwer war, und erst eine Sekunde später sah sie, wie Bowie sich erhob. Warum hatte er vor der Tür gelegen?

Der Hund sah sie mit seinen unterschiedlich gefärbten Augen ruhig an. Das grüne Auge wirkte traurig, das blaue alarmiert. Ruth streichelte ihn. Ob er noch nicht draußen gewesen war? Nein, eindeutig nicht. Seine Blase war bis zum Platzen gefüllt. Warum war noch niemand mit ihm Gassi gegangen?

Genau das fragte sich Bowie auch, denn auch ein Hund hatte seine Grenzen.

Der Hund schüttelte seine wunderbare weiße Mähne. Im Winter wuchs ihm eine elegante Halskrause, sodass er beinah wie ein Albino-Löwe aussah. Abgesehen von seinen dringenden Bedürfnissen gab es keinen Grund, unhöflich zu sein, sodass er Ruth wie ein disziplinierter Majordomus durch den Flur bis zu dem Ort geleitete, wo sich sein Frauchen befand. Oder, aus Bowies Perspektive betrachtet, das Frauchen von beiden.

In der Bibliothek kam Margarita ihnen entgegen. Sie wirkte sehr beschäftigt, weshalb sich ihre Tochter wunderte, dass sie um diese Zeit noch nicht angezogen war. Sie trug Hausschuhe aus pinkfarbener Seide, die mit gelben Blumen bestickt waren, passend zu dem Kaftan, den sie von einer Weltreise mit ihrem Mann mitgebracht hatte.

Sie setzte sich an den Schreibtisch und warf ihrer Tochter über den Rand ihrer Brille einen düsteren Blick zu.

»Wie gut, dass du so früh hier bist. Wir müssen einige Papiere unterschreiben.«

Bowie legte sich seinem Frauchen zu Füßen, und Ruth setzte sich auf die andere Seite des Schreibtischs und stützte auf kindliche Art die Arme auf.

»In Ordnung, Mama, aber sollten wir nicht erst mal frühstücken? Ich würde auch gern mit dir über ein paar Dinge reden.«

Margarita öffnete eine Mappe, die mit einem ausgeleierten Gummi verschlossen war. »Ah, da ist es ja endlich«, murmelte sie und nahm einige Dokumente und Pläne heraus.

»Es ist ein wunderschöner Morgen«, sagte Ruth. »Wie wäre es, wenn wir zum Frühstücken runtergehen? Als ich an der *Botillería* vorbeigekommen bin, haben die Croissants ganz wunderbar geduftet. Das hat mich daran erinnert, dass Papa sie früher für uns immer dort geholt hat.«

Margarita liebkoste den Hund, der bei dem Wort »runtergehen« erwartungsvoll die Ohren aufgerichtet hatte.

»Aha …«, sagte sie. »Gut …«

»Mama, ich würde dir gern erzählen, wie ich mich heute fühle«, beharrte Ruth. »Denn ich fühle mich sehr gut, und es ist ein wunderschöner Tag. Ich habe mich darauf gefreut, in die Praxis zu gehen und dich zu sehen, um mit dir zu reden.«

Margarita war noch immer mit der Mappe beschäftigt. »Natürlich, mein Schatz. Und wann beginnt deine Sprechstunde?«

Nein, sie hörte ihr nicht zu.

»Mama, bei mir wird eine Autopsie vorgenommen, um eine mögliche außerirdische DNA auszuschließen«, sagte Ruth.

»Ach ja?«, murmelte ihre Mutter. »Übrigens soll heute endlich die Markise repariert werden. Hat der Portier irgendwas zu dir gesagt?«

Ruth lehnte sich in dem abgenutzten Ledersessel zurück.

Sie hört mir nicht zu.

Sie hat mir noch nie zugehört.

Mehrere Minuten beobachtete sie, wie ihre Mutter Dokumente aus verschiedenfarbigen Mappen ordnete, die offen auf dem Tisch lagen, bis sie ihre Brille ablegte, genervt den Kopf in die Hand stützte und sagte:

»Suselen hat mir geschrieben und mich nach der Adresse ihres Vaters gefragt. Ob ich sie noch habe. Offenbar will sie nach ihm suchen, um ihn ein paar Dinge zu fragen. Weißt du etwas davon?«

Ruth nickte und antwortete so pflichtschuldig, als wäre sie in der Schule an die Tafel gerufen worden. »Ja, sie hat mir davon erzählt. Es gibt wohl ein gesundheitliches Problem, das Dafne betrifft, und sie muss etwas über genetische Vorbelastungen in der Familie wissen.«

»Und das hast du ihr geglaubt?«, entgegnete ihre Mutter mit einem spöttischen Lächeln.

»Ja … Warum denn nicht?«

Ruth begann nervös mit den kleinen Marmorfiguren zu spielen, die die chinesischen Liebeskugeln irgendwann ersetzt hatten. Es hatte sie ziemlich überrascht, von Suselen zu erfahren, dass, als Ágata den Kontakt zu ihrem Ex-Mann abgebrochen hatte, Margarita zur Vermittlerin zwischen den beiden ernannt worden war. Wenn es um gerichtliche Dinge oder die gemeinsame Tochter ging, lief der Kontakt zwischen den beiden immer über sie.

Margarita griff nach dem Brieföffner und attackierte damit einige Briefumschläge.

»Und wieso jetzt auf einmal?«

»Es ist ihr gutes Recht, Mama.«

»Das hast du nicht zu entscheiden, Naseweis. Außerdem ist er tot, und ich sage: Gott sei Dank! Dieser Mann war ein Mistkerl«, entgegnete sie heftig und schlug mit der Hand auf den Tisch.

Dann presste sie die Lippen zusammen. Man merkte, dass ihr diese Bemerkung rausgerutscht war.

»Er ist *tot*? Und sie *weiß* es nicht?« Ruth war entsetzt.

Ihre Mutter verdrehte die Augen. »Sie weiß es nicht, weil sie bisher nicht nach ihm gefragt hat. Die Leute sterben eben, und während der Pandemie kam das noch öfter vor als sonst. Er hat Ágata nicht geheiratet, nachdem er sie geschwängert hat, und er hat seine Familie verlassen, als Suselen zehn Jahre alt war. Das Einzige, was ich deiner Freundin geben kann, ist die Adresse des Grabsteins auf dem Friedhof, wenn sich überhaupt einer die Mühe gemacht hat, einen aufzustellen.«

Margarita war immer noch hochrot im Gesicht und versuchte, sich zu beruhigen. »Suselen sollte ihrer Mutter gegenüber mal nicht so kritisch sein«, sagte sie dann und pochte mit dem Brieföffner auf ihre Unterlagen. »Etwas mehr darauf vertrauen, wie sie die Angelegenheit geregelt hat. Und es gut sein lassen. Sicher hätte Ágata einiges anders machen können, aber letztendlich hat sie immer versucht, Suselen zu beschützen.« Sie nahm einen Stapel Briefe, fächerte sich Luft zu und musste niesen. »Das Problem ist, dass wir Mütter euch Kinder heutzutage viel zu viel mitreden lassen. So ist das! Früher gab es nie Diskussionen, weil man seiner Mutter einfach nicht widersprochen hat.«

Margarita nieste erneut, und dann noch einmal.

»Du meine Güte! In diesen Papieren müssen Generationen von Milben gelebt haben«, schimpfte sie.

Ruth hatte sich schon immer über die Art und Weise gewundert, wie ihre Mutter Ágata in Schutz nahm. Sicher, sie war ihre Freundin, aber war es nicht seltsam, dass sie bei ihr alles entschuldigte? Jede moralische Entgleisung war, wenn Ágata sie sich erlaubte, weniger skandalös oder tadelnswert als bei allen anderen.

Sie erinnerte sich noch gut an den Tag, an dem ihre Mütter sie beim Kirchenchor angemeldet hatten, und an ihre Freude, als die Leiterin erwähnt hatten, dass sie einen Solopart singen sollten. Erst viel später hatte sie von Suselen erfahren, dass die Frau auch mit ihren Müttern gesprochen hatte. »Diese beiden Mädchen sollten beim Konservatorium vorsingen.« Ruth hatte die Aussicht gefallen, zusammen mit Suselen ans Konservatorium zu gehen, doch am

Ende ging nur Suselen dorthin, weil Margarita entschieden hatte, dass es für Ruth Zeitverschwendung wäre.

»Ich habe mich immer gefragt, warum du damals nicht wolltest, dass ich mit Suselen zum Konservatorium gehe. Ich konnte auch sehr gut singen.«

»Wenn du meinst.«

»Das habe nicht ich gesagt, sondern die Chorleiterin, Mama.«

»Mir hat keiner was gesagt.«

»Doch, natürlich! Ich durfte ja sogar drei Jahre hintereinander als Solistin auftreten.«

»Ach ja? Du warst doch nur ein Jahr in dem Chor.«

»Bitte? Das waren vier Jahre, und das kann ich beweisen.«

»Ui! Zweifellos, Miss Marple! Was willst du damit sagen?«

»Dass meine Lehrerin immer wieder betont hat, dass auch ich über ein großes musikalisches Talent verfüge«, meinte Ruth vorsichtig. »Nur dass ich das erst als Erwachsene erfahren habe und sich niemand darum gekümmert hat, dass ich in dieser Hinsicht gefördert werde.«

»Willst du damit sagen, dass ich mich nicht um dich gekümmert habe?«

»Mama, darum geht es nicht«, sagte Ruth ruhig. »Nur darum, dass ich auch eine gute Sängerin hätte werden können. Ich hatte eine schöne Stimme.«

»Meine Güte, jetzt hör doch mal auf.« Margarita befestigte ihre Brille am Ausschnitt ihres Kaftans und klopfte sich auf die Brust. »Meinst du, mich hat irgendjemand gefragt? Wer hat sich denn darum gekümmert, dass ich meine Talente ausleben konnte? Dazu war ich viel zu beschäftigt, nämlich mit dir.«

»Mama, warum sagst du sowas, du tust mir weh.«

»Ja, ich soll lieber schweigen«, schimpfte Margarita erregt. »Ich soll mich nicht um dich gekümmert haben? Also wirklich! Du bist sowas von undankbar!«

Ruth drehte den Sessel zur einen und dann zur anderen Seite, um das großzügige Gefühl der Dialogbereitschaft zurückzuerlangen, mit dem sie gekommen war. Warum musste ihre Mutter ihr bei jeder Kleinigkeit widersprechen? Warum musste sie jede glückliche Erinnerung an ihre Kindheit zerstören? Nach und nach würde sie aus den Familienalben verschwinden. Irgendwann würde sie sagen: »Mama, ich bin am 14. September geboren.« Und ihre Mutter würde antworten: »Nein, da stimmt nicht, das war an einem anderen Tag. Ehrlich gesagt, bist du gar nicht geboren. Wenn das einer weiß, dann ich …«

Sie nahm Schwung und drehte den Sessel um hundertachtzig Grad. Früher hatte sie das geliebt und es gemacht, bis ihr schwindelig wurde, während ihr Vater ganz friedlich am Schreibtisch weitergearbeitet hatte.

Ihre Mutter hingegen warf ihr jetzt einen missbilligenden Blick zu und forderte sie auf, endlich damit aufzuhören, weil sie sich sonst nicht konzentrieren könne. Doch Ruth war gerade in Fahrt und hatte nicht die Absicht aufzuhören.

»Du hast nie gesagt, dass du studieren wolltest, Mama.«

»Das wollte ich auch nicht.« Margarita strich wütend irgendetwas auf einem Papier durch. »Ich habe nur gesagt, dass sich niemand darum gekümmert hat, dass ich meine Talente ausleben konnte.«

»Na ja, soweit ich mich erinnere, warst du immer sehr beschäftigt«, entgegnete Ruth.

Diesmal war sie nicht bereit zu schweigen. Was für einen Blödsinn erzählte ihre Mutter da? Zumindest in den sechs Jahren, in denen sie noch ein Einzelkind gewesen war, hatte ihre Mutter nicht eine ihrer kulturellen Aktivitäten ruhen lassen. Sie war Ehrenmitglied des Christmas Bazaar der British Ladies Association gewesen, Präsidentin des Freundeskreises der Oper, Patronin des Teatro Real, Schatzmeisterin über die Einnahmen, die dem Hospital

Niño Jesús für die Forschung zur Verfügung standen, Ehrenmitglied des Círculo de Bellas Artes, des Country Clubs … Bis aufgrund einer dienstlichen Versetzung ihres Vaters und des nordischen Klimas an ihrem neuen Wohnort ihre »unnützen Brüder« geboren wurden, was, da sie im Doppelpack kamen, ihren Lebensstil durcheinanderbrachte. Das und die Tatsache, viele Kilometer von ihrer geliebten Heimatstadt entfernt leben zu müssen. Und von da an war ihr ihre Frustration anzumerken gewesen.

»Ich habe dein Leben in keiner Weise beeinträchtigt, Mama. Es ist wichtig für mich, dass dir das klar ist.«

»Das habe ich auch gar nicht gesagt, Ruth.« Margaritas Tonfall war anzuhören, dass sie sich zu langweilen begann. »Deine Brüder waren nicht geplant. Nicht dass ich etwas bereue, aber die Zwillinge waren ziemlich anstrengend, und dass ihr auf einmal zu dritt wart, hat mein Leben radikal verändert.«

»Und was ist dann passiert?«

Margarita warf schlecht gelaunt den Stift auf den Schreibtisch.

»Na, was wohl? Ich habe zwölf Jahre lang Nachthemden getragen und nach Milch gerochen. Das ist passiert. Ich war nicht gerade glücklich. Aber so war es eben.« Margarita richtete sich in ihrem Sessel auf und zog die Augenbrauen hoch. »Du hattest keine Mutter, die für dich Schmorbraten gekocht hat. So eine Art Mutter bin ich nie gewesen. Ich habe versucht, euch etwas über Kunst, Schönheit und Werte beizubringen, das war meine Art, euch zu lieben. Hätte es dir besser gefallen, wenn ich dir den Löffel mit Flugzeuggeräuschen zum Mund geführt hätte? Tut mir leid, für so etwas fehlt mir die Geduld. Da hast du recht. Dennoch bin ich der Meinung, dass ich immer da war, wenn du mich gebraucht hast.«

Margarita griff wieder nach dem Stift.

»Ich war auch da.«

»Bitte?« Margarita legte eine Hand hinters Ohr, als hätte sie sie nicht verstanden.

»Ich war auch immer für dich da, Mama. Aber du hast mich nie gesehen.«

»Wann habe ich dich schon mal um Hilfe gebeten?«, fragte Margarita unwirsch.

»Es war gar nicht nötig, dass du mich darum gebeten hast, Mama, weil ich sowieso immer da bin.« Ruths Herz klopfte schneller. Jetzt oder nie, sagte sie sich. »Als Papa gestorben ist, bin ich für einen Monat zu dir gezogen. Und als du dir den Fuß gebrochen hast, war ich jede Nacht bei dir …«

Margarita schüttelte energisch den Kopf.

»Du warst nicht bei mir, als ich mir den Fuß gebrochen habe. Das war Elisa.«

Ruth riss ungläubig die Augen auf. »Bitte? Elisa ist eine Nacht bei dir gewesen, weil Juanito Fieber hatte. In den beiden Wochen, in denen du im Krankenhaus warst, war ich jeden Tag bei dir.«

»Das stimmt nicht.«

»Doch. Hast du wirklich die zwei Wochen aus deinem Gedächtnis gestrichen, in denen ich mit dem Laptop auf den Knien die ganze Zeit auf einem unbequemen Stuhl an deinem Bett gesessen habe?«

Jetzt wirkte Margarita leicht verunsichert. Sie schüttelte den Kopf, als wollte sie richtig wach werden. Und Ruth fragte sich, ob es wirklich Sinn machte, ihre Mutter an derartige Dinge zu erinnern, wenn sie sie vielleicht schon nach ein paar Stunden oder Tagen bereits wieder vergessen würde. Doch da sie nun zum ersten Mal eine egoistische Ader in sich entdeckt hatte, fuhr sie damit fort, die Vergangenheit nach Antworten zu durchleuchten, bevor es endgültig zu spät dafür sein würde.

»Ich weiß nicht, Mama. Ich habe immer gehört, dass du dich über meine Brüder beklagt hast, aber ich frage mich, warum du uns drei immer in einen Sack steckst? Denn ich finde, dass das furchtbar ungerecht ist.« Sie suchte den Blick ihrer Mutter, die jedoch nicht reagierte. »Und ich glaube auch nicht, dass die beiden dich wirklich immerzu mit Beschlag belegt haben. Wir haben jedes Jahr den ganzen Sommer bei den Großeltern am Meer verbracht. Du sagst, du hast versucht, uns viel über Kultur und Schönheit beizubringen, aber du hast uns nie auf die wunderbaren Reisen mitgenommen, die du zusammen mit Papa gemacht hast, oder in die Restaurants und Theater, in die ihr immer gegangen seid.«

Margarita verzog keine Miene, doch dann stieß sie plötzlich hervor: »Deine Brüder waren unerträglich. Nachdem sie auf der Welt waren, war es schon eine Leistung, euch alle drei zu baden und anzuziehen. Ihr wart drei! Wen von euch hätte ich denn mitnehmen sollen?«

»Mich, Mama! Du hättest mich mitnehmen sollen, denn ich konnte mich benehmen!«

»Das ist wirklich unglaublich!«, schnaubte Margarita.

Das ist wirklich unglaublich, dachte auch Ruth. Jetzt hatte sie die Bestätigung für den Grund, warum ihre Mutter sie einfach übersehen hatte.

Sie hatte die Zeche für die anderen bezahlt.

Ihre Mutter spielte wie üblich die Beleidigte. Sie wandte ihrer Tochter, in ihrem Stolz gekränkt und mit dem üblichen Mangel an Selbstkritik, das Profil zu und beschloss dann, hinunterzugehen und den Portier nach den Markisen zu fragen. Die übliche Fluchtreaktion, wenn es unangenehm wurde – nicht ohne sich vorher das Oximeter auf den Zeigefinger zu stecken und die andere Hand theatralisch an ihr Herz zu legen, um auf den Ort ihrer Phantomschmerzen hinzuweisen.

Das alles hatte nichts mit Gedächtnisproblemen zu tun. Denn das hatte sie schon immer gemacht, und zu einem anderen Zeitpunkt hätte Ruth beim Anblick dieses verwundeten Rehs Schuldgefühle bekommen. Aber nicht an diesem Tag. Sie war zu der Überzeugung gekommen, dass offen und ehrlich zu sein das Einzige war, was die Beziehung zu ihrer Mutter neu definieren konnte. Aber diese Ehrlichkeit durfte nicht nur einseitig sein. Und das war schon immer das Problem gewesen.

Sie lehnte sich zurück und ließ den Blick über die Bücherregale schweifen. Wie wunderschön das herbstliche Licht die Bibliothek erhellte. Die Edelholzwände und der Duft nach Harz und Möbelpolitur vermittelten den Eindruck, als reichten die Bäume von draußen bis ins Haus. Schon als Kind hatte Ruth diesen Geruch geliebt, wenn das Personal die Regale, die Lesetische, die Stühle und das kleine Lesepult, das ihr Vater extra für sie hatte anfertigen lassen, damit sie gemeinsam lesen konnten, frisch gewachst hatte. Das hatte natürlich den Neid ihrer Brüder geweckt, die daraufhin den Deckel des Pults ständig auf und zu geklappt hatten, bis sie nach zwei Tagen, als sich die Schrauben des Deckels bereits gelöst hatten, genug davon hatten und Ruth ihren Platz im Refugium ihres Vaters wieder einnehmen konnte. Dort hatte sie, nachdem ihr Vater gestorben war, auch nach Jahren noch oft gesessen. Falls er doch noch erscheinen würde, um das tägliche Kapitel mit ihr zu lesen.

Ein Lichtstrahl fiel durch die Fensterläden vor dem Balkon und malte einen hellen Fleck auf seinen Schreibtisch. »Hallo, Papa«, sagte Ruth leise und glaubte, seine Nähe zu spüren. »Komm, wähl ein Buch für mich aus, das brauche ich heute«, flüsterte sie in Erinnerung an ihr gemeinsames Spiel. Sie versuchte einzuschätzen, wohin der zitternde

Lichtfleck zeigte, der jedoch nicht bis zum Regal reichte. Er endete auf einem der Dokumente, die auf dem Tisch lagen. In diesem Moment wurde Ruth bewusst, dass das längst überfällige Gespräch mit ihrer Mutter sie von den allgemeinen Ermittlungen abgelenkt hatte. Und nun war sie allein im Raum, und alle Schubladen waren offen. Auch die, die sonst verschlossen waren?

Sie stand auf und zog langsam an der Schublade, in der ihr Vater alles Wichtige aufbewahrt hatte. Die alte Pfeifentasche war noch immer da. Ob der Oberst ihrer Mutter deshalb so gut gefiel? In einer lederbezogenen Kiste fand Ruth Briefpapier mit dem Briefkopf ihres Vaters *Don Felipe Gual*. In der Hoffnung, den Duft ihres Vaters zu riechen, schnupperte sie daran. Dann wühlte sie weiter zwischen Stempeln des ehemaligen Familienunternehmens, alten Rechnungen und allen möglichen Schlüsseln mit unleserlichen Anhängern. Ihre Mutter hatte einen Schlüssel, auf dessen Anhänger *Weinkeller* stand, mit Klebeband an den Unterlagen des Weinguts befestigt.

Warum war es ihr so wichtig, diesen Weinkeller zu erhalten? Die Weinstöcke dort waren uralt, und das Gut wurde seit ewigen Zeiten nur noch von einem Verwalter geführt. Weder sie noch ihre Brüder hatten Ahnung vom Weinanbau, also warum …? Ruth band sich den Pferdeschwanz neu, und gleichzeitig fiel ihr ein Stück Papier ins Auge, das unter der Kiste mit dem Briefpapier hervorschaute. Sie zog es hervor und hielt kurz darauf einen Briefumschlag in der Hand. Darauf stand ein Name, der sie nach Luft schnappen ließ: *Orlando*. Allein an der Dicke des Kuverts erkannte sie, was darin sein musste. Und da der Umschlag nicht zugeklebt war, konnte sie sich sofort überzeugen und fand ein Bündel Fünfhundert-Euro-Scheine darin. Wie viel Geld war das? Hastig begann sie die Scheine zu zählen, und als sie das Geldbündel wieder in den Umschlag steckte, zitterte ihre Hand so sehr, dass das Papier ein wenig einriss. Wofür hatte ihre Mutter diesem Orlando so viel Geld geben wollen?

Hatte er sie etwa erpresst?

Ruth sah die Papiere durch, die unter dem Umschlag gelegen hatten. Ein Brief vom Notariat des Cousins ihrer Mutter, der, wie es aussah … an diesem Tag angekommen war! Sie öffnete ihn auf der Stelle und konnte nicht glauben, was sie las. Es war die Kopie eines Testaments. Hatte ihre Mutter ihr Testament geändert? Wollte sie ihren zukünftigen Mann berücksichtigen? Aber nein. Es ging um Orlando! Das war Orlandos Testament! Und es war an die Adresse ihrer Mutter geschickt worden? Warum? Wahrscheinlich, weil nicht herauskommen sollte, dass er bei ihr auf dem Dachboden wohnte. Aber … wieso kam das Schreiben vom Notariat des Cousins ihrer Mutter? Sollte der Notar mit dem Geld aus dem Umschlag bezahlt werden? Nein, das war viel zu viel.

Sie durfte keine Zeit verlieren. Ihre Mutter konnte jeden Moment wieder heraufkommen, und sie war leise wie ein Panther. Ruth konnte gerade noch lesen, dass Orlando Margarita zu seiner Testamentsvollstreckerin ernannt hatte, dass die zehntausend Euro Bargeld für sie waren – du meine Güte! – und dass sein Anteil an dem Haus in Mexiko-Stadt an seine Mutter und seine Schwester ging.

Ruth spürte mit einem Mal ein schmerzhaftes Stechen im Kopf. Jetzt ist es passiert, dachte sie, ein Schlaganfall. Immerhin war sie familiär vorbelastet.

Dann hörte sie den Schlüssel im Schloss der Wohnungstür, legte alles wieder in die Schublade zurück und eilte zu ihrem Sessel, wobei mehrere Dokumente zu Boden segelten und auch Margaritas Brille, aus der ein Glas herausfiel.

Ruth krabbelte wie früher als kleines Mädchen unter den Tisch, um sie aufzuheben. Gleich darauf sah sie sich Bowies zweifarbigen Augen gegenüber und den dünnen Beinen ihrer Mutter.

Ein Windstoß öffnete die schlecht schließende Balkontür. Ruth richtete sich auf, um sie wieder zu schließen, während ihre Mutter hinter ihrem Rücken fragte: »Dürfte ich wissen, was du da unten gemacht hast, Ruth?«

Ruth, die, mit der Hand am Türknauf, noch gegen den Wind ankämpfte, der von draußen gegen die Tür drückte, sagte das Erste, was ihr in den Sinn kam.

»Ich habe nur die Sachen aufgehoben, die runtergefallen sind. Der Wind hat deine Brille vom Schreibtisch gefegt.«

Margarita schien ihr zu glauben. »Meine Brille?«, fragte sie aufgeregt, und Ruth gab sie ihr. »Oh nein! Das Glas!«

Ruth versuchte sie zu beruhigen. »Keine Sorge, Mama, an der Plaza de Santiago gibt es einen Optiker, der das Glas auf der Stelle wieder einsetzt. Es ist ja nicht kaputtgegangen.«

»Sicher?«, fragte ihre Mutter besorgt. »Ich brauche die Brille heute noch.«

Ruth bot an, zum Optiker zu gehen, und allmählich kehrte wieder Normalität ein. Allerdings warf Margarita einen raschen Blick auf die Schublade, in der das Testament und das Geld verborgen waren. Ruth tat so, als wäre sie mit ihrem Handy beschäftigt, bis sich ihre Mutter wieder den Mappen auf dem Schreibtisch zuwandte.

»Das sind die Dokumente des Weinguts und des Weinkellers, die du bekommen sollst. Du darfst es niemals verkaufen, hörst du. Und du darfst es deinen Kindern erst überschreiben, wenn du ihnen erklären kannst, warum …«

Ruth, die wieder auf dem Sessel saß, legte die Hände auf die Armlehnen, als gäbe ihr dies Sicherheit, und fiel ihrer Mutter zum ersten Mal ins Wort.

»Wie viele Dinge verschweigst du mir eigentlich, Mama?«

Margarita legte das Brillenglas vorsichtig in eine tibetanische Schale. Ein leiser Klang breitete sich sanft wie ein Schmetterling im Raum aus. Die grauen Augen ihrer Mutter verengten sich wie der Blick eines Panthers, der die Entfernung zu seiner Beute abschätzt. Doch Ruth ließ sich nicht einschüchtern.

»Du hast Rezepte gefälscht, Mama!« Keine Reaktion. »Rezepte für starke Medikamente. Weißt du nicht, dass Dolores seit Jahren immer wieder damit droht, sich umzubringen?«

»Aber sie hat es nicht getan, oder?«, entgegnete Margarita, ohne einen Anflug von Reue. »Wenn sie es wirklich wollte, hätte sie es längst getan.« Sie schluckte ärgerlich. »Du verstehst das nicht …«

»Was soll ich verstehen, Mama? Du hast meine Unterschrift gefälscht! Wie oft? Für wie viele Leute? Wenn einem dieser Menschen etwas passiert, muss ich dafür haften.«

»Nein, weil ich dann gestehen würde, dass ich es war, und in meinem Alter kommt man für sowas nicht mehr ins Gefängnis.«

Ruth stand auf. »Weißt du eigentlich, was du da sagst? Du hast Dokumente gefälscht. Das ist eine Straftat!«

Margarita beschränkte sich auf einen kühlen Blick.

»Manchmal muss man das Gesetz brechen, um das Richtige zu tun, meine Liebe. Ehrlich gesagt, hätte ich gedacht, dass du als Psychologin mehr Ahnung vom Leben hast.«

Ruth musste sich beherrschen, nicht laut aufzulachen, und wiederholte diese unfassbare Aussage für sich, als könne ihr das helfen, sie zu verdauen.

»Und in deiner Beziehung zu Orlando ging es darum, illegal das Richtige zu tun? Und was ist dann passiert? Gab es vielleicht Probleme? Hast du etwa jemanden dafür bezahlt, diese Probleme aus der Welt zu schaffen?«

Margarita kniff die Lippen zusammen und legte die Hand an die Schublade, in der, wie Ruth jetzt wusste, Orlandos Testament verborgen war.

»Was für einen Blödsinn redest du denn da?«, entgegnete sie, sichtlich bemüht, ruhig zu bleiben. »Das Einzige, was Orlando getan hat, war, mir zu zeigen, dass ich keine Zeit mehr verlieren darf. So etwas Bedeutendes hat noch niemand für mich getan. Und dafür wollte ich mich bei ihm bedanken.«

»Bitte?«

»Das geht dich nichts an.«

»Wo warst du in der Nacht, als er starb?«

»Ich erinnere mich nicht.«

Ruth wusste nicht, ob das gelogen war oder nicht.

»Du hast gesagt, dass du mit Elisa auf dem Weingut warst.«

»Ich habe gesagt, dass ich mich nicht mehr erinnere!«, schrie sie. Um dann ruhiger fortzufahren: »Wenn Elisa sagt, dass wir zusammen auf dem Weingut waren, dann war das so.« Sie zeigte anklagend auf ihre Tochter. »Sag mal, spionierst du mir etwa nach?«

»Ich war in der Seniorenresidenz.«

»Ich habe mir gedacht, dass du das tust. Und? Hat es dir gefallen?«

»Willst du mir nicht von dem Oberst erzählen?«

»Sicher ... was möchtest du wissen?«

»Irgendwas, Mama, was auch immer.«

»Dann sage ich dir, dass dieser Mann eine Augenweide ist.«

»Und wann wolltest du uns von ihm erzählen?«

»Wenn ich mir sicher bin, dass er es ernst mit mir meint.«

Ruth atmete tief durch. Jetzt waren sie beim Thema. »Und? Meint er es ernst?«

»Ja, seine Absichten sind durchaus ernst und ehrenhaft. Deshalb habe ich entschieden, in der Residenz mit ihm zusammenzuziehen, und deshalb haben wir gemeinsame Pläne. Irgendwelche Einwände, Prinzessin?«

Ruth ging nach draußen auf den Balkon und ließ den Blick über den Platz schweifen. Sie hatte es gewusst. Es war wie immer. Ihre Mutter setzte ihre Pläne durch, ohne Rücksicht auf andere zu nehmen oder diese auch nur zu informieren. Das Problem war nur, dass manchmal das Leben dazwischenkam.

»Sonst habt ihr immer gemacht, was ihr wolltet, oder?«, fuhr Margarita, vom Schweigen ihrer Tochter sichtlich irritiert, fort. »Und jetzt bin ich mal dran«, sagte sie und erklärte sich damit einmal mehr zum Opfer. Und das in einem Ton, der keinen Widerspruch duldete.

Ihre Mutter war immer das Opfer. Darin konnte ihr keiner das Wasser reichen, sagte sich Ruth, während sie sich auf einen heftigen verbalen Angriff vorbereitete. Ihre Mutter verteidigte sich, indem sie attackierte. Aber sie sagt nicht die Wahrheit, dachte Ruth. Keiner von ihnen hatte gemacht, was er wollte. Nur sie. Margarita war von ihren Eltern immer wie eine Prinzessin behandelt worden, genau wie anschließend von ihrem Ehemann, sie hatte Personal gehabt, das sich um die Kinder gekümmert hatte, sodass sie nur selten nachts wegen ihnen aufstehen musste, und jedes Mal, wenn man sie kritisierte, behauptete sie, dass ihr Zuckerspiegel stieg, oder sie griff zu ihrer Sauerstoffmaske, die sie sich seit Jahren selbst verschrieb – eine Maske, die ihr jedes Mal zur Flucht verhalf, wenn es unbequem wurde.

Mit halbem Ohr hörte Ruth ihre Mutter über ihren verstorbenen Mann schimpfen, dann über ihre Kinder und wie sie sie eingeengt hatten. Margarita nutzte den ständigen Vorwurf, um andere zu kontrollieren, und das Einzige, was sie damit erreichte, war, dass sich alle von ihr distanzierten.

Ihrer Ansicht nach kümmerte sich niemand so um sie, wie er sollte. Vielleicht war sie wirklich davon überzeugt, aber dabei dachte sie nie an die Wunden, die ihre Worte bei anderen schlugen. Auf diese Weise hatte sie viele Freunde verloren. Und deshalb war es mehr als einmal zum Streit mit Elisa gekommen. Weil die Pfeile, die Margarita abschoss, für sie oft keine große Bedeutung hatten, während sie bei den anderen für dauerhafte Verletzungen sorgten.

Natürlich war ihre Mutter schon immer sehr direkt gewesen. Ihre Worte trafen ihr Ziel punktgenau. Und obwohl sie mit der Zeit eine extreme Aversion gegen all diese Vorwürfe entwickelt hatte, versuchte Ruth ruhig zu bleiben. Was nicht leicht war, angesichts des Schwalls an Vorwürfen, der gerade auf sie einprasselte. Sie wollte ihrer Mutter doch näherkommen und sich nicht in einen absurden Streit hineinziehen lassen, der alles nur noch schlimmer machen würde, beschwor sie sich.

In diesem Moment wurde ihr innerer Monolog jäh unterbrochen, denn Margarita hatte mit ihrer Suada aufgehört und fragte plötzlich: »Dürfte ich vielleicht mal erfahren, was du denkst?«

»Was ich denke?«, vergewisserte sich Ruth verwundert, denn das hatte ihre Mutter noch nie interessiert.

»Ja, was denkst du über mich, wenn du dieses Gesicht machst? Das würde ich wirklich gern wissen«, sagte Margarita mit einem gefährlich munteren Unterton.

Auf einmal kam Ruth in den Sinn, was sie am Vortag zu Mónica gesagt hatte. *Das setzt voraus, dass wir offen und ehrlich sind und es auch unseren Müttern zugestehen.*

»Ich denke, dass du ziemlich egozentrisch bist«, begann sie, davon überzeugt, dass sie nun nichts mehr aufhalten konnte. »Dass sich alles immer nur um dich drehen soll. Dass du dich nicht als ein Mitglied der Familie siehst, sondern als das Zentrum und erwartest, als solches behandelt zu werden. Du fragst uns nie, wie unser Tag war, wie es uns geht oder wie wir uns fühlen, weil es dir egal ist, welche Probleme wir haben, weil deine Probleme und dein Leid für dich immer schwerwiegender sind als unsere.« Ruth räusperte sich, da ihr das Herz bis zum Hals klopfte. »Damit erreichst du, deine Kinder an dich zu binden, weil sie dich fürchten, aber das hat nichts mit Liebe zu tun, denn nach Zärtlichkeit sucht man bei dir vergeblich. Die Einzige, die das noch versucht, bin ich, und du hörst und siehst mich nicht. Meine Brüder hingegen siehst du sehr wohl, aber die wahren einen Sicherheitsabstand, wie man sich von einem wilden Tier fernhält, weil du früher oder später immer zubeißt. Sie sagen, dass du militärisch streng bist und dass das, was du sagst, ihnen auch heute noch wehtut, und ich denke, dass sie recht haben.« Ruth atmete tief durch. Ihre Mutter blinzelte, als wäre sie geschlagen worden. »Und jetzt hast du all diese Entscheidungen getroffen, ohne dich auch nur ein bisschen mit mir abzustimmen, deiner eigenen Tochter, ohne auch nur einen Moment darüber nachzudenken, wie ich mich fühle. Dafür hast du dich einem Fremden anvertraut, der jetzt nicht mehr lebt. Alles, was ich weiß, habe ich von fremden Leuten gehört, und es wäre gut gewesen, wenn du mir wenigstens einen Teil davon erzählt hättest, denn ich weiß nicht, wer du bist. Auf welchem Sender kann ich dich erreichen, Mama? Sag es mir, damit ich dich finden kann.«

Dann fehlten Ruth auf einmal die Worte, denn sie sah, wie blass ihre Mutter geworden war. Ihr Mund stand offen, und die deutlich sichtbare Ader an ihrer Schläfe bewies, dass sie darum kämpfte, nicht die Fassung zu verlieren. Sie formte ein stummes Wort mit den Lippen, das Ruth nicht verstand.

Das mit der Aufrichtigkeit funktionierte wohl nicht, jedenfalls nicht in diesem Moment. Ihre Mutter reagierte einfach nicht. Und Ruth spürte wieder diese Leere in sich, und wie so oft nach Gesprächen mit ihrer Mutter empfand sie diese nicht vorhandene Verbundenheit, nach der sie sich so schmerzlich sehnte. Nur dass sie diesmal alles loswerden wollte, was ihr auf dem Herzen lag.

Aber wozu? Was hatte das für einen Sinn?

Sie hätte ihre Worte am liebsten wieder eingefangen, um andere zu sagen, die nun in ihren Augen standen, weil sie nicht mehr die Kraft hatte, sie auszusprechen. Sie wollte sagen: Bitte liebe mich, Mama! Lass es mich auf eine Art und Weise spüren, die bei mir ankommt. Es war die Stimme der kleinen Ruth, die in ihr flehte: Mama, verlass mich nicht.

»Hast du etwas gesagt?«, fragte ihre Mutter da.

Ruth stand mit dem flehenden Ruf auf den Lippen wie versteinert da.

»Gut«, flüsterte ihre Mutter mit gebrochener Stimme. »Ich nehme an, du bist bereits alles losgeworden, was du sagen wolltest. Wenn es für dich in Ordnung ist, würde ich mich dann gern zurückziehen.«

Is this love, that I'm feeling …

An diesem Nachmittag war das Wetter für November ausgesprochen mild. Der Regen, der über der Stadt niederging, war beinah tropisch, wie Mónica und Gabriel feststellten, während sie die Plaza de Oriente hinter sich ließen und anschließend die Plaza de España, wo sie wie als Kinder Don Quijote und Sancho Panza am Cervantes-Denkmal grüßten.

Dann drehten sie eine kleine Runde im Parque del Oeste, um zum Templo de Debod zu gelangen. Mónica hatte früher immer davon geträumt, wie es wäre, in dem üppigen Grün des Parks zu wohnen, um vom Wohnzimmer die Kabinen der Seilbahn zu betrachten. In einer von ihnen in den Sonnenuntergang zu gleiten war für sie immer wie ein Aufbruch in die Freiheit gewesen. Gabriel hatte sich jedes Mal vorgestellt, dass die Kabine ein Flugzeug wäre, das ihn zu einem anderen Kontinent brachte, Ruth hatte Pläne gemacht, die Welt zu erobern, und Suselen hatte ihre Welt hinter sich gelassen.

Als Erwachsene hatte Mónica alles getan, um ihren Traum Wirklichkeit werden zu lassen, bis sie dank einer Bekannten tatsächlich eine Zwei-Zimmer-Wohnung in der Nähe der Seilbahn ergattert hatte.

Die Wohnung war perfekt. Sie hatte eine kleine Terrasse, und direkt gegenüber gab es einen Kiosk, wo sie ihren Kaffee trinken konnte. Es gefiel Mónica, dass er einfach nur »der Kiosk« hieß und dass es der Kiosk war, an dem sie sich als Studenten im Sommer immer getroffen hatten, um ihre Aufzeichnungen für die Prüfungen im September durchzugehen.

»Das mit der Wohnung war ein Riesenglücksfall«, erklärte sie Gabriel. »Normalerweise hätte ich als Selbstständige ohne festes Einkommen gar keine Chance gehabt. Und die Miete ist auch bezahlbar. Ich habe dringend ein wenig Abstand zur Plaza de Oriente und allem, was ich damit verbinde, gebraucht. Wobei ich nicht weiß, ob das gut oder schlecht ist.«

Das konnte Gabriel auch nicht sagen, der ebenfalls nicht wirklich weit weggezogen war. Er hatte eine wunderschöne Altbauwohnung mit hohen Decken in der Calle Conde Duque gefunden, direkt gegenüber dem Kulturzentrum und der Bibliothek und nur zehn Minuten zu Fuß von der Wohnung seiner Mutter entfernt.

»Wie schön der Himmel über dem Templo de Debod aussieht, dem ägyptischen Tempel, der für die Göttin Isis errichtet wurde, die Göttin der Mutterschaft«, scherzte Mónica.

Beide wurden von ihren Erinnerungen heimgesucht, aber sie wollten auf keinen Fall sentimental oder romantisch werden. Schon bei der Begrüßung war ihnen das Malheur passiert, dass sie beim Wangenkuss die falsche Seite gewählt hatten und sich aus Versehen mitten auf den Mund geküsst hatten. Zum Glück war dank der herbstlichen Kleidung die Gänsehaut, die sie bekommen hatten, nicht aufgefallen. Deshalb sprach Gabriel jetzt vorsichtshalber übers Wetter. Das ging immer.

»Es ist fast so warm wie im Frühling, dabei ist bald Weihnachten«, sagte er.

Mónica entschied sich für eine humorvolle Entgegnung. »Ja. Sogar die Pfauen sind verwirrt. Heute hat einer vor Fiera und mir einen Auftritt hingelegt, mit dem er in den *Folies Bergère* auftreten könnte. Allerdings hatte er damit nicht viel Erfolg, denn Fiera hat sich von seinem Pfauenrad nicht einschüchtern lassen, sondern nur mit heftigem Bellen reagiert.«

»Manche Männer stehen auf Mädchen, die sich nicht einschüchtern lassen.«

»Sprichst du von dir?«

Eine unangenehme Stille breitete sich aus. Gabriel schwieg, weil er nicht wusste, was die Frage sollte, und Mónica wusste nicht, warum sie ihr rausgerutscht war.

Zum Glück besserte sich die Stimmung schlagartig, als sie zu dem Kiosk kamen, an dem sie sich zu Studentenzeiten immer getroffen hatten. Sie beschlossen, sich an einem der Tische niederzulassen, weil sie einiges zu besprechen hatten, was den Fall betraf. Mónicas Wohnung lag zwar ganz in der Nähe, doch der Gedanke, nach der Episode auf dem Dachboden erneut auf engstem Raum zusammen zu sein, schüchterte sie auf seltsame Art ein.

Eine Minute später hatten sie auf dem schmiedeeisernen Marmortischchen sämtliche Ausdrucke und Fotos ausgebreitet, die sie inzwischen hatten, und schlugen noch einmal Orlandos Notizbuch auf.

»In der jetzigen Situation kann uns jeder Hinweis, so unbedeutend er auch sein mag, der Wahrheit näherbringen«, erklärte Mónica mit diesem konzentrierten Gesichtsausdruck, den Gabriel so sehr an ihr liebte.

Gemeinsam gingen sie noch einmal alles durch, was sie zusammengetragen hatten. Gabriel hatte inzwischen den Flug ausmachen können, mit dem Orlando nach Madrid gekommen war. Daher und dank der Informationen, die Ruth seinem Testament entnommen hatte, wussten sie, dass Orlando México-Stadt vor einem Jahr verlassen hatte, dass er zwei Pässe hatte, einen mexikanischen und einen spanischen, und dass er in Madrid geboren war. Seine Familie bestand aus seiner Mutter und seiner Schwester, zumindest waren sie die einzigen Verwandten, die in seinem Testament erwähnt waren, und laut den Informationen von Antolián hatten sie auch die Überführung des Leichnams beantragt.

»Dieser Antolián setzt für dich eine ganze Menge aufs Spiel, oder?«, erkundigte sich Gabriel nicht ohne Hintergedanken.

Mónica merkte nichts und antwortete, dass er wirklich sehr nett sei und sie ihm für das, was er für sie tat, nicht genug danken konnte. Wobei die Kopie von Orlandos Testament, die Ruth ihnen zur Verfügung gestellt hatte, auch sehr nützlich war. Die arme Ruth! Das musste ein ganz schöner Schlag für sie gewesen sein. Das Bargeld in dem Umschlag entsprach genau der Summe, die Orlando sich ein paar Tage vor seinem Tod hatte auszahlen lassen, wie sie von Antolián wussten. Aber war es nicht verdächtig, dass Margarita, die dem Finanzamt eine ähnlich hohe Summe schuldete, dieses Geld plötzlich in ihrem Besitz hatte?

»Es könnte also ein finanzielles Motiv dahinterstecken«, rekapitulierte Mónica. »Mir erscheint das plausibler als die These, dass Margarita seine Komplizin bei dem Einbruch war. Außerdem wusste Orlando von ihren finanziellen Schwierigkeiten und auch, dass sie die Rezepte gefälscht hatte, und vielleicht hat er Margarita erpresst.«

Ein paar Jugendliche setzten sich direkt hinter sie ins Gras und hörten lautstark Reggae. Genervt führten sie ihr Gespräch fort. Waren sie auch mal so gewesen? Vielleicht, aber zumindest hatten sie bessere Musik gehört.

»Orlando hätte damit drohen können, zur Polizei zu gehen oder den Nachbarn oder diesem Oberst von ihren Schulden zu erzählen«, überlegte Gabriel.

Mónica richtete ihren Blick nachdenklich auf die Bäume.

»Vielleicht hat er Margarita um Geld gebeten oder sogar darum, ihm die Wohnung meiner Mutter zu öffnen … Und dann ist irgendwas schiefgelaufen, und sie kann sich nicht mehr daran erinnern, dass sie ihn umgebracht hat. Vielleicht ist Margarita der typische Fall einer unter Demenz leidenden Mörderin.«

Gabriel lachte. »Eine typische Demenz-Mörderin? Meinst du nicht, dass unsere Fantasie gerade eine wenig mit uns durchgeht?«

»Vielleicht«, gab sie zu. »Aber vergiss nicht, dass die Fantasie manchmal wichtiger ist als die Logik.« Sie grinste. »Ist nicht von mir, sondern von Alfred Hitchcock.«

Sie beschlossen, erst einmal zu überprüfen, ob es am Tag, an dem Orlando beim Notar gewesen war, einen Eintrag in seinem Notizkalender gab. Das Datum stand auf dem Dokument, das Ruth ihnen geschickt hatte.

»Die arme Ruth, sie muss völlig am Ende sein«, meinte Gabriel mitfühlend.

»Das ist sie«, bestätigte Mónica. »Ich habe sie seither noch nicht gesehen, aber mit ihr telefoniert. Sie muss einen schrecklichen Streit mit ihrer Mutter gehabt haben und war noch nicht in der Lage, darüber zu sprechen. Erst die furchtbare Nachricht über Margaritas Krankheit und dann diese Flut an Beweisen, die alle gegen ihre Mutter sprechen … Sie hat mir gesagt, dass sie mit einem Kollegen reden will, einem Neurologen, um mehr über diese Art von Demenz zu erfahren. Die Krankheit ihrer Mutter ist eindeutig das, was Ruth die größten Sorgen bereitet, aber ich glaube, dass sie nun, da es so düster für Margarita aussieht, auch vorbeugen will, falls sich herausstellen sollte, dass sie tatsächlich diejenige ist, die Orlando auf dem Gewissen hat.«

»Wenn du es so sagst, klingt es echt hart«, murmelte Gabriel.

»Es klingt unglaublich, ja.«

Sie alle liebten Margarita. Sie war ein Teil ihrer Kindheit gewesen, ihrer Familie. Sie bewunderten sie für ihre Intelligenz und ihre angeborene Eleganz.

Gabriel war ganz seltsam zumute, als er jetzt die Hand hob, um noch etwas zu bestellen.

»Was machen wir denn, wenn wir einen endgültigen Beweis dafür finden, dass sie es war?«, wagte er zu fragen.

Mónica richtete den Blick erneut auf die Bäume.

»Ich weiß es nicht, Gabi. Ehrlich gesagt, habe ich noch nicht darüber nachgedacht.« Sie überlegte einen Moment. »Das entscheiden wir alle zusammen, wenn der Moment gekommen ist«, sagte sie dann.

Erneut schwiegen sie, während die Reggaemusik weiterhin die Umgebung beschallte.

»Aber sie wird nicht ins Gefängnis kommen, oder?«, fragte Gabriel nach einer Weile.

»Ich denke, nicht«, murmelte Mónica. »Ich weiß es nicht. Kommt drauf an.«

Auf einmal spürte sie, wie ihr Herz schneller schlug. Sie hatte sich so von den Ermittlungen mitreißen lassen, dass sie nicht wirklich darüber nachgedacht hatte, welche Konsequenzen die Aufklärung dieses Todesfalls haben konnte.

Ihr Handy brummte. Ausnahmsweise freute sie sich darüber.

»Das ist mein schlechtes Gewissen.«

Natürlich war es ihre Mutter. Gabriel lächelte gequält, während Mónica sich einen Ohrhörer ins rechte Ohr steckte und den Finger an die Lippen legte, um ihrem Freund zu bedeuten, still zu sein.

»Margarita hat mir erzählt, dass sie zu Suselens Premiere eingeladen ist«, erklärte Elisa missmutig.

»Guten Tag, Mama.«

»Ich wusste gar nicht, dass sie ihr so nahesteht.«

»Suselen steht Margaritas Tochter nahe, Mama. So wie mir, und deshalb bist du auch eingeladen.«

Das nahm Elisa den Wind aus den Segeln.

»Das konnte ich ja nicht ahnen. Du erzählst mir ja in letzter Zeit kaum noch etwas«, sagte sie immer noch im Angriffsmodus.

Gut, jetzt ist sie zu stolz, einen Rückzieher zu machen, dachte Móncia und gab ein wenig Zucker in ihren Kaffee.

»Das ist seltsam, Mama, weil ich das Gefühl habe, dass du diejenige bist, die uns einiges verschweigt.«

»*Uns*? Wen meinst du mit uns?«

»Niemanden. Das sagt man einfach so«, meinte Mónica und zwinkerte Gabriel zu, während sie sich auf die Lippe biss.

»Klar, du sprichst von dir im Pluralis Majestatis. Soll ich dich jetzt auch mit ›Euch‹ anreden?«

Gabriel bemühte sich, dem Gespräch nicht zuzuhören, aber Elisa sprach so laut, dass ihm das nicht gelang.

»Ich habe keine Lust auf Streit, Mama. Sag mir endlich, warum du so sauer bist.«

Elisa schwieg einen Moment. »Dein Vater ist hier«, sagte sie schließlich.

Na, endlich kamen sie der Sache näher.

»Aber das wolltest du doch.«

»Er wird nicht lange bleiben. Falls ihr euch also sehen wollt …«

»Wäre es nicht einfacher, wenn er mich selbst deswegen anrufen würde?«

»Das musst du ihn fragen.«

Damit beendete Elisa das Gespräch. Ohne sich zu verabschieden. Später würde sie behaupten, dass die Verbindung abgebrochen sei.

Mónica sah Gabriel seufzend an und legte das Handy auf den Tisch.

»Mein Vater und ich müssen uns jetzt schon treffen, als wären wir ein heimliches Liebespaar.«

Gabriel lachte.

»Das ist nicht witzig, Gabi ...« Trotzdem musste sie auch lachen. »Meine Mutter vereinnahmt mich, seit ich geboren wurde, und das tut sie bis heute.«

»Denkst du nicht, du übertreibst ein wenig?«

Mónica schüttelte den Kopf. »Nein. Schon als kleines Mädchen habe ich gespürt, dass es meiner Mutter nicht gefiel, wenn ich etwas mit meinem Vater gemacht habe, ohne dass sie dabei war. Sie hat alles für mich gemacht und dachte wohl, dass er deswegen kein Recht hätte, auch mal was mit seiner Tochter zu unternehmen. Das hat wohl auch mein Vater gemerkt, denn irgendwann hat er sich zurückgezogen. Er war ein Ausgestoßener im eigenen Haus. Meine Mutter hat nicht zugelassen, dass wir etwas zusammen machten. Weil wir beide ihr gehören, aber jeder für sich. Und jetzt, nachdem er so lange weg war, wird sie ihn mit dem Kalten Krieg bestrafen«, erklärte Mónica, während sie ihrem Vater eine Nachricht schrieb.

»Dem was?«, fragte Gabriel und verscheuchte eine Wespe, die sich in die falsche Jahreszeit verirrt hatte.

»Dem Kalten Krieg«, wiederholte Mónica. »Nachdem sie sich gestritten haben, reden sie oft tagelang kein Wort miteinander und benutzen mich dann als Boten. Das ist furchtbar ermüdend und macht mich völlig fertig.«

Sie versuchte die Wespe aus dem Orangensaftglas zu retten, in das sie inzwischen gefallen war. »Ich hasse den ständigen Ärger in der Familie, den meine Mutter provoziert. Sie versucht immer, mich auf ihre Seite zu ziehen, um zu demonstrieren, dass ich ihr gehöre.«

»Ist es nicht besser, wenn sie nicht miteinander reden, als wenn sie streiten?«, fragte Gabriel, um etwas Positives zu sagen.

»Manchmal wäre es mir lieber, dass sie sich anschreien, als sich die ganze Zeit anzuschweigen«, versicherte Mónica, »denn in dieser dicken Luft meint man zu ersticken. Und wenn ich nicht auf ihrer Seite bin, empfindet sie das als Verrat.«

Gabriel legte seine Hand auf ihre, und sie spürte wieder dieses leichte Kribbeln. »Wir müssen wohl damit leben, dass unsere Mütter sich das, was sie für uns getan haben, teuer bezahlen lassen. Vergiss nicht, dass unser Leben so eine Art Leibrente für sie ist.«

Mónica runzelte die Stirn und zog ihre Hand zurück. »Das, was du da sagst, ist erschreckend.«

In diesem Moment hob Gabriel den Kopf und richtete den Blick auf etwas, das seine Aufmerksamkeit erregt hatte. Das Licht ließ seine Augen in allen Farbtönen des Ozeans erstrahlen. Hätte Gabriel seinen Blick wieder auf sie gerichtet, hätte er sie dabei erwischt, wie sie ihn wie eine Mondsüchtige anstarrte.

Stattdessen aber schauten sie beide in die Richtung, aus der die Stimme gekommen war, und was Mónica daraufhin sah, verschönerte ihr den Tag ungemein.

Es war Sara. Sie war ohne Dani unterwegs, aber nicht allein, denn hinter ihr trottete Wifi, eine eindrucksvolle Kreuzung aus einer Bulldogge und welchem anderen Hund auch immer, mit zimtfarbenem Fell, kantigem Kinn und riesigen kastanienbraunen Augen, die glänzten, als ob sie aus Glas wären.

Die beiden näherten sich ihrem Tisch. Mónica fiel auf, dass der Hund ruhig neben Sara hertrottete, wobei er beinah ihr Bein berührte, und er trug ein typisches rot-schwarzes Geschirr mit Griff.

»Das ist Sara«, sagte Mónica zu Gabriel, während sie aufstand, um Sara zu begrüßen. »Und das ist Gabriel, mein Freund.«

»Und wie heißt Ihr hübscher Begleiter?«, erkundigte sich Gabriel.

»Er heißt Wifi«, antwortete Sara mit einer Ruhe, die Mónica bei ihr nicht kannte. »Und er ist mein Schutzengel.« Dann fuhr sie, an Mónica gewandt, fort:

»Ich werde nie vergessen, was du für uns getan hast.« Spontan umarmte sie Mónica, die überrascht und ein wenig verlegen wirkte. »Ich möchte euch nicht stören, ich habe dich gesehen und wollte einfach kurz Danke sagen. Ich bin jahrelang nicht mehr durch den Park gegangen und genieße es so sehr.«

Mónica winkte ab.

»Eigentlich musst du dich bei Orlando bedanken.«

Gabriel schaute überrascht. »Orlando?«

Sara nickte. »Ja, Orlando war ein toller Kerl«, sagte sie. »Ich habe ihn nicht gut gekannt, er ist nur ein paarmal mit unserem Hund spazieren gegangen, bevor mein Ex-Mann ausgezogen ist und den Hund mitgenommen hat. Aber das hat für ihn gereicht, um zu verstehen, was bei uns los war. Unsere Nachbarn dagegen können immer noch nicht fassen, dass sie nichts von all dem mitgekriegt haben.«

Mónica merkte, dass Gabriel dem Gespräch nicht folgen konnte, und fragte Sara, ob sie die Situation kurz erklären dürfte.

»Wifi ist ein Schutzhund«, sagte sie dann. »Orlando hat erkannt, in welcher schlimmen Lage Sara sich befand, und wollte ihr helfen.«

»Und dann hat Mónica das Ganze in die Hand genommen«, ergänzte Sara. »Sie hat Wifi für mich gefunden.«

»*Ich merke sofort, wenn in einem Haushalt Gewalt angewendet wird*, hat Orlando in sein Notizbuch geschrieben«, erklärte Mónica. »*Wenn ich einem Hund zum ersten Mal begegne, mache ich bestimmte Handbewegungen und erhebe immer mal wieder die Stimme. Den Hundebesitzern fällt das nicht auf, die Hunde dagegen reagieren immer darauf.* Und der Hund des Täters hat den Schwanz eingeklemmt und auf den Küchenboden gepinkelt.«

Dann erzählte Mónica Gabriel noch, dass Ruth Daniels Therapeutin war und der Junge dank eines anderen Schutzhundes überhaupt erst ausgesagt hatte.

Sara nickte.

»Seitdem warten wir auf das Urteil.«

»Und solange dieser Kerl noch nicht im Gefängnis ist, ist Sara in Gefahr«, ergänzte Mónica. »Diese Schutzhunde werden von einem Trainer ausgebildet, und sie sind darauf spezialisiert, Frauen davor zu schützen, misshandelt zu werden. Dafür müssen sie bestimmte Eigenschaften haben.« Mónica streichelte Wifi über den Kopf, der nach einer Fliege schnappte. »Laut Orlando stammen viele dieser Hunde aus dem Tierheim und waren lange dort, weil niemand sie wollte. Deshalb sind sie besonders brav und anhänglich. Weißt du noch, was er gleich an den Anfang seines Notizbuchs geschrieben hat? *Jedes Lebewesen verdient eine zweite Chance.* Klingt wie ein Motto, oder?« Sie warf Gabriel einen vielsagenden Blick zu.

Auch Wifi hatte Mónica in einem Tierheim gefunden. Und nun gaben dieser Hund und Sara sich gegenseitig etwas sehr Wertvolles, nämlich die von Orlando erwähnte zweite Chance.

»Und wie geht es jetzt weiter?«, fragte Mónica.

Sara zuckte mit den Schultern.

»Mein Anwalt hat mir gesagt, dass ich ganz normal weiterleben soll.« Der Hund stupste sie zärtlich mit der Schnauze an. »Die gute Nachricht ist, dass mein Ex-Mann sehr wahrscheinlich ins Gefängnis kommt. Die Frage ist nur, wann. Die Gerichte sind überlastet. Das kann sich noch eine Weile hinziehen. Aber ich habe ja jetzt Wifi, der bis dahin auf uns aufpasst.«

Wifi hörte der Unterhaltung zu, ohne sich der tragenden Rolle bewusst zu sein, die er für Sara und Daniel jetzt hatte. Er wusste nicht, dass er ihr Passagierschein ins Leben war, und starrte sehnsüchtig auf ein halb leeres Schälchen mit Pommes frites, das jemand auf einem Tisch zurückgelassen hatte, bis es Mónica auffiel und sie ihm mit dieser kleinen Belohnung für seine gigantische Leistung dankte.

Allein zu Hause

Fiera war schon ungewöhnlich lange allein zu Hause, deshalb war sie erleichtert, als sie endlich hörte, wie sich die Aufzugtür öffnete. Sie nahm den feinen, süßlichen Geruch wahr, der durch den Flur zog. Nicht umsonst war ihr Geruchssinn zehntausend Mal besser als der eines Menschen. Und ihr Frauchen lachte auf eine Art und Weise, die sie noch nie gehört hatte. Was sie vollkommen entwaffnete.

Der Schlüssel drehte sich im Schloss.

Wieder dieser süßliche Geruch … Aber intensiver diesmal. Eine Glücksexplosion auf der Basis von Dopamin, Oxytocin und Phenylethilamin erfüllte den Treppenabsatz und durchströmte Fiera. SEX, sagte sie sich und dachte, dass die beiden echt Glück hatten, dass sie in diesem Haus die Einzige war, die das erkennen konnte. Ja, sie hatten Glück oder vielleicht auch nicht. Die Welt der Menschen war unglaublich kompliziert. Und die menschlichen Frauen waren die mysteriösesten Wesen der Schöpfung. Die einzigen Weibchen auf der Erde, die die Fähigkeit entwickelt hatten zu verstecken, wenn sie läufig waren.

Aber sie konnte man nicht täuschen.

Sie bellte kurz, und Gabriel kniete sich neben sie auf den Teppich. Fiera gefiel diese demonstrative Geste der Unterwerfung. Vielleicht würde sie ihm sogar entgegenkommen. Natürlich, indem sie sich möglichst interessant machte. Jetzt hielt er ihr höflich die Hand hin, damit sie daran schnuppern konnte. Und er hatte auf Anhieb verstanden, dass sie es hasste, auf den Arm genommen zu werden. Denn wer begrüßte einen anderen schon, indem er ihn in die Luft hob?

»Fiera, bring mir den Fuchs!«, rief Mónica gutgelaunt aus. Echt jetzt, sagte sich der Hund und gähnte ausgiebig. Aber sein Frauchen hatte es nun mal so gern, wenn man ihr ihr Spielzeug brachte. Also beschloss Fiera, einmal mehr brav ihre Rolle zu spielen, rannte zu dem Plüschfuchs hinüber, nahm ihn ins Maul und lieferte ihn mit heftigem Kopfschütteln, die Vorderpfoten hoch erhoben, ab. Denn sie wollte Mónica eine Freude machen.

Warum tut sie das nur immer, fragte sich Fiera einen Moment später, als Mónica den Fuchs erneut so weit wegwarf, wie sie konnte, nur dass er diesmal hinter dem Möbelstück landete, das immer ihre Sachen verschluckte. Sie muss endlich mal etwas erwachsener werden, dachte sie, als sie dem Plüschding erneut hinterherlief, wobei sie den Entschluss fasste, nicht mehr zu gehorchen, wenn ihr Frauchen es noch einmal werfen sollte. Sie musste ihr das unbedingt beibringen: NEIN, MÓNICA, AUS, DAS WIRD NICHT MEHR GEWORFEN! Zunächst aber bellte sie das dumme Möbelstück heftig und anhaltend an, damit es ihr Eigentum wieder herausrückte. Doch plötzlich vernebelte etwas Dringenderes ihren Verstand. Ihr Blick blieb an dem unerträglichen blinkenden Licht hängen, und sie begann wie besessen zu bellen.

»Was hat sie?«, fragte Gabriel und folgte dem Hund, der dauernd hin- und herlief und ihnen alarmierende Blicke zuwarf, damit sie ihm in die Küche folgten.

»Ach«, sagte Mónica beschwichtigend. »Nichts. Das ist nur eine ihrer vielen Macken.« Fiera bellte gnadenlos die Waschmaschine an, bis ihr Frauchen den Knopf drückte, um sie abzustellen. »Sie hasst leuchtende Tasten von Elektrogeräten und halb offene Schubladen. Fiera ist ein Ordnungsfreak und reagiert total heftig auf jede Art von

Energieverschwendung. Außerdem misstraut sie allem, was sich von allein bewegt und nicht lebendig riecht. Ihre größten Feinde sind der Drucker, der Toaster und der schnurlose Staubsauger.«

Gabriel lachte.

»Jetzt gefällt sie mir noch besser.« Er streichelte Fiera übers Fell. »Du ahnst gar nicht, wie gut ich dich verstehe, Fierecilla.«

Die verstand ihn zwar nicht, aber ihr gefiel der Tonfall seiner Stimme. Daher sah sie ihn mit glänzenden Augen an, die Ohren nach hinten gelegt und mit einer britischen Vornehmheit, mit der sie im Globe Theatre hätte auftreten können.

»Ich glaube, du hast ihr Herz erobert«, stellte Mónica fest und griff nach zwei Tassen. »Und das ist gar nicht so leicht, ehrlich gesagt.«

»Wirklich?«, vergewisserte sich Gabriel stolz.

»Ich würde sogar sagen, dass sie ihr Herz hoffnungslos an dich verloren hat.«

Ich glaube, ich liebe ihn! Fiera legte den Kopf schief und wedelte mit dem Schwanz. Dann näherte sie sich ihm mit trägen Schritten, drückte die Stirn gegen sein Bein und bot ihm das Wertvollste an, das sie hatte: ihren Nacken. Nach seinem ersten geschickten Kraulen legte sie sich vor Gabriel auf den Rücken, um ihm zu bedeuten, dass sie ihm nicht nur ihr Vertrauen schenkte, sondern auch erwartete, dass er sie weiter am Bauch kraulte.

Mónica zog die Augenbrauen hoch, während Fiera zu ihr hinüberschielte und genüsslich fiepte. Letztendlich waren sie beide Weibchen und Freundinnen, also konnten sie ihn sich auch teilen. Es sprach nichts dagegen, dass sie das Geschenk dieses Menschen annahm, der entschlossen zu sein schien, sich bei ihr beliebt zu machen. Sie ahnte nicht, wie schwierig das Ganze noch werden sollte.

Mónica öffnete eine Flasche Bier und füllte für sich ein Glas mit Cola Zero. Fiera leckte sich über die Lippen. Sie mochte das Glas, weil es nicht sehr hoch war, und wenn Mónica es auf dem Boden stehen ließ, konnte sie unauffällig ein wenig darin herumschlabbern. Das merkte keiner. Hatte sie von Isis gelernt.

Fiera betrachtete die beiden von ihrem Platz auf dem Boden und hob erstaunt die Augenbrauen. Das Männchen stand hoffnungslos unter Oxitocin und war ihrer Meinung nach spitz wie Lumpi. Sie warf einen Blick auf die Wärmequelle zwischen seinen Schenkeln. Was ihr Frauchen wohl machte, um diese Reaktion hervorzurufen? Sie spitzte die Ohren, aber das Einzige, was sie hörte, war dieses monotone Blablabla.

Brauchten die Menschen wirklich so viele Laute, um sich zu verstehen? Aus Langeweile trabte sie von der Küche durch den Flur ins Wohnzimmer. Menschen waren echt anstrengend. Und später würden sie ihr wieder sagen, dass sie still sein sollte, wenn sie angebrachtermaßen zweimal hintereinander bellte!

Zu ihrem Pech folgten sie ihr. Die können nicht mal allein sein!, sagte sie sich, bevor sie sich in ihrem Korb zusammenrollte.

»Ich denke, bevor wir anfangen …«

»Anfangen?«

»Anfangen zu arbeiten«, beeilte Mónica sich zu sagen.

»Ja?«

»Sollten wir vielleicht …« Sie schwieg verlegen. »Mit dem Hund rausgehen! Ja! Sonst wird es nachher zu spät. Wir haben ja einiges, was wir besprechen müssen.« Dann wandte sie sich dem kleinen Fellbündel zu: »Komm, Fiera, gehen wir raus!«

Fiera hob das Kinn und sah die beiden ungläubig an. Ernsthaft? Sie warf einen Blick auf den grauen Himmel.

schnüffelte in die extrem aufgeladene Luft. Das ferne Murmeln eines Donners warnte sie vom Gebirge her. Nein, das konnten sie nicht ernst meinen.

»Willst du etwa nicht raus?«, fragte Mónica ungeduldig und ging, offensichtlich bereit, ihr mit Gewalt dieses Ding überzuziehen, das sie REGENCOAT nannte, auf sie zu.

Da donnerte es direkt über ihnen, und das Licht ging aus.

Ein Wunder!, sagte sich der kleine Hund und schlich zur Terrassentür, um den Wolkenbruch durch die Scheibe zu betrachten, während die anderen beiden aufs Sofa sanken. Uff, das war ganz in der Nähe!, sagten sie sich, vielleicht ist der Blitz in die Seilbahn eingeschlagen.

Sie zuckten zusammen, als es draußen erneut ohrenbetäubend krachte. Auf einmal war es stockdunkel in der Wohnung. Nachdem der erste Schreck vorbei war, sah Fiera, dass ihr Frauchen sich auf die Suche nach Kerzen machte. Sie seufzte geduldig. Jetzt, wo sie Feuer machen wollten, würden sie sie ja wohl in Ruhe lassen.

Als sie sich wieder gesetzt hatten, schlug Gabriel im Schein einer Kerze Orlandos Kalender auf, und sie beugten sich beide darüber.

Ein heller Blitz zuckte am Himmel, gefolgt von einem lauten Donnerschlag. Gabriel sah zum Fenster.

»Hast du gar keine Angst vor Gewittern?«, fragte er dann.

»Nein, wir beide nicht.« Mónica streichelte Fiera, die sich zu ihnen gesellt hatte.

»Als Kind hatte ich großen Respekt vor Gewittern. Meine Schwester und ich sind immer beide zu meiner Mutter ins Bett gekrochen.« Gabriel schaute Mónica an und lächelte, wobei er sich diesmal einen Blick auf ihre schlanken Beine gestattete, die in der hellblauen Jeans steckten, die ihr so gut stand. »Aber du warst noch nie leicht zu erschrecken.«

»Glaub das nicht«, entgegnete Mónica und spürte, wie ihr das Blut in die Wangen stieg. »Ich kann dir ja mal ein paar Dinge aufzählen, die mir Angst machen: Langstreckenflüge, eine Spinne über dem Bett, zu enge Aufzüge … und dass wir wohl nie herausfinden werden, was am 19. Oktober in der Wohnung meiner Mutter passiert ist.«

Der Wind schleuderte feinen Hagel gegen die Fenster, und auf einmal verschwanden der Park, die Seilbahn, der Platz und die ganze Stadt.

Nach einer Weile bekamen sie Hunger und suchten die Küchenschränke nach etwas Essbarem ab, denn wie es aussah, würden sie noch etwas länger in der Wohnung bleiben müssen. Mónica war keine große Köchin. Außer ein paar Tütensuppen, die bereits abgelaufen waren, ein paar trockenen Keksen, einer Blechdose mit Reis, drei Eiern und ein paar Bananen, die sich schon braun verfärbten, fanden sie nichts.

»Wir könnten kubanischen Reis machen«, schlug Mónica vor.

Gabriel nickte. »Vielleicht könnten wir auch etwas beim Japaner bestellen.«

»Gute Idee.« Mónica lächelte verlegen. »Ich bin nicht so auf Gäste eingestellt.«

»Wer ist das heute schon?«

Eine halbe Stunde später klingelte es.

Das Geräusch des Türöffners sorgte dafür, dass Fiera vom Sofa sprang, wo sie es sich zwischen den beiden bequem gemacht hatte. Die Stimme des Boten klang metallisch aus dem Lautsprecher: »Mónica de Blas?«

Fiera schlug an.

Mónica drückte auf und wenige Minuten später stand der Mann vom Lieferservice im Türrahmen und betrachtete erstaunt den winzigen Hund, der sich ihm leise knurrend in den Weg stellte.

»Haben Sie noch einen anderen Hund?«

»Nein, nur den.«

»Na ja, durch die Sprechanlage klingt der echt bedrohlich.«

Der junge Mann übergab Mónica rasch das nach Soja und eingelegtem Inger duftende Paket und beeilte sich aus der Gefahrenzone zu kommen. Fiera bellte, bis er nicht mehr zu sehen war. Sie gab erst Ruhe, als sich die Aufzugtür hinter ihm schloss.

Als sie gerade das Essen auf die Teller getan hatten und es sich auf dem Sofa gemütlich machen wollten, klingelte Mónicas Telefon.

»Bei Anruf Mord«, witzelte Gabriel. »Willst du nicht drangehen?«

»Besser nicht«, entgegnete Mónica und grinste.

Keiner von ihnen wollte wissen, wer anrief.

Eine Weile unterhielten sie sich über den Fall. Dann über ihre Freundinnen. Dann über die erstaunlichen Fähigkeiten von Hunden. Kurz gesagt, sie redeten ein bisschen um den heißen Brei herum. Aber da, wie Hitchcock sagt, eine gute Geschichte wie das Leben ist, nur ohne die langweiligen Teile, sei hier schon mal verraten, dass sie am folgenden Morgen bei einem Frühstück, das jeder für sich einnahm, eifrig darüber nachdenken sollten, wie es zu dem gekommen war, was dann passierte.

Vielleicht lag es an dem köstlichen Chicken Teriyaki mit Sesam oder dem Lachs Sashimi, das sie sich gegenseitig zum Probieren in den Mund steckten. Oder an dem Gefühl der guten Zusammenarbeit, als sie die Beweise, die sie gesammelt hatten, auf dem Tisch ausbreiteten. Vielleicht trug auch das Kerzenlicht dazu bei, das ihre Augen auf besondere Art glänzen ließ. Und nicht zu vergessen das heimelige Geräusch des prasselnden Regens an den Fenstern und die Tatsache, dass Gabriel, als er neben seiner alten Freundin auf dem Sofa saß, mit diesem jungenhaften Lächeln, das

Mónica so mochte, ihr eine Haarsträhne aus dem Gesicht strich und plötzlich sagte:

»Fällt dir etwas auf?«

»Was?«, fragte sie mit klopfendem Herzen.

»Dass das Schicksal immer wieder dafür sorgt, dass wir irgendwo zusammen eingeschlossen sind.«

»Und was wird nun passieren?«, entgegnete sie, wobei sie ihr Gesicht dem seinen näherte. Seine Augen loderten in einem Blau, wie sie es noch nie zuvor gesehen hatte.

Gabriel antwortete mit einem Zitat aus ihrem Lieblingsfilm *Die Reise ins Labyrinth*: »›Alles, was du von mir willst. Ich habe den Lauf der Zeit verändert. Ich habe die Welt auf den Kopf gestellt. Und all das habe ich für dich getan.‹« Er atmete dicht an Mónicas Hals und murmelte in ihr Haar. »›Lass mich dich doch leiten. Du kannst alles haben, alles, was du willst. Du brauchst mich nur zu lieben, wenn du tust, was ich sage, bin ich dein Sklave.‹«

Er begann, ihr die Jeans auszuziehen, die ihm so gut gefiel. Sie kämpfte mit seinen Hemdknöpfen, bis sie seinen festen, muskulösen Körper betrachten konnte, der nach Muskat roch. Und dann küssten sie sich so heftig, dass es beinah wehtat.

Endlich!, sagte sich Fiera nach einem tiefen Seufzer, während sie sich in ihr Körbchen zurückzog. Dass die Menschen immer so ein Getue machten, wenn es darum ging, sich zu paaren. Unterdessen entdeckten die beiden im Wohnzimmer im flackernden Kerzenlicht die Geheimnisse ihrer nackten Körper. Küssten die Haut, die ihnen gleichzeitig so vertraut und so aufregend fremd erschien, liebkosten jedes Muttermal, jede Narbe, jede Falte, jedes Tattoo, jede Spur, die die Zeit auf ihren Körpern hinterlassen hatte. Sie probierten alle erdenklichen Möglichkeiten aus, wie sie miteinander harmonierten, waren sich nah wie die Kinder von damals. Doch diesmal spielten sie ganz neue Spiele …

Der Notfallplan

An diesem Morgen wurde Margarita ungewollt zum Gegenstand sämtlicher Gespräche. Elisa war bei Dolores, um mit ihr zu reden. Es eilte, bevor die Krankheit weiter fortschritt. Sie mussten »die Sache mit Ágata« – wie die Beteiligten es nannten – für die Zukunft unter Dach und Fach bringen.

Gabriel und Mónica waren nach ihrer nächtlichen Begegnung ein wenig angeschlagen, nicht nur weil sie sich zum ersten Mal unbekleidet mit dem Fall beschäftigt hatten, sondern auch, weil sie festgestellt hatten, dass sich der Verdacht gegen Margarita immer mehr erhärtete. Doch wenn sich das, was Ruth in der Seniorenresidenz herausgefunden hatte, an diesem Morgen bestätigen würde, dann hatte sie ein Alibi und kam höchstens noch als Komplizin infrage. Aber als Komplizin von wem? Je länger sie sich mit dem Fall beschäftigten, desto verwirrender wurde er.

»Ehrlich gesagt, weiß ich gar nicht so recht, warum ich noch mal gekommen bin.«

Ruth, die aussah, als hätte sie in ihren Kleidern übernachtet, saß vor dem Schreibtisch der Residenzleiterin, die genauso nachsichtig und freundlich lächelte wie bei ihrem letzten Besuch. »Ich glaube, ich hatte einfach das Bedürfnis, noch einmal mit Ihnen zu reden, aber wie ich annehme, sind Sie sehr beschäftigt.«

Die kleine Frau stützte die Ellbogen auf den Tisch und beugte sich vor. »Das ist meine Aufgabe hier. Zuzuhören. Den Bewohnern und auch ihren Familien.« Sie legte ihre

Hand mitfühlend auf die ihrer Besucherin. »Vielleicht würde Ihnen ein Kaffee guttun. Mir hilft das immer. Möchten Sie einen?«

Sie stand auf und ging zu der Nespresso-Maschine, die auf einem nordischen Möbelstück neben einer orangefarbenen Orchidee stand. Ruth dankte mit einem Nicken für das Angebot, und während der Kaffee in die Tasse lief, ließ sie den Blick über den Vorgarten schweifen und hatte ein Déjà-vu. Es gab immer noch dieselbe erhabene Treppe, dieselben Pflegerinnen und Pfleger, die in Zeitlupe über den Boden zu schweben schienen, und sogar dieselbe Gruppe Menschen Ende siebzig, die sich angeregt unterhielten.

Ruth suchte in ihrer wie immer viel zu großen Tasche nach dem Süßstoff, den sie nie fand. Sie war gekommen, um unauffällig herauszufinden, ob ihre Mutter in der Tatnacht wirklich in der Residenz gewesen war. Obwohl es ihr nicht gerade leichtfiel, die Geschichte um den griesgrämigen Oberst, der dank ihrer Mutter das Lächeln wiedergefunden hatte, noch weiter zu vertiefen.

Die Residenzleiterin stellte die Tasse mit dem Kaffee vor ihr hin. Dann setzte sie sich wieder auf ihren Platz und sah sie erwartungsvoll an.

»Ich würde gern mit dem Oberst sprechen«, platzte Ruth heraus.

Die Leiterin veränderte ihr Lächeln kein bisschen. Ob es aufgemalt war?

»Kein Problem. Wenn er und ihre Mutter einverstanden sind, natürlich.«

»Meine Mutter weiß nicht, dass ich hier bin, und der Oberst auch nicht.«

Ah, endlich eine leichte Falte zwischen ihren Augenbrauen.

»Dann geht das natürlich nicht, Ruth, tut mir leid.«

Zur gleichen Zeit und keine zehn Minuten von der Seniorenresidenz entfernt strich Bowie ahnungsvoll um Margarita herum. Er wedelte mit dem Schwanz, diesmal jedoch nicht vor Freude, sondern aus einem unguten Gefühl heraus. Den Schlüssel in der Schnauze schubste er Margarita in Richtung Tür. Dabei wollte er eigentlich gar nicht nach draußen, doch der Körper seines Frauchens schüttete aus jeder Pore das Stresshormon Cortisol aus, während sie mit tippelndem Schritt ziellos in der Wohnung umherirrte.

In dem blütenweiß gestrichenen Büro ging Ruth zu einem flehenden Ton über.

»Bitte ... Sagen Sie ihm doch einfach nur, dass Margaritas Tochter hier ist und mit ihm sprechen möchte, und wenn er mich nicht sehen will, gehe ich wieder.«

Die Leiterin schüttelte bedauernd den Kopf. »Dürfte ich fragen, wieso Sie Ihre Mutter nicht über Ihren Besuch informiert haben?«

»Weil sie es nicht gutheißen würde«, entgegnete Ruth, wobei sie ihre Hände in die Ärmel ihrer Jacke schob. »Aber ich mache mir Sorgen um sie. Schließlich leidet sie unter Demenz, und sie wird hier mit vielen Menschen zusammen sein, die sie nicht kennen. Ich weiß nicht, ob sie dem Oberst überhaupt von den Problemen erzählt hat, die auf sie zukommen. Und wenn sie es getan hat, würde ich gern wissen, was er von ihr will. Es ist doch ganz normal, dass ich mir Sorgen mache. Ich bin mir sicher, er wird mich verstehen. Außerdem kann meine Mutter sehr manipulativ sein und könnte anderen schaden, wenn sie die Kontrolle über sich selbst verliert. Sie schiebt manchmal Krankheiten vor, wenn ihr etwas nicht passt, und sie hat sich auf eigene Faust verschreibungspflichtige Medikamente besorgt – für eine Freundin.«

»Das mag alles sein«, entgegnete die Leiterin freundlich, »und ich will nicht sagen, dass das richtig war, dennoch sollten wir die Entscheidungen ihrer Mutter respektieren. Alte Leute sind manchmal etwas sorgloser im Umgang mit Medikamenten.«

»Sie verstehen nicht«, sagte Ruth. »Meine Mutter benimmt sich in letzter Zeit sehr merkwürdig, und ich habe einfach Angst, dass sie hier nicht sicher ist.«

Ruth zog die Ärmel ihrer Jacke herunter, bis ihre Hände endgültig darin verschwunden waren.

Hätte man Bowie gefragt, wäre er sicher anderer Meinung gewesen. Bereits im Aufzug bereitete er sich darauf vor, Margarita zur Residenz zu begleiten. Nicht weil sie ihn darum gebeten hatte, sondern weil er darauf trainiert war. Das Verhalten von Margarita war anders als sonst, und das sorgte dafür, dass der Hund das Schlimmste befürchtete. Sonst ging sein Frauchen nie in Hausschuhen nach draußen, sie hatte sich heute auch nicht mit dem Duft aus Zitrone und Thymian angesprüht, sie hatte sich nur einen Mantel über ihren Pyjama gezogen, hatte ihm die Leine nicht angelegt, hatte den Schlüssel nicht mit diesem klickenden Geräusch aus dem Schloss gezogen, das ihn so beruhigte, ihre Stimme klang höher und zweifelnd, und vor allem nannte sie ihn nicht bei seinem Namen. Und für Bowie war es wichtig, dass Margarita seinen Namen sagte, weil ihn das an einen der ersten Glücksmomente in seinem Leben erinnerte.

Er musste sie zu der Residenz bringen, sagte sich Bowie mit der Schnauze am Boden, um den Weg zu erschnüffeln. Dort war sie in Sicherheit. Margarita sah ihn emotionslos an und begann, einen Schritt nach dem anderen, in die Richtung des Ortes zu gehen, an dem ihre Tochter gerade ein Gespräch führte, bei dem es nicht mehr in erster Linie um ihre Mutter, sondern um sie selbst ging.

Die Residenzleiterin war es gewohnt, dass sich ein Gespräch so drehte, dass das angebliche Thema zum Vorwand wurde. Mitfühlend sah sie Ruth an, die einigermaßen verzweifelt vor ihr saß und ihr erzählte, was sie alles an ihrer Mutter vermisste.

»Haben Sie mal versucht, mit Ihrer Mutter darüber zu reden?«

Ruth schüttelte erschöpft den Kopf.

»Wozu? Sie ist nicht in der Lage, Selbstkritik zu üben. Sie sagt zwar, dass wir über alles reden können, aber das stimmt nicht, denn sie hört mir nie zu, und wenn ich ihr etwas sagen will, ist sie entweder beleidigt oder sie wird wütend. Wenn sie mir mal zuhören würde, würde ich ihr klarzumachen versuchen, dass es gar nicht nötig ist, so manipulativ zu sein.«

Nichts von all dem ahnend, überquerte Margarita unter Bowies Führung die Plaza de España. Der Hund hatte den Notfallplan aktiviert, den Orlando ihm beigebracht hatte. Er durfte auf keinen Fall den Körperkontakt zu seinem Frauchen verlieren oder sie auf die überfüllte Gran Vía lassen. Er musste sich hinsetzen, wenn das obere Licht der Ampel leuchtete, und sie sanft anschieben, wenn sie weitergehen sollte.

In der Residenz war vom unteren Stockwerk her festliche Musik zu hören. Ein paar Leute sangen *Happy Birthday*, und es klang wie immer schief. Das nachfolgende ausgelassene Lachen und Klatschen verstärkten den Kloß in Ruths Hals.

»Sie muss immer bekommen, was sie will, und sie will immer mehr, als sie gibt. Wenn ich ihr sage, dass ich sie an dreien meiner fünf freien Tage besuchen werde, sagt sie, anstatt sich zu freuen und dafür dankbar zu sein: Nur? Dabei besucht sie selbst uns so gut wie nie. Können Sie sich vorstellen, wie ich mich fühle?«

»Ja, das kann ich.«

»Und trotzdem werde ich sie jeden Tag vermissen, wenn sie erst mal hier sein wird. Und ich weiß nicht, ob Sie sich wirklich in die Lage eines Menschen versetzen können, der das Gefühl hat, seine Mutter hier drinnen zu verlieren. Dass er nie wieder mit ihr am Sonntag zu Hause essen wird. Für Sie ist das hier nur ein Arbeitsplatz. Für uns ist es ein Familiendrama.«

Die Leiterin betrachtete Ruth mit einem Lächeln, das auf einmal ein wenig erschöpft wirkte. Sie drehte den digitalen Bilderrahmen um, der auf ihrem Schreibtisch stand.

»Sie irren sich. Dieser Ort ist für mich nicht nur ein Arbeitsplatz. Und ich kann mich sehr wohl in Ihre Lage versetzen, weil ich leider oft genug die Stelle der Angehörigen einnehmen musste, als es während der Pandemie keine andere Möglichkeit gab.«

Ruth schluckte. Auf dem Display des Rahmens waren Bilder aus der Residenz zu sehen, die eine ganz andere Atmosphäre ausstrahlten als die, die Ruth kannte. Sie betrachtete die Bilder, die sie so oft im Fernsehen gesehen hatte. Ein Pfleger mit Gesichtsmaske, der die Hand einer alten Frau mit einer Infusionsleitung am Arm hielt. Der Applaus im Garten, die leeren Straßen ohne Menschen.

»Als die Angehörigen nicht ins Haus kommen durften, habe ich für mein gesamtes Team Handys gekauft, damit wir mit den Angehörigen über Video-Call sprechen konnten«, fuhr die Leiterin fort. »Ich kann Ihnen versichern, dass ich das Leiden einer Tochter oder eines Sohnes aus erster Hand kenne. Aber ich möchte Ihnen noch mal in Erinnerung rufen, dass Ihre Mutter sich entschieden hat, wie sie die Zeit, in der sie noch bewusst glücklich sein kann, verbringen möchte. Und das ist etwas Gutes. Für sie und für ihre Familie.« Die Frau zeigte auf den Garten, der durch das Fenster zu sehen war. »Wie ich schon sagte: Dies ist kein Elefantenfriedhof. Und das setzt voraus, alte Leute nicht wie Ausschuss zu behandeln, sondern wie vollständige menschliche Wesen, die nach wie vor Interessen, Bedürfnisse, Träume und Hoffnungen haben.«

Die Leiterin schwieg eine Weile, als wolle sie ihrer Gesprächspartnerin Raum zum Nachdenken geben. Beide betrachteten die Bewohner, die sich im herbstlichen Garten unterhielten oder auf einer Bank saßen und lasen. Und gegen ihren Willen nahm Ruth eine große Harmonie in all dem wahr.

»Was würden Sie gern von Ihrer Mutter hören, Ruth?«, fragte die Residenzleiterin schließlich.

»Dass sie stolz auf mich ist«, antwortete Ruth, ohne nachzudenken. »Vielleicht war sie es sogar mal, aber sie ist nicht in der Lage, es auszusprechen. Sie hat zu viele Kämpfe auszutragen.«

»Und was könnten Sie ihr sagen?«

Ruth ging in Gedanken noch einmal den Monolog durch, den sie über so viele Jahre formuliert und ihrer Mutter am Vortag an den Kopf geworfen hatte. Mit Margaritas Gesichtsausdruck vor Augen, mit dem sie diesen Tornado über sich ergehen ließ, antwortete sie:

»Ich glaube, ich würde ihr nichts mehr sagen, was bei ihr Schuldgefühle hervorruft.«

In diesem Moment schien sich in ihrem Inneren unmerklich etwas zu lösen. Ein Gefühl der Erleichterung erfasste sie, das sich kurz darauf auf ihrem Gesicht zeigte. Fast gleichzeitig hörten sie das verzweifelte Bellen eines Hundes aus dem Garten. Es war Bowie, und hinter ihm stand Margarita, die ihn ansah, als versuche sie seine Sprache zu verstehen. Als die beiden Frauen sahen, dass sie ungekämmt und im Pyjama war, eilten sie die Treppe hinunter.

Die alarmierenden Nachrichten über Margarita verbreiteten sich wie ein Lauffeuer und überraschten alle, die mit dem Fall beschäftigt waren. Vor allem Mónica, die gerade etwas in Orlandos Kalender entdeckt hatte, das ihr bis dahin nicht aufgefallen war – einen Eintrag, in dem stand, dass Orlando zweimal pro Woche im »P.D.« zur Massage ging. Und sie fragte sich, wie jemand, der sich nicht einmal eine richtige Wohnung leisten konnte, dazu kam, sich zweimal pro Woche massieren zu lassen. Doch besonders bemerkenswert war, dass der letzte notierte Termin in Elisas Wohnung stattfinden sollte, und das an einem Tag, an dem ihre Mutter gar nicht zu Hause war. Orlando hatte überdies notiert, dass er für den Termin noch Epsom-Salz kaufen musste. Dabei handelte es sich um ein entspannendes Badesalz mit Magnesiumsulfat, das viele Tänzerinnen benutzten, wenn sie Muskelschmerzen hatten. Ágata hatte es vor einiger Zeit Elisa empfohlen, und sie selbst hatte es für ihre Mutter gekauft. Der Ort, an dem Orlandos Massagen normalerweise stattfanden, war mit P.D. abgekürzt. »Paso a Dos«, sagte Mónica laut. Wieso war sie nicht früher darauf gekommen?

SUSELEN

Die Chemie der Traurigkeit

In einem Tier ist alles positiv und ehrlich. Das Weibchen täuscht das Männchen nicht und umgekehrt; weil sie nicht reden, verstehen sie sich. Und aus dem gleichen Grund täuscht der Starke den Schwachen nicht. Da sie weder ihren Verstand noch Worte benutzen, kann ihnen niemand sagen, wie sie glücklich zu sein haben; sie können nicht täuschen und werden nicht getäuscht; sie glauben nicht und sind auch nicht gläubig.

Das war der »Text des Tages«, den Mónica aus Orlandos Kalender ausgewählt hatte, um ihn dann als Foto in die Gruppe einzustellen. Allerdings war der Text ein leicht verändertes Zitat eines berühmten Mannes aus ihrem Viertel. Da Ruth wusste, dass ihre Mutter seine Werke mochte, beschloss sie, ihr den Text vorzulesen, als diese die Augen öffnete und das Tageslicht ihnen ein silbriges Glänzen entlockte.

»Ist das …«, murmelte sie schläfrig, »ist das von Larra?«

»Ja.«

Margarita entspannte sich mit einem erleichterten Lächeln. Bowie, der nicht eine Sekunde vom Fußende ihres Bettes gewichen war, sprang auf, leckte ihre Hand und streckte sich neben ihr auf dem Boden aus. »Das kannte ich noch gar nicht«, flüsterte sie und streichelte über das weiche Fell ihres Retters. »Es ist schön. Und so wahr.«

Ruth war derselben Meinung. Sie richtete ihrer Mutter das Kissen, damit sie aufrecht sitzen konnte, und gab ihr einen Gutenmorgenkuss auf die Stirn, der nicht so steif war wie sonst.

Es ging Margarita schon wieder viel besser. Der Arzt hatte angeordnet, dass sie einmal am Tag aufstehen und sogar einen kleinen Spaziergang durch den Garten machen sollte.

Sie hörte ihrer Tochter aufmerksam zu, als müsse sie den Sinn jedes einzelnen Wortes erfassen. Der Arzt hatte gesagt, dass man langsam und deutlich mit ihr sprechen sollte, um sie zu ermutigen. Insgesamt erholte sie sich gut von ihrem Schlaganfall, was Anlass zu Optimismus gab. Natürlich gab es da noch die andere Krankheit, die wie ein Damoklesschwert über ihnen hing, und der vorübergehende Gefäßverschluss konnte möglicherweise den Verlust der Nervenzellen beschleunigen. Auf jeden Fall mussten sie ihr jetzt viel Mut machen, damit sie wieder auf die Beine kam. Fest stand jedenfalls, dass der Hund ihrer Mutter das Leben gerettet hatte, als er sie aus dem Haus lockte und Hilfe holte.

Das alles sorgte dafür, dass Ruth Orlando für immer dankbar sein würde. Denn dank dessen, was er Bowie beigebracht hatte, hatte sie noch eine Chance, sich mit ihrer Mutter zu versöhnen, bevor diese sich irgendwann an nichts mehr erinnerte.

»Was wirst du als Erstes tun, wenn du wieder rausgehen darfst, Mama?«

»Oh, ich werde ins Teatro Real gehen, um Suselen zu sehen und singen zu hören«, antwortete Margarita erfreut.

»Aber Mama, bis dahin sind es ja noch zwei Wochen, und dann ist fast schon Weihnachten.« Ruth verschränkte die Arme vor der Brust. »Du wirst schon viel früher wieder rausgehen können.«

Margarita warf ihr einen Blick zu, mit dem sie um Geduld bat. Und da sie Suselen erwähnt hatte, erinnerte sich Ruth wieder an das, was ihre Mutter ihr am Tag ihres großen Streits erzählt hatte.

Dass Suselens Vater nicht mehr lebte.

In der ganzen Aufregung der letzten Tage war diese Neuigkeit etwas untergegangen, und sie hatte ein ganz schlechtes Gewissen, weil sie es Suselen noch nicht gesagt hatte. Sie war einfach noch nicht dazu gekommen. Und sie musste es ihr sagen, unbedingt. So wie sie es am Tag des Streits vehement von ihrer Mutter gefordert hatte. »Das hast du nicht zu entscheiden, du Naseweis«, hatte sie ihr daraufhin an den Kopf geworfen. »Außerdem ist er tot, und ich sage: Gott sei Dank! Dieser Mann war ein Mistkerl.« Als ob es sie persönlich betroffen hätte. Ruth war überrascht gewesen, wie heftig sie reagiert hatte. Aus Margaritas Worten war echter Hass herauszuhören gewesen. »Suselen sollte ihrer Mutter gegenüber mal nicht so kritisch sein. Etwas mehr darauf vertrauen, wie sie die Angelegenheit geregelt hat. Letztendlich hat sie immer nur versucht, Suselen zu beschützen.« Das hatte sie gesagt. Aber vor wem beschützen? Vor ihrem Vater? Darauf vertrauen, wie sie die Angelegenheit geregelt hatte? Welche Angelegenheit?

Margarita hatte sich noch nie so rätselhaft ausgedrückt wie an jenem Tag.

In jedem Fall würde Ruth sich noch in dieser Woche mit ihren Freunden zusammensetzen. Sie hatte den anderen viel zu erzählen. Dinge, die jeden von ihnen auf unterschiedliche Weise betrafen.

Und wenn sie das getan hatte, würde sie sich aus den Ermittlungen zurückziehen.

Nach dem Schlaganfall ihrer Mutter wollte sie so viel Zeit wie möglich mit ihr verbringen. Einfach mit ihr zusammen sein. Und das bedeutete, sie nicht zu belasten, zu befragen oder auszuspionieren. Letztendlich war Margarita nach allem, was Ruth inzwischen herausgefunden hatte, aus der Sache raus. Sie war unschuldig. Die anderen würden sie verstehen und ihr sicher nicht böse sein. Sie hatte den Eintrag in der Anwesenheitsliste der Residenz gesehen, der bewies, dass ihre Mutter und der Oberst in der Nacht, in der Orlando gestorben war, zusammen gewesen waren. Und sie würde ihnen von dem Ergebnis ihrer Recherchen zu dem Medikament berichten, das Orlando in der Todesnacht offenbar in einer Überdosis zu sich genommen hatte – vor allem, weil Dolores es noch immer nahm und es unbedingt nach und nach absetzen musste. Und zudem hatte sie Orlandos Testament inzwischen komplett abfotografiert. Dazu hatte ihr, als sie es damals entdeckt hatte, die Zeit gefehlt. Darin wurde Margarita ausschließlich zur Testamentsvollstreckerin ernannt, ohne dass sie etwas erbte. Und sie hatte den Auftrag, Orlandos Ersparnisse – nämlich zehntausend Euro in bar, das Geld also, das Ruth in dem Kuvert im Schreibtisch ihrer Mutter gefunden hatte – an Doña Ágata Espinosa zu übergeben. Dies alles wollte sie Suselen persönlich sagen, und das würde sie bei ihrem nächsten Treffen tun, bevor sie aus der WhatsApp-Gruppe ausschied.

Ruth reichte ihrer Mutter ein Glas frisch gepressten Grapefruitsaft. Sie wies es sofort zurück, als sie den Strohhalm sah. Ruth musste lächeln, während sie ihn herausnahm. Margarita würde nie zulassen, dass ihre Lippen Plastik berührten.

»Wie vulgär«, hörte sie sie hinter ihrem Rücken murmeln. »Ich würde lieber verdursten, als durch so ein Ding zu trinken. Und keinen Plastikbecher bitte. Das habe ich auch dem Oberst schon klargemacht.«

Ruth blickte auf. Apropos, was war eigentlich mit dem Oberst? Das war auch so ein Rätsel. Ob er ihr aus dem Weg ging? Und wenn es so war … warum? Sie waren sich die ganze Woche über nicht ein einziges Mal begegnet. Die Residenzleiterin hatte ihr jedoch erzählt, dass er, auch wenn Margarita in Anbetracht der Umstände noch nicht vollständig umgezogen war, jede Nacht bei ihr verbrachte.

Schließlich schlief Margarita bereits in der Wohnung, die sie bald gemeinsam bewohnen würden. Ihrem *Liebesnest*. Ruth spürte einen bitteren Geschmack im Mund. Sicher war er es auch gewesen, der ihrer Mutter den Gedichtband von Antonio Machado mitgebracht hatte, der auf ihrem Nachttisch lag.

Ruth stellte sich vor, wie er ihrer Mutter daraus vorlas.

Machado war Margaritas Lieblingsdichter. Sicher wusste der Oberst das schon. Und natürlich versuchte er, sich bei ihr beliebt zu machen. In der Seniorenresidenz war er im Vorteil, weil Ruth nicht dort übernachten konnte. Daher beschloss sie, ihm eine Falle zu stellen und an einem Abend so lange zu bleiben, bis er zu ihrer Mutter kommen würde. Er würde ihr nicht entwischen. Dann konnte sie sich auch noch einmal das Alibi ihrer Mutter von ihm persönlich bestätigen lassen für … was auch immer.

Ruth blickte auf ihr Telefon. Die rote Liste der entgangenen Anrufe war lang. Die Zahl der ungelesenen E-Mails war bereits dreistellig. Es war höchste Zeit, alles abzuarbeiten, sagte sie sich und rieb sich die Augen. Aber als Allererstes wollte sie mit Gabriel sprechen.

»Ich bin gleich wieder da, Mama. Ich muss nur schnell ein paar Anrufe machen. Brauchst du noch etwas?«

Margarita schüttelte mit einem leichten Lächeln den Kopf und hob ihre knochige Hand, um ihrer Tochter zu bedeuten, dass sie sich keine Sorgen machen sollte.

Ruth war bereits im Garten, als sich die Stimme ihres Freundes am anderen Ende der Leitung meldete. Sie nahm sich nicht mal die Zeit, ihn zu begrüßen.

»Deine Mutter muss dringend dieses Medikament absetzen.«

Gabriel stand gerade neben Dolores in der engen Küche mit den geschmacklosen Kacheln und kochte Kaffee.

»Hallo, Ruth. Wie geht es unserem rosaroten Panther?«

»Hast du mich gehört? Sie muss sofort damit aufhören!«

»Mit dem Antidepressivum?«

Dolores hob wie immer schläfrig den Blick und bedeutete ihrem Sohn, dass sie anschließend mit Margarita sprechen wollte.

»Nicht auf einen Schlag, das wäre zu gefährlich, aber sie muss dieses Medikament ausschleichen«, beharrte Ruth, während sie durch den Garten ging und hier und da einen Bewohner grüßte.

»Ist gut«, sagte Gabriel und senkte dann die Stimme in dem Bemühen, seine Besorgnis zu verbergen. »Aber ist es wirklich so schlimm? Ich meine ... sie nimmt es seit vielen Jahren.«

Ruth schwieg einen Moment.

»Eben weil sie es seit Jahren nimmt. Es ist kein schlechtes Medikament, aber es wird bei postnataler Depression eingesetzt, und ich denke, sie nimmt es seit dieser Zeit.«

»Seit 1974?«, fragte Gabriel entsetzt.

»Ja. Offenbar hat sie es über meine Mutter bekommen. Deshalb bin ich auch nicht gleich darauf gekommen. Kein Arzt würde ihr dieses Medikament heute noch verschreiben, aber da sie die Rezepte von der Dealerin an der Plaza de Oriente bekommen hat, die zufälligerweise meine Mutter ist ...«

»Und welche Folgen kann das haben?«, erkundigte sich Gabriel besorgt, während Dolores zerstreut ein Zimtplätzchen in ihren Kaffee tunkte.

»Kommt drauf an«, fuhr Ruth fort. »So lange hat wahrscheinlich kein anderer Mensch das Zeug am Stück eingenommen. Normalerweise wird es ja nur im Akutfall genommen. Mögliche Langzeitfolgen? Na ja, vom Rebound-Effekt bis zur Abhängigkeit, der Neigung zu anderen Süchten, Depressionen, psychomotorischen Problemen und ...«

»Oh Gott!«

Gabriel schloss die Augen, und die Küche – einschließlich Dolores – begann sich in seinem Kopf wie ein Karussell zu drehen. Ruth hatte seine Mutter gerade exakt beschrieben. War es möglich, dass die Frau, die er vor sich hatte, nur die Nebenwirkung eines verdammten Medikaments war? Er hätte Ruth am liebsten gleich gefragt, biss sich aber auf die Lippen.

»Im Moment ist es schlecht, Ruth. Ich muss los. Kann ich dich anrufen, wenn ich einen ruhigen Moment habe, und dann erzählst du mir mehr?«

»Ja klar.« Ruth begriff sofort.

Als Gabriel die Augen wieder öffnete, hörte die Küche auf, sich zu drehen, und er sah seine Mutter vor sich, die ihn erwartungsvoll ansah.

»Keine Sorge, es wird alles gut«, hörte er Ruths Stimme durch den Hörer. »Und sag Dolores ...« Gabriel stellte sein Handy auf laut. »... dass Margarita schon wieder in den Garten geht und dass sie wieder Besuch empfangen darf. Sie würde sich sicher sehr freuen, wenn Dolores mal vorbeikommt. Und bald können sie wieder zusammen mit den Hunden spazieren gehen.«

Dann beendeten sie das Gespräch.

Dolores' Augen glänzten hoffnungsvoll.

Gabriel legte langsam das Handy auf den Tisch und griff nach ihrer Hand.

»Mama«, sagte er, »ich verspreche dir, nicht böse zu sein, aber bitte sag mir, seit wann du dieses Medikament nimmst – das gegen die Depressionen.«

»Na ja, seit deiner Geburt«, antwortete sie ohne Zögern.

»Und warum hast du in all den Jahren nie mit einem Arzt gesprochen?«

»Warum? Es tut mir doch gut. Und außerdem hatte ich Sorge, dass man es mir nicht mehr verschreibt«, erklärte sie trotzig.

Gabriel ließ den Kopf auf die Arme sinken und seufzte.

»Darüber reden wir noch, Mama.« Er hatte keine Lust, jetzt mit seiner Mutter zu streiten. Stattdessen dachte er an Mónica, an ihre erste gemeinsame Nacht, die so unverhofft und wunderbar war, an dieses Licht am Ende des Tunnels, durch den sie viele Jahre gegangen waren. Und an das, was sie zuletzt herausgefunden hatten. Denn in jener Gewitternacht hatten sie sich nicht nur miteinander beschäftigt, sondern auch mit ihrem Fall, der eine weitere überraschende Wendung genommen hatte.

Der Name der neuen Verdächtigen lautete Ágata. Sie war die Königin des Mysteriums. Ágata, mit der das Opfer offensichtlich regelmäßig Massagetermine vereinbart hatte, stand nun im Mittelpunkt der Ermittlungen. Und die Tatsache, dass möglicherweise sie es gewesen war, die Orlando in Elisas Wohnung bestellt hatte, um ihm die letzte Massage seines Lebens zu verpassen, schien nicht viel Raum für Zweifel zu lassen.

Wobei noch nicht ganz klar war, wer Ágata den Schlüssel zu Elisas Wohnung gegeben hatte. Dolores oder Elisa selbst.

Daher hatten sie vereinbart, ihre jeweiligen Mütter über Ágata auszufragen, über ihre Vergangenheit, über die Gegenwart, ihr tägliches Leben, um dann gemeinsam mit den anderen ihre Schlüsse zu ziehen. Gabriel meinte, bei Dolores immer einen gewissen Respekt, ja, beinahe eine gewisse Furcht vor Ágata, wahrgenommen zu haben. Ihre direkte, aggressive Art zu reden und ihre Angewohnheit, Witze auf Kosten anderer zu machen, waren etwas, womit Dolores, die von Natur aus unsicher, nachdenklich und sensibel war, nicht gut umgehen konnte. Ob Ágata sie so eingeschüchtert hatte, dass sie ihr den Schlüssel zu Elisas Wohnung überließ, ohne dass sie überhaupt wusste, wofür? War seine Mutter unwissentlich zur Komplizin geworden? Um das

Gespräch auf Ágata zu lenken, hatte er ihr zunächst davon erzählt, dass Suselen beschlossen hatte, nach ihrem Vater zu suchen.

Dolores war so regungslos sitzen geblieben, als hätte ihr jemand Beton über den Kopf gegossen.

»Mama, du bist kein Chamäleon, das mit der Wand verschmilzt. Ich kann dich sehen. Willst du nicht darüber reden?«

»Ich weiß nicht …«

»Du weißt nicht, ob du reden möchtest?«, hakte er nach.

»Nein, ich weiß nicht, wo ihr Vater sein könnte.« Dolores blickte zur Decke, als suchte sie dort etwas. »Wieso sollte ich das wissen?«

»Ich habe dir ja auch gar nicht unterstellt, dass du es weißt, Mama.«

»Außerdem war er ein schlechter Mensch.«

Gabriel zog die Augenbrauen hoch.

»Warum? Weil er seine Familie verlassen hat?«

Dolores schüttelte den Kopf und winkte ab. »Nein, nein, das war das einzig Gute, was er je getan hat.« Sie biss von dem durchweichten Gebäck ab, von dem der Kaffee tropfte. »Suselen sollte nicht nach ihm suchen. Du kannst ihr von mir ausrichten, dass sie es besser lassen soll.«

Diese entschiedene Äußerung, die so gar nicht zu seiner Mutter passte, verwunderte Gabriel ein wenig. Genauso wie die Selbstverständlichkeit, mit der Dolores diesen Mann verurteilte. Wenn er jetzt darüber nachdachte, fiel ihm auf, dass Dolores ihm gegenüber nie von Suselens Vater gesprochen hatte. Tatsächlich konnte er sich nicht erinnern, dass er überhaupt mal erwähnt worden wäre – weder von Elisa noch von Margarita oder von Ágata selbst.

»Und warum meinst du, dass er schlecht war?«, wollte er wissen.

Dolores stützte den Kopf schläfrig auf ihre Hand.

»Weil er Ágata sehr schlecht behandelt hat. Und das hat am Ende dazu geführt, dass sie ihre eigene Tochter gehasst hat, denn Suselen hat sie immer an diesen Mann erinnert. Na ja, das ist zumindest meine Meinung, auch wenn ich weiß, dass Margarita und Elisa anders darüber denken. Jedenfalls war nicht zu übersehen, dass das Kind seinem Vater wie aus dem Gesicht geschnitten war mit seinem pechschwarzen Haar. ›Ziegenhaar‹ hat Ágata es immer genannt und es ihrer Tochter so kurz geschnitten, dass sie wie ein Junge aussah. Ágata wollte diesen Mann vergessen, und das ging nicht, weil Suselen sein Abbild war und ihr immer vor Augen stand. Manchmal kam es mir so vor, als hätte sie ihrer Tochter die Schuld an allem gegeben. Es war, als hätte sie ihr die Schuld an allem gegeben, was ihr Vater ihr angetan getan hat.«

»Was denn zum Beispiel?«, fragte Gabriel einigermaßen entsetzt von dem, was er da hörte.

»Na ja. Zum Beispiel hat Ágata immer erzählt, dass sie ihre Karriere als Ballerina aufgeben musste, weil sie schwanger wurde. Und auch weil ihr Mann ihr das Tanzen verboten hätte.«

»Und hast du ihr das geglaubt?«

»Nein. Ehrlich gesagt, glaube ich, dass sie das Studio aufgemacht hat, weil sie als Ballerina nicht gut genug war. Aber in jedem Fall hat sie es dem armen Mädchen sehr schwer gemacht«, meinte Dolores und schnalzte mit der Zunge. »Und wenn man sie darauf hingewiesen hat, wurde es nur noch schlimmer. Dieses ganze Theater, dass Suselen zu dick sei und abnehmen müsse. Das war wirklich furchtbar.«

An diese Phase konnte Gabriel sich noch gut erinnern. Er wusste, dass Suselen unter Bulimie gelitten hatte, hatte sich aber nie so weit in ihre ganz persönliche Hölle vorgewagt, um das Drama in der ganzen Tragweite zu erfassen.

Dolores hingegen wagte nicht auszusprechen, dass Suselens Vater Ágata misshandelt und missbraucht hatte, dass er oft genug gesagt hatte, dass jede Ballerina eine Nutte wäre und er deshalb nicht zulassen würde, dass sie weiter tanzte. Die Einzige, mit der Dolores darüber gesprochen hatte, war Ruth, weil es schlimme Erinnerungen waren, die sie verarbeiten musste. Und sie hatte Ruth gegenüber auch die Vermutung geäußert, dass die rigide Strenge, mit der Ágata die Figur und die Kleidung ihrer Tochter überwachte, wohl eine Art war, diese zu schützen. Sie wollte um jeden Preis verhindern, dass die hübsche Suselen die Männer anzog.

Das waren die Dinge, die Dolores durch den Kopf gingen, als Gabriel jetzt fragte:

»Und wie ist sie überhaupt an dieses Monster gekommen?«

Er hatte Suselens Mutter immer als harte, verbitterte Frau erlebt.

»Ich weiß es nicht. Vielleicht dachte sie, sie könnte mit ihm in ein besseres Leben flüchten. Angeblich hat er Hotels auf den Balearen geführt. Davon hat sie viel erzählt, dass sie in diesen Hotels auftreten wollte. Sie hatte zwar davon geträumt, im Theater zu tanzen, aber er hat ihr weisgemacht, dass sie dort glücklich sein und Veranstaltungen leiten könne. Solche Dinge eben.«

»Und was ist dann passiert?«, fragte Gabriel weiter.

»Er hat sie nie dorthin mitgenommen.« Noch immer tropfte der Kaffee von Dolores' Gebäck. »In diesen Genuss kamen nur seine anderen Geliebten. Zu Ágata kam er nur, wenn es ihm nicht gut ging. Um sich von ihr pflegen zu lassen. Er litt unter Wassersucht. Und weil er dick und krank war, fing er an immer mehr zu trinken, und sie musste dafür bezahlen. Und später die Kleine.«

»Und Ágata? Was hat sie daraufhin gemacht?«

»Na ja, Ágata wurde immer dünner und hat immer weniger getanzt. Und schließlich hat sie die Spitzenschuhe an den Nagel gehängt und hat ihr Studio eröffnet, um Geld zu verdienen.«

Gabriel war von der Familiengeschichte seiner Freundin zunehmend schockiert, aber die plötzliche Gesprächsbereitschaft seiner Mutter ermutigte ihn auch. Daher wagte er, die Frage zu stellen, die ihm den Schlaf raubte, seit er die Liste der Anrufe auf ihrem Handy gesehen hatte.

»Mama, warum hat Orlando an dem Abend, an dem er gestorben ist, mehrfach vergeblich bei dir angerufen?«

Und wenn wir Flachweltler werden?

Mónica, die sich nur zwei Stockwerke höher in Elisas Wohnung befand, hätte Dolores' Antwort auf Gabriels Frage sicher zu gern gehört. Vor allem, weil eine Unterhaltung mit ihrer eigenen Mutter, auch wenn sie viel amüsanter war, stets bedeutete, Katz und Maus zu spielen.

Elisa, die auf dem Rand des Sofas saß, hatte die Morgennachrichten angeschaltet, denen sie jedoch nicht besonders viel Aufmerksamkeit schenkte. Mónica mühte sich mit einem abgenutzten Lippenstift ab, den sie ohne Spiegel auftrug.

»Warum kaufst du dir keinen neuen Lippenstift?«

»Weil ich keine Zeit habe.«

»Gehst du aus?«

»Gleich, Mama, später. Ich habe mich mit Gabriel zum Kaffeetrinken verabredet.«

»Wirst du dir auch die Augen neu schminken?«

»Was soll das?«, fragte Mónica verärgert.

»Ach, ich meine nur, weil im Moment ein Auge größer wirkt als das andere, aber ich soll ja nichts sagen. So siehst du jedenfalls aus wie ein kubistisches Gemälde, aber was soll's?«

Mónica sagte nichts darauf, da ihre Mutter sie sonst sicher nach Gabriel ausfragen würde. Glücklicherweise zog in diesem Moment Isis Elisas Aufmerksamkeit auf sich. Hinter einem Kissen versteckt, begann sie mit den Hüften zu wackeln, um die Hinterbeine aufzuwärmen, was jedes Mal eine Katastrophe nach sich zog.

»Isis, nein!«, rief Elisa aus, was ihre Tochter zusammenzucken ließ.

Eine Sekunde später schoss die Katze auf den Balkon, um einen Spatz zu fangen.

Das Netz, das Orlando angebracht hatte, bewahrte den Spatz davor, gefressen zu werden, und die Katze vor dem Schicksal, platt wie eine Tortilla auf dem Bürgersteig zu verenden. Dafür fielen ein paar Bücher zu Boden, und ein mexikanischer Lebensbaum aus Ton zerschellte in tausend Stücke.

»Diese Katze hört nie auf mich!«, schimpfte Elisa, während sie die Scherben aufhob. »Und immer wirft sie alles runter. Keine Ahnung, warum du der Meinung bist, dass sie intelligent ist.« Mónica hob den Blick. »Wenn ich sehe, wie dein Hündchen dich ansieht, dir überallhin folgt und macht, was du sagst …« Fiera wedelte lässig mit dem Schwanz, um deutlich zu machen, dass sie wusste, von wem die Rede war. »Ich wünschte, irgendein Lebewesen würde das Gleiche für mich empfinden.«

Mónica sagte immer noch nichts und schrieb ein paar Nachrichten an die WhatsApp-Gruppe. Anschließend las sie noch einmal Larras Aussage über die Tiere und den Verstand, die sie selbst am Morgen an die Gruppe geschickt hatte.

»Tatsächlich bin ich durch die Beschäftigung mit den Hunden zu einem interessanten Schluss gekommen«, überlegte sie laut. »Man sollte den Verstand nicht überschätzen.«

»Descartes und Pascal werden dir dankbar sein«, sagte ihre Mutter, die noch immer damit beschäftigt war, das von Isis angerichtete Chaos zu beseitigen.

»Und das Gleiche gilt für die Sprache. Ich habe aufgehört, an die Macht der Sprache zu glauben, Mama. Wir benutzen viel zu viele Worte für alles.«

»Sprichst du etwa von deinem Vater?«, spottete Elisa, aber als sie sah, wie Mónica das Gesicht verzog, versuchte sie etwas anderes.

»Ich habe eine tolle Idee. Ab jetzt werden wir uns nur noch bellend unterhalten.«

»Das werde ich tatsächlich tun, wenn du noch einmal Papas angeblichen Autismus erwähnst oder mein Make-up kritisierst.«

»Pah«, machte Elisa und stellte den Fernseher leiser. »Und wenn wir über etwas Lustiges reden?«, fragte sie plötzlich.

Mónica lächelte. Ihre Mutter würde niemals den Mund halten.

»Ich habe eine Idee! Wie wäre es, wenn wir Flachweltler werden?«

»Das ist unmöglich, Mama. Denn wäre die Erde eine Scheibe, hätten die Katzen schon längst alles runtergeschmissen. Das ist ein empirischer Beweis.«

Beide blickten zu Isis hinüber und lachten.

Mónica liebte das Lachen ihrer Mutter. Am liebsten hätte sie es aufgenommen, um es ihr jedes Mal vorzuspielen, wenn sie mal wieder wütend wurde. Es war gleichzeitig beruhigend und ansteckend, und es war unmöglich, nicht mitzulachen.

Dann wurde ihr plötzlich wehmütig ums Herz.

Das, was mit Margarita passiert war, hatte sie zum Nachdenken gebracht. Darüber, dass es ein großes Glück war, ihre Mutter noch zu haben. Was für ein Segen, dass sie noch mit ihr lachen konnte!

Sie stellte ihr Handy auf lautlos und steckte es in die Tasche. In ein paar Stunden würde sie Gabriel wiedersehen.

»Zum ersten Mal weiß ich etwas, was du nicht weißt«, sagte sie dann, um ihre Mutter zu necken.

»Wie kann das möglich sein?« Elisa richtete sich auf. »Schieß los!«

»Margarita wird heiraten.«

Elisa zuckte nicht mit der Wimper und sagte: »Gut, dann kann sie endlich aufhören, sich die Beine zu rasieren.«

»Das überrascht dich nicht?«

»Nein. Was mich mehr überrascht hat, war, dass sie vor der Hochzeit mit ihrem Oberst im Bett war. In diesen Dingen war sie immer sehr altmodisch«, erklärte Elisa schelmisch.

Also haben sie alle von der Existenz dieses Obersts gewusst, dachte Mónica. Und niemand ist auf den Gedanken gekommen, es mal zu erwähnen. Es war klar, dass das Band, das ihre Mütter zusammenhielt, mindestens so stark war wie das ihre. Man konnte beinah sagen, dass sie es geerbt hatten. Und diese Nähe machte noch wahrscheinlicher, dass sich ihre Mütter gegenseitig deckten. Was nichts Neues war. Mónica erinnerte sich noch gut daran, was passiert war, wenn sie als Kinder an einem der gemeinsamen Abende ihrer Mütter einfach so hereingeplatzt waren. Dann waren alle auf der Stelle verstummt wie eine eingeschworene Gemeinschaft.

Es würde sehr schwierig werden, einer von ihnen etwas zu entlocken, das die anderen in Bedrängnis brachte. So unterschiedlich sie auch waren – sie hielten zusammen wie Pech und Schwefel. Wenn überhaupt würde ihnen höchstens aus Versehen etwas herausrutschen.

»Ich weiß auch etwas, wovon du nichts ahnst«, sagte Elisa und fuhr dann in spielerischem Singsang fort: »Ich sehe was, was du nicht siehst.«

Ihre Tochter lächelte sie verschmitzt an. »Schau an, du bist ja glücklich.«

»Ich bin nicht glücklich.«

»Du lächelst, Mama.«

»Das sieht nur so aus. Ich hab so ein nervöses Zucken.« Sie grinste behaglich.

»Wie auch immer, aber du solltest dich nicht am Leid anderer weiden, du Hexe«, schimpfte Mónica, während sie für Fiera den Ball versteckte.

»Pin und Pon«, sagte ihre Mutter mit verschwörerischem Blick.

»Nein!« Mónica öffnete überrascht den Mund. »Wie? Erzähl!«

»Pin hat es heute Morgen Dolores gesagt.« Elisa blickte zur Tür hinüber, als befürchte sie, dass dort ein Mikrofon angebracht sein könnte. »Dass er seine Koffer gepackt hat. Und weißt du, wem sie die Schuld gibt?«

»Nein.«

»Deiner Freundin Ruth.«

Mónica konnte es nicht fassen. »Nein!«

»Hör auf, ständig ›Nein‹ zu sagen. Diese Phase hattest du schon mal, als du zwei Jahre alt warst.« Mit kindlicher Stimme fuhr Elisa fort: »Zieh dein Mäntelchen an! Nein. Iss dein Obst! Nein. Gib mir die Hand, wenn wir über die Straße gehen! Nein.«

»Schade, dass ich das so schnell wieder vergessen habe.« Mónica machte eine Pause. »Komm schon, Mama, mach's nicht so spannend. Warum gibt Pin Ruth die Schuld, wenn ich fragen darf?«

»Nein, darfst du nicht, aber ich sage es dir trotzdem. Weil Pon heimlich eine Therapie bei ihr gemacht hat.«

»Eine Therapie? Pon? Was? Echt jetzt?«, fragte Mónica wie eine echte Klatschtante.

»Ja, laut Dolores hat Pin, nachdem Pon in Pension gegangen ist und den Infarkt hatte, irgendwelche Rachepläne geschmiedet. Dolores hat im Innenhof gehört, wie Pin ihn beschimpft hat. Sie hat ihn als unnützen Kerl bezeichnet und ihm vorgeworfen, dass er andere Frauen hatte …«

»Geliebte?«

»Nein, Kind, Prostituierte.«

»Ernsthaft?« Mónica versuchte das Bild ihres frommen Nachbarn zu revidieren.

Ihre Mutter kannte keine Gnade. »Dolores hat sogar gehört, wie sie ihm mal gedroht hat, die Polizei zu rufen und auszusagen, dass er sie misshandelt. Und das hat sie dann tatsächlich gemacht! Die haben den armen Kerl ganz schön in die Mangel genommen.«

»Aber Mama, kannst du dir Pon mit einer Prostituierten vorstellen? Und wie er Frauen misshandelt?«

Elisa beantwortete die zweite Frage nicht, dafür aber die erste. »Es geht nicht darum, ob ich mir das vorstellen kann. Das hat Dolores von einem Taxifahrer, der es ihr beim Bezahlen erzählt hat. In dem Moment ist Pon vorbeigekommen, und der Taxifahrer hat zu Dolores gesagt: ›Das ist das Kerlchen, das ich zu dem Beichtstuhl fahre, der immer Bereitschaft hat.‹«

Mónica bat um etwas mehr Mandelmilch, indem sie auf die Packung zeigte. »Zum Beichtstuhl, der Bereitschaft hat?«

Elisa schlug mit der flachen Hand auf den Tisch. »Würdest du bitte aufhören, alles, was ich sage, zu wiederholen! Ja, in der Calle Bravo Murillo gibt es einen Beichtstuhl, wo du im Notfall jederzeit hingehen kannst. Und anscheinend geht Pon nach jedem Besuch im Puff, bevor er nach Hause zurückkehrt, zur Beichte, falls ihn im Schlaf der Tod überrascht. Ist das nicht einfach köstlich?« Elisa schien sich jedenfalls köstlich zu amüsieren.

Doch Mónica hörte ihr gar nicht mehr zu, denn ihr hervorragendes fotografisches Gedächtnis hatte gerade eine Adresse aus Orlandos Kalender hervorgekramt, die er am letzten Tag seines Lebens mit einem Ausrufezeichen markiert hatte: *Nuestra Señora los Ángeles, Calle Bravo Murillo,* 93. War Orlando etwa zur Beichte gegangen, bevor er sich mit Ágata in Elisas Wohnung getroffen hatte? Warum? Ob er etwas von seinem nahen Ende geahnt hatte? Im Hintergrund hörte sie ihre Mutter weiterreden.

»In jedem Fall sind die beiden unausstehlich und furchtbar klatschsüchtig. Nicht dass ich mich darüber freue, dass sie dieses Drama durchmachen müssen, aber ich hätte nichts dagegen, wenn sie umziehen würden. Ich weiß, dass sie sich das Maul darüber zerrissen haben, dass dieser Mann in meiner Badewanne gestorben ist. Sie haben alles Mögliche erzählt, um mich schlechtzumachen.«

»Was denn zum Beispiel?«, fragte Mónica alarmiert.

»Na, zum Beispiel, dass sie durchs Fenster im Innenhof gesehen hätten, wie er gegessen hat. So ein Unsinn!« Elisa machte eine abfällige Geste. »Und dass er einen Film im Fernsehen gesehen hätte. Bei voller Lautstärke.«

Letzteres ließ Mónica aufhorchen. »Mama, warum hast du mir das nicht früher erzählt?«

»Weil ich es selbst erst gestern erfahren habe.«

»Und welchen Film soll er sich angesehen haben?«

»Woher soll ich das wissen. Ich war nicht hier, erinnerst du dich?«

Die beiden neuen Puzzleteile schwirrten in Mónicas Kopf herum, und sie versuchte, sie irgendwo einzubauen, während ihre Mutter weiterschwatzte. »Wobei ich Pin und Pon irgendwie auch vermissen würde, weil wir manchmal so viel Spaß mit ihnen hatten. Ich werde nie den Sommerabend vergessen, an dem wir bei weit geöffnetem Fenster zu viert in der Küche gegessen haben und Margarita sie beim Spionieren erwischt hat. Und weil wir schon ziemlich angeheitert waren, wollten wir dem Publikum dann auch etwas bieten. Ágata hat in meinem Kleiderschrank gewühlt und ist dann mit einem meiner großen Hüte am Fenster vorbeistolziert.« Elisa imitierte Ágatas übertriebenen Schritt. »Dann hat Dolores einen Anzug deines Vaters angezogen, Margarita eine Taucherbrille und einen Bademantel, und wie am Ende jeder Modenschau hat Ágata am Schluss mein Hochzeitskleid vorgeführt, weil sie die Einzige war, der es noch gepasst hat.«

»Nein!«, rief Mónica belustigt aus. »Sowas habt ihr gebracht?«

Elisa nickte. »Ich sage dir, Pin und Pon sind aus dem Staunen nicht mehr rausgekommen. Am Ende haben wir die Show beendet, indem wir die Fensterläden geschlossen haben wie den Vorhang im Theater. Wir konnten uns kaum halten vor Lachen. Und später haben die beiden dann erzählt, dass ich, wenn dein Vater nicht zu Hause ist, Partys mit Dutzenden sehr seltsamen Personen feiere.«

Mónica gefiel diese Anekdote sehr. Auch wenn sie sich ihre Mütter kaum so übermütig vorstellen konnte.

»Es wäre schön, wenn man in der Zeit zurückreisen könnte, um einen Tag mit seinen jüngeren Eltern zu verbringen. Um sie so kennenzulernen, wie sie waren, bevor man selbst geboren wurde«, sagte sie versonnen. »Vor allem Ágata habe ich so nie erlebt.«

»Wie?«

»So ausgelassen. Ich kenne nur die strenge Ágata, unter der Suselen gelitten hat.«

Elisa blickte ihre Tochter an.

»Ja, es hat tatsächlich eine andere Ágata gegeben«, sagte sie mit Sehnsucht in der Stimme.

»Auch nachdem sie Mutter geworden war?«

»Nein, aber auch nachdem sie an den falschen Mann geraten ist.«

Laut Elisa war Suselen kein Unfall gewesen, wie Ágata nach der Geburt ihrer Tochter so oft behauptet hatte. Schwanger zu werden gehörte einfach zu ihrer naiven Vorstellung von der Ehe. »Sagen wir, sie hat nicht aufgepasst, weil sie sicher war, dass er sie heiraten würde. Aber dieser Typ hat ihr nicht nur die Ehe verweigert, sondern sie auch sonst im Stich gelassen, sodass Ágata als Ballerina ohne festes Einkommen und als ledige Mutter während der Franco-Zeit plötzlich auf sich gestellt war. Du kannst dir vorstellen, dass das nicht einfach war. Suselens Vater kam und ging, wann er wollte, er hat sie nie unterstützt, sondern ihr nur wehgetan und verhindert, dass sie sich ein neues Leben aufbaute. Nichts ist so gekommen, wie sie es sich vorgestellt hat.«

Elisa senkte den Kopf.

»Ich habe aus nächster Nähe mitbekommen, wie sehr Ágata gelitten hat, aber ich werde nie verstehen, warum sie oft so grausam zu ihrer Tochter war.«

Mónica schaute ihre Mutter nachdenklich an. Elisa hatte ihre Freundin als »grausam« bezeichnet. Und wenn Elisa Ágatas Verhalten als grausam empfand, würde sie ihre Freundin dann auch für fähig halten, einen Mann umzubringen?

Elisa blickte so arglos wie möglich zurück. Ihr war schon klar, dass Mónica und ihre Freunde – vor allem nach den jüngsten Ereignissen – Ágata im Verdacht hatten.

»Du verstehst sicher, dass ich die Privatsphäre meiner Freundinnen nicht verletzen kann, aber sag mir, was dir Sorgen macht. Dann werde ich dir erzählen, was ich kann.«

Mónica stellt ihre Tasse in die Spüle. »Ich weiß, Mama. Auch wenn du es nicht glaubst, vertraue ich dir.« Sie zupfte ihrer Mutter einen Fussel von der Jacke. »Aber wir müssen dringend die Wahrheit herausfinden, weil Margarita in Riesenschritten ihr Gedächtnis verliert.«

Elisa verschränkte die Arme vor der Brust. Sie konnte ihrer Tochter schlecht erzählen, dass sie und Dolores unbedingt mit Margarita reden mussten, um »die Sache mit Ágata« zu besprechen. Deshalb sagte sie nur: »Ich versichere dir, dass das auch meine größte Sorge ist, Liebes. Ich weiß, wie wichtig es für dich ist, diesen rätselhaften Fall zu lösen. Aber wenn du willst, dass ich dir helfe, dann musst du mir auch alles erzählen.« Sie machte eine Pause. »Was habt ihr denn so herausgefunden?«

Mónica zögerte einen Moment. Aber was hatte sie zu verlieren?

Elisa erkannte das Glänzen in den Augen ihrer Tochter wieder, als diese ihr Notizbuch aufschlug. Sie konnte nicht anders, als daran zu denken, wie sie als Kind auf demselben Sofa gesessen und ihr geheimnisvolles Heft geöffnet hatte, das schwarze mit dem biegsamen Einband, um ihre Theorien über das heimliche Leben der Nachbarn zu erläutern. Dieses Bild verschmolz mit ihrer erwachsenen Tochter, die ihr nun anhand von Namen und Pfeilen zu erklären versuchte, welche Fragen noch offen waren. Unter anderem ging es um das zweite Glas. Hatte Orlando jemanden erwartet? Denn diese Theorie würde dem Verdacht gegen Ágata widersprechen.

»Und dann ist da noch die Sache mit dem Testament, das Margarita zeitweise zur Hauptverdächtigen gemacht hat. Daraus ergeben sich neue Fragen.« Mónica zeichnete an der Stelle dieser Notiz neue Pfeile ein. »Zum Beispiel: Wie kommt es, dass ein junger Mann sein Testament macht und direkt danach ermordet wird? Deswegen haben wir zunächst Margarita verdächtigt, weil sie eine große Menge Bargeld in ihrem Besitz hatte. Aber da sie nur die Verwalterin des Testaments ist und ein Alibi hat, haben Gabriel und ich kurz noch einmal an die Möglichkeit eines Selbstmords gedacht. Denn warum sollte ein Mann von siebenunddreißig Jahren sonst sein Testament machen?«

»Er könnte Angst um sein Leben gehabt haben«, schlug Elisa vor.

»Könnte sein …«, sagte Mónica, um ihrer Mutter entgegenzukommen. »Zumal diese Selbstmord-Hypothese euch alle freisprechen würde. Das ist ziemlich verführerisch, oder?«

Gegen jede Erwartung schien diese Aussicht die noch immer mögliche Verdächtige nicht sonderlich zu erfreuen.

»Aber das kann nicht sein«, erklärte Elisa zögerlich. »Denn warum ist er in meiner Wohnung gewesen, ohne dass er einen Schlüssel bei sich hatte?«

»Das verstehe ich eben auch nicht, Mama«, sagte Mónica und verschränkte die Arme. »Ihr wollt doch nicht ins Gefängnis kommen, oder?«

Elisa schüttelte lächelnd den Kopf. »Deine Fantasie geht mit dir durch, Kind«, sagte sie, und damit war das Thema für sie beendet. »Wie wäre es, wenn ich uns etwas Kleines zu essen mache?«, fragte sie fröhlich.

»Warum wechselst du das Thema, Mama? Gibt es etwas, was dich beunruhigt?«

»Natürlich«, spottete Elisa. »Ihr seid kurz davor, uns zu überführen. Ich hab schon richtig Angst.«

Sie zog die Augenbrauen hoch und sah Mónica belustigt an.

Dann gab sie Isis, die es sich inzwischen auf ihrem Schoß gemütlich gemacht hatte, einen sanften Stoß, und diese sprang murrend vom Sofa und folgte Elisa mit erhobenem Schwanz in die Küche.

»Ich mach uns ein paar Tapas. Wäre das in Ordnung?«, rief Elisa und hantierte am Kühlschrank herum.

»Klingt gut«, sagte Mónica. »Dann geh ich noch mal kurz mit Fiera raus, bevor es anfängt zu regnen.«

»Tu das«, entgegnete Elisa und klapperte weiter. »Lass dir ruhig Zeit, ich brauch hier noch ein bisschen.«

Mónica legte dem Hund die Leine an, zog die Wohnungstür hinter sich zu und ging nach unten. Doch dann hatte sie den Schirm vergessen und musste noch mal zurück. Als sie die Wohnungstür wieder aufschloss, hörte sie, wie Elisa in der Küche mit jemandem telefonierte, während sie eine Platte mit Manchego, Salami und Oliven zubereitete.

Mónica legte den Finger auf die Lippen, um Fiera zu bedeuten, dass sie still sein solle, und beide lauschten an der Tür. Ganz offensichtlich unterhielt sich ihre Mutter mit Ágata. Aufgeregt berichtete sie ihrer Freundin, dass Suselen nach ihrem Vater suchen wollte und Margarita sich verplappert hätte. »Ja, wirklich zu blöd«, hörte sie Elisa sagen. »Ruth wird sicher nicht dichthalten«, meinte sie dann, als spräche sie von dem letzten Thriller, den sie im Fernsehen gesehen hatte, während sie mit dem Messer einen Schafskäse traktierte.

Anscheinend hatte Suselen eine knappe Nachricht an Ágata geschrieben, in der nur stand: *Mutter, ich denke, wir müssen reden.*

»Na ja. Das einzig Gute daran ist, dass Margarita erst jetzt die Wahrheit rausgerutscht ist«, fuhr Elisa, das Handy zwischen Schulter und Ohr eingeklemmt, fort. »Jetzt kann man immerhin alles darauf schieben, dass die Arme nicht mehr ganz richtig im Kopf ist.«

Sie schwieg eine Weile, während sie Ágata zuhörte.

»Du hast recht«, sagte sie dann. »Im Grunde ist es vielleicht sogar besser so. Das Einzige, was mir Sorgen macht, ist, dass Margarita noch etwas anderes ausplaudern könnte …«

Zu Mónicas Bedauern führte ihre Mutter nicht weiter aus, was dieses andere war. Offenbar hatte Ágata Besuch bekommen, und die beiden Freundinnen verabschiedeten sich eilig.

Mónica nahm den Schirm und zog die Tür behutsam hinter sich zu. Und während sie mit klopfendem Herzen die Treppen hinunterlief, empfand sie vielleicht die gleiche euphorische Erregtheit wie Elisas Katze, wenn diese das Versteck einer Maus entdeckte.

Agoraphobie

Suselen ging langsam über die Plaza de Oriente. Sie ließ den Kiosk hinter sich, dann den Palacio Real und die Kathedrale und schließlich die Brücke, die auf die grüne Wiese führte, auf der sie so oft herumgetobt waren, wo sie manchmal gesessen hatte, um ihre Wunden zu lecken, und wo Ruth ihr die vierblättrigen Kleeblätter geschenkt hatte.

»Allmählich habe ich den Verdacht, dass deine Glückskleeblätter nicht echt waren«, sagte sie zu Ruth, als diese sich neben sie setzte, nachdem sie ihr einen Kuss aufs Haar gedrückt hatte. »Weil du mir immer welche geschenkt hast und ich trotzdem nie Glück hatte.«

Suselen schloss die Augen und ließ zu, dass die letzten Sonnenstrahlen auf ihre geschlossenen Lider trafen und alles rot färbten. Und inmitten dieser lodernden Hölle sah sie sich selbst mit acht Jahren. Sie verzog schmerzlich ihr Gesicht.

»Was ist los?«, hörte sie Ruth fragen.

»Ach nichts, ich musste nur gerade an etwas von früher denken.« Sie öffnete die Augen wieder und blickte in das besorgte Gesicht ihrer Freundin.

»Willst du es mir erzählen?«

Suselen nickte und schluckte mehrmals, bevor sie stockend anfing zu reden.

»Ich war damals acht Jahre alt«, begann sie. »Ich stand nackt in der Badewanne. Meine Mutter wusch mit der Brause den Sand von mir ab, und ich habe zum ersten Mal Nein zu ihr gesagt. Ich weiß nicht mehr, um was es genau ging. Nur dass ich mit meinem Vater am Strand war, weil sie sich gestritten hatten. Daraufhin fragte sie: ›Was hast du gesagt?‹ Ich erschauderte trotz des warmen Wassers, wiederholte jedoch, dass ich mit ihm am Strand gewesen war. Der Gesichtsausdruck meiner Mutter veränderte sich auf eine Art, die ich noch nicht kannte, die mir aber leider in den nächsten Jahren sehr vertraut werden sollte. ›Warum warst du mit ihm dort, obwohl ich dir verboten hatte, heute an den Strand zu gehen?‹, schrie sie mich an und verpasste mir einen Schlag auf den Hintern. ›Gehorchst du etwa ihm und mir nicht?‹ Sie schlug mich noch einmal, diesmal auf den Arm. Ihre Finger zeichneten sich rot auf meiner Haut ab. Ich fing an zu weinen. ›Mama, bitte hör auf!‹, rief ich erschrocken. Aber sie hörte nicht auf. ›Du hast dich deiner Mutter widersetzt? Mach das nicht noch mal!‹ Und sie schlug mich wieder, auf die Oberschenkel, den Rücken, die Arme. Ich weinte und versuchte mich wegzuducken, aber sie war wie eine Furie. ›Wenn ich sage, du sollst nicht mit deinem Vater gehen, dann hältst du dich gefälligst daran! Verstanden? Du liebst deine Mutter doch mehr als jeden anderen auf der Welt, oder?‹ Schluchzend sagte ich: ›Ja. Natürlich, Mama! Ich liebe dich, Mama, mehr als jeden anderen!‹ ›Aha. Und wie beweist du mir das? Mit dieser Respektlosigkeit?‹ Sie schlug mich erneut, und meine Haut brannte wie Feuer. ›Ich hab doch nichts getan, Mama, nichts!‹ Da wurde ihr Blick wie durch Zauberhand plötzlich wieder normal. Ich erkannte sie wieder, meine Mutter, die mir ein Handtuch umlegte und mich umarmte. ›Es tut mir leid, mein Schatz‹, sagte sie und hielt mich fest. ›Nicht weinen. Es tut mir leid, so leid.‹ Nun weinte sie auch, und ich zitterte wie ein nasses Vögelchen in ihren Händen. Ich war verwirrt. Verletzt. Voller Angst. Und als ich endlich wieder normal atmen konnte, als ich glaubte, dass alles nur ein böser Traum gewesen war, nahm sie mein Gesicht zwischen ihre Hände und sah mich mit diesen seltsamen Augen an. ›Aber tu das nie wieder, hörst du? Du musst mir gehorchen. Wenn deine Mutter sagt, du sollst nicht an den Strand gehen, dann gehst du nicht.‹

Später versuchte sie, die Sache herunterzuspielen und andere Gründe vorzuschieben. ›Ich habe gehört, dass am Strand gebrauchte Spritzen gefunden wurden. Von diesen Junkies, die sich mit Aids infiziert haben. Und als ich erfahren habe, dass du dort warst, habe ich mich furchtbar aufgeregt, weil ich Angst um dich hatte. Das verstehst du doch, oder?‹

Ich nickte stumm, aber etwas in mir hatte sich für immer verändert. Denn das war das erste Mal, an dem ich etwas nicht verstand. Und alles, was man nicht versteht, hinterlässt eine Wunde, die nicht verheilt.

Es war auch das erste Mal, dass sie mich verprügelt hat. Damals habe ich nur gemerkt, dass etwas nicht stimmte. Lange Zeit über habe ich mich gefragt: Was ist so Schlimmes an mir, dass sie mich so schlecht behandelt? Später habe ich gedacht, dass sie frustriert war, weil ihre einzige Tochter nicht in der Lage war, all das zu tun oder zu sein, was sie sich gewünscht hat. Offenbar war ich eine einzige Enttäuschung für sie.«

Suselen machte eine Pause, um durchzuatmen.

»Aber dann habe ich selbst etwas getan, was ich nie vergessen sollte. Es passierte an einem Morgen, als ich schon etwas älter war. Eine Nachbarin hatte mir ein Kätzchen geschenkt, das ich überraschend behalten durfte. Nach ein paar Wochen waren wir unzertrennlich. Wir schliefen und aßen zusammen, und das Kätzchen folgte mir durch die ganze Wohnung, um sich streicheln und auf den Arm nehmen zu lassen. Es war das erste Lebewesen, bei dem ich bedingungslose Liebe spürte.

Doch eines Abends entwischte mir das Kätzchen und gelangte ins Tanzstudio meiner Mutter. Wegen der vielen

Spiegel erschreckte es sich, und als ich es einfing, fauchte es mich an und kratzte mich. Ich schrie und schlug nach dem Kleinen, das ich so sehr liebte, weil ich frustriert war, dass es mir nicht gehorchte. Ich war vollkommen hysterisch, bis auch das Tierchen anfing vor Angst zu zittern. Da sah ich mich selbst: riesig im Vergleich zu dem Kätzchen, so wie meine Mutter, die an jenem Tag drohend über mir im Badezimmer gestanden hatte, nur dass ich nun ihre Rolle übernommen hatte. Ich ging langsam auf das Tier zu. Es drückte sich ängstlich an die Wand, Ruth, aber letztendlich gab es nach. Ich nahm es auf den Arm, und es schmiegte sich zitternd an meine Brust, so wie ich es damals bei meiner Mutter getan hatte. Ich war in die Arme geflohen, die mich geschlagen hatten. Weil ich nirgendwo anders hinkonnte. Das habe ich nie vergessen.«

Suselen hatte Tränen in den Augen.

»Doch so sehr ich sie auch streichelte, die kleine Katze vertraute mir nie wieder. Sie entwischte, sobald sie konnte. Und sie kehrte nicht zurück. Ich habe das Gleiche getan, aber erst viele Jahre später. Und jetzt bin ich wieder hier. Lange Zeit ist es mir schwergefallen, überhaupt einem Menschen zu vertrauen oder eine normale Beziehung zu führen. Im Gegenteil – wenn mich jemand geringschätzte und seinen Frust an mir ausließ, habe ich mich zu Hause gefühlt. Doch dann habe ich Ben getroffen. Mit ihm ist alles anders geworden und die Narben auf der Seele sind allmählich verblasst. Manchmal denke ich noch an diese kleine Katze, und ich wünsche mir so sehr, dass sie einen Menschen gefunden hat, der sie verdiente.«

Suselen hob den Blick und sah einer Wolke nach, die am Himmel vorbeisegelte.

»Weißt du, Ruth, wenn man aus einer ›dysfunktionalen‹ Familie kommt, wie ihr Psychologen es heutzutage nennt, also mit anderen Worten aus einer Scheißfamilie, dann glaubt man, dass es immer so sein wird. Vielleicht weil man im Grunde seines Herzens denkt, dass man selbst das Problem ist und es deswegen nicht anders verdient. Aber weißt du, was ich irgendwann begriffen habe?«

Suselen sah ihre Freundin zum ersten Mal an, die ihren Blick auf den Horizont gerichtet hatte, wo bereits die ersten Zugvögel verschwanden.

»Ich habe begriffen, dass die einzige Möglichkeit der Heilung darin besteht, auf der Basis von Respekt und Humor ein eigenes Heim und eine eigene Familie zu gründen. Und jetzt habe ich Angst, mein glückliches Leben zu vergiften, wenn ich es mit der Welt in Kontakt bringe, die ich hinter mir gelassen habe.«

Ruth wickelte ihren Poncho mit den ockerfarbenen Blumen fester um sich, als hätte Suselens Bericht sie zum Frösteln gebracht. Dann nahm sie nachdenklich ihre Brille ab, die ganz beschlagen war, putzte sie und setzte sie wieder auf.

»Ich glaube, dass deine Mutter jetzt nur noch die Macht hat, die du ihr geben willst.«

Suselen nickte ermutigt.

»Du hast recht«, sagte sie. »Ich sollte meinen Frieden mit ihr machen.« Sie überlegte einen Moment, dann fügte sie im Brustton der Überzeugung an: »Und ich bin nicht wie sie.«

Ruth lächelte. »Nein, das bist du nicht. Und jetzt kannst du es beweisen.«

Die beiden Freundinnen blieben noch eine Weile nebeneinander sitzen und warteten darauf, dass der Horizont sich in unzähligen Rottönen verfärbte.

»Deine Enkelin will dich kennenlernen.«

Das war das Erste, was Suselen zu ihrer Mutter sagte, als sie sie im Studio antraf, wo sie den Unterricht vorbereitete.

Sie trug eine schwarze Gymnastikhose und Wollstulpen, und ihre schmale dunkle Gestalt spiegelte sich bis ins Unendliche an den Wänden. Eine Armada aus Ágatas starrte ihr entgegen und hätte ein Standbild aus einem ihrer furchtbarsten Albträume sein können. Doch diesmal war es anders.

Ágata legte eines ihrer sehnigen Beine auf die Stange und beugte den Rücken in einem Port de Bras.

»Es ist egal, was deine Tochter will«, sagte sie. »Du warst doch diejenige, die beschlossen hat, dass ich in ihrem Leben keinen Platz habe.«

»Dennoch hat Dafne dich nicht vergessen.« Suselen trat vorsichtig näher. »Willst du denn nicht wissen, warum ich so entschieden habe?«

Ágata beugte sich nun in einem perfekten Cambré nach hinten, sodass ihr langer weißer Zopf fast den Boden berührte. »Ich nehme an, weil du Angst hattest, ich könnte so hart zu ihr sein, wie ich zu dir war.« Leicht wie eine Feder richtete Ágata ihren Körper wieder auf.

Suselen spürte, wie die Hitze in ihr aufstieg. »Das glaubst du also?« Unwillkürlich ballte sie ihre Hände zu Fäusten, während die Hand ihrer Mutter sich öffnete wie eine Blume. Sie hob das nach hinten gestreckte Bein an und senkte den Oberkörper nach vorn, bis ihr Kopf fast den Boden berührte, womit sie zu sagen schien: Ich weiß, warum du gekommen bist, und du machst mir keine Angst. Ich biete dir meinen Kopf dar, aber ich weiß, dass du dich nicht traust, ihn mir abzuschlagen.

Ihr Oberkörper glitt wie ein Windmühlenflügel wieder nach oben, als sie jetzt sagte: »Aber deine Tochter ist nicht wie du.« Sie drehte das gehobene rechte Bein wie eine Kompassnadel und verharrte so vor dem Spiegel. »Sie hat mehr Mumm. Du hast viel einstecken müssen, weil du so eine Transuse warst.«

Suselen erinnerte sich an die Vorwürfe ihre Mutter, die als Kind ständig auf sie eingeprasselt waren. »Ständig träumst du! Warum bist du nie rechtzeitig fertig?«

»Ah, deshalb hast du mir das Leben zur Hölle gemacht. Weil ich so eine *Transuse* war.« Sie spürte, wie ihr Magen rebellierte. »Mutter, ich habe ein paar Fragen an dich. Ich habe einige furchtbare Erinnerungen und will dich schon seit Jahren fragen, was es damit auf sich hat. Wir müssen reden.«

»Und du meinst, dass das jetzt noch Sinn macht?«

»Ja, macht es.« Suselen schwieg einen Moment. »Weil ich Angst habe, was daraus werden könnte.« Sie schluckte mühsam. »Warum hast du das getan, Mama? Oder besser gesagt, was habe ich dir getan?«

Ágata wandte sich ihrer Tochter zu und sah sie zum ersten Mal direkt an. »Was soll ich dir jetzt sagen, hmm?« Sie ging herausfordernd auf Suselen zu. »Ich wollte keine Mutter sein, verstehst du? Was erwartest du jetzt von mir, was soll ich sagen? Dass es zu deinem Besten war? Dass ich wusste, was ich tat? Ich wollte keine Mutter sein. Das ist alles!«

Eine eiskalte Stille erfüllte den Raum. Suselen, die ungewollte Tochter, die sich so sehr danach gesehnt hatte, ihre Liebe zu verdienen, begann allmählich zu begreifen, dass die nicht vorhandene Liebe ihrer Mutter nicht mal etwas Persönliches war. Sie atmete tief durch, bevor sie herausbrachte: »Und willst du denn Großmutter sein?« Ihre Stimme gewann ihre Tonlage und ihre Kraft zurück. »Deine Enkelin will dich sehen.«

Und dabei beließ sie es. Mitten im Spiegellabyrinth. Dem härtesten Gericht gegenüber, das es gab: hunderten weiteren Ágatas, die sie bis in die Unendlichkeit verurteilen würden.

Der Oberst hat schon jemanden, der ihm schreibt

Ruth hatte einen perfekten Plan. In der Residenz hatte man ihr versichert, dass der Oberst jeden Tag zur gleichen Zeit mit einem Strauß Margeriten kam, immer in einer anderen Farbe. An diesem Tag waren es winzige, wilde Margeriten, die wie Schneeflocken in der Luft zu schweben schienen. Zweifellos hatte er einen guten Geschmack, aber er kannte ihre Mutter noch nicht gut genug, um zu wissen, dass ihre Lieblingsblumen pfirsichfarbene Juliet-Rosen waren. Sie waren nur sehr schwer zu bekommen, aber ihr Vater war jedes Mal mit einem Dutzend in der Hand von jeder Reise zurückgekehrt, und Margarita hatte sie jedes Mal wie einen Tribut an ihre Person stolz unter ihr Porträt gestellt.

Ruth setzte sich an den Rand des leeren Bettes – ihre Mutter machte noch einen Abendspaziergang mit Bowie –, und ihr Blick fiel auf ein neues Buch auf dem Nachttisch.

Sinnvoll leben, entspannt sterben.

Der Titel ließ sie zunächst erschaudern, dann aber wunderte sie sich. Hatte sich ihre erzkatholische Mutter nun dem Buddhismus zugewandt? Hatte sie eine neue Seite ihrer Persönlichkeit entdeckt, die unter all den gesellschaftlichen Konventionen verborgen gewesen war, die sie nun abgeschüttelt hatte? Redete sie mit diesem Oberst etwa über Wiedergeburt und Karma? Ruth schüttelte den Kopf. Das war nicht sehr wahrscheinlich. Militärangehörige waren nicht gerade für ihren Hang zur Meditation bekannt. Ob die beiden tantrische Rituale praktizierten, schoss es ihr eine Sekunde später durch den Kopf. Schluss jetzt, rief sie sich selbst zur Ordnung. Schon sich ihre Mutter nur in der Gesellschaft dieses Mannes vorzustellen, verursachte ihr Beklemmung. Über den ganzen Rest mochte sie gar nicht erst nachdenken.

Die Tatsache, dass dieser Oberst ihre Mutter okkupierte, gefiel ihr gar nicht, zumal die Zeit ihr wegzulaufen drohte.

Bisher hatte es nie Druck gegeben, irgendwelche Angelegenheiten mit ihrer Mutter zu klären. Und nun nahm ein Fremder ihr die wenige kostbare Zeit, die ihr noch mit ihrer Mutter blieb. Und wer wusste schon, was er ihr sonst noch nehmen wollte. Sie musste mit ihm reden und die Dinge klären, bevor sie ihre »unnützen Brüder« in alles einweihte. Nachdenklich setzte sie sich an den Tisch am Fenster und sah in die Dämmerung.

Um Punkt neunzehn Uhr hörte sie Schritte, die deutlich sicherer und energischer klangen, als sie es bei einem über Achtzigjährigen erwartet hatte. Dann drehte sich der Schlüssel im Schloss, und der Oberst trat in folgender Reihenfolge durch die Tür: Zuerst erschien die Hand mit dem doppelten Witwerring, dann der dunkelgraue Mantel aus feiner Wolle und zuletzt der passende Hut, den er sofort abnahm, als er sie sah. Dem stolz vorgereckten Kinn war das jahrzehntelange Grüßen der Untergebenen anzusehen.

»Entschuldigen Sie, ich habe das Licht nicht gesehen.« Auch seine Stimme klang energisch. »Ich wusste nicht, dass jemand hier ist.«

Ruth stand auf, wobei das Gewicht ihrer Tasche, die über der Rückenlehne hing, den Stuhl nach hinten kippen ließ und der Inhalt der Tasche sich auf dem Boden entleerte.

Ohne viel Federlesens half der Oberst ihr, die Dinge wieder einzusammeln.

»Nein, nein, ich bin diejenige, die sich entschuldigen muss«, sagte sie verwirrt, als sie sich wiederaufrichtete. »Es ist so schnell dunkel geworden, dass ich ganz vergessen habe, das Licht einzuschalten.«

Sie sahen sich unbehaglich an. Das wäre sicher anders gewesen, wenn sie gewusst hätten, was sie jetzt machen sollten. Doch dann ergriffen sie gleichzeitig das Wort.

»Ich wollte dich schon die ganze Zeit kennenlernen«, sagte er, und sie sagte das Gleiche, nur dass ihr das Du noch nicht über die Lippen kam, was bei ihm ein erstes unerwartetes Lächeln auslöste.

Nicht zurücklächeln, ermahnte sie sich. Dazu ist es noch zu früh. Oder vielleicht doch. Um sein Vertrauen zu gewinnen. Denn das Gespräch wird alles andere als angenehm werden.

Sie setzten sich wieder an den Tisch, auf dem die Vase mit den Blumen stand. »Diese Margeriten sind besonders schön«, sagte sie, womit sie verriet, dass man ihr von den Sträußen erzählt hatte, die der Oberst ihrer Mutter immer mitbrachte.

»Deine Mutter hat nur das Beste verdient«, versicherte er und stand auf. Er wandte ihr den Rücken zu, während er das Wasser in der Vase wechselte. Er gab noch ein weißes Pulver hinzu, damit sie sich länger frisch hielten.

Ein gewissenhafter Mensch, sagte sich Ruth, eine Eigenschaft, die ihre Mutter generell sehr schätzte und bei Männern besonders. Sie nutzte die Gelegenheit, um ihn ausgiebig zu betrachten.

Er hatte dichtes schneeweißes Haar mit einem kleinen Wirbel oberhalb der Stirn, der ihn jünger wirken ließ, und breite Schultern, denen man ansah, dass er viel Sport getrieben hatte. Dann wandte er sich um, und ihr fielen die markanten Brauen über den hellen Augen auf, die von einem undefinierbaren Grau-Blau waren. Unwillkürlich stellte sie sich ihn vor, wie er im Krieg Befehle gegeben und Staatsgeheimnisse gehütet hatte.

»Meine Mutter hat mir erzählt, dass Sie beim Militär waren.«

»Das wird man nie wieder los«, sagte er und verdrehte die Augen. Er faltete seinen Mantel zusammen und legte ihn aufs Bett, etwas, das ihre Mutter nicht ausstehen konnte. Ob er das auch in ihrer Gegenwart machte? Das wäre für Margarita normalerweise ein Trennungsgrund gewesen. Erst dann fiel Ruth auf, dass es keine Garderobe gab.

»Ich bin in gewisser Weise noch mit dem Militärdienst verbunden, da ich vor jungen Männern, die sich auf Spezialeinsätze vor allem im Mittleren Osten vorbereiten, Vorträge halte.«

Ruth lächelte, stolz auf ihre Fähigkeit, Körpersprache zu deuten. Ein Mann, der es gewohnt war, Informationen für sich zu behalten, aber gewandt über internationale Politik reden konnte, sodass er sogar in der Lage war, die großartige Geschichtenerzählerin Margarita zu beeindrucken.

»Deine Mutter hat mir erzählt, dass du Psychologin bist.«

»Psychiaterin«, korrigierte sie.

»Entschuldige. Ich habe den Unterschied nie richtig verstanden.«

»Das macht nichts. Meine Mutter auch nicht.« Das klang ein wenig frech. »Der Unterschied ist, dass ich Ärztin bin.«

Er wirkte zufrieden, als ob diese Information für ihn eine positive Überraschung sei. Sie ärgerte sich ein wenig darüber, dass diese Wertschätzung ihr gefiel. Schließlich hatte es nichts mit ihm zu tun und würde es auch nie haben. Und genau das würde sie ihm jetzt mitteilen.

»Und ich bin heute hier, um vor allem als Ärztin mit Ihnen zu reden«, machte sie den ersten Vorstoß.

Dies schien ihn noch neugieriger zu machen, da er die Ellbogen auf den Tisch stützte und ihr einen Tee oder einen

Kaffee anbot. Er schien davon auszugehen, dass das Gespräch länger dauern würde, und war bereit, ihr zuzuhören.

»Nur zu, aber möchtest du mich nicht duzen?«, sagte er freundlich.

»Das ist nicht so meine Art«, entschuldigte sie sich. »Ich bin es nicht gewohnt, jemanden zu duzen, den ich nicht kenne. Und danke, aber ich möchte auch nichts trinken. Ich habe nicht viel Zeit. Meine Mutter wird in einer halben Stunde von ihrem Spaziergang mit Bowie zurückkehren, und ich möchte nicht, dass sie von diesem Gespräch erfährt.«

Ihre Antwort ließ seinen Blick merklich kühler werden, und er lehnte sich zurück, um mehr Distanz zu schaffen.

»Ich bin gekommen, weil, wie Sie vielleicht wissen, meine Mutter in einen mysteriösen Todesfall verwickelt ist, der polizeilich untersucht wird, was hoffentlich so bald wie möglich abgeschlossen sein wird.« Ruth, komm zur Sache, ermahnte sie sich. »Wie es scheint, war meine Mutter in der fraglichen Nacht mit Ihnen zusammen. Aber sie erinnert sich nicht mehr genau, daher hätte ich gern von Ihnen gewusst, ob es stimmt. Das wäre sehr wichtig für mich zu wissen, weil …«

»Wenn Margarita sagt, dass wir zusammen waren, dann war das so«, sagte er ruhig. »Aber ich habe das Gefühl, dass du ihr glaubst und dass es nicht das ist, was du mir eigentlich sagen willst.«

Das stimmte. Warum sollte sie noch länger um den heißen Brei herumreden?

»Sie müssen die Beziehung zu meiner Mutter beenden.«

Entweder verstellte sich der Oberst sehr gut, oder der Angriff hatte ihn nicht überrascht. Aber natürlich, er war ja ein Mann, der es gewohnt war, sich mit Unvorhergesehenem auseinanderzusetzen. In diesem Moment war sein strategisch geschultes Gehirn dabei, in aller Eile einen Gegenschlag auszuarbeiten, doch sie hatte ihre Argumente seit einem Monat bestens vorbereitet.

»Meine Mutter leidet unter …«

»Das weiß ich bereits«, unterbrach er sie. »Deine Mutter hat eine neurodegenerative Krankheit, die sich auf ihr Gedächtnis auswirkt und jeden Moment ausbrechen kann.«

»Sie ist bereits ausgebrochen«, korrigierte sie ihn erneut.

»Aber die Ärzte sagen, dass sie jetzt wieder stabil ist.«

»Das kann man nicht wissen«, beharrte sie.

»Aber wir können es uns doch wünschen, oder?«

Es folgte eine Stille, die nur von dem Lachen einiger Pfleger unterbrochen wurde, die draußen über den Flur gingen.

»Meine Mutter hatte einen Schlaganfall. Ich möchte sie nur schützen«, erklärte sie, die Fahne der verantwortungsbewussten Tochter schwenkend.

Daraufhin lächelte er fast väterlich und legte seine Armbanduhr ab, als ob sie ihn plötzlich störte.

»Vor was möchtest du sie schützen, meine Liebe? Davor, glücklich zu sein? Das Leben ist so vergänglich …« Sein Blick ruhte einen Moment auf den Margeriten. »Deine Mutter und ich sind uns sehr ähnlich. Sie ist humorvoll und herzlich und herrschsüchtig und kein bisschen selbstkritisch … genau wie ich. Deshalb liebe ich sie. Deshalb kann ich das alles jetzt gut ihr überlassen.« Er lächelte. »In unserem Alter richtet sich das Glück nicht mehr nach den Parametern der Zeit. Eine Sekunde Glück reicht aus, ist ein unendliches Geschenk, ist wie ein Tropfen Wasser in der Wüste.« Er machte eine Pause, und sein Blick wurde weich. »Ich möchte Margarita glücklich machen, auch wenn es nur für die Zeit ist, in der sie sich an mich erinnert.«

Ruth, die stumm auf der anderen Seite des Schlachtfelds saß, wusste nicht, was sie darauf sagen sollte. Sie hoffte nur, dass irgendwann in ihrem kurzen oder langen Leben einmal jemand so etwas über sie sagen würde.

Und dann legte sie die Waffen nieder.

Immer auf Mörderjagd

Obwohl sie eigentlich im *Caripén* verabredet waren, erklang das mehrmalige kurze Läuten der Haustürklingel, auf das hin Ruth schon als Kind immer vom Balkon aus hinuntergeschaut hatte, wenn ihre Spielkameraden sie abholten. Und als sie ihre Freunde wie früher dort unten auf der Steinbank sitzen sah, wie sie zu ihr heraufschauten und ihr zuwinkten, wurde ihr plötzlich ganz leicht ums Herz. Wie in den alten Zeiten polterte sie die Treppe hinunter und begrüßte Mónica und Suselen mit ein paar überschwänglichen Wangenküssen.

Mónica und Suselen reagierten auf Ruths spontanen Freudenausbruch mit einem erstaunten Lächeln.

»Und Gabriel?«, fragte sie dann.

»Er wartet im *Caripén* auf uns. Er ist erst heute Morgen aus China zurückgekommen und meinte, er muss dringend etwas trinken, das ihn wieder hochbringt.«

Die drei Freundinnen überquerten die Plaza de Oriente.

»Wisst ihr, woran ich denken musste, als ich die Treppe runtergelaufen bin?« Ruth schien die Vergangenheit heraufbeschwören zu wollen, um für einen Moment die Probleme der Gegenwart vergessen zu können. »An die Zeit, als wir V – *Die außerirdischen Besucher kommen* nachgespielt haben.«

Ihre Freundinnen konnten es nicht fassen. »Oh mein Gott! Wie lange ist es her, dass diese Serie lief? Nein, ich möchte es lieber nicht wissen«, rief Suselen und warf ihre dunkle Lockenmähne zurück.

»Ich war die böse Diana, und Ruth war Julie!«, erinnerte sich Mónica.

»Und Gabriel war Donovan, klar.« Suselen kramte in ihrem Gedächtnis. »Und wer war ich?«

»Du warst immer das Opfer«, sagte Ruth vergnügt.

»Klar«, meinte Suselen, »weil ich die Kleinste war. Und ihr habt mir keine Schaumzuckermäuse abgegeben.«

Den anderen beiden lief allein bei der Erinnerung das Wasser im Mund zusammen.

»Das waren keine Mäuse, sondern Ratten«, sagte Ruth, »und es war richtig eklig, wenn Mónica sie am Schwanz festgehalten und sie sich nach und nach in den Mund gesteckt hat.«

»Mag sein, aber schließlich war ich ein Reptilienwesen«, verteidigte sich Mónica. »Die Dinger sahen zwar eklig aus, aber haben lecker geschmeckt.«

Sie hatten die Mäuse in dem kleinen Laden an der Plaza de la Marina Española gekauft, bei Asunción. »Erinnert ihr euch noch an Asunción?« Mit ihren geschwollenen Füßen in den fleckigen Pantoffeln und dem Pferdeschwanz mit dem pinkfarbenen Haarband? Es gab nichts, was man bei ihr nicht kaufen konnte. Suselen war immer schon das Wasser im Munde zusammengelaufen, wenn sie die Tür aufstieß und die kleine Ladenglocke klingelte. Sie hatte immer die leeren Bierflaschen ihrer Mutter dorthin zurückgebracht und dafür ein paar Süßigkeiten bekommen.

»Hast du sie bekommen oder mitgehen lassen?«, fragte Mónica grinsend. »Gib's zu!«

»Je nachdem«, beichtete Suselen. »Ich habe mich vor mir selbst damit gerechtfertigt, dass sie die Sachen sonst wegwerfen müsste. Außerdem gab es immer Pfand für die leeren Flaschen. Allerdings durfte meine Mutter nichts davon wissen. Wenn ich es nicht mehr ausgehalten habe, konnte ich mir davon am Kiosk ein Eis kaufen.«

Aber das war nicht die einzige Einkommensquelle der ständig hungrigen Suselen gewesen. Mónica erinnerte sich, dass sie immer irgendwelche Wetten gegen sie verloren hatten.

»Auf diese Weise habe ich wenigstens überlebt«, verteidigte sich Suselen.

»Aber vor allem haben wir Mörderjagd gespielt«, sagte Ruth, »und jetzt seht euch an, was aus all dem geworden ist. Wir haben hier so viel erlebt, und wie sehr haben sich die Zeiten geändert.« Sie stieß Suselen mit dem Ellbogen an und wies mit dem Kinn auf einen Mann, der eindeutig ein Exemplar der neuen Superdaddys im Viertel war. »Oder was meint ihr?«, fragte sie augenzwinkernd.

Alle drei blickten in die Richtung des Monumento al Cabo Naval, wo ein Mann mit nacktem Oberkörper seine trainierten Muskeln zur Schau stellte, in die Luft boxte und dann langsam seinen Körper verdrehte, was mit irgendeiner asiatischen Kampfsportart zu tun haben musste. Neben ihm stand ein Kinderwagen, in dem ein Baby saß, das mit großen Augen seine Bewegungen verfolgte. Nach jeder Einheit ging der Mann zu dem Kind hinüber, um es zu knuddeln.

»Und seid ihr auch schon dem anderen Superdaddy begegnet?« Mónica verdrehte die Augen und legte sich eine Hand aufs Herz, als stünde sie kurz vor einem Infarkt. »Den mit dem Zwillingsjogger und dem Trittbrett für den großen Bruder?«

Suselen versicherte, dass sie es erst kaum geglaubt hatte. »Ein Hoch auf die Elternzeit für Väter! Wobei ich mir manchmal nicht sicher bin, ob das nicht Schauspieler sind, die die Stadtverwaltung engagiert hat, um für die Gleichberechtigung zu werben. Aber wenn sich unser Viertel auf diese Weise verändert hat, ist das ja nur positiv, und die Kinder haben gewonnen.«

Es klang fröhlich, aber die beiden Freundinnen meinten, aus ihrem Kommentar eine leichte Bitterkeit herauszuhören.

Als die drei Freundinnen das *Caripén* betraten, stand Gabriel auf, um sie nacheinander mit einem Wangenkuss zu begrüßen, der bei Mónica fast auf ihrem Mund landete. Sie erschauderte, was zum Glück niemandem auffiel. Sie hatten den anderen noch nichts erzählt. Es ist noch zu früh, sagte sich Gabriel. Mal sehen, ob es etwas Dauerhaftes ist, dachte Mónica. Und dann warfen sie sich einen verschämten Blick zu.

»Na, ihr habt euch ja Zeit gelassen.« Gabriel setzte sich wieder. »Aber ich dachte mir schon, dass ihr nun, da ich nicht mehr eine von euch bin, erst mal ein paar Frauensachen zu besprechen hattet«, scherzte er, und seine Freundinnen versicherten ihm, dass sie genau das getan hatten.

Sie alberten noch eine Weile herum, wobei ihnen allen klar war, warum sie sich eigentlich trafen, und schließlich kam Suselen zur Sache.

»Gut, Leute, ihr braucht keine Rücksicht auf mich zu nehmen, also reden wir nicht länger um den heißen Brei herum. Ich bin heute hier, weil ich zwei Dinge herausfinden will: Erstens, ob meine Mutter Orlando auf dem Gewissen hat, und zweitens, was mit meinem Vater passiert ist.« Die anderen sahen sie beeindruckt an, während sie fortfuhr: »Was das Erste angeht, scheinen die Beweise, die nach und nach aufgetaucht sind, für sich zu sprechen, und ich hoffe, dass wir hier bald Klarheit haben. Und was das Zweite angeht, würde ich gern wissen, was ihr bezüglich des Zeitpunkts, an dem mein Vater verschwunden ist, aus euren Müttern herausbekommen konntet? Jeder noch so kleine Hinweis könnte nützlich sein, damit ich ihn ausfindig machen kann.«

Alle nickten, Ruth jedoch erschauderte innerlich, als sie an die Eröffnung ihrer Mutter dachte. Suselen ahnte nicht, dass sie ihren Vater nirgendwo mehr finden würde, weil er tot war. Aber sie konnte die Bombe nicht einfach so vor allen platzen lassen. So etwas erforderte das nötige Fingerspitzengefühl, und sie wollte es Suselen lieber erst einmal unter vier Augen sagen.

»Fangen wir also mit dem Ersten an«, schlug Mónica vor, die aus anderen Gründen die gleiche Befürchtung hatte wie ihre Freundin.

Ruth nickte erleichtert. »Ich habe mich in der Seniorenresidenz erkundigt. Dort hat man mir erklärt, dass sowohl meine Mutter als auch der Oberst in der Tatnacht im Haus waren. Zumindest sind sie in der Anwesenheitsliste eingetragen.« Ruth zeigte ein Foto des Eintrags. »Leider wird dort nicht festgehalten, wenn jemand das Gelände verlässt. Das heißt, Margarita könnte zwischendurch von dort weggegangen sein, allerdings wurde ihre Anwesenheit vom Oberst bestätigt.«

Suselen horchte überrascht auf. »Was? Du hast den Oberst kennengelernt?« Sofort schoss sie eine Salve an Fragen auf Ruth ab. »Und wie ist er so? Welchen Eindruck hat er auf dich gemacht?«

»Vertraust du ihm denn?«, fragte Gabriel in professionellerem Ton. »Ich meine, sagt er die Wahrheit? Schließlich ist er emotional ja auch in die Sache verwickelt.«

Ruth zeigte den anderen ein Foto, das ihre Neugierde befriedigte. Es zeigte Margarita und den Oberst beim Abendessen im Speisesaal mit Datum und Zeitangabe.

»Das sind der Tag und der Zeitpunkt, an dem Orlando gestorben ist«, meinte Gabriel.

»Dann kann sie es also nicht gewesen sein«, erklärte Mónica. »Margarita können wir ausschließen.«

»Übrigens ist der Typ gar nicht übel«, witzelte Suselen. »Er wirkt überaus energisch. Ich wette, deine Mutter hat ihre Freude an ihm.«

Ruth hielt ihr den Mund zu.

»Su!«

»Was? Immerhin hat sie sich keinen Toy Boy gesucht!« Dann berichtete Suselen, was sie herausgefunden hatte. »Jetzt erzähl ich euch mal, dass ich ein sehr erbauliches Gespräch mit meiner Mutter in ihrem Tanzstudio hatte, dessen Inhalt ich euch erspare, weil er ziemlich schwer verdaulich ist. Aber falls es euch interessiert, teile ich euch gern mit, dass am Eingang ein Beutel mit Epsom-Salz gestanden hat. Das ist das Zeug, das Orlando in seinem Kalender erwähnt hat.«

»Reste davon wurden in der Badewanne meiner Mutter gefunden«, sagte Mónica und schlug Orlandos Kalender auf. »Und jetzt hört euch mal an, was er letztes Jahr Weihnachten geschrieben hat, bevor er zu Suselens Aufführung gegangen ist. Anscheinend hatte Ágata ihm die Karte bezahlt, mit der Bitte, dass er ihr nachher alles berichten soll.«

Suselen wirkte angespannt, als Mónica vorzulesen begann.

Die meisten Hunde werden aggressiv, wenn sie Angst haben. Und genauso ist es bei den Menschen. Deswegen tut mir Ágata leid. Ihr Spanischer Windhund hat sich angepasst und ist süchtig nach Liebe. Er ist ein Tier, das unbedingt Aufmerksamkeit erregen will. Mir ist aufgefallen, dass er Ágata imitiert, um akzeptiert zu werden, was ein Zeichen für seine Intelligenz und sein Mitgefühl ist. Der Hund folgt ihr überallhin. Er niest, wenn sie niest. Er streckt sich, wenn sie es tut. Und wenn sie sich einen Knöchel verstaucht hat, fängt er an zu hinken. Dieses Imitieren ist ein Zeichen von Intelligenz, weil es Empathie hervorruft. Pavlova verhält sich so, um akzeptiert zu werden, weil ihr instinktiv auffällt, dass es Ágata gefällt, wenn sie sie imitiert. Und zur Belohnung sorgt Ágata dafür, dass ihr Hund sich wichtig und gesehen fühlt.

Dieser Eintrag war eine bittere Pille für Suselen, die sie erst einmal schlucken musste.

Sie entschuldigte sich bei den anderen und ging Richtung Toiletten. Im Waschraum ließ sie sich kaltes Wasser über den Puls laufen. Ihr war schlecht. Wie sollte man sich auch sonst fühlen, wenn man gerade erfahren hatte, dass man sich als Kind wie ein geprügelter Hund verhalten hatte? Das, was bei der Hündin ein Zeichen von Intelligenz war, war bei ihr wahrscheinlich eher ein Zeichen geistiger Rückentwicklung.

Als sie an den Tisch zurückkehrte, merkte sie, dass die anderen auf sie gewartet hatten, weil Mónica mit ihren Ausführungen erst weitermachen wollte, wenn sie wieder da war.

»Geht es dir gut?«, fragte Gabriel Suselen, als er merkte, wie rot sie im Gesicht war.

»Ja, ja, das ist nur die Schilddrüse. Manchmal bekomme ich Hitzewallungen.«

Dann begann Mónica ihre neue Hypothese zu erläutern.

»Also, wir halten fest: Orlando hat Ágata einen Hund besorgt.«

»Ja, einen Spanischen Windhund, der genauso ausgemergelt ist wie sein Frauchen«, ergänzte Suselen mitleidlos.

Mónica ließ sich nicht in ihren Ausführungen beirren.

»Und als Orlando erfahren hatte, wer Ágatas Tochter ist, hat er sie um ein Autogrammfoto gebeten. Doch da Ágata seit Längerem keinen Kontakt mehr zu ihrer Tochter hatte, hat sie das Foto kurzerhand selbst unterschrieben. Deswegen haben wir es unter Orlandos Sachen auf dem Dachboden gefunden.«

»Deshalb«, unterbrach Suselen ihre Freundin, »und weil sie vorhat, mich auszulöschen und an meine Stelle zu treten. Ich war ihr schon immer ein Dorn im Auge. Wahrscheinlich wird an der Plaza de Oriente bald ein Remake von *Psycho* gedreht. Ich hoffe nur, dass Dakota Johnson mich in dem Film spielen wird, sie wäre meine Traumbesetzung«, erklärte sie zynisch.

Mónica lächelte Suselen mitleidig an. Sie spürte die Angst, die sich unter dem beißenden Kommentar verbarg. Suselen tat, als machte ihr das alles nichts aus. Was eindeutig nicht der Fall war. Vorsichtig und um ihre Freundin nicht zu verletzen, fuhr sie fort: »Das bedeutet also, dass sich Ágata und Orlando über den Hund näher kennengelernt haben. Und dass der Hund Ágata laut Orlandos Einschätzung gespiegelt hat. Wer weiß, was Ágata erlebt hat und weshalb sie so aggressiv war. Vielleicht wurde sie auch misshandelt, vielleicht hatte sie eine Aversion gegen Männer.«

»Eine Aversion gegen Männer?« Suselen lachte. »Das wüsste ich aber. Meine Mutter hat sich doch immer wie eine Geisha verhalten. Sobald ein Mann ins Spiel kam, hat sie ihr Alter verschwiegen und sich benommen wie ein albernes junges Mädchen. Wer weiß, ob sie Orlando bei ihren Massagen nicht verführt hat«, erklärte sie anklagend. »Zuzutrauen wäre es ihr.« Sie winkte ab. »Aber das ist ja auch ganz egal«, sagte sie und bemühte sich, ruhiger zu werden. »Entscheidend ist, dass ich, als ich bei ihr im Studio war, diesen Beutel Epsom-Salz entdeckt habe. Das sagt ja wohl alles.«

»Aber was soll dann das Motiv gewesen sein?«, fragte Ruth. »Warum sollte sie Orlando plötzlich töten, wenn sie ihn doch massiert hat?«

»Ihr wisst nicht, wie sie sein kann, wenn sie in Rage gerät. Ich traue meiner Mutter durchaus zu, dass sie ihn aus Eifersucht umgebracht hat«, sagte Suselen düster.

»Aus Eifersucht? Aber auf wen?«, erkundigte sich Gabriel überrascht.

»Auf Elisa natürlich«, entgegnete Suselen. Sie nahm Mónica das Notizbuch aus der Hand und blätterte darin herum.

»Hier! Hört euch das mal an«, sagte sie schließlich.

Es ist schade, dass Ágata Elisa nichts gönnen kann. Ich versuche irgendwie mit ihrer Eifersucht umzugehen, aber am Ende zieht sie mich doch mit hinein. Es ist, als würde man zwei Hunden, die schon als Welpen Spielkameraden waren, einen Knochen hinlegen, um den sie sich dann streiten. Jede kämpft um ihr Revier.

Mónica schien eine Erleuchtung zu haben. »Also könnte es folgendermaßen abgelaufen sein«, begann sie, und die anderen hörten ihr gespannt zu. »Nehmen wir an, dass Ágata Orlando während der Massagen verführt hat. Und eines Tages erzählt er ihr, wie sehr ihm Elisas Wohnung und besonders die Badewanne gefallen. Daraufhin fragt Ágata ihn, woher er das weiß, denn Elisa hat ja gar keinen Hund. Wieso also kennt er ihre Wohnung? Ágata ist jetzt bereits leicht aggressiv. Er erzählt ihr, dass er das Schutznetz an ihrem Balkon angebracht hat, was der Wahrheit entspricht. Aber Ágata glaubt nicht, dass das der wahre Grund ist. Sie ist verrückt vor Eifersucht, weil ihr neuer Liebhaber sie ganz offensichtlich betrügt … Ein paar Tage später erzählt sie Orlando, dass Elisa einige Tage verreisen wird und ihr ihre Wohnung überlässt. Sie bietet ihm ein Entspannungsbad in der Wanne an, die ihm so gut gefällt. Und als Orlando in die Wohnung kommt, ist Ágata noch nicht da, aber ein Essen steht für ihn auf dem Tisch bereit. Also isst er erst mal etwas und vertreibt sich die Zeit damit, einen Film zu schauen. Denn laut der Aussage von Pin und Pon hat Orlando während des Essens ferngesehen. Und als der Techniker, der bei meiner Mutter war, gefragt hat, ob sie den Film zu Ende sehen wolle, wusste sie nicht mal, wie man Netflix einstellt.«

Mónica machte eine Pause, um einen Schluck Wasser zu trinken, und schaute, um die Spannung zu steigern, in den hinteren Teil des Lokals. Die anderen folgten ihrem Blick und sahen Ágata an jenem Tag vor sich, nachdem sie zwei Gin Tonics getrunken hatte. »Um sich in Stimmung zu bringen und keinen Rückzieher zu machen«, sagte Ruth.

»Dann verlässt sie das Lokal und ist zu allem entschlossen«, fuhr Mónica fort.

»Sie hat Orlando vorab einen Schlüssel zu Elisas Wohnung gegeben und ihn gebeten, sie in der Badewanne zu erwarten«, ergänzte Gabriel.

»Sie hat alles für einen romantischen Abend organisiert: Musik, eine Dose Kaviar mit Crackern, gesalzene Butter und zwei Gläser, davon eines mit tödlichem Inhalt.« Mónica machte eine kurze Pause, um die Zeit einzuschätzen. »Am späten Abend versichert sich Ágata, dass niemand sie sieht, und steigt in den Aufzug. Sie öffnet mit dem Schlüssel, den sie von Elisa oder Dolores hat, die Wohnungstür, geht durch den Flur und hört die Musik. Dann ruft sie leise seinen Namen: ›Orlando?‹ Doch er antwortet nicht. ›Orlando?‹ Nichts. Isis läuft ihr entgegen und streicht um ihre Beine. Ágata geht durch den Flur, und als sie das Badezimmer betritt, liegt er dort bereits in der Position, in der er später vorgefunden wurde. ›Mist‹, sagt sie, denn ihm ist ein Glas auf den Boden gefallen. Vielleicht ist ihm schwindelig geworden, als er versucht hat, aus der Wanne zu steigen. Sie nähert sich ihm, um sicherzugehen, dass er nicht mehr atmet. Dann gibt sie ihm einen Kuss, ohne seine Lippen zu berühren, um sich zu verabschieden. Es ist Zeit zu gehen. Sie holt den anderen Wohnungsschlüssel aus seiner Jacke und schließt hinter sich ab, als sie die Wohnung verlässt.«

Die anderen sahen Mónica atemlos an. Die Angst, dass Ágata wirklich die Mörderin gewesen sein könnte, stand ihnen ins Gesicht geschrieben. Keiner sagte etwas, bis Suselen das Eis brach und langsam in die Hände klatschte.

»Das gefällt mir. Ist gekauft!«

Ruth wandte sich zu ihr um und stieß sie mit dem Ellbogen an. »Bist du verrückt? Sie ist deine Mutter!«

»Eben drum. Niemand kennt sie besser als ich! Sie ist es gewesen, das war's!«

Gabriel rieb sich nachdenklich die Hände. »Ich muss zugeben, dass mir das mit dem Kuss der schwarzen Witwe ausgesprochen gut gefällt, aber warum hat sie die Tür abgeschlossen? Um die Polizei zu verwirren?«

»Vielleicht hat sie es automatisch gemacht«, entgegnete Mónica. »Und im Übrigen ist sie ja keine professionelle Verbrecherin.«

»Und warum hat sie das zweite Glas nicht mitgenommen?«, wandte Ruth ein. »Dann wäre gar nicht aufgefallen, dass noch jemand dort war.«

»Weil sie fix und fertig war«, erklärte Mónica.

Gabriel sah sie bewundernd an. Mónica war so sexy, wenn sie die Bälle auf diese Art zurückgab.

»Deine Theorie klingt super, Mónica«, sagte Suselen. »Aber das erklärt nicht, wieso das Opfer zwei Stunden nach seinem Tod noch einen Stromschlag erlitten hat.«

Alle dachten nach. Suselen hatte recht. Das war nach wie vor das lose Ende.

»Außerdem …«, überlegte Mónica laut, »stört mich bei näherer Überlegung doch, dass das Ganze so gar nicht zu einem Verbrechen aus Leidenschaft passt. Ich meine, wenn der Grund Eifersucht war, dann sind doch eine so ausgefeilte Planung und eine solche Kaltblütigkeit seltsam, es sei denn …«

»Es sei denn?«, wiederholte Gabriel ungeduldig.

»Es sei denn, wir haben es mit einer Psychopathin wie aus dem Lehrbuch zu tun«, vollendete Ruth den angefangenen Satz.

Die anderen schwiegen entsetzt.

»Eine Psychopathin?«, fragte Gabriel.

»Hab ich's nicht von Anfang an gesagt?« Suselen schlug mit der flachen Hand auf den Tisch. »Eigentlich eine rhetorische Frage, wenn man über meine Kindheit Bescheid weiß.«

Gabriel rieb sich die Hände, als ob ihm kalt wäre. Irgendetwas stimmte da nicht. Und diese ganzen Theorien erschienen ihm doch ziemlich verworren.

»Andererseits … warum hat sie ihn dann ausgerechnet in der Wohnung meiner Mutter umgebracht?«, überlegte Mónica laut.

»Na, weil sie die Schuld auf sie schieben wollte!«, entgegnete Suselen ungeduldig. »Das war doch der perfekte Ort! So hat sie zwei Fliegen mit einer Klappe geschlagen und sich an beiden gerächt! Das passt doch alles prima zusammen.«

Zumindest schien dies allen die bisher beste Hypothese zu sein. Allerdings hatte Mónica das Telefongespräch zwischen ihrer Mutter und Ágata noch nicht erwähnt, das sie heimlich mitgehört hatte. Warum sollte Elisa ihre Freundin davor warnen, dass ihre Tochter nach ihrem Vater suchte, wenn diese versucht hatte, ihr einen Mord in die Schuhe zu schieben? Ruth ihrerseits dachte über die Vehemenz nach, mit der ihre Mutter Ágatas Grausamkeit gegenüber ihrer Tochter verteidigt hatte, und hatte das Gefühl, Suselen die wichtige Information, über die sie verfügte, nicht länger verschweigen zu dürfen.

Sie nutzte die Gelegenheit, dass Mónica und Gabriel damit beschäftigt waren, irgendetwas aufzuzeichnen, um Suselen vorzuschlagen, sich an der Theke ein Getränk zu holen und draußen ein wenig Luft zu schnappen.

»Mach dir keine Sorgen um mich«, sagte diese. »Zum ersten Mal nach langer Zeit kann ich befreit atmen.«

»Gerade deshalb solltest du mitkommen.«

Ruth bestellte ein Glas Gin Tonic, leerte es in einem Zug und bestellte ein weiteres, um es mit nach draußen zu nehmen. Suselen sah ihr überrascht zu und folgte ihr brav wie ein Lamm zur Schlachtbank.

Für einen Freitagabend war draußen wenig los. Die kleine Straße, in der sich das Senatsgebäude befand, sah aus wie eine Sackgasse, weswegen Touristen oder Leute, die sich im Viertel nicht auskannten, sie mieden. Die Bäume im Garten des Senats wiegten sich sanft im Wind, der den Duft der Berge nach Madrid brachte. Alles war schön und friedlich, und Ruth war kurz davor, einen Rückzieher zu machen, aber eine solche Sache durfte sie ihrer Freundin nicht verschweigen.

»Suselen, ich weiß nicht, worüber du mit deiner Mutter gesprochen hast, bevor wir uns gesehen haben ...« Sie schluckte. »Ich will dir nur sagen, dass ich, unabhängig davon, was sie getan hat, hoffe, dass es darum ging, ihr zu verzeihen.«

Suselen sah sie an, als hätte sie in einer fremden Sprache gesprochen. »Ihr zu verzeihen?«, wiederholte sie.

»Ja, Suselen, denn das ist die einzige Möglichkeit, die du hast, um dich von der Vergangenheit zu befreien und die Menschen in deiner Gegenwart so zu sehen, wie sie sind. Ohne sie mit ungelösten Problemen zu belasten, die andere Menschen betreffen ...«

»Ihr zu verzeihen?«, fiel Suselen ihr ins Wort und knöpfte ihren Mantel zu. »Mach mal eine Pause, Ruth, oder besser noch, erspar dir deine Predigt. Wir sind jetzt erwachsen, und deine Gutmenschen-Theorie funktioniert nicht mehr. Die war ganz hübsch, als wir noch an die Zahnmaus und den Nikolaus geglaubt haben. Aber bevor du mit dieser neuen Mission des Friedens fortfährst, zu deren lebenslangem Mitglied du dich offenbar ernannt hast, lass mich dir etwas erzählen.«

Und während Ruth angesichts der plötzlichen Aggressivität ihrer Freundin wie erstarrt war, lud Suselen alles bei ihr ab, was sie noch auf dem Herzen hatte. Wie ihre Mutter während des Unterrichts ein Bier nach dem anderen getrunken hatte, um ihre Nervosität anschließend mit dem Stock an ihr abzureagieren. Obwohl sie ihrer Mutter damals alles verziehen hatte und sich mit guten Noten oder anderen Auszeichnungen bei ihr beliebt machen wollte.

Angesichts ihrer eigenen Naivität legte sie ungläubig den Kopf zurück. »Nur leider war die unvermeidliche Reaktion meiner Mutter, dass sie noch distanzierter wurde und meine Ziele einfach ignorierte. Also, nein, ich habe ihr nicht verziehen, weil sie mich auch nie um Verzeihung gebeten hat, Ruth, und nein, ich werde sie nicht zur Premiere einladen. Nicht, weil sie verdächtig ist, einen Mord begangen zu haben, wobei das schon genug wäre, sondern weil sie alles tun würde, um auf ihre Kosten zu kommen und mein Glück zu zerstören. Denn sie hat einen großen Teil ihres Lebens damit verbracht, mir deutlich zu machen, dass sie mich als Person oder in Ausübung meines Berufes niemals lieben wird.« Erregt ging Suselen auf der Straße auf und ab. »Inzwischen bin ich alt genug, um zu wissen, dass niemand die Lücke füllen kann, die die fehlende Mutterliebe bei mir hinterlassen hat. Daher habe ich gelernt, von niemandem Unterstützung zu erwarten, obwohl ich, um weiterleben zu können, das Gefühl brauche, allgemein geschätzt zu werden. Natürlich schäme ich mich, vor euch so über sie zu reden«, sagte Suselen und trat auf ihre Freundin zu, die in ihren flachen Schuhen so viel kleiner war als sie. »Und das Schlimmste ist, dass ich mich für mich selbst schäme. Meine Therapeutin in London ist reich damit geworden, mir zu erklären, dass ein Kind automatisch die Nähe seiner Mutter sucht. Und das ist das, was mir fehlt.« Sie machte eine Pause. »Ich erzähle dir mal eine Sache, für die ich mich schäme, okay? Etwas, das in dem ersten Sommer passiert ist, als wir nach Spanien gekommen sind, um sie zu besuchen. Und danach habe ich beschlossen, dass Dafne keinen Kontakt mehr zu ihr haben soll. Sie war damals fünf Jahre alt. Wir waren zum Abendessen verabredet, und als wir ins Tanzstudio kamen, um sie abzuholen, sah sie aus, als hätte sie seit Tagen nicht mehr geschlafen oder geduscht. Später habe ich erfahren, dass sie von ihrem x-ten Liebhaber verlassen worden war. Ich hätte gleich wieder gehen sollen, als sie mich theatralisch ansah und meinte: ›Planänderung. Wir nehmen das Auto und fahren zum Essen zum Monte de Pardo. Da waren wir mit deinem Vater. Erinnerst du dich? Um uns die Hirsche anzusehen. Wir sind immer gern dort hingefahren, bis ich erfahren habe, dass dein Vater mir so oft die Hörner aufgesetzt hat, dass ich genauso ein Geweih hatte wie sie.‹

Das war das erste Mal, dass sie meinen Vater erwähnte, seitdem er uns damals verlassen hatte. Jedenfalls sind wir in ihren alten Geländewagen gestiegen. Ich erinnere mich noch genau an den muffigen Geruch und die schmutzigen Fußmatten in dem Auto. Nachdem wir die Stadt verlassen hatten, gab sie immer mehr Gas. Sie lachte, warf mir irre Blicke zu und fuhr immer schneller. Wie so oft habe ich gerufen: ›Mama, hör auf! Bitte hör auf damit, du wirst uns umbringen!‹ Aber sie hörte nicht auf, im Gegenteil, meine Angst, mit der ich mein weinendes Kind umklammert hielt, schien ihr zu gefallen. Die wenigen Autos, die uns entgegenkamen, hupten. Zum Glück war es Sonntagabend, und es war nicht so viel los auf der Straße. Erst als wir wieder in Madrid waren und vor dem Studio anhielten, kam sie zur Vernunft.« Suselen schluckte mühsam. »Ich bin mit

Dafne auf dem Arm, die furchtbar geweint hat, aus dem Auto gestiegen und konnte mich kaum auf den Beinen halten. ›Warum hast du das getan? Ist dir klar, dass du uns fast umgebracht hättest?‹, habe ich sie angeschrien, wobei ich spürte, wie die Saat des Hasses in mir aufkeimte. ›Wolltest du uns umbringen, oder was? Wenn es unbedingt sein muss, dann bring doch dich um.‹ Und dann habe ich ihr gesagt, dass sie weder mich noch ihr Enkelkind jemals wiedersehen wird.« Suselen sah Ruth an. »Und weißt du, was sie mir geantwortet hat? Sie hat mir ins Gesicht gelacht und gesagt: ›Kind, dass du immer so übertreiben musst. Sei doch nicht so theatralisch.‹ Da ist mir klar geworden, dass meine Mutter vollkommen gestört ist. Wobei ich bis heute nicht weiß, seit wann sie so ist und warum.«

Sie schwieg einen Augenblick.

»Ich habe es wirklich versucht, aber meine Mutter hat zu viel Schaden angerichtet.« Sie schüttelte den Kopf. »Es gab eine Zeit, in der ich schon damit zufrieden war, wenn mich alle in Ruhe gelassen haben.« Suselen lächelte bemüht. »Ich brauche niemanden, habe ich mir gesagt. Aber das stimmt nicht, Ruth. Wir alle brauchen jemanden, der sich um uns kümmert.« Sie sah Ruth eindringlich an.

»Nach vielen Versuchen, die mich viel Kraft gekostet haben, ist es mir schließlich gelungen, einen Mann zu finden, bei dem ich mich sicher fühle, und ich habe eine Tochter, um die ich mich so liebevoll kümmere, wie ich es selbst nie erfahren habe. Ich weiß, was du mir geraten hast, und ich wünschte, es wäre anders, aber ich brauche diesen Abstand von meiner Mutter, verstehst du das?«

»Ja, natürlich verstehe ich das«, sagte Ruth zu Suselens Überraschung. »Ich verstehe, wie schlecht du dich gefühlt haben musst, weil es unheimlich schwer ist, so über die eigene Mutter zu reden, denn die Figur der Mutter ist heilig, und man hört nicht gern, dass es Mütter gibt, die ihre Kinder nicht lieben können.« Ruth hob die Hände wie eine Priesterin. »Die Unglücklichen! Diese schlechten Töchter, die eines der größten Tabus brechen, das jemals existiert hat! Einer Mutter muss man huldigen, ohne irgendwas zu hinterfragen! Das ist hier eingebrannt.« Sie tippte sich an die Stirn. »Und im kollektiven Bewusstsein verankert. Und das gibt Frauen wie deiner Mutter eine unerhörte Macht. Und macht es anderen Frauen unmöglich, eine gesunde Beziehung zu ihren Kindern zu haben.«

»Das verstehe ich nicht.« Suselen schaute sie perplex an. »Dann bist du also meiner Meinung? Und sagst mir trotzdem, dass ich meiner Mutter verzeihen und mich ihr wieder annähern soll?«

Ruth nahm die Brille ab und sah ihrer Freundin in die Augen.

»Ich habe nicht gesagt, dass du dich ihr annähern sollst, Suselen, sondern du sollst verstehen, dass sie getan hat, was sie konnte. Glaub mir, ihr zu verzeihen ist die einzige Art und Weise, das zwischen euch zu reparieren.«

Suselen lachte bitter.

»Reparieren? Wie kann man etwas reparieren, das von Anfang an kaputt war? Meine Mutter und ich sind nicht zu reparieren, Ruth, vielleicht bist du diejenige, die verstehen muss, dass es hoffnungslose Fälle gibt. Denn sie ist einer. Und ich bin einer. So etwas lässt sich nicht einfach so reparieren, indem man die Vergangenheit verbiegt, meine Geschichte mit ihr neu erfindet, damit sie weniger schmerzhaft ist. Es macht mir Angst, diese Dunkelheit noch einmal zu betreten.«

»Das weiß ich, Su«, sagte Ruth und bemühte sich, es so neutral wie möglich auszudrücken. »Du musst diese Dunkelheit ja auch nicht erneut betreten, aber du musst eine Möglichkeit finden, in der Gegenwart mit ihr umzugehen. So wie heute, ohne Beschönigungen, den Schmerz als eine

Art Trauer sehen und dir bewusst machen, dass du eben keine richtige Mutter hattest. Ohne Schuldgefühle anerkennen, dass man sich seine Mutter nicht aussuchen kann und dass es nicht deine Schuld war, dass du sie geliebt hast. Wenn wir auf die Welt kommen, sind wir darauf programmiert, diejenige zu lieben, die uns aufzieht. Du hast für physische Distanz gesorgt, aber genügend emotionale Distanz zu schaffen, um verzeihen zu können, ist die einzige Art und Weise, sich von dieser emotionalen Last zu befreien und sie nicht weiterzugeben. Das wäre mein Rat.«

Suselen betrachtete ihre Freundin mit einem abschätzigen Blick. »Darf ich dir jetzt mal einen Rat geben, Ruth? Warum kümmerst du dich nicht mal um dein eigenes Leben? Hör auf zu versuchen, alle zu therapieren. Denn darum hat dich keiner gebeten. Ich jedenfalls nicht. Machst du das, um dich selbst gut zu fühlen?«

Ruth spürte den Schlag beinah körperlich. Sie griff sich an ihre Brust, die plötzlich schmerzte. Auch Suselen schien zu merken, dass sie zu weit gegangen war. Sie hatte in die falsche Richtung geschlagen.

»Entschuldige, ich hab's nicht so gemeint«, sagte sie, und ihre Augen waren mit einem Mal so traurig wie ein verlöschender Stern. »Aber sag mir: Was habe ich falsch gemacht, dass sie mich nicht lieben konnte? Sie hat mir heute gesagt, dass sie nie Mutter sein wollte.«

Daraufhin versuchte Ruth den Schmerz von der Freundschaft zu trennen. »Das Wichtige ist, nicht nur auf die Worte zu hören, sondern zu verstehen, was dahintersteckt«, sagte sie behutsam. »Denn das ist das, was sie wirklich sagen will. Ich glaube, dass deine Mutter im Grunde leidet, weil sie es nicht besser machen konnte.«

Suselen lachte trocken, und dann fing sie plötzlich an zu weinen. »Deswegen will ich ihr die Gelegenheit gegeben, es besser zu machen. Mit meiner Tochter«, sagte sie unter Tränen und zu Ruths Überraschung. »Die Liebe zu ihr könnte auf uns heilend wirken. Und deshalb möchte ich auch, dass Dafne meinen Vater kennenlernt. Weil sie mich darum gebeten hat. Und weil ich eine Antwort auf die Frage brauche, warum er uns verlassen hat, sodass meine Mutter den Verstand verloren und unser Leben zerstört hat.«

Ruth atmete tief durch. Nun konnte sie es nicht weiter aufschieben.

»Suselen, dein Vater ist tot.«

Suselen starrte ihre Freundin an, als hätte sie in einer fremden Sprache geredet. Dann machte sie ein paar Schritte zurück, bis sie an die Mauer des *Caripén* stieß, und krallte ihre Hände in den Putz. Ruth lehnte sich neben sie an die Wand. Nach einer langen Zeit, in der keiner etwas sagte und Ruth schon befürchtete, dass sie ihre Freundin verloren hätte, wagte sie auszusprechen, was sie die ganze Zeit schon gedacht hatte: »Ob du es glaubst oder nicht, Suselen, aber was eine wichtige Sache betrifft, waren wir beide in der gleichen Lage.«

»Du und ich?«, entgegnete Suselen, ohne sie anzusehen und ohne jeglichen Anflug von Freundlichkeit in der Stimme. »Wie könnten wir in der gleichen Lage gewesen sein. Was haben wir schon gemeinsam?«

»Dass wir beide als Kinder von unseren Müttern keine Zärtlichkeit erfahren haben.«

Suselen drehte den Kopf und schaute Ruth ungläubig an. Und dann umarmten sich die beiden Freundinnen in der Dunkelheit und weinten zusammen, während sie hörten, wie die königlichen Pfaue um Punkt neun Uhr ihre Rufe ausstießen.

Für Orlando

An bestimmten Wochen im Jahr legte die Plaza de Oriente ein Festgewand an. Das tat sie vollkommen ungezwungen wie eine Dame aus dem Königshaus, die es gewohnt ist, große Feierlichkeiten gekonnt zu absolvieren. Im Laufe der Jahrhunderte war sie für die Durchführung von Krönungen, Hinrichtungen, Demonstrationen, Prozessionen und Heiligsprechungen auserwählt worden, und wie jede ruhmreiche Seniorin, die schon lange auf der Erde weilt, hatte sie viel Mobiliar, Skulpturen und Denkmäler angesammelt, die an verschiedene Jahrhunderte erinnerten, in dem Bewusstsein, dass eine ihrer unzähligen Verantwortlichkeiten darin bestand, das historische Gedächtnis zu bewahren. Eine andere, die sie mehr zu genießen schien, weil sie weniger protokollarisch war, war das, wozu der Platz sonst noch diente: das Zusammenführen von Menschen, unzählige Gespräche, Feste, Spiele, Vorführungen jeglicher Art, Sportveranstaltungen, Märkte und alles andere, was dort geschah, wie die Küsse der Verliebten auf den Bänken oder im Gras, die flüchtigen erotischen Abenteuer im Schutz der Büsche und manchmal auch … die Verbrechen.

Ja, die große Plaza war auch ein Ort für Verbrechen.

So war sie zum Beispiel ein Umschlagplatz für teure Drogen. Deswegen ließen die Ordnungshüter der Stadt sie nicht aus den Augen, ohne sie gänzlich jemals unter Kontrolle zu bekommen. Als einzige nach Westen orientierte Plaza hatte sie sich schon immer gewisse Freiheiten erlaubt.

So hatte sie das, was in jener Ecke geschah, wo sich seit vielen Jahren das Tanzstudio befand, lange verschwiegen. Sie hatte Ágata schon als Kind gekannt und sich vielleicht wegen dieser langjährigen Bindung dazu entschieden, einige der düstersten Episoden ihres Lebens im Verborgenen zu lassen. Doch der Verlauf der Ereignisse in der jüngsten Zeit zwang sie, endlich Licht in die Sache zu bringen.

Und dafür war dies die perfekte Nacht.

Ágatas Tochter Suselen war zurückgekehrt und zu einem schimmernden Stern geworden, der perfekt zu der bereits angebrachten Weihnachtsbeleuchtung passte. In diesem Jahr wirkte Letztere besonders magisch, denn es war der erste Winter nach der Pandemie, und die Leute freuten sich wie nie zuvor über ihren Anblick, was die dramatische, opernhafte Atmosphäre des Abends noch verstärkte. Der riesige Weihnachtsbaum vor dem Teatro Real wartete noch darauf, dass die vielen Hundert goldenen Lichter an ihm eingeschaltet wurden, und das Theater selbst war mit Girlanden aus Pinienzweigen, Lichtern und roten Schleifen an allen Balkonen geschmückt. Die perfekte Szenerie also, um die acht Helden dieser Geschichte zu empfangen.

Suselen hatte die beiden nebeneinanderliegenden Logen reserviert, die der Bühne am nächsten waren. Die Zuschauer dort hatten zwar nicht die beste Sicht, aber sie konnte ihre Gäste von der Bühne aus im Auge behalten.

An diesem Abend würde sie nur für sie singen.

Keiner hatte gewagt, es zu fragen, aber sie hatte auch ihre Mutter eingeladen, auch wenn diese, wie die Dame an der Kasse sagte, ihre Karte noch nicht abgeholt hatte.

Gabriel beobachtete, wie Dolores sich zurechtmachte. In den letzten Wochen hatte er deutliche Veränderungen bei ihr wahrgenommen, und er hatte keinen Zweifel, woran dies lag. Unter Ruths medizinischer Aufsicht hatte sie nach und nach aufgehört, das Medikament gegen postnatale Depression zu nehmen, und schon jetzt wirkte sie viel lebendiger und spontaner. Sie erledigte nicht mehr alles im Schneckentempo, und die unbegründeten Ängste sowie die Agoraphobie, die laut seinem Vater mit dem Beginn ihrer Mutterschaft begonnen hatte, verschwanden allmählich.

Dolores wandte sich ihrem Sohn zu und hielt sich zwei verschiedene Ohrringe dicht neben das Ohr. Welche standen ihr besser? Gabriel wies auf ein Paar aus altem Silber mit winzigen Brillanten und lächelte. Sie sah sehr elegant aus. In diesem Moment konnte er nicht anders, als sich zu fragen, wie ihr Leben wohl verlaufen wäre, wenn sie dieses verdammte Medikament schon früher abgesetzt hätte.

Zudem ging ihm immer wieder durch den Kopf, dass nur Orlando, ein absolut Fremder, in der Lage gewesen war, hinter den abgestumpften Menschen zu blicken, zu dem Dolores über die Jahre geworden war. Als Erstes hatte er einen Gefährten für sie gesucht, Oxitocina, der sie nicht nur zwang, regelmäßig die Wohnung zu verlassen, sondern – wie Gabriel anhand von Orlandos Notizen herausgefunden hatte – auch darauf abgerichtet war, die Alkoholflaschen zu finden, die sein Frauchen in der Wohnung versteckte. Daher war es kein Zufall, dass Gabriel sie schon mal mitten auf dem Teppich oder auf dem Sofa vorfand.

Oxitocina, die wie jede Bulldogge gutmütig und verspielt war, war als Aufpasserin gut geeignet. Sie verfügte nicht über die Intelligenz von Bowie, erledigte einfache Aufgaben aber mit Begeisterung.

Bowie dagegen spürte derart genau, wann sein Frauchen verwirrt, desorientiert oder traurig war, dass er sie an dem Tag, an dem sie den Schlaganfall hatte, sofort zur Residenz geführt hatte. Im Allgemeinen folgte er ihr durch die Wohnung und fand die Schüssel oder das Handy, wenn sie sie an einem ungewohnten Ort wie im Kleiderschrank oder in der Mikrowelle abgelegt hatte.

An diesem Abend lag er Margarita zu Füßen, während diese mit der Puderquaste über ihre schmale Nase und die fast durchsichtige, faltenlose Haut strich. Hinter ihr stand der Oberst und warf ihr bewundernde Blicke zu, während er versuchte, sich die Fliege zu binden. Margarita sah aus wie eine zierliche Marmorfigur. Mit ihren langen, schlanken Fingern frisierte sie sich das Haar, legte einen perlmuttfarbenen Lidschatten auf, schmückte ihren Schwanenhals mit der eleganten Perlenkette, die ein Familienerbstück war, schminkte sich die schmalen Lippen hellrosa und trug ein gerade geschnittenes weißes Satinkleid, das ihr bis zu den Füßen reichte.

»Du bist die schönste Frau, die ich in meinem ganzen Leben gesehen habe«, sagte der Oberst und hauchte ihr einen Kuss aufs Haar.

Margarita nahm das Kompliment lächelnd entgegen.

»Die Fliege sieht furchtbar aus.« Sie stand mit einer anmutigen Bewegung auf, um sie ihm neu zu binden. »Das kann ich besser.«

»Das bezweifle ich nicht.« Er blickte in ihre grauen Augen, die ganz auf ihre geschickten Finger konzentriert waren.

»Ich liebe es, wenn Männer Fliegen tragen. Mein Mann hat nie eine angezogen. Auch keinen Hut. Schön, dass du anders bist, denn ich habe mir schon immer gewünscht, dass mich mal ein Mann mit Fliege und Hut zur Oper begleitet.«

»Na, jetzt hast du einen.« Er half ihr in den Mantel und bot ihr seinen Arm.

Sie griff spontan auf fast jungmädchenhafte Art nach seiner Hand, und er küsste die ihre. An der Tür wartete Bowie auf sie, um sich zu verabschieden, und streckte seinem Frauchen den Kopf entgegen. Margarita legte ihre schmale Hand auf sein weißes Fell.

»Pass gut auf die Wohnung auf …«

Irgendwie blieb sie an diesem Satz hängen, da sie ihn leise wiederholte, als ob ihr etwas entfallen sei.

Bowie schaute hilfesuchend zum Oberst, und der machte einen Schritt auf ihn zu und streichelte ihn. »Pass gut auf die Wohnung auf … *Bowie*«, beendete er den Satz.

»Bowie«, wiederholte Margarita mit einem erleichterten Blick und streichelte ihm über das Fell. »Sicher … mein treuer Bowie. Mein Lieber …«

Der Hund wedelte freudig mit dem Schwanz und trat zur Seite, um das Paar vorbeizulassen.

Draußen wartete Ruth, um zusammen mit ihnen zur Oper zu gehen. Als sie sah, wie die beiden, lachend und elegant gekleidet, Hand in Hand durch die Tür traten, erschienen sie ihr wie ein junges Paar beim ersten Rendezvous. Sie musste zugeben, dass sie ein schönes Paar waren, und entschuldigte sich dafür in Gedanken bei ihrem Vater.

Als Margarita zu ihrer Tochter trat, strich sie ihr die rebellische Haarsträhne nach hinten, die sich schon, als sie noch ein Kind war, nicht bändigen ließ.

»Das ist Andrés«, sagte sie.

Der Oberst zog den Handschuh aus und reichte Ruth komplizenhaft die Hand.

Und damit hatten sie einen Pakt geschlossen. Margarita würde nie von ihrem Gespräch erfahren.

»Ich freue mich, dich kennenzulernen, Andrés«, sagte Ruth, die erleichtert war, ihn nun nicht mehr »den Oberst« nennen zu müssen.

»Ja, ich freue mich auch, Ruth«, entgegnete er höflich.

»Lasst uns aufbrechen«, forderte Margarita die beiden auf. »Ich ertrage die Oper nur, wenn ich vorher ein Glas

Champagner getrunken habe.« Und dann machten sie sich gemeinsam auf den Weg.

Elisa ihrerseits war zu ihrem Friseur nach Majadahonda gefahren, da niemand ihr Haar besser schnitt, und die Rückfahrt war ein Albtraum. Sie kam nur bis zur Plaza de la Ópera, weil die Stadtverwaltung die Straße abgesperrt hatte, um die vorweihnachtliche Menschenflut, die zur Puerta del Sol strömte, unter Kontrolle zu bringen.

»Was ist das denn für ein Mist!«, rief sie zornig, als man sie nicht weiterfahren ließ. »Sind wir hier jetzt in China?«

Während sich im Stadtzentrum die kollektive Weihnachtshysterie konzentrierte, ließ Elisa die ihre an dem Polizisten aus, der ihr den Weg verstellte.

Sie schnaubte wie ein Walross und rief Mónica an.

»Mama? Wo bleibst du denn?«, sagte Mónica. »In zwanzig Minuten geht's los!«

»Diese Leute lassen mich nicht durch.«

»Wer?«

Mónica hörte eine Stimme, die anscheinend einem Polizisten gehörte, sagen, dass Elisa irgendwo anders entlangfahren sollte.

»Aber ich bin doch fast da, Sie Kamel.«

»Noch so eine Bemerkung, und ich verwarne Sie wegen Beamtenbeleidigung«, hörte Mónica den Mann sagen.

»Mama, bitte gibt mir mal den Polizisten.«

»Was für ein Scheißland! Ich hasse diese menschenunwürdige Stadt.«

Der Polizist schien endgültig die Geduld zu verlieren. »Señora, tun Sie mir endlich den Gefallen …«

»Meine Tochter möchte mit Ihnen reden.«

Der Mann sagte, dass er mit niemandem reden wolle. Dass sie nicht durchfahren dürfe und auf der Calle Bailén umdrehen solle.

»Aber sehen Sie denn nicht, dass ich eine ältere Dame bin und spät dran bin und keinen Umweg zu einem Theater fahren will, das ich am Ende der Straße bereits sehen kann?«

»Mama! Benutz die Freisprechanlage bitte!« Mónica spürte, wie eine leichte Panik in ihr aufstieg.

Dann konnte sie dem Beamten endlich höflich erklären, dass sie ihrer Mutter in diesem Moment die Eintrittskarte aufs Handy schicken werde, damit er sich davon überzeugen könne, dass ihre Angaben stimmten. Und sie fügte noch dramatisch hinzu, dass ihre Mutter in psychiatrischer Behandlung sei, weshalb ihre Reaktion manchmal ein wenig heftig ausfalle.

Der Mann schwieg verdutzt und sagte dann, dass sie die Karte schicken solle, und kurz darauf ließ er Elisa durch.

»Aha, junger Mann«, hörte Mónica Elisa schimpfen, »na, mal sehen, ob die Tatsache, dass Sie einer alten Frau an Weihnachten die Durchfahrt verweigern, Ihnen eine Beförderung einbringt!«

»Mama!«

Wer jedoch noch nicht aufgetaucht war, da ihre Eintrittskarte noch immer an der Kasse lag, war die unfreiwillige Heldin des Abends.

Wo, in Gottes Namen, war Ágata?

Das fragten sich alle, einschließlich ihrer Tochter, der es inzwischen unangenehm war, dauernd bei der Kassiererin nachzufragen, ob die Karte inzwischen abgeholt worden war.

Keiner von ihnen wusste, dass Ágata noch in ihrem Tanzstudio war. Dort saß sie vor dem Spiegel, der aus einem alten Theater stammte und den sie irgendwann einmal auf dem Flohmarkt gekauft hatte. An demselben Tag, an dem sie erfahren hatte, dass sie nie mehr auf der Bühne stehen würde.

An diesem Abend betrachtete sie ihr Spiegelbild, während sie sich langsam den langen weißen Zopf kämmte und ihn zu einem Dutt hochsteckte, als wollte sie gleich die Bühne betreten.

In gewisser Weise würde das auch so sein, wovon sie selbst in diesem Moment jedoch noch nichts ahnte.

Auch Suselens lange Mähne wurde von der Friseurin des Theaters streng zurückgekämmt, bevor sie die charakteristische schwarze Locke auf der Stirn drapierte.

Der Kreis schloss sich, sagte sich die in Carmen verwandelte Opernsängerin.

Sie würde an diesem Abend in dem Theater, neben dem sie geboren war, Premiere feiern, und ihre Mutter würde dabei sein, wenn ihre Tochter in einer ihrer Lieblingsopern glänzte, die von Georges Bizet für eine Mezzosopranistin geschrieben worden war.

Es klopfte an der Tür.

Zuerst erschien eine kleine Hand mit einer weißen Rose, gefolgt von Suselens Tochter.

»*Break a leg, mom*«, sagte Dafne mit perfektem britischem Akzent und dann: »Ich bin so stolz auf dich, Mami.«

Suselen umarmte die Kleine und hatte zum ersten Mal das Gefühl, dass sie sich vielleicht all die Jahre über geirrt hatte. Es stimmte nicht, dass nichts und niemand die Leere füllen konnte, die die fehlende Mutterliebe hinterlassen hatte. Denn diese sieben Worte aus dem kleinen, unschuldigen Mund ihrer Tochter taten ihrem Herzen genauso gut.

Auch Ben war gekommen und gab seiner Frau einen Kuss auf die Nase, um das Werk der Maskenbildnerin nicht zu zerstören.

»Hals und Beinbruch, meine Suße«, sagte er mühsam, und dann tat er mit dem englischen Humor, den sie so an ihm liebte, so, als hinkte er mit gebrochenem Bein aus der Garderobe.

In einer Viertelstunde sollte die Vorstellung beginnen.

Mónica sah zu ihren Müttern hinüber, die plaudernd in der Loge neben ihnen saßen, und wandte sich dann an ihre Freunde.

»Und jetzt, da wir als gute Schäferhunde die Herde zusammengetrieben haben, würde ich sagen, dass wir uns betrinken können.«

»Allerdings, zumal ich intuitiv das Gefühl habe, dass wir es brauchen werden«, versicherte Ruth.

Gabriel warf einen Blick auf die Loge nebenan und dann in den Zuschauersaal, aus dem anhaltendes Stimmengewirr zu ihnen heraufklang. »Und von unserer Hauptverdächtigen keine Spur?«, fragte er.

Mónica verschränkte unauffällig ihre Finger mit den seinen. »Meine Intuition sagt mir, dass Ágata noch kommen wird«, meinte sie leicht nervös. »Dies ist der entscheidende Abend für unsere Ermittlungen, Leute.«

Schließlich war dies das erste und vielleicht einzige Mal, dass sie sich zu acht, gut mit Champagner versorgt, im selben Raum befinden würden. Und das mussten sie nutzen, da waren sie sich einig. Auch darin, dass sie vor der Vorstellung schon ein Glas trinken mussten, um auf das anzustoßen, was es zu feiern gab: Suselens kurz bevorstehenden Erfolg an diesem Abend, Dolores' langsame, aber beeindruckende Besserung, die Liebe zwischen Margarita und dem Oberst, der Ruth ihren Segen gegeben hatte, und Mónicas offizielle Ernennung zur Trainerin für Spezialhunde. Sie ließen ihre Mütter in der Loge zurück und den Oberst mit ein paar Freunden in der daneben und machten sich auf den Weg zur Bar. Was für ein diskreter Mann, sagte sich Ruth überrascht, denn er hatte ausdrücklich gewollt, dass ihre Mutter diesen Abend zusammen mit ihren Freundinnen genoss.

»Ich wünschte, Teo wäre auch so«, sagte sie, woraufhin sich Mónica und Gabriel einen flüchtigen Blick zuwarfen und sich ungewollt fragten, wie sie es wohl hinkriegen würden, Freundschaft und Liebe zu trennen. Aber Moment, sagten sich beide beinah gleichzeitig, wieso »Liebe«? Da es für den anderen doch sicher nur ein Abenteuer gewesen war, der alten Zeiten wegen. In diese Gedanken versunken, folgten sie Ruth über den weichen Teppichboden bis zur Bar.

In der Loge erklärte Elisa nach ihren negativen Erfahrungen mit digitalen Hindernissen und mit Monitoren ausgerüsteten Autoritätspersonen, die nicht in der Lage waren, eigenständig zu denken, ihren Freundinnen ihre neue Theorie über das, was sie den »Plan B« getauft hatte. Dieser ließ sich in der folgenden Prämisse zusammenfassen: Wenn etwas, das digitalisiert war oder von einer Maschine kontrolliert wurde, nicht funktionierte, warum gab es dann nicht einen Plan B, der wie früher von einem Menschen ausgeführt werden konnte? Da Elisa in letzter Zeit alles Mögliche passiert war, konnte sie dafür unzählige Beispiele bringen. Abgesehen von der Sache mit der Gesichtserkennung und dem Clark-Kent-Effekt hatte sie sich vor Kurzem die Kuppe des Zeigefingers an der heißen Pfanne verbrannt und konnte ihr Handy nicht mehr mit dem Fingerabdruck entsperren, wie man es ihr im Telefonladen eingerichtet hatte. »Der Fingerabdruck ist einfach verschwunden, und mein Hautarzt sagt, dass er erst wiederkommt, wenn die Haut nachgewachsen ist. Und jetzt kann keiner, nicht mal der Typ im Telefonladen, mein Handy entsperren!«

Margarita und Dolores hörten ihr entsetzt zu und versicherten ihr ihre Solidarität, da auch sie ihre Schwierigkeiten mit der sogenannten Künstlichen Intelligenz hatten und ihr hilflos gegenüberstanden. Margarita traute dieser Alexa nicht mehr, seit diese in ihrer Wohnung sämtliche Rollläden eigenmächtig geschlossen hatte. »Und dann hat die blöde Kuh sie nicht mehr geöffnet. Ich habe drei Tage und drei Nächte wie in einem Bunker im Dunkeln gesessen und habe mir in der vierten Nacht ein Hotelzimmer genommen, weil ich kurz davor war, eine Panikattacke zu erleiden.«

»Und was wäre dann der Plan B?«, fragte Elisa.

»Na ja, der Plan B wäre, die Verantwortung über die Rollläden nicht komplett einer Maschine zu überlassen, die nicht auf vernünftige Argumente reagiert. Könnte es für solche Fälle nicht wie früher eine Kurbel oder eine Schnur geben? Wir leben in einer Welt von absurden Analphabeten«, schimpfte Margarita. »Aber was soll man auch von einer Gesellschaft erwarten, die alles, von der simpelsten Hausarbeit bis zum Allerwichtigsten, an Maschinen delegiert, die so reagieren, als hätten sie Asperger? Und wenn das System dann zusammenbricht, weiß niemand, was zu tun ist.«

Die anderen sahen sich, angesichts des Laufs, den die Dinge nahmen, betreten an, mussten dann aber trotzdem lachen.

»Mädels, an diesem Punkt angekommen, können wir nur eines machen«, sagte Margarita, hob ihr Glas und blickte nach oben. »Trinken wir auf Orlando.«

»Auf Orlando«, entgegneten die anderen beiden. Elisa zwinkerte ihnen komplizenhaft zu, und Dolores lächelte bewegt.

Direkt über ihnen, an der Bar ein Stockwerk höher, stießen auch ihre Kinder mit dem perlenden Nektar an.

»Auf dass du jetzt offiziell gefährliche Hunde trainieren darfst!« Ruth hob ihr Glas.

»Das sind keine gefährlichen Hunde, Ruth, sondern Spezialhunde, die uns vor gefährlichen Menschen schützen«, erklärte Mónica.

»Gut, aber wir stoßen trotzdem an«, beharrte Gabriel stolz.

»Ja, ich bin superglücklich, aber auch sehr müde, weil mein erster Arbeitstag es in sich hatte. Als Erstes hatte ich mit einem Typen zu tun, der sich zwei Boxerwelpen gekauft hat, die ihn beschützen sollen. Aber wenn ich eins nicht ertragen kann, dann Hundebesitzer, die ihre Tiere vermenschlichen, sie also nicht nur wie Menschen behandeln, sondern auch noch als ihre Simultandolmetscher auftreten. Und dann bin ich an den Besitzer eines Schäferhundes geraten, eines zukünftigen Polizeihundes, der sich wünscht, dass sein Hund sprechen kann, weil er ihn besser versteht als viele Menschen. Angeblich begreift er achtzig Worte, aber ob man damit ein richtiges Gespräch führen kann …«

Ruth ließ sich erneut das Glas füllen. »Also wenn jemand behauptet, dass er sich besser mit seinem Hund unterhalten kann als mit anderen Menschen, dann leidet er eindeutig unter Autismus.«

»Na ja«, meinte Mónica, »mit Fiera geht es mir oft genug ähnlich, dann bin ich eben auch autistisch.«

»Na, besten Dank«, rutschte es Gabriel heraus, der dies gleich wieder bereute. »Ich meine, ich will Fiera nicht herabwürdigen, aber ich glaube, dass du dich mit Ruth und mir doch auch ganz gut verstehst.« Er lockerte sich den Krawattenknoten ein wenig. »Puh! Der Champagner bringt mich echt ins Schwitzen.«

»Na, na, na!« Ruth beobachtete ein paar Sekunden lang die Körpersprache ihres Freundes. Und dann die von Mónica.

Wie merkwürdig sie auf seinen Scherz reagiert hatte!

Sie hatte zuerst die Beine überkreuzt, dann die Arme, und dann war sie rot wie eine Tomate geworden. Während Gabriel sich aufführte, als ob dieser harmlose Witz eine Entgleisung gewesen wäre. Seltsam, seltsam, dachte sie. Und

Mónica, die Ruths forschenden Blick ganz genau kannte, lenkte das Gespräch eilig wieder auf ihren Arbeitstag und auf ein Thema, zu dem Ruth bestimmt eine Meinung hatte, nämlich die Gurus der positiven Erziehung, von denen sie die Nase voll hatte.

Ruth schluckte den Köder sofort. »Was? Dieser Virus hat auch schon auf die Erziehung von Hunden übergegriffen?«

»Allerdings!«

»Denn bei Kindern ist sie ein Albtraum«, versicherte Ruth. »Und ich registriere mit Besorgnis, dass die menschliche Dummheit sich nun auch auf die Hunde ausweiten wird.«

»Du hast ja keine Ahnung!«, fuhr Mónica fort, während sie sich vor dem Spiegel der Bar das Haar feststeckte. »›Sie schränken die Ausdrucksmöglichkeiten meines Hundes ein‹, hat dieser Typ zu mir gesagt. ›Wenn er bellen will, soll er bellen.‹«

Angesichts all dieser Anekdoten musste Ruth an Suselen denken, die wenige Minuten vor Beginn der Vorstellung in ihrer Garderobe saß und damit rechnen musste, dass die Dinge auf der anderen Seite des Vorhangs darauf hinausliefen, dass ihre Mutter als Orlandos Mörderin überführt werden würde.

»Das, was ich jetzt sagen werde, ist furchtbar, und ich hoffe, dass ihr mich nicht falsch versteht«, sagte Mónica und unterbrach damit Ruths Gedanken, »aber ich muss gestehen, dass der Moment, in dem der Fall gelöst sein wird, mir ein wenig Angst macht.«

»Genau das Gleiche dachte ich gerade auch«, sagte Ruth. »Je nachdem, was wir herausfinden werden, wird es mir nicht leichtfallen, Ágata zu helfen.«

»Ich habe nicht nur das gemeint, sondern auch daran gedacht, wie es sich auf unsere Mütter auswirken wird«, fuhr Mónica leicht beschämt fort. »Ich habe sie seit Jahren nicht mehr so lebendig und glücklich vereint gesehen. Es wäre schade, wenn das aufhören würde.«

Ruth verschränkte die Arme vor der Brust. »Mónica, du unterschlägst uns doch hoffentlich keine Beweise, um den Fall in die Länge zu ziehen?«

»Natürlich nicht«, wehrte Mónica ab. »Schließlich könnten wir es mit einer Psychopathin zu tun haben, die kleine Mädchen im Tutu unterrichtet!«

»Es ist doch klar, dass wir angesichts der Ereignisse alle etwas aufgeregt sind«, sagte Gabriel und legte seinen beiden Freundinnen eine Hand auf den Arm, um wie schon so oft die Lage zu entspannen. Sie alle waren höchst nervös, denn der Fall steuerte auf seinen Höhepunkt zu, und alles deutete darauf hin, dass die Lösung in greifbarer Nähe war.

Arm in Arm machten sie sich auf den Rückweg zu ihrer Loge.

Das erste Klingeln, das den baldigen Beginn der Vorstellung anzeigte, war im ganzen Theater zu hören. Auch Suselen vernahm es in ihrer Garderobe und begann ihre Stimme aufzuwärmen.

Die Mütter in ihrer Loge nahmen das Klingeln zum Anlass, einen Moment zu schweigen, und Ágata übertrat in diesem Moment zum ersten Mal die Schwelle des Theaters, in dessen Nachbarschaft sie lebte, seitdem sie die Spitzenschuhe an den Nagel gehängt hatte. Wie ein Panther schlich sie durch die Eingangshalle, woraufhin die dort wartenden Journalisten die Köpfe hoben und frohe Weihnachten wünschten, als wüssten sie, dass sie ihrem Jäger unaufhaltsam in die Arme lief. Was habe ich jetzt noch zu verlieren, sagte sie sich.

Ihre Tochter hatte sie schon vor langer Zeit verloren.

Zum ersten Mal fühlte sie sich dazu bereit, das anzunehmen, was ihre Handlungen in der Vergangenheit und der Gegenwart, ihre lebensnotwendigen, in einsamer Stille getroffenen Entscheidungen, ausgelöst hatten. »Zu einsam und zu still«, murmelte sie, während sie mit ihren schwarzen Sandalen weiterging, die die Illusion weckten, dass ihre nackten, vom vielen Tanzen geschundenen Füße dem Winter trotzen könnten. Doch als sie beinah am Ende des Gangs angelangt war, öffnete sich die Tür zu einer Loge, und ihre Sicherheit war dahin, als sie eine Kinderstimme hörte, die vertraut und doch kaum wiederzuerkennen war.

»Hallo, Oma«, sagte die Stimme mit einem leichten britischen Akzent.

Ohne etwas von dieser nahezu filmreifen Begegnung zu ahnen, waren Mónica, Ruth und Gabriel an ihrem Ziel angelangt, blieben jedoch hinter dem roten Samtvorhang der Loge stehen, weil sie genau im richtigen Moment gekommen waren, um einen äußerst aufschlussreichen Satz zu hören.

»Wir müssen Ágata in jedem Fall decken«, sagte Margarita gerade.

Mónica hielt die anderen zurück, damit sie nicht durch den Vorhang traten, und legte den Finger an den Mund.

In der Loge taten Elisa und Dolores das Gleiche, nur an Margarita gerichtet, da dies weder der richtige Ort noch der richtige Moment sei, um über die Sache zu reden. Sie würden sich am nächsten Tag zusammen mit Ágata besprechen. Doch Margarita war nicht zu stoppen, was vielleicht an ihrer Krankheit lag, vielleicht aber auch an der Euphorie darüber, den Schlaganfall überstanden zu haben und zusammen mit ihrem neuen Lebensgefährten zu einer Opernpremiere gehen zu können. Oder am Champagner, von dem sie reichlich genossen hatte.

»Meine Lieben, seid ihr euch der Situation nicht bewusst?«, fuhr sie in herrischem Ton fort. »Ich habe keine Ahnung, wie wir dieses Geheimnis noch länger bewahren sollen. Was mich angeht, kann ich überhaupt nichts mehr garantieren. Als wir von Ágata erfahren haben, was sie getan hat, habt ihr die Entscheidung, was wir mit der Leiche machen, mir überlassen, und in der Hitze des Augenblicks ist mir eben nichts Besseres eingefallen.« Margarita machte eine Pause, in der sie etwas zu trinken schien. »Außerdem habe ich gedacht, dass es besser ist, wenn niemand, nicht einmal sie, die Einzelheiten kennt, falls ihr mal danach gefragt werdet. Aber diesen Stress kann ich mir wegen der Schnüffelei unserer Kinder und meiner Krankheit nicht mehr erlauben. Das Ganze ist viel zu kompliziert geworden.«

Das zweite Klingeln, das das Publikum an seine Plätze bat, war zu hören.

In drei Minuten sollte die Vorstellung beginnen, und hinter dem Vorhang äußerten die drei Schnüffler mit aufgeregten Handbewegungen ihr Erstaunen und hielten sich gegenseitig den Mund zu, um nicht laut zu schreien. Schließlich begannen sie, während sie sich zu beruhigen versuchten, untereinander zu flüstern.

»Also stimmt es ... Unsere Mütter sind Mörderinnen!«, flüsterte Gabriel. »Oder zumindest Komplizinnen«, fügte Ruth halb erstickt hinzu. Und keiner von ihnen konnte glauben, dass sie einfach so lässig von »der Leiche« sprachen, zumal das Ganze ja noch so frisch war. »Verdammt!«, wisperten sie im Chor, denn das hörte sich ja an, als ob ihre Mütter Profikiller wären.

Schließlich übernahm Ruth die Initiative und riss den Vorhang auf.

Die drei Mütter sahen sich ihren drei Kindern gegenüber.

»Wir müssen reden«, sagte Ruth leichenblass zu der ihren.

»Ja, wie es scheint, ist der Moment gekommen«, entgegnete Margarita, während Dolores eine Hand an die Stirn legte und Elisa den Kopf schüttelte, als ob jetzt alles verloren wäre.

Eine sonore Majordomus-Stimme unterbrach sie, hieß sie im Teatro Real willkommen und verkündete, dass die Oper begann. Wobei man, ohne zu übertreiben, sagen konnte, dass sich diese für die Heldinnen unserer Geschichte bereits auf dem Höhepunkt befand und dem unvermeidlichen Finale entgegenstrebte. Doch trotz der dramatischen Anspannung mussten sie auf die Auflösung warten, bis das Licht wieder angehen würde, das in diesem Moment mit einem Schlag erlosch.

Das Orchester begann mit der Ouvertüre, und unseren Heldinnen blieb keine andere Wahl, als mit ihren Ängsten im Dunkeln zu sitzen. Dolores, die einmal mehr ihren Sohn enttäuschte; Elisa, die sich dies niemals verzeihen würde; Margarita, die ihrer Tochter gegenüber ihre moralische Autorität verlor; Ruth, die ihre Mutter für jemanden hielt, der skrupellos Leichen entsorgte; Mónica, die der Meinung war, dass ihre Mutter den Verstand verloren hatte, und Gabriel, der befürchtete, dass seine Mutter einmal mehr die Kontrolle verlieren würde.

In der benachbarten Loge setzte sich Ágata neben ihre Enkelin, ebenfalls voller Angst, weil diese sie für eine Fremde halten musste oder, noch schlimmer, weil sie befürchtete, dass Suselen ihr erzählt hatte, was sie als Kind durchgemacht hatte. Dafne jedoch, die so rein und fern jeder Düsternis zu sein schien, sagte vor dem Beginn der Vorstellung etwas, worauf ihre Großmutter nicht vorbereitet war: »Ich weiß, dass du heute Geburtstag hast, Oma.«

Und Ágata, die niemals ihr Alter verriet, das tatsächlich zusammen mit dem Rätsel um ihre Jugendlichkeit das bestgehütete Geheimnis der Plaza de Oriente war, erinnerte sich daran, dass sie sich das letzte Mal auch an ihrem Geburtstag gesehen hatten. Damals war die Kleine erst drei

Jahre alt gewesen, hatte aber geredet wie ein Wasserfall und sie gefragt: »Oma, wie alt wirst du denn?« Woraufhin Ágata geheimnisvoll geantwortet hatte, dass das niemand wisse und von nun an ein Geheimnis zwischen ihnen beiden sein würde. Und dann hatte sie, den drolligen Akzent ihrer Enkelin imitierend, dieser ihr Alter verraten.

Die Dafne aus der Gegenwart tippte ihr sanft auf die Hand. »Sag mal, Oma, wirst du immer noch *ach zig* Jahre alt?«, fragte sie, stolz darauf, mit der Zeit das Wortspiel verstanden zu haben. Und sie zwinkerte Ágata zu.

Ágata ließ zu, dass ihr Blick sich im Dunkeln verlor, in dem sie wie ein verletzliches Nachttier zu leben gewohnt war, und vermisste zum ersten Mal das Licht. Das Licht dieses Mädchens, das sich noch an den Scherz an ihrem Geburtstag erinnerte und damit sicher auch an die Episode mit der Autofahrt. Sie sehnte sich nach den Jahren, die sie mit diesem Kind verloren hatte, und nach denen, die sie in der Zukunft noch verlieren würde, denn ihr Handeln würde Konsequenzen haben, wie Suselen ihr angedroht hatte.

Der Vorhang öffnete sich, und das Publikum hielt den Atem an.

Auf der Bühne warfen zwei riesige Hände ein Kartenspiel in die Luft, das aus LED-Bildschirmen bestand und Bilder der Schauspieler als Spielkartenfiguren zeigte. Und unter diesem riesigen Symbol des Schicksals verwandelte sich die Erde in eine Taverne, eine Straße, ein Haus.

Von der Nachbarloge aus sahen in dem Moment, als Suselen, in eine lodernde Flamme verwandelt, auf die Bühne trat und zu singen begann, alle zu Ágata hinüber. Ihre Freundinnen und Komplizinnen, weil sie daran dachten, was es für sie bedeuten musste, ihre Tochter auf dieser Bühne zu sehen und dabei neben ihrer Enkelin zu sitzen; und deren Kinder, weil sie zu verarbeiten versuchten, dass Ágata, ihre Ágata, so kompliziert und hart sie auch immer gewesen war, tatsächlich eine Mörderin war, die kaltblütig einen jungen Mann getötet hatte. Einen jungen Mann, der ihnen allen das Leben erleichtert hatte, einschließlich Ágata selbst.

Schließlich kam der Moment, auf den das Publikum wartete.

Das Ende des ersten Akts nahte, und Carmen näherte sich, rhythmisch die Hüften schwingend, dem Rand der Bühne. Doch dann war es die verzagte Suselen und nicht die herausfordernde Carmen, die es wagte, einen Blick zu den beiden Logen hinaufzuwerfen, die sie reserviert hatte. Zuerst schaute sie nach den Gesichtern ihrer Freunde, um Kraft zu schöpfen, und dann suchte sie nach ihrer Mutter und ihrer Tochter …

Da waren sie, eine neben der anderen.

Einen Moment hatte sie das Gefühl, dass ihr die Stimme wegblieb, und sie nutzte einen Trommelwirbel, um sich zu räuspern und Luft zu holen. »Ich lasse beim Singen keine Gefühle zu«, hatte sie den großen spanischen Tenor und Gesangslehrer Alfredo Kraus an dem Tag sagen hören, als er ihr den nach ihm benannten Preis überreicht hatte. »Das kann ich mir nicht erlauben. Wenn ich ergriffen bin, könnte ich nicht singen.« Suselen atmete tief durch und versuchte, den Rat des Maestros zu beherzigen, was ihr nur bedingt gelang, da ihr zum ersten Mal ihre Gefühle wichtiger waren, als den richtigen Ton zu treffen.

Plötzlich öffnete sich ein großer roter Fächer, der die Tragödie und die Rache ankündigte.

Auch das Publikum holte tief Luft.

»L'amour est un oiseau rebelle, que nul ne peut apprivoiser …«

Ágata betrachtete ihre Tochter verblüfft hinter dem wunderschönen Scherenschnitt, den das Profil ihrer Enkelin, die die Ellbogen auf das Geländer der Loge gestützt hatte, vor dem roten Licht darstellte. *»Et c'est bien en vain qu'on l'apelle, s'il lui convient de refuser …«* Sie konnte den Blick nicht von dem Kind abwenden, das wie verzaubert war und entzückt seiner Mutter zuhörte, die einen Text sang, der für diese Gelegenheit geschrieben worden zu sein schien: *Die Liebe ist ein wilder Vogel, den kein Mensch jemals zähmen kann.*

Wie mag sie das geschafft haben, fragte sich Ágata, die ein widersprüchliches Gefühlsgemisch aus Neid und Rührung empfand.

Und genau in diesem Moment fühlte sie die Hand ihrer Enkelin in ihrer und musste die andere an den Mund pressen, um ein Schluchzen zu unterdrücken.

Sie weinte. Ja, sie weinte.

Suselen, die sich inzwischen in eine spanische Gitarre verwandelt hatte, wandte den Blick nicht von den beiden ab, wobei sie sich der Verwirrung, die sie damit im Publikum auslöste, wohl bewusst war. *»Die Liebe ist ein Kind der Bohème; niemals, niemals hat sie ein Gesetz gekannt. Wenn du mich nicht liebst, dann liebe ich dich …«*

Mónica beobachtete die Szene im Halbdunkel: drei Generationen endlich vereint, und all das würde so schnell wieder zerfallen wie eine Sandskulptur am Strand. *»Die Liebe …«*, sang Suselen, deren aus einer anderen Welt geraubte Stimme ins Herz jedes Anwesenden drang. *»Die Liebe …«*, sang sie weiter und trat wieder in die Mitte der Bühne. *»Die Liebe …«* Und die hohen Töne ließen die Kristalle an den Kronleuchtern erzittern. *»Die Liebe!«* Und sie schloss den Fächer mit dem letzten zögernden Akkord des Orchesters.

Das Publikum sprang von den Sitzen auf. Die Ovationen hielten noch an, als der Vorhang fiel, und auch noch, als das Licht anging und sich die Zuschauer zögernd von ihren Sitzen erhoben.

Während der Pause unterhielt sich das Publikum auf der Terrasse des Theaters, in der *Taberna del Alabardero*, wo Suselen so oft ihren Traum geträumt hatte, und in der Straße, wo die Raucher zusammenkamen, damit, das Wunder der Carmen zu kommentieren, die sie gerade gesehen hatten. Die beste Habañera, die sie je gehört hatten. Und die Plaza de Oriente ließ, stolz auf eine ihrer ganz besonderen Kreaturen, ihre Lichter erstrahlen.

»Nun steuert die Geschichte mit Macht auf den letzten Akt zu. Und der wird angesichts der vielen Emotionen, die damit verbunden sind, schwierig werden«, sagte Mónica zu ihren beiden Freunden. Vor allem zum Wohl von Ágata und Suselen war es unverzichtbar, dass sie alles aufklärten, und zwar so schnell wie möglich, bevor Suselen zu ihnen stieß.

»Mama«, eröffnete Ruth das Feuer mit einem Frontalangriff auf ihre Mutter. »Deckst du Ágata? Sag einfach nur Ja oder Nein.«

Margarita reckte ihren Schwanenhals und warf ihren beiden Freundinnen einen fragenden Blick zu, der mit einem bedeutungsschweren Nicken beantwortet wurde.

»Ja«, sagte sie schließlich. »Aber wir decken sie nicht jetzt, wir haben sie damals gedeckt.«

Ruth, Mónica und Gabriel sahen sie verblüfft an.

»Damals?«, rief Mónica aus. »Was heißt denn *damals*? Das ist eine schwerwiegende Sache und nicht der richtige Moment für Rätselspiele.« Dann wandte sie sich an Elisa.

»Mama ich will nur eins wissen: Hat Ágata Orlando nun umgebracht oder nicht?«

Elisa verdrehte die Augen.

»Aber Kind, was redest du denn da? Das ist eine ganz andere Geschichte, die wir euch erzählen, wenn wir nachher alle zusammen sind. Richtig?« Elisa sah ihre Freundinnen an, die beide nickten. »Aber jetzt sollt ihr erst mal eine Geschichte erfahren, die euch helfen wird, viele Dinge zu verstehen. Auch die Sache mit Orlando übrigens«, fuhr Elisa immer kryptischer fort. »Aber ihr müsst schwören, Suselen nichts davon zu erzählen, denn das muss Ágata selbst tun. Dieses Gespräch muss sie mit ihrer Tochter führen. Und das wird sie nach der Vorstellung auch machen. Wie auch immer. Wir haben dieses Geheimnis nicht all die Jahre über bewahrt, damit am Ende ein unnötiger Schaden entsteht.«

In diesem Moment ergriff auch Dolores das Wort.

»Wenn ihr uns das nicht versprecht, werden wir nichts sagen.«

Gabriel, der seine Mutter nicht wiedererkannte, betrachtete sie völlig perplex.

Als die drei Freunde versichert hatten, dass sie schweigen würden wie ein Grab, führten ihre Mütter, die sie plötzlich mit einer dunklen Seite überrascht hatten, von der sie nicht wussten, ob sie sie wirklich kennenlernen wollten, zu einem Weihnachtsfest, das fünfunddreißig Jahre zurücklag.

»Ihr wart zehn Jahre alt«, begann Margarita. »Suselen gerade mal acht ...«

Und plötzlich befanden sie sich im Jahr 1993, genau an der Ecke, an der sich das große Theater erhob.

Die Renovierung der Fassade des Teatro Real stand kurz bevor. Zu dieser Zeit wurden dort nur Konzerte gegeben. Und an diesem Abend hatte Margarita sie alle zu einem solchen eingeladen. »Die Kinder werden mit dem Kindermädchen zu Hause bleiben. Das ist das Beste. Außerdem werden sie viel Spaß haben, weil mein Mann Ruth versprochen hat, dass er ihnen vor dem Einschlafen eine der Gruselgeschichten, die sie so sehr liebt, in der Bibliothek vorlesen wird.«

Elisa hatte Margarita ausdrücklich gebeten, auch Dolores einzuladen, wobei sie die Kosten ihrer Eintrittskarte übernehmen wollte. Sie hatte gerade das Sorgerecht für ihre Kinder verloren, und es würde ihr guttun, mal rauszukommen. Sie strengte sich sehr an, ihr Leben in den Griff zu kriegen, um das Sorgerecht bald zurückzubekommen.

Margarita zögerte ein wenig, gab schließlich jedoch nach. Viel schwieriger war die Sache mit Ágata. Dieser Mann, mit dem sie lebte, ließ sie nicht aus dem Haus, aber diesmal schien sie entschlossen zu sein, sich zu wehren.

Und das war auch nötig.

Denn er sorgte dafür, dass sie immer einsamer wurde. Dabei war Margarita sich sicher, dass das, was Ágata ihnen erzählte, nur die Spitze des Eisbergs war. Die Arme, denn seit einiger Zeit merkte man, dass Ágata auch Angst um Suselen hatte.

Und Margarita irrte sich nicht, weil die Lage zu Hause für Ágata unerträglich geworden war, seit Suselens Vater sich eine Woche zuvor zum ersten Mal auch an dem Kind vergriffen hatte. Dabei war die Ohrfeige, die er der Kleinen in Gegenwart ihrer Mutter verpasst hatte, nicht das Schlimmste im Vergleich zu dem, was sie an jenem Abend durchmachen würde, an dem sie eigentlich mit ihren Freundinnen ins Konzert gehen wollte.

Entgegen jeder Vorhersage hatte er keine Einwände gehabt. Man könnte beinah sagen, dass er sie ermutigt hatte. Er hatte sogar angeboten, Suselen zu Margarita zu bringen, wo die anderen Kinder auf sie warteten. Dieses ungewöhnliche Verhalten versetzte Ágata in Alarmstimmung, ihr Wunschdenken jedoch klammerte sich an die Hoffnung, dass sich dieser Mann, den sie zu lieben glaubte, doch noch in einen guten Lebensgefährten und Vater verwandeln würde.

Sie würde nie wissen, ob es Zufall war oder jener Instinkt, der dafür sorgte, dass sie zehn Minuten nach Beginn des Konzerts noch einmal nach Hause zurückkehrte, weil sie ihre Ohrringe vergessen hatte. Natürlich waren die nicht unbedingt nötig, um sich *Romeo und Julia* von Prokofjew anzuhören, aber aus irgendeinem Grund erschien es ihr unumgänglich, deswegen noch einmal zurückzugehen.

Als sie die Wohnung betrat, wunderte sie sich, die Stimme ihres Lebensgefährten zu hören, der mit jemandem sprach. Vielleicht zog sie sich deswegen die Schuhe aus und ging auf Zehenspitzen die Treppe hinauf, um etwas zu hören, das sie für den Rest ihres Lebens nicht vergessen würde: Wie er zu seiner kleinen Tochter sagte, dass sie ihn umarmen solle, dass es keinen Grund gebe, schüchtern zu sein und sich vor seinem Vater zu schämen.

Sie kannte diesen Ton ganz genau.

Einen Ton, den er anschlug, wenn er getrunken hatte.

Einen Ton, den er seiner Tochter gegenüber niemals anschlagen sollte.

Ágata unterdrückte eine Welle der Übelkeit, die in ihr aufstieg. Sie nahm all ihre Kraft zusammen, um weiterzugehen, und betete, nicht das vorzufinden, was sie befürchtete. Ihn, nur mit einem Handtuch um die Hüften mit seiner Tochter in einem Raum. Das spindeldürre Kind zitternd an die Wand gedrückt.

Er wandte sich um und schlug nach der ersten Überraschung einen süßlichen Ton an, der Ágata noch mehr anekelte und noch mehr Angst machte. »Warum hast du das Kind nicht zu Margarita gebracht?«, fragte sie ihn. Er grinste und sagte, dass Suselen müde sei und lieber bei ihm bleiben wolle. Ágata blickte ihre Tochter an, die aussah, als ob sie Fieber hätte, mitten im Winter liefen ihr Schweißtropfen von der Stirn, und ihre Lippen waren weiß vor Angst. Ágata wiederholte, diesmal mit schriller Stimme: »Ich frage dich, warum du das Kind nicht zu Margarita gebracht hast?« Er wankte auf sie zu. »Hör auf zu schreien, die Nachbarn können uns hören.« Wieso sie sich so anstelle, das mache ihn nervös, und sie wisse doch, dass es nicht gut sei, wenn er nervös werde. Daraufhin rief Ágata ihrer Tochter zu: »Geh, Suselen, geh sofort zu Margarita rüber!« Erst in diesem Moment war die vollkommen verängstigte Suselen in der Lage zu reagieren und rannte die Treppe hinunter. Sie hörten, wie die Tür hinter ihr ins Schloss fiel und sich ihre Schritte in der kalten Nacht verloren. So wie dieses Ereignis auch aus ihrem Gedächtnis verschwinden würde.

Nun seien sie unter sich, sagte er und musterte sie mit dem Blick eines Raubtiers.

Und so, unter vier Augen, bot sie ihm zum ersten Mal die Stirn.

»Was hattest du vor, hmm? Sie ist deine *Tochter*, du verdammter Mistkerl! Reiche ich dir nicht mehr? Reicht es dir nicht, mich zu erniedrigen? Mich zu schlagen? Mein Leben zu zerstören?« Er sagte, dass sie verrückt sei, dass sie sich anstelle, dass sie den Mund halten solle, dass die Nachbarn sie hören könnten. Dann ging er auf sie zu, riss an ihrem Zopf und legte ihn ihr wie eine Schlinge um den Hals. Und als sie kurz davor war zu ersticken, sagte er ihr mit einer erschreckenden Ruhe in der Stimme, nein, sie reiche ihm nicht aus. »Halt dich da raus, du blöde Nutte, das geht dich nichts an, das ist eine Sache zwischen meiner Tochter und mir, kapiert? Die Kleine mag das, und du wirst mich nicht abhalten.«

Er warf sie zu Boden und verpasste ihr einen Tritt in die Rippen. Dann ging er zur Treppe und rief nach seiner Tochter. Ágata schnappte nach Luft, und ohne zu wissen, woher sie die Kraft nahm, stürzte sie sich auf ihn, bohrte ihre Fingernägel wie eine Katze in seine Augen, biss ihm ins Gesicht, bis er blutete. Er schrie, dass sie vollkommen wahnsinnig sei, dass er gehen und das Kind mitnehmen oder sie und das Kind töten würde. Sie rangen miteinander am Fuß der Treppe, und dann machte er einen falschen Schritt. Für einen Moment schien die Zeit stehen zu bleiben. Er versuchte sein Gleichgewicht zurückzugewinnen, warf Ágata einen überraschten Blick zu, der sich in eine Mischung aus Hilflosigkeit und Zorn verwandelte. Sie war nicht in der Lage, sich zu rühren. Erst im letzten Moment streckte sie die Hand aus, um ihn festzuhalten. Doch dann zog sie sie unwillkürlich wieder zurück. Ihr Überlebensinstinkt hatte gesiegt, und der kräftige Körper ihres Mannes fiel die steile Betontreppe hinunter. Als er bei der letzten Stufe ankam, war sein Genick gebrochen.

Zwei Stunden später klingelten Ágatas Freundinnen, verwundert, dass sie nicht zurück ins Konzert gekommen war, an ihrer Tür. Ágata öffnete mit aufgeplatzter Lippe und mit von Wimperntusche verschmiertem Gesicht. Der autistische Pianist, der für Ágata arbeitete und auf sein Geld verzichtete, wenn sie knapp bei Kasse war, und mehr als einmal ihre leeren Flaschen und vollen Aschenbecher vom Klavier räumte, half ihnen, die Leiche wegzuschaffen. Er würde alles für sie tun, versicherte Margarita, als sie ihn geistesgegenwärtig anrief, während die anderen wie gelähmt waren vor Schreck. Margarita beschloss, dass es das Beste wäre, wenn nur sie und er wüssten, wo sie die Leiche verstecken würden – nur für den Fall, dass eine von ihnen sich irgendwann mal nicht mehr unter Kontrolle haben sollte. Damals hätte sie natürlich niemals gedacht, dass sie selbst diejenige sein würde. Elisa stellte ihr Auto zur Verfügung, das im Nachbarhaus in der Garage stand. Aber wie sollten sie die Leiche nach draußen bringen, ohne dass es auffiel? Dolores hatte die Lösung: Bei jedem Haus wurde abends der Müllcontainer rausgebracht. Und ihrer war groß und hatte Rollen.

Margarita besaß ein uraltes Weingut in der Provinz Segovia und einen Weinkeller, wo Wein produziert wurde. Das Gut lag einen Kilometer von der Region Rivera del Duero entfernt, weswegen es keinen großen Wert hatte. Sie führte es nur aus sentimentalen Gründen weiter. So wie früher ihr Großvater und später ihre Mutter. Von ihrem Großvater hatte sie alles über die Weinproduktion gelernt, und was sie als Kind am meisten fasziniert hatte, war der chemische Prozess, jene mysteriöse Substanz, die bei der Fermentation entstand und den Charakter des Weins prägte. Um den Geschmack zu verstärken, wurde früher manchmal eine Schinkenkeule in die riesigen Weinfässer hinzugegeben oder in einigen Dörfern auch schon mal ein toter Hund. »Diesmal wird es bei uns auch ein toter Hund sein, nur ein etwas größerer«, sagte Margarita grimmig. Sie saß neben dem Pianisten, der schweigend den Wagen fuhr, um Ágata einmal mehr vor Schlimmerem zu bewahren.

»Warum wir nicht die Polizei gerufen haben?«, fragte Margarita, die in der Loge zwischen ihren beiden Komplizinnen saß, als befänden sie sich alle drei auf der Anklagebank. »Weil wir keine Zeit hatten, lange nachzudenken. Weil wir Angst hatten, dass Ágata verurteilt werden könnte und Suselen dann allein zurückbleiben würde. Weil solche Dinge damals anders bewertet wurden. Es war einfach ein zu großes Risiko.«

»In jener Nacht haben wir geschworen, unser Geheimnis für immer zu bewahren. Das hat uns zusammengeschweißt«, sagte Elisa und starrte auf einen Punkt, der hinter der Bühne zu liegen schien. »Ágata war danach nicht mehr dieselbe. Sie ist hart geworden, um die Last dieses Schweigens irgendwie zu ertragen. Sie hat sich ihrer Tochter gegenüber wahnsinnig schuldig gefühlt, weil sie sie nicht besser schützen konnte …«

»Und gleichzeitig hat sie ihre Nähe kaum ertragen«, fiel Dolores ein und senkte den Blick. »Weil ihre Tochter sie immer an diesen schrecklichen Kerl erinnert hat und an das, was passiert war.«

Das Publikum wurde aufgefordert, zu seinen Plätzen zurückzukehren. Der nächste Akt würde beginnen, in verschiedener Hinsicht. Erst da fiel ihnen auf, dass Ágata hinter ihnen in die Loge getreten war und Margarita mit einem resignierten Blick ansah.

»Ich würde euch gern meine Enkelin vorstellen«, sagte sie, und ihre Stimme war so hell und sanft, wie sie sie noch nie gehört hatten. Und dann bat sie Dafne hereinzukommen.

Das lebende Abbild von Suselen als Kind stand plötzlich vor ihnen, nur dass dieses Mädchen sein Lächeln nicht verlernt hatte. Sie begrüßte alle mit einer Ungezwungenheit, wie ihre Mutter sie erst nach vielen Jahren Therapie zurückerlangt hatte, und setzte sich dann ganz selbstverständlich neben ihre Großmutter, um sich an ihre schmale Gestalt zu schmiegen.

»Wie es aussieht, wird es ein langer Abend werden«, sagte Ágata und nickte ihren Freundinnen zu, die sie all die Jahre über so vorbehaltlos geschützt hatten.

Mónica, Ruth und Gabriel, die noch immer kein Wort herausbrachten, realisierten allmählich, was diese so unterschiedlichen Frauen verband. Es war nicht nur das Geheimnis, das sie teilten, es war etwas, das im Wandel der Zeiten verloren gegangen war. Die Erziehung von Kindern in einer Gemeinschaft, die wie ein Löwenrudel zusammenstand, wenn einem der Mitglieder ein Schaden zugefügt wurde.

Aber da war noch etwas, was ihre Gedanken beschäftigte. Wenn ihre Mütter in der Lage gewesen waren, die erlogene Geschichte über den Weggang von Suselens Vater dreißig Jahre lang aufrechtzuerhalten … was hatten sie dann wohl im Fall von Orlando füreinander getan?

Ein guter Abschied

Am Morgen des 19. Oktober ging Orlando Pontes wie jeden Tag mit den Hunden spazieren. Doch es sollte das letzte Mal sein. Als er die Plaza de Oriente überquerte, winkte er den Gärtnern zu, die die Rasenmäher vor sich herschoben, und gönnte seiner kleinen Truppe und sich selbst eine Pause auf dem duftenden grünen Rasenteppich. Während die sanfte Herbstsonne auf sein Gesicht schien, sah er seinen kleinen Gefährten dabei zu, wie sie übermütig im Gras herumtollten, und hatte das Gefühl, der glücklichste Mensch auf Erden zu sein.

Mehr brauchte er nicht zum Leben.

Seine Mutter und seine Schwester waren gesund, vereint, und zum ersten Mal seit vielen Jahren brauchten sie sich keine Sorgen zu machen. Er hatte wunderbare Freunde und hatte im Rahmen seiner Möglichkeiten dazu beigetragen, die Welt ein kleines bisschen besser zu machen. Aber dafür hatte er einen langen Weg zurücklegen und viele Hürden überwinden müssen.

Die erste Hürde war seine Geburt in einem Madrider Armenviertel zur Zeit der Movida. Von seiner Wohnung aus hatte er den Ausblick auf das Arbeiterviertel *La Rosilla*. In dieser Zeit war sein bester Freund ein kleiner Hund, den er im Müll gefunden hatte. Er hatte sich hingebungsvoll um den hilflosen Welpen gekümmert, der ihm so verloren erschien, wie er sich oft selbst fühlte. In dieser Zeit entwickelte Orlando diese ganz besondere Beziehung zu Hunden.

Von ihnen lernte er eine neue Art, die Welt zu sehen und in Rekordzeit Menschen zu durchschauen.

Als Jugendlicher sah er sich gezwungen, den Ozean Richtung Mexiko zu überqueren. Seine Mutter hatte in ihrer Verzweiflung beschlossen, mit ihren Kindern nach Mexiko zu ziehen, um dort Arbeit zu finden und sich ein neues Leben aufzubauen. Doch diese Veränderung tat ihm nicht gut und entfernte ihn so weit von seinen Schutzengeln, dass er auf die schiefe Bahn geriet. In dieser Zeit machte er den Menschen, die ihn liebten, so viel Kummer, dass er sie verlor. Seine Freunde. Seine Schwester. Alle, bis auf die Frau, die ihn zur Welt gebracht hatte und die keine Ruhe gab, bis sie ihn in der tiefsten Hölle fand – um ihm erneut das Leben zu schenken. Daraufhin rettete er einen Hund aus dem Tierheim, dessen Tage gezählt waren. Einen, den niemand je geliebt hatte und der eingeschläfert werden sollte, weil er stets die Zähne fletschte und wütend um sich biss. »Aber es gibt keine bösen Hunde«, sagte er zu ihm, als sie beide allein in seinem alten Kinderzimmer saßen. Und von nun an würden sie beide sich gegenseitig helfen, dies zu beweisen.

Als Orlando sich wieder vollkommen erholt hatte, wollte er seinen Traum verwirklichen. Er wollte seiner Mutter den Flamenco zurückgeben, den sie so sehr liebte. Seit sie damals alle zusammen Spanien verlassen hatten, war er nicht mehr in seinem Heimatland gewesen. Und wie es schien, war der Zeitpunkt nun gekommen – und das aus mehreren Gründen.

Eines Morgens spürte er beim Aufstehen ein merkwürdiges Zucken im Arm und im rechten Bein. Es fühlte sich an, als ob man irgendwelche Elektroden an ihn angeschlossen hätte. An einem anderen Tag kurz darauf knickte ihm das Bein weg. Er schob die Schuld auf das ungesunde Leben, das er immer geführt hatte. Er sagte nichts, weil er seine Familie nicht beunruhigen wollte, ließ sich aber untersuchen.

Und dann ereilte ihn die Diagnose wie eine Naturkatastrophe. Man erklärte ihm, dass es sich um eine neurologische Krankheit handele, die die Nervenzellen in Gehirn und im Rückenmark zerstöre. Er erfuhr, dass er von einem gewissen Moment allmählich die Kontrolle über seine Muskeln verlieren würde – bis er sich nicht mehr bewegen, nicht mehr sprechen, essen und atmen konnte. Es handelte sich um eine unheilbare tödliche Krankheit, die einen Namen hatte, den er vorher noch nie gehört hatte: ALS. In diesem Moment war ihm klar, was er tun musste. Er würde nach Spanien reisen, um seiner Familie noch mehr Leid zu ersparen. Er würde seiner Mutter und seiner Schwester nichts sagen. Sie sollten die Last seiner Krankheit nicht auch noch tragen müssen. Das hatten sie nicht verdient. Sie hatten wegen ihm schon genug durchgemacht.

Und so packte er seinen Rucksack, all seine Ersparnisse und die Asche seines treuen vierbeinigen Freundes, damit dieser an dem Ort ruhen konnte, an dem Orlando die schönsten Sonnenuntergänge gesehen hatte.

An der Plaza de Oriente.

Er würde die Zeit, die ihm noch blieb, an dem Ort verbringen, den er am meisten liebte und an den er sich schon als Kind immer geflüchtet hatte, um dort auf dem Rasen zu sitzen und zu sehen, wie die Sonne versank.

Und da er sich gut mit Hunden auskannte, hatte er sich überlegt, in seinem alten Lieblingsviertel seine Dienste als Hundeausführer anzubieten, so lange es noch ging. Und danach würde er sehen. Er verabschiedete sich von seiner Mutter und seiner Schwester, die sich damit über den Abschiedsschmerz hinwegtrösteten, dass sie ihn noch nie so tatkräftig und glücklich erlebt hatten. Und genau so wollte er ihnen auch in Erinnerung bleiben.

Seine Mutter und seine Schwester ahnten nichts, da er ging, bevor die ersten Symptome sichtbar wurden. Als

ALS-Kranker, der in Spanien geboren war, hatte er vor, sich auf das gerade verabschiedete neue Euthanasie-Gesetz zu berufen, wenn es so weit war. Zunächst war auch alles gut gegangen. Bei den wöchentlichen Videoanrufen hatten seine Mutter und seine Schwester den Eindruck, dass es ihm guttat, seinen Traum zu verwirklichen und, umgeben von seinen Freunden, an seinem Lieblingsplatz in seiner alten Heimat zu leben. Er erzählte ihnen in allen Einzelheiten von seinen Projekten, durch die er anderen mit seinen Hunden helfen wollte. Von den Tagen bei den Kindern im Krankenhaus, von Dolores' Fortschritten mit Oxitocina, von Bowies unglaublicher Intelligenz, mit der er Margarita unterstützte. Davon, wie Pavlova nach und nach in Ágatas Seele vordrang. Und von dem kleinen Chihuahua mit dem Temperament eines Rottweilers, der manchmal bei Elisa war und sein Herz erobert hatte: Fiera. Kämpferisch wie alle Mexikaner, meinte seine Mutter lachend, nicht umsonst waren sie beinah Landsleute.

Von seiner eigenen schlimmen Lage hatte Orlando nur seinen neuen Freundinnen erzählt, weil er wusste, dass er von einem gewissen Zeitpunkt an ihre Hilfe brauchen würde. Da es keinen Ort gab, an dem er die in Spanien nicht legalen Cannabis-Pflanzen anbauen konnte, die er für medizinische Zwecke nutzte, tat Dolores ihm den Gefallen, sie im Innenhof ihrer Wohnung zu züchten, wo sie von der Straße aus nicht zu sehen waren. Und weil sie schon mal dabei war, pflanzte sie auf Elisas Balkon Katzenminze an, weil sie gehört hatte, dass diese gut für Katzen sei, und seitdem wirkte Isis ihrer Meinung nach wesentlich aktiver und zufriedener. Ágata bereitete Orlando in Elisas Wohnung wöchentliche Bäder mit Epsom-Salz zu und massierte ihn, was genau wie der Tee aus Koka- und Marihuana-Blättern die Schmerzen in seinen Gelenken linderte. Elisa und Margarita kümmerten sich um den aufwändigen Papierkram, um dafür zu sorgen, dass seine Familie seinen Besitz in Mexiko erbte; dass Ágata das Bargeld erhielt, das sie der NGO geben sollte, bei der er sich seine Hunde holte und wo Schutzhunde trainiert wurden; dass er in Spanien sozialversichert war und von dem neuen Gesetz profitieren konnte, das es ihm erlauben würde, in Würde die Welt zu verlassen.

Nur wurde dieses Gesetz dummerweise wenige Monate nach Orlandos Ankunft in Spanien ohne Rücksicht auf die Menschen, die damit in eine angstvolle Warteschleife gerieten, auf unabsehbare Zeit ausgesetzt.

Und irgendwann war es so weit, dass Orlando nicht mehr warten konnte.

Schon bald würde sein Leiden unerträglich werden, und es würde der Moment kommen, in dem er nicht einmal mehr in der Lage sein würde, seine Entscheidungen mitteilen zu können. Und da Elisa, Margarita, Dolores und Ágata seine besten Freundinnen waren, die ihm so viele Geheimnisse anvertraut hatten und ganz offenbar wussten, was Loyalität, Liebe, Schmerz, das Leben und der Tod bedeuteten, wagte er eines Abends, sie darum zu bitten, ihm dabei zu helfen, selbstbestimmt und in Würde zu sterben.

Als Orlando am Morgen jenes Tages, der sein letzter sein sollte, nach einem ausgedehnten Spaziergang zur Plaza de Oriente zurückkehrte, scharten sich seine Hunde um ihn. Schon eine ganze Weile hatte er das Gefühl, dass sie auf ihn aufpassten und nicht umgekehrt. In der letzten Zeit fing er an, über unsichtbare Hindernisse zu stolpern, und in den Händen fehlte ihm mehr und mehr die Kraft, die Leinen festzuhalten. Zum Glück hatten seine Hunde nicht die Absicht zu entwischen.

»Das war's, meine Kleinen«, flüsterte er ihnen zu, während sie ihm über das Gesicht und die Hände leckten, ihm verspielt Pfötchen gaben und sich zärtlich an ihn schmiegten. »Alles in Ordnung, Freunde, ihr müsst mich jetzt gehen lassen …«, murmelte er mit seiner weichen, melodischen Stimme. »Und – danke für alles.«

Er gab nacheinander jedem einen Kuss auf die Stirn, umarmte den klugen Bowie, dann die runde Oxitocina, streichelte Pavlovas spitzen Schädel, die sich heftig an seine Brust drückte, und zuletzt Fiera, die an diesem Tag auch dabei war und die in seine Arme sprang und ihn mit ihrem kleinen harten Schädel liebevoll anstupste.

»Und du, pass gut auf alle auf, ja?«

Anschließend brachte er die Hunde in Margaritas Wohnung, wie sie es verabredet hatten, und bevor er die Tür hinter sich schloss, zwinkerte er ihnen noch einmal zu.

»Bis wir uns wiedersehen, meine kleinen Engel.«

Einige Stunden später waren seine Freundinnen an der Reihe.

Sie hatten sich über Monate darauf vorbereitet, sodass alles perfekt ablief, wie es bei einem guten Abschied sein sollte, gefühlvoll, mit ein wenig Humor, schönen Erinnerungen, aber auch konsequent. Als er das Paso a Dos betrat und sie dort alle mit einer Flasche Sekt im Kühler auf dem Holzboden sitzen sah, dankte er dem Himmel, dass er diesen Frauen begegnet war. Neben seiner Mutter waren sie zweifellos die mutigsten und großzügigsten Frauen, die er je kennengelernt hatte.

Er hätte sich niemals vorstellen können, wie sehr ihm all die Dankesworte ans Herz gingen, die sie an diesem Tag an ihn richteten. Er hätte gern mehr Zeit gehabt, um noch viel mehr für sie zu tun, weil ihr Geschenk an ihn unbezahlbar war. Weil sie ihn – neben allem anderen, was sie für ihn taten – mit einem glücklichen Herzen gehen ließen.

Sie sagten sich »Auf bald«, ohne dass es allzu dramatisch oder feierlich wurde, sondern in einer Abschiedsstimmung, in der gelacht und geweint wurde. Sie trugen ihm Grüße an diejenigen auf, die, wie Dolores sagte, bereits am anderen Ende des Regenbogens angekommen waren. Dann verließen die vier Frauen das Paso a Dos eine nach der anderen, damit niemand sie zusammen sah, und machten sich auf den Weg an die Orte, die sie vereinbart hatten, um ein Alibi zu haben: Ágata würde zu einer gut besuchten Ausstellung gehen; Elisa hatte allen erzählt, dass sie für zwei Tage mit Margarita auf dem Weingut war, obwohl diese später zu ihrem Lebensgefährten in die Residenz gehen würde. Elisa selbst hatte sich in einem kleinen Landhotel ein Zimmer genommen, damit die Wohnung frei war. Nur Dolores würde kurz mit ihm hinaufgehen, um für ihn die Tür zu öffnen.

Alles war perfekt geplant. Da war nur eine Sache, die Orlando ein wenig beunruhigte.

Er hatte seinen Notizkalender verloren. Inzwischen war er sich sicher, dass er ihn in der U-Bahn liegen gelassen hatte, aber so war es nicht. Der Kalender lag seit dem Vortag in Elisas Wohnung auf dem Couchtisch, und die Putzfrau hatte ein paar Zeitschriften daraufgelegt.

Zum vereinbarten Zeitpunkt betrat Orlando Elisas Wohnung. An der Tür verabschiedete er sich von Dolores, für die er immer eine besondere Schwäche gehabt hatte. Er nahm ihr das Versprechen ab, weiterhin mit Oxitocina spazieren zu gehen, sich gut um sie zu kümmern und sie glücklich zu machen, weil der Hund dieses Glück zurückgeben würde. Dolores versprach es, und dann umarmte sie Orlando kurz und herzlich, um ihm den Abschied nicht schwer zu machen. Doch dann war sie selbst so gerührt, dass sie, anders als verabredet, den Fehler beging, die Tür doppelt abzuschließen, wie sie es immer tat, wenn sie Elisas Pflanzen goss.

In diesem Moment war Orlando bereits in der Küche, sodass er es nicht bemerkte. Er stellte das Essen, das sie für ihn vorbereitet hatten, auf ein Tablett – diese vier wunderbaren Frauen hatten nichts dem Zufall überlassen, denn all seine Lieblingsspeisen waren dabei: ein Teller mit Schinken, eingelegter Salbei, Lachskaviar und marinierte Oliven. Während er von diesen Köstlichkeiten aß, streichelte er Isis und gab der Katze eine geräucherte Sardine in den Napf. Was für ein Glück er hatte, dass er sein letztes Abendmahl zusammen mit einer Göttin einnehmen konnte, sagte er sich lächelnd. Dann machte er den Film an, der ihn irgendwann auf die Idee für seinen eigenen Abschied gebracht hatte, *Das Meer in mir*, sah sich aber nur ein Stück davon an, da er das Ende der Geschichte bereits kannte. Seine eigene Geschichte würde auf wesentlich weniger dramatische Weise enden.

Bevor Orlando mit dem finalen Ritual begann, schickte er seiner Mutter und seiner Schwester eine Nachricht: *Danke für all eure Liebe. Ich schicke euch einen Kuss über den Ozean.* Und dieses eine Mal fügte er noch hinzu: *Ich liebe euch so sehr. Orlando.* Dann legte er das ans Ladekabel angeschlossene Handy auf den Badewannenrand, falls das Verschicken der Nachricht eine Weile dauern sollte und damit die Musik, die er sich angemacht hatte, nicht ausging. Daneben stellte er das kleine Tablett mit dem Kaviar, den er sich für ganz zum Schluss aufbewahrt hatte.

Jetzt war der Moment gekommen. Er nahm zwei Gläser, eines um die Medikamente darin aufzulösen, und das andere für den köstlichen Wein. Der Alkohol würde den Effekt noch verstärken. »Was sonst kann man vom Leben verlangen?«, sagte er zu Isis, die sich entschieden hatte, ihm bei seinem letzten Glas Gesellschaft zu leisten.

Orlando überprüfte die Temperatur des Badewassers und ließ sich langsam in die Wanne gleiten. Wie angenehm die Wärme war, wie sanft ihn das Wasser umschmeichelte …

Er prostete seinem Spiegelbild zu. »Auf das Leben! Auf die Freundschaft! Auf zweite Chancen und alle Träume, die sich erfüllt haben!« Dann leerte er das Glas mit den aufgelösten Medikamenten.

Anschließend streckte er sich wohlig in der Wanne aus. Während er den Kaviar und den schweren Rotwein genoss, hörte er seine liebsten Songs. Die Wirkung der Medikamente wurde von dem warmen Bad und dem Dampf noch verstärkt. Nach und nach trübte sich sein Bewusstsein, und er fiel in einen tiefen Schlaf …

Nach diesem Bericht, der in vier Stimmen in Elisas Wohnung vorgetragen wurde, herrschte einen Moment Totenstille. Passenderweise. Nicht einmal Isis hatte sich von Elisas Schreibtisch wegbewegt, auf dem sie thronte wie eine Göttin. In dem Zimmer, in dem Orlando sein letztes Mahl eingenommen hatte, nur wenige Meter vom Tatort entfernt, der nun keiner mehr war, saßen vier erwachsene Kinder in Abendkleidung, die ihre Mütter nun mit ganz anderen Augen sahen.

Auch Suselen war gekommen und nippte an ihrem Weinglas. Sie hatten sie nach der Vorstellung dazu gebeten. Die kleine Dafne spielte in der Küche mit Fiera, ohne etwas von dem zu ahnen, was sich im Wohnzimmer abspielte.

Nur ein paar Stunden zuvor, als sie zusammen in der Loge waren, hatte Ágata versprochen, ihrer Tochter unter vier Augen von den Ereignissen der Vergangenheit zu erzählen. Was die anderen nicht wussten, war, was sie getan hatte, als sie nach der Vorstellung zu Suselens Garderobe gegangen war. Sie hatte ihrer Tochter gratuliert und mit ihr gesprochen. Und dann hatte es sehr lange gedauert, bis die beiden das Theater verlassen hatten. Und ihnen war anzumerken, dass es ein gutes Gespräch gewesen war.

Und nun saßen sie alle zusammen in Elisas Wohnung und schwiegen betroffen und doch auch irgendwie erleichtert.

»Ich für meinen Teil verurteile euch nicht«, sagte Mónica schließlich, »aber … es ist euch schon bewusst, dass das eine ernste Sache ist.«

Daraufhin lächelte Elisa sie unschuldig an und sprach für ihre Freundinnen, die bei ihren Worten zustimmend nickten.

»Was sollen wir dazu sagen, Mónica. Dieser Mann hat so viel für uns getan, und wir wollten ihm etwas davon zurückgeben. Und wir wussten, dass wir in unserem zarten Alter von über siebzig Jahren und ohne Vorstrafen wohl nicht im Gefängnis landen würden.«

»Dass die Wohnungstür abgeschlossen war, war meine Schuld«, räumte Dolores ein. »Und das hat für einige Probleme gesorgt, weil Elisa falsche Spuren legen musste, um die Polizei abzulenken.«

»Ich muss schon sagen …« Mónica fasste sich an den Kopf und sah ihre Mutter staunend an. Doch Elisa zuckte nur lässig mit den Schultern, so als hätte sie ihr ganzes Leben nichts anderes gemacht, als falsche Spuren zu legen.

»Aber der Kurzschluss, der dann nachher passiert ist, war nicht geplant«, fügte Margarita mit hochgezogenen Augenbrauen hinzu.

»Aber das alles erklärt nicht, wieso Orlandos Handy, nachdem er bereits tot war, in die Badewanne gefallen ist«, meinte Gabriel plötzlich. Seit der Eröffnung in der Loge war er völlig verstummt und hatte nur mit großen Augen zugehört. »Ich meine – wie war das möglich, wo er doch allein in der Wohnung war?«

Jetzt erwachte auch Ruth aus ihrer Erstarrung.

»Gabi hat recht. Das war stets das ungelöste Detail dieses Falls, und wie es aussieht, ist es das noch immer.«

In diesem Moment hörten sie Fiera knurren. Mónica ermahnte sie zur Ruhe. »Das ist nun wirklich nicht der richtige Moment!«, schimpfte sie, doch anders als sonst beachtete ihr Hund sie nicht. Er begann wie wild zu bellen, als wolle er unbedingt ihre Aufmerksamkeit auf etwas lenken, woraufhin alle den Kopf hoben.

»Nichts Besonderes«, meinte Elisa. »Nur Isis, wie üblich.«

Diesmal hatte sich die Katze die Computermaus als Spielzeug ausgesucht. Immer wieder schubste sie die Maus mit der Pfote an, bis sie, noch am Kabel hängend, schließlich vom Schreibtisch in den Papierkorb fiel.

Alle sahen sich an, ohne ein Wort zu sagen.

Das war auch nicht mehr nötig.

Nur Fiera bellte zweimal zufrieden, was in ihrer Sprache wohl bedeutete: *Ich hatte schon immer diese nervtötende Katze im Verdacht …*

Für alle anderen lief gerade derselbe kleine Film ab. Vor ihrem geistigen Auge sahen sie, wie Isis auf den Badewannenrand sprang, dabei das Glas mit dem Wasser umwarf, das auf dem Boden zerschellte, und auf dem Weg zum Kaviar auf etwas stieß, das vorübergehend ihre Aufmerksamkeit erregte. Ein neues Spielzeug, das an einem Kabel hing. Neugierig tatzelte sie daran herum, bis es in die Badewanne fiel.

Die vier Freunde schauten sich erschöpft und in dem Wissen an, dass sie zwar diesen mehr als rätselhaften Todesfall gelöst hatten, ihre Mütter aber von nun an mit anderen Augen sehen würden. Wer, wenn nicht diese vier Frauen, die in der Lage gewesen waren, das größte Geheimnis, das die Plaza de Oriente wohl zu bieten hatte, dreißig Jahre lang zu hüten, hätte es gewagt, zum Wohl eines anderen Menschen erneut zu Komplizinnen zu werden und einen solch verwegenen Plan zu schmieden.

»Und damit wäre der Fall wohl abgeschlossen«, sagte Mónica in komischer Verzweiflung und leerte ihr Weinglas.

An der Puerta del Sol

Erziehung bedeutet, das Gleichgewicht zwischen Liebe und Grenzen irgendwie zu halten. Und diese Grenzen setzt die Mutter ihrem Kind, aber auch das Kind seiner Mutter, während es heranwächst und irgendwann selbst erwachsen ist. Auch die Liebe wächst jedes Mal, wenn das, was aus dem Gleichgewicht geraten ist, wiederhergestellt wird.

Die Silvesternacht ist mit großem Abstand die schönste auf der Plaza de Oriente. Vielleicht, weil man dann hören kann, wie sich um Mitternacht jenseits des Palacio Real an der Puerta del Sol die Euphorie mit jedem Glockenschlag steigert, bis auch das letzte Feuerwerk in den Dörfern der Umgebung am Horizont verlischt.

In den Stunden zuvor eilen die Bewohner, mit den letzten Zutaten fürs Abendessen beladen, den Trauben, die in Spanien traditionell während der zwölf Glockenschläge um Mitternacht gegessen werden, und den Sektflaschen nach Hause. Um zweiundzwanzig Uhr ist der Platz menschenleer, und fast alle Fenster sind erleuchtet und geben den Blick frei auf ausgelassene Partys, den ein oder anderen Streit, Freunde und Familien, die zusammen feiern, oder einsame Fernseher, die im Halbdunkeln flimmern.

Suselen hatte zusammen mit ihrem Mann und Dafne ihre Mutter zu Hause abgeholt. Zum Abendessen gingen sie zu ihrem Lieblingsitaliener, dem *Ouh … Babbo!*, der direkt neben dem Teatro Real lag. Denn Suselen liebte die Holzofen-Pizza dort und auch das Publikum, alle Künstler aus der Gegend kamen hierher, wie sie ihren Freunden erklärt hatte. Und die Restaurantbesitzer Bruno und Trini hatten für den Silvesterabend eine ihrer *serenate italiane* versprochen, um für die richtige Stimmung zu sorgen.

Während Ágata mit Argusaugen die Karte studierte, konnte sie sich einen Kommentar über die kalorienhaltigen Speisen nicht verkneifen. »Suselen, du wirst nichts davon essen, nehme ich an, oder?«, sagte sie und musterte ihre Tochter von oben bis unten. »Du musst ein bisschen aufpassen wegen der Tournee.« Letztendlich entschied sie sich für ein Carpaccio.

Ben bat seine Frau mit einem Lächeln um Nachsicht.

»Aber Champagner macht auch dick, oder, Oma?«

Ágata wandte sich mit einem amüsierten Lächeln an ihre Enkelin. »Ja, aber bei Champagner darf man immer eine Ausnahme machen.« Sie strich der Kleinen den Pony aus den Augen. »Außerdem brauchst du dir darum noch keine Sorgen zu machen, meine Süße.« Sie gab Dafne einen Kuss aufs Haar. Dann richtete sie den Blick auf Suselen und formulierte mit den Lippen ein »Danke«, das so stumm, zerbrechlich und unsicher war wie sie selbst.

Und da passierte das Wunder.

Suselen hatte Mitleid mit ihrer Mutter. Ihr Herz floss nahezu über vor Mitleid. Und plötzlich wusste sie, dass sie dank des seltsamen Zaubers, den ihre kleine Tochter auf Ágata ausübte, nun bereit war, die Trauer um die Mutter, die sie nie hatte und nie haben würde, zu vergessen.

Zum ersten Mal sah sie Ágata ohne Groll in die Augen. Das war ihre Art, ihr zu sagen: Mama, ich weiß, was passiert ist, und ich verstehe es. Ich kann dir verzeihen, kann versuchen, es dir nicht mehr übelzunehmen, aber ich werde mich dir nie mehr ausliefern. Sie hatte beschlossen, Ágata den Kontakt zu Dafne zu erlauben, würde aber dann zur

Sicherheit immer in der Nähe sein. Ben hatte seiner Frau angeboten, sie dabei zu unterstützen. Und so traf Suselen eine Entscheidung, die ihr half, ihren Frieden zu finden: Sie würde einen gewissen Sicherheitsabstand zu ihrer Mutter einhalten, aber sie würde für sie da sein, wenn sie alt oder krank war und auf ihre Hilfe angewiesen wäre. Aus Menschlichkeit oder aus dem Gefühl, etwas mit Anstand abzuschließen, das so schlecht begonnen hatte. Am Ende würde sie Ágatas Hand halten, um ihr auf die andere Seite der Bühne zu helfen. Das war das, was sie ihrer Mutter geben wollte – nicht mehr, aber auch nicht weniger.

Im zweiten Stock des Hauses gegenüber dem Palacio Real waren die acht Balkone mit Piniengirlanden geschmückt, und dahinter bot sich der Blick auf einen riesigen, ganz in Silber dekorierten Weihnachtsbaum, einen offenen Kamin mit großen roten Kerzen und einen langen Tisch, an dem die Gäste Platz nehmen würden. Margaritas Söhne hatten ihrer Schwester im Vertrauen gesagt, dass – ihrer Meinung nach – der Schlaganfall etwas am Wesen ihrer Mutter verändert hatte, und Ruth hatte still gelächelt. Sogar Elsa hatte am frühen Abend Ruth gegenüber etwas in der Art erwähnt. Dass die Señora viel zufriedener wirke und viel ausgeglichener sei. Dass ihr auf einmal alles schmecke und sie sich sogar dafür bedankt habe, dass sie ihr bei der Vorbereitung des Abendessens geholfen hatte.

Auch wenn Ruth die Theorie ihrer Brüder nicht für ganz abwegig hielt, konnte sie ihnen natürlich nicht erzählen, dass ihre Mutter außerdem von der Last befreit war, ein Verbrechen, das vor dreißig Jahren geschehen war, verschleiern zu müssen, und sie dank ihres neuen Lebensgefährten ein erfülltes Leben hatte.

An diesem Abend würden sie den Oberst kennenlernen. Ein Schritt nach dem anderen.

Daher verfrachtete Ruth ihren Mann und ihre beiden Kinder in ein Taxi und fuhr mit ihnen zur Plaza de Oriente, wo sie sich gemeinsam mit ihren »unnützen Brüdern«, dem Oberst und Margarita um den Esstisch versammeln würden, wie es in der Familie Gual seit jeher Tradition war. Nur dass dieser Abend ein ganz besonderer sein würde, weil es das letzte Mal war, dass sie in Margaritas herrschaftlicher Wohnung auf diese Art zusammenkamen. So hatte sie es gewollt, denn sie würde gleich danach ausziehen.

»Ach Mama«, sagte Ruth, als sie in der Bibliothek zu zweit zusammensaßen, um vor dem Essen noch einen Aperitif zu trinken. »Warum diese Eile?«

Margarita setzte sich in den Lesesessel und bat ihre Tochter, ihr gegenüber Platz zu nehmen. Bowie legte sich in die Mitte zwischen die beiden Frauen.

»Weil es eilig *ist*, Ruth.« Margarita legte eine Hand auf den Rücken ihres Hundes. »Weil man die Vergangenheit hinter sich lassen muss. Es gibt nichts Besseres als einen Umzug, um sich überflüssiger Dinge zu entledigen, denkst du nicht? Mein Vorteil ist, dass für mich sehr bald alles ein schönes Geschenk sein wird. Und das möchte ich bis zum letzten Tag genießen. Ohne offene Rechnungen.«

Bowie spürte wohl Ruths Traurigkeit, er stupste sie tröstlich an ihrem Arm, wofür sie ihn mit einem Streicheln belohnte. In diesem Moment fiel Margarita ein Album mit Zeitungsausschnitten auf, das auf dem Tisch lag und in dem offenbar jemand geblättert hatte.

»Wo kommt das denn her?«, fragte sie neugierig.

Ruth hob den Blick.

»Ah, das ist mir zufällig in die Hände gefallen. Das sind nur ein paar alte Artikel von mir, die in verschiedenen wissenschaftlichen Zeitschriften erschienen sind.« Bowie stupste ihre Handfläche mit der Schnauze an, um sie zu weiteren Streicheleinheiten aufzufordern. »An einige konnte ich mich nicht mal mehr erinnern. Papa hat sie wohl gesammelt und das Album in der Schreibtischschublade aufbewahrt.«

Margarita griff nach der Hand ihrer Tochter und sie trafen sich irgendwo im dichten weißen Fell des Hundes.

»Das war nicht dein Vater, das war ich.«

Ruth wusste nicht, was sie sagen sollte. Sie blickte auf den Teppich, damit ihre Mutter, die immer noch ihre Hand hielt, die Tränen in ihren Augen nicht sah.

»Vergiss nicht«, sagte Margarita mit sanfter Stimme, »du bist meine Tochter. Du musst stark sein.«

»Ach, Mama«, sagte Ruth, »man kann nicht immer stark sein. Auch du nicht ...«

Margarita sah Bowies treuen Blick, der zu sagen schien: »Wenn das bei mir geht, kannst du das bei ihr auch.« Und dann zog er seinen Kopf, den Margarita so gern streichelte, diskret zurück, um Ruth Platz zu machen, und Margarita streichelte nun ihr übers Haar.

»Ruth.«

»Was, Mama?«, fragte sie ganz leise, als ob sie fürchtete, aus einem schönen Traum zu erwachen.

»Ich wollte dir immer noch sagen, dass ich finde, dass du eine großartige Mutter bist.« Margarita räusperte sich. »Du bist eine gute Freundin und vor allem bist du die beste Tochter von allen. Ich liebe dich, mein Kind, bitte vergiss das nie.«

Nein, das werde ich nie vergessen, dachte Ruth und nahm ihre Mutter in die Arme. Und so verblieben sie einige Minuten, die so bedeutungsvoll waren wie ein ganzes Leben, während sie darauf warteten, dass ihre Tränen versiegten, um sich an den Esstisch zu setzen.

In der Portierswohnung an der Plaza de la Encarnación duftete es zum ersten Mal ungewohnt festlich. Eine Lammkeule schmorte im Ofen, und das war nur eine der vielen Veränderungen, über die die Nachbarn sich unterhielten. Dolores sehe großartig aus, hatte Pon im Treppenhaus zu Gabriel gesagt. Sie wirke auf einmal so viel jünger. Wie das komme? Ob sie auf Kohlehydrate verzichte? Doch der wirkliche Grund war, dass sie es geschafft hatte, das Antidepressivum ganz abzusetzen, und auf einmal hatte die mutlose, schläfrige Dolores so viel Energie, als wäre auch sie ein brennendes Weihnachtslicht. Wenn ihr etwas zu Boden fiel, hob sie es auf, sie ging zweimal am Tag mit Oxitocina raus und war endlich mal wieder beim Friseur gewesen, um sich die Haare schneiden zu lassen, anstatt selbst zur Küchenschere zu greifen. Und das waren nur die auffälligsten Veränderungen.

In diesen Stunden kurz vor dem Jahreswechsel fragten sich Mutter und Sohn, wie es möglich war, dass ein ganzes Leben von ein paar chemischen Substanzen bestimmt werden konnte?

»Wenn dein Vater nur nicht angefangen hätte, anderen Frauen hinterherzulaufen«, überlegte Dolores laut, während sie die Kartoffeln schälte, »und wenn ich nur nicht angefangen hätte zu trinken! Dann hätte ich mich besser um Claudia und dich kümmern können. Dann hätte ich die Kraft gehabt, um euch zu kämpfen.«

Sie legte die Kartoffel in die Schüssel mit Wasser, und Gabriel brach es fast das Herz.

»Wir sind alle nur Menschen, Mama.« Er begann die Kartoffeln kleinzuschneiden. »Und als Menschen denken wir nicht daran, dass wir ein chemisches Wunder sind und manchmal auch eine chemische Katastrophe. Unser System braucht immer mal wieder ein Reset. Das ist alles.«

Dolores trocknete sich die Hände, wandte sich um und sah ihn an. »Aber wir sind doch viel mehr als reine Chemie.«

Gabriel lächelte. »Ja, das stimmt, Mama, wir sind noch viel mehr.« Er schwieg einen Moment. »Daher weiß ich jetzt, dass ein Teil meiner Mutter für eine bestimmte Zeit nicht bei mir war.« Seine Stimme klang rau, weil er plötzlich wieder das Bild seiner Mutter vor Augen hatte, als ihr die Kinder weggenommen wurden. »Mama … es tut mir so unendlich leid, dass wir deine Krankheit nicht erkannt und lieber bei Oma gelebt haben und dass …«

»Schhhh«, machte seine Mutter und zog ihn an sich. Und er atmete tief ihren tröstlichen Duft nach Puder und Seife ein.

»Und mir tut es leid, dass ich einfach so aufgeben wollte, mein Schatz … Ohne darüber nachzudenken … Ich glaube, ich konnte einfach nicht mehr denken.«

In diesem Moment kam die hochschwangere Claudia in die Küche. »Und? Wie läuft's mit dem Abendessen? Kann ich euch helfen?«

Gabriel warf ein Küchenhandtuch nach seiner Schwester.

»Mama, lass nicht zu, dass diese Tonne in die Küche kommt, sonst schmeißt sie noch alles runter. Ich mach das schon.«

Oxitocina dachte wohl, dass es um sie ginge, da sie sich gerade an Gabriel vorbeigequetscht hatte, um nach einer Olive zu schnappen, die von der Anrichte gerollt war, und hob schuldbewusst den Kopf.

»Keine Sorge, Oxi, das war nicht an dich gerichtet.«

Gabriel grinste, und Claudia zwickte ihn in den Arm, so wie es früher die Nonnen in der Schule getan hatten. »Danke für das Kompliment, Bruderherz, aber ich bin schwanger und nicht dick.«

Alle drei machten sich an die Arbeit, und zum ersten Mal seit vielen Jahren ließ Dolores sich davon überzeugen, ein paar Selfies mit ihren Kindern zu machen.

Ein paar Stockwerke höher bat Elisa Mónica um Hilfe bei einem, wie sie sagte, sehr persönlichen Projekt. Das war für ihre Tochter eine mehr als positive Überraschung. Mónica freute sich, dass ihre Mutter mal etwas nur für sich tun wollte, was ihr sicher guttun würde, bis diese ihr Projekt konkretisierte:

»Kind, ich werde mich scheiden lassen.«

»Was?!« Diese Ankündigung ließ Mónica erstarren.

Im ersten Augenblick machte sie sogar den Fehler, ihre Mutter davon abbringen zu wollen, und entwarf dann, wie es für einen Kontrollfreak typisch war, im Kopf sofort einen Notfallplan, um die Sache in die Hand zu nehmen und ihre Mutter bestmöglich in ihrer neuen Einsamkeit zu begleiten. Doch als diese ihr die Gründe erklärte und sagte, dass sie und ihr Vater sich bereits darauf verständigt hätten, dass sie die Wohnung in Madrid und er die in Cádiz sowie das Boot behalten würde, überkam sie nach und nach eine große Erleichterung, die sie sich selbstverständlich verbot, weil es nicht das war, was eine Tochter auf die Nachricht der Scheidung ihrer Eltern hin empfinden sollte. Oder vielleicht doch. Schließlich waren die beiden erwachsen genug, und auch sie war kein Kind mehr.

Und in diesem Augenblick wurde ihr plötzlich bewusst, warum sie sich so befreit fühlte.

Weil in der Stimme ihrer Mutter zum ersten Mal seit langer Zeit keine Bitterkeit mitschwang. Weil sie ihr von einer konsequenten, gut überlegten Entscheidung berichtet hatte, die keine Spur eines Vorwurfs enthielt. Und auch weil Mónica, die Entertainerin der Familie, der persönliche Freizeitpark ihrer Mutter, zum ersten Mal die Entscheidung traf, nicht einzugreifen. Sie würde die Sache nicht zu ihrem Problem machen, sondern nur ihre Hilfe anbieten.

Was hatte sich nach dieser kurzen und doch so einschneidenden Episode zwischen ihnen eigentlich verändert, überlegte Mónica, während sie ihrer Mutter half, den Tisch abzuräumen. Vielleicht hatte auch Elisa den Versuch aufgegeben, sie ständig in Anspruch nehmen zu wollen. Vielleicht fingen sie beide an, sich gegenseitig Grenzen zu setzen. Das würde sicher nicht von einem Tag auf den anderen funktionieren und sicher manchmal anstrengend sein, war jedoch absolut der Mühe wert.

»Und wie kann ich dir bei deiner Scheidung helfen, Mama?«

Elisa lächelte und stellte die beiden Teller mit den zwölf Trauben vor den Fernseher. »Ich bitte dich nur um zwei Dinge«, sagte sie, und es klang wieder so, als habe sie lange darüber nachgedacht. »Erstens, dass du mich, wie deine Freundin Ruth immer sagt, acht Sekunden lang umarmst. Denn dann bleibt mir eine Sekunde für jeden Wochentag.«

Mónica umarmte sie so fest, sie nur konnte, und beide zählten im Scherz die Sekunden.

»Und zweitens?«, fragte sie dann in der Befürchtung, dass jetzt wieder eine der unerfüllbaren Forderungen ihrer Mutter kommen würde.

»Ich hätte mich gern irgendwann mal mit deinem Vater so richtig betrunken. Oder wäre, als ich noch jünger war, gern mal betrunken gewesen.«

Mónica sah ihre Mutter überrascht an. »Und warum tust du es nicht jetzt?«, fragte sie, ohne groß darüber nachzudenken.

»Ich traue mich irgendwie nicht. Und ich weiß nicht, warum.«

»Ich sage dir, warum. Weil du ein Kontrollfreak bist, genau wie ich.«

Mónica verließ das Zimmer und kam mit einem Korkenzieher und der Magnumflasche Freixenet zurück, die sie zu Weihnachten geschenkt bekommen hatten.

»Was machst du da?«, fragte Elisa.

»Was glaubst du denn, Mama? Die werden wir jetzt trinken.«

»Die ganze Flasche?«

»Ja, und es wird uns außerordentlich guttun«, versicherte ihre Tochter, während sie den Korken herauszog.

»Aber aus welchem Grund?«, meinte Elisa nervös und holte zwei Gläser. »Wenn wir uns betrinken, müssen wir doch einen schwerwiegenden Grund dafür haben.«

»Weil wir es noch nie getan haben, Mama. Ist das schwerwiegend genug?«

Auch Fiera holte ihren Knochen, den sie immer nur bekam, wenn es etwas zu feiern gab. Und angesichts der Mischung aus Endorphinen und Dopamin, die die beiden Menschen verströmten, musste das der Fall sein.

Kurz vor Mitternacht saßen sie zu dritt auf dem Sofa und warteten gespannt auf etwas, das, wie Fiera dem entspannten Blick in den Augen ihrer Menschenfreunde entnahm, etwas Gutes sein musste. Sie drückte sich an Mónica, um anhand des Herzschlags ihre Gemütsverfassung zu überprüfen. Glücklich und entspannt, stellte sie fest. Als die Kirchenglocken rund um die Plaza de Oriente zwölf Uhr schlugen und der Himmel voller bunter Lichter war, standen sie auf, aßen ihre Weintrauben Stück für Stück, und dann stießen auf ein neues Jahr an.

»Frohes neues Jahr, Mama.« Mónica gab ihrer Mutter einen Kuss auf die Wange. »Frohes neues Jahr, Fierecita«, sagte sie dann und schwenkte ihre Kleine übermütig in die Luft.

»Frohes neues Jahr, Kinder!« Elisa, die bereits leicht schwankte und alles auf einmal furchtbar lustig fand, lachte sich halb tot und bat darum, ihr das Glas erneut zu füllen.

Isis ließ angesichts des ganzen Spektakels von ihrem Regal aus ein Fauchen ertönen und floh dann vor dem Chaos in ihre Hutschachtel.

Während das bunte Feuerwerk am Himmel über Madrid explodierte, schickte Mónica ein Foto mit einem letzten Gruß von Orlando an die WhatsApp-Gruppe.

Es war eine Art Zusammenfassung, die viel über die Beziehung von Kindern zu ihren Müttern aussagte.

Mit sieben Jahren sagst du: Mama, ich liebe dich.

Mit zehn: Mama, ich hab dich lieb.

Mit fünfzehn: Mama, lass mich in Ruhe.

Mit achtzehn: Mama, ich will ausziehen.

Mit vierzig: Mama, hör auf, mich zu kontrollieren.

Mit fünfzig: Mama, bleib noch ein bisschen.

Mit siebzig: Mama, was würde ich darum geben, noch einmal fünf Minuten mit dir zu haben.

Nachdem alle diese Nachricht gerührt gelesen hatten, umarmten sie ihre Mütter noch einmal ganz fest, und dann machten sie sich auf den Weg zu dem Ort, an dem sie in ihrer Jugendzeit jedes Mal das neue Jahr gemeinsam begonnen hatten. Während sie auf die Plaza traten, versammelten sich nach und nach all die Menschen, die ebenfalls auf der Suche nach Vergnügen, Geselligkeit, Wagnissen, Liebesgeschichten … mit anderen Worten nach Abenteuern waren.

Das Universum hat immer einen Plan.

Im Fall der Helden dieser Geschichte kann es sein, dass es sie noch einmal zusammenbringen wollte, damit sie die Gespräche wiederaufnahmen, die noch abgeschlossen werden mussten. Wahrscheinlich hatten sie gar keine andere Wahl, als sich auf ein neues spannendes Abenteuer zu begeben. Denn unter dem unendlichen Nachthimmel der Möglichkeiten zu träumen und dabei die nicht endlose Zeit auf Erden gut zu nutzen, ist immer der beste Plan.

Was wir uns gewünscht haben

An das rostige Geländer gelehnt, betrachteten die vier Freunde die letzten Ausläufer des Feuerwerks, die die Nacht hier und da erhellten. Von ihrem alten Versteck unter dem Dach aus sahen sie Elisas erleuchtetes Küchenfenster, wo nach vielen Jahren auch ihre Mütter zusammengekommen waren. Sie hörten sie lachen und hin und wieder einen wahrscheinlich an Isis gerichteten Schrei ausstoßen. Was sie nicht sehen konnten und auch niemals von ihren Müttern erfahren würden, war, dass Margarita mit der letzten Flasche eines ganz besonderen Jahrgangs zu der Verabredung gekommen war. Des besten Weins in vielen Jahren, wie die Einwohner des Dorfes ihr versichert hatten, nachdem sie ihn beim jährlichen Dorffest gekostet hatten. Margarita wischte die verstaubte Flasche mit einem Küchenhandtuch ab und hielt sie ihnen mit einem verschwörerischen Lächeln entgegen, während die drei Freundinnen schweigend nickten. Dann überreichte Elisa mit einer feierlichen Geste Margarita den Korkenzieher. Konnte es eine angemessenere Weise geben, den letzten Beweis zu vernichten?

Hätte man die folgende Szene mit passender Musik untermalen wollen, wäre *Eternal Flame* sicher eine gute Wahl gewesen. Das komplizenhafte Lachen ihrer Mütter, das gerade durch den Innenhof des Hauses zu ihnen hochschallte, klang so jung, dass sie für einen Moment der Illusion erlagen, dass die Zeiger der großen Uhr an der Puerta del Sol rückwärtsliefen und sie in ihre Kindheit zurückkatapultierten. Dass sie immer noch die gleichen waren wie damals, als sie in ihrem Versteck unterm Dach hockten und aufregende Abenteuer bestanden. Doch natürlich hatten sie sich verändert. Das war unvermeidlich. Sie waren nicht mehr dieselben.

»Zum Beispiel waren wir damals nur *Vier Freunde*«, sagte Ruth mit von der Kälte geröteter Nasenspitze, »und jetzt sind wir tatsächlich *Fünf Freunde*, wie bei Enid Blyton. Denn ich denke, Fiera hat es absolut verdient, in unsere Bande mit aufgenommen zu werden, meint ihr nicht?«

Alle klatschten zustimmend, und Fiera wedelte begeistert mit dem Schwanz, weil sie so viel Aufmerksamkeit bekam.

»Aber eigentlich kann es nicht mehrere *Fünf Freunde* geben«, protestierte Gabriel, »so wie es auch nur einen *Club der schlechten Töchter* geben kann …« Er grinste. »Ich muss allerdings gestehen, dass ich mich mit den Schlechten Töchtern nach wie vor durchaus gut identifizieren kann.«

Das sorgte für allgemeine Heiterkeit.

»Ach, Gabi, du wirst immer eine von uns sein«, sagte Mónica, um ihn zu provozieren, worauf Gabriel »So … so« sagte und sie dann an sich zog, um die Schwesternschaft mit einem Kuss zu besiegeln.

Die anderen starrten sie sprachlos an.

»Tja, also … wenn das so ist, dann brauchen wir nicht weiter darüber zu reden.« Suselen hob ihr Glas. »Auf die schlechten Töchter!«

Alle stießen miteinander an. Sogar Fiera, indem sie die leere Flasche umstieß, die auf dem Boden stand. Es wurden noch weitere Flaschen geköpft an diesem Abend und noch weitere originelle Trinksprüche improvisiert, sie überboten sich gegenseitig, und es war, als säßen sie wieder zusammen im *Caripén*, wenn sie ein Feuerwerk an Ideen produzierten, um gemeinsam irgendein Rätsel zu lösen. Und ohne, dass sie sich später noch daran erinnern sollten, wer eigentlich was gesagt hatte, feierten sie den Club der schlechten Töchter, weil ihre Freundschaft alle Prüfungen bestanden hatte.

Denn ein Freund ist nicht derjenige, mit dem du die meiste Zeit, sondern die beste Zeit verbringst. Ein Freund ist jemand, der sich deine Probleme zu eigen macht, damit du sie nicht allein lösen musst, und er ist jemand, der den Kummer in deinen Augen sehen kann, wenn alle anderen deinem Lächeln glauben.

»Und das ist so schwer zu finden«, meinte Suselen seufzend.

Aus diesem Grund und weil sie der gleichen Meinung war, hob Mónica erneut ihr Glas, um auf einen weiteren Freund zu trinken, der irgendwo da oben war und den sie nie kennengelernt hatten.

»Auf Orlando«, sagte sie und wünschte dem Mann, der sie wieder zusammengebracht und der sie so viel über ihre Mütter und die vierbeinigen Mitglieder ihrer Familien gelehrt hatte, eine gute Reise zu den Sternen.

»Immerhin ist er der Grund dafür, dass wir alle hier sind. Und da wir gerade beim Thema sind ...«, fuhr Mónica fort. »Ich bin da auf etwas gestoßen, das ein neuer Fall für die schlechten Töchter sein könnte.«

Die anderen drohten, ihr den Sekt über den Kopf zu schütten – konnte sie ihnen denn nicht wenigstens mal einen Tag zum Durchatmen gönnen? – und bombardierten sie mit Servietten, Kissen und allen möglichen Beschimpfungen.

Und dann geschah etwas Merkwürdiges.

Über ihren Köpfen kreuzte ein Licht den Himmel und zerteilte mit seinem funkelnden Schweif die Nacht.

»Seht mal ... seht mal, es ist wieder passiert!«, quietschte Ruth in kindlicher Begeisterung. »Ich habe es euch immer gesagt: Man darf den Glauben an die Magie nie verlieren.« Dann wandte sie sich zu den anderen um.

»Meint ihr nicht, dass nun der Moment gekommen ist, in dem wir uns erzählen können, was wir uns damals gewünscht haben?«

Sie sahen sich lächelnd an.

Damals mussten sie ihren Wunsch für sich behalten, denn sonst wäre er ja nicht in Erfüllung gegangen, aber nun galt das nicht mehr, denn inzwischen wussten sie ja, ob ihre Wünsche in Erfüllung gegangen waren oder nicht. Und da es in Ruths Natur lag, jedem Moment etwas Märchenhaftes hinzuzufügen, bat sie die anderen, es sich gegenseitig ins Ohr zu flüstern.

Als dies geschehen war, erschien auf allen Gesichtern ein breites Lächeln, das die ganze Plaza de Oriente hätte erhellen können. Denn mit sehr ähnlichen Worten hatten sie sich in jener kalten Nacht des Jahres 1993 alle das Gleiche gewünscht: »Dass, egal, was passiert, wir immer zusammenbleiben.«

Und dort standen sie, ganz beseelt von diesem Wunsch, diesem Versprechen, diesem Ansinnen, dieser Beschwörungsformel, die sich nun erfüllt hatte, Arm in Arm und mit der Frage, was die Zukunft wohl bringen würde, die in diesem Moment so weit entfernt schien wie dreißig Jahre zuvor, während sie wie eine weitere Sternschnuppe direkt auf sie zuflog.

Zu Ende geschrieben am 31. Juli 2023 auf der Plaza de Oriente in Madrid.

Dank

Da der Motor, der diese Geschichte voranbringt, die Freundschaft ist, möchte ich einer ganz besonderen Gruppe unter meinen Freunden für ihre Weisheit und ihre Begeisterung bei der ersten Lektüre dieses Manuskripts danken:

Juana Erice, Mónica Miguel »der Wölfin«, Carmela Nogales, Ruth González, Cuca Escribano und María Herrero dafür, dass sie mir zugehört und mich dabei unterstützt haben, dieses Buch zu realisieren.

Vicente Granados, Elvira Hera, Angélica Ortiz, Enrique Sánchez Ramos und Vicky für ihre immense Großzügigkeit und dafür, dass sie mit ihrem wachen Verstand meinen Text auf ihren Reisen und während der Ferien gelesen haben.

Luisa González Arroyo, Ana Castillejo, Ana Lirón und Víctor Conde, meinen ältesten Lesern, dafür, dass sie mir nach wie vor die Wahrheit über die erste Version all meiner Verrücktheiten sagen.

Raquel Gil Fontbellida, Amaya Galeote, Luis de Martos, Alice Fauveau und Margarita Jiménez de Navas, die meine literarischen Experimente zum ersten Mal mitverfolgt haben. Danke für all die professionellen und emotionalen Nuancen, die sie meinen Helden mitgegeben haben.

María Mañas und Concha Martín dafür, dass sie mich im richtigen Moment zum Schreiben in eine Oase entführt haben, und dafür, dass ihr immer ehrlich seid und ein Auge auf meine Texte habt sowie auf alles, was ich im Leben sonst noch so mache.

Esti Girón, Anabel und Lucy Écia für euer Wissen über unsere geliebten Vierbeiner und eure bedingungslose Liebe für sie.

Melca Pérez Salgado für alle Empfehlungen aus ihrer Mutter-Tochter-Bibliothek.

Pablo Cabrero und dem Gesprächskreis an seinem Kiosk, Gigi, Bárara, Bernardo und Franchesco, für die Reise in die Vergangenheit der Plaza de Oriente.

Meinem Lektor Alberto Marcos dafür, dass du nicht die Flucht ergriffen hast, als ich das Genre dieses Romans umgekrempelt habe, dafür, dass du mich immer mit deinem Vertrauen in mich ansteckst, und für deine bedingungslose Unterstützung während des ganzen Schreibens.

Gonzalo Albert, weil du von Anfang an an diese Geschichte geglaubt hast.

Meiner Mutter für all das Lachen, die Freiheit und die Zärtlichkeit, mit der du mich genährt hast.

Miguel Ángel Lamata für dein Cineforum um elf Uhr in unserem Salon, deine immer zutreffenden Empfehlungen, deine trivialen Beiträge und das verblüffte Lachen, das du mir beim Lesen der Auflösung geschenkt hast.

Fiera, dafür, dass du mich stets inspirierst, und für all die Einfälle, die du mir in den unzähligen Stunden, als du in wachem oder schlafendem Zustand auf meinem Schoß lagst, geschenkt hast, während ich schrieb.

ISBN 978-3-85179-563-9

1. Auflage 2025

Die spanische Originalausgabe erschien 2023
unter dem Titel *La Hermandad de las hijas*

Satz: Christine Paxmann • text • konzept • grafik, München
Druck und Bindung: GGP Media GmbH, Pößneck

www.thiele-verlag.com